# 女性たちの戦争

セレクション　戦争と文学　4

大原富枝　他



集英社文庫

ヘリテージシリーズ

女性たちの戦争　目次

Ⅳ

# 女性たちの戦争

セレクション　戦争と文学　4

# I

# 祝出征

大原富枝

「出たぞう！」

宵闇の中に湯の香が流れていた。橙《だいだい》の木の蔭《かげ》から男の声であった。

「おう、出たか。静さん、さあ這入《はい》った！　裕が出た言いよらあ」

高い縁側の下で姑はそこら一杯の桑籠《くわかご》や蚕網をぶるんぶるん振ったり、ぽんぽん平手で打ったりして塵《ちり》を払い、その後を竹箒《たけぼうき》で掃き出していた。

「お姑《かあ》さん先へお這入りなして。もう一寸《ちよつと》で夕飯の支度が済むところ……」

タンタンタンと静は冷しぞうめんの葱を刻んでいた。

「まあ、先へ這入った這入った、年寄あ、あとの方がええ」

ザアザアと姑は腰をかがめて藁《わら》くずの散った牛小屋口の方へ竹箒を寝かして掃いて行った。そこの辺り、水のようにひたひたと這い寄る夕闇の足が見える。

裕次が、お母ァお母ァと呼んでいた。

「ほいほい、何ぞよ」

「暮れてから、せかせかせんと早《は》よ湯をしまいよ」

ほいほい、姑は唄うように返事して、そそくさと着物の前身頃をずり下らした風態で、箒を牛小屋口の柱に立て掛けて門の方に廻った。

橙の木蔭で、猿又一つの裕次は銅像のようにたくましく突立って空を見ていた。遠い稲妻のある空。おつかれ！　と裏のおしげ婆の孫の一夫が、杉垣の破れて何時《いつ》の間《ま》にか近道になった通路から這入って来た。裸足《はだし》で下駄を提げていた。

「おう！　今出た処《ところ》じゃ、這入れよ」

「小母《おば》さん等まだじゃろ？」

「かまんかまん、先《さ》き這入れ。一緒に行こう」

「うん、俺にゃ必ず来るぞ、……まだお祖母《ばあ》にやいうてない。飯でも済まして後でなけりゃ、あのあわて者の祖母じゃけに飯がのどを越しやせなあ」

一夫は割竹を敷いた洗場へざあざあ湯を流す。姑が何かひとりごとをいいながら草履の音を気忙《きぜわ》しくさせて裏に廻って来た。

「小母さん、お先へ借っちょるぜ」

「おうおう、一《かず》か、先へ這入った。年寄あ、あとあと！」

夕食の最中に門の方から西隣の家の娘、千代の声がした。

「今晩は！　風呂が空いたら貸して頂戴《ちょうだい》」

「さあさあ、うちは今ごはんよ、先へお這入り」

と、静は気軽く返事した。

「今、裏の一《かず》が這入っちょる。千代、早よ行って背を流いちゃれ！」

「いやん！　小母さんはまた……」

ワハ……と姑は箸を持ったまま笑った。笑うまい、怒ってやろうとしてもつい顔がほころびてしまうといった風な、薄赧《うすあか》い千代の表情が静には想像された。

「出るぞう」

裏から一夫が呼ぶ。

「ほら、一《かず》が出るいいよる、千代、早よ行って下駄揃えんか、女の子のくせして行儀も知らん」

姑が面白そうに追い立てた。転がすように笑いながら千代は裏へ廻って行った。

「今晩は。熱うない？」

至極大人しそうな声が茶の間にも聞えて来た。

「ほら、もうすまparticipants した声出しよらあ」

と、姑は如何《いか》にも楽しそうに笑った。

静の夫、姑に取っては長男が亡くなってから半年過ぎた。姑はこの頃ようやく心の健康を取り戻した。いやそれだけじゃない、禍《わざわい》を転じて福となすという言葉がある、老母は今、それを実践すべく新しい人生の創造に心を張り切っているのである。この不幸を最小限度に止め、異った一つの幸福を生み出したい。それは既に昨夜、静にも裕次にも話してあった。静は頭から断るようなことはしなかった。ええ、仏さまの一回忌までは私ここに置いてもらうんですから、ゆっくり考えて……と、そのときの嫁の表情に、言葉の調子に、姑は相好《そうごう》を崩した。まして裕次に至っては——と老母は考えている。口ではどう言ったにしても、裕次のそのときの稲妻のような表情の動きは、言葉とは反対に確かに老母を安心させたものである。

「お先へ」

一夫は裸で出て来た。

「今晩、動員が来るんじゃって！」

千代は池の方を向いたまま裸の一夫に背を向けていった。一夫は下駄を突掛けながら、

「ああ、俺にゃ必ず来る！」

「ほんとう！」

千代は思い掛けないほどの重さで落ちて来た一夫の言葉に、くるりと此方を向いた。秘かに考えていたのが、彼の口から聴かされて見ると、抜くべからざる決定的な重量を持っていた。

ほんとう！　と瞳を見張ると涙が玉の層になって幾つも瞳に重なって来た。

「おめでとうを言えよ」

と一夫は池の水で手拭《てぬぐい》をじゃぶじゃぶやっていた。千代も自分の興奮が恥じられて、

「少し早やすぎるもの……」

いいかけて、一杯になっていた涙が落ちて来たのを一夫に見られると、急に顔が熱くなって心が収拾つかなくなった。

「あたし、あたし……」

千代は何をいいかけたのか分らなくなって来た。突然の千代の変化に、一夫は呆《あき》れて千代を見つめていた。何かあらあらしい歓喜とも不安ともつかぬものが体を駆りはじめた。

「来て、千代ちゃん！」

低い声で、だが否応なく圧《お》しつける声で突嗟《とっさ》にそういうと、

「小母さんお先へ、裕さん晩めし食べて来るけんの」

と、高い声でいってすたすた歩き出した。宵闇の中で白く湯気のぽっと出ている風呂が、千代をも、ふと落着かせた。

「小母さん、早よお這入り、うち一寸用事思い出したの、後で借るわあ」

「何ぞよまあ、一《かず》が去《い》ぬるいうたち、ついて去なんでもよかろうが、ちぃ！」

と、姑は相変らず楽しそうに千代の愛称を呼んだが、返事はなかった。姑はふっと箸を置いて僅《わず》かに不安そうな瞳をした。

垣根を脱けた所で、千代は一夫と向き合って立った。一夫は千代を連れて来たものの何も言葉がない。強《し》いていおうとすれば、俺も前から千代ちゃん好きじゃったんだ！　というよりほかかない。千代の好意はふだんからそれとなく知っていた。自分の千代への好意と

同じ程度に。が、こうした機会にはっきり千代の気持を投げ出されて見ると、さて何と言葉をかけ、どんな事を語ろうものぞ。

——嬉しいぞ俺、俺も前から千代ちゃん好きじゃったん……

さてそれから、それから何を話そう、当然結婚のこと、そして未来の生活。だが多分、俺は一週間以内に戦地に発《た》つだろう。それから……? それからは何にもない。戦いだ、ただ戦いだ! 一夫は帰休の上等兵、実戦の経験は一度もなかった。彼は日本原での演習を想って見る、だが戦争、戦争なんだ——。どんな甘い言葉もそしてどんな行為をも黙って抱擁し、黙って許して呉《く》れそうな夏の長い宵闇の中で、好きな千代と向い合って立ちながら、一夫は「うれしいぞ」とも、「俺もちいが好きだった」ともいえなかった。口に出したらひどく気のひける空々しいものになりそうだ。千代は体一ぱいにいいたいことが詰っているようで、そのくせ執拗《しつよう》に黙っていた。千代の体一杯に充《み》ちているのは言葉ではなくて、心そのものであった。

「ほんとに来るかしらん……」

結局千代は一言だけいった。

「来るとも、必ず来らあ!」

一夫も結局それだけしかいわなかった。

千代は言葉にはならない心を体で表したかった。上体が一夫の方へ崩れて行きそうなのであった。けれど、湯上りの一夫は猿又一つの裸であった。千代は始めてする恋だと言うのに、相手の男は素裸なのである。それはひどく千代を臆病にした。頭脳がただ一つのことに集中して神経の命令が行き届かないのか、何かしらんふらふらする足許《あしもと》へ力を入れて、千代は体をしゃんとしなければならなかった。ぎこちない姿勢が苦しい。針葉を重ねて暗い杉垣の中から、藪蚊がぶーんと出てくる。蚊の音は意外に大きいのだ。一夫は所在なく裸の肩へぴしゃんと打ちつけた。ひたっと蚊の音は止《や》む、ぎこちない姿勢、目が合うと二人はなんとなしに微笑《わら》った。

一夫は千代の視線を執拗に摑んで放さなかった。いやん！　とちいは拗《す》ねた声を出し眼を閉じて、はげしく頭を左右に振った。

歯の脱けている姑は一番食事が遅いのであった。先へ這入れと言うので、静は湯殿に立って来た。湯加減を見ようと手を浸したまま目の前の窓を見透かすと、杉垣の破れから千代の白い浴衣《ゆかた》がぼんやり瞳をとらえた。おや、と瞳を凝《こ》らすと向い合って、と言うよりも殆《ほとん》ど重なって立っている一夫の裸があった。静は一度眼を伏せたが、すぐまた眼を見張った。静の心の中の小人が、小人達がコトコトと踊り出すようであった。耳を澄しても何も聞えない。聞えないよりも、二人は黙って立っているのであろう。黙ったまま向い合って立っている若い男と女というものは、何かしらこわれ易い玩具のように大切な感じのするものであった。千代の秘めている大切な気持は折にふれ、何かの拍子に静にも想像できるのであったが、姑などもからかっては見ても、それはただ近所同志で、一夫が出来のいい男であり千代が可愛い娘であり、もっと手近な理由は一年生になった一夫が級長になったとき、「うちかずちゃんのお嫁さんになる」と、五つ位だった千代がいいいしたという古い昔話で千代を恥かしがらせるのが癖になってのことで、格別噂があるではなし、こんな風にこわれ易い玩具のような美しい格好の二人を嘗《か》つて見たこともなかった。何か大切な問題が今二人を包んでいるのであろう――静はそこで、ふっと裕次のことを考えた。

「ああ、ええ心地じゃ、汗を流して。……蚕《かいこ》さまも、あと十日ぞ」

姑が風呂から上って来て、如何にもくつろいだ風に足を投げ出すと、

「お母《かあ》、今晩のう」

と新聞を置いて、裕次は静と母を見廻し、ふだんの声で、

「九時に動員が来ると！」

老母は妙に獣的な音を出して膝を立てた。静はあとかたづけに立上ろうとした姿勢のまま、ぴたっと釘づけになっていた。

「裕さん待ち兼ねたろう、おそうなって……」

一夫がそこへ自転車を乗り込んで来た。おう、と裕次はそっちへ返事して立上り、

「四十人位。今さっき警察から前知せがあった。分会の者あ皆役場へ詰めちょるけん、十時過ぎでなけりゃ戻れんぞ」

裕次は身軽に自転車を飛ばして行った。戸口に立って見送っていた姑は彼が門を出ると、

思い出したように縁側に伸び上って、

「裕よ、早よう戻ったあよ、わかり次第！」

「おう！」

裕次の返事は風が持って来た。

「大事よのう、大事じゃ」

姑は家の中を行ったり来たり、ぶつぶつひとり言《ご》ちつつ桑籠をとり上げて見たり蚕の棚を覗《のぞ》いて見たりしていた。

「ああ静さん、そんなら何かよ、支那の戦争へ行くんかよ？」

老母はふいと立止っていた。湯上りのくつろぎ切ったところを、不意に裕次の言葉で底の底まで引っ掻き廻された彼女の頭では、動員という突然の刺戟《しげき》と記憶との連絡がとれないでいたのだ。大陸の事がやっと意識に上って来ると大発見のような頓狂《とんきよう》な声を出した。

「ああそうよね、お姑さん」

静は静でまた、沢山の物想いがあった。茶碗を洗いつつ、箸を洗いつつ、果てしなく拡がるその物想いから眼を上げると、姑は嘗つて見たこともないほど愚かしく見える子供のような顔に、少し口を開いて、唐《とう》きび箒《ぼうき》を持ったままの姿勢、長い年月の営みにひとみの白茶けた眼は高い蚕棚を見上げたまま凝固し、静の返事よりも何か自らの心の中に大きな返事を、解決を待っているように見えた。憑《つ》かれたような姑の魚の眼のような瞳の色が静の胸を刺した。

今日の昼間のこと――。

広い桑畑の中で静は、一杯に摘んだ二つの桑籠に腰かけて、裕次が荷負いに来るのを待っていた。一面の桑葉の海で、静の呼吸だけが人間臭く気にかかるほどしずかであった。桑青葉は精一杯周りの空気を呼吸していて、静は呼吸に何か不足を感じる。静は帽子を脱いだ。青い風が髪の毛一すじ一すじの間に吹き込んで僅かに汗の香がした。それは不快なよりも快い程度で、静に自らの肉体を思い出させ愛《いと》しませた。風が涼しく吹き抜けた頭の中は何も思うことがなかった。遠くの方で山羊が鳴く、更に遠く牛が鳴く、チリチリ桑畑の間を犬が行く。小道一つを挟んで向うの畠《はたけ》でバサバサ桑を分けて探しているらしい裕次に気が付いたときは、狼狽《ろうばい》して飛び上って、こっちよ、桑はこっちよとふだんよりはしゃいだような声を出した。ああそっちか、裕次は下葉を摘まれた桑並の間に現れた。

「呼んだらすぐ分るのに……」

「………」

裕次は、ちょっときまり悪い表情だった。

思い出して見ると彼は、静を義姉《ねえ》さんと声に出して呼んだことはなかった。この発見は一瞬、静の心に眼を見瞠《みは》らせた。相手は装うている忙しさで、にやっと笑っただけで直《す》ぐ荷負い棒を籠の取手に通した。肩を入れようとして止め、脊《せ》を向けた姿勢で、

「昨夜、お母が馬鹿なこと言うたろう、気にしなよ、俺やそんなこと考えたこともない、

阿呆なことをいい出して……年寄にや困る！　気にせずに居《お》ってよ！」

静が何か口をきくのをまるで恐れるかのように、裕次は荷をきしませて歩き出した。

——若い身でよ、あれに死なれたあんたも大変じゃし、わしも折角《せっかく》気心知った馴れた嫁手放して、裕にまた新しい嫁貰うて、老先かかるのも思うて見りゃあ、年寄ってのちに億劫《おっくう》なことよ！　廿三《にじゅうさん》といやあ今時や初嫁さまも同然、どんな良《え》え所へ嫁《い》って倖《しあわせ》になるもんやら知れん、裕次はあんなむっつりやで兄のように教員という世間的の名もないし、無理かも知れんけんど否《い》やならそりゃあもう遠慮なしにいうて貰うての——姑が昨夜いった言葉が念仏のように耳に返って来る。裕次が気にすな！　というのはあのことなのだ。姑は静を次男の嫁に直したいのである。意外過ぎて、静は遠廻しな姑の言葉が暫《しばら》くは呑込めなかった。それほど、いわば滑稽な運命の渦の中に自分が居ようとは思えなかった。畔道《あぜみち》から県道へ、荷のしなう調子にうまく足が合い、裕次は空荷のときよりも早く静を引き離して行った。県道は白く光っていた。青草に被《おお》われた紐のような畔道から出たとたん、足許からさんさんと日光の泡がはじけた。頭上からの日光はもも早や感じられず、足許からの反射ばかりが赫々としていた。南洋の島を想わせるほど、よく肥《ふと》ったトカゲが油ぎった脊を青くギラッと光らせて、非常にすばしっこく道を横切った、何度となく。それが彼女の想念に刻みを入れ薄い影を投げた。

「暑かったろう、早う涼んでめしにしや、戸棚の中に瓜が揉《も》んじゃある」

門を這入ると、蚕棚の蔭から姑のガラガラした声が飛んで来た。

――静はふっとこの声だ！　と思った。この家の住みよさは。静は夫の死後、暫く実家に帰って休養したことがあった。兄と義姉と、病み勝で始終他人の感情を気遣《きづか》って瘠《や》せてばかりいる母との家。実際、何時の間にか実家は静の家でなくなっていた。義姉は歯の美しい低い声で話す、おとなしい人であった。家中を歩きながら足音を立てる事がない。

家の中の空気は一日中淀《よど》んでいて、流通するひまがなかった。この家の空気には重量があった。肩に脊に落ちかかる空気の重さ、静は婚家に帰って来て、始めて自分の心が殆ど固体になりそうに圧縮されていたのに気が付いた。兄が勤め先から帰ると、義姉は立ち迎えて話をする。美しい歯が見えるような落着いた抑揚のある話し方であった。声は如何にも小さくて襖《ふすま》一つ距《へだ》ててはどうしても意味が汲み取れない。兄は又そう、とか、ふーんとか答えている。妻への和《なご》やかな愛情がよく表れている声の色であった。ただ、余り短か過ぎて話の内容など窺《うかが》うべくもない。静は何故《なぜ》ともなく心が落着かず、婚家に居るよりもなお濃く夫の想い出が明滅した。兄が義姉に何かいい付けているとき、また誰も居ない昼間、切岸《きりぎし》を脊負った裏の暗い部屋で置炬燵《おきごたつ》の母が、自分の勝《すぐ》れない体の具合や静の今後の身の振り方など、ぼそぼそと低い声で話し続けるのを聴くと、静は寡婦という言葉が自分にくっついていることを強烈に自覚させられて、本当にわびしいとは愚か、呼吸に圧迫を感じて来る。

夕方など何気なく、兄と義姉の言葉もなく向い合って坐《すわ》っている座敷へ踏み込んで、ふと足のすくむ思いをした。それは、その座敷の沈黙が空白なものでなく、沈黙故《ゆえ》に一層色濃い雰囲気を兄達が創り出していたせいで、静はなお顔を赧《あか》らめさえした。何がなし静は、この家にいると心が真裸にされている気がして、心の垢《あか》が自分の瞳に眼立《めだ》ってやり切れない気持になった。

心の皮膚が日に日にすりむけて、ささくれ立った神経の端々に、兄達の言葉や瞳の色や沈黙さえもが劇《はげ》しく触れて、そのたび痛さに飛び上る。静は自分のこれから後の生活に一つの解釈を見出そうとして帰っては来たが、毎日埒《らち》もない神経の浪費に心は上の空になった。婚家に帰ると門脇の桑畑の中から、

「よう戻った戻った。待ち兼ねたわの、みな気嫌《きげん》ようお出《い》でかよ、お母さんげんきになっといでか……」

今日のようにガラガラした屈托《くったく》のない声が飛んで来た。その声は、静の凝った肩先から指先まで揉みほごすように、返事も待たず立て続けに気嫌よくしゃべるのであった。姑の心の平面さは例えて見れば丸い部屋であった。何時でも同じ温度の同じ速度の気流が流れていて、決して淀む隅がなく光りの蔭るくまがなかった。この部屋を出ること、この坐りなれた膝の温《ぬ》くみのある座敷を出て、もう一度冷たい座敷に坐り直して新らしく始めねばならぬ生活の億劫さは、考えて見ると気が遠くなる孤独な悲しさだった。

老母の希望には呆れて眼を見瞠りながら、しかも、この家を出て直ぐぶつからねばならない実家の湿った空気がすぐ鼻先に来て、静は姑の希望を頭から断り切れなかったのだ。

だがしかし——と、静は自分の心に訊《き》いて見る、裕次は嫌いか好きか？　夫は……と、

静は何か遠い瞳で夫とその弟を見較べていた――教員の検定を取り、長い夏休みも、静が気兼ねするほど、鍬《くわ》一つ持とうとしなかった。彼にはエゴイスチックに父母に甘えているところがあって、それは直接、静にも向けられて静の小さい不満になった。髪の毛の黒いあらあらしさを静は好もしかったが、性質は案外に静と類似した細さであった。だから、何かの折には二人で途方に暮れた。自分の傷つき易い性質が嫌いで、男にはひたすら太さを求めていた静は、むっつりやで感情の動きを見せない裕次が段々好きになっていた。――これは不貞であろうかと、例の彼女の性質でチカッと心に針は感じたが。

風呂を上った千代が蚕室の縁側に廻って来て「何時」と時計を見上げ、「九時」と低く自答して、あとはだまって外の闇を見ていた。音は伴なわない稲妻がときどき、千代の赧い湯上りの横顔を見せる。

「まあお這入りよ」

といわれて、ああ、と我に帰ったふうに立って来て、

「東の蚕は性がええねえ」

と、二三匹網をもれた蚕を拾ってみた。蚕糞《こくそ》換《が》えをしながら老母は常になく沈黙に落ちていた。

多分、胸の中では沢山のことを、あとへさきへとしゃべり続けているのにちがいなかった。眼だけがときどき時計を追う。――九時三十五分。裏の垣根を抜けて短かいチャンチ

ヤンコのおしげ婆さんが這入って来、いきなり裕さんは？　と訊いた。千代はおしげ婆を見ると、瞳を落して静の脊の蔭にかくれるようにしてそっと蚕を拾った。きゃしゃな肩を一層小さくして、周りの空気を微動もさせないほど自分の存在を目立たぬように、しんと心を澄している千代の姿は、如何にも今宵《こよい》恋を知った乙女らしく、静はさきほど闇の中に浮んでいた千代を思い出し、おしげ婆に対する千代の繊細な心の慄《ふる》えがわかる気がした。しかし、おしげ婆には千代など全く心にもなく眼にも入らなかった。

「ああ、やっぱり役場か」

と返事を聞《き》きも敢《あ》えず、

「うちの一《かず》もよ、もうおいおい十時じゃ、わしゃちょっと、役場行って見て来らあ」

いいいい門の外に出てしまった。

「おばあ、行かんでももう戻るがの」

姑が後から呼んだが、婆さんの耳は受付けなかった。癖の抑揚のあるひとり言が遠退《とおの》いて消えた。千代はおしげ婆を見送って暫く呆《ほう》けていた。静が蚕を拾いながらつぶやいた。

「婆さん、一生懸命じゃ！」

「ああとも、祖母一人に孫一人じゃ、あとにもさきにも……」

姑も昂奮《こうふん》している口のきき方をした。

おしげ婆のことをいうよりも、自分に即し過ぎている口調であった。県道の向うの役場や巡査駐在所のあたり、ときどき灯が走る。闇の中に常にはない緊張が、無数の線になってピリッと張り渡されていた。遠い西の方に雷鳴が起った。稲妻がさっと過ぎるたび、門の外に続く桑青葉と稲田が、またたく間ながら遠くまで水底の景色のように冷たい色に浮び出る。後はまた板のようにぱんと張った闇一色、遠い雷鳴。

家の廻りの小道を自転車が無言でシューと風を切って行く。

「ちいよ、ちい！」

西隣の千代の家から垣根越しに呼んでいる。

「おーい！」

男のように答えて置いて、千代は縁を下りながら静にだけ眉をしかめて見せた。

――あたし、もっと此家《ここ》で遊びたいけんど――

とその瞳はいっていた。彼女が垣根へ廻ろうとするところへバタバタおしげ婆が門から帰って来た。

「まだ警察から氏名の通知が来んそうな、役場は一ぱいの人じゃ」

千代は婆を見ると、ギクッと立止ったが、視線の合わぬうちにカタカタ駈けて行った。

「ちいというたら……湯に何時間つかるやら……」

垣根まで行くと、流しもとでぶつくさいっている母の声が聞えた。千代は立止ってしまった。母が――そこでぶつくさいっている母が、今夜千代には遠い気がして帰って行くのが物憂くなった。東の家の静や小母の方が、何故か自分の心に近く懐かしい気がする。垣根の向うの父や母や兄から、自分が遠くはなれて孤独のなかにいる。千代は今夜、何故か自分が大人になったように思えた。

千代は今夜、自分一人の気掛りなことを持っていた。彼女の心配は母の心配でも、父の憂鬱でもないのだ。大人になるのはわびしいものだ――千代はそう思ったら、ちーんと鼻の底が痛んで涙が出て来た。

「ちんばちんばいうて、ふだんから辛《つ》らがるのに、また今度のような場合にゃ……」

夕飯のとき母が自在鉤《じざいかぎ》の茶瓶を下しつつ、兄には聞えないほどの小声で父にいっていたのを千代は思い出した。そのとき兄は、上りがまちで脱いだ地下足袋をぱんぱん土を払っていた。千代は父と母とに離れて坐って膳箱を膝の前に下していた。眉をしかめて炉の蚊いぶしの煙を厭《いと》う表情を誇張しているのであったが、本当はふたふたと落ちつかぬ胸が父と母に近く坐らせないのだった。――たったいま一夫と別れて来た。抑えようとしても心臓の波が、電波のように家中に拡がって、父母に伝って行きそうで不安だったのだ。

いま、千代は仕方なし垣根を抜けた。

――東の裕次がもう帰って来はしないか？　彼が帰れば一夫のことも分るのだ――

千代は桑葉をさばきながら始終隣の物音に気を付けていた。

「ちいよ、早よう蚕糞換えを済まそうぞ！」

後で母が言う。千代は観念した。

――もう今晩は東へは遊びに行けんわ！

十一時を打った。裕次は帰らないし、自転車の風を切る音も絶え、闇はいよいよ深く大きな力を加えて来た。おしげ婆は何度となく杉垣の破れを行き帰りした。

「どうしたことぞのう、もう一遍わしが見て来る」

という婆に、いんにゃ今度あわしが見てくるわ、と姑が立上ったがとたんに、この夜の気配に何か感付いたらしい中風の老父が奥から呼んだ。

「お姑さんは病人に付いていて上げてよ……」

と静は下駄を突掛けた。夜露の一杯下りた道に出て五六丁、茂った桑畑の角を廻ると一列縦隊で幾つかの灯が勢《いきおいづよ》強く走って来た、最初の一人が一夫だと呼び掛けたとたん、二番目の裕次が、

「おっ」

と叫んで急にきめたブレーキに、ナショナルの電池がなぐられたようにくらくら揺れて桑畑の岸の楮《こうぞ》の広葉が踊り出て目まぐるしい映像になって浮び出た。

「心配したろ、夜が更けて。来た! やっぱり!」

若い張りのある愉快そうな声。「ま」と、静は息を呑んで頼りない電池の灯影で笑っている男を見つめた。

「お父さんも感付いたらしいのよ、いまお姑さん呼んで……」

「そう、明後日の入隊じゃ、どっちみち、親爺《おやじ》にも……」

裕次の後から歩いていると、静は膝頭に力が這入らないのに気がついて、何とした事ぞと叱り付けたが、感情ではなく、何か生物のように内臓を掻《か》き交《ま》ぜる手があって、何か嘔《もど》して来そうな苦痛で口が歪《ゆが》んだ。

裕次は、

「乗り！」

と足を止めてぶっきら棒にいった。

「ここへ？」

静は、裕次につかまって荷物台に腰かけた。裕次がさし付けた電池に、静は頬の上にチカッと光る涙の点を持ち、夜露に萎《な》えた浴衣の袖を重ねていた。嘗つて妻であった女には見えないくらい静は小さい。静という女全体が小さい感じで裕次の眼に映った。今は二人きりで闇の中にいるのだ。いよいよ出征だ、静には話して置かねばならぬ沢山のことがあると、昨夜の母の言葉を一つ一つ思い出したが、しかし結局一言もいわず、自転車のペタルを最初から劇しく踏んだ。あおりを食ってぐらついた静があわてて肩につかまったのを感じると、肩から足先にうずくような戦慄《せんりつ》が走った。ぐんぐんペタルを踏むと、風が耳許で悲鳴を上げる。何処《どこ》までも盲滅法に闇をかけ続けて見たかった。

西隣、つまり千代の家の杉垣まで来ると、裕次の興奮はコツンと冷たいものに突き当った。見るまに冷たい霧が心を被うてきた。

「先へ帰ってお母にそういうといて……、俺やちょっと健さんへ廻って来る」

「え、健さんも？」

静は叫ぶようにいった。

「うん」

裕次の返事は低く冷たかった。自転車を見送りながら、静もひえびえとした心で健さんの女房の顔を思い浮べた。

裕次が着いたとき、健の家では口争いが起っていた。

「もう止め止め、阿呆！」

怒った健の声、そのときはもう、「今晩は」といってしまっていた。

「おう、這入れよ」

と健がいって呉れたので、土間に這入ると、健はめしを掻き込んでいる所であった。その前で老母がぶすんとした顔でいる。

「今頃めしかあ？」

「うん、奥山へ行って来た所よ、夜道が涼しいと思うて……」

健はまだ動員を知らないのだ——裕次は察しがついた。健と一番親しい裕次は、病妻と老母を持つ健の召集を、役場の小使よりも先に知らせてやりたいと思った。今夜を、健を一人ぽっちで置かず、肩を打って話し合いたい心遣いを持って来たのだが——。

「どうしたんぞ？　お婆」

裕次は訊いて見た。

「お婆はふくれちょらあ……夜更けに起されて。お婆早よう寝え寝え」

追い立てるようにいわれて婆さんは猛然と、

「寝られるか、腹が立って……」

と裕次に向って来た。

「のう、裕さん、わしが今日、うちの暮しが傾く一方じゃいうたら、うちの嫁はわしに当てつけに殺して呉れいうんじゃ。殺せるもんかよ、俺や一生懸命看病しよるのに……」

婆さんは、さっき健にそれを言い出して、

「お姑さん、健さんは疲れちょるに、戻る早々そんなことというて……」

と、嫁には泣かれ、健には叱りつけられて、たったいま、自分でもひどく後悔したところであった。たったいま、心から悔《く》いたのに、それでも黙っていられないのが婆さんの悪い癖であった。

「ええ加減にせえよ、怒るぞ!」

健は裕次の困惑をも見て取って、母を叱り付けた。前とはちがって眼がきらっと光ったのを老母は見た。健の女房の押し殺した忍び泣きが微《かす》かに聞えて、裕次は居たたまらなくなった。

健の女房は、流産の後のこくれでもう永く病んでいた。実家で養生していたのが、最近実家の母が死んだので、また健がつれ戻って来たが、母の死で精神的に参って終《しま》い、この暑さで衰弱が加わっていた。婆さんはなかなか強《したた》か者で、この齢になるまでまだ医者に腕を握らせたことがないと自慢していた。親爺の代にゃ病人はなし、田のひと切れでも買えたが……、と彼女はいいいいする。嫁の久は体の自由がきかぬほど尽きて来た身を、この健康自慢の姑に看病される心の苦痛を、ときどき今日のような形で爆発させた。裕次はだまっていた。器用な、とりなしの言葉など吐けないたちだった。

「健、今晩、分会の者は皆役場へ詰めちょったんじゃ、……今帰った所じゃ！」

裕次はそう言って、じっと友の眼を視た。あ！　と低く叫んで健はコトンと箸を置き、裕次の瞳を見詰めた。

二人は暫くガッキと瞳を見合っていたが、やがて、

「そうか！」

ただ一言、健はどっかりと落着いた声で言い、箸を取り上げて黙々と飯を食い始めた。

その夜——

千代は障子に映る稲妻を見つつ転々と眠れずにいた。

「来たぞ！」

役場から足の悪い兄が帰って来たときは、誰よりも早く飛び出して来た。

「東の裕さんも一夫も、それから佐吉も末太も水車場の幸次も大阪に居る友一と義一……奥の部落で二十五六人……」

「…………」

「ほりゃあ、まあ、大事のう、東もおしげ婆んくも……」

母が蚊帳《かや》の中から寝呆《ねぼ》けた恰好《かっこう》で這い出して来た。千代は母のだらしない風態とその寝呆けた声に何だか腹が立って来た。父親が床の中から何か言った。

「そうよ、残るなあ俺のような片輪者だけじゃ！」

兄は父の言葉を引き取って突掛かるような調子だった。父は急に声を高くした。

「何を言う、戦争へ行くだけがお国へ尽す道たあ限らなあ！」

兄は返事をしなかった。千代は兄のびっこをひいて奥へ行く恰好を今夜は痛々しく見た。俺だって人夫なら勤まるぞ！　百姓が立派に出来るのに戦争が出来んわけがあるか、昨日も彼は千代にそう言って新聞を見ていた。兄は役場できっとみじめな気持を味《あじわ》って帰って来たのであろう。

俺もじゃ、おう君もか、俺もよ、お芽出度《めでと》う、万歳！　わーっと言う喧噪《けんそう》、その中で興奮の後の非常に不倖な気持を兄は家に持ち帰ったのであろう。床に這入ってからも泣いてでもいるらしい気配があった。兄の持つ、除けるすべもなく染みついている淋しさが胸に応えて来、一夫の顔もちらつき、泣くと言う気持には遥《はるか》に遠く、千代は何とはなしに涙を流していた。

翌日は村の人々が集って来て「祝出征」の日章旗を高く立てて呉れた。旗は非常に晴がましくへんぽんと風にはためいた。

「ああ、あれがお役に立つ事になりまして……」

姑は糊《のり》のこわい着物で挨拶した。

「ここよ、これ、ちゃんと跡があるが見いや、こんなにすべっちょる。一夫が役場から戻って来て、『おばあ！』と呼ぶと、おしげ婆は草履つんがけて飛び出してのう、ここでつるりと真仰向《あおむき》にひっくり返ったわ。きゃっと言うたぞよ！……胆《きも》つぶしたわ、あんなたいいんじゃあるしよオ」

薪を抱えた姑が庭先でいった。三尺ばかり、成程《なるほど》とうなずけるほど、斜にこてでなでたように湿った土がなめらかになっている。短かいチャンチャンコから萎《しな》びた棒のような足を天に向けて倒れた婆さんの噴き出すような滑稽な、しかも限りなく悲しい恰好が静の目に浮ぶ。キーンと心の中に突張って来る悲しさがあった。静は笑い出しながら、

「まあまあ、それで何処も打ちはせんの！」

裕次は、家政を出来るだけ整理するため自転車を飛ばしていた。

健もまだ、二三取引に出掛けなければならない所があったが、その夜は、女房の久が、眠るまで側に居て欲しいと言うので、薄暗い灯の下でつくづく女房の顔を見た。彼女は枯れ切っているのに、この二日は不思議に生命が水々しく張り切っている。健は人間の生命の秘密を感じた。瞳など生々と健を見ているのだ。

「ひさ、まだ生きたいか？」

ついいそんな言葉が出た。まだ生きたいか、まだ、とは何と残酷な言葉であろう。けれど

健の口から出ると、それは非常な慈愛に満ちていた。

「死にたい！」

と久は言下に答えた。え？　と健は訊き返した。彼にはそれが、

「生きたい！」

と聞えたのだ。久は二十一、生きたい、生きたかろう、健康で働いて……だが、彼女の体は尽きている。

「うん、死にたいか、どっちみち、あとさきするだけよ、どうせ一緒になるぞ。俺あ切って切って切りまくって手柄を立てるぞ。——それから追いつかあ、あわてずゆっくり行きよれよ」

健は愉快になって笑い出した。最後の言葉が可笑《おか》しいと言って久も笑い出した。

——と、それだけのことを健は翌日、裕次に話した。翌朝久は死んでいたのである。村長は特別にはからって貰おうといって呉れたが、健は決してそんなことをして貰いたくはなかった。その日に後かたづけをして、裕次と一緒に出発した。久の死に方とか、姑との折合いとかで、暫く噂になった。しかしこれは、死を以《も》ってはげました妻、生還を期せず敢然出征した夫、新聞報知の通り応召美談なのだ。健は元気に冗談ばかり飛ばしていたし、裕次は、久も健も一番幸福な道を採ったのだからこれで良いと解釈した。健の瞳をじっと見ていると、裕次になど窺い知るべくもない幸福な気持が靄《もや》のように漂っていた。

一夫の出発は裕次より二日遅かった。その五日間、千代は桑畑の中にいても蚕室にいても心が手許になかった。ちいよ、と母に呼ばれて返事が頓《とみ》に出ず、何を呆けちょる、と口《くち》叱言《こごと》を食う。それからは、千代は気がつくたび、あたりを見渡した。千代の青春はこの数日に燃え尽くしてしまおうとするかのようにしきりに酸素を求めて喘《あえ》いでいた。

「ちいよ、早よ一夫に酒つがんか！」

新宅の小父《おじ》が、熱かんを持って行った千代の袂《たもと》をつかんで引据えた。千代は急に顔に血が来て周りの喧噪が遠のいた。出発前夜の酒宴であった。

夏羽織の一夫が真向うからグッと太い腕を突き出した。節の太い木のような彼の手の中で、可笑しいほど杯が小さく見えた。

「思い残す事ただ一つあり！　じゃあないか？　一夫？」

若い連中の中からそんな言葉が飛んで来た。一夫は千代の注いだ酒杯をぐっと空けて、そのままその方へ、

「おい一つ！」

と突き出した。飛んで来た冗談がいささか心に近すぎて、気の利いたしっぺ返しの言葉が飛び出して来ないのだ。

今宵一夜——千代は自分に言い聞かせる。承服しそうもない心が、歌が出、箸拳《はしけん》が出て、何時までも続きそうな酒宴にじりじりして来た。千代のことなど一夫は忘れてしまったのだろうか、あの昼間垣根でした約束も——既に羽織を脱ぎとばし、着物の袖を高く肩にた

くし上げて箸拳を闘わしている一夫を、千代は酒を運びながら始終ちらちらと見ていた。

「行くぞ、三本！」

一夫は、箸をかくした腕を突き出して物凄い声を出した。まなじりが上ってきれて、ふだんは見るべくもない劇しい美しさが出ている顔だ。千代は戦慄のようなものが背を走った。——戦いの最中の彼の表情を想像させる顔だった。

酒宴の果てたのは十時、千代はほっとした。

——おお、あと何時間が自分に残されているのか知らん、ほんとに何時間が——

客を送り出して帰って来た一夫は、

「おい、水！」

と千代に言った。

湯呑になみなみと汲んで持って行くと彼は受取らず、子供のようにいきなり口を持って来て千代の手に軽く片手を添えたままゴプゴプと呑み干した。千代にのしかかった姿勢で、あらあらしい呼吸《いき》づかい。そんなささいな男の動作さえ千代には強くひびいて来た。

「一夫さん、酔ったの？」

静が台所で手伝いながら笑った。

「何の、これしき……」

「あらそう、それにしちゃ……。千代ちゃんが照れちょるじゃないかあ！」

千代はふだんから静が好きであった。がこの一瞬、何故か一層好きになった。彼女は静や新宅の小母達と共に座敷の呑み散らしを片付けた。一夫の姿は見えない。約束の河原へ、あの栗の木の下で待っているのであろう。

「千代ちゃん、もう遅いしお帰りよ、洗いものは朝でええもの」

静が言う。千代は顔を赧くした。その一瞬、一夫よりもこのやさしい静にすがって、子供のように大声で泣きたい気持になった。

「ええのよ！」

千代は小声でいう。

そして痩せ我慢をして手桶《ておけ》の中へざあざあ水を移した。

予備隊に残っている裕次は、二十日許《ばか》りして一日の賜暇《しか》で帰って来た。

――まだ戦地へは立たんのか、体は丈夫か、おしげ婆んくの一夫は、上海への船の中から一遍はがきよこしたきりだが、今あ何処に居るか知らん。裕は今どんな仕事を毎日しよるんぞ――

裕次の手紙で知っていること、裕次に訊いても分る筈《はず》もないことまで、老母はひっきりなしに問いかけ、裕次が何から答えていいか分らず突立っているのを見て、

「何をしよるんぞ、裕はまあ他人みたいにそんな上りはなで……。早う座敷へ上りや」

と半分叱りつける。

「お母のように、そう一遍に何もかも問うたち返事が出来るか」

と裕次が笑うと、

「ほう、そりゃそうじゃ！」

と彼女も笑うのである。何も答えなくていい、目のあたり息子を見ているだけで老母は非常に上気嫌であった。何かの拍子に静は裕次にぴったり向い合って立ち、

「ああもう、ちゃんと兵隊さんの匂いがする！」

と、わざと鼻をくんくんいわせて笑った。裕次はふだんとは異《ちが》う強烈な男臭さを家に持ち込んだ。男ばかり集って暮す兵営の匂い！　汗の染みた不潔なような、生命力の旺盛な、洒落《しやれ》たチックの香《にお》いなどよりは遙かに好もしい匂い。静は真向うから裕次をまじまじと見た。

家中で手紙の書けるのは静一人なので、家政のこと、舅《しゆうと》の病状など告げてやる彼女の手紙に、裕次は手紙では意外に激しく接近して来た。

――死んだ兄の妻を今度は弟の女房になど、何という没個人的なことを考え出す年寄共かと、貴女の心情を想うと気の毒で、母を頭から叱りつけたものだったが、今は、今となっては、何よりも貴女をうちのひととして一切をお頼みします。御迷惑とは思います。しかし、我慢して下さい。今は国を挙げての目的に皆が少しずつ我慢し合わねばならぬ時ですから――

しかし、静には我慢という言葉を用いなければならぬ苦痛感は何処にもなかった。懸命に押開こうとしていた扉を、不意に中から引き開けられて裕次の心の中へ飛び込んだ気が

した。女は所詮蔦《しょせんつた》なのか。松の木肌のように荒い感触の裕次にまつわって、緑の葉を伸ばし青空を望む膨らんだ気持が静に湧いて来た。裕次の切迫した位置が、きびしい現実の条件の中にもかかわらず慎ましく何かしら尊い色彩を投げた。手紙でのみ育ち始めた心の芽を傷めまいと、静は朗らかであけすけに振舞った。応召前と今とでは大きな時間が経っていた。裕次は既に弟ではなかった。一人の大きな男として、兵営からの強烈な男臭さで静をもこの家全体をも抱擁し、炉の前にどっかとあぐらをかいているのだった。老母は非常に上気嫌でその息子を見ていた。彼女には裕次が帰って来ると、家中の空気が彼を中心に吸い集められ、高い藁屋根を持ったこの家がシャンと真直《まっす》ぐに立つ、と思えるのだった。

「貞さん戦死の公電が昨日来たぞよ、ほんにもう……」

夕食も済んで気持に少し余裕が出来ると、姑は思い出したように言った。それが自然静の胸からも一つの思い出を手繰り出した。

――お召しから第三日目に面会許可があるというので、静は姑を病人にのこし、貞さんの女房のおよしと一緒に汽車に乗った。貞さんは、この村に本拠を置く旅廻りの三文芝居の浪花節《なにわぶし》かたり。何時の間にか村に落着き、つんぼの佐市爺さんの娘を妻にしていた。下手な浪花節よりもその天成のひょっとこ面《づら》とどんぐり眼《まなこ》、明るく開けっ放しで人を笑わせて自分もそれで楽しんでいるところが人気があった。

営門は劇しい夏の陽《ひ》に白く照り付けられいかめしい表情だった。大勢の人々が群れていたが、五時にならねば面会は許可されなかった。誰れもが何となく去りかねていた。千人針を持って歩哨に何か頼んでいる老婆、鉄格子から見ると塵一つない営庭で撒水《さんすい》している兵、向うの建物の中でミシンを使っている兵、それ等の中に貞さんや裕次が交っていそうに思われ、陽に焼けて金属の匂いのする門柵に鼻を押し付けて、出来るだけ視野を広めて見るのであったが、兵隊さん達は皆同じ顔形に見えて判別することも空《むな》しかった。荷物を満載したトラック、リヤカーが間断なく営門に吸い込まれる。一人の紳士がつかつかと出て歩哨に何か話していた。よっし、と歩哨は物凄い声を腹の底から出した。紳士は連れの奥さま風の女を招いて門を這入って行った。その後姿が静の目に焼き付いた。およしさんは羨望《せんぼう》の目射《まなざ》しで呆けていた。この門の向うには、裕次がいる。貞さんがいる。それなのに、彼女等には一歩も這入れないこの門を、いそいそと這入って行ける女は一体どういう種類のひとであろう。今のは特別、今のは特別です、一人の老婆に歩哨が笑いながら答えていた。

兵営の附近は軒の低い小さい安宿と小店が軒を並べていた。単線の電車軌道、道傍には青草が茂ってさえいた。二階とは名のみ、道路から手の届きそうな窓に国防婦人会の襷《たすき》の女たちが溢れている。土間には数々の下駄が無秩序にゴタゴタ並んでいた。それ等の下駄は皆安物で、しかも一様に真新しい。座敷の上り口近くは、よそ行きの田舎女の表情そのままに殊勝げに向うむきにぬぎ揃えられてかしこまっていたし、遠い方のは這入って行く足の向きのままにあわただしい表情であった。そのあわただしい下駄の主達は座敷までの間、下駄のむしろを伝って行くので中間の下駄は横向き、くつがえり、総《すべ》ての下駄は階上の女達、その気持をも象徴していた。

在郷軍人のカーキ色、軍靴、地下足袋、ケーキケーキ、アイスケーキ、バナナは入りませんか、バナナは。ユキ、ユキ、アイスクリーン。安宿の土間は暑気と喧噪にごった返していた。冷たい飲みものの呼び声は誰れをも一層暑くした。

そんな宿の一軒で、裕次は営外に宿営中だとやっと分った。狭い階下の部屋の隅で、およしは背の子に乳をふくませた。汗の流れている母の肌をひたひた打って赤ん坊は、う、うん、とのどを鳴らした。

蒸せ返る暑気と果てしのない喧噪にもかかわらず、この狭い室の隅にはほんのときどき、一瞬の静寂があって微かな蚊の羽音がした。煤《すす》けた茶色の襖と中敷居の土壁に劃《かく》された薄暗い隅に眼を凝らすと、母親の膝にまたがって投げ出された坊やの丸い脚に黒い大きな図体の蚊が、今し柔かい肌に生毛《うぶげ》の林を分けて針を立てようとしている所であった。ま、小《こ》癪《しやく》な！　ぴたっと静が、仕止めてやると、坊やは乳房を含んだまま頬を乳房に押しつけながら横目をし、片脚をぴんと上げて見た。その白目が貞さんにそっくりだった、と静はいま想い出した。

午後になって人波が渦を巻いて来た。およしは人おじした顔で、

「うちらみたいなもん、とてもよう会えやせん！」

と心細げにつぶやいていた。

「今からそんな気でどうするのよ」

静は励まして置いて、電車に乗って旭駅前で下りた。

夕陽なおおとろえず舞立つ塵埃《じんあい》を赤く透かせている街、電車の中、バスの中もカーキ色が溢れていた。汗に塵に静の肌は感覚を失った無表情さで、ただ全身が眼になる。何処かそこらの街角から、ひょっこり裕次が出て来はしないかしら！

ようやく尋ね当てた家は新築の二階屋、三輪車の男の子が遊んでいた。裕次は勤務で出ている。五時頃には帰られます、と言う。困惑して去りかねていると軍靴の音がして、当の裕次が帰って来た。予備隊に残されるらしいこと、荷物を持って帰って呉れと言い、二階から風呂敷包みを持って来て静に渡している所へ、ガッガッと軍靴の音がはげしくもつれ合って二人の同宿の兵がかえって来、そんな裕次に、うおっ！とからかうような笑声を上げた。裕次は急激に赧くなり、彼等に義姉だと分って貰えるように努めている声の調子で、

「そんじゃあ、両親を願います」

とかしこまった。どたどた彼等が二階に上ると、

「昨夜は自由な時間が少しあったんじゃが……今晩もし暇があったら旭の電停前まで行く、九時まで待って駄目なら帰って呉れ」

と声を落し、まだ任務があるから、と小路を出て行った。

宿に帰るとおよしは気抜けしたように坐っていた。会えた？　訊くと、ううんと首を振って干からびた瞳をしていた。開門と共に物凄くなだれ込んで行く渦に巻き込まれ入門し

たものの貞さんが見つからず、一人の兵に呼んで貰うように頼んだが、いらいらと待っても待っても、とうとう面会の門限まで彼は姿を見せなかったという。およしは大声で貞さんの名を呼びつつ、押され押されて門外に投げ出されたのだという。

そんな彼女を一人置いて旭の電停前まで行くのは不安な気がしたが、およしは動きたくないと言うので静は一人で宿を出た。旭電停前のほこりを被ったプラタナスが生命の盛りの葉を茂らせている並木の下を行き帰り、腕時計を灯明りに透かしては裕次を待った。この夜、合図の三発の号砲より一時間以内に征途に上る軍列の営門出発、電車通りに集って静粛裡《せいしゆくり》に見送る事、等々の注意書が町内の役員から宿にも配られてあった。

街は日の丸の小旗を交叉した自動車、自動車、自動車、電車、人々の波、赤い車体に金属の機械類の白く光る消防自動車、軍用トラック。群集はそれ等に万歳を浴びせる。積荷の上から戦闘帽の兵士達がそれに答えて行く。——とても裕次に此処《ここ》まで来る暇はあるまい。

——九時を過ぎても、やっぱり彼は見えなかった。三発の号砲は既に鳴った。心せいて宿に帰ると、およしはさっきのままの姿勢でぽつんと坐っていた。表情が死んでしまって汗にまみれた肌に疲れの色が黒くよどんでいた。

「今度はきっと見つかる、さあさあ」

静は、およしをせき立てて電車通りへ出た。

軍列を迎えたのは深夜であった。兵士達は一目で、ずっしりと重量が胸に感じられるような背嚢《はいのう》を背負い、その上に皆一様に網に入った鉄かぶと、新しい地下足袋。八月とは言え肌寒い深夜、彼等は汗を流して行進して来る。

先頭のラッパの音が遠ざかると、ザッザッザと沢山の軍靴の音が波のように起った。兄や父らしい人々が一生懸命大股に歩調を合せ扇の風を送ってやりながら共に行く、この場合精一杯の肉親のいたわりであろう。

万歳に答えて手を振って行く兵隊の笑った顔々々。一様に撰りすぐった立派な肉体、灯に照らされた赧黒い顔。教養の差も、貧富の差も、人為的なあらゆる衣を脱《ぬ》ぎ棄《す》てた真裸の唯一の生命が、今こそ一様に輝いていた。肩の銃、長い日本刀、この人達はきっと敵前上陸であろう。静はだんだん呼吸が浅くなって見入っていた。彼等の一人一人の顔を、とうとく記憶に止めて置きたかった。

およしは顔中を瞳にしていた。ふだんよりも頬がすっこけて見えた。不意にその瞳に貞さんの顔が飛びついて来た。およしは無意識なほど敏捷《びんしょう》に貞さんの帯革につかまって、ずるずると軍列に引きずられて行った。静はそのおよしをしっかと瞳でつかみ、彼女もまた軍列に添って駈けた。橋のたもとでおよしは引き離されたが、直ぐまた追いすがって行った。口を開いてはっ、はっ、と急な呼吸をしている火のようなおよしの顔が軍服の肩の重なり合った合間から見え、

「去《い》ねよ、去んで呉れよ」

と貞さんの浪花節かたりらしいしわがれた声も聞えた。懇願する調子だった。——今も

その声が耳にある。——

夕食後のおちついたひとときふと裕次が言った。

「一夫が負傷したらしいんじゃ、はっきりせんけんど。戦友から知らせて来た。それもまた聞きで、らしいと言うだけじゃけんど……」

「まあそう！」

静はすぐ千代の顔が浮んだ。

「重傷じゃない？」

「さっぱり分らん。うちの部隊、殊勝の羅店鎮は凄かったらしい」

「ほりゃ、おしげ婆に早よ知らせにゃ……」

姑は今にも立上りそうにする。

「待てよお母、はっきり分らんこと……。心配させるだけじゃ！」

「それでも、負傷ならすぐに氏神様へもたのんでお通夜せにゃ……」

裕次は口をきかなくなった。静はふっと心配した。このひとは、自分のときでもこうだろうか——。それでもいい。私がこの人を守って見せる！　そう言い聞かせて安心した。何故か神にたのむより自分自身の情熱に頼むのが心の底から安心出来た。千代にだけは話してやろう、と静は考えた。知らぬが仏というけれど、千代にして見ればどのような消息にしろ、事一夫に関する限り十分間でも知るのが遅れたのを悲しむだろうから——。

「健が葉書よこした、これ」

裕次は思い出したように、立って行って軍服のポケットから取り出し、それを静に投げてよこした。

「どれ」

あわてて取り上げて見ると、終りの方にこんな文句があった。

――ぴゅうぴゅう弾が来る。が、俺には当って呉れんので困る！　女房が待ち兼ねて居るだろう。俺の殊勲を祈って呉れ――

空の上の方を風が高く渡るようになった。秋が空から静かに大地の上に降りて来るのが感じられた。月の明るい夜を女達は公会堂に集って慰問袋を縫った。キャラメル、氷砂糖、金平糖、レターペーパーと封筒。千代は一つ一つに心をこめて、他の女達から縫い上って廻されて来る袋に詰めた。

――きっと、どの一つかが一夫の手にも渡るであろう――

夜更けて公会堂を出ると、下の小川は黙って白く光って流れ、河原に野いばらの叢《くさむら》が黒く浮出ていた。大きく伸び切った茅に若いすすきが月に向って伸び、一杯に夜の気を吸っていた。小川の橋を渡り切ると千代は楽しそうに言った。

「手紙が来たのよ！」

「まあそう！　どういうて？」

「病院からよ。迫撃砲で足をやられたって……」

千代は今日、その手紙を裏の杉垣の蔭で読んだ。その防風林の梢を風が渡り、井戸端にさや豆の白い花が支柱にからまって、はつはつと咲いている裏庭で。

「いよいよ発つことになった、今度の土曜日に……」

二度目に帰って来た裕次が、静にだけそう言った。病父と母には帰営の際まで黙っていた。徒《いたずら》に感情を消費したくなかったのだ。それで老母は出発日は知らず、

「一寸顔出しだけでも……」

と、負傷者の平癒戦勝祈願のお通夜へ出かけて行った。

「……元気で、気を付けてね」

と、静はじっと男を見つめた。

「あの事、どう思う?」

裕次は何の連絡もなくぽつんと言い出した。静には、だが忽《たちま》ち了解された。あの夏の日、桑畑の中で背を向けたまま、気にしないで……と、この問題にふれた彼を思い出した。静は返事は心に決めてあったが、表現する言葉につまった。何時かの彼のように背を向けて話すわけにも行かない。彼女は眼を伏せて洗濯物を畳む。

「はっきりして置きたいんじゃ、そうでないと家の事が気にかかる」

言いながらも裕次は自分に恥かしくて赧くなった。——この場合、特殊な事情に甘えている気がするのである。気にかかるのは静の事であった。分ってはいたが、はっきり彼女

の口から聞いて置きたい。心と心の夫婦、それでは美し過ぎて裕次は空腹であった。美しい料理を何時まで見ていても腹は張らない。——裕次は自分に言いわけした。これから戦いに行くのだ。腹が減っては戦は出来ん！　三十までは結婚せんぞ——と常に考え、百姓の暇々を彼は木彫に熱中していたのだが——。

——おい、恋人の一人もなしに……とは悲壮過ぎるぞ！　我々は光栄にも死所を得た。人間二度たあ死ねんぞ。美しき彼女を残して壮途に上らんかな！

——此奴よくよく腕のない男じゃ、おい誰れか此奴の一粒の種をこの地上に残すため、至急恋人を見つけてやって呉れ……

酔うと、兵隊達の頭ではすべての女が、美《うる》わしく、愛すべく、魅惑さるべく輝き出す。戦いの話、女の話、不必要な事は決して考えぬ生活は、彼を単純にして来た。

時間が流れて行った。何時間たったであろう。裕次にはわからなかった。静にもわからなかった。二人の上に無限の時が流れて行った。

「やって来るぞ！」

と、裕次は腕を大きく振った。

「切って切って切りまくって来らあ！」

裕次は子供のように幸福な気持で身内がうずく。彼はひそかに口笛を吹いた。

——何の歌か、それを聞いていると、遠くに白い雲のある丘、足許に桜草や紫のすみれの花が咲いている丘、といった風景が浮ぶ、サラサラサラ小川のせせらぎが聴える！　静はじっと横たわっていたが、閉じた眼からぬるくぬるく耳の方に涙が流れた。裕次は静の枕許にあぐらを組んで覗き込み、堅い手で涙を拭《ふ》いてやったが、それはまるで草むらを流れる春の水のように後から後からと流れて来た。

茶の間の電燈が届きかねるこの部屋で、静の顔が水底の花のようにほの白く微笑《わら》っているのが見える。

——俺と、兄とで、この女を不幸にしてしまうのではあるまいか！　裕次は、ふっとそう思ったが黙っていた。

大場鎮、南翔、大倉、裕次が出発して幾ばくもなく、相ついで捷報《しょうほう》があった。姑は一層信心に凝った。静は体質が変ったように秋の取入れを十分やって除《の》けた。一夫からは絶えて便りがない。片脚を切断後の経過は如何《どう》なのか、静はときどき心が曇った。しかし千代はいつも朗らかであった。夕方、田圃《たんぼ》の帰りに道の辻で静と一緒になると、

「生きてさえいるんなら脚の一本位……ねえ！」

千代はそう言って、お先へ！　と狭い畔道を先に立った。——千代は少女で、手術の重大さなど考え及ばないのであろうか——

静はそう思ったが、千代の若く盛り上った肩を見ていると、

どんな事があっても死なすものか！

と言う信念が意外に強く力んでいるのを知るのであった。

高い空に水色の淡い雲が流れている。暮れるには間のある落着いた明るさが、遠くの田の面にまで続いている。心の中の何かを誘い出されたように千代は秋の歌を唄い出した。

ゆうぞらはれて、あきかぜふき
つきかげおちてすずむしなく……

千代の唄は青春の日の哀歓に溢れていた。

後から歩いて行きながら、静は、未亡人と言う段階を兎《と》も角《かく》も越して来た自分の、つまずき易く、こわれ易く思える青春を、清水をむすぶような大切な気持で掬《すく》い上げた。

――もう一段だ！

いま、この瞬間にも裕次は戦っているのだ。

――静の眼の前には、嘗つて見たこともない険しい人生の段階が聳《そび》え立《た》っていた。それは眼に接して屹立《きつりつ》し、足掛りもない懸崖《けんがい》であった。しかし、静は運命に委《まか》せるのはいやであった。越さなくって！　と、静は憤怒《ふんぬ》に近い不屈な魂を湧き立たせていた。

# 時代の娘

長谷川時雨

玄関の鈴が鳴って、扉がバタンとしまった音が、家中留守のせいか、妙に、洞穴《ほらあな》で聴くように響いた。

「ああ、暑い、暑い。どうもこうも、早く逃げ出さないじゃやたまらない。」

と、買いものが済んで帰って来た母が、

「多計《たけ》ちゃん、何処《どこ》？」

と、言いながら、こっちへ来る足音がした。

従兄《いとこ》へおくる慰問袋の小包の表書きをしていた多計子《たけこ》は、もう一字で書けてしまうので、腰をうかせながら書いてしまった。

「お帰りなさい。お姉さんは。」

多計子は墨をふくませた筆をもっていた。小包の名宛を、裏面へも書こうとしていたのだった。墨のたれないように、筆の穂さきを上にむけて、近よってゆくと、

「厭《いや》よ、多計ちゃん、白い着物へ、つけちゃいやよ。」

母の外出着は、白地に藤鼠色の刷毛目《はけめ》を染めた、紋紗《もんしや》だった。

「お母さん、そんな贅沢《ぜいたく》な着物きていていいの。」

と、多計子は咎《とが》めた。

「だって、あるんだから、着ていいんじゃないの。買っちゃいけないんでしょ。」

多計子は、そういう母が、ちょっといまいましかった。

言えば、子供のくせにと、怒られてしまうのはわかっていても、時節柄もっと質素にしてくれればいいのにと思わないわけにはいかない。

「ねえ、お母さん。」

多計子がすりよってゆくと、

「嫌だってば、この人は、なによ、筆なんぞもってるの、そんなに墨をつけて。」

多計子は、いまもいま、汗と泥と、煙にまみれ、炎熱に真黒けになって、目ばかり光らせているだろう従兄が、慰問袋から飛出す玩具《おもちや》に、ひっくりかえって笑う顔と、それにかさなる兵隊さんたちの、眼だけ光るのと、白い歯だけの笑いを目にえがいていたので、しんとした夏の日の、どこもかも片づいている、広い座敷の中で、むかいあって立つ母の、あんまり涼しげで屈託のないのが、好きな母親であるだけ、癪《しやく》にさわった。

「この暑さじゃ、もう一晩もがまん出来ないわ。早く軽井沢へ帰りましょうよ。今晩にきめたのですからね、そのつもりで。」

避暑の中途で、用達《ようたし》に帰って来た母子《おやこ》は、どうせ、今日か明日、出かけることになって

いたのだが、

「姉さんは。」

と、多計子は、それにしては姉の香子はどうするのかが気になった。

「あの人、お友達とあったので、映画ちょいと見て、汽車の時間までには帰って来る筈《はず》よ。もう用も済んだし、早く帰りましょうよ、あっちへ。」

帯留《おびどめ》の翡翠《ひすい》の金具をはずしかけて、更衣室の方へ行こうとする母へ、多計子は自分でも思いがけない、追いせまった声を出した。

「おしゃれの罰金、墨くっつけてやろ――?」

「まあ。」

緑色の夏帯を、若々しくしょいあげている母親は、嶮《けわ》しい眼をして振りかえった。

「いいかげんになさいよ、多計子ちゃん。物資はだんだんなくなるのよ、大事にしないと、こういう上等品は、もう拵《こしら》えられないのですからね」

多計子は下唇を噛んだ頤《あご》を、ひょいと突出した。

その時、また、門内の砂利が自動車の車輪に音をたてて、扉の鈴が鳴った。

母子は、ふと、小さな角づきあいをやめて、おんなじように耳をたてた。

「香子にしては早い。」

と、母は呟《つぶや》いていた。

「いいえ、別段たいした用があるのではないの。上《あが》らないで行きますわ、お忙しいでしょうから。」

という、女客《おんなきゃく》の声が、奥へきこえるように取次のものへ言っているので、耳を澄ませていた民子《たみこ》は、

「あ、磯辺《いそべ》さんだ。」

と、いいながら、急いで出ていった。相手の顔を見ると、傍へよらないうちから、

「丁度《ちょうど》よかったの。いま買いものや用達から帰って来て、まだそのままなんですわ、早くお上りあそばせ。」

「でも、今晩お立ちなんでしょ」

「よろしいのよ、もうあとは、御夕飯いただくだけなの。だいぶ時間がありますから。」

「じゃあ、ちょいと寄せて戴《いただ》こうかしら。」

と、相手の磯辺夫人も、民子に負けない美装で、連れて来た婦人を引きつれて室《へや》に通った。

「応接間をしめさせてしまいましたので。」

民子は、はじめての女客を、内輪の者を通す奥の間へ招じたので、わびるようにいっているのが、次の間で、荷札をつけている多計子にもきこえた。

「ホホ、あんまり田舎者になったので、民子さんお忘れになったのね。」

低い、落着いた、日本語とは語音の異なったなまりをもった、女客の答も手にとるようにきこえた。

「あら、どなたなの。」

母親の民子の、思い出せないといった、首をひねっているような声に、磯辺夫人の高声がおっかぶせて、

「あたしも吃驚《びっくり》したの。あなたが一足お先《さ》きに軽井沢へお出《い》での様子だったら、子供にセエターをもう一枚届けて頂きたいと思って、お願いに出ようとしたらば、この方が来てくださったので、では、一緒にということになったのよ。忘れて？　そら、女学校時代に一緒だった、渡瀬《わたせ》くら子さんよ。」

「あたくし、渡瀬くら子でございます。お忘れになったかもしれません。」

引きしまった小さな顔の、黒い、質素なワンピースを着た、どっちかといえば小柄な女の人が、多計子の居る室からも見られた。

「もう、二十五年にもなりますから、私も随分変りましたでしょう。」

女客は、さびしく笑って、ボソリとした声でいった。

「あら、では、あなた、学校にいらしったくら子さん。」

母がめんくらったふうに言うのを、

「やっと解ったの、民子さん。」

と、磯辺夫人が賑《にぎ》やかに笑っている。

「その実、あたしも、ちょっと戸惑いしたの。取次だけでは、誰の事だか思い出せなかったのよ。」

「ホホホホ。」

くら子という質素な洋装の婦人は、軽く咳《せ》くように笑って、

「シャトルから参りましたって、申上《もうしあ》げたので、おわかりになってくださったのでしょう。」

「そうなの。」

大きな声で、引《ひ》っ涳《さら》うように言った磯辺夫人を、多計子はなんだか嫌に思った。けれど、その尾について、母の民子が、

「それなのよ、渡瀬くら子さんて、あたしの知ってる渡瀬さんならば、大変失礼だけど、アメリカへいってらっしゃるのだから、もっとスマートな方だと思ってたので——御免あそばせ、ちょっと解らなかったわ。」

と、いっている民子の口ぶりに、何処か相手を見くびってる様子が見えるのを、多計子は気の毒に思った。

小包を郵便局へ出しにいってもらって、そのかわりに、冷い飲料を、母のお客に運んでゆくと、

「梅は？」

と、民子は、お前がしなくってもいいという顔をした。

「使いにいってもらいましたので。」

と、多計子は初対面の婦人に会釈した。

女客は、ムッとした強い眼つきをしていたが、

「有難うございます。」

と丁寧にいって、多計子のむきだした腕と脚を見て、ニコリとした。

「それで、あなたは、明後日《あさって》お帰りなさるの。」

と民子は、軽井沢は涼しいからお招きしたいとか、一船《ひとふね》のばしたらいいが、などと社交なれた、深切《しんせつ》らしい柔かさでいって、自分が今晩立つのでなければ、晩餐《ばんさん》をおあげして、めずらしい話をきくのにと、残りおしそうにも言った。

「そうなのよ、あなたが居てくださるのだと、わたしも御一緒におよびしたいと思っていたんですけれど。」

そういう磯辺夫人へ、くら子は、かぶせるように、そのくせ、ボッソリといった。

「いいえ、決して、御心配くださいますな。それよりもっと、あたくしは、伺いたいことがあったのですけれど。」

くら子の声には、どこか冷いものがあった。多計子には、くら子の顔が、だんだん尖《とが》ってゆくようにも思えた。

「うかがいたいことって——あれ？」

磯辺夫人は、ちょいと持てあましたというように、くるりと民子の方に体を捻《ね》じまげて、

「あなた方、いま、何をしてらっしゃるかって、訊《き》きたがっておいでなの。」

「何をしてるかって？　どういうことを。」

民子は磯辺夫人の眼のなかを探るように見つめた。

「時局下に、なにを、毎日なさってるかっていうの。」

磯辺夫人は、それで持てあましているといった色を、ちらりと示した。

「そりゃね、いろいろあるけれど——何って、別に、これ、これのことをしておりますとはね。」

「ね、そうでしょ、そういったのだけれど、くら子さんは物足らない御様子なの。」

「ふん。」

民子は、いつもの調子になって、

「じゃあ、避暑になんぞ行っちゃあ、いけないとでも仰《おつ》しゃるの。」

「どういたしまして、お体を御丈夫になさるの、結構でございます。あたしがおうかがいいたしたかったのは、戦時下の祖国のお友達は、日常、どんなことをなさっていらっしゃるかということでございました。」

「そうね、そう仰しゃられると、別段、ふだんとちがったこと、何にもしておりません。」

民子は皮肉にいって、

「何をしろとおっしゃるの。」

「さあ。」

くら子の細い眼は沈んで、釣りあがっていた。

「何をしたらいいのよ。」

磯辺夫人も民子のあとにくっついて言った。

くら子は、二人の奥さんがたには答えずに、後の方の椅子に、離れている多計子の方に話しかけた。

「お嬢さん、あたくしもう、廿五年《にじゆうご》も日本におりませんのです。ですから、あなたは、あたくしを見たことないでしょ。お母さまがたと、女学校を一緒に卒業して、すぐと、父の居るアメリカのシヤトルへ参りました。十五年前に、一度帰りましたけれど、子供がちいさかったのでどなたにもお逢いする暇がなくて帰りました。こんどは一人で参りました。」

くら子は、ポツンと話をきって、ちょいとの間黙ってしまっていたが、

「お嬢さん、あたくしどもは、居ても立ってもいられないほど、三年も戦争をしております。生まれた国、祖国のことが気にかかってしかたがなかったのです。いろいろの方法で献金だの慰問袋をお送りしてきましたが、こんな時、昔の学校友達は、どんなことをして働いておいでなさるかと、聯絡《れんらく》をとりたく思って出て参りました。」

「あらいやだ、そんなら、その事、さきへ、手紙ででもいっておよこしになればいいのに。」

と、磯辺夫人が上《うわ》っ調子《ちようし》で、話をもみ消してしまうふうにいうのを、くら子は耳にもかけずに、多計子の熱心な眼の色に勇気づけられて、この娘《こ》にでも言いたいというふうに、

つづけた。

「あたくし、銀座を歩いてびっくりいたしました。あとできくと、帰還した兵隊さんなども、そう仰しゃるそうです。大変派手やかで、若い娘が、紅や白粉《おしろい》で顔をいろどっています。あんなに賑やかなのも結構ですが、あの着物と、化粧はどういたしたものでしょう。」

多計子が、全身で聴いている態度に、くら子は、救われたといって微笑をはじめて見せた。

「けれど、もっと、がっかりいたしましたのは。」

くら子は言いにくそうに、磯辺夫人と、民子の方を、じろり、じろり、と見ながら遠慮がちに、

「こちらへあがる前に、学校時代仲のよかったお友達たちをおたずねして、いろいろ、うかがおうとしたのですが、何をなすっていらっしゃいますというと、なにをしたらいいのよ、という方ばかり、あたくしの、遠い土地で力瘤《ちからこぶ》を入れていた心は、クタクタになりました。こんな気持で、あたくしは帰るのか。あちらに居る、祖国日本を案じくらしている人達に、なんと話してやりましょうかと、情なくなりました。それは、種々《いろいろ》よい事を見たり、聴いたりいたしましたが、肝心の、たよりにして来た、あたくしの昔のお友達たちは、はかばかしい御返事もなさってくださらないので――」

「そりゃあんた違うわ、日本は、まだそこまで困ってやしないのよ。あたしたちが、こうしていられるほど余裕綽々《よゆうしやくしやく》なのよ。そういえばいいじゃないの。」

そういう磯辺夫人に、くら子は、

「そうでしょうか、それでよいのでしょうか。」

と、厳しく言った。胸を反《そ》らして、何もかも、鬱屈した、帰って来てから以来の、もやもやしていた、憤《いきどお》りを、あわや、磯辺夫人を目当《めあて》に、ぶっつけるように言い出そうとするとき、

「おばさま。」

と、多計子が、思わず発した、ほとばしるような熱のこもった声に、くら子は引かれた。

「あちらにいらっしゃる方たち、そんなに一生懸命ですか。」

「そりゃあなた、国を離れているものの、祖国愛というものは、実に、ちいさなことにも現れております。あたくしども居るところの、支那の華僑たちの職業《しょうばい》は正業がすくないのです。表の窓には、ドレスの見本とか、流行型の靴を一つとか、瀟洒《しょうしゃ》に飾ってある店が、賭博をさせています。だから集る金が大きい、それをドンドン戦争に送っています。日本人は、せんたくやさんが多い。」

「え?」

多計子は、ハッとしたように眼をみはった。

「日本人は、一人が成功すると、すぐその職業を真似ます。骨を折らずに食おうとする癖がありますから、洗たくやが手軽に成功すると、すぐまた初めます。農業を大きくやっている人もありますし、大きい旅館もありますが、せんたくやさんは、日本人相手にはじめ

ますから、折角《せっかく》遠くまで行っても、自分の国の人によって暮すようになります。」

多計子の、悲しそうにきいている眼の色を見ると、くら子も、しんみりと言った。

「でも、そういった、細かい生活をしている人が団結して、献金もいたしましたし、廃物も集めています。あたくしたち、祖国を遠く離れているものの、日本の勝利、日本の兵隊の強いことを、疑うものも心配するものも、一人もございません。ただ、経済のことだけは心配しております。お嬢さん、わかって頂けましょうかしら、こんなことがあるのでございますが――」

くら子は、もうすっかり、多計子だけが相手だった。

「銀紙――あの、チョコレートやなにか包んだ錫《すず》の、あれを集めております。アメリカでは、あれはみんな捨てていますから、ゴロゴロして遊んでいる労働者なぞに、三十銭もやりますとどっさり拾って来てくれます。それほど、沢山あるものですが、ある日本の紳士、ええ、あちらに移住していらっしゃる方です。その方が、ある日、道を歩いていらしったが、ふと、こごんで、何か拾われた。見ると、それは、踏みつけられて、泥にへばりついている一枚の小さい銀紙です。紳士は指の爪まで汚して、それを拾いあげ、ポケットから真白なハンケチを取出すと、丁寧に銀紙の汚《よごれ》を拭《ふ》きとって、畳んでポケットにしまいました。ええ、ハンケチは泥によごれましたが洗えます、お嬢さん。」

くら子は眼をふせた。

きいている多計子の眼もうるんで来た。

たった一二寸角、大きくって四寸角位の一枚の、踏みつけられていた銀紙――それを拾う紳士は、せめてその微細なものをとおしてでも、戦線にある祖国の兵士と共にあろうとする心のあらわれであると知ると、多計子はポトリポトリとこぼれてくる涙のなかに、見も知らないその人の全貌が、フィルムのように現れて来た。

椅子の間は離れているが、くら子と多計子が、無言に通う心に黙《もだ》しあっているとき、くら子の傍の椅子にいながら、この客からすっかり閑却されてしまっている磯辺夫人も、民子も、流石《さすが》に、打たれたように黙っていた。

多計子にはわかった。くら子という女客が、どんなに激しい情熱で、祖国の女友達たちを、二十五年ぶりで訪ね廻ったかということが。くら子が、満たされない思《おもい》をもって、帰ってゆかなければならないわびしさが――

この方は、どんなふうにお土産話をなさるだろう。

この方は、くやしくって、くやしくって、喰いついてやりたいほど、無気力な友達たちに、がっかりしているだろう。

「おばさま。」

多計子は堪《たま》りかねて叫んだ。

「あの、生意気申してすみませんが、母たちが、無気力なように見えますの、決して関心がないのではございません。とりたてて申しますほどのことを致しておりませんので、ことごとしく申しますのを恥ずかしがって、わざと、無関心のように見せかけておりますのです。けれど国民としての――」と、いいかけたが、民子のきらびやかな着物などが、娘としては、母をかばう言訳《いいわけ》のようにしかならないので、ふと、口をつぐんでしまった。けれど、これではいけないと思った。くら子が、待ちに待っている答をきくとでもいったふうに、眼を輝かしているのを見ると、

「おばさま、あたくしたちなんぞでも、公園でお子さんたちを集めて紙芝居をしてお見せ申したり、被服廠《ひふくしょう》へ作業のお手伝にいったりしております。」

「あ、そうですか。どうか、そういう話をきかせて下さいまし。」

くら子は、飛びあがるほど悦《よろこ》んで、

「あたくし、明後日帰るという日に、良いところへ来ました。」

と、くるりと磯辺夫人の方へ向直ってお辞儀をした。「あんたに、有難うを申します。」

「おばさま。」

多計子は立上って、くら子に近づきながら言った。

「それ位のことでよろしゅうございましたら、あたくし、知っているだけのこと申しますが、それよりか、あたくしのお友達の伯母様が、いろいろそうした方面のことに参加していらっしゃいますから、お友達のところへお連れしましょうか。もしかすると、今晩も良い会があるかもしれません。」

「それではどうか。」と、くら子も立上った。

あっけにとられた民子は、

「あんた、今晩、軽井沢へゆくのじゃないか。」

と、太い声を出した。

「止《や》めます。お姉さまといらっしてください。あたくし後からか、でなければ、お留守番します。」

「そんな——」と、言いかけた民子は、磯辺夫人と顔を見合わせて、くら子の視線を避けた。

「お邪魔してよいでしょうか。」

と、くら子は、民子へわびたが、声は、来た時とはちがって、生々と響き、顔つきまでがにこやかになっている。

「今晩と、明日きりだって、どんなに有効につかえるかしれないでしょう。それに横浜からの出帆ですから、明後日《みようごにち》も、朝は使えます。」くら子はいそいそして、

「そればかりか、こうしたお嬢さんがおいでくださるということが、あたくしは、嬉しくって嬉しくって——」

彼女は片手で、ハンケチを眼にもってゆきながら、民子の手をとりにいった。

「こんなよいお嬢さんを、あなたはお持ちになって、御幸福です。」

けれど、民子は、手を握られても、嬉しそうでもなかった。そんな事にかまわず、くら子はこんどは多計子の手を堅く握りしめて、

「あたくし、帰って来てよかったと、今はじめて思いました。あなたこそ、あたくしたちが考えていた、祖国の娘です、日本の娘です、お母さんをさびしくしてすみませんが、それでは、案内なさってください。」

「すぐ参ります。」

多計子は、自分の室へ急いでいって、ハンドバッグだけ持って来た。

「多計子ったら、そんな姿で出かけるの。」

民子は非難の眼つきで、たしなめた。

「着替えもしないで。」

だが、多計子は笑っただけだった。短い袖からは艶《あで》やかな腕が剝出《むきだし》になっている。ノーストッキングの脚は、健《すこ》やかでみずみずしかった。


くら子と連立って外へ出ると、何気なく、ほんとに何気なく多計子は言った。

「おばさま、軽井沢へ参りますとね、母は山登りもいたしますし、畑仕事とお掃除とお風《ふ》呂《ろ》焚《たき》までしてくれます。東京に居ると、変な、形式がまだとれませんのね。山へゆきますのも、母にすれば、鍛練のつもりなのでございましょうよ。」

くら子もうなずいて、

「ああそうでしょう。東京は、来て見て、びっくりと、安心と、両方入交《いりまじ》った気もちです。落着いていて流石だと思います。ゆったりしています。物も沢山ありますね。だから、お

母さんにしても、非常時前の形式を残していらっしゃるにしても、グループがそうだから
なのでしょ。」

くら子の好意の了解を、

「でも。」

と、多計子は軽く抗議した。

「でも、それではいけないのね。勇気がないのですわ、ほんとは、母さんからさき立って、あたくしたちを指導してくださらなければ。」

くら子は、顔一ぱいの笑みに多計子をみつめて、

「お嬢さん、あなたのお友達、みんな、あなたのようですか。」

「ええ。」

多計子ははっきりと頷《うなず》いて、星のような瞳をくら子の眼へ見かえした。

# 帰った人

中本たか子

　お茶のおけいこのかえりだった。素子《もとこ》は学校からの友達である絹子《きぬこ》がちかく結婚するのをきくと、ぐっとこたえるものが喉《のど》につかえるのをおぼえた。あれ程仲のよかった絹子が、自分をおいてさっさと嫁《い》ってしまうようで、孤独なわびしい風が足もとから吹きあげるようだった。女学校を出てからは結婚というものが、唯一の大きな目標となって、若い娘たちのゆく手にそびえているので、素子もその目標に人生の大きな幸福を夢みていた。それで絹子が嫁ぐとなると、あとにのこる自分がいたいたしく暮れていく年の瀬の風を肩で突切るのを自分であわれんだ。絹子は、幸福そうなはずんだこえで、配偶者となる人について語った。大学も出て、ある会社につとめ趣味もたかいし、財産もあるというのだ。素子はうつむいて、たえがたいひくいこえで、時々気のりのしない返事をしていた。

　いつも別れるところに来ると、絹子は大袈裟《おおげさ》にはずんだこえをたかくあげて素子に別れを告げた。素子はそれをきくと、相手のほこらかな様子が神経にこたえてならなかった。

そして、弘信《ひろのぶ》さえはやく帰ってくれれば、自分だって立派な結婚ができるのにと、弘信の方へ思いが流れていった。

素子が弘信を知ったのは、五年前であった。素子が女学校を出たばかりの頃、慶応にいっていた弘信と叔母の家であってから、身体がふるえるような羞恥《しゅうち》の波におそわれた。この日、彼と別れたあと、自分の内部をそっくりえぐり抜かれたように、空虚が大きく占めているのをおぼえた。

それから素子は弘信にあわないではいられなくなり、叔母の理解のあるはからいで、二人はその家でよくあっては、好きな旅行や文学の話などに耽《ふけ》った。話は淡々としているが二人の眼は相互《たがい》の心臓をつらぬいて、友情以上のものを語りあっていた。

弘信はいわゆる慶応ボーイで、毎日銀座を歩かなければ気がすまないし、学校の制服などは着ないで、いつも背広で出歩いていて、ネクタイを吟味しカフスボタンをかざり、まだ学生でありながら、もう一人前の社会人のようにりゅうとした身なりをしていた。若い素子は、そうした弘信の様子に一つのあこがれをもち、そこに胸のとどろくものがあった。弘信に近づくとみがきたてたような皮膚がかがやき、頭髪につけたポマードがかおりたかく胸をうつ。彼女はうっとりとして、大きな夢を育てていた。

そこへ、支那時変がおこって、まだ学生ではあるが、弘信も召集をうけた。彼がこれまでのりゅうとした身なりを棄《す》てて軍服にきかえ、赤襷《あかだすき》をかけ、りりしい姿となって出発していくと、素子は自分を根こそぎにもっていかれたように、その人をばかり想いつづけた。そして、そのために、彼女は幾度となく持ち上った縁談もことわって、弘信がかえって来るのを待った。遂《つい》に五年たった。あと十幾日でこの年もすぎて、彼をまつ第六年目がくるのだ。素子は希望がとおくへぼやけていくような、胸の隙間風をおぼえて家へかえっていった。

じきに、絹子は勢《いきおい》よく結婚式をあげて、素子を招待した。素子はそれにいくのをやめようかとためらったが、折角《せっかく》なので出てみた。時節がら、さらに派手なものではなかったが、新郎新婦の輝かしそうな頬が灯にはえるのを眺めて、自分のわびしさがますますつのるので、終までその席にいることが出来なくなって帰ってしまった。家へかえると、そのまま黙って蒲団の中に頭をうずめて涙がながれるのに任せた。そうして泣きあきて見ると、とおく大陸にいて戦いつづけ、しかもかのノモンハンで苦難を突破した弘信の辛苦が思いやられて、彼からのいつも自分を頼みとして凱旋の日までまってくれという切ない願いがまざまざと耳にきこえ来た。そうだ、弘信をいつまでも待とう。彼をおいてどこへ行かれよう。いつまでも彼を待とう――彼女は決意を新《あらた》にして、弘信の将来に自分の生涯の運命をかけていった。弘信は前年のノモンハンの激戦に戦車部隊の中へ加っていき、そこで九死に一生を得たのであった。かのノモンハンというこえを耳にすると、素子はそこにふかい感慨をおぼえてならなかった。そして、弘信がたてた大きな功労を思いかえしては、身にじいんとしみこむものをおぼえた。

新しい年が来て二月になってから、戦地にいる弘信のたよりは素子をおどり上らせるものだった。それは足掛六年間も待った弘信がいよいよ近くかえってくるということだった。

彼女はその手紙を胸に抱きしめてよろこびをうちあげ、枕もとにしいて寝ては弘信の夢を見、母や妹に語りかけては皆が笑う程はしゃいだ。そして、弘信をどのように歓迎したら自分で満足できるかしらと、彼とあう日をさまざまに思い描いた。ノモンハンの激戦に勝って来た勇士だ。この勇士がとおく戦野にあって自分を思いつづけて来てくれたのだ。どんなに歓迎し、どんなに感謝してもあらわしきれない程の感情がうつぜんとわいて、彼女の身体を圧倒してならなかった。彼女は毎日、坐《すわ》っているとぼんやりとしてしまい、たっていると物にすがって考えこみ、そしてひとりでこみあげてくる微笑《ほほえみ》をもらさずにはいられなかった。彼さえ望んでくれたなら、彼と結婚しよう。若《も》しも彼が望まなかったなら、自分は死をねがうかも知れない。彼こそ、自分のすべてであるのだ——と素子は早春の日の遅々としているのが、もどかしくてならなかった。

三月の中旬になって、弘信は故郷の原隊へかえり、それから東京へ来た。その報《しら》せをうけると、素子はとるものもとりあえず叔母の家へいって、弘信にあった。彼女は叔母の家の前まで来ると、その家の中からひびいてくる弘信のこえをもれきこうとして神経を集めた。玄関の戸をあけるのにも胸がふるえて、身体がおどおどしてならなかった。彼女がこえをかけると、丸坊主の頭をし、陽《ひ》にやけた顔に人なつっこい微笑をほころばせて「やあ」といって、丁寧なお辞儀をする若い男の人が素子を迎えた。素子は見しらぬ男の人が出迎えるので、どぎまぎして眼をみはった。よく見ると、それは弘信で背広をきてはいるが、これまでの彼と似ても似つかない姿なので、素子は玄関に立ったままも一度おどろいて足をすくめた。弘信は素子を見て、また微笑《ほほえ》みかけた。

「びっくりしたんですか。あんまり変っているので……？　まあ上んなさい。」

そういっている中《うち》に叔母も出て来て、弘信にいった。

「まあ、そう早く出なくてもいいのに……。やっぱり違いますね。」

弘信は坊主頭をかいて苦笑した。

「そうじゃないんですよ。自分は何も叔母さんを煩《わずらわ》すほどのものでもないんだから、どうせ身体があいてるし、出て来たまでですよ。」

「まあ、ここは玄関先だから、お座敷へいきましょう。」

叔母はそういって、弘信や素子をさそってお座敷へ通っていった。叔母はお茶をはこんでくると、二人をのこして出ていった。二人は、しばらくぶりであうお互《たがい》をつくづく眺めた。素子は弘信が前とはすっかり変って、六年前のハイカラな面影はみじんもなく銅像のように日にやけた顔には人を射るようなするどい眼差《まなざし》がまだ戦闘の興奮をこめ、身をこわばらせて坐っている身体にはただしい規律がそのまま残っている素子は、弘信が他人行儀になったようで一寸《ちよつと》なじめない堅いものにこつんとつき当ったような感じがした。だが、気をとり直して彼に語りかけた。

「よく、生きて帰って下さいました。私は、どんなにあなたのおかえりを待ったことでしょう。」

「自分もあなたとあえることを唯一のたのしみにして帰ってまいりました。」

弘信ははきはきしたかたい口調で、かしこまってそういうと、面《おも》はゆそうに眼をうつむけていった。

素子は、おやと、異様な感にうたれて、思わず眼をみはって彼をみつめた。どうしてそう他人行儀にしているのかしら――と、彼女は六年前の弘信のくだけた物やわらかい態度をしのんだ。

「あなたはすっかりおかわりになりましたのね。先刻お玄関に出ていらした時、どなたか一寸わかりませんでしたわ。」

「はっ、そうであります。あなたも随分美しくなって来まして、先刻一寸わかりかねました。」

彼は顔をあげて素子をみつめ、まじめくさってそういうと、また面はゆげに顔を伏せていった。素子は彼にあったなら、何より先に彼が力一ぱいに抱擁してくるであろうと期待していたのに、これではまるで初対面なものが見合いでもするようにぎごちなくてならなかった。

「あなたね、お願いですから、もっと昔のようにへだてなく物を仰有《おつしや》って下さいませんの？　私どうも、うちとけて話すことがむつかしいんですわ。」

素子は泣きそうな瞳を向けて嘆願した。弘信は苦々しく頭をかいた。

「はっ、そうであります。しかし、これは長い間の癖で、自分でも努力してるんだが、なかなかぬけません。だが……」

そういって彼は、六年間も戦車の中でくらして来たこれまでの苦労や、ノモンハンの激戦で九死に一生を得た時の苦難を物語ってきかせた。

「内地へかえってみると、あまりに静かで、皆がのんきなのに僕はおどろきました。戦地がまるでこの地球の向うにあるように思われて、これでいいのかとたえず思うのです。僕たち戦場へ出たものは、精神の底からこりかたまったものがありますよ。それが内地にいる人には、あまり見えないのが残念です。僕にはまだ、戦場にいた時のあの苦難が少しも忘れられず、あすこで決意したものが少しも変っていません。あなた方若い娘さんたちは、僕があまりになじめないでしょうが、ほんとうの僕は前よりも二倍も三倍もいい人間になってかえって来ましたよ。」

素子はうなだれて、じっときいていたが、弘信の言々句々《げんげんくく》が腹にしみこみわたって、じいんと眼のうちがうるんで来た。そうだ。自分たちは銃後にいて、あまりに平和になれすぎているのだ。砲弾の音もしらず、戦場の苦難の生活もしらずに、昔通りな甘い夢にふけっていたのだ。彼女は自分を反省していったが、長い間の生活の習慣からぬけていくことはなかなか出来そうになかった。

話しているうちにお昼ご飯になって、叔母がお膳を作ってはこんで来た。食事をしているると彼はお皿に少しものこさないできれいにたべ終り、その上お膳も台所に自分で下げてお茶碗を自分でさっさこ洗ってしまった。素子はそれをみておどろいてしまった。これまで彼女は男の人がお茶碗を自分で洗ったのを見たことがないばかりか、そうしたことをすると何だか男の品位を下げてしまうようでいやな気持さえするのだった。彼女はいそいで弘信の手からお茶碗をひきとって、洗おうとした。だが、弘信は頑としてきかなかった。

「僕にさせて下さい。自分のことは自分でするのが本当ですから……」

そういって自分でせっせとお茶碗を洗ってしまった弘信を素子はただおどろいて、打《うち》ながめるばかりであった。以前の彼ならば、お膳の上の右の物を左にすることさえしなかったのに、今度は自分でさっさとお茶碗まで洗うのだ。ただ呆《あき》れたように打眺めている素子を弘信はふりかえって微笑した。

「僕はご飯をたくことも、洗濯をすることも出来ますよ。今度から洗濯位は自分でしていき、釦《ぼたん》がとれた位は自分でつけようと思います。自分でできることをわざわざ女の人におしつける男になりたくないのです。女の人は男の奴隷ではありません。女には又別の重要な国家の任務がありますからね。」

素子は肩をたれて、きききいているうちに大きく首をうごかしてうなずかずにはいられなかった。そしてまた、ほろりと胸のうちがしめりかかった。弘信の家は地方でも名を知られている財産家で、その家のお坊っちゃんとして、小さい時から多くの女中に下男にかしずかれて育った彼が、自分でお茶碗を洗い、洗濯をするというまでに変化したのを呆れるばかりにおどろいた自分には、多分に古い観念があるのを知った。自分はおくれているのだ。何とかして彼においつかなければならないと臍《ほぞ》をかためた。

食後、弘信がさそうままに、素子は二人で散歩に出た。弘信は前によく歩いた銀座にもいかず映画館にも装飾窓の流行ものなぞ行ってみようともしないで、郊外の麦畑のようなところを選《よ》って歩いた。彼は内地の春の陽にあたるのをしみじみとよろこんで、手を額にかざしてはたかい空でなく雲雀《ひばり》の姿を見ようとして、首をつきあげて野の真中に突立った。彼の陽にやけた顔から腕にさんさんと照る陽が金色《こんじき》の隈《くま》どりを施し、彼がとおく戦場にあった時の姿がしのばれて、めでたく帰還したこの無名の勇士を、素子は心から讃嘆せずにはいられなかった。そうして彼は、雲雀の姿をふっとみつけて、感動のこえをたかめて素子にいいかけた。

「ほら、ほら、雲雀が見えるでしょう。あんな小さい身体をして、精一ぱいのこえをはりあげて、生活の感動をうたっているのですね。実に天真爛漫《てんしんらんまん》としていいなあ。僕は春になると北支でもきき、また満洲でもあの鳥のこえをきいて、内地をしのびました。丁度《ちょうど》、僕が出征した年の春、あなたと多摩川原《たまがわはら》を歩いた時、あの鳥のこえにききとれて、二人で草の穂をつんでは水に投げたことを、毎年思い出したものでした。六年目にまた内地で、あの鳥のこえをきくと、僕は感慨無量です。」

素子もその時を思い出して、今ふたたび彼とこうして歩くことをこよなくよろこばずにはいられなかった。

「私もあの時のことが忘れられません。ほら、あの時、河原の水ための渡ろうとすると、あなたが手をかして下さいましたね。私、あの時のあなたの親切を思いかえして、いつも身にずうんとしたものを感じてなりませんでした。」

「そうかなあ。そういうことがあったですかなあ。」

「あら、もう忘れておしまいになっては駄目ですわ。」

「どうも僕にはおぼえがありませんですよ。」

「駄目ね、そんなに仰有《おつしや》って。」

素子は、折角よろこびにふくらみ上っていたいい気持が、ぼっそりとしぼんでいった。自分が唯一のよろこびとして感じていることを早くも忘れてしまった彼は、何だか愛情がうすれたためであろうと、かなしい気持がこみあげて来た。あの時の雲雀のこえをおぼえている位なら、あの時彼が手をとってくれたのを忘れることができるであろうか。素子は孤独におちいっていくのをおぼえた。すると弘信は顔をひきしめて、麦畑の遠くの方へ眼をやって、はるかなものを偲《しの》んでいった。

「ここにたつと、あのノモンハンの草原を思い出します。あすこに散った戦友がしずかに眠っている草原こそ、僕にとって夢にも忘れられないところです。僕は今ここにこうして内地の春の中にたっているが、あすこに散った戦友を思うと、非常にすまないと思うのです。僕があの時戦死をしていたなら、あなたは今どうしていたでしょうか。」

弘信は素子をかえりみて、しずかにといかけた。素子は、その問いにおどろいて、自分の本心にきいてみなければならなかった。彼が戦死したなら、自分は一生誰にも嫁がないでくらしていこうと平生《へいぜい》思っていたのだった。それに偽りはなかった。彼こそ素子にとって、無二の人であるのだ。彼が戦死しないで、かえってくれたことは、彼女にとっては一生をてらす明りを得たわけである。彼が自分の手をとったのを忘れた位何であろう。奇《く》しくも生還してこの春の日に二人でたつよろこびこそ、何ものにもかえがたいものである。

「あなたが若し戦死なすったら、一生誰とも結婚しないつもりでいました。」

素子はやっとそういうと、眼頭《めがしら》にうかぶものがあるのでいそいでおさえた。弘信は素子の方へむき直って、じっとみつめた。

「ありがとう。僕はあなたばかりをたのみにして来ましたよ、いろんな若い女の人から手紙や写真を送って来たが、あなたには特別な感情がいつもつよく働いてならなかったんです。僕の耳にはまだあの戦車の中の雷のようなひびきがたえずきこえているが、こうしてここに二人きりでたっていると、何だか不思議な気持になっていくのですよ。」

死線をこえて来た弘信のこえにはしみじみと生きかえった自分の命を味《あじわ》っているひびきがこもっていた。素子は、弘信を両手で力一ぱいに抱きしめて、ありったけの愛情をそそぎたかった。この人こそ、何といっても自分のいのちであり、希望の明星であり、幸福をもたらす泉であるのだった。

その日、弘信と別れてかえった素子は、弘信の印象がまざまざとよみがえり、複雑な感情がわいてならなかった。佇《たたず》んでいても、坐っていても、彼のこえがひびき、姿が見え、何をしていたか自分の手もとを忘れてしまうのだった。

その次に素子が弘信のもとへいくと、丁度靴をはいて出かけるところだった。

「ああ、生憎《あいにく》これから戦友の家へ見舞いに出かけようとしているんです。」

といって、彼は腕時計を一寸のぞきこみ、

「かえって来るまでには三時間あまりかかるでしょう。それまで待っていますか。」

素子は折角おとずれて来たのに、自分をおいて外出していく弘信を恨めしく思った。彼女は靴の踵をかえして帰ろうとした。

「じゃ、またまいりますわ。」

「一寸待って……。」

弘信は素子をよびとめて、靴の紐を結びつつ頭を傾けていたが、そのつぶらな眼をあげて素子を誘った。

「じゃね、一緒にいきませんか。亀戸なんですが……いいでしょう。」

素子はそういわれると、ことわる力がうせて、彼についていくことにした。途中で壜詰《びんづめ》もののお土産を買って、市電にのりこむと、錦糸堀《きんしぼり》で城東電車にのりかえた。そしてモスリン裏の停留所で下りて、裏通りに長屋が並んでいる方へ弘信は歩いていった。九尺二間の住居に、戦友は、父母と妻と二人の子供とで暮しているのだった。弘信の戦友は道路工夫で、学問らしいものはなかったが、戦地でいつも弘信と仲よく過し、弘信がうまくできない仕事をこの友はいつも快く助けてくれた。弘信は慰問袋がくるとこの友と二人で分けていた。二人は一つの戦車に乗ってなくてはならない相棒であった。弘信は、この友が忘れられないので、小松川まで訪れたのであった。素子は、彼についてここまで来てみると、路次からは臭い匂いがたちのぼり、そこらに遊んでいる子供たちが、きたならしい身なりをしているので、足をふみいれるのに躊躇《ちゆうちよ》した。よりによって無二の戦友ともあろうものが、こうした処《ところ》にすんでいる人であることがひどく身にこたえた。弘信はそんなことにかまわず、お土産を素子にもたせてつかつかと友の家へはいった。素子は家の外にたってまった。

家の中にはいった弘信は友と手をにぎりあって、ふたたびあえたよろこびに浸った。素子は長い間待たされた。足がすくみそうなので後をふりかえって家の中をのぞくと、色の黒い頰鬚《ほおひげ》ののびた男と弘信とが手をとりあってよろこんでいるのが見えた。弘信のよろこびはとても自分とあった時のあのぎごちない様子とはまるでちがって、ざっくばらんにうちとけて、心から笑い語っている様子だった。素子はそれを見ると、その友に嫉妬を感じてならなかった。まるで素子にあった時は迷惑だったかのように思われて、悲しく胸がしめって来た。弘信には昔のような情熱はもはやなくなったのであろうか。素子は自分がこれまでただ一つのものをたよりにし、それにのみ一切をかけていただけに、それが今自分の手の中からもれていっていると思うと、希望の一切を失ったような儚《はか》なさに占められた。

するると、弘信はにこにこしたまま、素子のもとへ来て、彼女をつれて友人のもとへいった。

「これが、例の手紙の主さ。」

と友人にいうと、今度は素子に向って

「素子さん、この人が僕の無二の戦友です。いい人でしょう。これからちかづきになって下さい。」

素子はただ仕方なしにぺこりとお辞儀した。すると弘信の友人は、頬ひげの中にうずまった口を笑いひろげて、さもなつかしそうに素子にこえをかけた。

「いつも慰問袋をおくって下さって、ありがとう。弘信君からいつも、いろいろとお噂をきいていました。」

素子はきまり悪くなって、はにかみながら顔をうつむけた。足先で地面をなでていたが、この髯《ひげ》だらけの男が決してわるい気持でなく、何だかしみじみとしたかざり気のない人のよさを迫らせてくるのをおぼえた。彼女はやっと顔をあげて髯の男にほほえみかけ、その後になる彼の住居をまともに眺めやった。荒れはてた家は障子も破れかけ、壁に口絵や新聞などが切り張りしてあり、着物が座敷にちらばり、汚い身なりをした二人の子供が遊び戯《たわむ》れている。向うの勝手の方では、おばあさんが粗末な身なりをして働いていた。妻らしい人が見つからないのは、多分働きに出ているのかもしれなかった。素子はこんなにまずしい家をまだ見たことがなく、眺めていると何だか奇妙な感動をうけたが、だんだんになじめて来るのをおぼえた。髯の男は素子の様子を眺めてから大きく笑った。

「ははははは……。こんなところをはじめて見たんでしょう。びっくりしていますね。」

そういわれると素子は、耳根まであかくなって、きまり悪さにいたたまれないものを感じた。ひげの男はやさしくいった。

「無理もないですよ。しかし、これからはこんな生活があるということを忘れないで下さい。我々はあなた方がたのしく楽に歩けるように、一生懸命でいい道路を建設していくものですよ。」

「ええ、わかりました。」

素子は、弘信の戦友の語るこえに、自分を充分に威圧する力があるのをおぼえて、この男に他意のないうちとけた微笑をなげた。ああして、こんな生活をしている人たちをこれまでかえりみなかった自分につくづくはずかしさを感じてならなかった。こんなに破れ、荒れはてた家に住んでいても、お国のためにはいのちを的にして戦い、友とつきあえば真心をこめてつくしてくる、立派な人間らしさがあるのがうれしかった。弘信はこの友人の側《そば》で、素子の様子をじっと眺めていたが、素子が心から友だちに微笑をむけると、彼もはじめてほっと安心してふかい息をもらした。そして、しみじみとして言った。

「素子さん、国民のみんなが仲よく手をつないでいかなければ、戦いにかつことは出来ませんよ。わかっていますね。」

「ええ、ご心配なさらないで……」

素子は、いきなり二人の手をとって握りしめ、自分の真意をつたえたい衝動にかられて立《たち》すくんだ。弘信は素子の持っているお土産をうけとって、友だちに渡した。

「つまらないものだけど、何かにしてくれたまえ。」

「済まないなあ、こんなことをしてもらっては……」

友だちは辞退したが、弘信はそこにおいて、たち上った。

「じゃ、また来るから、元気で働いておいで……」

「ああ、また来てくれたまえ。何もご馳走できないけれどなあ。」

友だちは家の入口にたって、去りゆく弘信と素子の後姿を見送っていた。素子は何だか眼頭にあついものがじいんとたまってくるのをおぼえて、この人にもっともっと自分は感謝しなければならなかったと思いついた。そして、またおとずれていって、充分にこれまでの労苦をねぎらってあげようと思った。

弘信は素子と並んで歩きながら、ふりかえって訊《き》いた。

「おどろいたですか、あんな処へつれていって——だが、ああした人たちには、嘘もかざりもこれっぽっちもないのですよ。こうした人たちこそ日本を支える重要な礎《いしずえ》です。」

「ええ、私、今つくづくはずかしくなっています。最初、あすこにいった時には、こんな処につれて来られたあなたが恨めしかったのですが、今になってみれば、あの方にすまない思いが一ぱいなんです。」

「そうですか、ありがとう。僕は、そうしたあなたに心から感謝します。」

弘信はつよい力をこめて、はっきりといった。素子はそういわれると、きまり悪くなって、ますますあの時の自分のいたらなさを悔《く》いた。

そうして素子は弘信にあうたびに新しいものに出くわしては、自分でこれまであまりに平穏な生活をしていたのを矯《た》め直《なお》していった。

二月《ふたつき》ばかりたってからだった。弘信はきちんと膝をそろえ、その上に両手をのせてかしこまって坐り、いつもにない真面目な顔をして素子に向った。そしてしばらくためらうように口をつぐんで黙りこんでいたが、その濃い眉根をぐいとしかめていいかけた。

「素子さん、僕と結婚してくれますか。」

思いきってやっといったらしく、額にうすい汗の玉をにじませていた。

素子は自分もそれをまちうけ、当然その話にふれなければならないことは前から覚悟していたので、すぐ承諾の返事をしたかったが一寸控えた。

「私のようなものでいいでしょうか。私はあなたに今度おあいしてから、あまりにいけないものばかり沢山持っていて、とてもお役にたたないだろうと思いますの。」

素子はそういって、うつむいた。弘信は膝をすすめて素子にいった。

「あなたをこそ、僕は一筋に思いつづけて来たのですよ。どうぞ、僕と結婚して下さい。僕たちは結婚できたら、父の持っている農場へかえって百姓をしましょう。そして、出来るだけ共同作業をしていきたいです。これは、戦場から考えて来たものです。国民の誰もが骨を折って働くことをしなければ国がたちませんよ。あなたもその白い手をしている時ではないですからね。」

「はい。」

素子はうつむいてこたえたが、生れてからずっと都会に育って、野菜一つさえ作ったことのない農業というものをやっていくことに、大きな不安を感じないではいられなかった。鍬《くわ》をもって土をたがやすということが、自分には出来そうもないことである。彼女はふと、昨年の暮に結婚した絹子のことがひらめいて来た。絹子の結婚にまけまいと思っていた彼女は、田舎にひっこんで百姓をする自分の結婚が非常に見劣りのするものに思えてならなかった。弘信と結婚はしたいが、彼が戦場から考えて来たその農業をする意志を変えさせることは出来ないであろう。素子は背と腹とをかえたいような現実と希望の板ばさみになって、ぎゅうぎゅう喉首をしめつけられるようであった。素子が返事に窮して唇をかんでいると弘信は顔をこすって、遠くの方へ眼をやりながらいった。

「まあ、今、きめなくともいいですよ。一生の問題ですからね。よく考えておいて下さい。ただ僕は百姓をするといっても、あなたの力にあわないことをすすめるのではありません。あなたも農場の空気にふれてみれば、自分も何かをしないではいられなくなるでしょう。それでいいのです。白い手をほこって、骨折り働く者を、み下していなければいいですよ。」

「はい。」

と素子はひくいこえでこたえたが、まだ不安が胸から去らなかった。

「よく考えて見ましょう。」

というと、弘信のもとから帰っていった。そして、電車にものらず、わざと歩きながらそのことを吟味しようとした。だが、根本から考えるよりも先に、百姓をするということに感情がこだわってならなかった。彼女は弘信との結婚をことわるのは惜しく、さりとて百姓をするのには気がすすまなくて、どうしたらいいかと思いあまったまま、ガードの下に来た。雷がとどろくようにはげしく恐しい音をたてて通りすぎた省線電車のひびきをきくと、はっと脳髄にひらめきかかるものがあった。それは弘信が六年間も戦車の中にいて雷のような音が耳をつんざくままにまかせてくらしたことであった。そうした生活に一日もたえられない素子は、六年間辛棒《しんぼう》しつづけて来た弘信が今やひろびろとはてしなくとき放たれて、北の曠野《こうや》の新鮮な空気をすい、塵《ちり》に覆われないあまねき陽の光をあびて、力一ぱいに働きたいのだと思いついた。彼の側をはなれないで精一ぱいにいたわり、彼の健康を恢復《かいふく》させたいのが、自分の本心であるのをみつめると、彼女は弘信が農場へいこうと漁場へいこうと、どこまでも彼にしたがって、人生をきずいていこうと覚悟した。そして彼女は一刻も躊躇していられない程気がせいて来て、はやくこのことを弘信に返事しようとして足をひるがえした。

# 五島美代子

ふたたび母となりて

手さぐりに母をたしかめて乳呑児《ちのみご》は燈火管制の夜をかつがつ眠る

防空演習の夜の掩蔽《えんぺい》燈火はひそやかにまろく区切りてわが仕事をてらす

戦ひ深まりゆく頃

避難先申告すみておちつきぬ子を放ちやりて死なば死ぬべく

二人の子　命またけく生き継がば吾らは吾らの時代に死ぬべし

離り住みて

壕内にしばらく吾のわたくしの時間あり子を抱きしめてゐる

翅

怒りふるふ身を投げかけておほふとも　子をかばひがたし原子雲のもとには

「新輯母の歌集」より

## 中村汀女

昭和十八年

警報下秋灯に寄せ時計巻く

昭和十九年

寒燈もすぐに消したる身一つに

母我をわれ子を思ふ石蕗の花

昭和二十年

三月十日東京空襲、B29幻の如く美し

火事明りまた輝きて一機過ぐ

戦災の新宿ただ広し

炎天や仮に設けし出札所

炎天や早や焦土とも思はなく

「句集　花影」より

Ⅱ

# 家族旅行

石垣りん

駅頭という言葉は
もうはやらない

日の丸の小旗を振って人を送るという風景も
あまり見られない

窓をあけて握手
したりするのは列車として型が古い

出征兵士を送るとき
みんな涙をかくして笑ったと話すと

若い人は不思議そうに首をかしげる
奉公袋、千人針、はいのう
銃剣、お守り
出発に際してそういう持ち物がないので
歓呼の声はどこからもわき起らない
人間は極端に歓呼しないほうがいい

行楽の人でにぎわう
プラットホームは明るくかわき
誘い合った家族と家族が
めいめい切符をにぎりしめている
「よく晴れたね」
「海は静かかしら？」

男は
妻子を家郷に残さない
収入と支出のバランスで行く先が決まる

勝って帰れとだれも言わない
海ゆかば水漬《みづ》く屍《かばね》であるはずがない
旅に出かけるのである

バンザイ
バンザイ
バァンザァイ

では行っていらっしゃい！
では行ってきます！

# 焔の女

上田芳江

一

久子は、鹿島楼の二階座敷で、浅井の時間を勤めていた。その時、白井増太郎は裏玄関で仲居たちの嬲《なぶ》りものになっていた。騒ぎが、もつれ合う足音と一緒に、扉の外に来るまで久子は気がつかなかった。

「喧嘩かも知れない。あんた早く帰って」

久子は、去りしぶる浅井を、突き出すように、自分も部屋を出た。

「ほら、久子姐《ねえ》さんですよ。旦那、あれがお職《しょく》さんですよ。ようくお顔をごらんなさい。看板に詐《いつわ》りはございませんから」

久子は突嗟《とっさ》に、また例の悪戯《いたずら》だと思った。久留《くる》米絣《めがすり》に学帽姿の少年を、もむようにして三人の仲居がとりまいている。仲居たちの悪戯は何時《いつ》も悪質である。学生服の中学生が担ぎあげられたり、夜泣きうどんの小僧が、お茶引き女郎のなぐさみものにされたりは、度々《たびたび》のことである。殊《こと》に、師走にはいると、世間の慌《あわただ》しさに反して閑散な廓《くるわ》の宵では、こんなことは、暇つぶしの手なぐさみであった。

もまれて、ずり落ちそうな学帽を、両手で抑えた少年は、頬を真赧《まっか》にして抵抗を続けていたが、浅井と並んだ久子が擦《す》れ違《ちが》うと、覚めたように表情を直した。

「お止《よ》しよ。可哀想に、坊や泣いているじゃないの」

仲居に言葉をかけながら、久子は、少年の濡れた顔を見た。細面《ほそおもて》の、病身らしい顔である。この辺りで見かける少年とは、体の作りが違っている。何かの拍子に迷いこんだのであろう。女の体臭に慕いよる卑しい影はみじんもない。平素は、何とも感じないこの世界の空気を、久子が、汚濁と感じるのは、こうした清潔な少年の顔を見る時である。そんな時久子は、東京にいる弟を想う。

弟の明二と久子は、天涯の孤児であった。漁師稼業の両親が難船した八才と十才の夏から二人は孤児の途《みち》を歩いて来た。明二の見つめて来た命の灯火《ともしび》は、絵描きになることだった。久子は、女の体を燃やして、明二の灯火をかき立てて来た。明二は、一生売れない絵を描き続けるかも知れない。久子は、それでもよいと思う。画道に没頭する弟の、ひたむきな姿を想像するだけで、心が満たされる。自分の体が売りものになる間は、今の商売を続けようと思う。そして、使いものにならなくなったら、おでん屋でもはじめて、一生弟のために働いてやろうと思う。三十才になっても、親出《おやで》で来る妓のあることを思うと、二十二才と云う年令の若さは、久子には心強い。しかし、脂粉を塗って、女体を売る自分の浅間しい姿を、弟に見られたくはなかった。欺瞞《ぎまん》で継《つ》ぎ接《は》いだ衣をかぶって、久子は弟の視線を避けている。

廓の女たちに嬲りものにされる少年の瞳が、久子には恐ろしかった。その少年の瞳の奥には、もう一つ、弟の瞳がのぞいていた。

浅井を送って、裏口へ出たまま、久子は、自分の部屋に戻るのをためらった。あの少年は、誰の部屋へ担ぎこまれるのか。少年の姿が消えてしまうまでは、あの廊下を通りたくないと思った。

久子は、佇《たたず》んだまま、煙草を吸いつけた。

「久子、時間のお客さんだよ」

帳場から、着ぶくれたお神の顔がのぞいた。白豚と、妓たちから蔭口《かげぐち》をきかれる程、肥《ふと》って血色のよい中年の女である。

「ああさん、帰って行きましたよ」

時間づけの客を大切にする廓のしきたりが、久子には腹立たしいのである。日によっては、四十分の時間を息吐《いきつ》く暇もない程勤めねばならない。共同便所にでも駈けこむように、せかせかとやって来て、野卑な言葉を残して帰ってゆく男たちは、この次来る時には、素知らぬ顔で隣の女と遊んでゆく。そんな非情な男が、帳場では有難い遊客だった。時たま、浅井のように、同じ妓に通う男があるにしても、玄関で下駄を突っかければ、もうボテを背負って、何時もの廓廻りの呉服屋になりすまし、帳場で、仕着せの注文など貰ってゆく。

浅井は、久子の部屋にいる間は、何時も、情にひたした言葉の数々をつらねて見せる。言葉が多くて、大切な取り引きを外しかけることもある。今日も、自分の店の近くにあった私立脳病院の火事の話に夢中になって、時間のほとんどをつぶし、慌てて用を達した。地味な結城《ゆうき》ものの長着に、角帯を裾からげにしめ、背負ったボテで調子をとりながら、小柄な体を運んで来る浅井を見つけると、横柄な仲居たちまでが、煙管《キセル》を投げ出して立ち上り、愛想で迎え入れる。久子が、張り店に出る前の、入浴時間を見計らってのことは百も承知でありながら、「丁度《ちょうど》よござんした。今姐さんは、お風呂ですから」と云って、清めた体の先約をするのである。それが、通りがかりに懐《ふところ》にねじこんでやる『朝日』一箱の功徳であることを、久子は、湯殿の窓硝子《まどガラス》越しに見知っているだけに、浅井との商売は白々しかった。浅井が、小僧から勤めあげた主家の暖簾《のれん》を貰って近々支店を出すことも、半年程前に、ふとしたはずみで、久子にあがるまでは、堅気で通した男であることも、浅井の口から聞くより先に、久子は、仲居や、帳場で聞いていた。そんな男が、三日にあげず通い続けるこの頃になっても、久子には、格別の情が湧いて来ないのである。帳場が、浅井のことにこだわると、久子は、返事も突慳貪《つっけんどん》になる。

「ああさんじゃないよ。そのあと直《す》ぐあがって貰っただろう。たった今のことだよ」

「お母さん！」

久子は、血のひいた顔で急《せ》きこんだ。

「あんな子供まであげて貰わなくても」

店では充分過ぎる程稼いでいるではないかと、言葉が続けたかった。

「こちらは知らないよ。お前さんを、指しであがったお客さんだから。浅井の時間がすむ迄《まで》おとなしく待っていたのに、自分の番になると、急に帰るなんて云い出して、手古摺《てこず》らせていた。初心《うぶ》なんだよ。勧めておやり」

久子は、怒りを鎮めようと思った。そして静かな気持で、客の撰り好みをしているのでないことだけを云って置こうとおもった。しかし、久子の努力は、時間をかける程いけない結果になりそうだった。久子は、帳場に背を向けると、階段に通じる廊下を駈け出した。長い廊下をはさんで、両側に行儀よく並んだ扉の前を、一つ一つ通りぬけながら、久子は、扉の内側の、秘密な世界へ、何も云わず忍びこんで行こうと心を決めた。

少年は、長火鉢の前に一人で端座していた。仲居にもまれて泣いていた少年の面影は、その姿態から全く消えて威厳にも似た落ち付きがあった。扉を開いてはいって来た久子の顔を見あげた瞳に、かすかな羞《はじ》らいがのぞいたが、深い呼吸で直ぐ打ち消された。

「増さん！　ね、増さんじゃないの！」

自分の口から出た自分の言葉に衝撃をうけて、久子は、へたへたと崩れ坐《すわ》った。

少年は、言葉のかわりに眼を伏せた。少年の唇は、飛び出そうとする怒りをおさえてふるえている。

「増さん！　何しに来たの！」

崩れた膝を合せて、喚《わ》めく久子の面を、飛び出した少年の怒りがよぎった。

「僕は知らなかったんだ。明二君に頼まれたことをしに来ただけなんだ」

なじられたことに対する怒りでなくて、眼前に坐った久子の姿を怒っているのである。

睨《にら》み合ったまま二人は、自分たちの間を流れる空気の冷えてゆく不気味さを感じた。どちらでも先に膝を崩し、口を開いた方が負けだと久子が思った時、仲居が茶菓子を持ってはいって来た。

「旦那、御機嫌が直りましたか。もうご立派な大人ですからねえ」

「おマツ姐さん、ちょっと」

久子は立ち上って用簞笥《ようだんす》を開いた。

「帳場へ頼みます。これは姐さんに」

金入れから五十銭玉をぬきとり、手早く紙にひねったのを仲居の帯の間にねじこみながら、別の札を掌にのせた。

「すみませんねえ」

人間を喰う蛆虫《うじむし》がいるとすれば、差しむきこうした連中も、蛆虫の一種だと久子は思う。ひねり紙の中味が、張り店の写真の位置を動かすくらいはまだよいとしても、肉体と天秤《てんびん》にかけた借金の重さを加減するとすれば、この蛆虫には、機嫌を損じない程に、たっぷり栄養をとらせる必要があった。この連中のほとんどの前歴は遊女である。体が商品価値をなくし、引請人もないままに、御礼奉公と云う態のいい名目で、その店に居据《いすわ》ってしまう、いわば、此処《ここ》を死場所《しにばしょ》と決めた連中なのである。彼女たちは、彼女たちなりに団結力を持ち、自衛のために、それを自由に駆使している。蛆虫は、甘い汁の吸えないところには毒気を吹きかけた。

追従《ついしょう》まじりの、淫《みだ》らな仲居の顔が、扉の外に消えると、久子は改めて少年に詰めよった。

「僕が来たためにお金がいるのなら、僕、少々持っています」

少年は、久子の視線を外し、懐に手を突込んだ。

「止して、増さん。あんたは学生さんじゃないの。そんな恰好《かっこう》をお母様がごらんになったら――」

一瞬、久子の頭に幼い日の追憶がよみがえった。網元の一人息子として両親の愛撫を一身に浴びて育った増太郎と、網子の子として親たちの手から捨てころがしに育った久子と明二。難船で両親を一度に失い、広島で女学校の小使をしている伯母の手に引きとられて小学校を出るまでの生活。伯母に叱られると、明二は近所の看板屋の店先につくなんで、映画の絵看板の仕事を眺めていた。髪毛の伸びた頭が、細い首に支え切れなくなると、痩せた指を組合せて顎《あご》をのせ、何時迄《いつまで》もそうしていた。その頃から、明二は絵描きの夢を描いていたのであろう。小学校を卒《お》えた久子が、子守女にやとわれたり、飲食店の出前持になったりして、小使銭をかせぐようになると、明二は東京に出て絵の勉強がしたいと云い出した。久子は、明二を伯母の家から脱け出させて東京へやるために、長い歳月をかけて小銭を蓄えた。

こうしたけわしい途に続いているとも知らず、幼い久子と明二は、島の浜辺を、増太郎と一緒に遊び戯《たわむ》れた。時には、練塀囲《ねりべいがこ》いの網元の屋敷内にかけこみ、網元が大切にしている南天の実をもいで叱られたり、近寄ってはならないと厳重に云い渡されている龍舌蘭《りゆうぜつらん》の根もとにもぐりこんで、体中ひっかきまわされて泣いたりした故郷の生活が、久子の追憶にひろがりはじめた。

「増さん、二十でしたわね。明二と同じだったわね」

「久ちゃん、僕は真面目な話で来ているんだ」

感傷の甘さに溺れる久子を打ちのめし、増太郎は、鋭い視線をまともに刺しこんだ。

「僕は、明二君に頼まれて、久ちゃんの仕事を調べに来たんだ。来年、明二君は、美術学校を受けたい希望なんだ。久ちゃんが送ってくれる金で足りないから、まとまった金がほしいと云うんだが、それを久ちゃんに相談してよいものかどうか。明二君は、久ちゃんが宿屋の女中奉公をしていると云う言葉を段々信じなくなっている。若《も》し久ちゃんが、変な勤めにでも落ちているのだったら——」

「もういいの、止して頂戴《ちようだい》、わたしが、こんなところへ身を沈めたのは、自棄《やけ》な気持や、堕落したためじゃないわ。明二を東京へやる金がほしかったの。三千円あったら、何とかあの子が一人前になることが出来ようと思ったのよ。もっとお金が欲しいと云うのなら、わたしは、いくらでも年期を継ぐわ」

「そんなこと、ちっとも立派ではない」

増太郎は、蒼白《あおじろ》い顔を硬《こわ》ばらせた。

「自分の身を売って弟に勉強させるなんて、立派であるものか。それじゃ明二君が可哀想だ。僕だったらお断りする」

「そりゃ、増さんがお金持だからよ。親無し子の気持なんて解るものですか」

久子の言葉の切れ目を待っていたように、部屋のベルが鳴り出した。

「増さん、お迎えよ。もう来ないで下さい。わたしも、増さんに会わなかったことにする。あんたも、わたしを見なかったことにして。子供の時に別れたまんまにして。明二には、わたしから手紙を出します。美術学校おやりって。ね、こんなところにあんたが来たこと学校に知れたら、大変よ。誰が見てるか知れないもの」

肩の力をぬき、増太郎は蹌踉《そうろう》と立ち上った。仲居たちにもまれていた時の、恐怖と羞らいの姿に戻って部屋を出る増太郎の後から、久子は、最後の言葉で追いかけた。

「増さん、何時迄も、明二の友だちでいてやって下さいね」

増太郎の首がどのように動いたか、久子は見きわめることが出来なかった。涙で雲った視界を手探りで長火鉢の傍まで来ると、赤いメリンスの座蒲団がかすんで見えた。先刻まで、糊《のり》の固い増太郎の久留米絣が塞いでいた場所である。座蒲団の上には、まだ男の膝跡が残っている。久子は、にじり寄って、そっと体を乗せて見た。増太郎の運んで来た故郷の匂いが漂っている。鼻を鳴らして、その匂いを嗅ぎながら、久子は瞼《まぶた》を突いて出る涙のぬくもりに体をひたした。故郷の島は、久子のいる町から、呼べば答える程の距離だった。

島の東半分は海軍の学校にとられていた。網元の白井家を中心にして、五十戸ばかりの網子たちが、生活を営んでいるのは西半分の、夏は芋畠《いもばたけ》に冬から春には麦畠に変る山の片側であった。故郷を出たきり、忘れ果てていた島のたたずまいを、久子は今、存分になつかしんだ。

「久子さん、灯を入れなさいよ」

隣室の静子の声である。久子は、灯を入れるのも忘れていた。

二

街には、戦争にでもならなければやり切れないと云う空気が漂っている。

久子たちの仲間うちにも、客の持って来るそう云った空気の噂話を、聞き噛《きかじ》りに話合うものもあった。昭和六年に、日本軍が満州に出兵した時の廓の賑《にぎ》わいを、昔語りに話して聞かせる古い妓もいた。久子には、戦争と云う言葉の意味が解らなかった。戦争をして何の利益があるのか知りたかった。浅井が持って来る戦争の知識は、久子を納得させるに足りない。殊に戦争がはじまれば、日本中のものがみんな儲《もう》けるのだと云う結論には承服出来そうになかった。彼に学問がないことや、子供の頃から商売人に仕立上げられていると云う条件をぬいて聞いても、浅井の戦争話はいい加減過ぎると思われた。

「自分だって、戦争ともなれば、久子がびっくりする位《くら》い儲けて見せる」

浅井は、そう云う時、きわめて深刻な表情をする。それは、自分の知識の深さを、相手に知らせようとするためである。

「どうして戦争しなくてはいけないの」

久子の問いに、浅井は大仰な身振りで答えるのである。

「どうしてかって？　はっきりした理由はないさ。喧嘩だもの。個人の喧嘩だってそうじゃないか。何となく、もやもやしている時には、やたらに誰かへ噛みつきたくなる。若しその時、相手が同じように、もやもやとやり切れない気持でいたら、こいつが喧嘩になるんだ。もとは、そのもやもやにあるんだが、さて、こいつを何だと云うことになれば、ちょっと説明がむつかしいな」

そのむつかしい説明をしてやることで、自分の博学を久子に認識させる必要があった。彼は、ボテを背負って、街中を歩き廻っているうちに、見聞した戦争の気配と云うものを掻《か》き集《あつ》めて見た。

職業紹介所の前に長蛇の列を作っている失業者の群。銀行の前の日溜りや、公園のベンチに、無気力な顔を晒《さら》している浮浪者。商店の店先に山積された品物の数々。港には巨船が赤腹をふくらませて浮んでいる。それに何か積み込んでいる起重機の音。ドックの轟音。空気をゆさぶる地上の唸《うな》り。行人の顔は、何かに追いかけられているような焦燥と、やり切れない倦怠《けんたい》との裏腹な表情が交錯している。それらを一まとめにして、うまく云い現わす言葉が、浅井にはなかった。

増太郎が来た日から、一週間ばかり顔を見せなかった浅井が、何時もの時刻にあがって来た時、久子は、鏡台の前で顔を作っていた。鏡に映った浅井の顔は上機嫌だった。

「おい、正月の三ケ日を仕舞ってやったよ。帳場へ金も預けて来た」

這入《はい》って来るなりそう云って、

「少し早過ぎたかも知れないが、お職様だからな。ぼんやりしてると誰に持って行かれるか知れないから」

安堵《あんど》しきった顔で、浅井が、長火鉢の側へ胡坐《あぐら》をかいた。正月の三ケ日を、遊女たちは、馴染客《なじみきやく》に花代をつけ放して貰うことが、この世界の習慣だった。一日ずつ別々の客に仕舞って貰う場合もある。一人の客が仕舞い放しの場合もある。この世界が、世俗に云う苦《く》界《がい》なら、正月三日間は、地獄の門扉が開かれる時である。この間にも、仕着せで張店《はりみせ》に坐っている妓は、朋輩《ほうばい》にも店にも、一年中肩身の狭い思いをしなくてはならない。仕舞客のない妓たちは、借金を増やして自前で花代をつけるのである。

「すみません。だけど、お正月は来るか知ら？」

「何だって？」

「だって、戦争がはじまるんでしょ」

浅井は、声を立てて笑い出した。

「戦争の話に当分おあずけだ。そう簡単にはじまりゃしないよ。それより、今日は大切な相談がある。わたしは、お前を落籍《ひか》せる決心をしたのだよ」

「そりゃどうも——」

久子のおどけた顔を見ると、浅井は、ぐっと胸を反《そ》らせた。

「この機会は外されない。わたしは、年が明けたら、早々に店を持つ。何《いず》れ、戦争がはじまることは間違いなしさ。戦争にでもなったら、一番先に不足するのは綿類だ。わたしは、自分の店の倉庫に、うんと綿類を貯《た》めておく。戦争がすんだら、ケチな日本よ、サヨナラだ。歌の文句じゃないけれど、わたしの舞台は、四億の人間がいる支那だよ」

浅井が、男の夢を熱っぽい口調で喋《しゃべ》っている間、久子は、つましい女の夢を描いていた。弟を中軸にして廻《こま》る独楽のような自分を思う時、久子は愉《たの》しかった。増太郎から、明二が美術学校へ行きたいと云う希望を聞いた翌日、久子は、年期を継いで前借した。最初の年期がまだ二年残っている上に、また二年継いだので、あと四年勤めなければならない。年期が明けたら、花街《かがい》続きに、おでん屋を開こう。店の設計は明二にさせて、壁には明二の絵を掛けよう。

「おい」

果てしもなく拡がりそうな女の夢を、久子は慌ててしまいこんだ。浅井は、久子を落籍せる決心をする迄のいきさつを話していたのであるが、久子の耳には届いていなかった。

「お前にも異存はないと思うのだが——」

二年間、お職を張り通した久子に惚れて登楼《あが》りはじめた浅井なのである。顔の美しさや、体のよさに惚れたのではない。親出で、顔のよい妓なら、初店で二三ケ月はお職が張れるが、直ぐ落ちるのが定石だ。情人が出来たり、深馴染が出来たりして、心まで売るからだ。そうでなければ、体の使い方を知らないで病気になったりが原因である。二年間、お職の張り続けられた久子は、これらの条件を、みんな退けて来た完全な商品であった。子供の時から廓の路地を踏んで渡世して来た浅井は、こんな廓の秘密を知悉《ちしつ》している。

「お気持は有難いわ。でも、あんたは直ぐお店を持つのでしょ。わたしなんかに入れあげないで、そのお金で、うんと綿類を買いこんでおくことだわ」

「店を持つ金は用意してある。お前の身代金はまた別口だよ」

久子は浅井の懐で鳴る算盤《そろばん》の音を聞いた。

「ありがとう。でもあんたの勘定は、大外れよ。わたし、たったこないだ年期を継いだばかりだから、勘定は二倍になるのよ」

面倒だと思ったが、久子は弟の話を持ち出さなければならなかった。

「へえ、そんな話は初耳だね。先だっての若僧が、その弟とでも云うのかい」

明らかに妬嫉の焔《ほのお》を燃して浅井が笑った。そんな、子供欺《こどもだま》しは乗らないぞと、啖呵《たんか》の続きそうな笑いだった。

「いやよ。ありゃ弟の友達なの。まだ中学生じゃないの。あんたの焼餅の相手には、少し早過ぎるわ」

「そんなら、わしが金さえ拵《こしら》えたら文句はないんだね」

「そんなこと云わないで、しばらくわたしの自由にさせといて」

自由と云う言葉が久子には可笑《おか》しかった。

「金さえ出せば、お前の自由も、わしは易々と買いとることが出来るんだよ」

「そりゃそうね。でも、わたしは、当分どなたにも売らないつもりよ」

浅井が声を立てて笑い出した。

「あの若僧に持って行かれたのだろう」

浅井の執念を断ち切ろうと、久子が心の構えを新《あら》にした時、扉の外から千草が呼んだ。

「久子さん、お客さんよ」

「止してよ。ああさんの時間じゃないの」

こんな闖入者《ちんにゆうしや》に踏みこまれる例は、廓ではないことであった。向いの部屋の朋輩から、こんな言葉をかけられる例もない。久子は、千草の悪意に、精いっぱい烈《はげ》しい言葉を返した。

「ご免なさい。親切のつもりだったの。裏であんたを指しで呼んでるから、知らせてあげただけなの、ああさんよりも大切な人だと思ったから」

言葉の切りを、荒々しい扉の音で結んで、千草の声は、それきり沈黙した。

「どれ、わしも、ベルに追い出されないうちに帰ろうか。今の話は、正月に宮島になと行ってゆっくり話そう」

こんな場合の処置には、流石《さすが》に、浅井は馴れていた。彼は正月までは暇がないから、と云い添えて、幾枚かの紙幣を長火鉢の上に置いて帰った。久子と千草の喧嘩の中に介入することを恐れる浅井の仕草が、久子には苦々しかった。千草は、久子がこの店に来る迄は、お職を張り続けていた。年も久子より二つ上で二十四の働き盛り。久子が、写真の位置など無関心に、花代を稼いでいるのに比べると、千草の商売ぶりは、学生が席次争いに眦《まなじり》をあげている姿にも似ていた。客扱いは勿論《もちろん》、仲居や使い走りの少女にまで細かい心を配っていた。とり立てて云う程の美しい妓ではないが、何時も活々《いきいき》した表情をしていた。この世界の女たちは、申し合せたように、自分の面相に対する感覚を失っている。修整でほとんど原型をとどめない張り店の自分の写真を、倦《あ》かず眺めて暮している。その顔は、ほとんど初対面の人に出会った時のように、きょとんとして、少しばかりの羞恥《しゅうち》をのぞかせていた。自分の顔に自信のない、この女たちの中で、千草の顔が活々しているのは、面相に自信を持つ証拠だった。久子は、自分の容貌を張合う気持でなく、千草に立ち向うと、他の誰にも感じない反撥を覚えずにはいられなかった。

浅井が帰ってしまってからも、千草が云うような客の気配はなかった。その客が、若しかしたら、増太郎であるかも知れないと気がつく迄には、可成《かな》りの時間があった。寝巻の長襦袢《ながじゅばん》を脱いで、ゆっくり店着に着替えながら、ふとそれに気がつくと、久子は、店着を裾からげにして廊下を走り出した。

裏口の客は、増太郎だった。今日は、着物の上に釣鐘マントを引掛けて、ハンチングを眼深《まぶか》にかぶっている。久子の心臓が裂ける程に乱れたのは、そうした増太郎の姿を見たためではない。張り店の、仲居の腰掛けに腰をおろして、何か話しこんでいる増太郎の、ふてぶてしい恰好を見たからである。

「あんたは、増さん、あんたは——」

たくしあげた裾を落して、いきなり腕に摑みかかった久子の、半狂乱の姿に、増太郎は、弾《は》じかれたように立ち上った。

「姐さん、旦那は、今夜を仕舞って下すったんですよ」

淫らな笑顔で告げる仲居には言葉も返さず、久子は、増太郎の腕を摑んで引摺りながら自分の部屋に戻った。そして久子は叫んだ。

「莫迦《ばか》！」

「久ちゃん、ご免よ。久ちゃんは感違いしてるんだ。僕は淫らな気持で来たのじゃない」

増太郎の声は、かすれて弱々しい。

「莫迦！　莫迦！　淫らな気持で来ないものが、なぜ遊女を仕舞うんです。あんたは、わたしの体を辱《はずか》しめに来たんだ」

言葉に詰る増太郎へ、久子は血走った視線を向け畳みこんだ。

「ね、増さん、仕舞うと云うことは、女郎の体を、一晩買いきることなんですよ。わたしが、増さんに、一晩中、自由にされることなんですよ」

「そんなつもりじゃない。僕は、久ちゃんを一晩でも自由にしてあげたかったんだ」

「そんな、でたらめ云うのはやめなさい」

「嘘じゃない。この前来た時、僕は何も彼《か》も知ったんだ。自分の体を、自分の金で買う久ちゃんを見たんだ。こんな不合理な世界があることに僕は腹が立った。そして、久ちゃんが可哀想になった。一晩でも、僕の手で救ってあげたいと思った。やっとの思いで、僕は、その金を作って来たんだ」

久子は、目くらんだ顔を畳に押しつけた。増太郎の顔も、故郷の姿も映らない。真黒な闇の底で、久子はむせび泣いた。増太郎が足音を忍ばせて扉のハンドルに手をかける迄、そうして泣き続けた。

「増さん、解ったわ。ありがとう」

帯ほどけの店着が肩を滑って、畳に落ちた。緋《ひ》の長繻袢にくるんだ久子の体が、扉を背にした増太郎の体によろめきかかった。

「もう来ては駄目。今度来たら、わたしは鞍替《くらが》えする」

両肩で、ぐいぐい押しつけながら、久子は、目前に立ちはだかっている増太郎が、立派な男の胸板をもっているのを見た。

「いけない！　増さん、早く帰って」

男の体に触れると、本能的にたぎり出す淫婦の血が、もの音たてて騒いでいる。理性を越えて、それは、清浄な男の肉体を一呑みにしないではおさまらない。久子は、波足の届かぬうちに逃げなさいと絶叫した。

久子は、それから、長々と泣いた。師走という月は、廓の一年中一番淋しい月である。二階は静まっていた。久子の愁歎《しゅうたん》を妨げるもの音はない。お茶引き女郎は、張り店で十二時までは動けない。煙草を吸ったり、花札を引いたり、焼芋を食べたりしながら、今日の終るのを待っている。十二時が来れば、それぞれ自分の部屋に引きあげ、衣裳を解くと、また帳場に集らねばならない。絹座蒲団に、水屋戸棚を備えつけた自分の部屋は、商取引きをしている間だけが自分のものでお茶引きの晩には、階下の合部屋で、薄いせんべい蒲団に重なり合って寝なければならない。お茶引きの多い晩には、何や彼や喋り合っているうちに寝ついてしまうが、店が忙しくて、合部屋も閑散になると、狭い肩身を余計に縮めて、明け方まで転輾《てんてん》する妓もある。この部屋の座蒲団の冷たさを知らないのは、十七人の抱え妓の中で、久子と千草。それにもう一人、これはずっと年期のはいった静子だけであった。この三人は、それぞれの時期に、お職を張った売れっ妓で、今も稼ぎは、他の妓たちをはるかに引き離している。客をとらなくても自分の部屋で眠れるのは、稼ぎ高に対する功労賞とも云うべきものであった。

久子は、泣き足りると、蒲団を直して足を伸ばした。向いの千草の部屋は、ずっと静かである。隣の静子の部屋は、客の気配がしている。

「久子姐さん――」

仲居に呼ばれて、久子はまどろみから覚めた。

「姐さんは、仕舞ってなさると云ったんすが、玄関先でもよいから、ちょいと顔を貸してくれと云うんですがねえ」

仕舞った時間の無理を云って、時間で遊んでゆく客なのである。そんな時、花代稼ぎに、他の空いている妓の部屋を借りて稼ぐことは、この世界の公然の秘密である。仕舞いづけの客をうまく寝かしつけながら、危い芸当を器用にやってのける妓ほど、権勢のたかまる世界である。増太郎が花をつけ放しで帰ったことを見届けての、仲居や帳場の無理である。何時もならそんなことにこだわらぬ久子が、今夜は、仲居の言葉を烈しい口調で斥《しりぞ》けた。

「解っていますよ。今夜はねえ、姐さんには特別の晩だと思っていますからねえ。あんな若い旦那の真心を抱いた晩ですから、そっとして置いてあげたいと思いますよ。でもふりのお客さんでないから困るんです」

「駄目！　早く行って頂戴」

仲居の言葉は、久子の胸をえぐった。情痴の世界だけで女の一生を終ろうとしている仲居は、その発達した鋭い嗅覚で、久子の胸奥に燃えはじめた焔の匂いを嗅ぎあてたのだ。

仲居が引き退ると、入れ代りに隣室の静子が咥《くわ》え煙草ではいって来た。

「お爺ちゃん帰っちゃった。正月の仕舞金と、あたいのお小使いおいてったわ」

長襦袢の上に丹前を羽折《はお》って、静子は客を送り出した戻りらしく、そう云って淡く笑うと、久子の枕もとに座りこんだ。三十を二つ三つ越して、この社会では、ほとんど使いものにならない筈《はず》の大年増である。

同じお職を張った仲間でも、この妓には、久子もよりかかりたい親近感を持っている。若さを張り合う年令の圧迫感がないだけでなく、ほっそりした姿態からにじみ出る優しさの故《ゆえ》かも知れない。

「爺ちゃんは、正月には来ないんでしょ」

久子は腹這《はらば》って煙草を吸いつけた。

「そうよ。だから、あたいは、工廠《こうしょう》さんでも呼んで遊んでやろうかと思うの。爺ちゃんは、お婆さんと一緒に田舎に行くんだって」

静子は、眠るように眼を細めながら喋り出した。

「久ちゃんも、浅井と遊ぶの一日位にして、あの若い学生さんと遊んでおやりよ」

「あ、姐さんまでそんな風に思ってるの。あの学生とは、何でもありゃしないわ」

「あってもよいでしょ。無くっても褒めたことじゃないわ」

久子は、静子の前で、増太郎の云いわけは金輪際《こんりんざい》すまいと思った。

「お爺ちゃんいい人だね。あんな客なら、落籍《ひか》そうなんて慾《よく》ばった事も云わないだろうし」

若い妓たちの戦列から離れて、悠々と勤めを楽しんでいるような静子には、またそれに似つかわしい客がついていた。アメリカ戻りの老人で、もう七十に手が届いている。この老人は、時間の弁《わきま》えなしに、思いついた時、静子の部屋に顔を出した。仕舞い客と同衾《どうきん》している時に扉を叩いたり、ノックなしに引き開けて静子に叱られたりしてベソをかいている様子が久子の部屋にも筒抜けだった。

「ご免、ご免。何、別に用事はないんだよ。老人は朝が早いんでね。散歩に出た序手《ついで》なんだよ。起きなくてもいい。おやすみ。では、さよなら」

老人は呟《つぶや》きながら帰ってゆく。静子が結髪に出かけた後などに来合せると、エプロンがけで部屋の掃除などしてやる老人である。

「それゃあそうと、あんた、浅井に落籍されるつもりなの」

改まった静子の顔へ、久子は、くすんと笑って見せた。

「誰が本気で考えるものですか」

「それならいいけど。軽はずみなことしないでよく考えてから決めることよ」

静子は、この夏、二度目の年期が明けて、九州の南岸の故郷に帰って行ったばかりなのに、一ケ月も経たないうちに、又々五年の年期で廓へ戻って来た。

「誰でもそうだと思うんだが、廓勤めを長くすると、普通の生活が淋しくてやり切れないの。あたいは、もともと人手に渡ったサフラン畠をとり戻すために最初の勤めに出たのだけれど、お花畠は山の麓《ふもと》まで拡がっているのに、あたいはここが出られないの」

静子は、煙草の吸口に、ぷつり、ぷつり、火箸を刺し通しながら、山の麓まで一面に続いたサフランの花畠を歩いていたら急に淋しくなったと話し出すのだった。

「ほらね。サフランは、婦人病の薬の原料にするでしょ。むっとする花の匂いで、あたいは廓の生活を思い出したの」

サフランを薬草屋に売り出すことを家業にしていると云う静子の故郷を、久子は想像して見るのであるが、薄桃色の花畠の向うには、やはり白い渚《なぎさ》と、青い海が展《ひら》けていた。

三

「増さんの莫迦《ばか》!」

久子は、呟《つぶや》きながら、部屋の中を歩き廻った。呟きが次第に喚《わめ》きになり、呶鳴《どな》る度に、部屋の隅々から木《こ》だまがはね返って来る。

「久子さん、いい加減におよしよ」

隣室から、何度も声をかけていた静子が、とうとう扉を開けてはいって来た。

「今日は止《や》めましょう。あたいも花見なんか好きじゃないからやめます。あんな人中で、馴染顔をして『よう静子!』なんて声をかける馬鹿な奴が、二人や三人きっとあるものよ。思っただけでぞっとする。楽しみどころじゃないわ」

静子は、そんなことを云いながら、折角《せっかく》着付けた外出着をほどきにかかった。今日は、一年一度の公休日なのである。楼が大戸を閉めて総出をするのは、一年のうちで、四月の花見の時だけなのである。毎年、揃いの衣裳を拵《こしら》えたり、帯を作ったり、派手な計画をたてて音頭をとっていた久子が、みんな外出の身ごしらえをして出を待つばかりになっていても顔も作らず普断着のまま狂乱のように部屋の中を歩き廻っている。誰も、原因を知っているだけに、慰めの言葉をひかえた。今日の花見は、千草を落籍《ひか》せる浅井が、落籍祝いの招待だった。久子を千草に乗り替えた浅井は、店の者全部の同情を集めていた。久子には利がないのである。正月三ケ日を、浅井に仕舞わせておきながら、久子は、増太郎を追って島へ渡った。足抜きだと思いこんだ周旋人や楼主に、散々手を焼かせて廓へ連れ戻された時には、浅井の膝にはもう千草が甘えかかっていた。

「そんなに思い切れない男なら、どうしてあの時切れて帰ったの。あたいだったら、どんな大家《たいけ》の大切な一人息子だって放しゃしない。掻払《かっぱら》って何処《どこ》かへ逃げてしまう」

静子は、ほどいた帯を、自棄《やけ》に放り出しながらきびしい口調になる。骨の髄まで遊女になり切った妓の言葉に不似合な烈しさである。久子がはじめてこの楼へ来た時、「本名で出ることよ。源氏名などつけて店に出たら、あとで困る場合があるから」と教えてくれたあの時の、一こくな様子とよく似ている。

「あの人への未練じゃないの。あの人へは、はじめから何でもなかったの。あの人の残して行った故郷の匂いが無性に恋しかったの。渡し場であの人に会わなかったら、渚の砂を踏んだだけで直ぐ戻って来たわ。会ったのがいけなかった。ずるずると落ちこんでしまったの。でも店へ帰ったら、あの人のこと忘れられそうだったわ。浅井は、はじめからあれだけのものよ。千草さんが落籍されたって、わたしは何とも思わない。只《ただ》あの人が、増さんの心が、何時迄も、わたしにからみついて来るのが口惜しいの」

云いながら、久子は、何でもないと云う言葉の曖昧《あいまい》さを思う。はじめて増太郎に触れた時も、久子は、何でもないのだと自分に云いきかせた。危険だとしても、心に傷痕を残して帰るくらいなところだと思った。それが二人とも、命を削る程の深手になった。増太郎は、卒業を間近に控えて学校を辞めなければならなくなったのである。

「こんな勤めに馴れると、体も心も、蚯蚓《みみず》みたいになるものよ」

静子は、細紐のままで煙草を吸いつけながら、それが普断の表情になった諦め切った笑顔をして見せる。久子は、静子の言葉を聞きながら、次第に心の鎮まるのを覚えた。蚯蚓に違いない。胴体を寸断されて、命を断たれる程の苦しみにのたうって、明日はまたけろりとして四畳半を匐《は》い摺《ず》り廻《まわ》る。正月に増太郎とあんなことがあってから、やっぱり動かないお職の位置に、胡坐《あぐら》をかいている久子である。

「姐さん、二人で江波山へ遊びに行きましょう。わたしは、あの山の上から、増さんのいる島へ云って来ますわ。いい船乗りにおなんなさいって。わたしは蚯蚓ですよって。蛇になって、海を泳ぐ程の執念もない女なんですよって」

久子は云いながら、今朝届いた増太郎の手紙を思い出した。繁々《しげしげ》と届く増太郎の手紙には、何時も同じことが繰り返してある。二人の将来に対する約束も誓いもなく、只綿々と慕情が書き連ねてあるばかりである。学校を失敗して、両親の膝元で監視されている増太郎には是非もないことだと思いながら、久子はやはり淋しい。

増太郎の音信がふっと止ったのは、盧溝橋の銃声が、雨期明けの市民の耳を弾いて街をかけぬけた頃からだった。

地上にある音響が一時に唸り、咆《ほ》え、叫び喚きはじめて、人々は『戦争だ！　戦争だ！』と絶叫しながら、西へ、東へ路地を、大通りを駈け廻った。軍専用の駅舎が、一夜のうちに出来上った。兵隊と馬と、夥《おびただ》しい貨物が、忽《たちま》ち広い練兵場を埋めつくした。

「おっと、戦争だ！　退いた退いた」

鹿島楼では、剽軽《ひょうきん》な大工が、材木を担いで終日呶鳴り、右往左往した。蒲団部屋や、お茶引女郎の合部屋、張り店の半分までが座敷になり、十七人の抱え妓が、忽ち二十二人になった。こうした騒ぎは鹿島楼だけでなく、隣も、その隣も、気狂いじみ、湧き立った。廓は、夜も昼も兵隊服と船員服でひしめいた。御用船が港へ帰ると、船員たちは、空腹を満たす人のように廓内に雪崩《なだ》れこんだ。

「ね、今度は何処まで行って来たの」

「戦争ってどんなもの？　大砲の音を聴いて来たの？　敵の死体を見て来た？」

妓たちは、時代の英雄たちから、戦争の話を貪《むさぼ》り聞いた。来る日も来る日も、旗の波が駅から港まで、二里の途を埋めつくした。歓声と、軍歌が街を圧した。

「わたしたちも港まで送りたい」

白いエプロンで街々を駈け廻る女たちの姿が、廓の妓の眼をひいた。

「冗談じゃない。お前たちの仕事こそ、兵隊と同じに御国へ御奉公しているんだ。自分の仕事の尊さを知らんにゃならんぞ」

帳場の云い分に、妓たちは、自分の勤めの意義を思い知った。かりそめの契りに、忘れ難い情を残して別れる妓もいた。

「帰りもよってね」

「ああ忘れないよ」

「何時帰って来るの」

「そりゃ片付けたら直ぐ帰るさ」

こうした気狂じみた騒ぎのうちに昭和十二年は暮れた。

久子も、増太郎の慕情をからみつかせたまま、戦争のどよめきに巻きこまれていった。

四

「あっ！　畜生、這入っちゃいけない。そんな足で、あたいの部屋へ。洗って来い。畜生！　あたいの蒲団が汚れるんだよ」

廊下の手摺りにしがみついて、髪振り乱した妓が叫び出した。妓は、右手に懐紙を摑んだまま下腹部を押えている。

「あたいの体をどうしようってえのだ。畜生！　殺してしまえ。お前で二十人目だぞ。あたいは便所へも行けないんだ」

喚き終ると、妓は、がっくりと上半身を手摺りに投げ出した。

「京ちゃん、お客様は大切に扱わなきゃいけないよ」

静子が部屋から顔をのぞける。妓が突伏せたまましゃっくりをあげて泣き出した。

「すみません。荒稼ぎで気が立っているんです」

静子は、もと千草が使っていた部屋の前に戸惑った顔で突立っている若い船員に詫《わ》びごとを云いながら、目顔で、這入っておれと教えた。男は、しばらくためらった恰好を見せていたが、思い切ったように部屋へ踏みこんだ。

「姐さん、非道《ひど》いよ。いくらお国のためだと云っても、一日に二十人も客をとらせるなんて、あんまりだわ」

妓は、二階の手摺りから帳場へ向って絶叫していた。戦争がはじまった七月に、親出で来た京子と云う新妓だった。以前からこの店にいた古い妓たちの体は、この半年の間にはほとんど駄目になり、破れ壊れた肉体に、更に借金を背負って、他の町へ鞍替えして行った。軍隊や御用船のいない他の町へ。一日に、二十人前後の荒くれた男の体が、彼女たちを喰い荒したのである。こうして去って行った妓たちの後には、農漁村から、新鮮な親出の妓が次々と連れて来られた。新妓たちは、部屋の中に放り込まれると、忽ち青むくれになり、瞳だけが野獣のように妖しい輝きを湛《たた》えはじめる。京子もその一人。

「あたいは、看護婦になって戦争に行きたかったの。そしたら、仲介人が来て、この勤めは看護婦に負けない程立派な御奉公だと教えてくれたの」

はじめて来た妓がよく口にする言葉を、京子もお題目のように呟いていた。商売の苦痛に負けそうな自分に云い聞かせるように、傷ついて壊れてゆく自分の肉体を劬《いたわ》るように、京子には日に何度となく呟いた。そんな京子が、来る男、来る男に猛獣のように咬《か》みつきはじめたのである。

「兵隊さんだけで勘弁して。この体、兵隊さんに組み敷かれる時だけは、まだ我慢しようと観念しているの」

新しい客を送りこんで来る仲居へ、京子は哀願する時もあった。

「京子は我儘《わがまま》者なんだよ。みんな疲れた体で働いているんだ。葉子も、チトセも、京子よりずっと弱っているのに歯を喰いしばって働いている。それが本当さ。戦争だもの」

帳場の同情は京子になかった。人情なんてものはこの世界に落ちていない。堅牢《けんろう》なだけが唯一の値ぶみになって買いとられた商品である。使用に耐え得る期間を算定して投資した品物である。京子のように、半年も働いた体は、もう資本を回収して、あとは一日でも働かせるだけが儲けものなのである。

帳場で云っているように、喚き、泣き、暴れるのは京子だけであった。みんな喰いしばった歯が開かない。体の頑丈な京子だけが、まだ暴れる力を残しているのだ。廊下を匐いながら便所へ通うのは京子だけでない。男の待っている部屋と、便所の間を匍匐《ほふく》していれば、やがて彼女たちの戦争は終るのである。彼女たちは烈しい戦いの合間に、

——お母さん、入院させて。もうとても駄目なんです——

と、渇《かつ》したように帳場へ泣訴する。病院行きは、昔の廓ではほとんど地獄行きに等しかった。医療費と、休業している間の借金で、彼女たちの体は身動きも出来なくなる。

——入院するのは厭《いや》！　先生、何とか助けて下さい——

廓の妓たちは、検診医の前で泣いた。

——入院すれば助かるさ——

検診医の言葉は、冷厳な科学者の権威をもって、容赦なく厭がる彼女たちを病院に追いこんだ。今とても、科学者の権威に変りはない。変らない筈の権威の眼を、崩壊寸前の彼女たちの肉体が不思議にくぐりぬける。だからこそ、彼女たちは、——入院させて——と云う泣訴を、医者に向けないで帳場に向けねばならないのだ。

楼主は、検診日の前夜、彼女たちの一人一人に、玉露の煮汁を分けてやる。玉露の、こってりした煮汁は、脱脂綿に含まされて、赤く爛《ただ》れた彼女たちの内膜の炎症を、桃色に褪《たい》色《しょく》させてくれる。周到な措置の結果は、検診医より先に楼主の眼で見きわめられるのである。こうして、彼女たちは、手や足が、全く感覚を失くしても、生殖器の形がある限り、部屋と便所の間の匍匐をくり返さなければならない。

「静子姐さん、お願い。あたいを便所に連れてって——」

泣きじゃくっていた京子が顔をあげた。

「しっかりしなきゃ駄目だよ」

「駄目。みんないけないの。お小用だって出るかどうか解らないの」

全身によりかかって来る京子の重みによろめきながら、静子は歩き出した。

「何をしても年期だよ。年期を入れているうちには、よいこともあるさ」

久子は、静子と京子の会話を部屋の中で聞いていた。静子の云った年期と云う言葉が妙に心にしみた。ここ迄喰いこんで来た戦争のあおりを、まだ直接膚《にだ》に触れないのは、この店で、静子と久子だけである。静子は、例のアメリカ爺さんのお蔭で一人の兵隊も客にしない。廓の騒ぎに肝《きも》をつぶした老人は、兵隊のために、華奢《きやしや》な静子の肉体が喰い荒されることを思うと、生きている心地もしなかった。それに若い間、アメリカくんだりまで出稼ぎに行って溜めた金を、戦争の資金に持って行かれはしないかと云う不安もあった。老人は虎の子の全部を投げ出して、静子の肉体の破損を防ごうと思っている。静子の、こうした身の上に比べれば、何の後楯《うしろだて》もない久子には、只、お職女郎の年期があるだけ。はじめのうちは、兵隊をあげない久子に、帳場も手を焼いていたが、兵隊専門の新妓のかけ替えはあっても、鹿島楼にとっての久子のかけ替えはなかった。戦争がすむ迄、昔からの馴染客を引きとめておくためには、久子は大切な看板である。

部屋の中で、静子と京子の会話を聞きながら、久子はふっと、京子を助けてやろうと思った。京子が不憫《ふびん》で、身替りを勧める気になったのではない。静子の云った年期と云う言葉が、妙に久子をそそのかした。三十分程身を投げ出してやれば、何事もおだやかにすむと思った。京子の部屋は、この頃、夫婦喧嘩の絶えない裏長屋のようだった。罵《のの》し声、ものの壊れる音、泣き声がやんでいる間は、次の修羅場を予想させる呻《うめ》き声。腐肉を喰《は》む獣の牙のきしみとも聞こえる呻きがやむと、前よりも凄《すさま》じい破壊音響。久子は、毎夜、それに煩《わずら》わされて眠れない。

久子は、静子の部屋をのぞき、

「助け舟を出してやるから、京子をあんたの部屋で休ませといて下さいな」

と云った。

「もの好きだわね。まあ行っておやり」

静子は笑いながら、便所にいる京子を迎えに立った。

静子と京子が、ボソボソと話しこんでいるところに、久子が渋面作って戻って来たのはそれから間もなくだった。

「煙草！　煙草！　ああ汚ならしい！」

這入って来るなりそう云って、久子はペタリと坐った。

「今の若僧、まだ乳臭いくせに、何て剛突張《ごうつくば》りだろう」

静子がとってくれた『朝日』に、火をつけ、一息吸いこんだが、久子はまた大急ぎでそれを吐き出した。

「お風呂、もう駄目か知ら。一風呂浴びて来るわ。これじゃ汚なくてやり切れない」

大袈裟《おおげさ》に慌てて見せる心のうちを朋輩に見透かされそうで、久子は居たたまれなかった。

あの男は、忘れていた増太郎の膚を思出させたのである。誰かを恐れ憚《はばか》るような男の眼は、組みついた女の体を恐れていた。小心な心の焦りが、かえって老練な男と同じ大胆な結果になった。一年前の、増太郎とのひめごとを、あの若い船員は生々しく再現して見せた。

若い男を部屋へ入れないのも、兵隊をあげないのも、増太郎が押しつけて行った男の体温を忘れたい願いからでもあった。弟の明二の身替りに湧き出たように現れた増太郎が、最愛の明二を突きのけて久子の膚の中まで喰いこんで来た。久子は、そうなったことを悲しいと思った。けれど、突き退《の》けたのは増太郎であって、久子は、心の底で弟を抱きしめている。理窟や、云いわけで表現出来ない強い力が、明二と結びついている自信が、久子にはあった。

「久子さんには、若い男は苦手らしいね」

「そうよ。弟を思い出すの。弟の体を抱いているようで、自分が怖くなるの」

久子は、静子の言葉に、わざと笑顔を作って見たが、瞼の奥からにじみ出る熱いものを押え切れなかった。

戦場に続く人の流れは、無限に続く運命の流れのように、久子には思われる。何処から送りこまれて来る一つ一つの命が、一まとめにして船に積みこまれる。その中に、明二や増太郎の命が挟みこまれる。それが、どんなに大切な命であっても、運命は仮借しない。久子は、弟の命を守らねばならないことをひしひしと感じた。殊に、兵隊が船出してゆく時の有様を人づてに聞くと、羽交いじめにして守ってやらなくてはならないような緊迫感を覚えた。学校に在籍しておけば兵役を免がれると人に聞いた時、美術学校に入学出来た明二のために、久子は心からよろこんだ。

五

慌しく冬が駈けぬけて、花の匂いも、草の色もない廓に春が来た。

戦争は二年目を迎えようと云うのに、大陸の火の手は拡がるばかりである。花街にも、愛国婦人会支部が結成されたが、エプロン着けて兵隊の歓送迎に出かけるのは、廓続きの見番《けんばん》の連中だった。芸妓は開店休業の状態で見番の箱棚には、埃《ほこり》をかぶった三味線箱が艶《つや》気《け》もなく転っていた。久子はこんな芸妓たちの口から、千草と浅井の結婚生活の破綻《はたん》を聞いた。そのことを静子に話した時、静子は、桃色の薄紙に桜の花片を敷《ち》らして、わずかに春の気配を匂わせる中庭のぼんぼりを眺めながら云った。

「だいたい、あの部屋は縁起がよくないんだよ。あたいは、京子の亡霊が、あそこんところにしがみついているような気がするの」

京子は、何時か久子が、接客の身替りになってやった夜以来、廓から姿を消してしまった。彼女はその夜、部屋で自殺したのである。

「みんな、それぞれに片づいてゆくわ。あたいも、近いうちに片づくことになったの」

静子は、そう云い足して、生欠伸《なまあくび》のような笑顔をして見せた。例のアメリカ爺さんの老妻が急死して、静子は、急に落籍されることになったのである。

戦争は、日増に烈しさを加えて行った。

久子は、廓に踏みとどまって働くことが、弟を戦争から守る唯一の途だと思った。金に不自由をさせて、弟が学校を辞めるなどと云い出したら大変だと思った。客から貰う心付けは云うまでもなく、おでん屋を開く資金に、細かい金をよせあつめた蓄えまで、洗いざらい持ち出して、明二へ送金している。

久子は、新聞に、折り込み附録でついて来る大陸の地図を壁に貼って行った男から、この戦争は長期戦になるだろうと聞かされた。言葉の意味は解らないままに、日の丸の旗で埋められてゆく地図を眺めた。逃げてゆく蔣《しょう》政府を追って、日章旗は勝手放題な場所へ動いて行った。日章旗を動かすのは、久子たちを揚げる男たちである。遊びと云う言葉は、もはやこの世界にはなく、溜った排泄物を、せかせかと放出してゆくだけである。久子も、戦争の匂いを充満させた男たちに、肉体をぶっつけて行った。男たちが満足し、勇躍して出かけたら、地図の上を進む日章旗の速度も速くなりそうな気がした。明二が学校を卒業する迄には、大陸の曠野《こうや》は、あの男たちの手で耕しつくされているだろうと思って、肉体をぶっつけて行った。

久子は、時々早朝の練兵場へ新兵の訓練を見に出かけた。怒濤《どとう》のように街にあふれていた出征兵の軍靴の音が、夜間行軍に限られ、街は一応の落ち付きを見せていた。新兵の訓練に本腰を入れる程、戦争は長期戦の態勢を整えはじめた。

その朝も、練兵場には三十人、五十人の一団になって、様々な兵科の兵隊たちが繰りこんでいた。久子は、練兵場の入口の、日露戦争の戦利品だと云う砲弾を載せた記念碑によりかかり、襟巻《えりまき》に顎を埋めていた。

「馬鹿野郎！」

しゃがれて、絞り出すような男の声に、久子はぎくっとして振り返った。久子の前に、棒を呑んだような兵隊たちの顔が孤空《こくう》を睨んで並んでいる。

「ごめんなさい」

久子は、行軍の邪魔して叱られたのだと思い、慌てて駈け出した。

「何てえ態《ざま》だ！　起きろッ。軽機に砂でもつけて見ろ！」

久子と並んで、抜刀の兵隊が喚きながら駈け出した。久子は、叱られているのが自分でないことに気がついたとたん、立《た》ち竦《すく》んだ。

打ち水の凍ったアスファルトの上に、若い兵隊がのけぞっている。腹を転がしてもがく蟇のように、若い兵隊は両足を上に突張っている。起きようと足掻《あが》いているのだ。久子は、突きあげた兵隊の両足の向うに、更に異様なものが突きあげられているのを見た。兵隊は、それを必死に差上げている。

「馬鹿！　起きろ、立てッ！　兵器は、天皇陛下から戴《いただ》いたものだぞ！　馬鹿！」

抜刀の兵隊は地団駄を踏んだ。軍靴を滑らせてのけぞった兵隊は、全身の力を押し出すように、更に足を突張った。赤黒い兵隊の顔には脂汗《あぶらあせ》がにじんでいる。歯を喰いしばって呻きながら、兵隊は足を突張る動作しか出来ない。軽機を差しあげた兵隊の両腕が次第に縮みはじめた。起きようと足搔けば、軽機は、必定《ひつじょう》道路に落ちる。兵隊は、それを放さないつもりだろう。差上げている腕は痺《しび》れ、既に重心を外し、少しずつ動きはじめた。久子は、兵隊の内臓の上に、どさりとめりこむ瞬間の錯覚に捉《とら》われた。

久子は、眼をつぶり歩き出した。木像のように並んだ兵隊の固い顔も見たくなかった。これと同じ光景を、先だっても見たのである。場所は、廓外れの繁華街。撲《なぐ》られているのは新兵だった。撲られてよろめくのと、よろめいた体を、ゴム人形のように弾ませて立ち直るのと、ほとんど同じような素早さで、新兵は不動の姿勢をとって、また撲られた。映画館の前では、三十過ぎた老兵が、弟のような上等兵にビンタを喰っていた。撲っても撲っても疲れを知らぬような上等兵の顔を、憤怒《ふんぬ》に燃える眼射《まなざ》しで睨んでいた中年の田舎女は、老兵の妻であろう。故国の最後の夜を、見送りに来た妻と愉しんでいるところをやられているのだろうと、久子は思った。こんな時、誰かが口を添えたり、注目されていることを意識したりすると、暴力は益々猛《たけ》り立つことを久子も知っていた。戦争の修羅場へ送るより先に、兵営と云う地獄のあることをも知った。廓に戻ってその時の話をしたら、客の兵隊が笑って云った。

——その位にせんと、ものの役にたたないからさ。兵隊を人間だと思ったら、戦争は出来ん——

久子は、その時深々とうなずいて見せた。

——わたしたちの勤めと同じね。体から魂をぬいてしまうのね。あんた方が、女の膚を温いと思うのは、血や肉が生きて動いているからだわ。魂をぬかない体は、少し無理すると、直ぐガタガタになって使いものにならないこと、あんたの云った兵隊の理窟と、全然同じことだわ——

肉体を売る女の気持と、戦争にゆく男の気持とが、同じでなければならないなんて、何と云う悲しいことだろうと、久子は思った。

「白井二等兵！」

歩きかけた久子は、電撃をうけたように立ち止った。

「白井二等兵は、残って坂上二等兵を連れて来いッ」

はっと、久子が振り返った時には、倒れた兵隊の手から機銃をとりあげた兵隊が、木像のような姿勢のままで進みはじめていた。一人の兵隊が、挙手をしてそれを見送っている。

「増さん！　あんた！」

狂気のように叫ぶ久子の顔へ、兵隊は、ちらっと視線を投げたきり、倒れた兵隊の方へ駈け出した。倒れた兵隊は、腰骨を打っているらしく、救いの手を摑んでも容易に起き上られない。ぶら下る力の弾みを喰って、救いの手もつんのめりそうになる。久子は、思わず駈け出して、自分も手を伸ばした。

「向うへ行って下さい。迷惑です！」

邪慳《じやけん》に振り払った兵隊の手は、こつんと固かった。

「ごめんなさい」

呟いて、後退りする久子の瞳は、真黒になる程涙がにじんでいる。それを見向こうともせず、白井二等兵は背を向けた。

「増さんじゃない。兵隊！　人間の形をした生きもの」

女肉を喰む順番を作って、押しよせて来る生きものの列の中に、増太郎もついに挟まってしまった。久子は、ガツガツと鳴りきしむ膝を踏み立て、歩きながら、そう思った。

「久子、朝っぱらから何処へ行くんだ」

突然、呼びとめられて、振り返ったまま久子は相手によろめきかかった。

「兄さん、何か面白い話聞かせて」

どうでもよいから落ちつきたいと思った。増太郎のことについて落ちついた気持で考えなくてはならないと思った。呼びとめた相手が、鹿島楼と路地向いの、周旋屋の主人であったことが、急に久子を安心させたのかも知れない。この周旋屋の奥座敷は、廓で話せない娼妓《しょうぎ》たちの、悲しみや秘密が、遠慮なくぶちまけられるところであった。むくろじのように黒くて小さくて、無愛想なこの男が、商売気を離れて、親切な聞き手になってくれるからである。まだ三十才を出たばかりで、この商売ではずっと暖簾の新しいこの店が、お茶引き女郎の溜り場になっているのもそのためだった。

「面白い話なんて無いさ。大陸の地図に、日の丸の数が増えてゆく話ばかりだよ」

「景気のいい話ねえ、世間様はみんな」

「いや、景気の悪い話もあるぜ」

周旋屋の主人はそう云って、一しきり眼をパチパチさせた後、浅井と千草のことを話題にのせた。二人の間がうまくいっていない噂は、この春聞いたことがあるが、鹿島楼も静子が落籍されて行ったあとは、抱え妓もみんな替って、昔話にも等しい二人の消息など、とうに消えていた。

「あいつ、馬鹿な女だよ」

話の合間に、舌打ちするような、そんな言葉をはさみながら、周旋屋は、浅井も召集で出て征《い》ったこと、千草が留守を持て余して、店を人手に譲りたいと云い出したことなど話しだした。

「へえ、あの男もねえ。やっぱり征かなきゃならなかったのねえ」

浅井に対して、久子は、しみじみ感傷の言葉を吐いた。増太郎も戦列に加わった。そして浅井も――。成長した増太郎にはじめて会った晩、久子は浅井から、私立脳病院の火事の話を聞いた。十六人の患者が、鍵のかかった鉄格子にしがみついて、いもりの黒焼きのようになって死んだ話だった。その晩の宿直員は、火のついた自分の体をふり廻して、「火事だ！　火事だ！」と喚きながら、消防車が水を噴いている前で死んで行った。浅井は、その宿直員のことを、恥晒《はじさら》しな、卑怯《ひきよう》な男だと嘲笑《あざわら》った。久子はその時、浅井の言葉に腹が立った。自分の体に火がついた時、どんな立派な死に方があるのだろうと思った。命が燃え切れるまで、滅茶苦茶に逃げ廻るのが当り前ではないだろうかと考えた。

召集をうけて行った浅井は、自分の体に火がついたことを知って出たのであろうか。

「千草さん程の女が、あの店一つくらい、守り通せないことはないと思うのだけど」

自分の店を持つことを執念のように思いつめていた浅井が、そんな羽目に追いこまれていることは、久子には不憫《ふびん》にも思われた。

「誰だってそう思うさ。ところが千草にはそれが出来ないと云うんだ。肩の重荷に堪えられんのでなくて、独り身の淋しさに堪えられないいんだな」

久子は、男の言葉に胸を突かれた。一度廓を出て行った女が、決ってもう一度戻って来るあの気持。当の本人から、幾度かくり返し聞かされても、その場に行き当らない久子には、理解出来なかった遊女の気持を、この男は女よりもよく知っている。十七才の年から、女衒《ぜげん》の仲間にはいって渡世して来たと云うこの男を、久子は瞳が痛くなる程見つめた。

「わしの方が根負けたよ。千草は店を売った。そして、体一つを持ってわしのところへ転がりこんだ。もう一度勤めに出してくれと云うんだ。仕方がないから、わしも引きうけた。鹿島楼へ戻すわけにもいかんから、西の廓へ入れてやった」

後味の悪い別れ方をした男ではあったが、そんな話を聞くと、久子は、やはり、浅井が哀れであった。

「久子だけは馬鹿な真似をするなよ。何時迄もこの生活をしていちゃいけない。花魁《おいらん》だって、やっぱり年をとるんだからな」

久子が年期をつぐ時にも、この男は、同じ言葉をかけてくれた。

「折角ですが、わたしも千草さんの二の舞をやりかねないでしょう。わたしの場合は、我儘からじゃないの。お金が欲しいばっかりよ。わたし、弟が学校出たら、外国へでも行かせようと思うの。戦争がまだ続くようなら、わたし、年期を継いで、弟を是非外国へやりたい」

「そんなことを云ったら、これだぞ」

男は両手で自分の首を叩いて見せた。

「構わない。弟が外国へ行ったあとなら」

「肉身《にくしん》一人の命と、お国の命と、どっちが大切だと思うのだ」

道化た顔を直して、男は眉をよせた。

「決ってるわ。お国の命が大切なこと。でも、わたしには、弟だけは何にも替えられないの」

久子の胸を塞いでゆく熱いものの奥には、明二と二人で生きて来た十年余りの人生が、ひしめいている。

周旋屋の主人と別れて、自分の部屋に戻りながら、久子は、自分が命を賭けている弟の姿を、追憶の中から引き出して、兵隊と云う身近いところにうごめいている姿に仕立ててそっとのぞいて見た。明二はつくなんでいる。少年の日のあのままの姿で、久子に背を向けたまま、看板屋の店先につくなんでいる。

「姐さん——」

ひそやかな足音で、走り使いの少女が扉を細目に開くまで、久子は、明二の後姿を見つめていた。

「ご免よ姐さん。あたい忘れていたの。読みさしの小説本の中にはさんだまま忘れていたの」

少女はそう云って、隙間から紙片を落すと、逃げるように行ってしまった。何気なく、拾いあげて、目を通すと、久子はそのままへたへたと崩折れてしまった。増太郎が入営を知らせる二ケ月程前のハガキが、今舞いこんで来たのである。久子は、自分の手を払いのけた増太郎の固い手を、今更のように思い出した。何も彼も、戦争が浚《さら》って行きはじめたのである。泣く力も、喚く力もなくなったような気がする。残っているのは、遊女の勤めだけ。

久子は、冷えた体を、店着の長襦袢にくるみかけて、はっと呼吸《いき》を呑んだ。二の腕に貼りついた絆創膏に長襦袢の裏絹がからんで、ギシッと鈍い音をたてた。呼吸を呑んだまま、久子は喰いついた絆創膏をむしりとった。引きはいだ絆創膏の跡は、薄灰色の四角い枠を描いて、桃色の肌を浮きあがらせている。

「いけない！」

久子は顔をそむけ、掌でそこを押えた。ここに絶望の窓を見つけたような気がして。

窓の中には、がらんとした絶望が拡がっている。この空洞は、昨日は腸パラの予防注射を吸いとり、三日前はコレラのワクチンを、そして、更に三日前は種痘を呑み、サルバルサンは絶え間なしに注ぎこまれている。何を投げこんでも、空洞は、何時もがらんとして暗い。戦争はこうして、女体の深部まで喰いこんで来ている。腕をめくったまま放心した久子の前を、ふっと暗い翳《かげ》がよぎった。あの顔、増太郎の、兵隊になったあの顔。そして更に明二の――。

翌朝、久子は起きぬけに周旋屋の奥座敷へ行った。まだ床にいた主人が、瞼をしばたた

いて出て来るのを待ち兼ねて、

「兄さん、大陸行きの女を募集していたでしょう」

と訊《き》いた。

「何だ、寝耳に水を掛けるなよ」

主人は、無愛想に応えたが、それでも話の相手になるつもりらしく胡坐《あぐら》を組んだ。

「募集はしているさ。今日もそのことで世話人が来る筈だが、いくら急《せ》きつかれても、出ないものは仕方がない。居そうに見えて、あちら向きの女と云うものは仲々見つかるものじゃないんだ。ご面相なんか問題じゃないからな。軍馬のように逞《たくま》しければいいんだ」

「わたしはどうか知ら？」

「冗談はよせ。お前なんかの行くところじゃない」

主人は叱りつけておいて煙草をつまみあげた。

「内地で稼げる女の行くとこじゃない。何が不足でまたそんな事を云い出した？」

久子は、昨夜、夜通し唸らされた脳病院の火事の夢を描いている。鉄格子にしがみついて喚く狂人の中に、明二と増太郎の顔を見た。明二は、営養の悪い顔をして、学生服を着ている。兵隊服の増太郎と並んで、二つの顔は、絶望の中で必死に奇蹟の起ることを祈っている。果てしもなく打ちあげられる烽火は、耳をつんざく程に咆哮《ほうこう》しているのに、二つの顔は、鉄格子の間から、まだ奇蹟を探し求めている。

「久子は、年期があけたら、おでん屋をはじめるのじゃなかったかい？」

主人に云われて、久子は自暴的な言葉を叩きつけた。

「戦争は直ぐ終るだろうなんて、兄さんも云ったことがあるわ。嘘っぱち。わたしは今日まで欺《だま》されていた。明二は、学校を出たら、きっと戦争に連れて行かれる。わたしの心づかいも、学問も、みんな検疫所へ脱ぎ捨てて、ガバガバした兵隊服の中に、こちんとした体だけを包んで、今に行ってしまうわ」

兵隊服を着た男は、明二の前衛にいる増太郎の姿なのである。明二を引き出そうと焦る久子の気持が昂《たか》まる程に、増太郎は、あの頑固な表情で、久子と明二の間に割りこんで来る。

「それで弟が、いや弟と云うよりも、男たちがだな、戦争に征ったら、どうして久子も大陸の戦場へついていかねばならんのだ」

男は、もはや寝覚めの顔ではなかった。

「わたしたちの体には、とうの昔に戦争の火が燃え移っていたのよ。今まで気がつかなかっただけなの。膚が焼けはじめて、やっと気がついたんだわ。消してくれ、消してくれと喚き散らしても、誰も助けなかったの。そうして、一人ずつ死んで行ったわ。京子のように、一思いに自分の心臓をつぶして死んだ女もいる。わたしは、今まで、自分だけは別だと思っていた。火の間をくぐり廻って逃げていたの。でも、もう駄目。わたしは、京子のように淋しい死に方はしない。焔の中へ飛びこんで、最後の爪の一片まで、燃え切れるのを見届けて死にたいの」

火焔の中を、頭を抱えて駈け廻る自分の姿は、言葉の一節ごとに悲壮さを増してゆく。

「兄さんが世話してくれなきゃ、わたしは自分で世話人に頼んで来る！」

久子は、腕組みをして、煙草の煙を吐いている男の顔へ、捨台詞《すてぜりふ》を残して立ち上った。

# 女子大生・曲愛玲

瀬戸内晴美

ノックなしで、「アヤコさん」と呼ぶさし迫った早口を、山村みねの声だと聞き、いそいでドアをあけた。私は息をのんだ。みねの胸の中に、曲愛玲《チユイアイリン》が青ざめて目を閉じ、ぐったり気を失ったように、倒れかかっていた。いつもは靴の先で乱暴にドアを蹴りたて、二人の訪れを知らせる陽気な愛玲なのだ。

「どうかなすって、曲《チユイ》さん」

「ベッド貸してね、貧血なのよ」

山村みねの目が、ひどく真剣に、まばたきひとつせず、愛玲の頭ごしに私の顔をみつめてきた。この人の目は緊張すると、どうしてこんなに四角くみえるのかしら、やっぱり整形手術のせいかもしれない。そんな不しつけな想いが、ふっと私をとらえたのにひどくあわて、私はどぎまぎ手を貸そうという身ぶりに出た。

「いいの」

山村みねは、抗《あらが》いがたい威厳のある一声で私を拒み、勝手知った私たちの寝室の方へ、まっすぐ運んでゆく。

みねの腕の中で、愛玲はひびの入った壺のように頼りなくかたむき、おぼつかなげに足元を乱した。みねはそんな愛玲を、それ以上やさしくは扱えまいというふうな心をこめたやり方で、そうっとベッドに寝かせた。愛玲の皮膚のように、身を締めつけた中国服の首や胸を手早くゆるめ、ま新しい茶革の靴をぬがせると、まめまめしく枕を足の下にあてがった。そうしながら、絶えず、あやすように訴えるように、聞きとりにくい低い中国語を囁《ささや》きつづけている。愛玲はものうそうに、細い眉をよせたり、わずかに首をふるばかりであった。

やがて、自分もベッドの裾に腰をおろすと、みねは、どんなかすかな表情もみのがすまいとするように、愛玲の顔にじいっと目をそそぎ、毛布の外になげだした愛玲の白い掌《て》をとって、自分の大きな両の掌の中に、いとしそうにはさみこんだ。北京でただ一人の、女教授の肩書をもつ三十ミスの女丈夫《じょじょうふ》には、およそ似つかわしくない献身と愛にあふれた、やさしげなふるまいであった。

私はわけもなく頰があつくなり、足音をしのばせてその場をはなれた。


「眠ったわ」

まもなく山村みねは寝室から現われると、ソファーに沈みこむように身を埋めた。両のこめかみを、目立って長い指でもみはじめたみねの顔が、急にふけてみえた。

「今、堕《お》ろしてきたばかりなの」

べつだん低めた声でもなく、みねがものうそうにその言葉をはきだした時、私は反射的にベッドの方へ首をのばした。しかし、愛玲には、こんな日本語は通じない筈《はず》だった。

「愛玲はね、私に内緒で、中国人の変な医者にかかって大変だったの。出血がひどくって、死ぬんじゃないかと、昨夜からあたし、一睡もしてないわ。日本人の医者にやり直してもらってきたところなのよ。洋車《ヤンチョ》の上で貧血をおこしたから、よらせてもらったの」

返事のしようがなく、私はみねが器用にライターの火を点《つ》ける煙草の先をみつめていた。

曲愛玲は、私より一つ下の二十一歳で、まだ師範大学の学生であり、山村みねの教え子であった。みねと愛玲が、西単《シータン》のみねの家に、阿媽《アマ》を一人つかって同棲していることは、夫の建作に連れられて訪問したこともあって承知していたけれど、愛玲に子を宿らせるような男の恋人のいることは初耳であった。

結婚して北京へ渡り、まだ半年あまりしかたたぬ私にとって、山村みねの率直すぎることばの内容は、ひどく刺激が強い。

「曲《チュイ》は仕様のない不良ですよ」

みねの声が突然、興奮にぶるぶる震えてきたので、私はおもわず急須をとり落しそうになった。けれども、みねは私をみていたわけではなかった。テーブルの向うにあてもなく視線をさまよわせたまま、ほとんど、放心のさまで、なかば独り言をいっていたのだ。

「淫蕩《いんとう》な女なのよ。毎晩何もしないでは眠れない女……」

私は驚愕《きょうがく》して、山村みねの顔をうかがった。広すぎる額、高い鼻、そぎとったような引きしまった両の頰、一文字の薄い唇——女らしさに乏しいみねの顔の、そこだけ際《きわ》だってコケティッシュな、手術で二重にした人工の瞼《まぶた》に、涙がみるみるもり上り、今にもあふれ落ちそうになっていた。

「愛玲はね、あたしを苦しめているという自覚なしでは、生きていられないんだわ……そうとしか……そうとしか……」

みねは首すじでぷっつりと剪《き》りそろえた頭をかかえこみ、テーブルにうつぶしていった。しんとなった部屋の中に、ベッドの方から、おだやかな愛玲の寝息が、羽毛のそよぎのように、やわらかく、かすかに、もれてきた。

私はこれまで、二人をひとりずつではみたことがなかった。いつの場合にも、みねのいる所には、影のように愛玲がよりそっていた。

全身が骨ばって、筋肉質の男のように引きしまったみねと並ぶと、愛玲のふっくらと肉づいたからだの曲線がめだった。顔も胸も腰も手足も、女らしさにぬめぬめと、白い脂肪が光っている感じであった。茶色っぽい長い髪が、肩いっぱいに波うっていた。一重瞼のはれぼったい細く切れた目が、いつも濡れているようで、肉の厚い唇が始終ゆるく開かれているのが、曲愛玲をすきだらけの女にみせた。たいそう赤い舌の先で、ちろちろと下唇をなめまわす癖がめだった。

贅沢《ぜいたく》ずきの山村みねが、リスの毛皮を着れば、曲愛玲はアストラカンを、みねがオメガの時計をつければ、愛玲は白金台の翡翠《ひすい》の指輪をというふうに、すべてが同格に扱われていた。もちろん、それらの支出は、すべてみねの懐《ふところ》からでている。山村みねは師範大学教授の収入のほかに、亡父の遺産の株の配当で、すでに内地ではのぞみがたくなっていた贅沢のかぎりを北京でつくしていた。

人並以上に大柄なふたりの女が、豪華な身なりでよりそって歩いているのをみれば、曲愛玲がまだ師範大学の一学生にすぎないなど、誰一人気づきそうもなかった。私にしても、愛玲がみねに見出される以前は、師範大学でも授業料滞納組で、やせて蒼白《あおじろ》く、一向にめだたない学生だったと、建作に聞かされても、そんな愛玲を想像することも出来ないのであった。

その夜、帰宅した建作は、愛玲とみねの来訪のてんまつを私から聞きとると、にやにや笑いをもらしながら、

「曲は相かわらず、こりないとみえるね。これで二度めなんだよ」

と、ふたたび私を驚かせた。

「だって、曲さんは、山村さんと……」

そのことを聞かせたのも建作であった筈だ。

「そりゃ、そうさ。でも愛玲は、先天的に淫蕩な女じゃないのかな。あのふたりだってね、今じゃ器具を使わないと愛玲が承知しないそうだよ」

「そんなこと」

「山村さんが、泣いてこぼしてた」

「いやだわ。そんなことあなたにいうの」

「どうせ、つづきっこない仲さ。愛玲は男をそそるものがありすぎるよ。俺だって愛玲と二人でおかれたら自信ないね」

それから数日の後、東長安街で、私は曲愛玲に偶然行きあった。藍木綿《あいもめん》の中国服を着た学生らしい若い男女が数人、小鳥のさえずりのように聞える早口の北京語で、傍若無人にしゃべりながら歩いてくる。女は藍木綿の下に、縞《しま》や花模様の思い思いのもう一枚の中国服を重ね着し、スリットから、その派手な色彩をちらつかせている。男は衿《えり》をわざと折りかえし、真白に洗いあげた下着のハイネックを、ワイシャツのカラーのようにのぞかせている。それが北京の大学生の間で、共通のおしゃれとして流行《はや》っている風俗であった。彼等のどの顔も、若さに輝き、被占領下の学生という宿命の暗さなどみじんもとどめてはいない。通行人が、足をとめてみかえるほど、あたりかまわず、すきとおった高い笑い声をまきちらしている一行の中に、私は曲愛玲の姿をみとめたのだ。

今日の愛玲は、長い髪をおさげに編みおろし、化粧っ気がなく、あの手術後のせいか、琥珀色《こはくいろ》の頰がすっきりと輝き、藍木綿のブルウが、どの色よりも似合いそうなすがすがしさだった。みちがえるような愛玲の清潔な姿に、私は思わず足をとめた。

愛玲の目が、その時、明らかに私の顔の上にとまった。まあ、もうそんなに元気になったの、といいたい想いで、私が笑いかけようとした瞬間、愛玲はつっと、目をそらせ、前よりももっと、高い声で、となりの背の高い男の学生に話しかけ、身をよじるようにして甲高い笑い声をあげた。他の学生たちは、通りすがりの日本人の女などに無関心で、誰一人、曲愛玲と私の間の、一瞬の出逢いに気づいた者はなかった。

私はひどく、心を傷つけられ、顔色の変るのを意識しながら、一刻も早くその場から遠ざかろうとした。曲愛玲が、白昼の大道で、全く私を無視したという事実が、意外であり、その冷淡さが、一歩一歩と、愛玲との距離が遠ざかるにつれ、私の中に深さをましてくる。しかも、彼等は、山村みねや、私の夫の学生たちではなかったか。私の胸にうずまくどす黒い屈辱に追討ちをかけるように、はるかな後方から、愛玲たち一行の笑い声が、またどっと、ばか陽気にたちかえってきた。

その夜ふけであった。

私たちのドアを叩く者があった。靴先で三度ずつ、調子をとって蹴る行儀の悪いノックのしかたは、曲愛玲のほかにはなかった。顔色をかえ、私は立ち上った。昼間の出来事は、何となく夫にも話しそびれていた。

ドアの外には、やはり山村みねが、愛玲の肩を抱くようなかたちでよりそい、にこやかに立っていた。

「コンバンハ、オクサアン」

愛玲はけろりとした顔で、下手な日本語をつかいながら、もう部屋の中に入っていた。

目のさめるような瑠璃色《るりいろ》に光る絹の中国服が、灯の下でつややかにきらめいた。イヴニングのように足首までつつんだ裾長の中国服は、愛玲が動く度《たび》、微妙なからだの線を、はっとするほどあらわに描きだす。

「この間はどうも——今夜はお礼参上よ」

私の好きな栄華斉の点心をさしだす山村みねの笑顔の目のふちは、どす黒く隈《くま》をつくって、頬が白っぽくかわいていた。

愛玲は、いつのまにか建作の椅子の前のテーブルに、刺繍《ししゆう》のついたきゃしゃな中国靴の片脚をのせていた。膝まで切れた中国服のスリットから、下着に飾りつけた幅広の豪華な絹レースをつまみあげ、レースの値段の自慢など話している。商売女のように、計算しつくされた際《きわ》どいポーズ、少女のようなあどけない表情、声まで、京劇の女形のような裏声めいた甘ったたれた発声をしていた。そそるものがある——といった建作のことばを思いうかべながら、私は怒りもわすれて、愛玲の完璧な演技に目をみはっていた。

山村みねも、ついこの間、この部屋で涙をこぼし、頭をかきむしってもだえたことなど、信じがたい尊大さで、愛玲と建作の、かけあい漫才のような冗談のとばしあいに、優雅な微笑をむけている。

中国語を使う時の建作は、操り人形が人形師の手に動かされる時のように、急に目や顔の表情と、からだのジェスチュアが大きくなり、いきいきとみえてくるのが普通であった。けれども今夜のように、ばか陽気にはしゃぐことは珍しいのではないか。私は誰からも、とりのこされ、裏切られたような気持で、いつのまにか、他人をみる目附で夫をながめていた。

「曲さんの相手の人って学生だったの」

その夜、ベッドの中で私は建作に話しかけていた。

「ちがうよ。山村女史の麻雀友達の、妻子のある金持さ」

いいながら建作は、話を打ちきろうという調子で、私をもとめてきた。建作の行為の中に、いつにない激しい高ぶりがあるのを、私は軀《からだ》で感じとった。曲愛玲との時間が、建作の血の中にもたらした興奮の名ごりなのかと、白けていく心で目をとじていった。

建作の寝息が聞えはじめても、私は変に頭が冴えて寝つかれそうもなかった。東長安街で逢った時の、素顔の愛玲の冷たい目つきと、今夜のコケティッシュな愛玲の甘い声の上に、ふと、二カ月ばかり前の、ある日の愛玲とみねの記憶が重なりあってくる。

いつものように、何の前ぶれもなく、ふらりと訪れたみねと愛玲が、顔をみるなり、

「お風呂くれない」

とねだった。

西単《シータン》のふたりの住いには風呂がなく、よく中国風呂に入りにいくらしかったが、その日に限り、めあてにしてきた東単《トンタン》の風呂屋が休みだというのだった。建作の独身時代から住みついている私達の飯店《ファンテン》は、飯店とは名ばかりで、家具附二部屋のアパートにすぎない

のだけれど、バスルームだけは洋式で、各室についていた。

「どうぞ……いつでも……」

建作は留守であったたし、女同士の気やすさから、私もすぐバスの用意にたちあがるのを、いいのよ、しっているからと、みねはさっさとバスルームに入り、湯の音をたてはじめた。

あとにもさきにも、私はその時ほどに長い女の湯浴《ゆあ》みをみたことはなかった。バスの中のふたりに留守を頼んで、買物に出かけ、半時間あまりたって帰ってきても、まだ、湯けむりのしたバスルームのドアはしめきったままであった。ひっそりと静まりかえり、居ないのかと耳をすますと、時々思いだしたように湯の音がした。

湯音のとだえた後は、バスルームはふたたび静まりかえり、何の気配も感じられない。

それから、夕餉《ゆうげ》の支度で何十分かたったころ、かすかな、絶えいるような、ため息とも泣き声とも聞きわけにくい細い声が、バスルームから漏れた。

「アヤコさん、いる」

みねの上ずった声がとんできた。

「ええ」

「ちょっと、手をかして」

バスルームのドアが内がわから押しあけられると、もうっとこもった湯気が、白煙の束のように部屋の外にあふれでてきた。

タオルを巻きつけただけのみねが、これもタオルで掩《おお》った愛玲の裸身を、軽々と胸にだきあげてあらわれた。手も足もだらりと垂らし、白い首をそりかえらせて、髪を床の方になびかせている愛玲の裸身は、それが見る目もあざやかなピンク色に変っていなければ、水死人のようにみえたであろう。気の転倒した私は、ベッドまでどうやって、愛玲を運び入れたかおぼえていない。

「お酒ない、ブランデイか、ウィスキイ」

下戸の建作に、酒類の常備などあるわけがなかった。

「しょうがないわね。じゃ、コーヒー、うんと濃くして。それからシッカロールあったら出してちょうだい」

コーヒーがわく頃、愛玲はもうすっかり正気をとりもどしていた。愛玲のピンク色のからだにもベッドのシーツにも、シッカロールの匂いがたちまよっていた。マッサージをつづけていたらしいみねの額に、汗とシッカロールでこすりつけた白い跡が、横なぐりにのこっていた。

半時間ほど後、二人の女は、大柄なからだを支えあうようにして、屈託なげに出ていった。

建作よりわずか一つ年上の山村みねは、建作より三年も早く、外務省留学生に選ばれて渡燕《とえん》していた。そのまま、北京に居のこり、女でただ一人の教授として、学生たちからも信望を集めているのを、私は尊敬の念でながめていた。

内地の名のとおった総合雑誌に、「北京における女の教育の方向について」などという、堂々とした文章をのせているのをみたことも一度や二度ではなかった。北京の日本大使館や新民会から、顧問のような形で、建作などより、ずっと厚遇されているのを、見聞きしていた。それほど有能な山村みねともあろう者が、まるで小娘の愛玲に、奴隷のようにかしずいている……貧しかった愛玲を、阿媽《アマ》代りに使ってやってでも大学を卒業させようと、引きとったのだとの話を、私はその日以来、皮肉な気持なしで想い出すことができなかった。

みねにしろ建作にしろ、曲愛玲の仮面のいくつかにあざむかれ、まだその素顔をうかがいみたことはないのではないか。私がみたと思った長安大街での愛玲の顔も、一人が十は持っているという北京人の仮面の一つをみせられたにすぎないのかもしれなかった。愛玲にそそのかされ、唯々諾々《いいだくだく》と二重瞼の手術をした女教授の心情に、私は軽い軽蔑とあわれみを感じはじめるようになった。

気がつくと、三カ月ばかり、山村みねと曲愛玲の訪れがとだえていた。北京の街は、連日猛々《たけだけ》しい夏の太陽に炒《い》りつけられ、乾ききっていた。そんなある日、配給物をとりに出かけた私は、三条胡同が崇文門大街へさしかかる入口のあたりで、黒山の人だかりに道をさえぎられた。北京の街頭では珍しいことではなく、たいてい人垣の輪の中では、洋車夫《ヤンチョフ》と客とか、紳士と商人風の男とかが、唾をとばして口論をしているか、華々しい摑みあいを演じていた。静かな屋敷町の胡同の入口などでは、正妻と妾《めかけ》の火花をちらす活劇など、常住みなれた北京名物の一つになっている。私は弥次馬たちの後ろをまわり、通りぬけようとして、思わず足をすくませてしまった。

「ひぃーっ」

鋭い悲鳴をあげ、私の目の前の人垣の一角へ、からだごとぶっつけて転がってきたのが、曲愛玲だったのだ。

弥次馬は面白そうに、とりまいた輪を一まわりゆるめただけで、誰も悲鳴をあげて地上にぶっ倒れた若い女に手をかすものはない。闘鶏でもみているような、興味ののった顔つきでいる。

まるい人垣の中では、炎天に焼かれてわきたったアスファルトの上に、女乗りのきゃしゃな自転車が、ころがっていた。ハンドルが飴細工のようにねじ曲げられている。両手で顔をふせぎながら、必死に逃げまどう曲愛玲の、派手な黄色地のプリントの服は、脇どめの紐むすびが、ことごとくひきちぎられていた。腰まで白いスリップが、むきだしにされている。どんな格闘がつづいた後なのか、衿元から腹までひきさかれた中国服の下に、スリップの肩紐もちぎれてとび、まるい乳房が、ぷりっと、とびでている。腕と頬に、ひっかき傷のような血がにじみ、汗と涙で、べとべとの片頬は泥にまみれて、みるもむごたらしい姿だった。

愛玲をそんな目にあわせているのは、白麻の折目正しいズボンに、白ワイシャツをかがやかせた長身の青年であった。油で光る髪を、白すぎる額に乱れさせ、はあはあ、あえぎながら、瞋恚《しんい》の目をぎらつかせ、愛玲のすきをねらっていた。ぞっとするほど整った蒼白《そうはく》な美青年の、その顔に、私は見覚えがあった。

何カ月か前、建作と王府井《ワンフーチン》を歩いている時、向うから近づいて、鄭重《ていちょう》に挨拶をして行きすぎた背広姿の青年であった。整いすぎて、能面のような感じをうける稀有《けう》な美貌に、私はまちかねて建作に名を聞いたものだ。

「陳という男で、あれでもうちの大学の学生だよ。もっとも、ほとんど学校には出ず、年中ブローカーみたいなことをして歩きまわっているらしいがね」

陳青年と愛玲が、こうした仲だとは聞いたこともなかったが、愛玲の白昼の災難をみすてて立ちさることも出来ない。陳が歯ぎしりしながら、黒山の人々に説明するように、声高にののしる中国語は、私には聞きとれないが、「売女《ばいた》」とでも口ばしっているらしいのは、弥次馬たちの表情でも察せられた。

逃げようとして膝をつきながら、愛玲はどこを打ったのか、よろめいて立ち上れない。

「曲少姐《チュイシャオジエ》」

私は夢中で人垣をかいくぐり、声をかけてしまった。愛玲はびくっと顔をあげ、すばやく私の顔をみつけると、あっと、目をみはる鮮かさで立ち上り、目の前の人をしゃにむに押しのけ私の腕を摑んだ。

「洋車《ヤンチョ》」

愛玲の一声に、私は電気をかけられたように洋車をまねき、愛玲を押し上げると、自分もとびのっていた。あっけにとられている弥次馬の垣で、陳がまだ大声にわめきながら、地団駄ふんでいたが、追いかけてくる気配もなかった。

珍しく山村みねが、一人で訪ねてきた。

曲愛玲と陳青年の、街頭の一幕があってから一週間ばかりたっていた。派手なサングラスをはずすと、山村みねの顔には、憔悴《しょうすい》のあとがいちじるしかった。

「曲はどう。ひっかき傷はなおったの」

建作が、からかうように問いかけるのに、みねは生真面目《きまじめ》な表情のまま、

「もう、あの子は、あたしの手におえないわ」

と、つぶやいた。

「今朝、陳が、花束やら、果物籠《かご》やら、ばかみたいに洋車につみこんで見舞いに来たら、けろっとして、迎えているの。阿媽もいれて麻雀しようといいだすじゃないの。あんまりばかばかしいから、大げんかして飛びだしてきたのよ」

「何の真似だったんだい。それじゃ、あの大立ち廻りは」

「ふん……愛玲の言い分はね、陳は、あんないい軀のくせして、インポテンツだっていうのよ。焼餅なんか焼く資格が全然ないっていうの。そのくせ、この春あたりから、しきりに、陳と遊び歩いてるし、アヤコさん、みたでしょう。この前つけてたプラチナの指輪も、女乗りの自転車も、陳に買わせたものなのよ」

愛玲は先天的に娼婦なのだと、山村みねは重いため息をもらした。

「そろそろ別れる潮時じゃないのかい、きみも」

みねと愛玲に向かっては、わざと、冗談と弥次ばかりとばしたがる日ごろの建作にしては、珍しく生真面目なことばのひびきがこもっていた。

「そうねえ……あたし、このごろ、ふっと思うことがあるのよ。あたしたち、結構、あの小娘のかけた罠にひっかかってるのじゃないかしらって……」

「疲れてるんだね。この休暇、内地へ帰ればよかったんだよ」

「食べる物もろくにないっていうじゃないの。今の内地の耐乏生活なんてまっぴらよ。北京が滅びたら、あたしも共に滅びるまでだわ」

「悲壮だね。暑さのせいで神経衰弱なんだよ。それよりきみも、結婚でも考えるんだね」

「何さ、その思い上った口調」

とつぜん、山村みねが席を蹴たてるような勢いで立ち上った。怒りがどす黒く面上にこもり、人工の目が際立って、四角にいきりたっていた。建作の顔には、照れかくしとも、媚《こび》ともとれる、あいまいな微笑が歪《ゆが》んだ。

「あたしはね、これでもね、あんたみたいな卑劣な精神で、中国の学生を喰い物にしてるんじゃないんですからね。知らないと思ったら大間違いだよ。あんたが、大使館に、学生を何人売ったか、あたしが知らないと思ってるの。あたしはね、これでも中国の学生への愛のために、あたしの青春を賭けたんだから——」

建作の面上に、笑いがこわばった。

「ばかっ。色きちがい。出ていけ」

「もう来ませんとも」

「学生への愛が聞いてあきれらあ。曲の色じかけにひっかかって堕落しただけじゃないか」

建作の罵声は、みねが力まかせに、後手にしめたドアの音にかきけされた。茫然《ぼうぜん》と壁によりかかっている私の方へ、まっすぐ建作が進んで来た。私の顎《あご》に手をかけると、建作は照れかくしのように笑顔をつくった。

「あんな女と、うっかり結婚しないで助かったよ。危いときに曲が飛び出してきてくれたものさ」

はじめてのぞいた建作と、みねの過去であった。引きよせようとする建作の手に、私はいきなり、身ぶるいしながら噛みついていた。


それから一週間もたたないうちに、私たちは寝耳に水の、建作の現地召集令状を受取った。仕事が仕事なので、安心しきっていた為《ため》、何の心がまえも準備も持たず、五日しかない出発の日までを、ただ支度に忙殺された。

その忙しさの中に、曲愛玲が陳青年と相たずさえ、延安に走ったというニュースが、建作の応召以上に、私たちを驚かせた。

「曲少姐《チユイシヤオジエ》は、どこか普通の人とちがっていましたもの」

そのニュースを伝えた色の黒い女子大生は、もうすでに、曲愛玲の追憶を、英雄視して塗りかえていた。建作の見送りの客の中に、親しかった山村みねの姿のないことを、いぶかしがる友人もあった。

　みねはついに現われなかった。

　建作が征《い》って、一カ月目に、終戦になった。

　北京の碧空には、連日、戦勝の祝賀の爆竹が鳴りはためき、凱旋アーチの華やかな大街には重慶軍の、若々しい誇りにみちた顔が、力強い靴音を響かせていた。

　青天白日旗は、空にも屋根にも道路にもあふれ、小便臭い胡同の片すみの、屋台店の車にもはためいていた。

　そんな屋台車の一つに、私はある日、山村みねの、肩のいかった背の高い後姿をみかけた。見おぼえのあるグレイのウールの中国服を着たみねは、一ふくろの焼餅《シャオビン》を買うと、それを長い指先につまんでぶらさげながら、ふらふらと歩きだした。

　広い道路をへだてて見ている私に、みねは顔をむけながら気がつかなかった。二人の間の道いっぱいにカーキ色の軍服があふれ、勇ましい軍靴の響《ひびき》と軍楽隊が、凱旋軍の行進をかなでていった。

# 鉛の旅

吉野せい

ようく似ている。太陽が両岩壁のどちらかに落ちて、深い渓谷の様相と、それとわきまえられる流水の形が昏《くろ》ずんでいるどこか記憶に残る風景が思い出される。が、途轍《とてつ》もない、ここは古びた常磐線平駅の三番線プラットホームだというのに。寄せる波、打ち返す潮さながら満ちさしする人間のそれが、不思議と音の抜けた小波《さざなみ》の皺《しわ》そっくりだ。けだものか人か、男、女、はっきりしない裏も表もないずんべらで、ふくれたの細がれたの、しゃちこばったの溶けそうなだらけたの、だがどれも鉛色の面型にくり抜かれた二つの目と三角形の口がはっきり一つずつえぐられてついているだけが鮮やかすぎる。

磐越線、ここは太平洋から日本海へ抜ける磐城岩代越後をまたぐ横断路線。大正の初め頃開通された時分は、どこかの線路を流れ流れて老いぼれた車体が、最後の正念場と腹をきめたように、さびた赤線の腹帯をして、しょぼくれた小さい目のような窓々を並べて、くしゃみつづけの車輪のきしめきと細い線路になじめぬ車体の揺れが不安ながらも、必死と黒い吐息をぽっぽっとまだ鮮麗な阿武隈山脈の麓《ふもと》の緑に吐きかけながら、しかもその座席はせまい浅い腰掛けにそそけた薄べりござが敷いてあった。

私は今その磐越東線に乗り込んだ。車輛は何輛目かほぼ中央と思う。座席は往路に向いた左窓寄り。苦心して伝《つ》てを求めてようやく手に入れた一枚の往復切符をお守りのように握りしめて、真暗い四時半山道を下って一里、遮光幕の中のぼんやりした未明の駅に駈けつけて、冷たい改札口のそばに立ちつくして二時間近く夜明けを待った甲斐があった。あのおとぎばなしに同じ記憶のポッポ汽車のまぼろしは失せて車体も広く、背当ても腰掛けもすり切れても布張りだが、なのになぜこうも固く暗く冷たいのだろう。重なって乗り込んでくるどの客もえぐられた眼と口とをぎらぎら動かして、重い胴体をぶつけてごつごつと座席を争う。網棚が古い鶏舎の金網のように重荷で黒くたれ下がる。うなる風音だけが車内を灰色に吹き抜けるだけだ。

私の傍と向かい側には大荷物をかかえた何しょうばいか知らぬ男が鉛の目で私を見据えてから腰を下ろす。彼等はからだを二つに折って両方から頭をねばりつけて何か語り合うようだが、夜の微《かす》かな木の葉ずれの音をきくようだ。さざなみはあらかた汽車に呑みこまれて、ホームはコンクリートの鈍い地肌が寒々しく広がりはじめた。その時どっと湧き立つように陸橋から駈けおりてくる一団が、私の窓のまん前に四五列の半円陣を敷いた。紛れもない出征兵士の歓送であった。そうだ、その日は昭和二十年三月九日と私ははっきり覚えている。これもまたこちこちの鉛の群だ。

中央に直立した出征兵は、ばね仕掛けのように右手を耳近く三角形に釘づけし、じりっじりっと前後左右ににじり向いて念入りな挙手の礼をした。二三十人の取り巻いた見送り人の雰囲気から何か固い職種らしくどこか角張って見える。背帯をつけた甲種国民服の上司らしいのが、型にはまったむずかしい激励の言葉を咆《ほ》えてからしゃちこばった握手をした。発車は迫っている。出征兵は姿勢を正すと、おそらく何百の目が窓々から自分を射すくめているであろうことを意識してか、列車に向かって肩を怒らし、その三角の口がそのまま顔半分に拡がり奇妙な赤い舌がちらちらと燃えた。破れ太鼓を叩き割るような声がふるえて来た。ぶち破って来ます。私は、私は、きっとぶち破って来ます。敵を、アメリカの奴等を――、それきり絶句した。ちらりと赤い舌が沈んで、口辺の細い溝に二条の水がたらたらと光った。糊気《のりけ》もないうすよごれたエプロン姿の国防婦人会のたすきだけを斜めにかけた無表情のそれでも七八人の中年の女たちが今日まで何十回振ったか知れぬさめた日の丸の小旗を形だけ振って、みんなあてどもない方に眼を向け、哀調を含んだ露営の歌を口先だけでうたっていた。一同は両手を上げて高々と万歳を三唱した。汽車の窓々からも皆この兵に万歳を送った。兵士の胸に勇気をかり立て万感をそそるその声も、僅《わず》かの血縁を除く以外は三分後にはきれいに忘れられてしまうこだまでしかない。鉛の大口はがっきと閉じられ、兵士は大股に私たちの車輛にのりこんだ。車内の風は少しざわめいたが、まるで彼のために用意されていたような私の真向かいの空席に彼は無言で腰を下ろした。私は出征兵と真向かいに顔を合わせた形になった。傍の男たちは一瞬からだを起こして頼りなげな眼をちらと向けたが、すぐ又元の姿勢にかえって二つの頭ははりついたようだ。

汽車は動き出した。兵士は肩から頭を窓外に突き出して張子の虎のように首をふりつづけた。汽車は速度を増して折れ曲り、小さいトンネルをくぐり、山が遠のいて田圃《たんぼ》がひらけ、又山が迫って細い野道が見えて五六軒の民家が並び、子供が二人汽車を見ている。三月には似合わぬ空も山も皆暗い鉛色だ。どこもここもこちっと縮みきっている。私は地下足袋をはいて防空頭巾を肩にかけ、帯芯の天じく木綿で縫った手製のリュックを胸に当ててしっかと抱えこんでいた。どこへ行くのかと誰かに声かけられそうに思っていたが、鉛の顔同士に記憶は伴わぬと見える。いわきのまわりから脱け出たことのない四十六歳の私が、同じ県内とはいえ遙かに遠く感ずるはじめての旅、会津若松二十九聯隊《れんたい》××中隊××速射砲隊×班の息子にあいにゆく母親の一人旅である。私のツトムは、断末魔の軍政府があがきにあがいてひねり出した一年繰りあげ徴兵の初の甲種合格者であった。二月一日入営の日は父親が現地まで見送って宿で一夜を枕を並べて寝た。が父だけは眠れなかった。同室の同じ見送りの父親が、小柄な自分の息子とツトムを見較べて、立派な体格でやすなあ。大方山砲隊かもとたぶんはほめ言葉でいったと思うが、五尺七寸二分、十七貫の若者は手放すに惜しい貧しい我が家の唯一の動力であった。エンジンをもがれた農具と同じ父親が複雑な思いを胸につめて、息子のむけ殻だけを風呂敷に包んで悄然《しょうぜん》と山に持ち帰ったが。数日前、息子から検閲済の判を押されたはがきが来た。元気で訓練にはげんでいます。さつまの苗床踏込みははじめたか、二十五度から八度の間の床温を守って下さい。今営舎の裏門でならちょっとの間はお目にかかれそうです。こちらはまだ雪です。謎の言葉が一片はさまれていた。

ああ、あれはいま家のことを心配している。苗床造りは父親よりもぐっと上手で、醸熱物の踏込み方も種薯《たねいも》の伏せ方も三四年この方彼の手で一度の失敗もなかった。私は矢も盾もたまらなかった。ずり落ちる岩壁にきわどくたたされているようなツトム。生きてるうちにこそ会いたい。養鶏所に小麦を運んで鶏卵と代えてもらったり、容易に手に入らぬ切符のために奔走し、餅米《もちごめ》をさがして息子の好きな赤飯のおむすび、茹卵、梅干。貴重な三日間をあたふたとつぶした。父親は終りに近い梨畑の剪定《せんてい》をつづけていたが、いつもより和《なご》やかな顔をしていた。会津若松までの鉄道の略図もかいてくれた。私はもんぺのポケットに今それを大切にしまいこんでいる。

殆《ほとん》ど止まる駅毎《えきごと》に必ず出征軍人の一団が万歳を称《とな》えていた。夏井の渓谷が車窓に迫って来た。深い沢、半分氷とまざっている流水の上にのさばる奇岩、のたうつ奇石、黒く白く、冷気に溶けるとこれまた鉛色だ。むかし私はこの渓流に沿うて、裾を高々と端折《はしょ》って五里近く歩いたことがある。時々透き通る水に浸り、軽々と奇岩をとび越え、忽然《こつぜん》と前にたちふさがる雪舟の画を見るような切り立った雲つく絶壁の岩肌のどれだけを根じろにしたか知れぬ松かもみじか、その突き出た枝ぶりと緑の葉色が冴々《さえざえ》と中空に生きているのをまだありありと覚えている。その時はポッポ汽車が川沿いの線路を走っていた。

私のわきの男たちはいつのまにか二人とも腕を組んでゆらゆら頭を振って不様に眠りこけている。うまい儲《もう》け口《ぐち》の相談が成り立ったらしい。色彩もはっきりしない車内はすごくざわめいているようだが、向かい合った私と兵士の一郭は二人の寝男の防壁で通路からさえぎられているためにどよめきから切りはなされていた。渓谷の風景が過ぎると、私ははじめて向かいの兵士によくよく目をとめてはっとした。あれ程勇気凛々《ゆうきりんりん》として、ぶち破って来ますと宣言した阿修羅のように頼もしく見えたのが、いまはいかめしい鉛の型が溶けてありありと地金をさらけ出している。赤黒いが冴えない顔色で頰が寂しくこけている。小眉だけが毛虫のように黒く粗くいかついが、目は充血してしわしわとたえずまばたく。小鼻が異様にふくれているのが突き出たのど仏と連結してるらしく、どっちも一時にせわしなく出たりひっこんだりするのは乱れている呼吸のせいか。唯《ただ》一つの所持品である奉公袋を、やり場のないように持ちあぐねてつかんだり置いたり、そわそわしているこの男の胸にうずく孤独、悲しみ、不安、恐怖のかたまりを、心の隅の意地悪いちびっこ悪魔たちがいい玩具にして投げ合っているのだ。兵士は窓をあけて首を突き出して深いため息を吐いた。汽車はまさに阿武隈山脈の腹中を走っている。私はいつも自分からは知らない人に話しかけるということをしない不愛想なたちだが、ツトムのことが胸に浮かぶと急にこの人が近しく見えて来た。

「あの、若松にいらっしゃるんですか」

「そうです」

「私も、むすこが先月入営したもんですから」

相手の態度は少し落ちついたようだ。唇の色がぽっちり赤みをおびて来た。三十五六歳、いやも少し上かも知れない。

「私は今度二度目の召集です」

「――」

「戦傷で一度帰されました、代りに私より半年遅く出征した弟は上陸間際で呆気《あつけ》なく死にましたよ」

兵士の顔はまた少しずつ鉛の面に変わりつつある。

「御家族は！」

「子供が三人あります。大きいのが十二で、下が七つと三つです」

「奥さんもずいぶん辛いでしょうね」

鉛の面はすっぽりと、その三角形の口から笹笛に似た細い響きがぬけて来た。

「家内は昨年死にましたから――」

えぐられた眼の奥がきらきらした。

「ではお子さんは？」

「六十三の母親が見てくれています。あと十年母が丈夫でいてくれたらとそれだけ願っています。長男の私がいなくなっても、子供たちが、何とか育って、ばあちゃんを大切に世話するのだぞとよくよくいいきかせて来ました」

淡雪のような微笑に、私はうつむいてしまった。あのぶち破って来ますと叫んだ破れ声は、この男のからだ中にうずまくやり切れぬ絶望の火の爆発に外ならなかった。ぶち破るとはめくらの目とつんぼの耳にすり代えられて堪えに堪えてる苦しい重みをぶち破りたいのか、重なる不幸としかいえない自身の運命もろともにこの際ぶっつけ砕いて、つらい記憶の苦痛から逃れ去りたい激突を求めているあきらめきった言葉だったのか。偶然に向かい合わせた未知の一兵士にさえからまりつく限りない悲しみは、凡《およ》そ兵と名のつくどの一人一人にもいろいろにこびりつき、取り巻く無力の家族の胸の奥底に音も立てずに煮えたぎっているであろう。

窓外の風景は断続する山、うす氷の張った田圃、霜焼けした森林、赤ちゃけた麦畑、ひしゃげた民家、腐った藁屋根《わらやね》の傾いた庇《ひさし》の下に赤児を背負った鋭く印象的な白髪の老婆が、飽かずに汽車を見ている。山間を縫って遠く遠くさかのぼってゆく曲りくねった道、田圃の江筋伝いに低く低く下り坂の一本の野良道にも人の気はない。これが働き手をみんな吸いあげられてゆく農村沙漠への変貌とでもたとえようか。私は唯ツトムを思った。浮々していた自分がみじめに思われて来た。単調な車輪の軋《きし》りと、いくつかの短いトンネルと、どんよりした駅外の乗降客と、くり返して二時間半、郡山駅に着いた。早く目醒《めざ》めた方が向かい側を叩き起こして男たちは大荷物を背負って立ち上がった。東北線上りと、磐越東西線の十字の拠点であるここはさすがに騒然と大きい。吸い寄せられて又離散してゆく列車の送迎も目まぐるしい。

磐越西線に乗りかえるホームを探してうろうろしている間に、あの兵士の姿はどこかへ見失ってしまった。時間表を見ると四十分近い間がある。粉雪が少しちらちらして、飛行機の爆音がうなりつづける。練習機が駅の上空を旋回しているらしい。からだの芯底まで冷えてくる。太平洋寄りの吹きさらす空《から》っ風《かぜ》には馴れているが、このしんしんと腹から冷えてくるのはぞくぞくとたつ霜柱の鋸刃の針先を連想する。構内の待合室は押し合いへし合いの黒い人だかりで、駅夫が一くべ二くべする粉炭まじりの石炭などでは鋳物のストーブも赤くならない。手袋ごと煙突を握っている者もいる。板敷の腰掛けの隅に漸《ようや》く席をみつけて、むすびを一つとり出し腹ごしらえをした。星三つの襟章《えりしょう》をつけた引きしまった顔の上等兵が私の前に立った。私はたち上がって臆せずにきいてみた。上等兵は黒い眼で私をじっと見て、首を傾《かし》げた。はっきりとした標準語で、

「家族の面会日はきめられています。二ヶ月に一回位ですか。その日なら隊の方から通知がありますから、それを持てば営内から自由にはいれます。その外には家族の方に急病とか何かとりこんだ事情が起きた場合に、町村長の証明書を持参すれば面会できるし、一時帰宅の許可も出ますが。下士官以上ならばまた別ですが、一兵卒となるとね」

きれいな歯並みを見せて、必死におどおどしている私の不安をあわれむようなおだやかな顔をした。

「ではたずねることは無駄でしょうか」

私はツトムのはがきを固く信じている。

「いや、当たってみるのがいいでしょう。自分は今原隊から離れているのではっきりはいえません。でも時期ですから万一ということも——」

上等兵は急に誰かをみつけたのか、そのまま足早に私の前を歩み去った。万歳の声があちこちであがった。雪は一時ホームに吹きこんだがすぐ小降りになった。磐越西線のホームはごった返している。東北本線の上りが鈴なりの首を並べて横手を走りぬけて行った。私は暗い思いの中で何かにかきたてられるように歯がみをした。夢の中で見るあの走ろうとして走れぬ足の重さの喘《あえ》ぎと同じ苦しい悶《もだ》えを感じた。ええっ当たって砕けろ。どうにか道は開けるものだ。親の執念でぶちあたれ！　破れた硝子《ガラス》をはり紙でおさえたせまい車輛の昇降口めがけて、私は肩で割り込むように乗り込んだ。はしたなさを恥じるよりも、磐梯山が見られる左寄りの窓の席を占めたことがこの場合には少し嬉しかった。乗り込む客が平駅とは又ちがう。古びた布子《ぬのこ》半てんや古毛布やもじり外套《がいとう》で着ぶくれた上に大荷物を抱えこんでいる。みんな不思議と褐色の土偶に見えてくる。母にもらった肩は少しやけているが厚い黒綾《くろあや》地《じ》に繻子《しゅす》裏《うら》をつけた舟底袖の短いコートにリュックを背負った私は、まだ見られる恰好《かっこう》である。

喜久田駅を過ぎると、一望涯々の安積《あさか》平野が展開して来た。私は見はるかす果ての遠い白銀一色の平原を初めて見た。阿武隈の裏側が村々の背中にかくれて、雪をかむった羽越山系につながる吾妻連峯が行く手にふさがり、磐梯山嶺で関東としきられた真中のこの開拓平野の漠々たる広がりはどうしたものだ。白いはてに鉛色の空が垂れ落ちている。坦々《たんたん》とした純白ののべ板と見まごうだけに視野は一きわ遠大で、荒涼としてはるかでまたはるかだ。左窓からも右窓からも私は人々の頭越しに、通路に重なっている乗客の胴体の間にまで首を突っ込んであかず眺めた。安積疎水は雪面を割ってはっきりと形を見せていた。黒い堆肥が区画された田圃に点々とぐあいよく配置されて、どこまでもどこまでも、遠い所は一粒の黒豆が空にひっついたように見える。うっすら雪をかぶっているが、堆肥の持つ底熱は根雪をつくらないと見えて頼もしく黒い。点在する農家が僅かなえがかりの大樹の下に沈黙して、頼りない春の季節を待ってるようだ。雪原の中にそこだけが人の息吹きを感ずる点景である。

雪は止んだ。いく分空が明るくなった。いつの間にか磐梯山は二股の白衣の姿で遠のいてしまった。右手がいやにまばゆいと思ったら、うす青い丘に似たはるかな山稜でふちどられた猪苗代湖が、中央はかげろうでも燃えてるように光ってかすんで、藍色《あいいろ》が目路一ぱいにひろがっていた。路線に迫る小山の低い裾口に湖の凍った舌がゆるく張りついて、そこにも粗末な小さい民家が二棟冷たく見下ろされた。

何駅であったろうか。それは小さい駅だった。窓外に一組の出征軍人の見送り集団が列車を待っていた。葬列の弔旗《ちょうき》とも紛れそうな細い白い旗に歓送の文字がねじれて旗竿に巻きついて、細い飾りの赤い布だけが眼にしみた。恐らく遠い山あいの奥の村から歩きつづけて来たことは、雪と泥とでぬりたくられた深い藁沓《わらぐつ》のくたぶれようで知られた。だぶついた借着でもあろうか、いま炭焼がまからでも出て来たばかりのようなその小さい兵士は、みすぼらしいほど小柄というよりもひねた少年のようにか細く見送りの中に埋没してみえた。これこそ鉛の兵隊のおもちゃそっくりだった。ひどくおどおどと悲しい顔をして皆に頭を下げている。その細い脚に巻かれたゲートルの雪を払っていた女が突如たち上がると正面から小さい兵士に武者ぶりついてあたりをはばからぬ大声で泣き出した。母か、祖母か、生活の苦労にやつれ果てた暗い握りつぶしたような顔が同じような息子にしっかり取りすがって全身をふるわせて嗚咽《おえつ》している。小さい半白の髪の毛がほほけて、うす汚れた角巻きが背中にずり落ち、ずんべ（沓《くつ》）の重みがこの女の倒れるのを辛うじて支えているようだ。はじめおろおろした息子も堪え切れなくなったか、ひくひくと顔面涙でぬれはてる。実になまなましい真実の出征風景を見た。私は目を釘づけて生きているこの様相に息をのんだ。あっちこっちの窓から薄笑いした顔がいくつもとび出してつるし柿のように重なっている。大切な明日からの糧《かて》をもぎとられたにちがいないこの老女の一途《いちず》な悲しみを心のままに悲しめるひたむきさに、私の胸は新しい傷口のすがすがしい痛みを感じた。とりすました仮面をかぶって人前をとりつくろう自分たちの嘘っぱちな世間体のみえをかなぐり捨てているむきだしたままのこの母子の別れの一幕に頭を下げろよ。一言の口出しも許さぬぶち割ったほんものの人間の極限の悲しみの姿がこれではないのか――。小さい兵は前の車輌に乗った。汽車は無情に五六人の見送り人とこの老母の前を走り過ぎる。ここにまた老母の目はあのえぐりぬかれた鉛の三角の眼に変わってゆく恐怖が私の背筋にぞっくりと来た。

　会津盆地に近づくにつれて、車内にはいつとはなく兵隊たちの姿が多くなった。記憶の抜きとられた彼等は、いま目前の軍務にだけの忠実な鋳型にはめられて男臭く活々《いきいき》と笑ったり話したりしている。頼もしいよりもその一つ星二つ星の襟章に風前にまたたく彼等の明日のいのちがふるえているようだ。

若松駅で乗客のあらかたは降りた。予想したよりは粗末で広くもない駅前に立って、さて私は先《ま》ず聯隊の方向を知らねばならなかった。うす日の洩れて来た開戦以来まだ一度の空襲にもあわないという古いこの城下町は、連日といってもいいほど敵機の襲来におびやかされ続けている浜通りの私にとっては、何かのんびりした山都にふさわしい透明な空の色合いが心を落ちつけてくれた。駅前通りは街幅も広く、三四尺の高さに雪が両側の家並みの前に掻《か》きよせられて泥まじりによごれて、真中の二間幅位がぴたぴたとしたり乾き上がったり、とに角黒い一条の道がまっすぐに続いている。たまさかにすれちがう兵士の疎《まば》らな姿を見る以外、考えてもいなかった名物の美しい漆器の数々を飾りつけた平和な店の何軒かが私の目を驚かした。軍都といえばひどく荒々しい殺風景に想像していたのに、目にはいる人々の顔も凡そ私よりは険しくはない。飼いならされた犬のように柔和でおおらかに見える。兵営は東山温泉に向かう市街の外れときいて来た。初めての街を私は場馴れした旅人のように惑わずに、たまさかに逢う兵士の向かってくる方向、兵士の帰ってゆく方向を一つの目安にして、漸く長い長い大通りを左に曲り又斜めに折れて暫《しばら》く家並みはどことなく小さく不揃いで閑散になった。そこで私はまず計画通りに一軒の宿屋をみつけることにした。構えは大きく古さは五十年を越してるであろう。がたがたと音のしそうな木造の傾きかけた二階の角に古風な軒行燈《のきあんどん》を掲げている。玄関もない古い硝子戸をたて並べた広い間口で、硝子戸がもし腰障子であったらさしずめ道中膝栗毛の宿場の構えをほうふつさせる。硝子戸をあけると果たしてむき出しの土間が廻って、だだっ広い板の間に黒光りの段梯子《だんばしご》が横様に天井へ抜けていた。出て来た六十がらみの筒袖姿のおやじの光ったつるつるの禿頭を見て思わずほっとした。風体でじろじろ値踏みする女の眼でないのが気易かった。リュックの中から五合の米袋と新聞紙にくるんだ三本の木炭を出して一泊を頼むとおやじの相好《そうごう》は一入《ひとしお》くずれた。ツトムに渡す風呂敷包みをとり出して、リュックの紐を結ぶとおやじに頼んだ。

「へえ、いわきの平からなあ、それは遠いところを。なに兵営はこのみちを三町たらずで左に折れやす。営門まではそこから二町ぐれえですぐでがんすから」

今夜のねぐらはこの安宿ときめた。私はおやじの言葉通りに少し急いだ。柱の時計は二時に近い。前方に雪のねばりついた山の連なりが見えて来た。檜葉《ひば》か何かの高い生垣の土堤《どて》が長く長く続いて、ひどく古びた木造の兵舎が幾棟もその中におさまってちらちらする。正門は閉じられていた。私の胸は急に高なり出した。

前方から今時珍しく髪の毛を長くたらした少女がしずかに歩いて来た。私は兵営の裏門の方向をきくと彼女は右手で指さして、あの右手の高くこんもりしたところが旧城趾です。あの下から街道に沿って広い練兵場があって兵隊さんが一ぱいいます。真向かいが裏門ですからすぐわかります。会津魂と結びつけて考えられそうな無駄をいわぬきりっとした受け答えの十四五の少女に私は何回か礼をいった。

長い土堤が折れ曲った前面に、少女のいった通りの風景がひらけていた。立木が深いから城趾の石垣も見えないけれど、その背後にひろがる斑雪《まだらゆき》の残る練兵場には、二百人位の兵隊が円を描いて駈け足の練習中であった。背丈も不揃いなら足並みも不揃い、一目で不馴れな狩立兵《かりたてへい》の集団とわかる情けない訓練の姿で、指揮官の怒号ばかりが鋭く山々にこだましていた。五六人の人たちが街道に立ってぼんやり眺めていたが、一人去り二人去り、私が近づいた時は裕福らしく見える夫婦者だけが一組じっと立ちつくしていた。遠目ながらもツトムは練習兵の中にいない。主人の方が人なつかし気に話しかけて来た。

「この隊は一月二十七日に召集された最後の出征兵で近いうちにたつそうです。もうこのあとからのは全部内地の守備にあたるということってすな」

ではツトムは。私は唾をのみこんだ。

「ああお宅も。私も二十の入営兵ですよ。戦死するにしても国の中で死ねるだけがまだしもですな。女ばかりの末っ子にぽっつり生まれた男ですから、どうもいたいたしくってな。ああお宅は長男で、それは又なあ。ほんに裏門でならあえるということは私も息子から知らされて二人で今月来たんですが、どうも駄目らしいですな。面会人の差入れ物から兵隊に腹下りが広がっちまったとかで、急に禁止されたっちことをはじめてここできいたんです。何とか出来ないものかと思ってあの歩哨さんに頼んでみたんですが、首を振るだけでがした。さっきここにいた人たちもあきらめてけえったんですが、私はどうもこのままではね。今夜は東山に泊って考げえて明日もう一度くるつむりです。なに磐城から、そりゃあまた遠方な。何なら御一しょしませんか。軍隊ちうとこは実際考えられないきびしいもんですなあ」

重い土地なまりの語音がひどく悲しく響く。私は脳天から打ち砕かれた思いで膝頭がふるえた。陽《ひ》は西に傾きかけている。瞬間すべての光りの消えたうす闇の世界に変わるように思えた。宿はとりましたと泣き出しそうな私の声に、夫婦はでは又あしたといってあたたかそうな毛皮の襟のついたコートの肩を寄せあうようにして街道を西に向かって小さくなって行った。

営門の内側に小柄な歩哨兵が一人、銃の台尻を地面に立てて直立している。練兵場の駈け足はいつか二列の縦隊の行進に変わっている。「ウワーワッ」としかきこえない隊長の号令にも彼等の足並みは間違わずに直角に折れて、光線の工合《ぐあい》で肩の銃剣の穂先がきらきら光る。しずかだが凍《い》てこんだ風が足元から忍び込んで来た。私はどぎつく胸をおさえてつかつかと歩哨の前に近づいていていねいに頭を下げた。息子の所属班名と名前を告げ、私は母親、ちょっとでいい逢わせてくれぬかとやきつく思いで頼み込んだ。と、これはどうだ。小さい歩哨の顔は頭二つほどの鉛の面型に変わっている。その重いくびを憎々しくゆらりと振った。とりすがりたい思いで私は再び同じ言葉を繰り返したが、銃剣は面型に応じて太々《ふてぶて》しく伸び上がってゆくようなくらくら身ぶるいする錯覚を覚えた。私はたらたらと後ずさりして見直すと、面型に消えて渋紙色した顔の細い目を向け口を引き結んだままはりつけた姿勢である。ここまで、胸一ぱいの思いで辿《たど》りついて、一歩一歩営門からはなれながら、私のからだはだふだふした。血が滴《したた》りそうだった。私の通って来た土堤を直角に曲って四列縦隊の強い軍靴の響きを揃えて、充分に訓練された姿勢、銃剣の構え、歩調、確かにここの精鋭と見える一個中隊が、どこかで訓練を終わり今堂々と帰営して裏門から営庭へ行進して行く。まことに見事である。最後に馬蹄《ばてい》の響きがしてすっきりとした将校が跑足《だく》で門内にはいった。歩哨は長い間挙手の姿勢を崩さなかった。

ちょっと声をかければばかけられる人間はこんなに一ぱいいるのに、それが軍服を着ているというために一言話せる人間はいない。軍律というものの非人間的な味気なさに私はおろおろした。出来ることなら息子の名を呼んで奔馬のように兵舎の中に駈け込みたい衝動がうずく。日は益々西に傾いてくる。私は絶望に沈みながらも一歩も立ち去る気はしなかった。練兵場に続いている厩舎《きゅうしゃ》の方から若い兵隊が一人駈け出して来た。はっとした。この機を外さず私はその兵にぶつかるようにかけよった。息子の名前を告げて知らないかと聞くと、兵士は農村出らしいじっくりした健康そうなくりくりした瞳を輝かせて、

「知ってます。自分の宿舎の真上の二階です。自分は馬の方の係りですがいつも顔は合わせていますから」

私の眼はどんなにこの天佑《てんゆう》にきらめいたろう。

「母が来ていることを一言つげて下さい」

兵士はうなずいて門内へ駈けて行った。つなげそうもなかった糸を思いがけなくつなげる。私は歩哨がどう思おうと腹を据えて営門から三間ばかり離れた往来にたった一人、ま

ばたきもしなかった。

もの五分とたたなかった。夢にも忘れぬ息子が、何装用か知れぬくたびれた服にひしゃげた戦闘帽をかぶってぐっと面《おも》やつれした姿が現われた。私は我を忘れて小さくその名を呼んだ。彼は興奮で上気した顔を私に向けてから、歩哨の前に直立して何かを言っている。歩哨は背丈が低く息子は長身なためか、勢い肩を下ろしてうなだれた哀れな姿勢で足元だけはきちっと揃えている。反《そ》り返《かえ》って見上げるように何かを説得してるらしい歩哨と、一一《いちいち》うなずきながら頭を垂れている不動の姿勢の息子のとり交している話はここからは一言もきこえない。私は唯《ただ》日頃口の重い息子が訥々《とつとつ》と粘り強く懇願している言葉と、威たけだかに軍規のきびしさを説く先輩兵のきりはなされた拡大図をそこにみただけだ。

姿勢は依然そのままである。五分、十分、長かった。歩哨は上向いて軍帽の下の口を尖《とが》らせ、息子は肩を落としたそのままで身じろぎもしない。私は気が遠くなりそうになった。ツトム、母ちゃんと、その位置からでも話し合える距離にいて、私はうつむいた罪人のような息子の哀れな姿を見ているだけだ。練兵場の方では集合のラッパが高々と鳴り響いた。兵舎の方からは炊事当番の兵たちであろう。バケツや桶《おけ》や柄杓《ひしやく》やかごなどさげてざわざわ賑《にぎ》やかに出て来た。さっきからまるまる三十分は過ぎている。歩哨と息子の応答はそこで打ち切られたのか、或いは一応の訓示をたれた以外は黙視していたのかも知れない。歩哨が根負けしたようにゆらりと姿勢を崩した。

途端、ツトムは右手を真横に伸ばして私に合図し、脱兎《だっと》のように裏門左手の土堤の蔭《かげ》の小さい建物に姿を消した。私は咄嗟《とっさ》に芝草をつかんで、しゃがんでうす暗い立木の下の土堤を見上げた。息子の星のようなきらきらした眼がすぐ頭上から見下ろしていた。

「大丈夫か、ツトム!」

私は抱えていた包みを投げ上げた。受け止めた彼は、

「心配ねえ。母ちゃん、気いつけて帰りなよ」

そしてポケットから煙草を三つ、ころころ土堤をころげ落としてよこした。それは兵隊たちに支給される粗末な「ほまれ」の白い小箱であった。

「俺は大丈夫だから」

息子の声に見上げると、もうそこに姿はなかった。私は素早く三つの煙草をつかみ土堤を離れた一瞬、馬上の将校が二人土堤を曲ってかつかつと蹄《ひづめ》の音も静かにゆったりと進んで来た。私は唯呆《ほう》けて、ほっとして、この将校と無言ですれちがった。

(昭和二十年春のこと)

# 襁褓《おむつ》

藤原てい

一

昭和二十一年八月の博多港には、引揚船が目白押しに並んで、上陸の日を待っていた。私の船はコレラ患者が発生したために、上陸が延期されて、港のずっと遠いところに碇《いかり》を下していた。私は今日上陸の旗が掲げられるか、明日こそ碇を巻く音がするかと、そればかりを待って、むせ返るような船室と、オムツのいっぱいに乾《ほ》した、甲板との間をつなぐ危なっかしい梯子段《はしごだん》を上ったり下りたりしながら、自分の身体も、三人の子供の身体も、上陸まで果して頑張り通せるかが不安で不安でたまらなかった。

正広が七つ、正彦が四つ、咲子が二つ、それに私と、一家四人が三十八度線を歩いて生きて来たことが、自分でも奇蹟に思えてならなかった。が、その奇蹟は、この船の中でもつづくものとは思われなかった。子供のうちの誰かが死ねば、つながっていた鎖の一環が取れたように、四人がばらばらに死んでいくのではないかと、私の心はその恐怖でおのののいていた。今までは大きな流れの中に入って、押し流されて、此処《ここ》まで来たのだが、ここで少しでも停滞するならば、ぼこりっと、私達四人が流れの底に沈んでしまうのではないかと思われた。

私達は三番船艙《せんそう》にいた。鉄板の船底に何かの草で作った、アンペラが敷いてあり、その上に四人がごろ寝していた。ガランと広い船艙の空洞を三段にしきって、私のところから寝たまま天井を見上げると、昼夜ぶっ通しに、薄暗い電灯が、高いとこについていて、その光りだけが、私達の生命のたよりのような気がしてならなかった。私の右隣りには、十二三の男の子を一人連れた夫婦。左隣りには、二十二三の独身の女がいた。その周囲には、よく呶鳴《どな》る男や、文句を云う婆さんや、子供を連れている私のようなみじめな母親もいた。終戦後、今までずうっと私は夜が来るのを怖れていた。

北朝鮮に居た頃の夜と、この船の中の夜とは、怖《おそろ》しいものの対象こそ異っていたけれども、夜のとばりが下りて来ると、私の気持は何時《いつ》もいらいらして来るのであった。そしてデッキに上って涼んでいた船艙の人々が下りて来て、いよいよ寝る頃、もう夜中が大分過ぎた頃から、私の神経はとがり出すのであった。

「うるさいぞ！　なぜ子供を泣かすんだ！」

この罵声を聞くのが恐いのであった。正彦と、咲子は、全身おできだらけであった。三十八度線を越えて来た子供達の多くは、このおできに悩まされていた。栄養失調の症状の一つであった。身体中に出来たこのおできには、大きなかさぶたができる。それが夜になって静かにしていると、堪《たま》らなくかゆくなるらしい。無意識に身体を動かすと、そこがアンペラと擦《す》れて、かさぶたが取れるその度《たび》に、

「ぎゃあっ！」

と云う声を上げるのだった。頭のおできのかさぶたの上にかさぶたができて、そこが擦れて破れるのであった。私は両手で、二人の子を抱きよせて、吾子の口を胸に当てるようにして声を立てまいとする。子供達はやっと落着いて、うとうとすると、今度は化膿した創口《きずくち》から出た分泌物がアンペラにくっついてしまって、寝返りでも打つときにそこが又はぎとられるので、前よりも激しい叫び声を上げるのだった。

「うるさい、なぜ子供を泣かすんだ、そんな子の口は縫ってしまえ！」

こんな暴言は何回となく聞いていた。こうして、私は幾晩も夜を明かしていた。

一日二回、粥《かゆ》が配給された。六歳以下の子供は半量ときめられた。従って、私の家族は四人で三人分しか貰えなかった。その全部の量は、丁度《ちょうど》私が最後まで持って来た財産の飯《はん》盒《ごう》一ぱいに相当していた。みんな飢えていた。

もう食べることしか考えていなかった。子供達が食べ終った飯盒に、指を突込んで舐《な》めるのを見ていながら、私は一人分頭をはねられていることに対して、むらむらするほどくやしくて堪らなかった。

一体六歳以下は半分にして配給すると云うようなやり方は、今までないことであった。開城でも、議政府でも、釜山でも、南朝鮮の引揚者収容所では、頭数一人に対して一人の

量を貰っていた。ところがこの引揚船の中では、六歳以下は半分である。そう云うことを誰が決めたのか、船の中の引揚者の自治で取決めてあるか、それを確めるまではどうしても割切れないものが私の気持を食事の度に掻《か》き立《た》てていた。

朝の食事が終った。甲板で飯盒を洗って帰って来て、ほんのしばらくの休息にハッチから出たり入ったりする人を見上げていた。一人の男が小脇にいっぱい本を抱えて梯子を下って来た。引揚援護局から送られた日本の雑誌であった。本は各班に分けられ、やがて私の班にも配給されて来た。色の黒い班長さんと呼んでいる男が云った。

「よごさないように回覧してください。」

そう云って、一冊ずつ人の間を縫って配って歩いていた。

「すみません、私にも一冊貸してください。」

と云った。

班長は私の顔を見て、なあんだと云うように上から見下して、

「駄目ですよ、子持ちには貸せません、本をよごすから駄目です。」

そう云って、ぷいと横を向いてしまった。

「班長さん、一《いっ》ちょう願いますかな。」

右隣りの男が手を出して、一冊貰った。

私はとても我慢ができなかった。

「子供には注意しますから、ぜひお貸し願いたいのですが、お願いします、私は本が読み

たくてたまらないのです。」

男は、いよいよ軽蔑の色を浮べながら、

「奥さん、本は誰でも読みたいんですよ、あなたはね、本を読む閑《ひま》があったら、まず自分の子供を泣かさないようにするんですね、あなたがこの班にいるためにみんなどのくらい迷惑していますか。夜は眠れない、それに臭い……。」

「臭いんですって？」

「臭いですよ。あなたの子供さんはしょっちう下痢をしつづけているんじあないですか、人の迷惑も考えなけりゃあねえ、そうでしょう。」

班長は、私の隣りの男に眼を向けた。隣りの夫婦はうなずいている。

「臭いのは、私の努力が足らないかも知れませんが、本はどうしても貸していただけないんですか、船艙長がそう決めたんですか。」

私は、班長に食って掛った。

「勿論《もちろん》そうですよ。そんな眼をする前に、自分のことをよく考えなさい。」

私は班長の後を眼で追いながら、自然に湧き出て来る涙をかみしめて、子持ちだと云う理由で一カ年間人に嫌われ通して来た自分の姿を振り返って見た。そして日本へ上陸して、無事に故郷に着くまで、否それからも子持ちと云う理由で、一生人に嫌われるのかと思うとぞっとした。

右隣りの男はさっきもらった雑誌を読んでいた。

「お済みになったら貸してくださいませんか。」

私は小さい声で云った。

「ええ、家内が読んでからね……いや、子供のある人は後廻しだそうですから……。」

何時もするように眉間《みけん》に皺《しわ》を寄せてそう云うと、覗《のぞ》き込まれて損をしたように、くいっと本を手元に引いてしまった。私はその手附を見て、ぐうっと熱いものが頭に登って来た。

「貸してくださらないって云うんですのね、いいですわ。」

私は咲子をそこに置いてよろよろと立上ると、中段の奥にどっかと坐《すわ》っている、眼鏡を掛けた船艙長のところへ梯子段を登っていった。

「どうして子持ちに本を貸していただけないのですか？」

私が、これをいきなり切り出したので、船艙長は、眼鏡越しにぎろりと鋭い視線で私の身体を眺め廻した後、

「なんのことを云っているんです？」

と云った。

私がいきさつを説明すると、

「そうですか、善処します。」

それだけであった。

私はその眼を見て、誠意のある答えではないと思った。私はここまでやって来て、周囲の人が経過を見守っている前で、どうしても引けは取りたくないような、捨鉢の気持でぐ

らぐらして来ると、つい思わぬことを気狂い女のように、しゃべりまくってしまった。

「一体あなたは誠意を持っているんですか、恐らくあなたは自分のことだけしか考えていないんでしょう。あなた方が女子供のことを思うのは、ただ自分と関係している家族だけでしょう。」

「どうする積り、さっきも云ったでしょ、善処するって、子供に対する配給量の決定についても善処したいと思います。」

「善処って、どうすることなんですか？」

「善処って、善処することです。」

「それだけでは分りません、もっと具体的に云ってください。」

「うるさい！　ぜんしょする。」

船艙長は終に怒ってしまった。

私が帰りかけると、後で大きな声で云っていた。

「あの女は気狂いか、一体、きたない女だな、背中が破れて穴があいている。」

私はこれほどの侮辱を受けたことがなかった。女にとって、きたないと云われることほど、悲しいことはなかった。それに私のこれしかないたった一枚のシャツの破れを見て嘲《あざ》笑《わら》う男性の声は、私の今まで経験して来た人生のうちで、最も惨酷《ざんこく》な声であった。

（こんなことを云われるくらいなら死んだ方がましだ）

私はあまりに悔しかったせいか、涙さえも出なかった。その声を聞いたままぶるぶる震えて、しばらくはそこを立去ることができなかった。

二

「あなた、今夜も行くの？」

隣りの独身の女が二、三人置いて向うの女に声を掛けた。

「ええ、行こうと思ってるの。」

「面白い？」

「面白いわ、あなた船員さんの部屋って知らないでしょ。ベットに白いシーツが敷いてあって、毛布がちゃんとあってね、それに船の中でもちゃんと御飯が炊けるんですの。」

ちょっとした可愛いところのある、まだ子供子供した娘さんが声高に喋《しゃべ》っていた。この人も独りで引揚げて来たらしい。

「どうして船室で御飯を炊くの？」

「電熱よ、電熱に飯盒をかけて置くと、ぶくぶく白い泡をふいて綺麗な御飯がすぐできるのよ、それに缶詰がね、あのかに缶って、おいしいわね。あの色ったらないわ。口紅のように赤い肉が、いっぱい詰っているんだわ。」

「あなた食べたの？」

隣の女は唾をごくっと飲み込んで聞いた。

「ええ勿論、御飯の上に置いて、お醤油をかけて、こう云う風にかき廻して……。」聞いている私でさえ、堪らないほど結構な話しであった。

「今度、私もつれていってくれない？」

隣りの女は唇を突き出してそう云った。

「そうね、でも困るわ。だってひとりで行くって約束したんだもの。それにね。船員さんの部屋ったら、小さいんでしょ。そんなに多勢行けないわ。今夜は日本で流行している歌を教わりに行くの。私の忘れ物もあるから持って来なきあ……。」

「忘れもの？」

「そう、私ね、シュミーズを夕べ置いて来ちゃったのよ。」

「ええ？……」

流石《さすが》、隣りの娘も驚いたらしい、が云っているほうはごく平気であった。周囲で聞いている人もなんだと云う風に、気にも止めていないらしい。隣りの女は云った。

「いつか連れて行ってね。」

「え、いつかね。」

「きっとよ。」

その女が、梯子段を登りつめ、ハッチから姿が消えると、にわかに夜が訪ずれたように暗くなって来た。もう腹がすいて堪らない。考えることは食べたいと云うことだけ、あの女も、隣りのこの女も、矢張りそれだけのことを考えているに違いない。

右隣りの夫婦は、炊事当番とよろしくやっているらしく、とんでもない時間に食事をしている。それをあきらめたように、覗いている私の子供達を叱るのがつらかった。

私は暑いけれども、我慢して暗い船艙に横たわっていた。私は一枚の上衣を脱いで上半身丸裸になった。そうして、胸の上に一枚のおむつを置いて眠るのであった。一枚しかない薄緑色のシャツの背中には大きな穴があいている。これ以上大きな穴を開けたくなかった。間もなく上陸して、噂にきくと恐ろしいほど混乱した日本の汽車の中で、また幾日か過さねば故郷へは帰れないそうだ。この一枚のすっかり生地の痛んだ上衣が私の晴着であり、私の上半身を隠す総《すべ》てであった。だから夜だけでも、大事にして置こうとして脱ぐのであった。背中がアンペラにぺたりとくっついて、そこに汗がにじみ出て来ると、自分の身体が、捨てられたもののようにみじめに思えて涙ぐんだ。

私は殆《ほと》んど一時間か、二時間おきに眼を覚した。それは正彦と、咲子を便所に連れていく為《ため》であった。二人とも下痢をずっとしつづけていた。それに私にはおむつがたった四枚しかなかったから、ちょっとでもしくじれば、臭いにおいを周囲の人に嗅がせねばならない。

正彦は、私を呼んで起こしてくれた。

「お母ちゃん、うんち……。」

正彦は人をはばかる声でそう云って、私を起す。こんな小さい子を、それまでいじけた気持にさせるのが可哀そうだったが、大きな声をすると私に叱られるので、いつのまにか、悪いことでもするように、私の眼をおそるおそる見て云うのであった。

（可哀そうに）

そう思って私は急いで起き上り、眠っている咲子を裸のまま背中におぶい、紐で背負って、それから正彦を横抱きにして、長い梯子を登っていった。正彦と便所に行った間に咲子が泣いたので、ひどく近所の人に、叱られたことがあって以来、私は毎晩少くとも四、五回はこんな恰好《かっこう》で、梯子段をよじ登らねばならなかった。

三十八度線を、はだしで歩いてくれた正彦の足裏は、ひどく化膿していて、歩けなかった。私の足の裏もそうだった。急に立上ったので、ふらふらする頭の中へ、錐《きり》を差し込むように足の裏から痛みが伝わって来て、梯子段の中途で、何回も奈落の底へ落ち込むような幻想にとらわれることがあった。

やっとの思いで甲板に出て、便所に行った。夜だから、便所の番人の男が居なかった。

「女子供は便所をよごしていけないから、余計に掃除当番を割当てよう。」

などと意地悪を云う男も居なかった。十二時は過ぎて、もう次の日に入っているのかも知れない。暗い甲板の上から陸の方を見ると、博多の港に浮いている船の信号灯が、気味が悪いほど赤く光っていた。デッキの隅の方に、一組二組男女の影があった。なんの気なしに眼をやった時、丁度雲間から月の光りが出て、私の隣りの女の横顔をぼんやりうつし出した。私は悪いところを見てしまったと思った。二人の膝の上に掛けた毛布が月の光で青白く光っていた。

三

マストにあの旗が掲げられた。風にはたはた揺れている色のあせたその旗は、陸地から死骸を取りに来るボートを呼ぶ信号旗であった、デッキに集った引揚者は、この旗を仰いで、

「誰かまた死んだんだな。」

と云っていた。

やがてエンジンの音とともに、一艘《そう》の小型ボートが船に横づけになると、ううんうん、ががらがらと起重機が音を立てて下っていって、水のしたたるボートをそっくり甲板へ持上げた。子供達はこれを面白そうに眺めていた。やがて石油箱ぐらいの大箱が運ばれて来て、ちょこんとそのボートに乗せられた。

「今日もまた子供なんだね。」

死んだ子供は、今日で幾人あったか覚えていなかった。博多まで来て死んでいく可哀そうな子供達、その子供達も恐らく体中が、おできのかさぶたで蔽《おお》われて死んでいったのだろう。荒らけずりの木の箱に入れられているのが、日本へ来て死んだせめてものたむけであった。

「お母さん、あの箱どうするの？」

正広が聞いた。中に死んだ子供が入れられていることは誰も知っていた。

「多分火葬場で焼かれるんでしょう。」

「どうして?」

「どうしてって、日本では、死んだ人は焼かれるんです。」

正広はぎょっとしたように、私の眼を見た。

「僕だって死ねば、焼かれる?」

「そうよ、誰だってそうなるのよ、だから死んじあいけないんです、ね……。」

正広はふたたびウインチが唸《うな》ってボートが海面に下されるのを眺めたまま、そこを動こうとしなかった。私は正広をそのままにして、乾して置いたオムツを取りに、後甲板《こうかんぱん》の方へ歩いていった。船には色々の綱が張ってある。その一本についさっき、四枚のオムツを掛けて置いたのだった。無い。場所の思い違いかと思ったが無い。四枚のオムツは消えていた。私の心臓は止るくらい高く鳴った。眼がくらくらっとしてよろめいて、私はそこのワイヤロープにつかまってやっと身を支えた。四枚のオムツを失くしたことは、咲子の命をなくすることにも等しかった。今も船艙で眠っている咲子には、一枚のオムツも当ててない。下痢をしつづけているあの子は、たった四枚のオムツをかわるがわる取替えてやりながら、赤くはれ上ったお尻を見て、私はいつも泣いていた。もう四、五枚あれば、よく乾いたオムツをしてやって、少くとも二時間位はゆっくり眠らせることができるのに、そう考えていた。ところが、それどころではない。たった四枚しかないのが眼の前から消えてしまったのだ。オムツ泥棒があることは聞いていた。でも、あんなに痛んだ四枚ばかりの私のオムツを盗らなくても、私はくやしさから堪えられないほどの悲しみに打ちひしがれて、甲板の上に坐り込んでしまった。が、私の現実はもっと深刻のものであった。オムツが無ければ、咲子を殺すようなことになるのだ。私は眼を上げて後甲板いっぱいに乾してあるオムツを眺めた。

（これだけ乾してある中から一枚や二枚盗んでも）

ふと、そんな声が心の奥の方で、私に囁《ささや》いていた。

（とんでもない、どんなことをしたって、泥棒だけはしてはならない）

別の理性が、こう云った。

でもさし迫った私の気持は動乱して、人に盗られたから盗って返すんだと云うような理窟をつけると、私はもう悪魔の子になっていた。すぐ前に真白いオムツが五、六枚麻縄に通して乾してあった。その縄の一端は、眼の前の銅鉄線の一端に結びつけられていた。私は周囲を見廻した。

幸い誰も居なかった。どきんどきんと痛くなるくらい高く鳴る胸を抑えて、ついに私は一生一代の盗人をやった。震える手で縄の一端をといて、するするっとよく乾いたオムツを手元に引きよせた。と、その時であった。

「ちょっと、その女の人！」

鋭い呼び声が後から浴せかけられた。背の低い額に皺のよった中年の婦人が私の手を取った。

「どうする積りなの、人のものを……。」

そう云って、その女は直《す》ぐ後ろに立っている長身の白い顔をした婦人を顧みて、

「ね、奥さん、そうだったでしょう、さっきからこの附近をうろうろしているから、きっとあのオムツ泥棒だと私は睨《にら》んでいたの、その通り奥さんのオムツに手を掛けるんじゃないの、ね、云った通りでしょう。」

奥さんと云われる女は、私の前に立って、初めて私と正面から向い合った。私はまだオムツから手を放していなかった。奥さんは、私の手元のオムツと、私の顔を見較べていた。

「奥さん、船艙長を呼んで来て、こんな女、引渡してしまいましょうよ。」

小柄な女は、薄い唇をしていた。そしてその声は妙に疳高《かんだか》くきいきいする声であった。

「待って頂戴《ちょうだい》、そんなことするの。」

長身の奥さんはそう云って押し止めて、私に初めて口をきいた。

「人のものを盗ることは、悪いことだわね、でも何か事情がありそうだわね……。」

私の全く期待しなかった優しい声であった。私はどうにでもなれ、と張りつめていた気持が急にくずれると、泣き出してしまった。

「許してください。でも、こうするより仕方がないのです。私には三人の子供があるのです。一番小さい二は下痢をしつづけています。その子のたった四枚のオムツが今ここでなくなったのです。私には布切れは一枚もありません。針さえないのです。私のみじめな

シャツを見てください。背中の大きな穴さえつくろうことができないのです。今四枚のオムツを盗られたら、あの咲子は恐らく死んでしまうでしょう。私は悪いことは知っています。でもどうにもならなかったのです。奥さん、お願いです。このオムツを私に譲っていただきたいのです。日本に上陸してからいかほどのお礼も差上げます。仮令《たとえ》、奥さんが嫌だと云ってもこのオムツを私は放しません。どうしても奥さんから譲っていただくまで放しません。奥さんも引揚者、私も引揚者、でも貴方《あなた》と私と違っている事は、奥さんは女性としてのたしなみをまだ守るだけの予猶《よゆう》がある。でも、私は母としての義務すら果せなくなっています。お願いです、このオムツを私に譲ってください。」

私は白いおムツをしっかり握って、涙を流しながらかきくどいた。

「ずうずうしいわね、この女《ひと》。盗んで置いて見つかったら、くれだって、あきれたわね！」

小柄の女は、何時の間にか周囲に集っている人だかりに向って、大きな声でそう云った。

そして私の前の奥さんに、

「ね、奥さん、そんな女は癖になるから、うんとこらしたらいいんだわ。」

と云った。

私の前の奥さんの顔色がにわかにけわしく動いた。

「ちょっと奥さん、あなたの知ったことではありません。このオムツは、この奥さんにお上げすると私が云おうとしているところです。余計なことを無責任に云いふらさないでください。」

涼しい声でそう云った。

「まあ、余計なことだって、私がこのオムツドロボウを見つけてあなたに知らせて上げたのに、……ええ、どうせ私はおせっかいの女ですよ。奥さんのようにお偉くはありませんからね。……いまいましいったらないわ、ほんとに……。」

小柄の女は背を向けてしまった。

「さあ奥さん、早くそのオムツを持ってお子さんのところへ行かなきゃあ、泣いているわよ、きっと。私は五番船艙の第二中隊の第三小隊にいますから、なにかお困りのことがあったら、お出《い》でなさいね、それから……。」

何か云おうとしたその奥さんは、ふと周囲にまだたかって見ている女達の群を見ると、憤然としてオムツの通してあった麻縄の一端をつかむと、

「なんです、あなた達は、弥次馬根性の日本人の女の一番悪い人ばかり、あっちへ行きなさい。なんて馬鹿げた顔をして、そこに立っているの！」

そう云ったかと思うと、麻縄の端を持って、蠅《はえ》でも追い払うように、ぶうんと一振り音を立てて振り廻した。

女達はひそひそ云いながら散っていった。

「なあんだ女の喧嘩か。」

よく訳も知らない男達がそう云いながら行ってしまった。

私は六枚のオムツを持ってまだ泣いていた。

船艙では咲子が多分泣いていると思った。私は嬉しかった。この婦人にめぐんで貰った六枚のオムツで、子供一人を助けることができると思うと、ただ泣けてしようがなかった。が、腰まで熱くなるほど焼けている甲板の鉄板の上に坐って、犯した罪のさばきを受けた私の気持は、もう死にたいくらいみじめなものであった。そしてどっと押しよせてくる孤独に、私はたまらなくなって、わっと声をあげて泣き伏してしまった。

# 文明開化

田辺聖子

## 梅田新道

トキコの住んでいる家は、武《む》庫川《こがわ》のそばである。福島が空襲で焼けてから、郊外へうつったのである。兵庫県であるが浜の工場街からも遠いし、空襲にあっていないので、昔ながらの小家がならんでいて閑静な住宅地で、武庫川の土堤《どて》の松林が美しかった。町内の人は、「そんでも松は食べられまへん」とにがい顔をしている。みんな競争のように家庭菜園をつくって食糧の確保に精を出した。お米の遅配が五日も六日もつづいたりするので、政府の配給はあてにできない。

町内の配給物資の世話をしているのは、もと「菊水青少年錬成道場」という看板をかけて柔剣道や合気道を教えていた先生である。

道場内に楠木正成公の絵がかかっていたので、町内では菊水先生で通っていた。四十五、六で、濃いチョビひげをつけたいかめしい顔立ちの男である。ジャガ芋や石鹸や鍋にいたるまで日月物資はすべて政府から配給されるのであるが、まるで菊水先生は自分が配給するようにどなりちらして、

「今日はサツマ芋の特配である。大《おお》み心《こころ》のかたじけなさを感謝し奉って受け取ってもらいたい！」

と号令をかけ慣れた大声でどなり、町会の人々は恐れ入ってサツマ芋を金を出して配給してもらい、ひそひそ声で、

「今日の大み心は痩せてかたいな」

などといい合っていたものである。

あまり菊水先生の声が大きいので、人々はたえずビクビクして、（それというのも機嫌をそこねて配給物を手加減されてはかなわないので）先生が、カーッと痰《たん》を吐く音にまで気をつかって、びっくりしていたものである。近隣の青少年は、菊水道場へ通っていたものも多く、菊水先生のけいこがきびしいというので、それが却《かえ》って尊敬のまとであったのである。

それが敗戦からこっち、ぴたりと道場へ通うものがなくなった。半年たち、年があけて昭和二十一年の春になると、菊水道場のまわりには草がぼうぼうと生えはじめて、看板はちょっと横ざまにねじれたりしている。いつのまにかチョビひげを剃りおとした菊水先生はきゅうに腰が低くなって、

「今日は進駐さんの鮭缶だす。あっちのもんはやっぱり味が脂《あぶら》こうてよろしおますな」

などといったりしている。この町内ではアメリカ駐留軍のことを進駐さんとよんでいる。もと菊水道場へ熱心に通って先生の片腕のようになっていた飛行機工場の工員が、道場

の前を通りながら、

「大東亜共栄圏なんてウソやんけ。あれは軍部ファシストと手を握った、巨大独占財閥の侵略戦争やったんやぞ。右翼が悪いねんぞ」

と舌をかみそうなことをきこえよがしにしゃべってゆく。

菊水先生は無念やるかたない顔をして、

「何ごとも隠忍《いんにん》自重《じちょう》だす。皇国二千六百年の伝統が毛唐の占領ぐらいで消えるもんやおまへん。天コウセンを空《むな》しゅうするなかれ、だす」

と詩吟のようなことをいった。

「そうですくらいな」

相づちを打ったのは、元茶花道教授のお師匠さんの上品な婦人である。戦後はいよいよお茶もお花もかえりみる人がなくなって、米の買い出しやら闇市の繁昌やら復員兵のケンカやら、殺伐たる世相になり、娯楽といえばダンスやキッスや裸踊りやと、いやらしくなるばかりで、茶花道教授の婦人は時勢を嘆いている。

「ほんとに、何もかもデモクルシイとマツカガサ（マッカーサーのこと）のためですわねえ。……でも、天下は廻りもちや、いいますよってに」

とへんな慰めかたをした。マッカーサーが政治犯人を釈放したり、報道言論の自由制限を撤廃させたり、戦犯を逮捕したり、労働組合を作らせたり、軍国主義教育者を追放したり……はては婦人参政権を与えたり農地改革をやらせたり……という、日本占領以来、息もつかせぬスピードで日本改革指令を与えた、そのことをさしているのである。日本人は上は総理大臣から下はお茶の先生まで、あんまり変わらせられようが烈《はげ》しいので、胸を悪くしているのである。どうせ負けたんやから、と思うものの、

「みんなそれもこれも、進駐さんのデモクルシイがいけないのでございますよ。デモクルシイというのは進駐さんの、何でも教育勅語みたいなものだそうでございますね。そういえば、学校の奉安殿もみなこわしたりして、バチがあたらないものでございましょうか。教育勅語や奉安殿をおろそかにする思想がはやっておりますけど、思想も天下の廻りものでございますからね、いまにデモクルシイも、はやらなくなるだろうと思いますよ」

とお茶の先生は力を入れた。

デモクルシイというのはデモクラシイのまちがいであるが、この婦人はどうしてもデモクラシイが発音できないのである。

デモクラシイの解説は新聞やラジオでこのところ毎日のようにさかんであって、まさにお茶の先生のいうように大はやりである。

トキコの学校へも、ある評論家の先生が来て、かんで含めるようにデモクラシイについて、非常に有益、啓蒙《けいもうてき》的な演説をしていった。見れば、いつぞや町内で進駐軍接触心得についてしゃべった先生で、町内では彼のことを、「ヘルプの先生」と呼んでいる。菊水先生の凋落《ちょうらく》にひきかえヘルプの先生は今やたいへんな勢いで、新聞やこのごろぽつぽつ出はじめた雑誌に名が出たりしている。

「デモクラシイは民主主義ということであります。これは文字通り、人民が主人であるという考えかたであります。アメリカの政治はすべてその精神であります。アメリカでは誰でもが大統領になれる、誰でもが大統領を選挙できる、一般平民大衆が政治に参与するのであって、特定の人の特権や独裁ではないのであります。

人民の、人民による、人民のための政治、これはかの偉大なアメリカ大統領リンカーンの言葉でありますが、政治は主権在民である、という思想こそ、こんにちアメリカを世界の一流強大国たらしめた原動力であります。今までの日本はまちがって居《お》った。人民の上に皇室があって尊崇したりして居った。天は人の上に人を作らず、人の下に人を作らず。福沢諭吉もいっている通りであります。人民こそ、国の主人であります……」

デモクラシイという言葉などはじめてきいたので、トキコはすっかりびっくりしてしまって、今までこんなことをちょっとでも言おうものなら、不敬罪でただちにひっぱられていたから誰もいわなかったのであるものの、しかもトキコはそういう思想があるということすら教えられず、そういう本さえも手にしたことがなかった。戦争中、そんなたぐいの本をよくも人目につかぬように隠したものである。よくも、知っている人は誰一人口をとざして喋《しゃべ》ってくれなかったものである。トキコはへんな所で感心した。ヘルプの先生にしたってそうである、そんな博識を戦時中はよくも隠しおおせたものである。知らないのは少年少女ばかりではないか。オトナは何ひとつ教えてくれていなかった。知っているくせに。

「でもくらしいノ本ヲ読マナケレバイケナイ。」

とトキコは手帖にかきとめた。

戦争がすんでも地方へ帰郷した学生はほとんど帰ってこなかった。そのまま退学して結婚した人も多かった。トキコたちのクラスは半分くらいに減ってしまった。

それでも毎日、授業はある。授業は楽しいが通学が大変な仕事である。闇屋やかつぎ屋でいっぱいの電車へ押しこまれる。空襲でおびただしい車輛を失っているので、国鉄も私鉄もフルに動いていても乗客をさばききれない。電車の窓枠はとんでしまい、窓ガラスはやぶれ、ヨロイ戸をおろしているので車内は昼なおくらく、ごった返しにつめこまれて阿《あ》鼻叫喚《びきょうかん》というところ。戦争中は兵隊がいばっていたが戦後は外国人がわがもの顔に電車に乗りこむ。それから婦人参政権が与えられて、この四月にあった初の選挙ではたくさんの女代議士が出た。そのせいかどうか、女臭芬々《ふんぷん》たる時代になった。バスの女車掌と男の客が口論して女車掌が男の頭をなぐっている。

「ア、えらいオナゴやなあ」

誰かが感心すると、

「女がけんかして何が悪いねん、男女同けんかや！」

と女車掌がいったので車内じゅう、笑い出してしまった。

アメリカ兵にぶらさがって横太りの体をころころところがしてゆく闇の女たちは、いい匂いのする化粧品を使っていた。電車の中では、声高に英語でしゃべり合っている若い男たちもあった。まわりの乗客は自分のワルクチをいわれているのかと疑うような、落ちつきのわるい思いで、青年をながめていた。あまり眺めすぎてスリにやられる人もある。あっちを向いてこっちを向くと、もう盗られていたりする。物干竿へ干した洗濯物が盗られる。まさに乱世である。

もの凄いインフレでヤミ米も買えない。大阪市でも市庁へ婦人たちが押しかけて、

「もうお米は十日も遅配してます。何、たべて生きていけ、いわはりますのん」

と火のついたように責めたてた。

戦争がすんで人々が町へ戻ったせいか、トキコは思いがけない場所で思いがけない人にあうことがあった。

例のように省線の城東線の車内で、満員の息苦しさをがまんしていると、すぐ前へ来た若い男が、

「いや、武田トキコさん、ちがいますか」

といった。びっくりして見上げると、復員服を着込んでうす汚れた男であるが、つっぱったおでこや下がった目尻などに昔のおもかげの残っている、紛れもないチョロ松である。小学校の同級生の吉松くんである。

「ア、吉松さん、あんた、大きィなったね」

とトキコは思わずけったいなことをいった。

同い年の十八だから、チョロ松もいい青年になるはずである。

「元気にしてはりますのん」

チョロ松は女のような口ぶりでいって、なつかしそうにニタニタしながら、

「まだ学校へいってはりますのん。よう勉強しはるなあ」

とオトナのようなお愛想をいった。

「あんたは何してるのん」

「ぼく、いまアンマです」

「ああ、そうやったねえ。忙しいの」

「えらい忙しいてね、おかげさんで。いま、アベノでやってますねん」

チョロ松は女のような言葉遣いになっている。

「そやけど久しぶりやねえ……誰かにあう？」

「はあ、この間、梅田でひょっこり、斎藤いづみちゃんに会いました」

「いや！　いづみちゃん、何してやるの？」

トキコは思わず叫んだ。

「はあ……三宮《さんのみや》で……中華……料理屋……やったはります」

チョロ松はぐいぐいと戸口から押してくる人波に体を押されて、頼りなく言葉をとぎらせながら、

「あの人、中国人にかたづかはりましてん」

「まあ……。そう」

「闇屋の大将みたいな人で大ッけな中華料理屋やったはりますのんや。どんぶりに銀メシいっぱい奢《おご》ってもらいましてん。ラードやら鶏の脚やらくれはりました。何にもないもんないねん、て自慢してはりました。ほんまに豪勢な暮らしですわ。いまは中国人のほうが羽振りよろしさかいな」

「いづみちゃんが？　そう……」

「なんでも名前は、リイとかラアとか、あちゃらの名前になってはりました」

と与太っぱちかほんとか、本人はまじめであるが、きいているほうが笑ってしまうのも昔のままである。昔よりも間のびしたようで、

「発疹《はっしん》チフスで熱出してから、僕、ちょっと頭悪うなってね。ボーとして物覚えが悪うなりました」

チョロ松は牛のよだれのようにだらだらとしゃべった。

電車が森之宮のあたりを走ると、ここはむっと異臭がただよっている。砲兵工廠《こうしょう》のあったあたりで、木っぱみじんに空襲でやられて夏草が茂っているだけである。悪臭が立つのは空襲で爆死した人の死骸のせいだといわれている。どれだけの人がここで死んだか分らない。

「川西航空いう工場のあとかて、幽霊《ゆうれん》出るそうですけど、知ったはりますか」

とチョロ松は砲兵工廠跡の廃墟を車窓から指しながらいった。人さしゆびで虚空《こくう》に字をかくようなしぐさが、昔のままである。

「川西航空の工場跡に幽霊が出るのん、有名です。あそこ、空襲で何千人と死んだそうですな。今でもあのあたりへ夜さりいってみると、ウーンウーン、と苦しげなうめき声がきこえるそうですわ」

「ワー、いややわ」

とトキコはいった。

「いや、ほんまです。僕の友達が見たそうですわ。あのそばを夜トラックで通って、暑いのでちょっと涼んでたら、そんな声がきこえたそうです。ひょいとみたら、丸坊主頭に白い着物の亡者が——顔はノッペラボーやったんですと——何百何千となしに固まって、こっち向いてさも辛そうにうめきながらワーッと押しよせてくるんですと」

「いやや、止《や》めて、止めて」

「ほんまの話だっせ。友達はそれいいながらまだ青うなってましたもん。死人はおとむらいもせんと、まだ土の下に埋まったままでっさかいな。みな浮かばれまへん」

「可哀そうにねえ。生き残った我々は幸せなほうね」

「そうだすくらいな」

チョロ松は老婆のようなしゃべりかたをして、

「これからは図太う生きな、損だすな。あんまり正直はあきまへん。みな、前にいうたことと裏腹なこといいはるご時世だす。天皇かて、現人神《あらひとがみ》やったんちがいまんねな」

といった。

「朕《ちん》は人間である、いうてはるのやさかいなあ」

「ちょっと、お写真みた？」

とトキコはいった。

今年の、二十一年の正月には、背広姿の天皇陛下の写真が新聞に出ていられた。天皇でも笑いはるのやなあ、と国民はおどろいた。人間天皇ということで、平和国家にふさわしく、小さいお孫さんをあやして、心から楽しそうに笑っていらっしゃる。

以前の軍服姿の陛下の憂うつなお顔とはころりとちがう。しかしそれもトキコは何かをどこかへ置き忘れて来たような、妙に手応えのない、がらんどうな気持ちだ。

どういい現わしていいのか分らないが、陛下はにっこり笑ったりなすっては困るような気持ちなんだ。あの昔の奉安殿、コンクリートの豆宮殿の仄暗《ほのぐら》い所に、トランプのカードのように重ねて並べられてあった、お写真の両陛下はいかにもお美しく憂うつそうで陛下らしくひややかで、なつかしい。背広を着てソフトなどかぶっていらしては、とまどってしまう。チョロ松の話にある、川西航空の爆撃あとに出る幽霊や、戦後、風のまにまに噂の伝えられてくる広島の原子爆弾のおびただしい死人や、新太郎兄ちゃんのような戦死者たちは、きっと当惑してしまうにきまっている。新太郎兄ちゃんは戦後、戦死の公報が入った。フィリッピンの沖まで運ばれながら魚雷が命中して輸送船が沈んだのだそうだ。島影を目前に見ながら、とうとう敵と戦うこともなく、死んでしまった。新太郎兄ちゃんのおばさんはそれでも、どこかに生きているのではないかと信じている。ジャングルの奥深くもぐりこんで、日本の敗戦も知らないのではないかと思っている。輸送船は沈んだが、舟艇でわずかの兵隊がのがれ得た。そこまでは分っている。でもその人たちが誰と誰だったか、そして上陸した小さな島でどうなったか、何にも分らない。ただ、むすうの、ぎっしりとつまった坊主頭たちが何かを、必死に凝視している。

その視線の点々のむこうを辿《たど》ってゆくと、仄暗い奉安殿の奥の、憂うつでひややかで美しい陛下のお写真がある。

奉安殿をこわすのはだれだ。陛下に軍服を脱がせ、ソフトに背広でにっこりと笑わせるのはだれだ。

トキコはだんだんへんな風に昂奮《こうふん》して来て、チョロ松としゃべるうちに、何やらひとあばれしたいような、白米が闇値一升何ぼしようが、学校の講義もデモクラシイの講演もくそもあるものか、という気持ちになり、思わず乗り過して次の駅で下りるとき、乗越しの精算をするのもめんど臭くなって、定期券をそのまま見せて改札口を出た。あとで考えると、何だか戦争の理不尽を駅員に賠償させるような、方向ちがいの偉そうな態度だったのかもしれない。駅員は「ちょっと拝見」といって、つくづく取りあげて、

「あんた、これ、不正ですがな」

と嬉しさを押えきれない顔になった。

「不正、定期の不正ぐらい何ですのん。現代ではもっと、大規模な不正や不合理や不公平があるのんちがいますか」

トキコは思わず語気を強めた。

「あんた、定期の不正使用して、何をへリクツいうてはりまんね」

若い駅員は呆《あき》れ顔《がお》になって、

「ちょっとこっちへ来て貰おか、罰金もんでっせ、これは。名前と学校名、ひかえさしてもらいますわ」

と詰所のようなところへトキコを引きたてた。トキコは衿《えり》がみをつかまれながら、まだ口をとがらして、

「定期ぐらいの小さい不正に目を光らせんと、ですね、もっと大きなことを監視せな、あかんのとちがいますか。そやさかい、日本人は戦争でたくさんの犠牲者を出さざるを得なかったんちがいますか。定期なんかどうでもええ、思うんですけど」

「へリクツいいなはんな、へリクツ」

と駅員も声を高めた。まわりの駅員が嬉しそうに寄って来た。

「あんた、そら何ぼたけり狂うても、悪いことしたんあんたやさかい、証拠もあるのやさかい」

と年かさな駅員が、なだめるように、中へ割ってはいった。

「そら、あんたに分《ぶ》がおまへん。戦争と定期と何の関係もないのと違いますやろか」

「罰金三円」

とさっきの駅員が気持ちよさそうにいった。

とどのつまり、トキコは三円を取られて定期を没収されて、いまいましくてやけに土を蹴りながら外へ出てゆく背後で、駅員同士が、

「何やな、お前、目が早いな」

と感心しあっている。

「不正が見つかってきまり悪いさかい、一席弁じよった。女学生にしては可愛げない」

「あれは文化人の悪癖やな。女の文化人はとくにいかんな」

阿呆《あほ》らしいやらいまいましいやら、つらつら考えてみると、トキコはまた、チョロ松の話からいろんな想像を煽《あお》られてひとりで昂奮してバカな目にあったわけである。つまらないことをしたものである。人の話にすぐおだてられるくせは子供の頃から変わらないようだ。

コントクさんの一家は郷里へ引き揚げることになって、コントクさんだけはトキコのいる武庫川の近くへ引っこして来た。知り合いのうちの二階が物置きだったのを改造して、そこを下宿にして、阪急線で大学へ通っている。

「コントクさん、いてるのん」

トキコが上がっていくと、彼はよくノートに絵を描いていたりする。

「銀メシにぶあついステーキ、エビフライ、ライスカレー……これは何かな」

トキコが絵を指すと、

「ケーキやがな。上にクリームついた奴」

「何や、将棋のコマか、思うた」

トキコはハハからもらってきたイチゴジャムをほんの少し、コントクさんにやった。

「いつも、済まんな」

コントクさんは感謝して、

「こんなご馳走が食えるようになったら、何ぼでも奢るさかい、まあ今日はお手製のパンでも奢ろか」

「無理せんでもええわ」

コントクさんはそれでもメリケン粉をといて卵を割って入れ、サッカリンまではりこんで味をつけると、鋳物のパン焼器に流し込み、

「下のおばさんに内緒やで」

といいながら電熱器をつけて焼いた。最初のは焦げてまずく、炭酸を入れすぎたせいか、苦かった。二つめはトキコの持ってきたアメリカのジャムをつけて食べた。

「ジャムて、おいしいわね」

「うん、アメリカには文明があるよ、こんなにうまいもんがあるならね」

「食べ物さえないのに文化国家でもないわね」

「文化は食い物が無《の》うても出来るんや。しかし文明は食い物が土台や」

コントクさんは、いまだに眼鏡のツルの片方を麻紐で代用している。

コントクさんは「学校を卒業したらどないするねん」といってトキコを見た。

「働くわ、でも先生にはなれへん。わたしようへ、ますさかい、きっと先生はつとまれへん思うわ」

「お父さんが亡くなって、たいへんやったね」

コントクさんはいつも捉まえどこのないような顔をしているが、若い男にしてはやさしい所もある。終戦の年にチチが胃病で亡くなった。それからは売り食いしたりハハが働いたりしている。コントクさんは何となくトキコ一家のうつりかわりをいつも見守っている恰好《かっこう》になっていた。

「このあいだ鋳物工場へアルバイトにいってん。ちょっと入ったさかい、何ぞ映画でも見にいこか」

「ふん。連れていってくれるのん」

「文化の糧《かて》になるもんがええな」

二人は梅田へ出た。映画を見ようと思ってのぞいていたら、劇場で、「千姫《せんひめ》」という芝居が掛かっていた。映画よりは芝居の舞台に魅力がある。焼跡だらけの町を忘れさせてくれる美しい色彩があるにちがいない。千姫というから美しい着物を着た女たちもきっと出てくるだろう。

『高らかな人間解放の叫び』と看板にあるので、コントクさんは、

「これは人格向上に資するようですな」

といいながら切符を買ってくれた。

はいってみると、二回目の興行がもうはじまっていた。舞台では金の屏風《びょうぶ》を背にして、緋《ひ》の裲襠《うちかけ》を着た千姫らしい女がこってりと白粉《おしろい》を塗りたくって脇息《きょうそく》にもたれている。年増らしい、無残な痩せかたをして、ほえるようにしゃがれた声を張りあげていた。真ッ暗な客席は満員で空席もないので、トキコたちは階段をのぼったところでちょっと立ち見していた。

「オセンはもう辛抱するのがいやになったのじゃ。思う存分、生きたいのじゃ」

と年増の千姫はそこでちょっと声を切って平伏している老女の前へ立ちはだかった。

「オセンは一人の女として生きたいのじゃ。オセンは自由じゃ」

客席はシーンと静まり返って真っ赤なオセンの衣裳のうごきに見惚《みと》れているあんばいだった。或いは人間解放の勉強をしているのかもしれないが。

「オセンは気ままに男を愛したいのじゃ。なに？　はしたないと？　何がはしたなかろうか、オセンは男を欲しいのじゃ」

舞台が暗くなって、こんどはお小姓のような男たちが二、三人出て舞いはじめた。コントクさんはどう思って見ているのか分らないが、トキコは何だかいやらしくなって出てしまった。あんなセリフをきくために長い戦争を生きのびて来たのではない気がする。

オセンの芝居と反対に、すばらしいのをそのちょっとあとで見た。

デモクラシイクラブという関西学生の会があって、そこが主催で「アルト・ハイデルベルク」を上演するというので、級友の塩田さんを誘って出かけた。堂島川《どうじまがわ》のそばの朝日会館である。

観客は、会場にも廊下にもあふれていた。それなのにあとからあとから、つめかけた。よくもこれだけ若い者がいると思われるくらいだった。日本がまだ二、三年、保《も》ちこたえたとしても特攻隊員には事欠かないだろうと思われるくらいだった。若い学生ばかりである。

建物全体がワーンとうなるほど、若者たちの熱気とおしゃべりでふくれ上がっていた。やがてベルが鳴り、客は、ぎっしりと場内へつめた。

舞台は充分明るかった。装置は簡単だが、色彩がいかにも美しく見えたのは、登場人物がみな若いせいだからだろう。主役の王子に扮《ふん》した青年も、給仕の少女ケティも、輝くばかり美しかった。電力事情がまだよくないので、舞台の照明は暗くなったり明るくなったりするが、観客も素人《しろうと》役者もそんなことを物ともせず、食いいるようにみんなが舞台を見つめている。ケティが花束を捧げながら口ずさむ歌——

「遠き国よりはるばると
我がネッカーの美《うるわ》しき
岸辺をさして来給《きたま》いし
君に捧げん此《こ》の春の
よに美しき花飾り

楽しく我が家に入り給え
やがて去る日の来《きた》りなば……」

学生たちはもうたまらなくなったとみえて、いつか場内をどよもす大合唱になった。

「ハイデルベルクの学《まな》び舎《や》の
幸ありし日の思い出を
忘れ給うな心して」（木村謹治訳）

みんな顔を赤く染めていた。酒のしぶきがまかれたように酔っぱらった気分になった。ケティとカール王子が舞台の上で抱擁して接吻すると、場内いっぱい、フーッと大きなどよめきが走った。それは悪意のあるものではなかったけれど、生まれてはじめてそんな情景を見る若者たちが多かったので、そのざわめきはいつまでも静まらない。それにしても舞台の二人もずいぶんぎごちないようすだった。トキコはその情景からばかりではないけれど、生きている充実感のような、烈しい昂奮を感じてしまった。

「なあ、塩田さん」

といってみた。塩田さんは此の頃、映画や芝居の時だけ掛ける眼鏡をかけて、熱心に舞台をみつめたまま、

「なあに」

といった。

「昂奮するなァ」

とトキコは小声でいった。

「いやゃわ」

と塩田さんは前を向いたまま、ちょっと顔を赤らめ、今度は横目でトキコをとがめるようににらんだ。

「あ、ちがうのよ、ちがうのよ、塩田さんの意地悪《いけず》……」

トキコのほうが赤くなった。何も塩田さんの想像しているように、キッスや抱擁を見て昂奮したんじゃなく、こんなに烈しい充実感というか、生きている手ごたえや喜びを感じたことは今までなかった気がするのだ。朝日会館の窓の外には夕闇が迫りはじめている。空襲の心配もなくなった夜の町には、焼跡の上にも点々と乏しい灯がつきはじめている。都会が灯をとりもどしたのだ。そして学生たちも、未来や青春という言葉をとりもどしたような気がする。

戦争中には未来という言葉も青春というイメージもなかった。いま、そんな言葉が息を吹きかえした。忘れていた言葉の手ざわりを思い出した。

青春とはこんなものかも知れない。何だか意味もなく楽しく、人生がみち足りて生き生きと感じられる、これが青春でなければ青春はない。

青春とはこんなものなのだ、きっと。

自分にも何かができる、間違いなしに何かを約束されている、そう信じて疑わないもの。

体も心もたっぷりした、そんな感じにひたりきってしまえるもの、それが青春なんだ。

何かとめどなくあふれ、わきあがりほとばしるようで、抑えきれない昂揚感、こんなのがきっと青春なんだ、頭の上にかぶさっていた蓋《ふた》が取り払われたような気がする、きっとこんな気持ちのことをいうのにちがいないんだ。

それをトキコは、「昂奮する」と表現したかったのだ。文明開化というのは、ふつう、明治時代のイメージだけれど、暗かった町に灯がついた、それみたいに人々の心のローソクに一本ずつ灯をともされていく、この感じはほんとに文明開化という言葉にピッタリだ。

塩田さんはトキコの心中などにおかまいなく、幕間《まくあい》に廊下へ出るとプログラムであおぎながら、

「いややな、このえらい人ごみ。発疹チフスうつされるかも分らへんよ」

などと現実的なことをいっている。

それでも塩田さんは目立つ美人学生なので上気した頰をして立っていると、顔見知りの男子学生が、嬉しげに次々と寄って来て、いつのまにか、塩田さんをかこんだりしている。

塩田さんは舞台のケティよりも、現実の自分の姿に充分昂奮しているみたいだ。

終戦後、はじめて男女学生が自由に交際できるようになったので、このデモクラシイクラブみたいなサークルがあちこちに出来たのであった。

トキコのうちの近所にも大学生、旧制高校生、女子専門学校生などをあつめて、何となく会を誕生させようという話が起こった。コントクさんが誘いに来て、武庫川の堤防が場所だというから連れ立って出かけた。川原の土管の上に学生が二人、無遠慮に腰かけて話しこんでいた。雲が松林の上にひっかかっていて、空はひどく青い。浜側の工場街もまだ仕事は戦前ほどに追いついていないせいか、空気をよごすほどではない。

川原の空気がきれいなのはそのためだろう。

土管に坐《すわ》っていた学生の一人の丸顔でクリクリした人は京大法科に在学している竹岡さんで、もう一人の背の高い旧制高校生は村中さんといった。村中さんはニキビだらけの顔をしていた。

やっとおくれて美人の英文科の女子大生が来た。そこで川原へ出て輪になった。村中さんは釣鐘マントをひろげて、

「どうぞ、女性の方はここにお坐り下さい」

と赤い顔でいった。

「ええわ、そんな……」

そういうと、彼は口で呟《つぶや》くように、そうですか、といい、ひっこめた。みんなぎごちなく坐った。京大生の竹岡さんが一人一人の名前を紹介した。竹岡さんの家は地蔵堂の隣で、米屋さんである。時にはトキコの家へも配達にくるくらいなので、近所の家の名はよく知っている。袋《ふくろ》さんといって美少年の経済専門学校の生徒がまた、あとから来た。

「一体、なんの話するねん」

袋さんは一番活発で一番口が悪そうだった。

「集団見合みたいに神妙やな」

「文化国家を建設するには、男女交際から、ということらしいぜ」

コントクさんがまじめにいった。

「そうか、文化国家もたいていではないな」

男の学生たちは煙草をふかしていた。それからやけに口をとがらせてぷうと煙の輪を吹いたりした。いかにも手持ちぶさたで所在なげなポーズを強調していたが、それならさっさと帰ったらいいのに帰らないのは、やっぱり文化国家建設の意欲に燃えているのかもしれない。つまり、戦時中にはなかった、のんびりした学生生活の気分を、いそいで取り戻すようにむさぼろうとしているのかもしれない。

戦争中なら男子学生と女子学生が入りまじって川原に輪になったりしていたら、「えらい不良がいよるデ」とオトナたちは目をそばだてたものであるが、いまは土堤の上をゆく人々も「今の世の中は結構ですな、デモクラシイかデモクルシイかしりまへんけど、オトコとオナゴが入れ混じって。——わてらの昔、見てみなはれ」ときこえよがしにあてこすっていくだけで、それも何やら平和国家らしい、のどかさである。

二度目の会合は竹岡さんの家で行なわれた。

メンバーがまたそろってやって来た。袋さんという美少年は、暗緑色のびろうどの半ズ

ボンをはいていたので、竹岡さんが、

「えらい、ええのやな、君……。ハムレットみたいやで」

「これなあ、電車のシート、かみそりで切り取って作ったってん」

「あ、悪い奴ちゃなあ」

とみんな感心した。

「そのくらい、取ろうと思《おも》たら電車一台分要《い》ったやろ」

「そない要らんけどな、西成《にしなり》線と城東線でシートの色が違《ちご》うとんね」

ほんとに右足と左足はすこし緑色に段があった。みんな笑った。

「大阪の舗道の木煉瓦《もくれんが》をこわして燃料にしたん、君らやな」

竹岡さんが新聞に出たことをいった。

「あれ、よう燃えるのよ、わりあいと」

トキコが口を出すと、

「さては武田さんが夜中に引っぺがえしに行っとったんやな」

「あら、ちがいますよ、そんなこと……」

「僕は木煉瓦でも何でも削りとって燃やしてしもたらええ、思うとんね……」

ニキビだらけの村中さんが断固としていった。

「燃料がない、食い物がない、衣料がない、こんな時節には袋君みたいに電車のシートでも何でも切りとったらええ、思うて賛成なんや、まあ僕はそんなびろうどの半ズボンはようはかんけど……けど、飢えたる人民が巷《ちまた》にみちあふれとるのやさかいね、自分を護《まも》るためには木煉瓦やシートの一きれ二きれが何や、いいたいねん。そのくらいのバイタリティないと」

「文化国家を作るための元手やな」

と誰かがいった。

「ほな、山口判事はどやねん」

竹岡さんがいった。この人は一番年かさらしく、落ち着いていて、よくしゃべった。

「この間、新聞にのってたやろ、東京の若い判事。ギリギリの薄給で、一切の闇物資を拒否して配給生活を守って、とうとう栄養失調で死んだ。あの人、日記に書いてたですよ。人を裁く裁判官の身で、どうして闇ができようか。食糧統制法は悪法だけど、法律としてある以上、国民は絶対に服従せねばならん。自分はソクラテスやないが、食糧統制法の下、喜んで餓死するつもりや、いうてるね」

「もっとほかに考える余地もあったん、ちがうかしらん」

トキコはいった。

「死んでしもたら、しまいやないの」

「取るべき方法も何かあったんと違うやろか、僕もそない思うわ」

「何や、誰も感激せえへんのか、現実主義ですな」

竹岡さんはホウとおどろいていて、

「僕は感激したねえ。非常に良心的な人やと思いました。けど、山口判事という人は理想と現実を混同してしまったんですね。第一法律を重視してそのために死んでしもたんですが、刑法では裁かれるもの、つまり対象が与太者やならず者相手にしているんですから、そんなに刑法を重くみる必要はない、思うんですがねえ」

「ソクラテスはどやねん」

「ソクラテスは違う、彼は法を尊重して死んだんや。しかし山口判事は法をわきまえずに死んだんや」

それから竹岡さんは「法と力について」という短い研究レポートを読んでくれた。法は力を掣肘《せいちゆう》するが、また、力によって軌道にのせられる、しかしその力は独裁的なものでなくて、国民全体の力である、というような主旨だった。

美人の英文科女子大生がだまっているだけなので、竹岡さんはとりなし顔で、

「どうですか、何か……あんたとこの学校はミッションですが、あんたもキリスト教ですか」

「ええ……」

「僕、キリスト教なんて分らんですね、どうして信仰にはいったんか、きかして下さい」

「やはり、契機ですね」

とその人はかたくなってうつむいた。ひどく、おとなしい人とみえた。

「ほう、契機ってどんな契機ですか」

〈契機さん〉は竹岡さんの追求にますます身をかたくして考えていたが、やっと、

「絶望ですね」

「絶望て。どんな風な絶望ですか。僕はね、例えば父親が、子供を目の前で殺されるのを見て絶望して宗教に入る、そんなんまだ浅いと思うんですよ。結局、何ですね。宗教は死に対する恐怖からくるんですね、しかし一般にこうして生きてて死の恐怖をかんじますか、感じないでしょう」

竹岡さんはひとりでしゃべっていた。〈契機さん〉はうつむいていたが、

「いいんです、あたしは……」

と蚊の鳴くような声でいった。

「あたし、どうせ……」

そういって顔を隠したなり、帰ってしまった。

「やっぱり女の子と議論するのはにが手やなあ。慣れんことはするもんやないね」

竹岡さんは照れた。

「そら文化国家建設は一朝一夕には出来《でけ》へんで」

袋さんがひやかした。それでも契機さんはそののちの会にも欠かさず来た。そうして、だまったままみんなの話をきくだけで、また帰ってゆく。契機さんにも、彼女なりに、頭の上の蓋をとりのけられた、解放された昂奮があるのかもしれない。会の名前は、集まるだけでも意義がある、ということから「つどい会」にされた。

年が明けると昭和二十二年であった。正月の行事もだんだん旧にもどりかけていて、煮しめや雑煮もやりくりして作るようになった。

「ホラ、奥の間に二十何人もお祝い膳をならべたの、おぼえてる？　前の家の正月に」

「おぼえてるわ」

と女学生のマチコがいった。

「あんた、がらがらッと明けましておめでとうございます、なんていうたやないの」

「あれは姉ちゃんやないの」

「うそ、あんたよ。昔のお正月は一晩あけると朝からお正月らしいて、ほんとにがらがらッという感じやったわ」

「その代わり、たくさんの人数やったもの、女は戦争さわぎやったわ」

とハハがいった。

子供のときの記憶が、あの薬品くさい大きな親しみぶかい家とともに、根こそぎ持っていかれた感じだ。住居を失ったというだけでなく、何かあそこには小学校のころの記憶、女学校の記憶とともに、あの時代に見おぼえた色彩も匂いも音も、のどかでやさしい感じもいっしょにこめられていた気がする、それも同時に失ってしまった。

そうして、あの時代の感じを思い出そうとしても、しっくりとは思い出せなくなっている。あのころにはチチがいたからかもしれない。チチのふわぁッとした大きな印象が、だだっぴろい古めかしい家の記憶を支えているのかもしれない。

家をなくしてチチも死んだ、というより、チチが死ぬ運命を予感して家も焼け落ちた、という気がされる。

空襲でもさいわい罹災《りさい》しなかった家は多いし、また住まいを焼かれても、それは単に不幸な偶然ですんでしまった人々は、そのまま、昔からの歴史と生活がつづいているわけだった。

でもトキコはそうじゃない。

子供のじぶんの日記も本もすっかり焼いてしまった。灰になったのを見てしまった。いろいろな人が死んで脱《ぬ》けていった。失語症の人みたいに、何か思い出そうとしても、どうしても思い出せないような、もどかしい感じである。

形だけのお雑煮やお煮しめを食べながら、やっと生きのびた戦友というような感じで、ハハとトキコと高校生のマサルとマチコは顔を合わせている。

お正月のあいだは停電しない、と電力会社が約束していたのに、二日目の夜はもう停電した。臭い魚油灯をつけて、ちっとも音のはいらないラジオを叩きながらお笑い番組をきく。

一月十一日の夜に、思い立って四人でもう八時半すぎていたけれども西宮戎《にしのみやえびす》サンへいく。九日は宵えびす、十日が本えびす、十一日は残りえびすである。

おそいので店はすっかり閉まっていて、人通りもまばらでひどく暗い。樹木の多いお社《やしろ》で、ずんずん進むと、灯籠《とうろう》やこま犬や立木が星明りにわずかにわかるだけで、神社らしい建物は見えるものの、どれがご本殿やら、さっぱり識別ができない。

そのうち四、五人が集まって来て、どの人々も戎サンを拝みに来た人らしかったが、

「電気ぐらい、つけといたらよろしいのにねえ」

「ほんまだっせ。わたしらみたいに遅う、残り戎もらいにくる人がありますのに」

などと話しながらいく。いくら奥へ進んでも灯《あか》りひとつ見えず、あたりはシーンとして
おぼろげに黒く建物の輪郭が知られるだけで、追剝《おいはぎ》でも出そうである。

「もう、ここらへんにしときまひょ」

「ほんにしめなわが張ってある」

「えらい小さい神殿でんな」

「エベッさんにお詣《まい》りに来て、ご神殿が分らんいうような、阿呆なことあるやろか」

小さい神殿に向かって手を叩きながら人々は文句をいった。

一行は二タ組の夫婦者らしかった。一組の主人の方はがっしりとした体つきで新興の土建屋さんみたいな、如才なくよくしゃべる男で、細君のほうは白いショールにくるまって、闇の中でもわかるほどぴちぴちした元気な若い女だった。

「あら、いややわ、戎さんの御本殿分らんなんて、こんなあほらしいこと……そやけど、まっ暗やわ」

と声をあげて、またひとり張りのある声で笑っていた。二人は、しばらくトキコたちのあとになり先になりして歩いていたが、いつまでいっても真ッ暗で何も出てこないので、

そのうちさっさと背を向けて去っていった。

もう一組のほうは主人はトンビにくるまり、細君もふかぶかとショールに首を埋めているだけで、あまり口を開かなかった。鳥居の前で、トキコたちが、たった一軒、カーバイトを燃やして吉兆《きっちょう》を売っている店を見ているうちにはぐれてしまった。

笹にぴらしゃらした紙や金色の小判や戎サンの顔がついている。戎サンの顔は昔のように福々しくなくてへんに分別くさそうだ。十円だというので高いわ、というと見すぼらしい女が、

「縁起物です。五円にしときますから、買《こ》うて下さい」

といった。それで一本、買った。

電車へ乗るとさっきのトンビとショールの夫婦が向かいに腰かけていた。男のほうがアッという顔で、腰をうかして、

「武田さん……武田さんとちがいますか」

と呼びかけた。

「え？」

「僕です。山本です」

トキコがぼんやりしているよりはやく、マチコが、

「いや、ぼんぼんやわ、ぼんぼんやわ」

と上ずった声でいった。

電車のなかは、ちょうどトキコたちだけだったので、みんなひとところへ固まり合って、

「まあ、ぼんぼん、ようお元気でなあ」

「おばさんもお達者で。トコちゃんにマサルさんにマーちゃん、まあ、みな変わらはって立派にならはった」

とぼんぼんはいった。以前の町内の地主だった人の息子で、トキコはぼんぼんとは幼《おさ》な馴染《なじ》みである。ぼんぼんは子供の頃をそのまま大きくしたような童顔で、もののいいぶりも昔に変わらず、おっとりしている。

昔の町内の人々もちりぢりばらばらで、消息もわからない。思いがけない再会で、

「エベッさんのお引き合せだすな」

とぼんぼんは古風なことをいった。それから連れの老けたかんじの女を引き合わせて、

「あの、家内だす」

といった。

「まあ、えらい早いねんな、ぼんぼん十八やろ」

トキコはびっくりした。ぼんぼんはべつにきまり悪そうな風もなく、おっとりと、

「おやッさんが死にまして、お母ァはんがやかましい、いいますさかいに」

といった。女はぼんやりした顔つきで、挨拶もせずショールに鼻まで埋めていた。

「お父さん死なはりましたか」

「トコちゃんとこもでっか」

と聞き合わせば聞き合わすほど、敗戦のとしのあわただしさが思われた。

「なくなったといえば、予科練へいかはった清川アキラさんもですわ、何やらエキリかチフスかに罹《かか》らはりましてんと……」

ぼんぼんはそういった。

「まあ、清川さんが？……そう」

「それは終戦ちょっと前だすねんと。こないなったら、生きてるもんはみな悪運強い悪党ばっかりになりまんな」

「そうやな」

ぼんぼんは、野里《のざと》で化粧品問屋をやってるさかい、寄っとくなはれとくどくどいって別れていった。昔馴染みの人も町も、ばらばらにくだけてどれ一つとして無キズで残ってぃはしない。ときどき思いがけない再会があったりすると忘れていたものが、落としたガラスのかけらのようにキラリと光ったりする。でもそれをつなぎ合わせてみたって、手からすぐこぼれ落ちてしまう。

復員兵たちが続々と帰って来だして、トキコの親戚でも、おじさんが一人帰還した。しかし新太郎兄ちゃんは帰らない。ときどき、顔を思い出せなくなる。家のアルバムを焼いてしまったからである。東京のおばさんに写真を一枚下さい、といってやったら、学生服のを一枚くれた。それを見ておぼえていたような気もした。

春になるとスピードくじや三角くじが売り出されて、空地という空地は白い紙屑《かみくず》だらけになった。梅田新道の、御堂筋《みどうすじ》向きにある金物問屋へトキコは勤めた。

将来は漫才作者になるんだというコントクさんが店へ来てくれて、いかに漫才が人生に大切であるかという議論を、ていねいにきかせてくれたのであるが、トキコはゆっくりきいてもいられなかった。

「何しろ、忙しいて忙しいて、お弁当使うひまもあれへんね」

「なんでや。メシ食うぐらい人間の権利やないか」

「それがね、みんな空襲で物資をやいてるでしょう、何でも欲しがってるさかい、何を作っても売れるねん、ボール紙製みたいに薄い鍋でも、貝殻の杓子《しやくし》でも飛ぶように売れるねん」

「もうかって仕様ないやろ」

「それが知れたァるねん」

トキコは戦争中、ストや労働組合などという語を知らなかったのであるが、去年の戦後初のメーデー以来、新しいこの店の人々も、

「働くもんの権利を主張せな、あきまへんで。うちは忙しいわりに給料少ないのんちがいまッか」

と寄り寄りいい合っていた。

小太りしてよく働く公設市場あがりの店のオヤジをつかまえて、

「超過労働に対して時間外の手当をもらうわけにはいきまへんか。毎日、九時ごろまで残

業やけど、うどん一杯でごまかされてる、そんなとこはルーズなくせに、働くことは人一倍要求する、ほんなら、それに対してやっぱり、働くものの権利を主張さしてほしい、思うんですワ」

と丁稚《でっち》の代表の谷さんがりりしくいった。大連から引きあげたトラさんが、十五、六人の店員を代表して、赤ら顔をよけい紅潮させ、

「わてらもみなその気だす」

とうなずいた。丁稚や手代が口々に、

「そや、働くもんの権利だす」

「昔みたいに封建的な徒弟制度に忍従してられまへん」

「起《た》て、飢えたるものよ、だす」

と軒昂《けんこう》たる意気ごみで、おやっさんを取りまいた。おやっさんは雲行きのわるい顔付きで、

「何を、アホなことというてるんや」

と立腹した時のくせで、底力のある、一語一語、はっきりした口調でいい返した。

「ようそんな厚かましいことというてるな。うちは給料もよそより少ないとは、決して思てないですよ。何ぞいうと、ちょっと遅うなったら大きな顔するけどやね、日本の再建するのにはこれくらい、働かな、いかんねん。ストやたら組合やたら、アカのいうこと真《ま》にうけて仕事せなんだら日本は再建でけまへんで。商ン人《あきど》いうもんは人より一分でも長《なご》う働

く、いう心がけがあればこそ、ものになるのやないか。働きもせんと虫のええこと並べるのはアカのくせや、そんなもんにかぶれたらあかん。天皇サンかて見て見なはれ。このあいだからせえだい全国を巡幸しはって働いたはる。日本再建しよう思たら、上は天皇サンから下は乞食まで働かな、あかんねん」

「おやっさん、もう、じき梅新（梅田新道）へお車が来はるらしいでっせ」

と番頭さんが水をさした。彼はそれでオヤジと丁稚たちの仲裁のつもりであるが、おやっさんはつづけて、

「ええか、わしは組合やたら団体やたらきらいだす。そんなことより、おやっさんもっと給料あげてくれということを、親しみを持って、いうて来てほしい。親子の関係で働いてるのやから、もっと親身に頼んでほしい。権利やたら忍従やたら、わしのどこが封建的だす。わしは親身にあんたらの面倒みてるんやから。天皇サンかて親、国民は子、その関係といっしょやないか」

とオヤジは青菜に塩のようになった丁稚たちに結論をいってしめくくった。

「あ、来はった、見えたわ」

トキコはそろばんを置いて席からのびあがった。あわただしい人通りが南の梅田新道の交叉点へ向かってかけてゆく。制服私服の警官が、棍棒《こんぼう》をもって右往左往している。

二日前から関西へ来られている陛下が、今日はいよいよ、大阪入りをなさる。そして府庁やら市庁へお寄りになる。ゆっくりと見てまわられて、和歌山あたりまで足をのばされ

るご予定である。

「あ、えらいこっちゃ。今日はひとつ陛下を拝まんならんぞ」

おやっさんはいそいでワイシャツの腕まくりをした。

「来はった、来はった」

丁稚《ぼんさん》のター坊が走りこんで注進したので、資本家も労働者もいっしょくたになって、店じゅうがばらばらと百メートルばかり先の交叉点までかけ出した。歩道は、ずらりと目白押しに小学生や中学生が並んでいる。日は明るく、六月の空は晴れ上がっているので、額がじりじり焦げそうだ。警官がしきりに舗道の上まで群衆を押しあげようとする。

五分前になると横断は禁止されて人々は脱帽した。オヤジも兵隊がえりの番頭も、特攻くずれの谷さんも引揚者のトラさんもトキコもおしなべて、同じようにお車のくるほうばかり、胸をとどろかして眺めている。

やがて彼方では汐騒《しおさい》のようにただ、ウワーッという声がきこえ、それは万歳万歳の嵐にかわった、と、MPの車を先導に、装甲車に数台のジープがつづいて、やがて日本の警官のオートバイ、侍従の車、そのうしろに小豆色の質素なお車がゆるゆると来た。思わずバンザーイという声がトキコの口をついて出た。ワーッという嵐のような歓声があがる。お車の中にはソフトを振って応えられる眼鏡の陛下のお姿が見えた、とうとう見えた、陛下を見た。

無数の腕が狂気のように振られる。「陛下、陛下ッ」と群衆はロープを押しきって、なだれを打って陛下のお車をかこもうとする。お車はちょっと立ち往生のような形になった。

「ええもう、こないなったらほんまに身内は日本人だけや、ほんまに日本人だけだす、苦労分け合えるのは」

感激屋のトラさんは号泣した。

「わてな、大連出航後まなしに、船の中で陛下のご健在をきいて一同、誰からともなくバンザイを叫びましたんや」

トラさんは泣き泣きいった。突然、大きな声を張りあげて、

「陛下、——苦労しなはったなあ、お互い、まあえらい目に会いましたなあ。長生きしとくなはれやァ、陛下、これからだっせ、陛下——」

もみくちゃにされながら去ってゆくお車に向かってどなった。

周囲の人は笑った。笑いながらトキコもポロッと涙がこぼれた。トラさんの叫びは、日本の敗戦以来、誇りを失ってくじけていた日本人の心にぴたッとくるひとすじの暖かさがあったのか、またはちょうど皆のいいたいことを代弁してくれたのか、笑いながらみんな泣いた。小学生たちが日の丸の旗をふりながら歌っていた。

「日本のお父さま
今日のお出まし待ちました
ようこそ　お出まし下さいました」

陛下のお車は歌声の中を去ってゆかれた。府庁舎のバルコニイから、陛下は焼けただれた大阪の町を見下ろされるのだろうか。民のカマドの煙をみようとされるのだろうか。

「天皇陛下、ばんざあい」

何度も何度も声はおこった。トキコは陛下をほんのちょっとお見あげしてすっかり満足した。だがバンザイの声の波のずうっと遠いところで、何だか別の声がひびいてくるような気がする。そのささやきはトキコの耳にだけきこえるのかもしれない。

(陛下、待って下さい、陛下)

と、去ってゆかれるお車に追いかけている。

(陛下、おいてけぼりにしないで下さい)

と、ソフトを振っていられる、思ったよりずっとおやさしい陛下の平服姿や、にこやかなおん笑顔にいっている。狂気のようなバンザイの歓呼のかげで、かすかに、かすかに呼んでいる。

(陛下、陛下、ヘイカ、ヘイカ、待って下さい)

ヘイカ! ヘイカ! ヘイカ!

ヘイカ! 置いていかないで下さあいッ!

むすうの、死者の声が叫んでいる。それは目にみえない集団の声かもしれなかった。チヨロ松の話にあった、川西航空の白衣を着た坊主頭のノッペラボーたちの声かもしれなかった。

# 鉄の魚

河野多恵子

最後に階上を去ったのは、どうやら私と彼女であったらしい。私たちが途中の踊り場や壁面にある陳列品の前で又ちょっと足を停めたりしながら大階段を降りてくると、階上の女係員もじきに降りてきた。

階下にも、人はもうあまりいなかった。別の女係員が、表の立札を浮かして内へ置き変えた。

「今日はもう見られないんですか?」

あたりを見廻しながら入ってきた人が言う。

「四時までなんです」

女係員は答えた。

高い壁の丸時計の針は、そこまでには到っていない。それに、閉館時刻を知らずに立ち寄る人がまだぽつぽつとあって、ロビーは空《から》にはなりきらない。

間もなく、女係員が二人で出口の大扉を締めにきた。が、その開きの扉の一方を鎖《とざ》しただけで、帰支度《かえりじたく》をすませた姿の二人は往《い》ってしまった。

「何だ、もう終りか」

締め残してある入口に、又そんな声があったりした。それでも、片方の締められた扉に遮《さえぎ》られて薄暗くなったロビーでは、残りの人たちも相次いで消えはじめた。私たちも出口のほうへ歩み寄った。その時、彼女が言ったのであった。

「あの、ちょっと失礼しますわ」

「じゃあ、持ちましょう」

そういう時の女同士の習慣で、私は相手の余分の持ち物のことを言った。が、彼女はふと戸惑ってから、手の傘を見た。

「そうね、もう止んでいたのね」

彼女はそんなことを呟《つぶや》き、初めて私に傘を取らせると、

「先に行っていてください。じきに後から行きますから、どうぞ」

そう私を促しておいて、戻って行った。

私は彼女のほうは振り向くまいとして、表へ出た。彼女の戻りたくなった本当の用向きが判った気がした。傘など預るには及ばなかったようであった。もともと、私たちが閉館時刻間際までゆっくりしてしまったのは、彼女が一向に帰る気配を示さず、それがまた無理からぬことに私には思われたからであった。そして、彼女にとって殊《こと》に未練があるのは、階下のあのロビーなのだろう。最後にもう一度、連れの私のいないロビーで、心おきなく

感慨を得直したくなったとみえる。

彼女とそこへ来た時にも殆《ほとん》ど傘は不用になっていた空には、樹々の遠くに秋らしい穏やかな夕焼さえ滲《にじ》んでいた。

私は車寄せの石の段々から降り立つと、彼女への配慮から、今度も振り向くことはしないで、もう一歩、また一歩と砂利の踏み場所を替えて行った。その前庭は浅く、すぐ遊歩道が沿っている。私はそちらへ曲って、そこで立ち停《どま》った。今、出てきた建物を指す矢印のついた立札がある。私は彼女の来るのを待ちながら、二本の傘を交互に立札に引っかけておいて、どちらも襞《ひだ》を畳んで巻いてしまった。

足元には、葺《ふ》いたように落葉が散り溜っていた。私は片手の細まった二本の傘で、それを構った。あの建物にあった男たちの遺《のこ》した、荒々しい、無惨な陳列品に混じって、一瞬場ちがいな感じの押花、押葉があったことが顧みられた。それは貼りつけられた画用紙ともども色褪《いろあ》せていた。同じ陳列ケースには、少女のような若い女性たちの写真が幾葉か出ていた。不思議な死を死んだ彼女たちのひとりが、その押花、押葉の作り手だった。茎や葉先をむやみに留めてあるテープの無恰好《ぶかっこう》さが、セロファン・テープなどというもののなかった当時に、その少女が一々鋏《はさみ》で刻んでいた手つきを訴えていたのだった。落葉のなかには、距《へだた》ったところから舞ってきたのか、鮮やかに紅葉したのが二、三枚混じっていた。

少女時代、私はそうした美しい葉を本に挟んだことがあった。押花、押葉を留めるテープは、私も一々鋏で刻んだものであった。それら私が作り手だったものは、不思議な遠隔操作で点じられた巨火に消えた。が、私は少女たちとは、生まれた時期も環境も少しずつ異なっていたので、不思議な死を外れた。そして、少女たちの死んだのが不思議な死であるのは、やはり遠隔操作によるもので、何よりもその遠隔操作が不思議なせいかもしれなかった。

足音がしたので、私は振り返った。が、労働着姿の老婆が通り過ぎて行った。私は初めて少し戻って、建物の正面を見やった。出口の大扉の残りの半分も締まっていて、二つの太い丸輪の把手《とって》が並んでいた。それでも、まだ私は大して案じなかった。どこかの樹のかげか、立像の石台の後ろあたりから、涙を拭《ぬぐ》い終《お》えたハンカチを仕舞いながら、具合いわるげな微笑で現われる彼女をじきに見出せるものと思っていたのであった。で、私はあたりを見廻しながら戻って行った。それから、建物の横手へ廻ってみた。小さな片開きの鉄の戸口を見て、試しに行ったが、鍵がかかっていた。あの正面の大扉もこうなっているはずだ、と私は今の廻らぬ把手の手応えで、急に不安をそそられた。

閉じられた左右の大扉の丸輪の太い把手は、装飾用のものであることがわかった。縦に二つ並んだ鍵穴のある、普通の把手が別にあった。それが廻らぬのを試しておいて、私は建物のもう一方の横手へ彼女がそこにはいないことを確めるためであるかのように一瞥《いちべつ》しに行ってくると、あらためて把手を握って力を籠めた。

「随分早く締めるんですね。ぼくらもまだやっていると思ってきたのですが……」

私は振り向いて、手をおろした。段々に初老の男女がいた。私の様子から、失望を分ち合って同病相憐んだつもりらしく、私は上の空でさりげなさを装った。

「ほんとうに、こんなに早くに……」

そして、私は建物を眺めるふりをしながら、二人が遠ざかるのを待って、又そんな人が来ないうちにと、扉に近く立った。廻らぬ把手を試した手を拳《こぶし》に変えて、厚い鉄の扉を打ってみた。或いは、片手で把手を引っ張り、片手ではすぐわきの別の扉の部分を押し、声だけでも試せる隙間を得ようとやってみた。そのうち、私は把手の下のほうの鍵穴が、マッシュルームのような型に充分鋳抜《いぬ》かれた、古風な鍵穴であるのに気がついた。

気ぜわしくて、私は手帳の紙に彼女と私の名前だけを書いて、ちぎって、巻いて穴に差し込むと、マッチの棒で突いた。それが向うへ落ちるなり、私はそれでは彼女がそれを取ったかどうか確められないことに気がついた。同じものを作って、今度は穴から少しは残して差し入れた。

私はその白い紙の頭が消え去るのを確信したが、消えるのを見た時、この世にはこれほど意外な現象もあるのかという気がした。私は頭を低くして、鍵穴に眼を寄せた。穴の奥は暗く、突然その眼に告げるように声がきた。

「大丈夫。心配しないで……。いってください」

「いってって？」

「ええ、帰ってください」

「帰ってどうするの？」

返事が止んで、私は慌てて扉の重なり目を叩いた。

「思う通りにさせて頂戴《ちょうだい》。このまま、知らないふりをしていてもらえばいいの。そうでなければ、どんなに恨むか……」

最初、私は彼女が遭難したかのような気がして狼狽《ろうばい》した。が、彼女に最早《もはや》犯罪者らしさをも感じずにはいられなくて、一層怖ろしくなった。

「何故《なぜ》また、こんなことを！」

と私は言い送る声を励ましたが、目下の彼女の状態を念じているのか、犯罪の目的を訝《いぶか》っているのか、自分でも気づかなかった。

「いずれ、判ってもらえると——」

「いずれだなんて！」

私は即座に言った。

「ええ、また、話せれば話します。恨ませるようなことだけは……。どうぞ、許してください」

私は身震いした。話せれば話すというのが、話せるような機会は二度とないのだと告げているようだった。生体成仏を望んだ入定《にゅうじょう》僧《そう》の地底からの最後の鉦《かね》の音のように、彼女の今の言葉が耳底で打ち返した。そうして、彼女が以後本当に答えないとわかった時、私の眼の前では、この建物のなかにある幾振りもの抜身の日本刀や、血の茶色に変じた斑点が布地に形づくっていた円形、幾人もの人たちの幾通もの最後の文字が一斉に立ち騒いだ。

日は弱まってきていた。卑怯《ひきよう》なことだが、私は主に自分のために、そう気づいたようであった。私は鎖されきった大扉をじっと見、そのなかで見かけた桃色の電話を思い、更に黒い電話の存在も信じた。

今日そこへ来る途中どこかへ電話をかけていた彼女は、あのとき取りだした手帳をそのまま持っているはずで、昨日列車を降りるなり私にかけた電話の番号もそれで見たにちがいなかった。彼女が苦しまぎれに——ではなくても、とうとう弱音を吐いて、電話に縋《すが》った時、相手の私は是非家にいるのでなければならない。——私は思いきって、大扉に背を向けた。

私は一晩中、入定者であり、犯罪者であり、今なお遭難者でないこともない、三様の彼女を胸で抱き通した。あの怖ろしい大扉の前の夜更けを想い、今自分のいるのが、そこではないことも思った。おろした大鐘を漸《ようや》くその時がきて再び持ちあげにかかる道成寺の人たちの緊張が、そのままに胃のあたりに響き続けて、痛みはじめてくると、私は彼女が去らなかったのであって、侵入したのではなく、そしてあの内部にただ在っただけですませるならば、それでは犯罪でさえないのではないかと強《し》いて思いもした。或いは、彼女がどうしても身近かに置きたい陳列品を持ちだすのであれば、いつかそれが知れて共犯者に認ぜられるかもしれないことも少しも案じず、彼女にだけは共犯だったと早速言っておこうとも考えた。そうして、その間には、明日は、いや明日以後は当分忙しいことになるかもしれないと思い、少しでも休んでおく気で、幾度か躰《からだ》を横にするだけはしたものであった。

皆、四年前のことになる。私のそのような一夜に対して、彼女のほうはどうだったか。彼女の当時の打明話から、私は以下のような想像を培《つちか》われている。

彼女の最初の夫は、妻の彼女でさえ知らぬ時に、知らぬ場所で、幾人かの同性たちと最期の別れを交わすと、鉄の魚の腹部に入り、彼等の見送るなかで海中へ去った。そうして、遠い海上に鉄の島のような上半身を浮かせていた巨魚の水中の腹部へ突進し、自身の魚体と共に砕けて死んだのであった。海底で飛び散った彼の肉は、やがて本当の魚を招き寄せたかもしれない。

彼もそういう多分に不思議な死を死んだので、不思議さにいくらか大小はあっても、やはり不思議な死を死んだ夥《おびただ》しい同性たち、僅《わず》かな女性たちと共に祀《まつ》られていると、彼女は聞いていた。

彼女は一度も、その夫の祀られているという場所へ行ったことはなかった。彼女は一年足らずの結婚生活を経ただけで、夫を見送った。その後、夫は二度だけ戻ってきた。そのたびに、夫はどこから来たかは言わず、一泊すると、又どこへ行くかは言わずに去って往った。二度目に戻ってきてから百六十二日目に、彼女はもう夫がこの世にいないことを知らされた。そして、数えてみると、彼女はそうだということを知らずに百二十一日か二日を過ごしていたことになるのだった。結婚生活は形式上で数えても、なお二年に満たなかった。

彼女は夫がいよいよそんな祀られ方をしたことを確かに知らされても、早速にそこを訪れるようなことはなかった。彼女は、夫がそこに祀られていることの意味への疑問など寧《むし》ろ大したことではないほど、何よりも、そんな陰気な場所へは行く気がしないと思った。彼女は人から、何故行かないのか、行ったらどうか、行くべきではないか、などと言われることがあると、「そのうちに行こうとは思っています」とだけ答え、心のなかでは又ちがったことを感じていた。それは一つの感じであって、敢《あ》えて言葉で表現すると、彼女が生まれてから一度も口にしたことのない「厭《いや》なこった！」という言い方を藉《か》りるしかないものだった。

そして、そう感じる時の彼女は、そこが陰気な場所であることは、行くのが厭な理由のほんの一部でしかないようにも感じてしまう。主たる理由はまだその時期ではないためであるように、彼女には思われるのであった。彼女は亡夫を全く私的に感じたかった。が、彼女の気持はそうなりきれてはいなかった。世間のせいでもあったが、世間のそのような作用が殆ど全く熄《や》んでからも、彼女はまだ幾年も亡夫を全く私的には感じきれずにいた。

そして、亡夫が漸く完全に私的なものになった時、彼女にはその場所がより一層陰気らしく想像されるようになった。以前には、行く気がしないと感じていた彼女は、そんな陰気な場所へは行き甲斐はないと、今度はそう思うようになった。彼女はやがて更に一段とそこを陰気に想像するようになるだろうと思い、自分はその場所のそうなってからの陰気さをいつか一度は確めにゆくのではないかという気がした。

ただ、その間、彼女がいつの場合でも、とかく補足したくなるのは、自分がそこを訪れても、その場所を独占して自由に好きに出来るわけではあるまいしという思いだった。しかも、彼女の気持には、亡夫に関わり、そこを紛れもなく独占して自由に好きにできる、かねての場所だけでは片附けきれないものがあった。

そのまま、彼女は再婚した。彼女がまだ二十七歳の時のことで、前夫に死別してから七年目であった。彼女は七年も経っている気は少しもしなかった。まだ二十七年目であった。随分早かったのは、最初の結婚と離別であるだけではなく、再婚も彼女にとってはそう感じられた。再婚後の彼女は、最初の夫を自分に対しても、最初の夫と呼びはじめた。以来、長い歳月が経つ間、彼女が最初の夫の祀られているという場所へやはり一度も行かなかったのは、二度目の夫に対する礼儀で慮《おもんぱか》ったためだけではない。その場所に想う陰気さを一度は確めにゆくのではないか、ということが、いわばひとつの安堵《あんど》をつくってしまったせいでもあった。二度目の夫に対する礼儀から最初の夫を疎略にして行かないのではなく、最初の夫に対する礼儀から二度目の夫を疎略にして是非とも行こうとするのでもないという安堵を――。再婚以来の彼女が、そことは遠い地方でばかり暮らしていたことも、その安堵を余計に自然なものにしたようだった。居住地から旅してきた彼女が急の思いつきで、最初の夫の祀られているというその場所へ、私を連れに仕立てて行ってみようとしたのは、離別から四半世紀は後だったことになる。

生憎《あいにく》の秋雨であった。それにも拘《かかわ》らず、彼女はその場所に臨んだ時、そこを極めて陰気に想像し続けてきた自分に驚いたほど、途方もない明るさを感じた。広場ほどにも幅のある砂利道や、逞《たくま》しい大木の並木や、公園めいた一郭一郭や、若木の散在する、やはり砂利敷の広場などが存分にあった。秋雨も、急にひとしきり降り落ちてくる枯葉も明るさを引き立ててみえるほど、広大な敷地のどんな物蔭《ものかげ》にも、どれほど露《あら》わな展《ひろ》がりにも、どれほど高いところにも、明るさが充《み》ちわたっているようであった。

「これならいい。――これならいい」と彼女は思った。確め得ているのが、こうではなくて、想った通りの陰気さであったならば、今まで一度も訪れなかったという最初の夫に対する疎略と、やっぱり訪れたのだという二度目の夫に対する疎略とを犯した思いがあっただろう。或いは、これならば来るのではなかったとさえ思ったかもしれない。が、すべてはそうではなかった。彼女は、思いたいことを思うことができた。

自然の石と自然の巨木と本物の金属とを材にした建造物が、夥しい男性と僅かな女性と共に最初の夫が祀られているという位置である。最初の夫が行きたく、在りたい場所は、このほかにこそ、さぞかし沢山あるだろう。そして、生前ここを見たことがあったかどうか。が、鉄の魚の腹部に入った時、死後ここへ祀られるつもりだったはずである。こうまで明るい場所であるからには、最初の夫はここを全く見限ることはなく、稀《まれ》には現われる時があるのだろう。仮りに今日ではないにしても……。

折々見かける戸外装飾も、その場所に因《ちな》んだものが多かった。木の枝にさがっている木札には、招魂の文字が混じっていた。招かれなくても時には来るだろうと、彼女は思った。別の木の枝の木札には、鎮魂の文字があって、彼女は最初の夫を知っている者たちが自分をはじめまだ沢山生きているのだから、早々と鎮まるつもりはないだろうと思った。

広大な敷地のなかには、幾つかの付属の建物もあって、彼女はその一つの内に自らを閉じ籠めたことになる。

彼女は自らを閉じ籠めた鉄の扉越しの応答を打ちきり、呼びかけを絶えさせてしまうと、先《ま》ず何よりも鉄の魚の傍に寄って、その膚《はだ》に両掌を当てた。どちらへ撫でても鱗《うろこ》を逆撫でにするような、錆《さび》きった膚であった。それから、木の手摺《てす》りの下をくぐって、一層近く立つと、横抱きに身を伏せた。が、抱ききれなくて、取り組っているようなものだった。彼女は全身で権利と義務を感じた。

水中に次々に身を没した鉄の魚は百体以上もあったが、皆海底に砕け散った。ただ、そのなかにどの鉄の魚のものだったのか、胴の一部がそのまま保たれていたのが後日海底に見つかり、引き上げられて、そこへ据えられたのであった。

その長い丸胴が、戸口へ向けてロビーの中央にあるのを初めて見た時、彼女にはそれが何なのかわからなかった。立札の説明でそうわかって、「まあ、これで往ったんだわ」と言った。中程に、もう蓋《ふた》の失せている上からの丸い出入口があるのに気づくと寄ってゆき、「ここから入ったんでしょうね」と手をさし伸ばした。また説明を見に戻って、「十四米《メートル》もあったのね」と言ったりもした。が、その直径が一米しかなかったこと、目の前の空胴が確かにそれほどしかなくて、そこへ自らを閉じ籠めた最初の夫は、二度と出ずに終わったその内でどれほど息苦しかったことであろうということは、口にはしなかった。置かれている丸胴が輪切りになっていて、明け放ってある戸口からの光りで狭苦しい胴の中程までが明るく、その奥は暗いので、切り口が鎖された時の息苦しさが思いやられた。

そして、彼女は一旦《いったん》そのことは忘れていた。かといって、階上の陳列品を見ているうちに、新たに胸を衝《つ》くものに出会ったわけではない。最初の夫が遺して往ったものは、再婚するとき、二、三の適《ふさ》わしい人たちに引き取ってもらって、彼女の手許《てもと》に残したのは写真を除けば一組の衿章《えりしょう》だけだった。それが装身具のどれかのビロード・ケースの台底に入っていることを知っているだけだった。彼女には、並んでいるものが、どうもわざわざ陳列品というほどの物ではないように、思われたくらいだった。

彼女の連れが、〈我に借金無し、我に女性関係無し、我に罪無し〉の言葉で締めくくった肉筆書の陳列品の前からふっと離れ、自分に気をつかうらしく背を向けて素早く涙を拭った様子に、彼女はこういうことのあった時代を確かに経験し、だが深く経験することのなかった人は、却《かえ》って過敏に反応するのだなと思ったりした。彼女は連れの熱心さに、ついゆっくりと見て廻った。

しかし、階下へ戻ってきて、再び鉄の魚の丸胴の傍へ来ると、又その切り口が鎖された時の息苦しさが思われた。大扉の半分だけが締められ、ロビーが薄暗くなった時、彼女は一入《ひとしお》そう感じた。しかし、彼女は連れを先に行かせた時にも、相手に言った通り、すぐにも後から行くつもりだった。その薄暗さのなかで、その切り口からちょっと内へ入ってみたいと思ったのだ。扉の残りの半分がまだ締まらず、だがロビーには一時誰もいないという機会が捉《とら》えられるようであったならば、ひとりでじっと胴の内での感じを味わってゆきたかった。が、まだその機会の来ないうちに、四時までにあと二分程になった。大扉の残りの半分も締められるのが、彼女は最初の夫をその息苦しい胴に閉じ籠めるためであるかのように思われた。二分程でそうなるのだった。その気になれば、あと一息で、最初の夫が自らをそこに閉じ籠めたように、自分もここへ自らを閉じ籠めることができるのだ。もう殆ど果されているではないか、と彼女は胸を弾ませた。

　最後の人が出て行っても、彼女はロビーの薄暗がりに突っ立っていた。二階への上り口は、女係員が先程二人で帰ってゆく時、金属の横柵を降ろして鍵をかけてしまっていた。彼女は無人になるのを待つ間に、閉館時刻を知らずに来た人たちがそうしていたように、未練らしく壁際のわずかの陳列品だけでも見て行こうとする素振りで停ったり、また移ったりしながら、係員が鍵をかけていた部屋以外の二つの部屋の扉の把手にふれてみて、明かないことはもう知っていた。ロビーの突き当たりは、透しガラスの戸ばかりで成っている。内は木の机と牀几《しょうぎ》の並んだ集会場で、その向うの小部屋から洩れていた灯が、四時と同時に消えた。労働着のままの老婆があとに鍵をかけているのを見やって、彼女は退いた。

　老婆が表の大扉を鎖して外から鍵を響かせ、彼女が本当に自らを閉じ籠めてしまっても、まだ暗闇にはならなかった。集会場がガラス天井で、そこからくる何がしかの明るさが、仕切りの透しガラスのこちらのロビーにも幾分及んだ。階段の上り口を塞いでいる横柵のところからも、途中の踊り場にガラス窓があったらしく、僅かながらに光りが届いていたのであった。

今では、鉄の魚はもうかなりの深度にあるようだった。すると、彼女は幽《かす》かな明るさが海底からきているのに気がついた。

その丸胴の一部は、ロビーの中央に矩形《くけい》に区切った木の手摺りのなかに細かく砕いた白い石を敷き詰めて据えられていたのだった。海底の明るさは、闇のなかでのそのほの白さなのである。そして、それが伝わるのは、闇が濃くなりながらも、完全な闇ではないからだった。最早、聊《いささ》かの明るさもないかのようでも、その方面の察しられる気配だけは保ち通しているのであった。

彼女は、深い海底で、その固い、細かいほの白さを撫で、握り込み、或いは両手で掬《すく》ってみた。昼間、そこでそれとそっくり同じことをしている子供がいたものだった。が、彼女は、最初の夫の海底に飛び散った肉体が、本当の魚たちの肉とはなることはなく、ならなかったのは、こうした石と砕け散ったからなのだと思われてきた。

若くて、それなのに気むずかしい夫であった。彼女も若かったせいかもしれなかった。気むずかしかったのは、未熟で無器用だったからであろうに、それ以上に未熟で無器用だった彼女は、解きほぐすことなど、思ったことさえないのだった。

「我々は急がなければならない」——それが、彼女に思いだせる唯一の口癖だった。その言葉は時代の故《ゆえ》でもあったが、もっとあけっ広げな夫婦になり合おうという訴えでも、そう言っていたようであった。自分たちは随分若いが、もう独り者ではないのだから、早く一人前に扱われるよう心がけなくてはいけないという意味にも用いていたところもあった。床急ぎで、そう言ったこともあったようだ。が、その笑い話のような用い方でさえ、彼女が気づいたのは後のことで、彼女は坐《すわ》ったまま訓辞でも聞かされるような顔をしていたにちがいない。——そう、それに、もうひとつだけ思いだせる夫の口癖は「何々してもらいたい」ということだった。「前もって相談してもらいたい」、「こういうことはしないでおいてもらいたい」、「観たい映画があれば、そう言ってもらいたい」——つくづく、我々は急がなければならないと夫は思ったことであろう。

「ね、どうしてもらいたかったの？」と言って、彼女は泣き笑いに襲われ、口を掩《おお》った。——「本当に、どうしてもらいたいですか？」と言って、彼女は優しみの思いで耐えきれなくなった。夫が「余計なことは言わないでいてもらいたい」と応えそうであった。

彼女は手を伸ばして、丸胴の下弦を確めると、踞《かが》んだまま踏み入った。左右の弧に手で触れながら、そろそろと背を立てて行くと、すぐに上の弧に遮《さえ》ぎられてしまう。自分よりも背の高かった夫は、これよりも身を屈めていなければならなかったのだ、と、彼女は今少し身を低くした。そのまま、前へと行きかけると、あたりを探った。忘れていたが、丸胴のなかには、等間隔に三、四糎《センチ》ほどの輪金が添わせてある。この上から彎曲《わんきょく》した板が張られていたのであろうと、彼女はまたその分、身を低くした。そのまま、じっとしてみる。

それから、彼女は踞んで、「そのとき、何かしてもらいたいと思ったことはなかったの？」と足許の腹部を内から撫でた。細かな、固い、尖《とが》った肉体の集まりが触れてきた。彼女は、子供がそこへそんないたずらをしていたことを思いだした。もう一度、陽《ひ》の輝きを見せてもらいたい、香る空気を吸わせてもらいたい、存分に両手を天に突きあげさせてもらいたいと、思わなかったであろうか。それに対して、夫はどうさせてもらいたかったとも、応えそうではなかった。応え得ない夫と、応えさせようを知らない自分とに、彼女は少しも変らぬ二人を感じ続けた。気むずかしい人が、最初の夫だったのである。

最初の結婚生活があまりに短かいものだったので、彼女の再婚生活は大して年が経たぬうちに、最初の結婚生活に較べて忽《たちま》ち幾倍も年月を経ていることになったものだ。であるから、再婚生活が実際にも大分永いものになってからは、彼女はふと何かの機会に最初の夫とのことを顧みると、二人の夫に対して自分の人生の配分がひどく不公平であるような気のすることがあった。自分がそんな不公平な配分の仕方をしてしまったように、思えるのであった。そして、そう思えたことが、彼女には寧《むし》ろ不思議でならなくなった。

夜空が曇って赤いのか、月夜なのか、星空なのかはわからないが、集会場のガラス天井は真っ暗ではなかった。が、その天井の高さがわかるだけで、床は闇だった。彼女はその集会場から手探りで抜いてきた木の牀几を鉄の魚の丸胴に並べて置き、そこに腰かけて、境いの手摺りに倚《よ》りかかっていた。

彼女が七年目の再婚でありながら、じきに再婚したように感じるのは、やはり再婚者の二度目の夫が最初の夫よりも歳上だが二つの違いにすぎないせいでもあるらしかった。しかし、彼女がそう感じたのは、そう感じるほうが、二度目の夫に対して却って自由になれそうに思えたからかもしれなかった。そう感じたかったからかもしれないのである。

二度目の夫は、自分の先妻のことには触れたがらず、彼女の最初の夫のことにも触れなかった。何かの話の続きで、彼女の最初の夫のことに自然に届いた恰好になった時、「そりゃ、ゆくまえの男だったのだもの」と言ったことがあった。彼女はその時、昔見馴れた「征」という字を大きく眼の前に置いて、そう言われた気がし、「征《ゆ》くまえの男」に最初の夫の印象が経験したことの二倍にも強くなりまさって蘇《よみがえ》ったが、ただ一度そんなことがあっただけだ。かと言って、二度目の夫はそうした向きを神経質に封じているようではなかった。「きみは前世で余っ程よいことしたんだな。飼い直されるのに、こんなにいい奴のところへ拾われてくるんだから。飼い直すのに、いい奴拾ったかどうかはわからないが……」と冗談仕立てで、拘泥《こだわ》る必要のないことを豊かに示してくれたものだ。彼女にとって、二度目の夫の言葉でそれ以上に好ましいものはない。彼女は二度目の夫の当初のたった一度のその言葉の好もしさによって今日まで繋《つな》がれてきているようなものであった。彼女はその言葉に騙《だま》された思いをすることが、幾度となくあったのだ。そのたびに、本当に騙されたかどうかもう一度だけ試してみたい気持になるのだった。

彼女は、最初の夫が自らを鉄の魚の腹部に閉じ籠めた時、自分に対してどういう幻滅と未練とを持っていただろうと考えてみることがあった。気むずかしい幻滅と未練であったのではないだろうか。すると、彼女は最初の夫のために自分の人生の結婚生活の期間をもう少し振り向けられなかったものかと思ったものだ。

しかし、そうして闇の底でじっと手摺りに凭《もた》れていると、そうしたことを思わせるようになったのは、二度目の夫との再婚生活なのであり、そして自分に最初の結婚を経させたのも、二度目の夫の当初のあの言葉があれほど鮮烈な好もしさを感じさせたのも、最初の夫のせいだったことを聞かされているような気がしてくる。誰がそれを聞かせているのか、自分がもしもう一度陽の輝きを見ることができれば、よく確めることができるのではないかと、彼女はそう思うことにした。

# むかし女がいた

大庭みな子

1

むかし女がいた。もの心ついた頃から、女の生まれた国は異国と戦争をしていた。大人たちは戦さをしていることを「非常時」という言い方でみんなを納得させようとしているふしがあったが、女にとっては戦争は常時であり、戦争でないときはどんなものか想像できなかった。

それでも、毎年、忘れずに春はめぐってやって来て、森の木々は芽を吹き、花の蕾《つぼみ》がふくらむように、女のからだの中にも春の潮がひたひたと満ちてくる年頃になると、女の住んでいる国には来る日も来る日も敵国の爆撃機が来襲した。太陽にきらめいて空とぶ銀色の飛び魚は、その腹から黒い糞に似た爆弾をばらばらと吐き出した。

人の一生を四季にたとえれば、女はまだほんの早春にさしかかったばかりであった。女は満ちてくる潮の暖かさの中でほんの少しふくらみ始めたものがいったい何なのかわからからないままに、黄ばみ始めた穂の麦畠《むぎばたけ》の畝《うね》の間に臥《よこたわ》って、穂の間から銀色に輝く爆撃機の編隊を見上げていた。

飛行機の吐き出す黒い糞が女の頭の上に落ちれば、女は死ぬはずであるが、今までのところそういうことはなく、飛行機はいつも彼女の上を素通りして、三十キロばかり離れた軍関係の施設のある街が集中して狙われていた。

女の通っている女学校は戦争がだんだんひどくなってからは、軍服を縫う工場になってしまい、女と同じ年頃の十四五歳ばかりの女学生たちが一日中ミシンを踏んでいた。そのミシンもまた、各家庭から強制的に供出させられたもので、世界中、いろいろなメーカーの種々さまざまな品があったが、あらゆる製品、物資の不足していた当時としては非常に貴重品で、一度手放せば二度と手に入らないものだった。

女学校のあるこの小さな町には、いくつかの酒造りの家があるくらいのものだったから、敵機はまさかこんなところに爆弾を落すこともないだろうというのが学校当局の希望的読みで、女学生たちは敵機が襲来するとただ申しわけに麦畠の畝の間に避難させられた。

麦の穂が黄色く色づく頃から、空襲は連日のように続き、少女は日に何時間か麦畠の間に寝そべっていられるのをむしろ貴重なものに思った。何しろ、少女は——女はというよりは、少女はというにふさわしい年齢だったが——朝七時から夕方六時まで一日十一時間の労働を非常時の国家によって強《し》いられていたので、ぼんやりからだを休めるわずかな時間を持つだけで、強制労働の囚人がほっと一息つくような束《つか》の間《ま》の幸福を感じたのだ。たとえ、それが自分の死につながるものであったにしろ、綿のように疲れた幼いからだにとって、それは憩いであるには違いなかったから。

少女はいつもポケットに小さな薄い文庫本をしのばせていて、麦畠で待避している間、その本に読《よ》み耽《ふけ》った。

その日、少女がポケットにしのばせていたのは、ロシアの作家、ツルゲーネフの短篇集「あいびき」だった。

「あいびき」は秋の白樺の林に散りしく落葉の黄金色のきらめきと、雨に濡れた白樺の幹の白絹のようなつややかさの中にくりひろげられる恋の囁《ささや》きである。農夫の娘が薄情なキザな若者としのび逢って、交す、はかない囁き、物語とも言えないほどのとりとめもない小さな情景である。

ちょっとした家の給仕か何からしい若者は、間もなく主人についてペテルスブルグに帰るらしく、もちろん本気になって娘と一緒になるつもりはない。彼の情事は主家の夏の家での滞在中に起ってそして終ったものだった。娘は泣き、若者はそっぽ向き、ただ去《い》くことだけを考えている。

秋の白樺の林のほんのひとときのあいびきを盗み見ている男がいる。おそらくこの小品を書いている作家その人だろう。当然のことながら、観察者の男は恋人に冷淡に扱われる少女に同情し、若者を蔑《さげす》み、二人が立ち去ったあとに残された野草の花束を拾い上げ、家に持ち帰る。その花束を、男は今も干からびたままに、秘蔵している。

麦畠に臥《よこたわ》り、戦さをしている国の少女は、その異国の小さな話を胸をときめかせて読んだ。少女は白樺の秋の林の代りに黄金の麦の秋の中にいて、頭上を銀色の翼をきらめかせる爆撃機の編隊が雁の群のように飛んで行った。彼女は相手のないあいびきに身を任せていた。

麦畠の畝の間には疲れた少女たちが寝そべり、麦の茎の間には巣を抱えた雲雀《ひばり》がそこここに怯《おび》えていた。ついこの間まで雲雀たちは空高く舞い上って囀《さえず》っていたが、今は雛《ひな》を育てる季節なのだ。

雲雀たちの雛はあるいは育たないかもしれない。連日踏み荒される麦畠も、遠からずこの国の野の一部だということで焼土となるやもしれぬ。

飛行機は軍需工場のある地区の上空で、黒い糞に似た爆弾をその腹からまき散らしていた。

空を落ちてゆく糞の形を少女ははっきりと自分の眼で確かめることができた。次の数秒以内に多くの人の命がその爆弾の炸裂で失われることになるのであろう。さりとて、少女にはどうしようもなかった。少女は自分を力のない蛙かみみずのように感じた。少女は、ひねり出される糞の爆弾を見上げながら遠い異国の小さな話を悠然と読んでいる自分の血は、蛙かみみずの血のように冷めたいものに違いないと慄《ふる》えた。

白樺の林で若者に捨てられる少女と同じように、この国の少女も無力であった。いったい、どんな方法があるというのだろう。どこかに走って行って喚《わめ》けば、何とかなるというのだろうか。

物心ついて以来、女のまわりでは戦争の物語だけがとくとくと声高に語られ、それ以外の話はみんな声をひそめて聞かれてはならないことのように囁かれ、そしてまるでいい加減に聞き流された。少女はいつの間にか、とくとくと語られる戦争の美談に飽きて、それ以外のとるに足らない話にしか興味を感じなくなっていた。とるに足らない話には、何となくほんとうらしさがある。声高に語られる言葉が進軍ラッパのように丘を越え、野を越え、空《むな》しく鳴り響くのに反して、ひそひそと語られる言葉はじわじわと地にしみ入ってひろがる無気味さがある。土の中の深いところで、ひそかに流れる水の径《みち》をつくり、地に伏して耳を当てると、流れる水の音が聞こえる。ある時、その水は暗い森の中のとある岩の隙間から、突然噴き出す。

少女は戦さにまつわる話題に何の関心もなかったので、戦争が始まる前に書かれた小説の中で人生を生きることにした。少なくとも、そこには人が生きている気配があり、森の中に噴き出している誰も知らない泉があり、少女はのどをうるおすことができた。

さて、遠い異国の農夫の娘とて、野草を摘んでその花束を去ってゆく恋人に贈る以外にどうしようもなかったのだ。めぐり逢った年頃の男に誘われるほかに、娘の春にどんな機会が訪れるというのだろう。薄情な、キザな若者とて、他にどうかしようがあっただろうか。主人のお下りを頂戴《ちょうだい》して着込んだ給仕が洒落男《しゃれおとこ》を気取り、ペテルスブルグを夢みたからといって、村の娘をいきずりのなぐさみで誘ったからといって、貴族の作家から侮蔑されなければならないのだろうか。

少女は縫製工場になってしまった学校に毎日通う道の途中ですれ違う冷淡な眼の光を持った青年を思い出していた。彼は脚にゲートルを巻きカーキ色の帽子を被り、三十キロばかり離れたところにある軍需工場に動員されている学生らしかった。

すれ違うとき、彼は雁のような眼で一瞬ちらと彼女を見て、少しも歩調を乱すことなく、鉄道の駅の方へ歩き去るのだった。その日に限って、その青年はすれ違うとき、何か落しものをして行きかけた。その落しものは短篇集「あいびき」で少女が拾い上げて渡そうとすると、青年は首を振って呟《つぶや》いた。

「あなたにあげます。もう読んでしまったから」

翌朝、少女はいつもすれ違うその青年に会わなかった。前日の空襲で、軍需工場のある地区はほとんど壊滅的な打撃を被り、たくさんの学徒を含む作業員が爆死したということだった。この町から通っていた何人かの人たちもその犠牲者になったということだったが、もちろん、少女はその青年の名も知らなかったので、その生死を確かめるすべもなかった。

翌朝も、その翌朝も、二度とその青年に出会うことはなかった。布表紙の赤い唐草模様の散文詩集めいた小さな本だけが四十六年後の今も老女になった少女の手元に残っている。

## 2

むかし、女がいた。

女が生まれた頃から続いていたうんざりするほど長い戦争がある日、突然終ったということだった。終ったというよりは敗けたらしかったが、人びとはただ気が抜けたように、「終った」と言った。戦争がいつ頃始まったものか、女は知らなかった。だから、終ったわけでもなかろう、と心のどこかで思った。

まわりを見まわすと、あたり一面焼野原だった。見渡す限り、壊れた瓦《かわら》とくずれ落ちた壁土が、ぼこぼこと遠い海まで続いていた。今まで女の住んでいた家から海が見えたことはなかったのに、海は驚くほどすぐ近くに光っていた。

火の海を人びとが逃げまどった空襲の日は、たくさんの人の屍体《したい》が海に流れて行っただろう、と女は海を見て思った。

女の家族は焼跡にバラックを建てて、しばらく雨風をしのいだ。あるとき、犬が人のされこうべを咥《くわ》えてやって来て、瓦礫《がれき》の上で遊び戯《たわむ》れていた。しかし、それを見た女の四つになる妹は少しも怖がらず、犬の背を撫でて、されこうべをかかえてあどけなく笑った。

その妹は夏の終りに流行した疫病で死んだ。まだペニシリンなどの抗生物質が一般の人たちに出まわらない頃だった。

それから七度目の夏がめぐって来た。焼野原は異国の色彩のあふれる街並に変貌した。そしてその街並を大男の異国の兵隊の腕にすがって、鮮やかな色の長いフレーヤーのスカートをひるがえした女たちが歩いていた。

女たちは爪を赤く染め、紅の唇を開いたり閉じたりしてチューインガムを咬《か》み、立ち止ったときは腕や脚を組んだ。そういう身なりや仕草を見たことがなかったこの国の人たちは初めのうちただ口をぽかんとあけて眺め、それからうなだれて首を振った。

だが、うなだれながら、ちらちらと目を上げて素早く、仔細《しさい》に観察し、やがて、そ知らぬ顔で、それらを流行にとり入れた。

女はなぜか戦争中の特攻隊のハチマキや女子挺身隊のモンペ姿をいちはやく流行にとり入れたことを似通ったものに思い出した。

街の女たちはときどき異国の男をとり合って街角で喧嘩をした。それは華やかなショウで、人びとは輪をつくって見物した。同胞の姉妹たちが自分たちを敗かした異国の男をとり合って、白い腿《もも》をむき出しにしてとっ組み合いの喧嘩をするのを兄と弟が、かたずをのんでみつめているのである。同胞の男たちは囁いていた。

「カルメンのようだな」

「プロレスのようだな」

「髪の長い方の奴が強そうだ」

街には光る車が増え、
ビルのガラス窓は透明になり、
男たちは真っ白なワイシャツを身につけるようになり、
真っ白なワイシャツを身につけた男は、
そんな喧嘩を輪をつくって見物はせず、
光ったオフィスで黙って札束を数えた。

寂しい風が吹き、
蒼《あお》ざめた月が昇り、
赤い陽《ひ》が沈み、
犬が骨を咥えて行き過ぎ、
女は怯《おび》えて立ちすくんだ。
女は怯えて立ちすくんだ。異国の青年が犬を訓練して骨を投げては犬にそれを持ってこさせていた。女は異常に怯え、歯の根が合わないほどに慄《ふる》え、立ちすくみ、失神した。
そのむかし、四つになった妹が、焼野原でされこうべと遊び戯れていた犬の背を撫で、されこうべを抱きかかえ、あどけなくにっと笑ったのは、丁度《ちようど》こんな赤い太陽の沈む夕暮れだった。
異国の青年は驚いて大急ぎで女を抱き起し、病院に運んだ。病院で意識をとり戻した彼女に、医者は根掘り葉掘りさまざまな質問をしたが、女の答えるきれぎれの話をつなぎ合わせて、医者は次のような診断を下した。

「青春期の一種のヒステリーでしょう。まあ、大した理由もなく気絶するのもヒステリーと呼ばれる症状です。ホルモンのバランスがくずれる時期ですから」

通訳を交えてのたどたどしい説明に、異国の男は首を振り、あやふやな納得の表情だった。

だが、どういうわけか、女はこの異国の男と結ばれることになった。多分、女の国が貧しく、したがって女は貧しく、異国の男は、街の女ではないこの国の女と、正当な手段で近づきになったことにすっかりいそいそとしてしまったからだろう。

男は女を救ってやらなければならないと思うようになった。女が失神したとき、抱きかかえたしなやかなからだはこの世のものとは思われないほど、あえかにたよりなげだった。

女は生まれて初めて、姫君のように扱われて、戸惑いながら、さまざまなことが夢か幻のようにはかないものに思われ、異国の男の囁きをもそのようなものに聞いていた。

そして、夢か幻の中で夢うつつに頷《うなず》くように男の求婚に頷き、それが実現の運びとなった。彼女は海を渡って、男の国へ行くことになった。つい此《こ》の間《あいだ》まで、その国の人びとは女の国では鬼畜と呼ばれていた。また、昔から、黄金色の髪の毛を持った、青い眼の、肌の白い男は物語の中で鬼の役割を演じていた。

しかし、女の夫は、優しい青い眼で、金色の巻毛を額にまつわらせ、妻をじっとみつめ、未来の幸せを約束した。

その頃、この女に限らず、戦いに敗けたこの国の女たちは、ある者は姫君のように、ある者は奴婢《ぬひ》のように、遊び女のように、戦いに勝った男たちに伴われて、海をわたり、戦争花嫁と呼ばれたものだった。

女は、ついこの間、同胞の男たちが異国の戦場で、その国の女たちを扱ったさまざまな風景をぼんやりと思い描いていた。

戦いに勝った国の女たちは、同胞の男たちの戦勝品のシンボルである戦争花嫁たちから黙って眼をそらし、肩をすくめ、こうした景色を生涯忘れずに繰り返し思い出すことだろうと思った。

3

むかし、女がいた。

女は街角で星占いをしていた。街には異国の兵隊が溢れていたから。女の国は戦いに敗けたので、戦いに勝って、更に新しい戦いに勝つことを夢みて、べつの国と戦争を始めた国の基地になった。戦勝国の兵隊は再び戦場にかり出され、もう戦場に赴《おもむ》かなくてもすむ敗戦国の男たちを羨《うらや》んでいた。

戦場に出かける前、
戦勝国の幼い兵隊は、
敗戦国の街角に立つ
星占いの女に訊《たず》ねた。
「生きて帰れるかしらん?」

女は答えた。
「一度生まれた人は、死ぬことはないのよ。
生まれたということは、大昔から、
あなたが考えられないほど大昔から、
生きているということなのだから。
人は突然には生まれない。
突然生まれないように、
突然死ぬこともない。
かりにどこかで死ぬように見えても、
べつのところで生まれて、生きている。

心配しなくてもいい。

ちゃんと帰って来て、生き続けるわ」

人びとはしばらく戦いをやめて、
平和に暮しているようだったのに、
またいつの間にか戦い始めた。
いつ終って、いつ始まったものか、
あわいめは、定かでなかった。

ある日、蝶が飛んで来て、
花びらの中にもぐり込んだ。

蝶か花か、見分けのつかない、
もつれ合った、生きものだった。
どこからやって来て、
どこへ飛んでゆくのか、
どこで咲くのか
わからなかった。

きっと、大昔から、
どこかで咲いていて、
どこかで飛んでいて、
今、ここでも咲いていて、
今、ここにも飛んでいるものなのだろう。

長い戦争の合間に
生まれた混血児たちは、
いつの間にか、
子を生み、子を生ませる、
年頃になったようだ。
いきいきとした笑いで、
あでやかに咲いている花である。
よい香りがする。

その昔、されこうべの目の中から
月見草が侘び、
松虫と鈴虫が

花びらのふちに坐《すわ》って、
鎮魂曲を奏でていたことがあった。
大空にまたたいている、たくさんの星。
今も、ほら、流れては壊れ、新しく生まれる。

# 木霊

石牟礼道子

生い茂った葦の間に小舟が打ち捨てられていた。ゴミや芥《あくた》の類が乾反《ひぞ》りかえった船板に小積《こづ》まれたままで、人の乗れる形ではない。丈の高い葦の間に水路めいた隙間がなくもなかった。昔はもっと隙間がひろくて、この水路から満潮の海へ出たことがあるのか、それとも川の本流へ出て向う岸へ人を渡したのかと思うが、いまは櫓《ろ》も梶《かじ》もない。

よくよくすかして見ると、胴の間の枯れた葦の茎やビニールのひらひらする下に、何だか気になる小さな木片が乗っている。男の子たちが遊ぶケンダマだった。どうしてこんな捨て小舟にそれが乗っているのか。把っ手《とって》のところもとんがりのところも風雨に晒《さら》されて、犬の骨じみて見える。

わたしはどこからその汀に出たのだか、出来そこなってしまった未来を思わせる岸辺をふらふら歩いているうち、何だか気にかかるアコウの樹の根元に立ち止まっていたのだった。そこへ行こうとはまるで思っていなかった。

アコウは失われた時の標《しる》しのように、ふいにわたしの前に現われた。巨大なその老樹はそこらの鋪装にひびを入れて根を張り、土手を横抱きにしたまま汀にかがまっていた。あの時のように根元の洞《うろ》に、得体の知れない土偶などをまだ囲っているだろうか。

両岸の景色はまるで変貌してしまっていたけれど、もとは舟着場だったということは、古い石垣を抱きこみ、幾筋にも分れて伸びた根を見たときすぐにわかった。昔、舟をつないでいた枝は、つけ根のところから切り落とされていた。潮の中に気根の先を幾本もひたして生きるこの樹は、海辺で見かけることはあっても、川口ではめったに見られない。でも、潮がさかのぼる川口にこの樹が育つのも、思えば不思議ではなかった。

あの時の樹にちがいなかった。汀に張り出した根につかまって土手をくだり、洞があるかどうかをたしかめた。昔の小径は猛々《たけだけ》しくのびた蓬《よもぎ》におおわれて、おや違ったかしらと思ったが、踏み分けてゆくと案《あん》の定《じょう》うす暗い洞の口があらわれた。はじめは見分けがつかなかった。目が馴れると、白紙にしるした文字が目に飛び込んで来た。

——四十八歳巳年《みどし》の女に祟《たた》りがありますように。

固い和紙に肉太のサインペンで書き、割った竹にはさんで地面にさしてある。ぎょっとしたが、その左右に——運転免許必勝祈願、——大学合格祈願、と書いた、ま新しい願掛け札が並んでいて、おかしみを誘う。——うちの猫チロリンの耳をなおして下さい。これはうんと稚ない字で、片耳のとれた猫の絵がそえてある。奥の方をすかしてみると、——水子供養というのが古いのから新しいものまで五、六枚。そんな願掛け札に囲まれてやっぱりあの時の、石の弁天さまが坐《すわ》っていた。

あの頃は、まだ彩色も新しくて、鉢巻をしめた渡し守のお爺さんがこんなことを言ったのを覚えている。

「兵隊に行った石屋が、病人のおっ母さんのあんまり泣きなはるもんで、彫ったもんじゃ。あんたらも拝んでゆきなはり」

彩色はすっかり剝《は》げ落ち、黴《かび》や苔《こけ》が丸い肩のあたりに生えてはいるものの、目鼻立ちはまだ残っていた。あたりの水辺には舟着場らしい様子はすっかりなくなって、覗《のぞ》きこんでみると、崩れた石組がどろんとした水の下に見える。捨てられた小舟は目の先にあった。

葦の根元には青苔が一面に張りつき、水は何十年来、流れたことはなさそうに見えた。あの時のような満ち潮もう、しずかに腐蝕しているようなこの岸辺にははいって来ないのではないか。こういう場所に立ち戻ってくるなどと考えてもいなかったのに、わたしがここにいるのはどうしてだろう。切られてしまったあの大きな枝が、切り口の疼《うず》く時、その下を通る者たちを呼び戻すのだろうか。

昏《く》れかかった川土手を車が行き来する。わたしはのしかかるように突進してくる車の列を避けて、樹の洞に隠れた。頭上を通るライトが、葦の乱れ立つ中州をときどき照らし出した。かがみこんで眺めているうちにわたしはもう杳《くら》い前世から、連れにはぐれていたかのような喪失感に襲われた。

あたりを見廻した。われしらずこういうところへ引き返してしまったが、この樹の洞はもしかしたら消失してしまった世界に戻ってゆく入り口なのだろうか。であればこの洞の中は、前の世《さきよ》の舟がひっそりと接近して来て、前世へ戻るものと、そこから訪れるものとが入れ替る場所ではないかとも思われた。

舟着場が失くなり、舟をつなぐ枝も切り落されてしまった今も、水子の霊を置きに女たちが来るのか。そんな女たちがふつうの道を来るとは思えなかった。じっさいそこにかがみこんで、巨大な甲虫の眼のようなヘッドライトに照らし出される中州の葦を見ていると、こころなしか洞の中が広がってきて、みどろが池の色で描かれた曼陀羅《まんだら》の世界にいる気がしてくるのだった。ここにいる分には、間違っても、人のいるところで自分だけ変に前の方にはみ出してしまったりして、居心地の悪い思いをしなくてよいのかもしれない。忘れられた世界がしずかに腐蝕してゆくのをゆっくりと味わい、それに身を任せていれば、もしかして成仏できるのではないか。この洞の中は、そういう願望を持った者たちが、ゴミやなんかと一緒に流れ寄ってくる公界《くがい》なのだろうか。

してみればここは、わたしと類縁の者たちが、それとは知らずにめぐり合い、儚《はか》ない刻《とき》を過ごし、この世での形もやさしく溶け去って、在りし日の影のような具合に寄り添ってみたりしながら、遊んでいるのかもしれなかった。生きている間じゅう、自分がどこにいるのかさえ見きわめもつかぬうちに、こんな年をとりすぎた樹の洞にたどりついたのかと思っていると、頭上を通る車のせいで、天井の樹の根の間から泥の粒がはらはら落ちた。どこかでまた誰かが轢《ひ》かれたのかもしれない。

わたしは落ちてくる泥に用心しいしい思い出そうとしていた。せっかちにすぎると、もつれた長い髪の固まりのような歳月が、葦の根元から際限もなく出て来そうで厄介だった。あの背中を押されるような、足元の血がすうっとなくなって水の中に溶けてゆく感じが始まったのは、ここ四、五年のことだろうか。それというのも、仮の宿を構えた湖のほとりを歩むたびに、あの異様に変型した樹々に出逢わないわけにはいかなかったからだ。

あたりはまだ昏れやらず、水の光が僅《わず》かに残っていた。樹々は切られた枝の先を拳《こぶし》の形にして空に振りかざし、ねじれながら黒々と立っていた。わたしは息をとめ、後ずさりもならず、しばらく躰《からだ》が動かなかった。切られているのは一本だけではなかった。それは古い楊柳の群れだった。どの樹もどの樹も、腕という腕、いや枝といい梢といい、肘《ひじ》から先をばっさり切断されて、その切り口は指のない拳のような具合にふくれあがり、変型し固まっている。息を呑んで見つめていると、うす月の出ている空に振りかざされたその拳は、水辺の空気を摑もうとして、もやもや動いているようにみえた。かわたれどきの水の面が僅かずつ動き寄って、みじろいでいる葦の間に、自分の足がすうっと冷たく溶解してゆくような感じをわたしは持った。

昼間その樹々が目にはいると、なるべく離れて歩くようにした。それからというもの、水辺を歩いていると、あの指のない拳がわたしの背中を押すようになった。彼らはもと指のあったあたりから糸のようなものを出して、失われた歳月とわたしをつなごうとしているのかもしれなかった。わたしの背中にはそんな樹々の影がいつもはりついてはなれない。

そんな感じを持ちながら幾日も幾日も日が昏れて、湖にかかるいくつもの橋を往《い》ったり来たりするうち、ついに樹々たちはあの細い糸をのばしてわたしをからめとり、水脈伝いにここのアコウの根元に運んだのかもしれなかった。私をからめとった糸は、ケンダマの糸の感触を思い出させた。

ケンダマの球をうまく扱えたことなど、一度もなかった。糸をつけた球は重くて、縦にも横にも受け口に乗らず、しくじるたびに糸が指にからんで痛かった。ましてやあの丸い球をとんがりの先に刺すなど思いもよらない。ケンダマは弟のものだった。

わたしはずっと昔、このアコウのある舟着場に弟と二人で来たことがある。ひとつ違いの弟で、二人は十代の終り頃だった。

水は澄んで、その面にこまかい筋を立てながら流れ、弟とわたしは渡し舟に乗っていた。老いた船頭の扱う竿の先から雫《しずく》が滴《したた》り、舟着場の杭《くい》のまわりを水紋が渦巻いて流れ、小魚の群が散っていた。

「ここの樹の洞に弁天さんの来らしてから、出征兵たちが遠か所から願かけに来るごつなってな」

渡し守のお爺さんは鉢巻の頭を樹の方に振り向けた。舟に乗っていたのは弟とわたしだけだった。

「遠かところからもですか」

「はい、この前も川上の村からな、馬車に乗って来らした。駅の近くじゃし、兵隊連れて親類中してな」

そういえば、私の勤めはじめた小学校のそばの鎮守の社《やしろ》に、戦勝祈願と大書したのぼり旗を幾本も見るようになっていた。

「あんたたちも、何なりと願《ねご》うてゆきなはるか」

弟は汀の葦の間から飛び立つ白い鳥に気をとられているようだった。白鷺《しらさぎ》の沢山いるのがわたしも珍らしかった。二人の様子から、お爺さんは願い事を秘めた姉弟とでも思ったのだろうか。それとも土地の者ではなさそうな二人にいくばくかの興味をもち、舟着場の土手に根を張っている樹のことを印象づけておきたかったのだろうか。

お参りしたものかどうかと迷いながらわたしは、出て来た寺の方角をお爺さんにたしかめた。

「その寺なら、畑の向うの国道に出て尋ねるがよか。太か榎《えのき》のそびえとるけん、遠うからでもようわかる」

言葉を切って弟の顔を見直し、お爺さんはいいかけた。

「あの寺にゃ、若か者たちがどこそこから来とるちゅうが、じきに兵隊にゆきよるばい」

特別の話にならぬよう、気をつけている口調だった。渡し舟ではこの界隈《かいわい》のことは、何でも話されるのだろう。

弟は勤務先の工場からその寺に連れてゆかれて、七ヵ月ほどは経っていたろうか。決戦下における青少年特別鍛練道場というような施設がその寺に設けられ、心身のまともでない青少年を寺に集めて教育し直すということだった。「弟殿の経過、素行甚《はなは》だよろしくご面会を歓迎するものであります」という手紙を受け取り、わたしは列車に乗って面会にゆき、許可を得て弟を連れ出した。上流の橋まで歩いてみたりして戻りは舟にしたのである。工員たちの中から抜き出されてそういう施設にやられたのがどういう理由だか、はっきりとは知らされていなかった。特別に悪いことをしでかしたとはどうしても思えない。

川面に目をやりながら、弟は独り言をいうように洩らした。

「地獄のごたるぞ、カーバイト工場《こうば》ちゅうところは」

水の下の長い藻が、白い小さな花をたくさんつけながらしきりにゆらいでいた。

弟の口から地獄という言葉を聞いたのははじめてだった。寺の坊さまたちが使い慣れている地獄という言葉とはまるでちがう響きを持って耳に飛びこみ、わたしは弟の口許《くちもと》を視た。

「地獄？」

「姉ちゃんにはわからん……。現場のことは」

現場というのも聞き慣れない。赴任先の田舎に下宿して、家に帰れないでいる間に、弟にいったい何が起きたのか。

新日窒と当時呼ばれていた工場に入った頃、近所の人たちが挨拶に言ってくれたものだ。

「一哉さんな、よか会社にはいらしたなあ」

カーバイトという部署につけられたと聞いていた。工場に添った排水溝の横を通ると、奥の方の錆色《さびいろ》の建物の中に、赤い炎が溶けそうな色で燃えている窓が、十ばかり数えられた。あれがカーバイトの現場だと暗鬱そうに顎《あご》をしゃくって教えたことがある。

「何がよか会社か」

前にもそう言いながら新しい工員服の肩をめくって見せたことがあった。一銭銅貨ほどの、皮のめくれかけた生々しい火傷《やけど》の跡があった。首をめぐらして舌を伸ばし、その傷を舐《な》めてみせ、上目づかいにわたしを見た。周囲に赤チンキを塗ったあとがあって、皮膚は赤紫に変色していた。

「母さんに見せた?」

「見せん」

気だるそうな眸《ひとみ》がちらりと見上げて来て、すぐに外《そ》らされた。母親に言えば父親と、もつれごとが始まるだろう。勤労報国などという標語を本気で実践する気でいる父親には、小さい頃から弱法師《よろぼし》で、心身の虚弱な跡取り息子は頭痛の種にちがいなかった。

「なして見せんと」

弟は首を振ってそれには答えなかった。

「これくらいは軽か方ぞ。毎日誰か火傷しよる」

舐めたのが痛かったのだろう、眉をしかめ、傷にさわらぬようそっと服をもたげてその中に肩を入れ直した。わたしは居すくんでいた。

「現場ば見らん者にはわからん。よか会社ち、よう言うてくれるよ」

無口な弟がとぎれとぎれに、遠慮し勝ちにそういう。現場というふだん聞きなれない言葉も生々しかった。わたしの世界とはよっぽどちがう、とんでもない苛酷なところに彼は身を置いているのだ。

だしぬけにぎゃあっと、近くで鳥が啼《な》いた。不透明な濁った声だった。すぐそばの丈の高い葦むらが揺れ、ひき裂けたように大きく嘴《くちばし》をあけた鳥が飛び立つところだった。舟の上にいるという現実にひき戻されて前を見ると、葦むらのひろがる中に、ゆるやかな水路がのびている。

お爺さんが教えたアコウの樹がゆっくりと舟着場の標しのように近づいて来た。無花果《いちじく》に似た小さな果実がびっしりついた枝が川面の上にのびているのを見上げながら、お爺さんは操っていた竿を舷《ふなべり》におろし、とも綱をとりあげ、ぐるぐる廻すと無雑作に投げかけた。綱はまるで生き物のように動いて枝に巻きついた。

弟が先に下りた。洞はすぐ目の前の根株の間に口をあいていた。頭をこごめればはいれる高さで、その奥に赤や青で彩色された小さな石像が坐り、花立てには昨日今日あげられたような金盞花《きんせんか》が強い香りを放っていた。畳二枚くらいはありそうな広さだった。お参りしたものかどうか、しばらく突っ立って、わたしはお爺さんにすまない気がしたので、やっぱり参ろと口に出し、手を合せた。弟は落着かなさそうな様子で洞の中をうかがい、ポケットに両手を突っこんでいたが近づかない。拝んだついでに洞の天井を見上げていると気配がして、ぶっきらぼうな声がかかった。首をすくめて覗きこんでいる。

「何ば拝んだ」

「うん、一哉がはよ戻りますように」

「ふーん」

声が柔らかい。

さっきハーモニカも渡したことだし、少しは嬉しいのかもしれなかった。

そう言って振り向いた。弟は少しばかり後にすさった。照れているようだった。弟は十
「それから、兵隊にとられませんように」
七、わたしは十八だった。中学まで進んだ男の同級生は特攻隊員になったと聞いている。
それはわたしの固く閉ざした悲しみだった。弟はしかし、中学などにはゆけなかったから、
ひょっとして兵隊にはゆかずにすむのではないか。
「兵隊にゆくなち、そげんこつ言えば、姉さんが今度は道場ゆきぞ」
お爺さんの方を見てそう言ったが、何をどう思ったのか笑顔になってみせ、低い声で
囁《ささや》いた。
「何であそこの寺にやられたか、知っとるや。教えようか」
こちらの心の中を見すかしているのである。じつはそのことを尋ねたかったのに、あの
寺を出てから橋を渡り、川土手で母が作って持たせた巻寿司を食べさせているうち、気が
それて言い出せず、舟の上ではお爺さんを憚《はばか》って聞けないでいた。

「うん、知らんじゃったけど」

「少年性アルコール中毒症ちゅう病気げな」

何、と聞き返すのに、耳の近くに口を寄せてきて、おなじ言葉を繰返す。返事に詰まった。続けて彼は云った。

「あのな、会社のアルコール飲んどるところば見つけられて、俺一人、犯人ちゅうことになったわけ。みんな飲みおる……。あの現場みたら、姉貴は卒倒するぞ。保《も》てこなさん……母さんにいうなよ」

母さんというところだけふるえをおびて、ぱっと目をあけ、気をつけの姿勢をとった。そして男の子たちがやらされている軍隊ことばになって挙手の礼をした。

「姉上どの。自分は大日本帝国少年アル中隊隊員であります。ただ今斥候《せっこう》に出て、味方の陣を偵察中」

と言いかけたが、おかしくなったとみえ、洞の天井を仰いで大声で笑い始めた。笑い声が樹の根の天井に響き、木霊《こだま》がぐるぐる洞の中を回り、粉のような泥がぱらぱらこぼれた。おっと言いながら彼は天井を指した。

「樹の神さんの喜んで笑いよらすぞ。ほら、天井から泥の落ちよる。よか洞じゃなあ、弁天さん」

そういうと目尻をとろんとさせて、石の弁天さまの頭を撫でた。半年以上も逢わない間に指が細くなり、心なしか頬もやせている。

「罰のあたるが、こら！」

わたしは弟の服の袖を力まかせに引っぱって、外へ連れ出した。お爺さんが舟の上から声をかけて来た。

「若か者はよかのう」

会釈は返したけれど、言葉が出てこない。そんなわたしを抑えるように、弟はさっき渡したハーモニカを取り出してかざして見せた。面会の土産に給料の中から奮発したもので、それを渡したときのよろこびようといったらなかった。「おお」と言うなり、立ち上って踊ってみせたほどだった。

「また、吹いて見しゅうか」

汀に張り出した頑丈な根株の一つを選んで腰をおろし、弟はしばらく吹き口を撫でていた。吹き始めたのは「旅愁」だった。一小節吹いて振り返り、

「歌えよ」

という。さっき向うの土手で吹いた時、わたしは歌わなかった。胸が痛くなったが、気をとり直して歌いはじめた。お爺さんは膝の上に小さな紙片を置き、煙草を巻こうとしていた。

歌うつもりが泪《なみだ》が先にふき出してわたしはうろたえ、弟のうしろにかがまっている、も一つの根株を伝ってやみくもにアコウの樹に登りはじめた。モンペをはいていたので、がさがさ膚《はだ》の幹が登りやすかった。木登りは小さい頃から弟よりうまく、危ない危ないと母

がいうのに櫨《はぜ》の木にどんどん登り、かぶれてしまって、手足も顔もまっ赤に腫れあがったことが二度や三度ではない。ある時は弟を励まし励まし柿の木に登ったはよかったが、柿の実を摑んだとたんに弟が畑の藁小積《わらこづ》みの上に落ちたことがある。藁がなければ死ぬところだった。ハーモニカを口に当てたまま、弟は振り返ったが、照れたような目つきで笑った。

喧嘩の時以外、弟の前で泣いたことはない。どんどん登ってわたしは逃げた。靴を脱ぎ落し、はだしになった。どういうものか、たいそう真剣になると、二人は強くひきあう電気のようにびりびりして来て、きわきわまで近づいてぱっと離れる傾向がある。

壁のように大きな幹だった。一番下の太い枝に腰かけると、目の先に舟がつながれていて、枝を伝ってゆけば乗り移れそうに見える。まわりに小枝が茂り顔を隠せた。躰をずらし片手で頰をこすった。ハーモニカがしばらく途切れた。弟は川の方を向いていて顔は見えない。わたしは足をぶらぶらさせ、手を叩いてみせた。ひと呼吸あって弟は次を吹きはじめた。わたしは小枝を摑み寄せて歌いはじめ、大きな幹に躰と頰をもたせかけた。お爺さんはどんな顔をしているのだか、さっきは口を開けたまんまこちらを見上げていたが、煙草が枝の上まで匂ってくる。

少年性アルコール中毒なんて本当だろうか。創作ではないか。わたしとは表と裏のようだけれども、この弟にもどこかしら突飛なところがなくもなかった。現場でみんなと試し飲みかなにかやっていて、上の人に見つかり、犯人にされたというのは本当らしくもあった。しかし、まさかアル中とまでは思えない。わが家の男たちは例外なく毎晩、酒や焼酎を飲む習慣がある。弟と歳のかわらない石工見習いの少年も、大人にまざって酔っぱらい、あげくは踊ったりして座を盛り上げている。それでも誰もアル中とは思えない。飲みたいなら、工場でアルコールを盗まなくても、わが家で飲めばよいではないか。大日本帝国少年アル中隊だなんて聞いたら、父は逆上してしまうだろう。言うにこと欠いて、よくもそういう不謹慎な出まかせを思いついたな、お前のようなのを不良というぞ、不忠者、情ないと泣き出すのではないか。

わたしを面会にゆかせる時、父は言葉少なに「あれはどうやら、俺の目のとどかんところで不良になっとる。世間に示しがつかん。どげんなりよるか、見とどけて来てくれ」と沈んだ表情で言った。わたしは鍛練道場から勤め先に来た手紙を見せた。じつは父に内緒で、弟と道場にせっせと手紙を出していたのである。

「弟君の性質はやや引こみ思案の気味あるも、はなはだ素直にして温良、工場でのことは若年にありがちの間違いと思われ、今少し当道場に在籍されるにおいては、必ずや決戦時下にふさわしき若人に成長さるるものと確信する次第にて、今後とも、御両親姉上の御薫陶よろしからんことを願うものであります」

父はまなこをかっとひらき、毛筆でしたためられた文面を隅から隅まで眺めまわしていたが、その晩深酒してこう言った。

「ほらみろ、やっぱり引こみ思案と書いてあるじゃろが。どうもこれが、ただのおとなしいのとは違う気がしてならん。俺の躾《しつ》けようが悪かった」

父が飲みすぎると、その息がなんともいえず臭くなって横を向かずにはいられない。親の方こそ焼酎の中毒ではないか。鍛冶屋《かじや》の小父《おじ》さんも、うちの職人頭の松つぁんも、飲めば昼間とはがらりと人柄が変り、体を揺すりあげて笑ったり、お膳をひっくり返したりする。着物の前をはだけて小便をしながら、道幅いっぱい千鳥足でよろめいて、「銀座の柳」を歌うのが好きな大男の正ちゃんもいる。けれどもアル中とは聞いたことがない。

わたしは波立つ気持を鎮めようとして、しばらく樹の上にいた。メチルアルコールというのを飲んで、焼酎好きの男たちが何人か死んだという話を、父の仲間たちがしているのを聞いたことがある。工場のアルコールを飲んだと言っていたが、どういうことなのか。まさかメチルアルコールではあるまいな。ちゃんと聞《き》き糺《ただ》さねばならない。

母さんに言うなよと念押しされたが、年下だとばかり思っていた弟と立場が逆転して、苛酷な生の現場からうっそりと立ち上る人間を見るような畏怖をわたしは覚えていた。乱れのないメロディが続いていた。

枝の上から眺める岸辺はまろやかな葦の群落に彩どられ、夕陽を受けた白帆の漁舟が、音もなく這入《はい》って来るところだった。満潮かもしれなかった。潮は川の水と入れまざりながら溯《さかのぼ》り、街のぐるりを通って楊柳の木の並ぶ湖までゆくのだそうだ。弟の衿足《えりあし》の筋のあたりがぴくぴくして、こころなしか背中がよじれて見えた。腕のつけ根のあたりをだるそうに動かしている。ひょっとするとあのつけ根のあたりにもう一本ずつ、透きとおった見えない腕、触手といってもよいのだが、そんな触手があるのではないか。

いつもきわきわのところまで接近して、心が重なりそうになると、はっと距離をとる姉と弟。そんなことがあると弟は、そろそろと見えない触手を聴診器のように伸ばしてわたしの心に当ててくる。瞼《まぶた》の上を撫で、顔を探っているときもある。どうもそれが生乾きの寒天のようになって垂れ下っているのではないか。アルコールのせいで、いやいや現場の熱気のせいで、もひとつの見えない触手はもげ落ちそうになっているのではないか。そんな触手をうしろにぶら下げたまま、両肘を突っかえ棒にして腿《もも》の上でハーモニカを鳴らしている姿がうら悲しかった。

七ヵ月あまり逢っていなかった。ものいうのを面倒がる弟が、よくまあさっき、「大日本帝国少年アル中隊」などとしゃれてみせたものだ。少しは気が晴れたのだろうか。人にはもちろん、親にも言えない内密なことを二人で抱えこんだ気がした。ハーモニカの音色に連れて、二人はどこか彼方への通路を抜けようとしているのかもしれない。彼方といってもどこだかわからない。二人とも言葉を極端に間違えてばかりいて、互いにそれを自覚している。言葉のいらない世界に、いま弟は近づいているのだろうか。腕を持たないあの岸辺の木に後姿が似ていた。その口に、わたしがハーモニカを咥《くわ》えさせてやったりしたもので。

目に染みこむような鮮紅色の繊《ほそ》い糸トンボが番《つが》いのまんま、幾組も幾組も水面近い葦の間に止まったり、離れたりしていた。

弟は自分からこうしたい、ああしたいと親にねだったことはめったになかった。悪さをする仲間に結構誘われて皆で逃げ出す時、ぼうっとしていてたいてい捕まった。かぶるつもりはないのだが、ほかの者の仕出かした事もかぶってしまう。問いつめられると言い訳は出来ず、青ざめながらとぼとぼ歩き出すだけである。前世からの虚無があの肩に乗っていたのだろうか。黒い小さい魔界の風が、ともすると弟を標的にしてさらってゆきそうにしていた気がする。母とわたしの他は、誰もそのことに気付かず、いやいや父も勘づいていたにはちがいないが、彼は黙ったまま腕を切られてゆく樹のような面《おも》ざしで、微《かす》かに笑うことがあった。

しんから嬉しげな顔を見せたことがあるにはあった。五月の節句に菖蒲《しょうぶ》の葉で鉢巻をしめてもらう時である。「ほら、弱法師の大将ぞ、大将。太うなれ、太うなれ」父はそう言って我が子をさしあげ、肩車にして乗せた。弟は両手をあげて父の肩の上で万歳をした。潤んだ眸を天に向けほんとうに笑っていた。歯はまだ生え揃っていなかった。弟が高い所に上ると母はいつもおろおろした。その時も取りすがるように手をさしのばして抱きとると、急いで弟の頭のとっぺんの、前寄りにある百会《ひゃくえ》のところを、掌の窪で囲った。みどり児はたいてい頭蓋の前の継ぎ目のところがふくふく動いていて、やがては塞がるのだが、弟のそこは四つくらいまで塞がらなかった。

「一哉の顔が晴々とならんのは、このふくふくの、いつまでも塞がらんじゃったからぞ」

母は本気でそう思っていたから、洞の弁天さまのことを知れば、願をかけに来ただろう。

川向うの土手に馬車が一台現われた。するとお爺さんはゆっくり立ち上り、枝に巻いた綱を竿の先でほどきにかかった。馬車から降りる客が舟に乗るのかもしれないと思っていると、わたしの方を見上げて、落ちるなよ、という仕草をして見せた。竿で石垣をひと押しすると舟は離れ、葦の水路をゆるやかに曲ってゆく舟影が、光を曳《ひ》いて遠ざかった。

洞の中は無音ではなかった。たぶん遠くからこの川土手を伝ってくる車の音と思うのだが、大地のすすり泣きに似た音が絶えず聴える。あらためて見廻せば、ここは外界とはよほどにちがう暗がりだった。小さな黄色いキノコが洞の木膚の襞々《ひだひだ》に生え、蜘蛛《くも》に似た足長虫が、水子供養や運転免許合格祈願の願い札の下をひょろひょろ通りすぎる。馬車が往き来していた頃までは蝙蝠《こうもり》や夢魔の類が棲《す》んでいたにちがいない。

水の腐ってゆくようなこの岸辺で、この洞の中は不思議にも掃除をされた気配があった。どういう人たちが来るのか、知りあいの若い僧侶から、女子高校生から水子供養を頼まれたが、どう対応したものか困っているとうちあけられたことがある。けれどもこんな場所でお経があげられるはずがない。あの時の弁天さまは色も新しかったのに今は苔むして、正体不明の願掛け札や土偶をさまざま抱きこみ、外の世界にくらべて、あの頃よりは時間が濃密になったように思える。捨てられた小舟は忘れられた時間をそっくり乗せていた筈《はず》だが、それもおそらくこの洞が、自分の暗がりの中に招き入れたのかもしれない。弟は、わたしを再びここに連れて来た湖の、あの枝を切られた樹木たちよりずっと昔、心や躰から萌え出るものを次々に捥《も》ぎとられる者として、何の為《ため》だかわからない供犠のように生きていたのかもしれなかった。

彼があのとき洞の天井に向いて言った短かい言葉は、幾重もの木霊となって、洞の中をぐるぐる廻った。外に出れば生きてゆけないような心の動きも、木霊になれば面白かった。

姉と弟は顔を見合わせ、弁天さまの前で願かけの真似ごとをした。

「ねえ、何ば願う?」

「うん、ハーモニカはあるし。何でもよか」

「わたしも何でもよか」

何でもよか何でもよかと木霊がまわった。

お月さまお月さまお月さまと木霊が錯綜《さくそう》し、

「お月さまの晩にはな、お寺の松林から狐たちが出て来てね、ここの土手ば往ったり来たり、薄《すすき》のな、おいでおいでしよるぞ」

弟がそんなふうに語りかけた。あれは創りばなしではなかったと思うが、この洞はちゃんと録音してくれているだろうか。

川土手はすっかりくたびれて、古い蓬の斜面もコンクリート補修も剝げ剝げになり、土砂がずり落ちている。年をとりすぎた大蛇が、その腹を一匹の蟹にむしられるように、川土手はアコウの根株に食い入られて、両者は相討ちで、死にかけているのかと思っていると、洞の脇の草を踏んでくる若い女のひそひそ声がした。誰かと思う間もなく、懐中電燈がまっすぐわたしに向けられた。

小さな叫び声をあげたのは、高校生らしい彼女たちだった。驚ろかしたかと思って、わたしの方からものを言った。

「こんばんは」

背の高い方が怯《おび》えたへんな声を出した。

「いやあーん」

笑いそうになったけれども、だしぬけだし、ちゃんと挨拶したがよいかもしれない。

「お参りですか」

とわたしが言ったのは、片方が花を抱えていたからである。

「か、かえろ」

そう聞えた。わたしは足が痺《しび》れていたので傾きながら立ち上った。

「待って、あのね、一人で淋しかったのよ」

いやあーんとまた悲鳴をあげ、もつれあいながら見えないものをかき払う手つきをし、中腰になって彼女たちは土手を登ってゆく。ぎぎぎーと音を立てて車が三台ばかり通った。まさか轢かれたのではあるまいな。わたしのこと幽霊と勘違いしたんじゃないかしら。

花束が洞の口に落ちていた。拾って、足の痺れをひきずりながら土手を登った。彼女たちの姿は見えなかった。

# 空襲

吉原幸子

人が死ぬのに
空は　あんなに美しくてもよかったのだらうか
燃えてゐた　雲までが　炎あげて
あんな大きな夕焼け　みたことはなかった

穴から匍《は》ひだすと
耳もとを　斜めにうなった　夜の破片
のしかかり　八枚のガラス戸いっぱい
色と色との　あらそふ
反射の　ぜいたくな　幻燈《スクリーン》

赤は　黒い空から
昼の青を曝き出さうと　いどみ
紫　うまれ　緑　はしり　橙　ながれ
あらゆる色たち　ひめいをあげて入り乱れ

どこからか　さんさんと降りそそぐ　金いろの雨
浴びてゐるのは
南の街ぞらか
ガラスのなかのふしぎな世界か
立ちつくす小さなネロを　かこみ　渦巻く
音もない　暗い熱気だったか——

戦ひは
あんなに美しくてもよかったのだらうか

# III

# おばあさんの誕生日

壺井　栄

## 一

　去年のこと、迪子《みちこ》と年子《としこ》がはじめてもんぺをつけて、おばあさんのおへやへそれを見せにいったとき、おばあさんは心もちまゆをよせて、

「なんちゅうかっこうだね、そりゃ。まるで車屋さんじゃないか。」

といった。きょうだいは、思わず顔を見合わせ、

「いやなおばあさん。」

　とりつくしまもなく、しばらくはつぎのことばが出なかった。あとからはいってこられたおかあさんが、

「いまはもう、これでなくちゃ通用しないのですよ、おばあさん。でも、はいてみますと、あんがいいなものですわ。」

と、とりなすようにおっしゃった。すると年子が、きゅうにじきんそうな声になって、

「いまにねおばあさん、これが女学校の制服になるんですよ。そしたらわたしたち、農業のない日もこれはいて通学よ。」

「へえ、いやだね。わかいむすめが、そんなびんぼうくさいかっこうをするのかい。学校へ百姓をならいにいくようなものだね。」

じょうだんとも本気ともつかず、おばあさんは首を横にふった。

「びんぼうくさいなんて失礼よ、おばあさん。そんなことといった日には、日本じゅうの女がびんぼうくさいことになってよ。でもかっこうなんていくらびんぼうくさくたって、心がびんぼうでなければいいのよ。第一わたしたちはもうびんぼうなのよ。くつしたがないでしょ。その点もんぺになったらどれだけたすかるかしれないわ。それから第二にあたたかで、第三にはたらきよくて。」

雄弁な年子がまくしたてると、さすがのおばあさんもわらいだし、もうわかったよ、わかったよ、とおっしゃりながら右手を大きくふった。もんぺはむかしおとうさんがきていられたというこまかいかすりだった。もめんもののだんだんすくなくなった今日、紺がすりでもんぺをつくれたことはきょうだいにとっては大じまんだったのだが、わかいものは派手なものを身につけなければならないときめているおばあさんにとっては、そんな古い紺がすりなどを身につけさせることは、かわいそうだと思っているらしい。それと、もうひとつは村でも屈指の物持ちであり、旧家であるじぶんのうちのむすめが、いくらご時世とはいえ、そんな父親の古着を身につけねばならないとはかんがえられぬらしい。

「なにかあるでしょう。どうしてももんぺでなければならないのなら、もっと派手なものをさがしてやりなさい。」

と、おかあさんにむかってきつい声でおっしゃった。おかあさんは、

「はい。」

と、ただ一ことおっしゃったきり、微笑した顔でかわるがわる迪子たちを見くらべていた。

家つきのひとりむすめに生まれたおばあさんの前では、だれもことばをかえさない習慣がついていたが、そのおばあさんになんでもえんりょなくいえるのは年子ひとりだった。どちらかといえば総領むすめの迪子のほうがおばあさん子なのだが、それでいて口かずすくないたちの迪子は、いつもはいはいとおばあさんのいいなりになっていた。

ときにはおばあさんのむかしかたぎにうなずきかねて、口の先まで、じぶんのいいぶんが出てくることもあったが、なぜかそれはことばにならなかった。なんとなくこわいのだ。だから迪子は、じぶんの心でどうしてもおばあさんの意見にしたがうことのできないときには、妹の年子のちえをかりるよりしかたがなかった。年子はおとうさんよりもおかあさんよりも、おばあさんの前では雄弁だった。

二

迪子にとって一大難関が近づいてきた。それは迪子の卒業をま近にひかえて、どうして

もおばあさんが迪子の就職をしょうちしないことだ。迪子の同級生はもう八割まで卒業後の方針がきまっていて、学校をおえると家事を手つだうなどというなまやさしいかんがえをもった生徒は、かた手でかぞえるほどもなかった。戦争につながる国内情勢はどこもかわりがなく、いたるところに女の手はもとめられていた。かたいなかのこととて、まだこれというほどの軍需工場もなく、女の手で直接兵器をつくるような職場はまだできていなかったが、それなりにやはり男にかわってはたらく部門がたくさんあった。国民学校（いまの小学校）や幼稚園に奉職するもの、会社や銀行や、産業組合などの事務員になるものなど、めいめいのすわり場所はまちかまえているようだった。

「迪子さんはどこ。」

友だちからきかれるたびに、迪子はひやりとしながら、

「まだきまらないのよ。」

と答えた。

「やっぱり、おじょうさんね。」

それをいわれるほどかた身のせまい思いはなかった。家には下男がいて、女中がいて、祖母も母もたっしゃで、十七と十八のむすめがいる。足手まといはひとりもない。それにもかかわらず、おばあさんは迪子を出したがらないのだ。

「迪子ひとりのはたらきが、きょうただいま、どれだけのお役にたつというのかね。」

おばあさんのいいぶんはそれだった。学校へいく道々、迪子は年子にそのことをいって

意見をきくと、年子はふんぜんとして、

「ひとりの迪子があることは万人《まんにん》の迪子があることだって、なぜいわないの。だいたいおとうさまがいけないのよ。あんなおばあさんのような明治の遺物に、現代のわかいむすめの進退をうかがうなんて。ようし、わたしが、おばあさんをときふせてみせるわ。」

「だって、おばあさんはもんぺさえもいやなのよ。うまくやれる。」

「さいくはりゅうりゅう。」

年子はそういってむねをたたいた。迪子はたのもしそうな、半分はしんぱいそうな顔つきで年子を見た。一つちがいの妹でありながら、こんなときの年子を、迪子は姉のように思った。

「どうしてわたし、おばあさんの前にいくと、年ちゃんのように思ったことをずばずばいえないんでしょう。」

「じまんにならないわ。——迪子はおとなしいのがとりえでのう。」

年子は、きゅうにおばあさんの声色《こわいろ》をつかった。

きょうだいはきゅうきゅうわらいながら、校門をくぐった。早春の風はつめたく、ふたりのほおは赤くそまっていた。

三

「おばあさん、かたもみましょうか。」

夕食後、おばあさんのへやへはいっていくなり、年子はそういっておばあさんの後ろへまわった。

「めずらしいね。雨でもふらないかい。」

おばあさんは、わらいながらこたつの中ですわりなおした。

「雨はふらないけど、雪がふってるわ。」

「おや、そうかい。どうりでつめたいと思ったよ。年子がかたをもんでくれるというのだから、てんとうさまも雨くらいじゃものたりないのかね。」

年子はふふとわらいながら、首からかたの方へもみさげていった。すじばったおばあさんの首は、やせてひふがだぶついていた。年子たちが記憶するかぎり同じかっこうのお茶《ちゃ》筅《せん》は、ほとんどしらがばかりである。

「おばあさん、おばあさんのかみ、ずいぶんまっ白ね。いつのまにこんなになったのかしら。」

「そりゃおまえ、苦労をかさねているうちに白くなったのさ。」

「そうお。なんだか苦労したのもうそで、黒いかみのときなんかもなかったような気がするわ。おばあさんははじめから、おめでたいしらがのおばあさんのような気がするわ。」

「じょうだんじゃないよ。わかいときはいい毛だったよ。いまはこんなにひたいもひろくなったけど、おおい毛でね。迪子のはえぎわとそっくりだったよ。」

「そうお。うそみたい。」

年子は姉のふさふさした頭髪を思いうかべた。

「うそなことがあるものかね。迪子が日本がみにでもゆったら、きっとおばあさんのわかいときとそっくりになるよ。」

「そうお。じゃ、おねえさんも五、六十年たつと、こんなしらがになるというわけね。」

「長生きすればそうだね。」

「ねえさんはあととりむすめだから、やっぱりこんなふうにこのおへやでおこたにあたって、孫にかたをもませるかしら。そしてむかし話をするかしら。」

「そうなれば、ここの家もばんざいじゃ。」

「でも、おねえさんのむかし話は、おばあさんのようにあんどんの話やおはぐろの話や、それから寺子屋の話や、はじめて汽車を見た話とちがうわね。おねえさんがおばあさんになったときには、大東亜戦争の話や、配給の話や、それから女も挺身隊で工場にいって、飛行機をつくった話よ。そしておねえさんはしわくちゃになった手を孫たちに見せてね、この手で兵器をつくったのだって、じまんするわ。年子だってそうよ。孫どもにいってやるの。日本の女はやさしい顔をしていても、いざというときにはえらくなる。わたしのおばあさんはわかいときに後家さんになって、ひとりでこの家を守ってきた女丈夫《じょじょうふ》だった。そのおばあさんにはんたいされながら、わたしたちは戦争に勝つためには女学校のとちゅうで学業を休んで、お国のために工場へいったのだよって。どうおばあさん。わたしたち、ほんとうに挺身隊にはいらなくちゃならないのよ。もうきめたのよ。あきらめてね。」

「ああ、どこへなりとはいりなさい。年子にはもうまけるよ。」

「そうでしょう。だっておばあさんは明治二年生まれでしょう。昭和生まれのわたしたちとかけっこしたら、まけるにきまってるわ。でもわたしは、おばあさんをおんぶして走るわ。」

「やれやれ、よう口のまわる子じゃ。」

おばあさんは大きく息をついた。そのせりあがるかたを両手でおさえ、二のうでへこすりさげながら、年子は心の中でばんざいをとなえた。

四

近くの町にあった紡績工場が、うわさどおり兵器生産の工場として、再出発するとはっきりきまったのは、迪子たちの卒業とほとんど同時のことだった。同窓会で新旧の卒業生のうち、まだ就職していないもの、していても解約のできるものは解約して、みなこの軍需工場へ挺身隊としてはいることになった。五月から、おとうさんの関係している食料品会社へ就職のきまっていた迪子も、やはり解約組だった。

「迪子さんのような村の有力者の家のかたが進んで挺身隊にはいってくださることで、あとの勧誘がどんなにうまくいくかしれませんよ。」

女子青年団の団長さんや、職業指導所の人たちからそういわれて、迪子はじぶんの進退がじぶんひとりのことでないのに、いまさらのようにびっくりした。じぶん自身にそれだけの力があるのではもちろんないにしても、村の女子青年をひとりでもおおく挺身隊にくわわらせることに役だつとしたら、まず第一番に参加しなければならないとかんがえた。挺身隊は女学校出身者も、青年学校出身者もあったが、迪子たち女学校卒業生は二十名、挺身隊受け入れにさきだって、幹部として二か月間の錬成を受けることになった。六月五日から七月三十一日までの約二か月、家庭をはなれて、団体生活にはいるのだ。そのあいだはよほどの事情がないかぎり、家へはかえれない。生まれてはじめて家を出ていく迪子に、おばあさんは、なにかとごちそうをつくってたべさせたがった。そして夜はおばあさんのへやへふとんをならべさせたりした。

「まるで、この世のわかれみたいね。」

年子がそういってちゃかした。四年生になった年子たちも、学徒挺身隊として、八月からはその工場へかようことになっていた。

「ほんとうに、ふたりのむすめがふたりとも職工になるなんて、世の中はかわるもんだね。」

おばあさんは感にたえたように首をふった。年子はそれを受けて、

「だからおばあさん、長生きはするものよ。おねえさんなんか、わたしたちがいくときまでにもう熟練工なんですもの。班長さんなのよ。」

あすはいよいよ工場へいくという前夜、迪子のためにささやかな前途祝いがあった。べつに人をよぶほどではなく、家内だけで赤のごはんをたいた。それを神さまにあげているのを見て、迪子はふと、あすはおばあさんのお誕生日であることを思いだした。

「あら、あしたはおばあさんのお誕生日ね。」

「おや、そうだったね。すっかりわすれてしまって。」

おばあさんはちょっとなさけない表情をしたが、すぐ思いかえしたらしく、

「迪子のといっしょにしとこう。」

といい足した。

「おや、わたしたちでなにかお祝いしますわ、おばあさん。」

迪子はそういって、食事がおわると、年子をさそってじぶんのへやに引きあげた。気じょうなおばあさんがじぶんの誕生日をわすれたことは、おそらくはじめてのことだろう。それも、原因は迪子のことにあるのだろうと思うと、ありがたさになみだが出そうだった。

迪子はなんとかしておばあさんをなぐさめたかった。

「ね、なにがいいかしら、年ちゃん。」

「わからないわ。だってあんまりきゅうなんですもの。」

きょうだいはひざをつきあわして思案にくれた。へやのすみには迪子が明朝はいていく新しいもんぺがきちんとたたまれて、木口の手さげぶくろといっしょにおかれてあった。それを引きよせながら、

「もんぺはだめかしら。」

と迪子はいった。

「だって、おばあさんはもんぺきらいでしょ。」

「でも、もうすきになったかもしれないわよ。」

「じゃ、つくろうか。」

「つくろう。」

「一かばちか、よ。」

ふたりは土蔵の二階からさがし出してきて、いろいろ役だてていた古い着物の中から、おじいさんのだったという青っぽい嘉平次《かへいじ》のはかまをえりだした。そして、大いそぎでもんぺを仕立てた。アイロンをあて、きちんとたたんで、おばあさんのへやへもっていくと、おばあさんはもうやすんでいた。だが、まだねむっていないおばあさんに、

「はい、お誕生のお祝いよ。」

と、まくらもとへおいて、いそいでへやを出た。二か月のあいだはわからない。はいてくれればさいさきがよいし、くれなければくれないでも、それはしかたがない。明朝は五時に家を出るので、おばあさんにはあいさつもできまい。そう思うと迪子はもういちどふす

までは、しきいぎわにすわり、

「おばあさん、では、あすは早くまいりますから、今夜はあちらで休ませていただきます。どうぞおからだをおたいせつに。」

といって頭をさげた。翌朝《よくあさ》は四時におき、身じたくをすませた。家を出ようとするまぎわに、

「もういくのかい。」

と、おばあさんの声がした。見ると、おばあさんは、嘉平次のもんぺをはいている。

「あら、よく似あってよ、おばあさん。」

年子がいちはやく批評をした。おばあさんは、

「これをはくと、足がかるいね。」

といいながら、わかいもののようにじぶんのもんぺを見まわした。

きょうはおばあさんの誕生日だ。そしてわたしも新しい生活にはいるための誕生日だ。

朝もやのかかった道をいきながら、迪子はひとりでかんがえた。なみだが出そうだった。ふりかえると、もんぺのおばあさんは、みんなといっしょに、まだ門の外に立ってこちらを見ていた。迪子は立ちどまって手をふった。

# ぽぷらと軍神

高橋揆一郎

どうしてこう運のわるいことになったのだろう。母親の千代がいうように、よく古《ふ》るしい昔の、まだじぶんというものが生まれない前の、先祖のおこないがたたって、いつまでも運のわるいというひとがあるというけれど顔も知らない先祖のために、じぶんが運がわるいのはなっとくできない。それはどういうふうに運がわるいかというと、四年生になったとたんに加藤ばんじゃあがじぶんの受持ちになったことである。尋常から高等まで三十も組があるのに、どうして加藤ばんじゃあが四年一組の受持ちになったのだろう。みな、どうか加藤ばんじゃあにだけは当たりませんようにと拝んでいたのに、願いは当たらなかった。じぶんとしては、ばんじゃあの組になりさえしなかったら、神様が校庭をさかだちして十回まわれといってもそうするし、千代に毎日銭湯へ行けといわれればそうするつもりだった。家の前を毎朝掃いたり、祖母のりんにかわって店番を手伝うことも、なんだってたやすいことだった。でも、もうみんなむずかしくなった。うんめいは決まったのである。

校庭の隅の、ぽぷらの根元に腰かけて、順吉はいつまでもかんがえている。家は目の前だし、そろそろ腹もへっているし、四月になったばかりの雪どけの風はつめたいことはつめたいのだが、どうしても家に帰るという気になれない。順吉がくるしいような気持ちになっているのには、もうひとつわけがあった。

それは順吉が一学期の級長にえらばれるのはまちがいないことである。三年生の一学期に級長になってよろこんだのとは、だいぶわけがちがう。炭坑のえらいひとの子どもで、めがねをかけた相馬くんは、頭はいいが高慢ちきなので、みんな一学期は順吉で、相馬くんはそのつぎときめているのだった。でももうだめだ。加藤ばんじゃあの組になれば、級長がいちばん先にぶんなぐられるのである。

ばんじゃあは、あれほど嫌われているのも平気で、三角の黄色い目をして悪魔のように教室に入ってきてきょうからこのおれが、四年一組の先生になるといったのだった。そのときの胸のどきどきが、まだ続いているような気がする。

お前たちは親の子どもではない。親が国にたのまれて育て、国に返すために生まれたのである。親からして親ではなく、きをつけえ、かしこくも陛下の子どもである、やすめ、親も子もみな子どもである、というようなことをいった。おそろしい先生とはだれも知っていたが、やっぱりいうことまで変わっている。親も子もみな子どもであるというのは、そこが分らない。だいいち、ひげをはやして、酒を飲んだり、やっとばかり米俵を持ちあげたり、げんこつのようなのどぼとけを動かして黒い声を出す父親の達吉や、椿油の匂いをさせ、大きな乳房をぶらさげている千代が、子どもであるというのはおかしい。そのあとで、ばんじゃあは、あした級長のせんきょをする、といったのだった。胸をずどんと鉄砲で打たれたようだった。

放課後の鐘が、からんからんと鳴っている。順吉はやっと立ちあがり、肩を落として歩き出し、文昭堂の字が薄くなった看板を見上げて店先から家の中へ入っていった。祖母のりんが、リノリュームを敷いた居間の、硝子戸《ガラスど》をしめ切ったまま、横着をきめて中から店番をしている。おかえり、ままけ（食）やあ、というのを聞こえないふりをして、鞄や帽子を隅にぶんなげ冷えたリノリュームにひっくり返り、壁につかえた脚をのばすと、頭はするすると卓袱台《ちゃぶだい》の下に入ってしまった。卓袱台の裏を仰向けに眺めるのは初めてだった。魚の油だか、煮汁のあとだかが蠅《はえ》をつぶしたようにくっついているので、指先でかりかりと搔《か》いていると、りんが、さっさとままけやあという、にしんなんかもう食いたくねえ、というと、かずのこも食いたくねか、ばななほどもあるでっかいかずのこだど。順吉の鼻柱に、つんと痛みが湧いてなみだが出そうになったのは、それは大好物のかずのこが、ばななほどもあるというのに、よろこんでそれを食っても、目がさめればやっぱりあしたというものが必ず来る、そしてばんじゃあの組で級長にされるのはまちがいないので、けっきょくとしては、かずのこを食ってもだめなのだった。

裏庭で洗濯をしている千代が、盥《たらい》の水をあける音がする。来年は一年生にあがるというのに、弟の仙吉が母親の腰にぶらさがっているのも分る。奥で咳ばらいがしたのは祖父の巳之吉で、あいかわらず焼とりの串削りをしているのである。みんなそうやって、いつもと変わらないでいるのに、じぶんだけがなみだをこらえているようなのは、それだけ運がわるいのである。千代が手を拭《ふ》きふきあがってきて、どうしたっていうのさ、と順吉の足を引っぱるので、卓袱台の脚に抱きつくと、醤油の瓶でも倒れたか、顔の上でどたりと音がした。ただいまもいわずに、なにふくれてるのさ、と怒って茶布巾を使うので、ただいまっていったじゃないか！　母ちゃんのつんぼ。

おや、よくそんな口がきけたね、承知しないからね。ずるずると引き出されたので、跳ね起きるなり千代の膝を激しく打った。それは、あやうく出かかったなみだを引っこめるためだった。

仙吉がこうだんしゃの絵本をひろげている。いぬがあとおしえんやらやと声を出すのを横目に、わけを聞いていた千代が、いくらきびしい先生だからといって、何もしないものをぶちゃしないよ、母ちゃんだって、わが子がりふじんにぶたれたとあっちゃ黙っていられないけどさ、なにせ先生だからねえ、と自信なさそうにりんと顔を見合わせている。

ばんじゃあというのは、加藤友一というのが本名だが、どうしてばんじゃあというのかというと、なにごとにも磐石《ばんじやく》ということばを使うからばんじゃあになった。帝国は磐石、男子は磐石、弁当を食うにも磐石として食えという。陸軍伍長のくらいを持っていて、一年まえにこの炭坑町の小学校に現れてから、たちまちみなを震えあがらせた。叩く蹴るは朝めし前で、そのほかいろいろとせっかんのやり方を工夫するという。いまは高等にあがってほっとしているけれど、この三月まで六年二組だったものたちは、どれほどひどい目にあったか分らない。震えあがったのは子どもらばかりでなく、先生方もてあましているという。

順吉の文昭堂の右隣りは豆腐屋の林さんなのだが、そこの文代さんが、高等を終わり、いまはその上の補習というのに通っていて、裁縫の先生といっしょに世間話や、先生がたの裏ばなしをするので、そういうことを聞いてくるのである。文代さんの話では、ばんじゃあは職員室でもはばをきかして、会議のときには軍人精神に合わないものはどなり散らすという。どういうものが軍人精神に合わないのかというと、それはばんじゃあのかんがえに合わないものである。なぜ、それほどまでに子どもを叩かなければいけないのでしょうか、と女の先生がなみだをためて質問すると、人間は痛いめに会わなければいいものにならない、強い軍人は叩かれて鍛えられるのだから叩く、という。校長が、それは分るが、なにごとにも程度というものがあるのではなかろうか、とおだやかにいうが、それが無気力というもので、教育者としての自信があやふやだから、ついつい手心を加える、ちがうかと聞きなじる。少しちがうと思われるがというと、どうちがうか説明してもらいたい、しかし説明してくれても、じぶんはじぶんの方針でやるのだというのでどうすることもできない。つい二、三日前も、この学校は、みんなはいぼくしゅぎだといってせせら笑ったという。陛下のための強い軍人をつくるのは国の大方針であって、強い軍人こそ国を救う、その証拠にこの前の帝国議会で、軍人がひと声、だまれといって腰抜け代議士を沈黙させたではないか、代議士の口先だけで、はたして国が救えるものだろうか、北支那の戦争がかれこれ一年近くにもなり、南京もかんらくさせたというのに埒《らち》があかないのは、銃後のたるみが原因である。どんと机を叩いてえんぜつをした。聞いている先生方は、かかわりあいになりたくないので目をそらしているのだという。文代さんがいうには、加藤ばんじゃあは、もう三十をひとつふたつ越したのにまだひとりもので、女の先生や補習の女生徒は逃げ回っているのに、なかなかなんだから……と、千代とひそひそ話になった。

そういうおそろしいばんじゃあが、順吉の受持ちになったのである。みないやだいやだと、いい合うのだが、もうどうすることもできない。順吉はその夜、崖から突き落とされるような夢を見た。けっきょく夜が明けたので、青白い顔になって学校へいくと、とうとう級長にされてしまった。ばんじゃあのめんこは、はやばやと金持ちの相馬くんに決まったのに、その相馬くんが級長にならなかったのでばんじゃあはきげんがわるく、せんきょというものは毛唐のまねだといって怒った。相馬くんの父親が、この学校の父兄会の会長なのだった。いいか、ばかは何人集まってもばかだ、といい、桜の形をした徽章《きしょう》を順吉に渡すときさっそく本性を表し、ふん、一銭店屋のせがれか、坑夫の子よりはましだろう、というようなことをいった。

三年生のときの道子先生のように、しっかりね、ともおめでとうともいわない。つくづく三年生のときの道子先生はよかった。袴《はかま》がふわりとふくらんで、いい匂いがしたし、いままでも忘れないのは、よみかたの八ぺえじをひらいたときだ。とびがなく、春の空、といってから歌うように、まるい大きいわをかいて、ぴいひょろ、ぴいひょろぴいひょろと読んだ。その、ぴいひょろといったときの顔や声を思い出す。桃色のくちびるも、まるく輪になっていた。読本のさしえのとんびまでが桃色だった。いまは道子先生は一年生の受持ちに変わって、ときどき遠くから眺めるぐらいになっている。

学校の便所の裏や奉安殿のかげの雪もほとんど消えて、毎日なにやらもやもやとあたたかくなってきたのに、静養室ではまだ大きなストーブが燃えて、蒸発皿がぴちぴちとはねている。その音を聞きながら、頭にほうたいを巻いてもらった順吉は、寝台に寝たまま、かんがえている。いつのまにか級長の徽章がむしり取られていた。頭のうしろがずきずきと痛むのに、徽章は取られたほうがいいのだといっしょうけんめいかんがえていた。きっと相馬くんがかわりに級長になるのだろう。でも達吉や千代にどういえばいいのだろう。

女きちがいにおどろいて、いの一番にとび出したじぶんがわるいことはわるいので、そこがいいにくい。そういうばかなじぶんがくやしくなって、順吉が天井を見ながらなみだを押えていると、順ちゃん！　といって文代さんが入ってきた。ひどいことするんだから、と順吉のなみだを拭いたが、順吉としては、文代さんに見つかったのでは、もう達吉や千代にかくすことはできない、とかんがえている。

毎日毎日、ばんじゃあの気に入るように、ものをいうのも手足を動かすのも、びくびくと注意していたのに、今日はとうとうやられたのである。朝の自習時間のとき、みなに目をつぶらせて、ちんおもうにといって勅語を暗誦《あんしょう》させていると、廊下の向こうで叫び声が起きたのだ。急いで出てみると、炭坑のゆうめいな女きちがいが棒切れを振り回して子どもらを追いかけている。それは、じぶんの子どもを取り返しにきたのである。おらの子を返えせえ、どこさかくしたかやあ、と叫ぶので、おそろしくなって引き返そうとした鼻先で、ぱあと花火が鳴ったのだった。頬がじんとしびれてくるのが分る。生まれて初めて、びんたというものをもらったのである。いつのまにかばんじゃあが立っていて級長のくせにこのばかやろうといってまたびんたを張ったが、それは往復びんたなので、手の裏はげんこつのようになり、三発めで腰がくだけた。よろよろと廊下の壁にぶつかったときに、マント掛けの釘に頭をひっかけ血が吹き出したのである。そればかりか頭を押えてうずくまったところを、尻を蹴とばされたものだから、順吉は五めえとるもころがっていった。みんなが静かに勉強しとるのに、きさまはきさまは、といってばんじゃあは順吉の襟首《えりくび》を引きたて、じぶんの手にも血がついたのを、順吉の頬ぺたに乱暴になすりつけどんどんと引きずっていく。順吉はなみだも声も出ず、天井や廊下のみさかいもくるって、なにがなにやら分らなくなり、襟首が締まってきて気が遠くなるところを静養室にどんとほうりこまれたのだった。ばんじゃあは裁縫の先生に、いっちょうあがりといって出ていった。

子どもは万事先生しだいなんだからさ、きちがい先生に預けた親の方はたまらないよ、と千代が怒っている。いつのまにか夕暮れになっていた。あれから手のつけない弁当を大事に抱え、文代さんにおぶわれて早びけしてきた順吉は、少し熱を出して富山の薬をのんで眠ったが、目があいてみると、もう炭坑の材木土場につとめている父親の達吉が帰っていた。いまは夕餉《ゆうげ》の話し声で、がちゃがちゃと瀬戸物の音にまじって、達吉の黒い声が聞こえる。……どなり返されるのがおちよ、子どもは学校に奉公に出したようなもんで、奉公先でせっかんされたからちゅうて、いちいち文句をいえるか。でもさ、血まで流してるんだよ。りっぱな軍人つくるのもいいけど、けがをさせてかたわにでもなったんじゃ話があべこべじゃないか、伍長だか村長だか知らないけど、いくらなんでも級長まで取りあげなくてもさ。まさか取りあげっぱなしちゅうこともあるまいよ、二、三日様子を見て、頭をさげてくっか。くやしいけどそうしておくれよ。それからみな黙ってぴちゃぴちゃと舌を鳴らしている。発情した猫が鳴いている。順吉は布団の中から暮れていく裏窓を見ていた。うまれて初めて食ったびんたというものは、なんだか鉄棒の蹴上がりに成功した感じと似ている。天と地がひっくり返るからだった。それにしても達吉が学校に来ることだけは、死んでも留めようとかんがえていた。

　つぎの日、ばんじゃあが教壇をおりて順吉の席に向かってきた。さっと血の気がひいて身がまえる順吉の、開いた算術の本の上に、ぽいとごみでも棄《す》てるように級長の徽章を投げてよこし、ありがたく思え、といって戻っていった。手を出さずにしばらく眺めていたが、それは死んだざりがにか、かぶと虫のようにじっとしていた。ばんじゃあが算術を終わって出ていってしまうと、みな寄ってきて頭のほうたいをめずらしそうに見ては、あたまいたかったかい、などといって、ひとりが順吉の胸に徽章をつけた。学校が終わると、順吉はめいよの負傷兵のようにみなに守られて帰ってきた。

　頭のほうたいも取れたおぼろ月夜の晩、達吉といっしょに銭湯へいくと、ひさしぶりに肉屋の浩《こう》ちゃんがいて歌を歌っていた。肉屋の浩ちゃんはひじょうに太い声で喋《しゃべ》るのだが、それはいつか見たトーキーの活動写真で、風よけの大きなめがねをかけた飛行士が伝声管というものを使って喋る声によく似ているので順吉は肉屋の浩ちゃんにあこがれている。いまは、白い体を拭きながら、ほんちょにちょめの、いとやのむすめという歌を歌っているのだった。順吉がみとれていると、しなのへいたい、からかさかついで逃げていく、といってあがっていった。肉屋の浩ちゃんはわかだんなとも呼ばれている。軍隊から帰ったばかりなのに、軍隊のぐの字もいわず、ときどき夕方の校庭で、ボール投げの相手をしてくれるし、陸上の選手なので、炭坑の運動会などに出るときは、いつも少し青い顔になって走るがだれも追いつくことができない。べるりんのおりんぴっくにもそっくりだった。まったくばんじゃあとは月とすっぽんほどもちがう。ばんじゃあは、先生になどならずにそのまま軍人になっていればよかったのに……。

　順吉は父親の背中を流しながらきのうの修身の時間のことを思い出している。ばんじゃあがいうには、いまは軍隊がいちばん強い世の中で、何でも思う通りのことができる、ひとができないことも軍隊はできる、その軍隊にいってきたおれは、校長も教頭も、町長も屁のかっぱである、それは磐石の自信があるからである。おれは忠君愛国だから、少しでもへなちょこを見ると頭がへんになるのだ、日本にはまだ、じゆうしゅぎというわるものがうようよいるので困る、そういうものが天下をとるのはわるいことで、軍人が天下をとれば、それはいいのである、そこのけじめのつかないやつは、このおれがせいばつしてやる、おれはけいぶほの吉田さんともひじょうに仲がいいのであるからおそろしいものはない、分ったか。みなわかりました、と唱えると、級長、どういうふうに分ったかいうてみい、と順吉を指した。順吉が、軍人がつよい、です、と、教えられた通りにですに力を入れて答えると、つよいのは軍人だけか、いまお前の目の前にいるひとはどうなのだ、という。あ、と口ごもると、あほうづらするな、いいか神田順吉、お前がなんぼ図画や唱歌がうまくてもだ、それは何の役にもたたん、お前は三年生のときは女の先生にちょこちょこされたらしいが、おれは違う、そういうのはなんぱである、なんぱはへどが出る、といった。どうしてじぶんばかりがばかにされるのか分らない。なんぱのいみを、達吉に聞いてみたいともかんがえるのだが、ひじょうにいやなことばに思われていい出しにくい。銭湯から帰る途中、肉屋をのぞいてみたが、浩ちゃんの姿は見えず足もとのどぶ板の上でいきなり犬が唸《うな》った。大きな骨を前足でおさえ、上目づかいに唸っているので、達吉の下駄の裏が返るのをかぞえながら帰ってきた。今夜もまたにしんを食う。

　今日はだれがやられる番だろうかと、毎日びくびくしながら学校へいくのはまったくいやになる。ばんじゃあは、よる寝るときに、あしたはだれをぶんなぐってやろうかとたのしみにして眠るのであろう。それにしても、たとえば授業の鐘が鳴ってから、急いで机に戻り、膝に手をおいてばんじゃあを待っている間、ちょっと隣り同士でひそひそ喋ったことがそんなにわるいことなのだろうか。そういうとき、ばんじゃあはすぐには教室の戸をあけず、廊下から中をうかがって見当をつけるのだった。つかつかと入ってくると、話をしたものの頭を両手に押えて、いきなり鉢合わせをさせる。そうでなければ、じぶんは手を出さずに子ども同士で耳のひっぱりっこをさせる。いうことはきまっていた。ひそひそ話というのは女のやることで、男子は堂々と話し合わねばならない、それなのに、ぬすっとの相談か、先生のかげ口か、それはおれには分らないが見るものが見ればひじょうにひきょうに見えるといって鉢合わせをさせる。もしも首に力をこめて防ごうとでもすれば、ますますいきり立ってくるから、みななみだをこらえて頭をぶつけ合うのだった。それがどれほど痛いものか、ばんじゃあはかんがえたことがあるのだろうか。わるいことに、この鉢合わせや耳のひっぱりっこは、見ているものはついついわらいたくなる。でもわらってはおしまいだった。新学期のころ、それを知らずに声を出してわらったものがつかまってひどいめに会ったのだ。ほほう、お前なかなか度胸があると見ゆる、その証拠には、他人のくるしみをわらって見ていた、そうか、もっと男らしくわらったらどうだ、といっていきなりうしろからそいつの口の両はしに指をつっこんでひろげたのである。親ゆびは耳のあたりを押え、はんどるでも回すようにぐるっぐるっと回した。ほれ、こんなに大きな口でわらいました、みなさんよく見てください、ほれほれ、ほれほれ、といって回した。そいつの唸り声といったらなかった。唖のようにあわあわと叫び、なみだとよだれをいっしょに流して、犬のように唸った。

ばんじゃあは、嚙まれないようにさっと指を引きぬくとそいつの上着によだれをぬりたくって、このおれをなめるなと頭を小突いた。えんえん、えんえんと泣き出した手をぴしゃりと払い落として、なんだ、いまわらったのは芝居だったかといった。そのあと、ばんじゃあは厚い本をみながら首をひねりひねり黒板に桜のめしべおしべの絵をかいたのだった。丸坊主の青々とした頭や、赤い首や、黒の詰め襟服の背中をみな息をころして盗み見て、雑記帳にめしべをかいたのだけれど、しんとした教室でそいつのすすり泣きを聞いていると、なんのためにめしべおしべをかいているのか分らなくなったのである。

ばんじゃあが、子どもをなぐるぐらい朝めしまえなのは、先生方にも乱暴のようなことをすることからも分る。それは新学期になって、先生方がにしんをさかなにして、一年生の教室でかんげい会というのを開いたときである。だいぶ酔っぱらってかくし芸というのをしたとき、教頭先生がおるがんをひきながら、おんなごころの歌というのを歌ったという。すると、何を思ったかばんじゃあがいきなり立っていって、教頭の背中から手をのばし、ものもいわずおるがんの蓋《ふた》をしめた。教頭は片手をはさまれて、手の甲が紫いろにはれあがったという。みなさすがにおどろきあきれて口々になじると、あんたらどんな気持ちか知らないが、前線の兵隊のことをかんがえたことがあるか、酒をのむのもいいが、天下国家を論ずるならともかく、こういうすけべい歌を歌うとはこれはどういうことだ、あまりにも軟弱ではなかろうかというようなことをいった。剣道三段の高等の先生が、きみひとりが忠臣づらをするな、といってストーブのでれっきを握ったので、みなまあまてまてといって止めたのだという。女の先生はたびたび泣かされる。ある先生は教室できりすとの話をしたため、てんのうというお方がありながらきりすとの話をするなら、いぎりすへいったらどうだといやみをいって泣かした。

　炭坑神社の祭りがすぎた五月なかばのこと支那の戦場で西住という隊長が戦死をし、軍神というものになった。ばんじゃあは、大よろこびでその話を聞かせたあと、みな立って目をつぶれという。こんどはひとり残らず整列びんたかと震えていると、じぶんはうしろ手にことこと靴音をひびかせながら、軍神というものはだれでもなれるものではないが、お前たちも爪のあかでものんで、今日から性根をすえねばならないといった。靴音が教室のうしろで止まり、そのまま物音が絶えたので、みな不安げに耳を澄ませていると、いきなり、たああっああという掛け声が起こったのである。まるで七面鳥が一度に十羽も啼《な》いたかと思われるような甲高《かんだか》い声だったので、みな思わず机にしがみついたほどだった。

　ばんじゃあは、これでたましいが入ったといって出ていった。夜、順吉は七面鳥の声を夢の中でも聞いた。ぼんやりと目がさめて、ばんじゃあというのは、ほんとはきちがいではないかとかんがえたが、それはなんだか、ぶきみなようなかんがえだった。そして、じぶんはいつどこでも、休みなくばんじゃあのことをかんがえていることが分る。

　輪回しをして電信柱に衝突すればばしたで、けん玉をやればやったで、ラジオの軍歌が鳴れば鳴ったで、いつもたちまちばんじゃあが浮かんでくるのである。それに、なんだかじぶんがあらあらしくなっているような気がする。三年生を終わるまでは先生に叩かれたり廊下に立たされたりするのはひじょうに恥ずかしいことだと考えていたのに、四年一組になってからはべつにそうとも思わなくなった。隣りのたけしは同じ四年生で、家も隣り、教室も隣りでいつもいっしょなのに一組ではないので叩かれない。けっきょくうんめいなのだった。しかし、うんめいはうんめいでも、ばんじゃあがほんもののきちがいに見えてくるのは実際困る。きちがいに勉強をならっているのはへんだし、きちがいだと決めても、べつに心は軽くならないからでもある。きちがいきちがいとかんがえるうちに順吉は背中の方に何やら黒い影が立っているような気がして布団をかぶった。そういうときに限ってどこで鳴るのか、みし、とか、どた、とか音がするのでますますきびがわるくなる。一分くらいたって気がつくと、頭はやっぱりばんじゃあのことをかんがえていた。想像では、いまばんじゃあをころそうとしているのだった。まともではとてもかなう相手ではないので、ばんだんえもんとか後藤またべえとか、さまざまな豪傑をえらんでいるうちに、とうとう真田十勇士が浮かんできた。十人もいれば逃がしっこないだろう。真田十勇士がばんじゃあを退治するばめんを想像しているとだんだん夢中になってきた。猿飛佐助や霧がくれ才蔵や三好清海入道が寄ってたかってばんじゃあをくるしめどうと倒れたところを幸村の一子大助がとどめを刺す。ばんじゃあはのどから血を吹いてたああっああと悲鳴をあげ、とうとう息たえてしまった。……。痛快痛快、あっぱれあっぱれと順吉が扇をふりかざしてよろこんだときぼんやりした明りが、ものの怪《け》のように順吉を見おろしていた。母ちゃん母ちゃんと声をあげて呼んだ。いつのまにか想像は夢に変わって、じぶんのかんがえではないばんじゃあが現れ、それは血を吹いて倒れたはずなのに、目をあいて順吉を見ているのだった。母ちゃん、母ちゃんてば、と呼んで仙吉の腕枕のままこっちにのびている千代の、半びらきの手をつかんで振った。千代が目をさまして、かすれた声で、夢でも見たかい、と順吉の手首をつかまえたが、見ているとだんだん力が抜けて指がほどけていく。順吉は、そのしめった大きな掌の中にじぶんをとじこめるようにていねいに一本ずつ折るのだが、折るかたはしからたよりなくひらいていくので、あきらめて固い指貫《ゆびぬ》きにしがみついていた。

もうだいぶ夏になった。窓ぎわの順吉の席からみおろすと、まっすぐに呉服屋の昭和堂があり、校庭のぽぷらの間から、店先に洗濯もののように吊るしたらんにんぐしゃつがちかちかと光るように見える。昭和堂の中はいつも倉の中のように反物の匂いがして、子どもにはあまり縁がないけれど、運動会が近くなるとらんにんぐや、運動たびを買うのでそのときは用事ができる。右隣りのはんこ屋の前で、自転車に旗をたててアイスキャンデーを売っているのはお菓子屋の若林さんのおじさんである。見ていると、はんこ屋からひとが出てきてアイスキャンデーを買った。若林さんのおじさんは、帽子をとってあいさつをすると、こんどは竹田病院の角を曲がっていく。荷台に立てた旗が、唱歌のときのめとろのーむのように首を振っている。

これから午前の二時間めが始まろうという時間なので校庭には人っこひとりいないし、向こうの店のあたりもあまり人が通らない。ぽぷらのみどりの葉ばかりがきらきらして、それはみどり色の小判のようだった。いつも思うのだが、校庭のぽぷら並木は、秋がくると太陽に照らされて正月の注連飾《しめかざ》りのように見える。山吹色の小判や、宝船やお多福や米俵やらが重なり合ってちゃらちゃらと音たてているように見える。いまはみどり色の小判だが、もしかあれがほんものの小判で、みなじぶんのものだとしたら、昭和堂や赤い屋さんのような金持ちになり、文昭堂の看板も大きくして鳥居前の東京堂のように教科書を売る。父親の達吉もわざわざ炭坑の土場で材木の数を勘定しなくてもいい。酒屋の大島くんのおじさんのように、縞模様《しまもよう》の青いいろの着物を着て角帯をしめ、ゆうゆうと帳場にすわっていればいい。しかしいまは金がないのでえんぴつや雑記帳やけしごむや、あめ玉とかにっきなどの駄菓子のほかに、着せかえ人形やぱっち（めんこ）などの安いおもちゃを売っているのである。それでも文昭堂は、場所が東門のすぐそばで、学校に通う道すじに当たるので子どもの客が多い。授業が始まったというのに、あわてて分度器や三角定規を買いに来るものもいる。そういうわけで、安物売りにしてはめぐまれているのだ、と祖母のりんはいう。炭坑のせいとたちは、文昭堂のことをぶんちゃんぶんちゃんと呼んで、学校帰りに買い食いをしたり、くじを引いて三角ののしするめを奪い合ったりするのは、うらやましいような、また、あさましいような心持ちがする。順吉が外を見おろしながらぼんやりしていると二時間めの鐘がひびいてきた。これからばんじゃあが来るのである。これから何びゃく回もこうやってばんじゃあを迎える。

　みんな、声出すなよと順吉がひと声かけて机の右はしに筆入れを角度正しくおき、背をのばして前の席の久夫のぼんのくぼをにらみつけていると、やっぱり悪魔のようにばんじゃあが入ってきた。だれひとり身動きもしないので、ばんじゃあは満足そうに教壇にあがる。きりつ、けいれい、と順吉が号令をかけ、兵隊のまねをしてきょしゅのけいれいをすると、ばんじゃあは、今日は少し忙しい、お前たちは書き取りをせい、といって黒板に新しい漢字や古るしい漢字を十ばかりかいた。それからじぶんは机の間を歩きながらげんこの中の短いえんぴつをなめなめ手帳に何やら書いている。ばんじゃあがそばを通ると、みな黒板のほかは何も目に入らないというように、いそがしく顔を動かしている。ほとんど字のかけない黒田のおっちまでが、そうやって顔の運動をしているのはかわいそうな気がしてくる。隣りのたけしの組からきゃっきゃっとわらう声が聞こえてくるのは、またあや先生が、あんちんきよひめのお話でもしているのだろうか。いつのまにか教室のうしろに回って、窓から外を見ていたばんじゃあが何かいっている。外を向いてものをいったのでよく聞こえなかったが、二度めは振り向いて、はっきりこういった。きのうの掃除当番手をあげい。ほらまた何か起こったのだ！　十人ほどがこわごわと手をあげた。ようし、そのままそのまま、といって正面に戻ると、あごで人数をかぞえいまのものうしろへ並べといった。二組で、またどっとわらい声が起こる。むこうはしあわせなのに、こっちはいよいよお仕置きがはじまるのである。十人が首うなだれて、ぞろぞろと立っていくのは、なんだか、これから代官さまの鞭《むち》で百も二百も叩かれるために着物もはきものもぬいで泣く泣く支度をしているように見えてくる。もうみな黙って、これから始まることを見ているしか、しかたがない。ばんじゃあが見つけたのは、窓の下壁の、だれかが黒板拭きを叩いたらしい跡である。白墨の粉がついているという。みつかればこうなることぐらい分っているくせに！　と順吉がはらだたしくなっていると、ばんじゃあは十人を見渡しておもしくいった。四年一組はこちらでございますと、わざわざしるしをつけたわけを知りたい、犯人はだれだ！　答えがないと見るとそうか、それではしかたがない、といって、右はしからびんたを張り出した。なれた手つきでぴしり、ぴしりと叩いていく。そのたびにちゃりん、ちゃりんと音がするのは、ばんじゃあの上着のかくしで、なにか金物が鳴っているのである。順吉が目をつぶってちょうど十かぞえたとき、はっと耳を疑った。級長出てこい、と聞こえたのである。聞きちがいかと思った。級長、呼んでいるのが分らんか！　ばんじゃあが叫んでいる。横に坐《すわ》っている木下くんがきのどくそうに見あげるのが、見たこともない顔に見える。宙をふむ思いで立っていき、ばんじゃあの黒い上着の釦《ボタン》のまわりが手垢《てあか》で光っているのが目に入った瞬間、耳にびゅっと風が鳴り、左の頰をぱあーんと張られたのである。頭の中心が鳴っている。顔をしかめて堪えていると、おれは忙しい、つぎの時間までにお前が犯人を見つけておけ、といい放ってさっさと出ていった。戸が乱暴にしまった。五十人もいるのに、教室はからっぽになったように静まり返っている。順吉はやっとの思いでだれさ！　と叫んだ。いえよ、ひきょうだよ、もう逃げられないよ、しかたがないじゃないか！　みな首を振ったり、なみだをためたりしているが、いさぎよく出てくるものはいない。順吉には疑問が湧いてくる。ほんとにきのうの掃除当番のしわざだかどうだか、それさえ分っていないのに……。だれさだれさ、といっているうちに休み時間がきて、両隣りの教室からたくさんのぞきにきた。十人もやられてるう、なにやったのさあ、とわいわいいって廊下の窓に鈴なりになったのが、いちどにさっと消えたのは、はやくもばんじゃあの姿を見たからだろう。順吉は顔がまっさおになっていくのが分る。十人といっしょに並んでばんじゃあを迎え、きりつ、とそこから声をかけた。するとばんじゃあは正面でわらった。ばかもの、なにがきりつだ、ようぎしゃが号令かける権利があっか副級長やれ。

　なぜばかものなのだろう、なぜ夜汽車なのだろう、おまけになんぱでもあるし……。それはどれほどかんがえても空をかきむしるように心細く、とりつく島のない疑問である。神田、前へ出てきて報告せんか、というので出ていった。どうだ犯人はつかまえたか名探偵、といって頰をぴくぴくさせる。分りません、でした。ほほう、お前ひとりで罪をかぶろうと、こういうわけだ、こっちも手数がはぶけるといって襟首に腕をのばしてきた。順吉はじぶんでもよく分らぬ、あらあらしいものがこみあげて、その手を避けていた。くやしなみだが湧いて、初めてのように、加藤友一というおとなの顔をまっすぐに見上げた。

　なんだあ、そのきらきら目えは！　それは、きさま、反抗てきではないか！　8の字を横にした鼻の穴がひくひく動いているのまではたしかめたが、もうそのときは額を突かれて順吉は最前列の黒田おっちの机にぶつかり、尻餅をついた。名探偵、しばらく頭をひやせと廊下へ引き立てられ、お前は頭がいい、柱とでも何とでも話ぐらいできるだろう、といって廊下の柱に額を押しつけて、中へ入っていった。なぜうしろ向きに立たせるのだろうか。分らないことばかりつぎつぎと起こる。向き合った柱を、虫めがねをのぞくように見つめると、目玉が寄ってぼやけてきた。何年もかかって多勢の手がたわしでこすったのだろう、柱や板壁は白茶けて、雑巾ばけつの匂いがする。くやし涙はいつのまにか引っこんで、仙吉のことや夜汽車のことやさまざまなことが頭に浮かんでくる。向こうの教室からひとり男の子がとび出して、順吉には目もくれず腹を押えて走っていった。三年生のあたりでぶかぶかとおるがんが鳴り出し、夏も近づく八十八夜と歌い出した。道子先生のおるがんに合わせて歌ったことを思い出す。あれに見えるは、茶摘みじゃないかというところが、なんだかふざけているようでおかしかった。ふしをつけて歌うとそうでもないのに、歌う前に棒読みをするとおかしくなる。それは、順吉だけでなく、みなそう思うのだろうか、そこへ来るとなんとなく顔見合わせて歌うのだった。豆腐屋のたけしは、ぱっちのほん気で大勝ちしたとき、首を振って、あれに見えるは茶つみじゃないか、といっておどけていた。いましがた、ちょっと弟の仙吉のことをかんがえたのは、仙吉がまだ一年生にあがっていなくてよかったということである。あにきが柱とにらめっこをして立たされているのを見たら、仙吉は大よろこびで千代につげ口するだろう。ほんとにうしろ向きというのは勝手がちがう。

どすん、と中で音がしてするどい悲鳴があがった。それは胸をかきむしられるようにかなしげだったが、すぐにまたどすんと音がする。廊下の窓がちりちりと震えた。悲鳴はかあちゃあんという泣き声にかわったがばんじゃあの声は聞こえない。とうとう犯人が見つかったのだろう。ばんじゃあは、どんなまじないを使って白状させたのだろうか。順吉はすっかりなさけなくなっていちど引っこんだくやしなみだがまた湧いてくる。逃げ回るのを追って床に叩きつけるのだろう、ばたばたと足音が乱れたが、三度めのどすんという音で泣き声が絶えた。耳を澄ませるとひとりやふたりではなく、教室中がすすりあげているのが分る。

がらりと戸があいたのは隣りの女子の三組で、女の先生がおそろしい顔で順吉を見てから、袴をひるがえして、一組の戸をあけてとびこんでいった。何かいい合う声がしているうち、女の先生が脇に抱きかかえて連れ出したのは、炭坑の子の辻村くんのようだった。顔のまん中が赤インキをぬられたようになり、ちびの辻村くんは、目をあけたまま静養室へはこばれていった。こんどは前の戸があいてばんじゃあが口をまげたへんな顔になって順吉に向かって叫んだ。いつまで立ってるんだ恥さらし、とっとと中さ入れ!

支那で戦争が起こってからちょうど一年めにはじめて梅干ひとつの日の丸弁当というものを食べた。その朝、強い兵隊さんつくるのに栄養つけなくていいのかしらね、といいながら千代が梅干弁当を作ったが、あまりにあっけないので手に持ってしげしげと眺めていた。

いよいよ弁当の時間になったので、武運長久を祈って弁当をひらくと、ばんじゃあがいう。これからおれのやるとおりにせい！

そして始まったのがまね食いだった。何から何までばんじゃあのやる通りにやる。ではこれから食う、といってばんじゃあが箸を持つのでみな急いで箸を持った。ばんじゃあが四角に切ったごはんを口に入れる。遅れないように口に入れる。それからいったん箸をおいて、ばんじゃあの口の動きに合わせ、拍子を取るように首を振りながら、もぐもぐ、もぐもぐと嚙む。手は膝に揃えて嚙む。ばんじゃあがなかなかのみこまないので、先にのみこんだものは嚙むまねだけしている。歯がかち、と鳴ったり、ぴしゃと舌をはじいたりすると聞き耳をたて、それはくちをひらくからそうなる、口はひらくなといって隅ずみまでにらみながら食べる。やっとばんじゃあがのみこんだのでみなのみこみ、また箸を持つ。ばんじゃあが梅干をなめたので、みななめた。梅干をはさみそこねたものは、あわてて箸を握ったまま、指でつまんでなめた。ぎょろとばんじゃあがにらむのではらはらする。ものを食べながら、きんたまがちぢむような気持ちになるのではいっそ食べないほうがきらくだった。しかし、正面にすわったばんじゃあがほら穴のような鼻をうごかし、ぜんたいを見回しながらもぐもぐと嚙んでいるのでは、どうすることもできない。そうやって、ひと口五十回ぐらい嚙み、ところどころで梅干をなめ、三十分もかかってやっと弁当がからになったが、もう遊ぶ時間はいくらもない。それなのにこれから弁当の日は必ずこうするとばんじゃあが命令したのである。相馬くんが手をあげて、先生とおかずがちがうとき、どうするのかと聞いた。ばんじゃあは、やさしいような顔になって、そかそか、それではおかずはたくあんとあとひといろにすると答えた。たくあんがないときはどうするかと相馬くんがしつこく聞くと、ばんじゃあはちょっとかんがえてからたくあんぐらいあるだろうといって出ていってしまった。

ままにいいつけてやる、なにさこんなもの！　と相馬くんが怒って、半分も食べなかった弁当を机の上でどんと音たてた。あれはきっと相馬くんの父親か母親から文句がきたのである。二、三日してからばんじゃあは、おかずは何でもかまわないが、まね食いだけはやるといって、けっきょくこれからはばんじゃあの顔を見て弁当を食べることになった。

達吉が氷水の機械の錆《さび》をおとし、ぴかぴかになったのを満足そうにみて、ばっちゃん、あしたからうんと氷水売ってくれやといってはんどるをぐるんとから回りさせた。店の中にも外にも腰かけを並べ、すだれをさげ、波がしらの旗を立てると氷水屋らしくなった。しろっぷの瓶やがらすのこっぷを棚に並べると、うす暗かった店先が少しきらきらした。達吉は、ほんとうはところてんも売りたいのだが、ところてんはたけしの店でも売っているので文昭堂としてはやめたのである。

氷水のことがあるので、つぎの日は少し、らくなような気持ちになって学校へいった。そういう気持ちになったのにはもうひとつわけがある。四年生以上の、図画のとくいなものを集めて、放課後にとくべつの勉強をするという、今日はその初めの日なのだった。しはんを出たばかりの及川先生がその先生で、及川先生は北海道のてんらんかいにも入選した。放課後になって順吉がいそいで及川先生の教室へいこうとすると、ばんじゃあはおい名探偵、せいぜいかわいがってもらえ、といった。こういう日は、なにをいわれても気にならず、つい走り出そうとするのを押えて廊下をぴゅんぴゅん歩いていった。

教室には高等のせいとも来ていて、みなこれから写生に出かけるといってうきうきしている。おなじうきうきでも順吉のは少しちがう。水彩えのぐは、五年生にならないと使えないきまりなのに、及川先生はみなを集めたとき神田はとくべつだといったのである。ばばぁん、と口で大砲を打って家に駆け戻った。そういうわけで、今日は、おおぴらに水彩えのぐを使うことができる。

順吉は、新しい画板やえのぐ箱を肩から十文字にさげ、先頭になって写生に出かけていった。写生の行列は東門を出て文昭堂の前を通っていくものだからすっかり肩身がひろくなる。角の代書屋をまがるとすぐ、氷と染めぬいた旗が目にとびこみ、すだれの下の涼み台では女のひとと子どもが氷水を飲んでいる。あれ、順吉んとこ氷水やってるのか、とみながやがやさわぐので、ますますとくいになる。歩きながらほの暗い店の奥に千代を見つけ、母ちゃん、と呼ぶと、びっくり顔でとび出してきた。今日は洗濯したての真白いえぷろんをしている。千代は順吉を見てから、列の中ほどの及川先生に気がついて急いで頭の手拭《てぬぐ》いをとり、地べたをなめるほどお辞儀をした。及川先生が立ち止まって千代と話をしているのは心づよい。だいぶいきすぎてから振り返ると、千代はまぶしげに小手をかざして見送っているので、手をあげかけたが、千代がきんがんなのに気がついてやめた。炭坑の線路のふちの草むらにすわって白壁の事務所の屋根にねずみ色をぬっていると及川先生が助手の高等のひとといっしょに回ってきて、ああこういう色は、ぼくにはとても出せないといって、いつまでも見ていた。

　週一度の図画のとくべつ教室が待ち遠しくなった。三回めのときは土曜日に当たったので家でひるめしもうわの空に、じりじりと待ち続け、二時の集合時間に体をななめにして走ってきたのはよかったが、あんまりよろこんだので画鋲《がびょう》を忘れている。みんなにひと粒ずつでもなめてもらいな、といって千代が包んでくれたきゃらめるに気をとられていたのだ。今日は神社の森に登るのである。助手の高等のひとにいうと、鳥居のところで待っててやるからいまのうちに取ってこいといった。画鋲なら教室のじぶんの机の中にいつでもしまってある。元気をとり戻して汗をかきかき西玄関からとびこんでいく。こういうときは、いくら走っても一向にこたえないのだった。もうせいとは残っていず長い廊下が向こうはしまで見通せるので、なんだかよその学校に見える。階段を一気にかけあがって、あけ放した四年一組の戸口に立つと、ぷんとけしごむのような教室の匂いがした。そこで順吉は金しばりに会ったように立ちすくんだのである。

　教壇に人がすわっているのだった。教卓の蔭《かげ》になって顔は分らないが床に並んだ脚が男と女である。男の手が、女のひとの背中を撫でている。男の靴の形が目に入ったとたん、順吉は仰天して逃げようとしたのだが、もうそのときはばんじゃあが立ちあがって、信じられないという顔で、まじまじと順吉を見た。女のひとの顔が教卓からのぞいて、さっとかくれた。窓の明るい緑を背にしたばんじゃあは、雲つく大男となって立ちはだかりそれは山がゆっくり崩れかかるように近づいてきた。お前なにしに、といった。順吉は明きめくらになって、その大きな山のいただきあたりに、せんせゆるしてくらさい、とつぶやいた。するとへんなことが起こった。ばんじゃあの顔がだらりとゆるんで白い歯が見えたのである。逃げ腰の順吉の肩をつかまえると、腹で廊下へ押し出し、どうしたんだ、ん、どうしたという。震え声で、画鋲をとりにきたことを伝えると、にわかに口数が多くなった。そかそか、なんだ画鋲のひとつやふたつ、よしよし、早くいえばいいのに、どら、いっしょにこい、といろいろなことをいい、順吉の背中を押して階段を降り、職員室に入っていく。入口で迷っているのを手招きしてこっちへ来い、ほら十本ぐらい入ってるわ、かんかんもいっしょに呉《く》れてやっからな。からからと振ってみせて順吉の手ににぎらせ、しっかりやるんだぞ、お前は一組の代表だからして、といってははとわらった。

　からからと鳴る丸い小さな缶を、かなへびでもつかまされたように掌にのせたまま、走って戻ってきた。神社の急な石段をのぼり、そのてっぺんから下の町並みを見おろして写生を始めたが、もうだめだった。頭の中が、いまのことでいっぱいだった。画鋲を缶ごと十本も呉れたのは、何も喋るなよ、といういみだぐらいとうの昔に分っている。それは、もしかひとことでも喋ったらころすぞといういみでもあった。ころされるたしかさは、分数でいえば1分の1ではなく、100分の100だった。みなにいいふらして仇《かたき》をとることなど、とんでもないことだった。だから、それは決心できる。順吉のおびえは、そのつぎのことだ。じぶんとしてはぜったいに喋らないつもりでいても、じぶんの口がひとりでに喋り出すかも知れないとかんがえるのだ。たとえばひじょうにあわてたときとか、風邪をひいて熱にうなされるときとか、何かの拍子で気ぜつしたときとか、そういうじぶんでも分らないばめんで、喋り出さないだろうか。いたこ、と呼ばれているまじないの老婆は、じぶんでは何も知らずに、死んだ他人のことばをかわりに喋るのである。もしか自分がそうなったらおしまいである。

　筆洗いの水に蟻がおぼれているのを見ながら、助けることも忘れて順吉はわるいうんめいのことばかりかんがえている。けっきょくとしては、見てはならないものを見たためにはんたいにくるしむことになったのだ。写生はまるでだめだった。及川先生に写生を渡すと、へんな顔をして黙っている。今日は初めからうわの空なのでほめられるはずはないのにやっぱり何もいわれないのはいいようもなくさみしいことだった。

　高等のひとにきゃらめるを呉れてみなと別れて帰ってきた。途中、古井さんの下駄屋の角で紙芝居がかかっているので走っていくと、紙芝居は、鉄かぶとの兵士がひとり敵弾に当たってざんごうの中へずり落ちるところだった。いろめがねをかけた紙芝居屋が、だだあんと口鉄砲を打ち、うむ、と唸っている。それから、ぐんりつきびしきなかなれど、とかぶきのようにいいながら一枚抜くと兵士はざんごうの底に倒れ、べつのひとりが振り向いている。倒れた兵士の顔が前の絵と似ていないのはへんな気がする。みくにのためだかまわずに、傷は浅いぞしっかりせえ、といってから順吉を見た紙芝居屋は、あめ買わないならえんりょしとくれよといった。じぶんはあめ玉屋の子なのに、と順吉がえんりょしてうしろで見ているうちに、倒れた兵士は、てんのうへいかばんざあああい、とだんだん声がかぼそくなって死んでしまった。あれがばんじゃあだったらきらくなのに、とかんがえながら画板を引きずって帰ってきた。

順吉が元気がないのはわけがあるのに、ろくにものもいわず、ごはんも満足に食べたがらないのはどういうわけだと千代が怒った。冬の残りのたくあんをガラス丼の中の水に浮かせ、生姜醤油につけてかりかりと味をみながら怒った。夕涼みどきになって、氷水の客がいちどに八人もきたというのに、千代はまだ怒っている。消化不良でも起こしたかと、祖母のりんがはらいたの赤玉というのを探したが、赤玉はもうなくなっていた。まもなくげんのしょうこの匂いが漂ってきたのは、赤玉のかわりにのませるつもりにちがいない。運のわるいときは、どこまでいってもわるいのだった。そのうちにもう寝るというころになって、蚊遣《かや》りの煙を見ているうちに少し気がらくになってきたのはありがたい。どうして気がらくになったかといえば、じぶんの口が勝手に喋り出すのは、それは、いつもそのことばかりかんがえているからではないだろうか。掛け算の九九のように、そらでおぼえてしまわないうちに、むりやり忘れてしまえばいいと思ったのである。あんまりたよりにはならないけれど、それをかんがえついてから、急にはらがへったようになったのである。

蚊帳《かや》の中でこっそり手を合わせ、どうか思い出しませんようにと十回もくり返していると、しまいには何を祈っているのか分らないようになり、かえってぼんやりとかなしみが湧いてきた。それは、じぶんはもう何ひとつ愉快に喋ることはできないということと、すっかり学校がいやになったためだった。

もうすぐ夏休みがくる。今年はとくべつ待ち遠しい。夏休みがくれば、級長の役目が終わるので、そのときはこんなものどぶに放りこんでやると、級長の徽章を見おろすと、それは胸にたかった足長蜘蛛《あしながぐも》のように見えた。今日もたけしに誘われていやいやながら学校へいったが、ばんじゃあが、とうとうつんぼの田村くんまでなぐったのは、あまりにつらいようなことだった。それは三時間めに、ひなんくんれんをやったときで、学校じゅう大騒ぎのあと校庭に集まって点呼をとると、四年一組はつんぼの田村くんがいないことが分った。校長先生がえんぜつするころに、のこのこ出てきたのを、そのときはばんじゃあは歯ぎしりしてがまんしたのだろう。

教室に入るなり、このかたわ野郎といって田村くんを張りとばした。大恥かかせやがって、と三発ぐらいびんたを張った。田村くんは耳が聞こえないのに、なぜなぐるのだろう。田村くんは、一発めはきょとんとしていたのに、三発もなぐられたので助けを求めるようになみだをためて順吉たちの方を見た。でもどうすることもできない。ばんじゃあは、一番うしろの田村くんの席めがけて突きとばし、えりにえって、こんなどすかたわが、おれの組とはなさけないとどなった。いいかみんな、といって正面に戻ってくる。戦場ではいざかまくらというときは、人間のひとりやふたりもののかずではない、ましてかたわになった負傷兵は捕虜にならぬうちに自殺させるか、味方がころす、達者なものが役立たずをぶちころすのはしかたがないといった。あれはいつだったか、ばんじゃあは、ないちんげえるなどはいてもいなくてもよい、おれは女はきらいだ、ともいった。

　ばんじゃあとしてはそれでよくても、つんぼの田村くんまで叩くのはなんだか合わない。田村くんが声も出さずに目をぱちぱちさせて泣いているのを見て、ばんじゃあのあまりのおそろしさに教室じゅうが泣きたいような気分になった。ひなんくんれんのあとはすぐ夏休みだった。終業式が終わると、ばんじゃあがわざわざ順吉の席まで歩いてきて、級長の徽章を持っていってしまった。どぶに棄てるのはやっぱりできないのだった。女のひとの背中を撫でているばめんを見てからというもの、ばんじゃあは順吉にひとことも声をかけないし、順吉が見ても見ない。わらいも怒りもしない。授業中に名前を指さず、だいいち朝の出席とりに順吉の名をとばしていく。それはいいことかわるいことか、損なのか得なのか、順吉にはもう分らなくなっていた。

　一カ月もの間、ばんじゃあの顔を見ずに済むので、夏休みに入ると順吉は少しずつ元気をとり戻し、日記帳を三日も四日もほったらかして、夕立ちを裸で駆けたり、たけしや、髪結いの子のまつえと校舎の縁の下にもぐったり、ラジオ体操に出たまま朝めし抜きで神社の森のかくれ家に枝葉をかぶせたりした。うら盆に近いある日のこと、騎兵隊が来て、校庭に野営を張った。これまで見たこともない大部隊だった。多勢の見物が手を振る中を炭坑の方角から馬に乗った兵隊がつぎつぎと現れ、校庭は兵隊と馬でいっぱいになってしまった。かんかん照りで地面が白くやけているうえに、秣《まぐさ》や馬ふんが畑のような匂いをたて、それに皮や油の匂いもまじって、ほこりといっしょに舞いあがっていくようだった。三角に組んだ短い騎兵銃が、田んぼの稲束のように何列にも立ちならんだ。ぽぷらの木蔭にずらりとつながれたつやつやした馬にまじって二頭のらくだがいるので、順吉とたけしは、まつえや仙吉を連れて大よろこびで見にいった。兵士が汗をたらしながら手綱をからげたり、脚を持ちあげさせたり、向きをかえたりするのに、らくだは眠そうに口をもぐもぐさせ、横柄にちょっと体を動かすだけだった。男の子が泣き泣き逃げ出すほどおてんばのまつえは、小学二年だというのにおそれげもなくらくだのそばへ近寄ろうとすると、汗だくのまっかな顔をした兵士が、おそろしい目でにらみつけた。みならくだがめずらしいので、だんだん人垣ができ、子どもの背丈ではもう前が見えなくなったのに、まつえだけがわけもなくぴょんぴょんとび跳ねている。まつえは人が多勢たかるとすぐよろこんでとび跳ねるのである。

順吉としては、らくだもめずらしいが、兵士の姿もなんだか変わっているように見える。それは小さいころから想像していたヘイタイとはだいぶちがうことに気がついたのである。ヘイタイはいつも金ぴかだった。ヘイタイの絵をかくときは赤と黄と黒の三本のくれよんがあればよかった。帽子のまわりや襟章や肩章はまっきいろで、いつもぴかぴかだった。いま目の前の兵隊はほこりっぽくよごれ、星や金筋や軍服はまっ色は、かあき色とこげ茶色をめちゃめちゃにぬったようでぴかぴかなのは鉄砲と剣だけだった。それはやっぱりふしぎなようなことだった。追い払われて、四人で砂場のへりに腰かけ頰杖をついて見ているうちにもうひとつふしぎなことに気がつく。それは兵隊たちがほとんどものをいわず、わらいもしないことだった。聞こえてくるものは時に起こる号令や、馬のいななきや、ざわざわというもののふれ合う音ばかりである。兵隊たちはみな黙って馬に水をのませ、尻にぶらしをかけ蹄《ひづめ》の裏をひっくり返したり何やらいそがしそうに立ちはたらくばかりである。土ぼこりが舞って煙のようになり向こうの奉安殿の松がかすんで見えるほどの、人と馬の大集団なのに、なんだかへんに静かなのだった。

順吉はぼんやりと、こういう感じがいつもじぶんのまわりにあることに気づき始めていた。五十人もいるのに、はかばのように音のしない四年一組の教室のことだった。

なんだか目の前の兵隊たちが、じぶんたちと同じに思われてくる。すると、順吉には兵隊たちが勇ましいというよりは、だんだんかわいそうになってきた。兵隊たちがものをいわないのは、びくびくしているからにちがいない。そうだ、みんな毎日叩かれているのだ、まちがいない！　こんなおとなでも叩かれるというのは、なんてかわいそうなことだろう。夏祭りに見るさあかすは、ぶかぶかどんどんとおもしろそうだけれど、夜になるとさらわれた子どもたちが泣くのだ。騎兵隊が、そういうさあかすのようにも思われてくる。だんだん夕日が赤くなって、ぽぷらの影が校舎の二階の窓にまで届くころに、兵隊たちはやっと腰をおろして煙草を吸ったり水を飲んだりした。それでも、これからきゃんぷをするというのに、あまり楽しそうでもうれしそうでもないのは、まったく四年一組にそっくりだった。

　仙吉を連れて夕餉に戻ってきた。千代があっぱっぱあを着て台所で煙をあげている。みずのたるよな　なげしまだ、と歌っている。騎兵さん見てきたかいと聞くので、見てきたというと、お前も一度はああやって軍隊にとられるんだから、しっかりしないば、といって卓袱台の脚をぎゅうぎゅうと立てている。

　それから抱いた膝小僧にあごをのせている順吉を見て、お前ほんとにどっかわるいのかしらんね、暑気あたりでもしたかなといった。祖父の巳之吉が竹の削《けず》り屑《くず》を払って奥から立ってきた。もろ肌ぬぎで、あばら骨がいこつのように浮き出ている。さげてきた煙草盆を据え、火鉢を吹いてから、順吉、三年生にあがったら成績さがったちゅうが、どういうこっちゃ！　とめがね越しににらむ。四年生にあがってから！　と順吉が体をゆすって口ごたえすると、ほらね、そういう口のききようがさ、母ちゃんにはひとごとみたいに聞こえるよ、だけどもしか伍長先生のことだったら気にしないほうがいいよ、ゆくゆくいつまでも受持ちってことはないいんだから。順吉はそこでかんがえる。

　さっき髪結いの子のまつえを追い払った兵士のおそろしい目は、そういえばばんじゃあに似ていないこともない、ああいう兵士が先生になれば、磐石になるのだろうか。だとすれば、さっきかわいそうなような気がしたのは損だった。巳之吉が、そうさな、といった。きびしい先生ちゅうもんは、愛情があるからしてせっかんをする、神田の長男が、めそめそするな。それにさ、と千代が茶碗を並べながら薄わらいをした。隣りのたけしちゃんがいうにゃ、お前、死にたくなったんだってかい、たけしちゃんにそんなことといったのかい。おかしいよ子どものくせして。たけしがゆったの、いつさ！　と順吉ははらを立てた。いつだろうが、と巳之吉が横取りをし、滅相なこと喋るんじゃねえ、寿命を粗末にするもんが、えらいひとになれるかやと怒っている。達吉が帰ってきて夕餉になった。千代がもし、死にたいといったことを達吉に告げ口するなら、とびかかって口を押えてやると決心していたのに、千代はそれはいわず、戦争はしかたがないけど、もののねだんがあがって困るとこぼしていた。

　みんなびょうきもけがもしなかったか、おれもますます元気だといってばんじゃあが出席をとった。今日は神田順吉と名を呼んだ。夏休みの間にかんがえが変わったのだろうか。それは、もうとくべつ扱いはやめたぞ、というふうにもとれる。みなつらい顔になって日記帳や宿題を出したが、ばんじゃあはきっと腕がむずむずしていたのだ。宿題をやり残したものは、とりあえずげんこつあめをごちそうするといって、中指の骨をとがらせ、脳天にきりきりと揉《も》みつぶして歩いた。順吉にやり残しはないので、ばんじゃあはなんだかくやしそうな様子で通りすぎていく。みな片目をつぶり、ひいひいと歯を吸って痛がっているのを見ると心がまっくらになる。二学期が始まったばかりのその日というのに、もうはやこの有様では、これからもくるしい毎日が続くのである。

　たけしの組から、さっそく、えんやらえんやらと漁船の歌が聞こえてくるのはまったくうらやましい。そういうことをかんがえさせまいとするように、ばんじゃあは竹の棒で、ばしっと教卓を叩いた。みんな立って気をつけえ、という。ひじょうに名誉なことが起こった。ついにこの町から戦死者が出たのである、それは第二本町の重倉一等兵である。近いうちにえいれいが帰ってくるから、みなえいれいを迎える歌をならわなければならないといった。つぎの日から運動場に集まって、その歌をならったけれど、それはちんもくとか、しらきのはことかいうのがあって、しまいにあわれゆうしはいまかえる、といういかにもかなしいような歌だった。

　ばんじゃあがこれまでした軍人や戦争の話の中では、やっぱり負傷兵をじゃまにしてころすというのが順吉にはいちばんこたえている。けがをした兵士が、味方にころされるのでは強い軍人になってもしかたがない。敵弾に当たればだれだって死ぬか負傷兵になるにきまっている。重倉一等兵はどうやってころされたのだろう。きずついた戦友を助ける話や、やさしい看護婦の話などはこれまでもずいぶん聞いたけれど、ばんじゃあの話がいちばんほんとうのことに思われるのは、いちばんざんこくだからである。順吉は、軍人がしんようできなくなった。軍人はじぶんのつごうによって、ひとをころしたり叩いたりするというのではもう強い軍人になどならなくてもいい。すっかりきらいになった。そういうわけで、けっきょくまたひとつ、人にいえない秘密がふえてしまったのである。重倉一等兵のえいれいは白い布に包まれた箱に入り、父親の首にさげられて帰ってきた。順吉たちは行列を迎えて、ちんもくの歌を歌ったのだが、その白い箱に重倉一等兵の、ざんばら髪でくやしそうに目を見ひらいたなま首が入っていると思うと、きびがわるかった。九月ついたちの日に、朝礼で校長がえんぜつをし、今日から世間じゅうがはっこういちゅう（八紘一宇）になるといった。それはてんのうへいかが世界じゅうの父親になるのである。どういう父親かというと、それはいつくしみぶかい父親になる。

だから今まで以上に体をきたえ、なんぼうでも勉強しなければだめだという。順吉としてはばんじゃあが死なないかぎり、はっこういちゅうになってもなんにもならない。せっかく楽しみになった図画のとくべつ教室はどういうわけだかあれぎりとりやめになった。順吉にはたのしいことがなにもなくなったので、ぶじ放課になると、たけしがその日あらや先生に聞いてきたお話を聞きながら帰る。帰るといっても家は目の前なので、ぽぷらの根元に腰かけて聞いたり、店先で氷のかけらをなめながら聞く。お話はめくらの芳一だとか、べんてんこぞうだとか、いろいろと変わる。あらや先生はあまり勉強しろといわず、宿題も人間がこせこせするといって出さない。きらいな学科は好きになるまで待ってやる、という。そういうことからしてばんじゃあとはぜんぜんちがう。あらや先生は、じぶんはげいのうの道に入るのだったが、わけがあって代用先生になったのである、しかしまだ望みは捨てない、といってほんものの講釈師のように声色《こわいろ》を使ってお話をする。竹の棒を張り扇のかわりにして教卓をとんとんと叩いたり泣き声を出したり、あれえといって女の悲鳴を出すという。聞けば聞くほどうらやましいのに、ひとつだけへんなことといえば、いまたけしの組で級長をやっているひとが、あらや先生をきらいだといったことである。勉強が進まないからだという。順吉にはそれがたいそうわがままに聞こえた。それにしても一組はみなが先生をきらって級長の相馬くんだけが好きなのに、二組ではちょうどその反対だというのはふしぎだった。一組の顔をかけば目は下向きの口は上向き、反対に目が上向きで口を下向きにすると二組になる。ぽぷらの小枝で地面に絵をかいて説明すると、たけしは感心して、順ちゃんはどうして頭がいいのさ、おれはこんなにだめなのに、といった。

らんどせるにものをつめながら、順吉は胸がふるえて止まらない。なぜ胸がふるえるかじぶんでもよく分らないのだけれど、わるいことが起こるのはたしかだった。鏡台の前ではやばやとおしろいをつけ、胸のところで手をひらひらさせて帯を締めている千代を盗み見、大きなためいきをついた。ゆうべあれほど頼んだのに、朝になって気が変わったのか、千代がどうしても学校へいってみるといい出したのだった。父兄会はこれまで何度もあったのに、ろくに顔を出さなかった千代が、なぜばんじゃあの組になったこのいちばんいやなときに、出る気になったのだろうか。ゆうべは、そんなにお前がいやがるならやめてもいいんだよ、と順吉を安心させたのに。ばかに朝の片づけを急ぐと思っていたら、どんな先生だかわが子に血を流させたひとの顔を見ておきたいといい出した。

千代が、みなの前に着物を着て現れるのも恥ずかしいが、ばんじゃあが黄色の目で千代をどなりつけ、千代が泣き泣き帰ってきて達吉にいいつけると、達吉がのどぼとけを動かして順吉を怒る。そういう胸さわぎがする。

重い足どりで学校へいき、いよいよ二時間めになると、あけ放しの教室のうしろから足音を忍ばせて、ひとりふたりと父兄が入ってきた。ふり返ることもできないでいると、椿油だかおしろいだかの、女の匂いがぷんと流れてきたのでは、もう千代も現れて、うしろでにらみつけているにちがいないのだ。ばんじゃあがふだん見なれぬ愛想のいい顔になって読み方の授業をした。相馬くんがいの一番に読まされたのは相馬くんの母親が来ている証拠である。何もかもうわの空で、心臓ばかりがどきどきしているうちに授業が終わったので、あとも見ずに逃げ帰った。たけしを誘って炭坑の奥の火薬庫の方まで逃げかくれし、夕餉ぎりぎりに犬のようにうなだれて戻ってみると、朝の心配がそっくり当たっていたのである。達吉をはじめ、みなあまりものをいわず、夕餉を終わってしまうとちょっとここへすわれと達吉がいう。観念して膝を揃えると、達吉は爪楊枝《つまようじ》をなめながら、お前は先生に対して反抗てき態度をとるというが本当か、という。達吉は意外におだやかで、お前を怒るつもりはない、それどころかほめてやりたいくらいだ、というのでびっくりして見ると、達吉も黙って腕組みのまま見返した。ばんじゃあはこんだん会のとき、千代に向かってお宅の子は教師をにらみ返すほど勇気もけんしきもあるのだから、じぶんとしては教えることは何もない、といったという。何のことだ？　と達吉が聞く。しばらくかんがえて、きっとそれは辻村くんのときのことだと答えた。何だあ、そのきらきら目え！　といって突きとばされ、廊下にうしろ向きに立たされたことを、こまかく白状した。そうか、根に持っているらしいな、陰険なおひとだなあ、と達吉がかんがえこむと、それからさ、と千代がじれったそうに膝を進めた。

お前、先生に何かいただかなかったかい。何のことさ、とおどろいていると、よくかんがえておくれよ、と順吉の目をのぞき込む。いつもとちがって千代の目もきらきらしているのでなにげなく、画鋲のこと？　といったとたんに気がついた。ばんじゃあが女のひとの背中をなでているあのばめんがありありと浮かんできた。血がすうっと逆もどりしていくようだった。うっかりもうっかり、何てことをいっちまったんだろう！　画鋲だって？　品物は何だか知らないけど画鋲をいただいたのかい。順吉は首が折れるほどうなだれ、頭の中でぱっぱと火花が散っている。千代の声が揺れてきた。いえないのかい、ひとさまからものをいただいて頬かむりしようというのかい、まして相手は受持ちの先生じゃないか、なさけないよまったく！　となみだ声になってきた。母ちゃんはね、大恥かいたんだよ、どんな小さなものでも今日び大切な公けの物資をゆうずうしたのに何のあいさつもないとはいかがなものかときたんだよ、あの伍長先生が！　お前、もっと静かに話さんか、と達吉がなだめた。

分ってますよ、だけどさ、どうしてひとことといってくれなかったんだい順吉！　と泣いている。もうだめだ、順ちゃんが順吉になったのではおしまいだ。体のずっと底の方からえれべえたあがのぼってくるように、だんだんとくるしみがかたまってきて、いきなり鼻の裏をつついたので、ひょいとなみだが出た。おねがいだからさ、いっておくれ、と千代が手を引っぱった。画鋲を十本もらったのさ、とかろうじて答えた。ほんとにそれだけかい。ほんとさ、写生のときに。じゃなにかい、お前ひとりだけ。そう。そんならなおさらじゃないか、いいかいどんなわけがあってしらばくれたか知らないけど、母ちゃん許さないからね、こんなふうに育てたおぼえはないよ、といって大きなためいきをつき、ほんとにさ、といった。順吉、なんで黙っていたか、それをいってみい、と達吉が腕組みをといた。とっさに口走った。忘れてたのさ！　ほんとだ、忘れてたんだ！　出まかせじゃないねと千代が赤い目でにらむ。ほんとだったら！　しんようしていいんだね、くやしいじゃないか、多勢の前でね、遠まわしにお返しを催促されたんだよ、たった十本の画鋲で……。でもいかにもしつけがわるいみたいじゃないか、この母ちゃんがさ。千代の昂奮《こうふん》が少しずつしずまってくると順吉は反対にものがなしくなってくる。千代が茶布巾を膝の上でたたんだりひらいたりしながら、あんまりこの子が鬼か蛇みたいにいうもんだから……。たまには画鋲をくださるという、そういうところだってあるんだから、と達吉にいっている。そりゃあま、子どものいうことだけ聞いていたんじゃ片手落ちは片手落ちだわな。

ばんじゃあが叫ぶのか、千代がどなるのかどっちだか分らないが、どっちも味方同士になって、よくもよくも恥をかかせてくれたと順吉を責めたてる、そんな夢を見て途方にくれて泣いていると千代にゆり起こされた。その千代が順吉の横に割りこんできて、天井を見ながら、いっときの災難だからさ、しんぼうしなくちゃねといったときも、まだ夢の続きのようで千代になじまなかった。ばんじゃあはもちろんだけれど、千代までがじぶんのたいめんばかりで怒ったり泣いたりしているのだ。やっと正気が戻って順吉が照れくさがっているのに、千代は弟の仙吉をあやすくせが出て布団の上から叩きながらいつのまにか低く歌っている。おはかのまえで手を合わせ、なむあみだぶつとおがみますう。そのなむあみだぶつはうす暗い中できびがわるいように聞こえる。順吉が千代の横っ腹に背中をくっつけるともう忘れかけていた安心が戻ってきた。千代は太い腕で順吉の頭を抱えこみ、きられてしんだ父親の、おはかまいりにまいりますうと、一番も二番もごっちゃにした手まり歌を歌う。息を吸うたびに千代の胸や腹がくっついたり離れたりするのをおもしろがっているうちに眠ってしまった。

校庭のぽぷらが、だんだんと正月の注連《しめ》飾《かざ》りに似てくるけれど、それ以上なにもたのしいことがないので、ときどきべるりんおりんぴっくのような浩ちゃんを思い出したり、流行歌の本からわらぶき屋根のさしえを写したりして気をまぎらせるが、あしたの学校のことをかんがえると、夕ぐれの沼の水面が、にぶく光っているようなけしきが浮かんでくる。いつからそんな想像がうまれたか分らないがその水面すれすれにばんじゃあが沈んでいて水の中からいつもにらんでいるのだった。ときどきぼちゃと音をたてて空気を吸い、またじっと沈んでいる。

赤とんぼがだんだん少なくなってきた。迷ったのが一匹、店先のがらすけえすに弱々しく止まっていることもある。追う気もなく見ているうちに、すっとどこかへとんでいった。

達吉が早く帰ってきた日は、ちょうど台所からとうきびをゆでる匂いがしていたところなのに、あかるいうちに銭湯へいくというのでしかたなくついていった。達吉がしゃぼんをぬってくれた手拭いで体をこすっていると、どこかおとなのひとが出征兵士の家は気の毒だという話をしている。だいこくばしらというものがなくなったので、苦労をするのである。それからひそひそ声になって、駅の向こうの醬油屋のだれそれは、兵隊がいやで炭坑にもぐりこんだ、そうでなければ、なにもわざわざ……というような話になる。やっぱりだと順吉は思う。それは近ごろかんがえたことだが、日の丸を振って駅で出征兵士を送った日など、千代が浮かぬ顔で、もしか父ちゃんに召集でもきたらどうしよう、ということだ。達吉は、おれより若いもんがうよいるさ、といって、やっぱりおもしろくない顔で腕を組む。それは、おとなでも兵隊になるのをいやがっていることになる。そんな腰抜けは軍隊にぶちこんでたたき直してやる、とばんじゃあが叫ぶのと合わせれば、ちゃんと合うのだった。けっきょくおとなもぶんなぐられるのがいやなのである。それなのに、子どもには強い軍人になれといったりするのは、ひきょうのように思える。夏休みのときの騎兵隊を思い出す。

達吉が、こっち向いて頭出せ、というので力をこめて目をつぶると、目えつぶるのはまだはやい、といってごつごつした手でしゃぼんをつけ、乱暴に頭じゅうかきむしった。それからじぶんの膝の間に順吉の頭をかかえこんで、あいずもせずにお湯をかける。口をあけて息してろ、というけれど目や鼻や耳にまでお湯が入るようでほんとうに息がつまるのだ。やっと手拭いで目だけ拭くと、もしゃもしゃとひげのはえたきんたまが目の前にあらわれた。もしか兵隊にとられたら、こんなに腹までひげもじゃの達吉でもびんたを張られたり蹴とばされたりすると思うと、ひじょうにくやしいような気持ちになった。

いつものように達吉の下駄の裏をかぞえて帰る途中、質屋の路地からめずらしくにちろう戦争が出てきた。にちろう戦争は、金筋の入った丸い帽子に、いんであんのように毛を立て、古るしい軍服を着て仁丹やせいろう丸を売って歩く。びっこをひいて、手風琴をぷかぷかと鳴らしながら歩く。立ち止まってみていると、にちろう戦争は帽子のまわりに、くるくると雪虫を舞わせて、病院の竹田さんの勝手口で手風琴を鳴らしている。くすり屋さん、そこは病院だ、見当ちがいだろうよと達吉が叫ぶと、にちろう戦争は看板を見あげてからぷいと横を向いて角をまがっていった。

ぽぷらの葉がひっきりなしに散る、風のつよい午後、校庭で遊んでいると、はんこ屋の五年生の子がかまいたちにやられた。膝かぶの傷口はぱっくりと大きいのに、あまり痛いような顔もせず、竹田病院に走っていって真白のほうたいをしてもらった。一時はびっくりしたけれど、あれでたいして痛くもないというのは、どんなしかけになっているのか分らない。そんな変わったことがあったつぎの日がまた、あのいやな日の丸弁当の日だった。

順吉は梅干はきらいなので、千代にいって皮は取ってもらう。ちょっとなめるだけなら、それでじゅうぶんだった。

　ばんじゃあは、いつものようにけんさに歩いてきて、順吉の前の席の久夫のところで足をとめ、とんきょうな声をあげて、なんだ、こりゃ、味噌まる弁当だといってわらった。久夫は梅干のかわりに、なま味噌を埋めこんできたのだった。しかたがなかったのである。どうしてかというと、久夫の家ではついこの間、父親の大酒のみに愛想をつかして母親が逃げていって、いまは久夫がごはんをたいたり、ふたりの弟のめんどうを見ているのだ。久夫の耳たぶがまっかになっている。ばんじゃあは大事な日の丸に味噌くそぬりたくるのは感心しない、ほらめぐんでやる、といってじぶんの弁当から梅干をひとつくれた。それでみな分ったのだが、ばんじゃあは梅干をふたつ入れていることだった。久夫はその梅干に手をつけなかった。なんだかあさましいのは、ばんじゃあが、それをずっとたしかめていたことである。熊谷、おれの梅干に毒でも入っていたか、という。梅干ひとつで前線の兵隊は十日も二十日も生きのびる、この炭坑でもいざらくばんでとじこめられたときに、梅干ひとつで助かったものがいるというのに、お前はそれをばかにしている、おまけにこのおれに恥をかかせた、といって黄色い目でにらんだ。つぎの日、久夫がじぶんでつくってきた弁当はやっぱりなま味噌だけだった。久夫がなま味噌を弁当箱のふたに湯でといて、かうからとかきまぜたので教室中、塩引きやお香この匂いのところへぷうんと味噌汁の匂いがまじって、そのときはなんだか、久夫がいちばん温かい上等なものを食べるように見えたのだった。

いつものまね食いが始まったが、その日はばんじゃあの動きがおかしいのである。いつもはごはんをひと口、おかずをひと口とかわるがわる食べて箸をおくのに、ばんじゃあはおかずをふた箸も三箸もつづけてゆっくりと口に運ぶ。みなふしぎに思ってその通りにしているうちに、ばんじゃあがちらちらと久夫を見るのでやっと気がついた。久夫の箸には、つまむものが何もないのだった。箸の先につゆをつけてなめるだけだ。そのうちに、たまりかねて久夫がふたに顔を寄せ、口をとがらせてしゅうと汁を吸った。ばんじゃあは、そのときを待っていたのである。熊谷、犬やぶたじゃあるまいし、箸を使え箸を、といった。順吉の机が、かたかたと音をたてた。小さな地震でもきたかと思った。見ると久夫の背中が揺れて泣いているのが分る。耳たぶや、ぼんのくぼがひくひく動くのは、ごはんを噛み噛み泣いているのである。いつもにこにこ顔の久夫は、どんな顔になって泣いているのだろうと思うと、順吉はもう佃煮も煮豆も食べる気がしなくなった。横目でぽぷらを見ているうちに、ぽぷらのてっぺんがぼうとかすんできてそれは黄色や緑のえのぐが画用紙ににじむようなあんばいに、曇り空にとけてきらきらと反射した。巳之吉の老眼鏡をのぞいたときのようだった。けっきょく久夫は、初めにひっとひと声洩らしたけれど、あとはときどき洟《はな》をすすりながら、もう味噌汁には箸をつけずにからめしを食べていた。つぎの週の弁当の日久夫は弁当はもってこずについにどろぼうをした。校庭で遊んでいるうちにふらふらと校門を出て髪結いの隣りのぱん屋から豆ぱんを盗み出そうとしてその場でつかまり、学校に電話がかかったのである。三時間めが始まってからばんじゃあは肩をそびやかして久夫を連れ戻り、戸をあけるなり久夫の腰を蹴とばした。久夫は泳ぐように走って教卓にしがみつくと、白墨のぶりき箱がするするとすべって床で大きな音をたてた。白墨がころころと机の脚の間をころがってくる。久夫はもう二、三発なぐられたのだろうか、唇からうすく血を流しているように見えた。

ばんじゃあは久夫を教壇に立たせ、しばらく天井をにらみつけてから、みんな、四年一組からとうとうどろぼうが出た、ぶしはくわねど、というのに熊谷はどろぼうになった、このおれがよっぽど憎いのか、大恥かかせてくれた、おれとしてはほうふくをする、といった。初めて聞くほうふくということばは、いかにもおそろしいいみがあるようだった。久夫は霜ふりの服の下に何も着ていないのだろう、釦をひとつかけちがえたすきまから、丸いへそをのぞかせ、その下にずぼんをしばったひもをぶらさげている。泣きもせず、唇の血をなめてこっちを向いて立っている。ばんじゃあは、それでは始める、といって上着のかくしから紙袋をとり出したが、まるでこれから人間手品をやるというように見える。これは熊谷が盗もうとしたぱんであるが金はおれが払ったので、もうとうひんではない、熊谷はこれをみなの前で食ってみせてくれ、おれはどろぼうがものを食うところを見たことがない、みんなも勉強のためによく見ておけ、といって、久夫の手にぱんをむりやりつかませ、じぶんは教壇をおりて腕組みをして眺めている。みな声もなく見つめるばかりだった。久夫はしばらくぱんを眺めてから、やがてうつむいたまま食べ出した。なんだかゆうゆうとして食べている。のどがつまると首を振ってのみこみ、足もとのひとつところを見つめたまま最後のひときれを口に入れた。とたんにばんじゃあはぴくぴくと頰を引きつらせ、教室中を見回してからじぶんの膝をぽんとひとつ叩き、いやはやといってわらった。そして、うまかったか、と近づいていく。久夫は指をつっこんで歯を掃除し、いそいで手をおろしたがばんじゃあは、よくまあ食えたものだな、恥を知れ恥を！　と叫ぶなり、ぴしりとびんたを張った。久夫の顔は押えつけたごむまりのようにぶるんとはね返った。順吉はそのとき、ばんじゃあという人間が、おそろしさを通りこして、この上なくずるがしこく思われた。むりやり食べさせて、それがわるいといって叩くのでは、食べても食べなくても初めから叩くつもりでいるのであって、けっきょくとしてはばんじゃあは子どもを叩くのが好きなのである。ばんじゃあはどろぼうにおいせんだったな、もう面《つら》あ見たくない、といって久夫の襟首を引いて廊下へ放り出し、あしたの朝まで立っとれと戸をしめた。

　順吉が掃除当番を終わって帰るときも久夫は立っていた。声をかける勇気もなく振り返るとやっぱり黙って立っている。それは丸いこぶのついた棒杭のようにも見える。順吉はおそろしい芝居を見せられたあとのように、階段下の暗がりや、ふいに前を横切った人影や、玄関わきの地べたに落ちている破れた運動靴などに、いちいちびくつきながら帰ってきた。それからずっと家の中でしんぼうしていたのだけれど、日が落ちかかるころになるとたまりかねて隣りの文代さんを呼びにいった。文代さんが補習のセーラー服のまま赤い鼻緒の下駄をつっかけて出てきたのをものもいわせずわけを話し、頼むから見てきてよ、まだ廊下に立っているかも知れないんだ、と手を合わせた。文代さんが、よし、といって駆け出したので、順吉は店の菓子壺からすばやくたんきりあめをつかみ出し、あとから走っていく。東門のぽぷらのところで文代さんが振り返り、順ちゃんここで待ってな、いなかったら窓から手を振るし、いたらすぐ戻ってくるよ、どっちみちあめ玉じゃかわいそうだからね、といって校庭をななめに走っていき、先生が出入りする中央玄関から、すかあとをふわりとひるがえして消えた。校舎を照らす夕日が二階の高い窓にきらきらと反射しているが、校庭はかげって、どこかでごみを焼いている煙がうす青いもやのように漂っている。順吉は四年一組のきらきら光る窓と中央玄関を、かわるがわる見ていた。それは探偵ごっこなどくらべものにならないどきどきする時間だった。豆腐のらっぱが聞こえてくるのは、たけしの父親がりやかあを引いているのである。もう足もとがひえびえして、順吉がぶるんとひとつ震えたとき、四年一組の窓がひとつするするとあいて文代さんの白い顔がのぞき、手を左右に振った。窓は目をつぶるようにあっけなく締まった。久夫はいなかったんだ！　いつどうやって帰ったのだろう……。文代さんが中央玄関をころげるようにとび出し、いちもくさんに走ってきた。盛りあがったセーラー服の胸を押え、はあはあいいながら、ああきみわるかった、ひょっとしたら死んでるかも知れんと思ったりしてさ、でもだれもいなかった。これを返すといって掌のたんきりあめを返してよこした。ふたりはわるいことしたあとのように全速力で駆け戻った。

　久夫の味噌汁の話に千代はなみだを浮かべて、いくらなんでもそりゃひどいよ、だけどその分じゃあ、きっとぱん代のお返しを催促するよ、といってつぎの朝ふたり分の弁当をこしらえた。秘密の爆弾をかくし持つようにして学校へいくと久夫の姿はなく、その日はとうとう席はあいたままだった。朝の出席をとったあとでばんじゃあが、二学期の級長はさすがにえらいといった。見ると相馬くんが顔をあからめている。きのうひとりでおれのところへ来て、熊谷を助けてやってくれ、責任は級長にあるといった、なにごともそういうぐあいに、進んで責任をはたすことが大事である、というようなことをいった。ひる近くになって、弁当をふたり分かくし持ってきたものが順吉のほかにも三人、四人といることが分ったけれど、久夫の席はとうとうあいたままで、それからもう久夫は二度と学校へ来なかった。

蒸発皿の湯気がからみ合うように、雪虫が湧き立っている。うっすらと霜の降りた朝、めりやすの上に毛糸のせえたあを着せられ、少しふとったようになって学校へ出て来た順吉は、朝会に現れたばんじゃあを見てびっくりした。目の上にばってん印の絆創膏を張っているのだった。ばんじゃあは朝会のときばかりでなく、その日一日じゅう、だれか絆創膏をわらうものはいないかというように、ゆだんなく見回して、いつもよりかずっとぴりぴりしていた。校門の外に出てからはじめて、ひそひそと絆創膏のことを話し合ったけれどだれもわけを知らないし、そういうときでもばんじゃあがどこかで見ているようできびがわるく、急いでさよならさよならといって別れた。びっくりすることは、その二日ぐらいあとにも起こった。やっぱり朝会のときに、こんどはあの道子先生が紋付を着て壇にあがり、ほとんど聞きとれない声で、今日かぎりなつかしいみなさんとお別れですとあいさつをし、全校せいとが並んでいる中を、口を押えて逃げるようにやめていってしまった。かわいがってくれた道子先生が急にいなくなったのでは学校はいよいよあじけない。順吉は、しばらく忘れていたぴいひょろという桃色のまるい口を思い出し、浮かぬ顔になってばんじゃあの目の上の、ばってんが横一本になった絆創膏を盗み見ている。

まったくこのばんじゃあさえ死んでしまえば、道子先生が学校をやめたぐらいで、こんなにめいることもないのに……。

ばんじゃあのけがのわけは、その日たけしが教えてくれた。聞いて順吉は、ふええと声をあげた。あれは肉屋の浩ちゃんとなぐり合いのけんかをしたのだという。ばんじゃあが、夜ひとりものの先生住宅で、窓から外を見ると、浩ちゃんがゆうかくから出てくるのを見た。青い着物を着てふところに手を入れて出てきたので、この非国民というようなことをいってけんかを吹っかけた。なにがわかだんなだ、ともいったという。それから取っ組み合いになったけれどすぐ仲裁が入って、浩ちゃんはけいぶほにだいぶ怒られたのだという。ばんじゃあの目の上の絆創膏はそのとき浩ちゃんにぶんなぐられたきずだという。順吉はひじょうに痛快に思って、ほんとだね、と何度も念を押すと、姉ちゃんがいったんだからほんとだとたけしが胸を張る。ばんじゃあをなぐるひとが世の中にいたなんて！　それがしかもべるりんのおりんぴっくのような浩ちゃんだったとは……。

だけどさ、と順吉は気にかかることがある。いまいったろたしか、浩ちゃんゆうかくにいったんだって。そう、着物きて。順吉のあこがれが急にけしとんだようになったのはそのときである。ゆうかくは、わるい坑夫がま夜中に頰かむりしていくところで、中には八犬伝の毒婦玉梓《たまずさ》のような女がうようよいる。そしてへんなことをして男をだまくらかすのである。ゆうかくは、先生住宅からもう少し奥へ入った谷間のようなところにあって、子どもたちはぜったいに近づけないのである。そんなわけで浩ちゃんとゆうかくはまったく合わない。けんかはばんじゃあが負けたようで嬉しかったが、けんかのわけはばんじゃあの方が正しいようにかんがえられるところが気にいらない。まったくがっかりする。ばんじゃあとね、浩ちゃんとね、さんかくかんけいなんだとさ。たけしは顔をしかめて、肉屋の浩ちゃんはいやらしい、と文代さんの口まねをしてみせた。

心配して聞いただけなのに千代はどうしてああなんだろう。大事なことは教えてくれず勉強せえ勉強せえというばかりか、そんなことでは兵隊さんになれないよ、と思いつきをいってみたりで、やさしいところもあるのにはらが立つ。さんかくかんけいて何さ、と聞いただけなのに、突然目をむいて、お前、そんなこと子どもが知らなくていいの！　と怒った。まったくびっくりした。

そのくせ達吉が帰ってみんなで夕ごはんになると順吉も聞いているのに、とうとう長岡の道子さんも肉屋のおかみさんだよ、さすがの伍長先生もこの道だけは思うようにいかなかったらしいね、といって達吉とわらったのだった。もうそれで分った。ゆうかくなんぞへいってきた浩ちゃんに、あの道子先生がよめにいき、肉屋のおかみさんになる、それにはらをたてて、ばんじゃあが浩ちゃんにけんかを吹っかけばってん印の絆創膏を張ってきた。

たけしが、さんかくかんけいといって、石筆で長いことかかって地面にかいた、あの四角のような三角形が目に浮かぶ。三人がわめき散らしながら、その線の上を追いかけっこをしているように思える。みんなだめだった。べるりんおりんぴっくも、ぴいひょろろも、穴のあいた風船になってしゅうとしぼんでしまった。それなのにばんじゃあといえば、今日も教室に新聞を持ちこみ、みんなよろこべ、ああ、いまぞぶかん（武漢）に日章旗とふしをつけて読み、これからますますようしゃなくきたえる、といったのだった。日本が戦争に勝つのはいいけれどそのたびにばんじゃあが元気を出し、びしびしきたえるというのはばんじゃあは、そのたびにお金でももうかるのだろうか。そこが分らない。

　ごはんもあまりたべたいとは思わない。箸の先をそろえて卓袱台に置き、おれもう学校なんかいやだ、といった。おれってことあるかい、と千代が頭をこづく。さわるな、というように頭を振った。学校はお前のぎむだろうが、それにお前が先生をえらべるたちばか、と達吉が怒ったようにいうが、まもなく歯を吸い吸い新聞をひろげて、かっぽうの長岡に肉屋の白川か、とうてい軍神の出るまくじゃないわなといった。べっぴんさんは、いつだって罪つくりなんだよ、とりんまでが口を出す。今日はなんだか、おとなにはみんなはらが立つ！

明治節になった。ゆうべ降った雪がとけて道も校庭もびしょびしょだった。千代がよそいきをよごすなといって、ふだんあまり持ったことのないはんかちをかくしに入れたので、式の間じゅう、かくしのはんかちに気をとられて困った。かたかきの歌を歌って帰ってきた。ほんとは明治節の歌だけれどあきのそらすみ、きくのかたかきというのが順吉にはきくの、かたかきと聞こえるのだった。家では千代がおこわをふかしている。台所でせいろうがさかんに湯気をあげていて、そのせいろうのひとつは、甘納豆のおこわである。おこわはいいけれど！　と順吉は頭をふたつみつ叩いた。おこわはいいけれど、式が終わって教室に戻ったとき、ばんじゃあは、あしたから四年一組はなにからなにまで軍隊しきにやると嬉しそうにいったのだ。級長、副級長の下に班長をつくる、あとは兵隊になって、目上の班長以上にはけいれいをきびしくやる、ぼくとかおれはだめだ、じぶんといえ、報告を正しくし、せきにんたいせいというものをとる、ばっばっときびしくやる。それから、この方法はおれがどくとくに発明したのだといってほんとうに嬉しそうだった。

　四年一組はますます、わらうことも泣くこともなんにもできない。明治節というのに、ばんじゃあは宿題を出した。ちんおもうにの勅語を書けるだけ書いてこいという。そこが落し穴で、書き残した分だけげんこつあめをくれるつもりなことは分っている。まったく、こんな長いちんぷんかんぷんを、どうやって一晩でかけというのだろう。

　せいろうの匂いをかぎながらでさえ、なさけないような気持ちでちんおもうにを書いているのに、そばで仙吉が一年生の読本をひろげ、サイタサイタを読みはじめたのにはほんとに頭がへんになりそうだ。

あんちゃんのじゃまするんでねえど、とりんがかぼちゃの種をむきながらいうけれど、それはいうだけだ。サイタのつぎはコイコイシロコイ、そしてススメススメだ。ススメが終わればとっとことっとこあるいてる、へいたいさんはだいすきだ、と歌になる。もうたくさんだった。横目でにらんでいるのに、仙吉がヘイタイススメのぺえじをひらいたので、さっと手をかぶせてやった。けげんな顔で兄の手をどかせようとする。もういちど、やっとばかり押えると、いきなり母ちゃあん！　と叫んだのにはたまげた。とびあがって表まで逃げ出したけれど、そこでいきばを失って立っていた。足もとの地面を、ぽぷらの枯葉が一枚、すっと動いて止まった。鼠《ねずみ》かと思った。ふいになみだが出そうになったのは、もうおこわができかかっているというのに、じぶんばかりが寒い表に立っているためである。

それはやっぱり、四月ごろからじぶんにひっついた、あのわるいうんめいのためなのだった。

# 兵隊宿

竹西寛子

ひさし少年は、馬の絵をかいている。

三頭の軍馬が、並んで駆けて行く姿を真横からかいている。

日曜日なのに、父親は工場から迎えの人が来て、つい先程、朝食が終わると早々に出かけて行った。出かける前に、これが今日の分だよ、と言って、四つ切の画用紙を一枚ひさしに渡した。

勉強部屋は、日々草が咲く裏庭に面しているので、母親と住み込みの小母《おば》さんが洗濯物を干しながら話しているのがみんな聞えてくる。この家の物干場は、ひさしの部屋からは見えないところにあるのだが、今日は、そこが客蒲団や敷布類でふさがってしまったため、母親と小母さんは、裏庭の樫《かし》の木を利用して綱を張り、客用の浴衣《ゆかた》を干している。

「将校さん達、もう輸送船に乗ったでしょうか」

小母さんが言う。

「乗ってもまだ、港の内じゃないかしら。そう簡単には出て行けないでしょう」

母親が言う。

「この暑い時に、海の上でじかに照りつけられて、いくら若いといっても船酔いする人もいるでしょうに」

「見るものといえば毎日空と海ばかり。これから親の待つ郷里へ帰るわけではないし、物見遊山に行くわけでもない。それを思えば、こうして船に乗る前の何日か宿をさせられるのも、いやだとは言えなくなるのよね」

「でも、一《ひ》と晩、二《ふ》た晩はまだいいとして、いくら食事の世話は一切いらないといっても一週間というのは長過ぎます」

「時勢だ、お上の頼みだと言われても、表座敷を何日も使われるのはねえ。ただ、あの人達の行く先を考えると、床の間のある部屋に眠らせてあげたいと思うのは人情でしょう。わたし達が少しのあいだ我慢していればすむことだから。まあ、お天気ばかりは今夜のことも分からないし、思いがけず乗船待ちになる事情だって起るかもしれない」

「うちは兵隊さんのお宿は出来ませんって、断わりなさるお宅はないんでしょうか」

「どうなのかしら。病人でもあれば、いくら割り当てだと言われても困るでしょう」

小母さんは、乾いた浴衣の襟《えり》を両掌《りょうて》に挟んで、ぱちぱち叩くようにしながら皺《しわ》を伸ばしている。そして、ちょっと不服そうな声で言う。

「隣り組の組長さんだ、お宅は部屋数が多いんだからと言って、宿を引き受けるのが当たり前のような顔して割り当てに見えるでしょ。わたしゃ、どうもあれが気に入らない。たくさん割り当てられて喜ぶとでも思っているのかって言ってやりたいですよ」

「組長さんにしてみれば、言いたくて言っているわけではないでしょう」

「そんなことは分かっています。でも、この町内で大勢引き受ければ、けっきょくは自分の顔がよくなるじゃありませんか」

「旅館がいっぱいになって、港に近い町家に宿を頼んでくるのは仕方がないと思うけれど……」

「旦那さまも奥さまも、少しお気がよ過ぎます。いつだって、はい、はい。わたしゃそれもじれったい。船を待っている人の身になれば、そりゃわたしだって奥さまと同じです。わたしが言いたいのは、組長さんのことですよ。時にはもう少し困らせたほうがいい」

ひさしはこの一週間、いつもは土蔵へ行く通路をも兼ねている仏間で、両親の間に挟まって寝て、それはそれでけっこう愉《たの》しかった。部屋を変えて寝ると、両親と旅行している時のような気がした。あと二年もすれば、ひさしも中学受験である。

隣り組の組長からの達しによると、乗船待ちの出征軍人の宿を割り当てられた場合、食事、入浴の世話は一切する必要なし、寝室と夜具の提供だけでよいということであった。隣り組の人たちは、この宿のことを「兵隊宿」とよんで引き受けた。

ひさしの家では、これまでにもう何度かこの宿を引き受けていて、一日だけのこともあれば、今度のように一週間も続く場合もあり、たまに兵隊が一緒のこともあったが、大方は将校で、いちばん多い時は五人だった。

ひさしの家には、簡単な庭掃除や、家のまわりのちょっとした片付けには、古くから出入りしている老人がいるが、行儀見習いということで来ていた若い女は、親の看病に帰ったままなので、住み込みの小母さんはかなり忙しかった。

小母さんは、兵隊宿をすると、洗濯物が増えるのと、家の中で軍靴の臭いがするのをいやがった。夏は、洗濯物の乾きにはよかったが、玄関の三和土《たたき》に長靴が五足も並んでいると、たしかに側を通るだけできつい臭いがした。

戸別に人数の割り当てをする時、組長がどういう基準でしているのかはひさしの母親にはよく分からなかった。しかし、部屋数だけで言うなら、当然宿を引き受けてよいはずなのに、割り当てられていない家もあった。また、ひさしの母親は、組長から、今回は、お宅へは割り当ての人数を少なくしてあげました、というような言い方をされたこともあったが、別にそれを感謝したこともなかった。

ひさしの家では、組長からの達し通り、食事、入浴の世話は一切しなかった。ただひさしの母親の性格から、お茶とお菓子だけは厚くもてなした。そうしないではいられなかった。黙ってお茶しか飲まない将校がいた。自分達は、ご迷惑をかけてはいけないことになっていますから、と断わって、菓子に手をつけない将校もいた。すすめられるまま、嬉しそうに菓子を口にし、お茶のお替わりをする将校もいた。もてなしに対するどのような対応を見ても、見ているうちに胸を塞がれそうになるのがひさしの母親だった。

兵隊宿の割り当てが始まってまだ間もない頃、ひさしの母親は、家で草餅をつくって出したことがある。この時は将校だけでなく、兵隊が一緒だった。兵隊宿をすることになっても、ひさしにはそのための用が増えるわけではなかったから、この時もひさしはけっこう愉しかった。

ひさしの家では、ひさしが物心ついてからというもの、正月餅はいつも工場の人が手伝いに来て、家で搗《つ》く習慣になっていた。裏庭に煉瓦《れんが》を築《つ》いてつくった竈《かまど》がある。ここで蒸籠《せいろ》に入れた糯米《もちごめ》を蒸して臼《うす》にあけると、向かい合って待ち構えていた威勢のいい男が、冬空の下で、掛け声もろとも、交互に杵《きね》を振り始める。臼の中から立ちのぼる湯気が、男たちの顔をつつむ。手水《てみず》は、小母さんの役だった。

ひさしは、母親と一緒に暮れの風に吹かれながら、竈に薪を入れて煙にむせたり、蒸し上がった糯米を、神棚や仏壇に供えに走ったりした。熱い糯米を杓文字《しゃもじ》にほんのひとすくい茶碗によそってもらって食べたり、工場の人達とも馴れない話をしたりしてこの日は忙しく、気持よく疲れた。男達は、お浄《きよ》めの酒にいい機嫌になって、酒くさい息を吐きながら杵を振った。

ひさしの勉強部屋と、部屋に続く広縁には、この日ばかりは上敷が敷かれ、ここが急《きゅう》拵《ごしら》えの丸餅製造場になった。ひさしの母親と手伝いの若い女は、搗きたての餅を木箱にとると、す早く手と餅に粉をふり、片手で絞り出すようにしながら、一方の手でどんどん千切《ちぎ》り取って小さな丸餅をつくってゆく。

ひさしは、いくら母親に教わっても、千切り方も丸め方も丁寧過ぎるので、途中で餅が冷えてしまい、あとは、粘土細工に四苦八苦するような工合《ぐあい》であった。指先や掌にからんだ餅がそのまま固くなってしまうと、熱いお湯にでもひたさなければ、容易に元の手には戻らない。

けれどもこの餅搗《もちつき》も、人手が思うにまかせぬようになり、父親もまた世の中を気にして万事自粛気味になり始めてから、簡素化された。父親は、出入りの男に頼んで、臼は石臼、杵は一本、それも手で振るのではなく、足で踏むと杵が上がり、足を外すとひとりでに杵が落ちて臼の中のものを搗くという装置を軒下につくらせた。これなら男手はなくても餅搗が出来る。

兵隊宿の割り当てが来るようになった頃は、もうこの石臼に変わっていた。小母さんが杵を踏み、母親が手水をさし、ひさしがそのまわりをちょろちょろして草餅が出来上がった。本を読みながらでもお餅が搗けるから、わたしゃ女二宮金次郎よ、と小母さんは得意気だった。蓬《よもぎ》は新しかったので、香りの高い草餅になった。

しかしこの時、兵隊に草餅を食べさせることは出来なかった。将校が手をつけなかったので、兵隊はそれにならうほかなかった。

「お心づかいに感謝します」

兵隊は、玄関で直立不動の姿勢をとり、ひさしの母親に挙手の礼をすると、あわただしく将校のあとを追った。

「あの馬鹿将校が」

小母さんは流しで洗いものをしながらひとりで怒っていた。

「折角《せつかく》なのに、なぜ部下に食べさせないのか。部下の心も汲めずにいい指揮ができるわけがない」

小母さんは罵《のの》し続けた。

ひさしの母親も、小母さんの言うのが当たっているような気がした。あの将校は、部下の心どころかわたし達の気持さえ、と思いかけてまた考え直した。いやあの将校も辛くなかったはずはない。部下に与えるほうがどんなに気持が楽だったろう、そう思うと、部下だけでなく、将校もあわれであった。


今朝ひさしの家を発《た》って行った将校達は、ひさしの母親には、いずれもまだ二十代の若さに見えた。彼等は滞在中、毎朝早く、馬丁が馬を曳《ひ》いて迎えに来た。三人の将校は、それぞれ馬に乗って出かけて行き、蹄《ひづめ》の音とともに帰って来た。隣り組の組長の話では、あまり遠くない所に、軍の駐屯所らしいものがあるということだった。

ひさしは毎朝、表に出て騎馬の将校を見送った。夏休みがさいわいした。ひさしの父親は、いつの時でも、泊りの軍人には会わなかった。世話はもっぱら母親と小母さんの仕事で、将校達は一体に口数が少なかったが、それでも言葉を交わすのはひさしがいちばん多かった。

ひさしの目には、それぞれの将校の乗る馬はいつも決っていた。いちばん背の高い将校の馬が姿がもっともよく、その次に姿のよい馬には肥《ふと》った将校が乗った。背の低い、そして瘠《や》せた将校には、それらしい馬のあてがわれているのがひさしにはおかしかったが、毛並のいちばん美しいのはこの馬だったので、よかったと思った。

背の高い将校が、革袋に入っている腰の日本刀を、抜いて見せようかと言ったことがある。しかしひさしは首を振った。刀よりも馬のほうに興味があった。

馬は、からだの大きさの割には不釣合なほど目がいいとはよく人が言うけれど、どうしてあんなにやさしい目をしているのだろうとひさしは思った。馬の目を見ていると、それが馬の目だということをよく忘れた。それに、前肢後肢の動きは何度ながめても驚くばかりで、その動きの複雑さは、不思議をこえて、そういう生きものをつくった目に見えない何かをひさしに怖いと思わせた。すばらしいと思わせた。

ひさしはよく、周囲に誰もいないのを確かめてから畳の上に四《よ》つん這《ば》いになり、馬と同じように歩いてみようとするのだった。けれども、何秒も数えないうちに呆気《あっけ》なくひっくり返ってしまう。ひっくり返ってもひっくり返っても繰り返してみる。もしも今の自分を誰かが見ていたらと思うと何となくきまりが悪くなって、腹を見せてもがいている金《かな》ぶんぶんのように、ひっくり返ったまま手足をばたつかせてひとりで笑った。

毎日、三頭の馬を間近に見られることが、ひさしをいきいきとさせた。ひさしは、学校で自由画というといつでも馬の絵をかいた。図画の先生は、ひさし君の馬は、クラスの他の誰がかく馬とも違って生きている、そう言ってよく賞《ほ》めた。新聞社主催の小学校の図画の展覧会に、本人には黙ってひさしの馬を出品して、特賞をとらせたこともある。ひさしは、うれしくなくはなかったが、賞に対しての格別の執着はなかった。賞より馬、だった。

宿題の絵をひさしに頼む友達がいた。先生に見破られると、君も困るだろう、だから、君が、これで半分の出来上がりだと思うところまでかいてやったかしれない。あとは自分がかく。友達はそう言った。ひさしはこの友達に何度馬をかいてやってほしい。しかし、友達にかいてやっているという気持には一度もならなかった。あの馬の目の深いやさしさと、四本の肢《あし》の驚くべき動きを、何とかあらわしたい一念であった。かけばかくほど、実際の馬の目はいよいよやさしく、四本の肢の動きはいよいよすばらしいものに思われ、かくことで自分がそれに近づいているような気もするのに、逆に遠ざかっていくような感じもあって、かく度《たび》に初めての驚きとよろこびを味《あじわ》った。不安もまたその都度、新しかった。

父親が毎日一枚しか四つ切の画用紙を与えないのにはそれなりの理由がある。父親はひさしに、用紙を無駄遣いしないようにと言った。けれども父親は、ひさしが宿題とは関係なく、毎日好きでかく絵に熱中しはじめると、時を忘れて打ち込むのを内心では頼もしく思いながらも、健康のことも気になるので、一枚の絵ならどんなに時間をかけてもという見通しから、無駄遣いせぬよう、一枚だけという約束をひさしと取り交わした。

また、いつでも、せめてもう一枚用紙があればという気持を残させることが、ひさしの絵のためにはかえってよいだろうという考えもこの父親にはあった。学用品は全部母親がとのえてくれるのに、この画用紙だけは父親の管轄だった。学校とは関係がないからだろうとひさしは思った。

あの坐《すわ》り机《づくえ》の、あの抽斗《ひきだし》に、お父さんはあんなにたくさん画用紙を持っているのにけちだなあ、とひさしはよく思った。その机は、一畳ほどもある大きさで、両袖に三つずつ付いている抽斗には、いずれも鍵がかかっていた。

一つの抽斗には、工場の大事な書類らしいものが入っていた。耳搔きや毛抜、それにピンセット、虫眼鏡の類の入っている抽斗もあった。虫眼鏡の種類は多くて、中には、二枚、三枚のレンズを、重ねたりずらせたりして観るものもあった。同じ抽斗には外国製の万年筆も何本か入っていた。父親は、毎朝床を出る前に、前日の日記をつける習慣があったが、用いる万年筆はすべて外国製品だった。

ひさしが知っているもう一つの抽斗には、外国切手を貼り込んだ厚い台帳が一冊と数冊の大学ノート、それにまだ分類されていない、セロファン紙にくるまった外国切手がたくさん入っていた。父親は、こういう切手をどこかに注文しているらしく、定期的に送られてくるようにひさしには思われた。

父親は、休日になると、ひさしをよく机のそばに呼んで、

「新しい切手を見るか?」

と言い、ひさしが、身を乗り出すようにして、

「見せて」

と言うと、入手したばかりの切手を、ピンセットで一枚ずつ丁寧に扱いながら、白い用紙の上にひろげて見せた。消印のついているものも、そうでないものもあった。別に何を説明して聞かせるというのでもなく、ただ、

「これはほんとうに珍しいな」

とか、

「色がいいと思わないか」

などと言い、ひさしに時々虫眼鏡を使って図柄をよく見るようにすすめた。

家の中では洋服類を一切身につけず、外出着も、よほどの時以外は和服で通している父親が、外国切手を一枚ずつ集めてよろこんでいるのにひさしの心は和《なご》んだ。

ひさしは、この父親から、小学校に入ってまだ間もない頃こう教えられたのを今もってよく覚えている。

「もしもやむを得ず暗闇の中を歩かなければならないような時には、必ず、握《にぎ》り拳《こぶし》をして、肘《ひじ》に顔を隠すようにして歩きなさい。外の敵を予想して、目を危険から守ることが第一だからね」

ひさしが、父親から具体的な言葉で教えられたことと言えばこれ一つぐらいで、あとは何も思い出せない。

四つ切の画用紙は、机の左側のいちばん下の抽斗に入っていた。しかし、あとの二つの抽斗に何が入っているのかは、ひさしには分からなかった。中身の分からないまま鍵のか

かっている抽斗を持つ大きな机は、ひさしにとっては、やはり父親そのものであった。

三日前の夜のことである。

馬で帰ってきた将校達は、いったん座敷にくつろぐと、背の高い将校が代表格になって、ひさしの母親にこう申し出た。

「長い間、ご厄介をおかけして申し訳ありません。自分達の出発も、あと二、三日後に迫りました。ついては、出発前に、ひさし君を連れて、神社参拝をしてきたいと思います。間違いのないよう、責任をもちますから、明日一日、ひさし君を自分達に預けて下さい」

その神社というのは、ひさしが低学年の頃、学校の遠足で幾度も行っている神社で、春は境内の桜に、別の土地からも大勢の人が集まった。近くには川もある。ひさしの母親は、

「ありがとうございます。本人はきっとよろこびますでしょうが、主人が戻りましたら相談しまして、改めてご返事させていただきます」

と言って引き退った。

ひさしに、どう？　と探ると、一日中馬といられると思って、行く、行く、とはしゃいだが、たまらなくなったひさしが直接将校達に、

「明日も、馬で行くんでしょう？」

とたずねると、背の高い将校が、

「明日は電車だよ」

と答えたのにはひさしもがっかりした。

ただ、子供心にも、将校達がこの町を出発してからの運命というものを漠然とながら思わずにはいられないので、自分が断わるのは気の毒だという気持も起った。しかし半分は、ぼくを連れ出すなんて迷惑だなあ、という気持だった。あの人達は、この土地の人ではないからあの神社が珍しいのだろう。桜といっても、今は葉っぱばかり。用心しないと枝や葉から毛虫が落ちてくる。でも、やっぱり行こう。決めた。お父さんが行っていいと言うなら、ぼくが案内役だ。

その翌《あく》る朝、冷たい麦茶を入れた水筒を母親から受け取ったひさしが、将校達と一緒に家を出たのは、九時過ぎだった。

「どうぞよろしくお願いいたします」

母親は腰を深く曲げて将校に頼んだ。

電車の中でも、道を歩いていても、彼等がほとんど口を利かないことがひさしにはありがたかった。ひさしは、学校の帰りに、買物から帰って来る小母さんと出会ったりすると、気が重くなった。小母さんは、

「今日はどうでした？　お弁当はみんなあがりましたか？　宿題は多いんですか？」

とか、

「夕方から工場の人が見えるんだそうですよ。お風呂は、食事の前にします？　それとも後にします？」

などと言いながら、ひさしにしきりに返事を求めてくる。人中で家の者に声をかけられるのは何となく恥ずかしい。また、それはかりでなく、ひさしはいつも、話すか歩くか、どっちかにしてほしいと思っていた。若いほうの手伝いの女に対しても、母親に対しても同じように思っていた。

将校達は、別に急いで歩いているふうではなかったが、歩幅が広いので、ひさしはどうしても急ぎ足になった。背の高さに関係なく三人が歩調を揃えているので、ひさしは、訓練というのはすごいものだと感心する。途中、兵隊と出会うと、兵隊のほうは一様に歩調をとって、将校達に敬礼を送った。白手袋が、きびきびした動きで挙手の礼を返す。ひさしは、ついて歩くだけで上気した。

参道に入るところで川のながめが展《ひら》けた。

川に、馬はいなかった。

ひさしは、

「練兵場で演習を終わった騎兵隊の馬が、よくこの川に入って来るんだけど、早いから、今日はまだ、いない」

と、言い訳をするような表情で言った。日も暮れ近くなって、一列に並んだ騎馬の兵士が、手綱を操りながら土手の斜面を静かに下って川の中に馬を進め、橙色《だいだいいろ》に輝いて流れる水の面に、馬と一体になった自分達の影をゆらめかせて小休止をとっているのは、ひさしには幾度見ても見飽きないながめだった。人馬の動きの止まった瞬間、それがみごとな埴輪《はにわ》の列に見えることもあった。

四人は、馬のいない川のほとりでしばらく休んだ。

ひさしは、この近くの練兵場へは、友達とよく模型飛行機を飛ばしに来るのだと言い、練習を終わった騎兵隊の馬は、いつもどのあたりから、どのようにしてこの川のほとりに出てくるのかを細かに説明した。

「ひさし君は、よほど馬が好きなんだなあ。馬は賢いからね」

と、背の高い将校が言った。

「どれくらい賢い？」

とひさしが聞いた。

「時によっては人間よりも」

と肥った将校が答えた。

痩せた将校は、ただ静かに笑っていた。それからしばらくたって、

「ものが言えなくても、からだでものを言うし、人の心ははっきり読む」

とひとりごとのように言った。

神社の境内は、葉桜のさかりであった。

ひさしは、ここではよく、外出を許可された陸軍病院の傷病兵が、白衣に軍靴のいでたちで、面会に来た家族らしい人たちとベンチに腰かけているのを見かけるが、午前中とあって、ここでもまだそれらしい人の姿は見られなかった。ひさしは、そのことにむしろほ

っとした。ここに来るまでは予想もしなかった安堵《あんど》だった。

三人の将校は、軍帽をとると、長い間本殿に向かって頭を垂れていた。ひさしはその後ろから、見習って同じように頭を垂れていた。神社の裏手には、戦死者の墓地がある。ひさしは、将校達がその墓地に気づかないうちに早くこの境内から連れ出さなければとあせっていた。参詣人はまばらであった。

陽《ひ》に灼《や》けた顔でひさしが帰って来たのは、もう夕方だった。脇に、軍馬の画集のようなものを抱えている。背の高い将校は母親に、

「ありがとうございました。責任もって、ひさし君をお渡しいたします」

と言った。

ひさしは、母親からその日一日のことをたずねられても、あまり委《くわ》しいことは言わなかった。神社へ行ったあと郊外電車に乗ったということ。町中へ帰って来て食事をしてから、町でいちばん大きな本屋に入り、自分が買ってほしいとせがんだわけではないのにあの人達はこの画集を買ってくれた、その程度のことしか話さなかった。

ひさしは、将校達と、とりたてて言うほどの話をしたわけではないのに、三人に対する自分の気持が、出かけて行く時とははっきり違っていることに気づいていた。迷惑だなあ、という思いはいつのまにか消えていた。それで、母親に対する報告も、何となくはずまないのだった。

「行ってよかった？」

と母親に聞かれてうなずきはしたが、からだ全体でうなずいているわけでもなかった。今朝、将校達が引き上げて行ってから、ひさしは勉強部屋に入って夢中で三頭の馬をかき続けた。じっとしている馬は、今朝はかきたくなかった。毎朝、三人を迎えに来た三頭の軍馬を、思いきり走らせたかった。走らせずにはいられなかった。鬣《たてがみ》だけでなく、尻尾の先まで風に靡《なび》かせた。

一と月ばかり経って、ひさしの父親当てに、三人の将校の連名で封書が届いた。一枚の写真と、簡単な文面の手紙で、そこには、滞在中の世話に対する礼が述べられ、自分達は元気で軍務についていること、ご一家のご多幸を祈るという主旨のことが無駄なく書かれていた。

写真は、神社の葉桜を背景に撮ったもので、真中に立っているひさしの後ろから、背の高い将校がかがみ込むようにしてひさしの両肩に手をかけ、肥った将校は、軍刀の柄《つか》の上に白手袋を重ねてひさしの右に、瘠せた将校はひさしの左に立って、なぜかこの人だけ、とんでもない方向に顔を仰向けている。

封筒の裏書きに、三人の居場所は明記されていない。部隊名だけが記され、その気付となっていて、表には「検閲済」のスタンプが捺《お》してある。ひさしは、三人の将校が、家族の中で自分だけにしてくれた別れの意味を考えようとしながら、にわかに湧き出してきたとりとめのないかなしみの中で、自分がこれまで知らなかった新たな感情の世界に、いま、確かに一歩入ったということを知らされた。父親にも母親にも言えないまま、じっとその思いをかみしめていた。

# 銀杏

司　修

玄関を出るとすぐ右の、半坪ほどの日陰地にある銀杏の木の幹は、光平の広げた腕で抱えると、二まわりもあった。銀杏の太い枝が玄関横の便所の屋根すれすれにのびて、コールタールが塗られた黒い屋根に、黄色い葉がかぶさっていた。熟れた実がそこいら中《じゆう》に落ち、近所の人たちも拾いにきていた。糞の臭いがするので光平は銀杏の実を嫌ったが、食べるのは好きである。

便所にかけた梯子《はしご》を上り、屋根から枝を伝って木にしがみつき、四方に出た枝に足をかけて上ると、母屋の屋根より高くなる。そこに出征した清兄ちゃんが作ってくれた台座があって、座って遊ぶことができた。母に叱られた後や、遊び仲間にいじめられた時など、そこに座っていれば悩みを忘れられた。何もなくても、からからに乾いて塩が噴いた梅干しをしゃぶって、何時間も過すことがあった。

光平の家の前の空地は日だまりになっていて、メンコやビー玉の遊び場だった。子どもたちが集まってくるので、紙芝居屋もそこで舞台を広げた。だから光平は仲間はずれにされて外へ出ないでいるときでも、銀杏の木に上れば紙芝居を見られた。銀杏の木は光平の友であった。特に清兄ちゃんが兵隊に行ってからは、人間のように思っていた。葉に包まれて独り言をいえば、銀杏から答が返ってきた。葉群れの中で風に吹かれて、屋根よりも高く地上から離れていると、零戦の飛行士になる夢も叶《かな》えられた。

ある日、紺のハンテンを着た職人が数人と、隣組長の須田さんが光平の家へやってきた。

「軍艦の床板になったり、飛行機の部品になったりします。銀杏も御国のためになるので喜ぶでしょう」

隣組長の須田さんが光平の母にいっていた。

翌日には、銀杏の幹に三本の綱が縛りつけられ、木戸と一部の塀が取りはずされた。二本の綱は裏の畑までのばしてそれぞれ四人の男が持ち、表には一本の綱を二人の男が持って構えた。

光平は銀杏が軍艦になって海を征く勇壮な姿を想い、アカトンボを想ったが、こみ上げてくるものに負けて涙を流した。須田さんに、切らないでくださいと懇願したいのに、うろうろとするだけで何もできない。

銀杏は、初め、斧《おの》で叩かれて深い傷をおわされ、傷の反対側から二人がかりで鋸を入れられた。光平は正面から見ていられなくて、裏の畑に回った。倒れる木の勢いを押さえる男たちが、二人から四人ずつになっていた。光平が彼らの後ろに立つと、屋根の向こうで黄色い三角形の銀杏がゆさぶられているのが見える。表側からかけ声がかかると、綱を持つ男たちは腰を落とし、綱引きのような恰好《かっこう》になった。表のかけ声に答えて綱引きの男たちは綱を少しずつゆるめた。銀杏の姿が屋根から消えると、光平は畑を抜け、県道を突っ切って小学校への路地を走った。ババッ川に沿って行き、墓地を抜け、走りに走ってから心配になって引き返した。

切り倒されるのを見に集まった人々の姿はなく、道から光平の家の木戸までの地面に、黄色いペンキをこぼしたように銀杏の葉が落ちていた。取りはずされた塀も元どおりになっていた。光平は知らない景色の前に立っていた。銀杏の葉を踏んで木戸を開け、銀杏のあったところをみると、木は根元から切られ、折れて立った鬚《ひげ》が痛々しく突き出ていた。年輪を数えたが、三十まで行くとすじを見間違い、何度やっても最後まで数えられなかった。切り口は人間の顔にも見えた。驚いている顔だ。むくんだ水死人の顔だ。銀杏の切り株は形を変えて百面相を見せた。木のあったところだけに、渦を巻いた冷めたい風が吹き込んでいるように感じられた。光平は、銀杏が殺された思いを持った。

その夜、寝床に入ると光平は泣いた。蒲団を被り、泣き声を母に聞かれまいとした。清兄ちゃんの出征の祝いの晩、夢にうなされて目醒《めざ》めると、炬燵《こたつ》蒲団が炭火に落ちて煙を出していた。光平はあわてて蒲団を上げ、台所から運んだ水をかけた。宴会で散らかった座敷に母が起きていて、一升瓶を内股にはさみ、茶碗酒を飲んでいた。焦げた蒲団の煙にもかまわず母は目をまっ赤にして泣いていた。光平が声をかけると、母は早く眠れと叱

った。光平は、母に嫌悪を感じて蒲団にもぐった。隣組の人たちが集まって、清兄ちゃん
の出征を喜んでくれたというのに、悲しむなんてだらしがないと思ったのだ。
しかし今は母の気持ちが分かったような気がした。兄がいなくなったことと、銀杏がな
くなったことの悲しみが、光平にもよく分かるように重なった。

出征して半年も音信不通だった清兄ちゃんから手紙がきた。病弱で寝たり起きたりして
いた兄は、入隊するとすぐに倒れ、陸軍病院を転々と回され、宇都宮の陸軍病院へ落ちつ
いたとのことだった。手紙は見舞が許されたので来てくれとあり、母は清兄ちゃんの入院
を喜んで、すぐにも出かける気配を見せたが、光平には理解できなかった。
母は手拭《てぬぐ》いや、清兄ちゃんの下着を風呂敷に包み、闇の煙草や、果物を買い入れてきて、
「生きて帰れるとは思わなかったがね」と嬉しそうにいった。その夜、学校を休むことも
班長の家に寄って断ってきたと母はいい、光平に早く寝なと叱った。母は清兄ちゃんと話
す時のような優しさはなく、光平にはいつも叱り言葉である。
朝まだ暗いうちに起こされて、光平は久しぶりの銀シャリに目を輝かした。塩むすびと
味噌むすびを頬ばると、舌にすべる一粒一粒の飯が甘く、夢見心地であった。
「母あちゃん、やっぱり銀シャリはうんめえ」
「ばか。うんめえに決ってるだんべ」
母の声ははずんでいた。清兄ちゃんのためのむすびは経木に包み、光平が忘れてしまっ

た果物などが風呂敷に入れられた。

陸軍病院での面会は機械的で、手続きをすると差し入れの品を調べられ、直接手渡せるものは、衣料と食品類の一部だけで、後は係りに預けるのだった。

面会室には、白衣の兵隊とそれぞれの家族が一塊りになって談笑していた。清兄ちゃんは母を見つけて近づき、敬礼した。白衣に血が飛び散ったような染みがついていた。清兄ちゃんは家にいた時より元気そうに見えた。病院の庭に出て、清兄ちゃんは同室の戦友を母に紹介した。母は深く腰を曲げて挨拶した。病院を出る間際、母は清兄ちゃんの耳に、お金を封筒に入れて預けたから、上官に何か買ってあげて可愛がられるように、といった。清兄ちゃんは笑って敬礼した。光平は清兄ちゃんの敬礼する姿に惹《ひ》かれ、汚れた白衣に軍帽も、いい感じだと思った。年齢が離れているのであまり口を利くことはなかったが、子ども同士の喧嘩には応援してくれたし、ハーモニカも教えてくれた。それなのに清兄ちゃんに対して、敵意のようなものが光平の胸の隅にあった。そいつがふーっと消えた。

二度目の面会から帰った晩、母は、清兄ちゃんからもらってきた記念写真を、包丁をつかって厚い台紙から剝《は》がした。二つに折られた紙切れが入っていた。母はそれを広げて読むと大きく溜め息をついた。光平は剝がされた写真を見た。小さなお宮の前に、二十人の兵隊が二段に並んで写っていた。みんな病人らしくなく、ふっくらとした顔をしていた。小柄な兄だけが病人のようだった。

「陸軍の病院でも悪い人がいるのかねえ」

母はそういって立つと箪笥《たんす》の引き出しから、光平のよそ行きの服だとかオーバーを出した。

「去年のだけどまだ着られるかねえ。図体《ずうたい》ばっかしでかくなって」

母は憎ったらしげにいった。

「こっち来てみな」

光平はしぶしぶ母の前に立った。

「ああ、縫い返ししなけりゃなんねえがな」

光平は叩かれる前に縁側へ逃げた。

「明日、学校から帰ったら床屋へ行きな、お金ここへ置いとくから」

母は卓袱台《ちやぶだい》に銀貨を載せた。


光平は、母に背を押されて町の写真館に入った。写真館の隣は歯科医院で、光平は幼稚園入園前に通って八重歯と虫歯の治療を受けていた。歯医者と聞くだけで恐怖心を持つほどなので、すぐ隣の写真館も何だか恐ろしかった。それになぜ急に写真など撮《と》らされるのか分からなかった。

薄暗い店内の壁に、七五三で着飾った姉弟、出征兵士、兵隊と花嫁などの額がかかっていた。

店の奥から老婆が出てきて、

「靴のまま二階へ上がってください」

といった。急な階段を上がると、酸っぱいようなカビ臭いような臭いがした。廊下に白い布のかかった長椅子があって、お爺さんが横になっていた。

「あっ、これはこれは、どうも。中へ入ってください」

お爺さんは起き上がるとベレー帽を被った。スタジオは小さな窓があるだけで暗かった。お化けが出そうなぼんやりした山の景色が布に描かれて下っていた。山の手前に、欄干があって不釣り合いな絵だった。お爺さんは電気を点《つ》けて窓に黒いカーテンを閉めた。

光平は、母にいわれて、風呂敷から出したいっちょうらの服を着た。お爺さんは立派な木の椅子を山の絵の前に持っていき、光平をその横に立たせ、服の襟《えり》をなおし、顎《あご》を押したり、指を曲げさせたりした。

「坊っちゃん、右腕を椅子にもたせかけて、そう、そのままじっとしているんですよ」

お爺さんは菓子箱のような写真機に黒い布を載せ、それに頭をつっこむと歯車を動かし、イチジク浣腸《かんちょう》のようなものを握って頭を出した。

「立派な写真になりますぞ」

とお爺さんはいった。箱のふたのようなのを写真機に差し込むと、電気を煌々《こうこう》と明かるくして、浣腸をきつく握りしめた。

撮影が終ると、母は服を替えさせ、夏祭のモモヒキやハンテンを光平に着せ、うむをいわさず白粉《おしろい》を顔に塗り、紅を頬と唇になすりつけた。

光平はその日、三種類の写真を撮られた。不愉快な思いはいつまでも消えなかった。


小学三年の夏休みに入ると、新井写真館で撮った光平の写真ができてきた。写真は自分とは思えないほど、顔の形が綺麗に修整されていた。お大尽の坊っちゃんみたいで空々しかった。光平はどの服装の写真も嫌いだった。母もそんな写真に関心ないらしく、写真が貼られている厚い台紙を丁寧に剝がしはじめた。

「母あちゃん、何するん」

「お前には関係ないよ」

母は三種類とも台紙を剝がすと、一円札を三つに折って間に挿《はさ》み、札を隠すと台紙をのりで貼って元通りにした。光平の写真にお金が入っているなんてとても見えない。

「よそんちへ行っていうんじゃないよ」

「何するん。そんなことして」

「兄ちゃんが困らないようにするんだよ」

「どうして」

「ばかだねおまえは。おまえは石を食べても育つけど、兄ちゃんは病気だろ。栄養とらなくっちゃならないだろ――」

「なんだ、そういうことか」

「お金は誰でも欲しいから、内緒で渡さないと兄ちゃんまで届かないんだよ」

「泥棒がいるってことだろ」

「そういうことはよく分かるな、来月は水兵さんの服、借りてきてやるからな」

「おれ、やだよ、写真屋なんか行くの」

「行かなきゃ、おなかが空くだけさ。何も食べさせないからな」

「いいよ喰わねえよ」

光平は母にしこたま小言をいわれ、悲しみを抱えこんで眠った。

玄関の戸を開けると、銀杏の木が戻ってきていた。木には入口があって、中に階段が上の方までのびていた。光平は階段を上り、黄色い部屋に入った。町が眼下に見えて、雨が降っていた。雨は銀杏の葉だった。光平は銀杏の木にしがみついて空を飛んでいるのだった。それなのに楽しくなく、首をしめつけられるように苦しくなっていくのだった。

眼を醒ますと、闇に夢の残像が浮いているようだった。空襲警報のサイレンが鳴っていた。母が、「起きな」といった。母は寝呆《ねぼ》けているのか、声が優しかった。

# 黄の花

一ノ瀬綾

冬子と久夫は一つちがいだった。来年は中学生になりますと、母親のお葉さんが挨拶の後で言った時、冬子はわけもなく息がつまって、久夫をはっきり見ることができなかった。お葉さんの言葉は、やさしい東京弁であった。

「生憎《あいにく》、どの子もこちらのお嬢ちゃんとは学年がちがいますが、どうかよろしくお願い致します」

父と母が向い合って坐《すわ》ったいろり端の奥から冬子は、上《あが》り框《がまち》に並んだ母子の五人連れをのぞくように眺めた。久夫は黒サージの学童服を着て、女学生の姉と、二人の妹にはさまれてきちんと坐っていた。

お葉さんは、黒地に緑色の笹の葉を細かく描いたきれいなもんぺの上下を着ていて、冬子と視線が合うと、にこっと笑った。生れて始めてお嬢ちゃんと呼ばれた冬子は、いっぺんにお葉さんが好きになって、セーターやズボンに継ぎの当った身仕度のその一家が、今《いま》迄《まで》見なれたどの疎開者達より小ぎれいで上品に見えてくるのであった。

その日から久夫の一家は冬子の家からほど近い農家の奥座敷で暮すようになった。父の世話であった。五十戸ほどある部落のうち、疎開者を置いてない家は数えるほどで、冬子の家もその一つであった。空家はもとより、雨の漏るたき木小屋まで手入れをして人が住み、部落の遊び仲間や学級にも、都会言葉の子供がじゃまになるほど殖《ふ》えて、冬子はそういう仲間達から今迄知らなかった色々な知識を吸い取ってきた。それだけに、自分の家に世話をする疎開者が居ないことに冬子は、いつも淋しさと友達に対する引目のようなものを抱いていた。

「どうしておら家には、疎開してくる人達が居ねえのかなあ……」

ことあるごとにぶつける冬子の不満を、母は声をひそめてたしなめた。

「ばかを言うものでねえ。疎開者なんかどこがいい。焼け出されや子供連れと同じ家で暮してみな、どんなに物いりだか……こっちが食えなくなっても面倒見なけりゃ済まなくなるんだぞ」

そんなものかと思いながらも冬子は、自分の家にたよって来るような近しい縁者のないことを不幸なことのように感じていた。と言っても誰も居ないわけではなく、東京に近い町の軍需工場には二人の姉が働きに行っていたが、まだ若い独身者なので無理をしてまで招き寄せる心配が少なかったのだ。

お葉さん一家は、冬子の家にとって、まるで赤の他人で、一千戸近い戸数の村の中でもたよりにできる血縁は一人も居ないという話であった。それを村長の口ききで、父が引き受けてきたのだが、どういうわけか頼まれたいきさつについて、父は家族にくわしい説明をしなかった。ただ一家の主人という人が鉄道省の役人で、仕事の都合上自分で家族の面倒が見れないのだということと、村長自身が、(お葉さんをたのむ)と言ったということから、冬子の家では否応なしに面倒を見るハメになったらしい。母は最初からその奥さんを、「お葉さん」と呼んだ。

「あの人達は、おら家の疎開者と同じだね」

念願がかなった思いで、冬子は嬉しくて仕方がないが、母は相手にしなかった。

「なんとしても同じ家で暮すんでなくて、やれやれだ。厭《いや》なことは見て見ぬ振りができるでな、いくらかたすかったでや……」

生活が落着いてくると、お葉さんは子供達を連れて、しょっちゅう冬子の家へやって来るようになった。

「これは錦紗《きんしや》でねえかい。いつも着ているのは最初の日のモンペの上下で、母はもったいながった。

「これしかないんですよ」

細い首をよじるようにしてお葉さんは笑った。東京生れの東京育ちで、千葉へ疎開する前と、してからと二度焼け出されて、もう行く所がないと思ったが、主人の部下の紹介で、こちらへ御厄介になりました、とお葉さんは少し甲高《かんだか》い声で話した。

「これで、お米をゆずっていただけないでしょうか」

ある日お葉さんは、毛糸のショールを持ってやって来た。庭先で遊んでいた冬子がのぞくと、それはエンジ色に白をあしらった配色で、母には派手過ぎる品物である。母はしばらく撫でたりもんだりして見ていたが、突き返すようにお葉さんの手にそれをもどした。

「いい物らしいが、今は六月だでな……冬まで使わねえ物を引き取っても」

「あの、そんならその仕事でも、お手伝いさせてください」

縁先に腰を降ろしたお葉さんは、今にも母のやりかけていた仕事に手を出しそうであった。それは、もうじき掃き立てられる春蚕《はるご》の飼育に使われる、糸網の修理であった。母はあきれ顔で笑いだした。

「こりゃ、町場の人にはできねえだよ」

「どのくれえいるだね。少しなら分けてやるだよ」

居合わせた父が口を出すと、お葉さんはまるで拝むように頭をさげて、すぐ帯の間に手を入れた。小笊《こざる》に米を入れたお葉さんが帰ってからしばらくの間、父と母は口争いをした。

「あんなことをして、癖になる。これから先が長いというのに」

「ほかに頼る所がねえ人達だ。一度や二度、仕方があるめえ」

「他人事かいな。家だって米はかつかつで、毎日芋や麦で食いつないでいるだに……」

「死ぬ時は、みんないっしょだ」

冬子は父の言葉で胸を撫でおろし、さっそく久夫の家へ遊びに行きたくなるのであった。借りた部屋は八畳一間で、行李《こうり》や木箱や布団の積み重ねた間にカーテンを吊って、そのこっち側で子供達がよく勉強をしていた。縁側にはバケツや洗い桶にまじって、エントツのついた丸いパン焼き器や、縁の欠けたコンロが置かれたりしていた。冬子はいつも、「君代さん、遊ぼう」と声をかけたが、心の中では久夫だけが居てくれることを願っていた。君代は冬子より一級下で、その妹はまだ二年生であった。女学生の長女は、安子と言って疎開して数日後に一人で東京へもどって行った。学徒動員された工場で暮しているのだとお葉さんは言った。

冬子は、君代があまり好きではなかった。手脚が細くて、色が白く、誰にでも甘えた口のきき方をするくせに、冬子に対しては、時々大人のような乾いた調子でものを言った。冬子が君代に聞かれた算数の問題で首をひねっていると、「勉強あきて、秋田県、馬のしょんべん長野県……」と大声で言って、ばたんと教科書を閉じたりした。そんな時冬子は、一家が越して来た日に君代がやった失敗を思い出して、いい気味だと思うのだ。

冬子の家には二カ所に便所があって、一つは廊下伝いに行く奥座敷の外側で、普段は使用されない来客用のものであったが、そこにはきちんと上履きがついていた。もう一つは、庭の隅のどこの農家にもある下肥用《しもごえよう》の便所で、野良仕事の土足で出入りする粗末なものであった。最初の時、君代はその扉を開けてしばらく眺めていたが、ついと跣足《はだし》になって内へ入ってしまった。見ていた冬子の母が笑った。

「田舎のお便所はきたないで、靴を履いたまま入ってもいいだよ」

出て来た君代は、口をへの字にして、跣足のまま裏へ駈けて行き、そこの小川でいつまでも足を洗っていた。冬子は君代には奥の便所を借すまいと思っていた。下の妹は可愛いところがあって、冬子を村の友達の口真似で、「フウちゃん、フウちゃん」と呼んでまつわりついた。

久夫ははじめから口をきかなかった。妹達とふざけている時でも、冬子が行くと、すっと仲間からはずれてラジオを聞く振りをしたり、ひっくり返って本を読み始めたりした。学校でも、たまに顔が合うと、怒ったように睨《にら》みつけてはなれて行く。それでも冬子は、久夫が自分の家に関係があるのだと思うことで、今迄味わったことのない気持のふくらみを感じて、自分を小馬鹿にしているような君代の態度も我慢できるのであった。もともと久夫は無口であったが、それでも一家が、時たま冬子の家の夕食に招かれた折りなど、食事の後で、父や母がなにか話しかけると、歯切れのよい言葉で素直に答えたり、笑ったりした。そんな時は冬子と視線が合っても睨んだりはせず、黒目勝ちな大きな瞳を真直《まつすぐ》に向けてよこした。久夫は髪の毛が濃かった。いがぐり頭の型が良くて、眉の太いはっきりした目鼻立ちは、それだけで村の子供達を引きはなしていたが、学校の成績も、転校一カ月でその優秀さが冬子の耳にも入ってくるほどであった。

「久夫さんは、u中学を受けなさるそうだね、たいしたもんだ」

冬子の母が又聞きの噂をお葉さんにただすと、お葉さんは心細そうに眉をひそめた。

「大学迄やりたいのですが……戦争がどうなりますか」

u中学は、u女学校と同じく、この地方の名門校で、村ではごく限られた資産家の子供しか入学できなかったので、冬子の母は、その上の大学と聞いてただ感心して首を振るだけであった。冬子はそんな母の顔を眺めながら、漠然と自分と久夫との間に横たわる遠い広がりを計っていた。戦争や疎開がなければ、久夫とは口をきき合う縁も生じなかっただろう。冬子は、自分も女学校へ行きたいと思った。

「冬子さん、あんた女学校へ行きなさい。今から心がけて、お家の人にたのんでおくのね。あんたの成績なら必ず受かるんだから、先生も折りを見てたのんであげる」

受持ちの女の先生の熱心な言葉が、時には熱く激しく冬子の気持をそそのかすようになった。中学の制服制帽の久夫と、女学校の制服姿の自分を空想の中で並べるたのしさは、ときとして、冬子の夢の中にまで現れることがあった。それでも冬子は、口に出して父や母に進学の希望を伝えることはできなかった。まだ五年生だというゆとりからでもあったが、本当は冬子には自分の家の生活状態がよくわかっていたのである。

作った米の半分以上が、村の地主の倉に運ばれることや、二人の姉の送金がたよりで暮していることを知っていた。今は戦争で大変な時なのだから、自分一人の我儘《わがまま》を持ちだすのはよくないのだと、冬子はそんなふうに自分を言いくるめてみたりした。するとやっぱり久夫は冬子にとって遠い存在であり、頭のあがらない相手であった。

背戸にあるぐみの実が熟れて地面に落ち、植えつけの終った稲が青黒く繁茂する頃になると、山の口の冬子の村の頭上にも、時々B29が姿を見せるようになった。県境にある大きな市の工場を爆撃に来るのだと、大人達は言い合った。どこかわからない、遠い地の果てから、ヅヅヅ……と重い地響きが伝わってくることもあるようになって、学校では大慌てで避難訓練を始める始末であった。山峡の帯のように細い村の上空を、白く光る飛行機雲が流れ、鋭い金属音が裏山に消えてから、子供達は机の下へ逃げこんだり、校庭の向うに迫っている杉山へ走ったりした。

そんな夜、お葉さんは必ず久夫達を連れて、冬子の家へやって来た。

「もうどこへも逃げる所はないのに、この戦争はどうなるのでしょうね」

大人達がヒソヒソ話しをするかたわらで、冬子は、久夫や君代から、東京の空襲のようすを聞かされていた。

「君、焼夷弾の落ちてくるの、見たことないだろう。遠くで見ると花火みたいにきれいだよ」

久夫の、君と言う呼びかけが、どきんとするほど耳新しくて、冬子は夢中でうなずいていた。ようやく話しかけてくるようになってからも久夫は、冬子の名は呼ばずに、君、とぶっきらぼうに声をかけた。仲間の疎開児童がすぐ覚えて使う、「おれ」とか、「おめえ」と言う村の言葉を、久夫はあまり口にしなかったが、君代の方は平気で、「おらとこのお父さまがな……」などと変なアクセントでしゃべり散らして得意になっていた。

その、「お父さま」と呼ばれる一家の主人が訪ねて来たのは、疎開してから二カ月も過ぎたむし暑い日の夕方であった。

いつになくきれいに身繕《みづくろ》いをしたお葉さんと、子供達に取りまかれてやって来たその男の人は、冬子が息を呑んだほど久夫によく似ていた。大柄で恰幅《かつぷく》がよく、衿元《えりもと》と袖口に、ジャバラの縫い取りのある詰め衿の洋服を着ていて、柄《がら》に似合わないやさしい低い声で、父と母に家族が世話になる挨拶をした。

「東京へ御用がおありでしたら、早めに知らせてください。切符の手配を致しますよ」

そんな言葉も終りは聞き取れないほど、子供達は父親にまつわってはしゃぎまわる。久夫迄がめずらしくお葉さんにたしなめられるほどであった。翌日の夕方冬子が遊びに行くと、もう父親は帰京した後で、お葉さんが暮れかかった部屋の中で一人で横たわっていた。髪はほつれ、顔色も悪く、昨日とは別人のようにとげとげした目つきで、子供達に小言を言ったりした。冬子が帰宅して、母にそのことを告げると母は、「又、ヒステリーを起こしているずら」と薄く笑った。冬子は、母の方が本当はヒステリーなのではないかと、厭な気分になるのである。

「町場者は図々《ずうずう》しくて、やりきれねえに」

最近の母の陰口は日増しに露骨で口汚なくなっていた。米や味噌を気持よく分けてやったのは二、三度で、やがて部落の誰彼から、他家の相場を聞いてきて、「おら家じゃ、まるで施しをしているみてえだ」と、父にまで当たるようになった。一日に二度、三度とお葉さんがお茶の時間に来合わせたり、風呂を湧《わ》かすたびに早々と一家がやって来たりすると、母は怒って奥へ引っこんでしまうことさえあった。それでもお葉さんはやって来た。もう取り替える品が無いから、畑の草取りでもさせてくれと坐りこんだり、湯飲み茶わんに一杯の梅漬けの汁欲しさに二時間もねばったりした。その汁を、冬子が無断で久夫に持たせてやった時、母は、「この餓鬼！」と、冬子を罵《ののし》った。

冬子にとって一番嬉しいのは、人手が欲しい蚕《かいこ》の上簇《じょうぞく》の時や、田麦の刈り入れや脱穀の折り、お葉さんや久夫が手伝いに来て、そういう時は父と母が上機嫌で、お茶や食事を振舞うことであった。甘藷《かんしょ》のまじった蒸しパンや、野草を搗《つ》き込んだ麦飯を、無言で頬張る久夫を見ていると、冬子は自分の方が先に満腹になった気がした。そんな夕食の後、子供達だけで、竹箒《たけぼうき》を手に螢を取りに出かけたりすることがあって、冬子が青葱の尖《とが》った葉先に、螢を幾匹も入れて見せると久夫は、「螢が息苦しいから、外へ出しておやりよ」と、大人のように命じたりした。冬子は久夫の言葉なら何でも納得ができ、素直な気持にもなれるのであった。

東京に大空襲があったと伝えられた数日後、お葉さんの家には長女の安子がもどって来た。動員先の軍事工場が焼けたので、次の勤務先がきまるまで、こちらにおりますのでよろしく、と切口上で挨拶に来た。最初の時より痩せて顔色が悪く、大きな目が吊り上がって、ギスギスした感じが体中に漂っていた。

「東京者にしては、器量の悪い娘だ」

母は自分の家に余計者がころがりこんででも来たように、顔をしかめて毒づいた。

冬子もあまり安子が好きになれなかった。それは口のきき方が君代に似ていたからである。安子が来た翌日、冬子が遊びに行くと、カーテンの陰で、お葉さんのすすり泣いている声を聞いた。一、二度、なにかの話しの折りに、母を相手にお葉さんが泣き声をあげたのを見ていた冬子は、それがヒステリーということだと思っていたので、今度はおどろかなかった。すると、突然安子の細くて鋭い声がした。

「お母さまが悪いのよ」

「でもおまえ、こんな山の中へ放っておかれたわたしに、どうすればよかったと言うの」

「わたしなら、お父さまのそばに居るわ。言いなりになって留守にしたから、いけないのよ。向うは親子三人で暮しているのに、お母さまは口惜しくないんですか」

「おまえ達の為《ため》に東京をはなれたのに……」

押し殺したやり取りや、すすり泣きに続いて、また安子の強い声がひびいた。

「わたしは、お母さまとちがって、生ぬるいことは嫌いよ。あの女は許せない。今度帰ったら、わたしはお父さまの元から通勤しますからね」

宣言する口調とともに、安子はカーテンを払って出て来たが、庭に突立っている冬子を見とめると、急に眉をしかめて叫んだ。

「ああ、厭ね、田舎って……どうしてこうも他人が生活の中に入ってくるのかしら。どんなに怖くても、わたしは東京がいい！」

肩の先で二つに編んだお下げ髪を、振り放つようにゆすって、安子は戸外へ出て行った。あまりの剣幕に冬子は、安子が居る間は二度と遊びに行くまいと思ったほどである。しばらくして冬子は、どうしてお葉さんが泣いたり、安子が荒れたりしたのか、その理由を知ることができた。

次の朝、突然一人でやって来たお葉さんが、青ざめた顔で父の前に両手をついた。

「一生のお願いでございます。二、三日の間だけ、子供達の面倒を見ていただけないでしょうか」

「東京へ行きなさるか」

意外にも父は驚かなかったが、お葉さんはそう言われただけで膝に涙を落とした。

「こんな時勢に、お恥ずかしいことです。知らないうちはともかく、娘のつきとめてきた事実を聞きましたら、早めに手を打つべきだと思いまして……それが子供達のためです」

「子供はともかく、このままでは、おめえさんの気持が収まるまいな」

話のようすから、冬子はお葉さんがすでに父に事情を明かしているらしいのを感じた。母の方はなんにも知らないようすで、呆気《あっけ》にとられた視線を、父とお葉さんに交《か》わるがわる注いでいた。

「切符が手に入り次第、安子を連れて参ります。御恩は忘れません」

お葉さんが帰ると、母の根掘り葉掘りの質問が続いて、終りに父は怒声をあげた。

「つまらねえ話を、よそへ行ってべらべらするから黙っていただけだ。村長に口止めされてることだから、これからも気をつけろ！」

安子が、許せないと口走っていた女は、村長の末の妹で、東京の役所で働いている間に、お葉さんの主人と仲良くなって、最近、子供が生れ、二人は同じアパートに暮しているという。安子が工場から焼け出されて、父親の住まいをさがすうち、偶然見つけたのだと父は、お葉さんから聞いた話をした。

「それにしても、妹の不義を承知で、よくもまあ村長さまは、あの一家を引き取ったもんだね。図々しい」

「妹を通じて、都合のいいことがあるずらよ。切符なんか、すぐ手に入るし、仕事の上で、利用していると、おらは見ている」

「それにしても、あんな神妙な顔して、男なんて、わからねえもんだな……」

母は最後には、しきりにお葉さんに同情を示すようになった。冬子は学校へ行く時間が迫ったことも忘れて、父と母の話に引き込まれていた。わからないところもあったが、大方の事情はのみこめて、冬子は久夫の父親の顔をけん命に思いだそうとした。もしかしたら、お葉さんは東京へ帰ると言い出しはしないだろうかと、それが心配になった。

「久夫さん達、どうなるだい」

「あれ、ま、子供のくせに大人の話に口を出す。さっさと学校へ行けな」

気のついた母は、目をむいて冬子を睨んだ。

東京からお葉さんが帰って来た。灰色に汚れた白いブラウスともんぺをはいた姿は、行く前よりまたひと廻りも小さくなって、倒れるように冬子の家へたどり着いた。

「安子を、主人の元へ置いてきました。それ以外に手の打ちようがないんです。女は覚悟をしていて、主人と子供の三人で死ぬつもりでおりました、なんて、平気でわたしに言うんですよ」

お葉さんはもう泣かなかったが、顔をあげてもどこを見ているのかわからない、死んだ魚のような赤く濁った目をしていた。

「御主人は、なんと言われただね」

「あの人は、わたしにすまないと言っただけです。もともと、気の弱い人ですから、女に押し詰められて、身動きができないのです」

「男のくせに、けしからん」

父は顔を赤くして唸《うな》った。母も怒って、お葉さんの前で主人の悪口を言う。

「こんなに大勢の子供を、あんた一人に押しつけといて、本当に勝手だね。だいいち、ここへだって、一度しか顔を見せんじゃないかね。他人のおら達に面倒かけてさ……」

「すみません」

お葉さんは小さくなって頭をさげた。久夫も、君代も、末の子も、途方に暮れた顔をして、お葉さんのまわりを取りまいていた。丸三日間、冬子の家で寝起きをしていた間、さすがの君代さえも、しょんぼりしていただけに、お葉さんの帰宅は、三人にとってなによりの喜びだったにちがいない。それが甘えるひまもなく大人達のむずかしい話になり、終りに母親が叱られるのは子供達にとって哀しいことだろう。久夫がじっと唇を咬《か》むのを見て、冬子は母の言い方がひど過ぎるのではないかと気をもんだ。

それから二、三日の間、お葉さんは病人のように寝込んでしまって、子供に食事の仕度もしてやらなくなった。夕食の時間になっても君代と妹が、冬子の家の庭にじっと立っているので、見かねて母が出かけて行った。

「困ったヒステリーだな、まったく。この非常時に、亭主の浮気ぐれえで寝込むなんて、気がしれねえよ。兵隊を送った家族から見たら、罰が当たるこった」

帰ってくると母は、ぶつぶつ言いながらも、子供達を呼び入れ、残り物を食べさせてやった。父は、そのうちに、村長の家へかけあいに行かねばならないだろう、とつぶやくのであった。

学校が夏休みになった。村には学童の集団疎開がどっと繰込み、区長である冬子の父は、連日のようにそれらの世話に呼び出された。冬子達は、学校で学年ごとに畑を担当して、馬鈴薯《ばれいしょ》や大豆や、南瓜などを作っていたし、部落の少年団でも同じことをやっていて、決められた日に世話に行かねばならなかった。その上、家の蚕の手伝いや家畜の世話があって、冬子はけっこう忙しい。休みになってからの方が、久夫の家へ遊びに行く日が少なくなった。毎日が暑かった。戦争がどうなるのか見当もつかず、冬子はもう、女学校へ行きたいという夢もあまり見なくなっていた。久夫だって中学へ行けるかどうか、本人さえ、自信のない顔つきであった。

「お母さまが病気だから、わからないよ」

冬子が聞くと、いつもそう答えた。あれ以来、お葉さんは人が変ったように誰とも話をしなくなっていた。寝ていたのは二、三日でじき以前のように、冬子の家へ手伝いに来たり他家で働いたりして過ごすようになったし、子供達との生活も普通だが、気をつけていると、どこか変であった。笑うということがなく、宙をじっと見つめていたかと思うと、不意にやりかけの仕事を投出《なげだ》して、家へ帰ったりした。母に言われて冬子がようすを見に行くと、縁側で肘枕《ひじまくら》のまま寝ていたりした。

東京からは安子が時々手紙をよこすと、子供達は言ったが、お葉さんはもうその話を口にしなかった。

父と母は、毎日の仕事に追われていたし、ラジオのニュースや新聞の記事に気を取られたりして、役にも立たないお葉さんの仕事振りや生活など、あまり気にしなくなっていた。その代りのつもりかどうか、久夫が、畑の草取りや、家畜の草刈りなど、自分から買って出て本気で手伝うようになった。

「どうせ町場の子供だ。当てにはしねえが、それでも心根がいじらしい」

母が、久夫に優しくするので、冬子は満足であった。久夫といっしょに勉強したり、草取りをしたりすると、冬子は最初に久夫に抱いた隔たりや、頭のあがらない思いを忘れることができた。陽焼《ひや》けで真黒になった顔や、土でよごれた手足は、村の少年達と見わけがつかないので冬子は安心する。

「いいもの、見せてやるよ」

その日冬子は、久夫を裏の畑へ誘った。こっそり言ったつもりなのに、そばで遊んでいた君代に聞きつけられた。

「どうして、お兄さまだけに親切にするの、変な冬子さあん……」

君代に歌うような調子で言われて冬子は、仕方なし二人を連れて行くことにした。冬子が久夫に見せたかったのは、畑の横の高い土手にある野いちごの藪であった。もう半分以上がオレンジ色に熟れて、食べ頃になっている筈《はず》である。眩暈《めまい》のするほど強い陽差しが照っていた。冬子の後から久夫と君代が続いた。畑の入口迄来た時であった。遠くから飛行機の爆音が近づいてきた。一機や二機ではないのが、その音でわかった。三人は足を止めて空を仰いだ。もう飛んでくるのは敵機だとわかっていたが子供達は驚かない。みんな頭上の遠くを飛び去るだけだからである。

村の入口の上空に機影が現れた。数は六機であった。それが、今迄一度も見たことのない大きさで、渦巻くような爆音と共に頭上を被《おお》ってきた。飛行機は白い炎のかたまりに見えた。

「すごい！　編隊飛行だぞ」

久夫の上ずった声を聞きながら、冬子が呆然《ぼうぜん》と息を呑んだ頃、もう六つの機影は、幻のように裏山の頂に消えていた。と、その時であった。足元の大地がむくっと持ち上がったかと思うと、体のしびれるような轟音が起こった。冬子は不意に強い力で突きとばされて畠《はたけ》の畦道《あぜみち》に転がり落ちた。その上から誰かが被さった。続いて二度、三度、地鳴りと振動が続いて、急に音が止まった。耳鳴りのする静寂の後から、突然、焼けつくような油《あぶら》蟬《ぜみ》の声を聞いたように思った。息苦しさで気がついた冬子は、目の前に久夫の顔を見た。

両手がしっかり冬子の肩を抱いていて、その横顔は草の葉のように青かった。顔を上げると、目の先の土手の上に、頭をこちらに向けて俯伏《うつぶ》せている君代が見えた。辺りは元のまだった。木の葉一枚散りもしないし、石ころひとつ落ちてきたようすもない。冬子は夢を見たのかと思った。

突然、久夫が身を起こした。君代も立ちあがった。三人が顔を見合わせた途端、君代がわっと、声を放って泣きだした。

「お兄さまのバカ！　バカ」

口走りながら、家の方角へ一散に駈け出して行った。すると久夫が無言のまま叢《くさむら》から帽子を拾い、冬子に背を向けて畑を出て行った。冬子はそこに坐ったまま、自分と久夫が伏せた後に押しつぶされた幾つかの南瓜の花を、ぼんやり見つめた。南瓜の花は、ひしゃげて広がった。冬子は、自分の体の中に南瓜の花の黄色い汁が染みこんでくるような気がして、耳の底に激しい君代の泣き声を、蟬しぐれのように甦《よみがえ》らせていた。

突然、お葉さんが、東京へ引き揚げると言い出した。今迄のとりとめのない態度から一変して、目をきらきらさせ、声を張っては、冬子の家へ押しかけてきた。

「ここに居たって、どうせ空襲で殺されます。同じことなら主人のそばで、親子いっしょに死にとうございます」

「あれはな、間違いの爆弾だよ。目標が狂ったそれ弾《だま》だと、役場でも言ってるだ。今頃東京へ行くのは、それこそ気狂い沙汰だ」

父がいくら説得しても、お葉さんは納得しなかった。先日の爆音は、隣り村の開拓部落に落ちた二発の小型爆弾の音であったが、一時は村中が湧き立った。直撃を受けた農家が二軒とも跡形もなく吹き飛んだと、見てきたようなニュースが流れて、人々は青ざめて仕事も手につかなかった。

お葉さんは切符を買う為に、町の駅迄泊りがけで出かけて行った。もう誰の言うことも受けつけなくなって、一人で居る時は、部屋の中で、せっせと荷物の整理をしていて、冬子を見かけると、

「そのうちに、東京へ遊びに来てちょうだいね」と、上機嫌で話しかけたりした。

「おばさん、久夫さんや君代さん達も連れて行くんですか」

「ええ、ええ。久夫は大学へ入るんですから、東京の中学を選びませんとね」

東京が焼け野原で、行くも帰るも地獄のさわぎだということなど、お葉さんはまるで、知らないようなけろりとした口振りであった。冬子は父と母がひそかに話していたように、お葉さんは、本当に頭が少し変になっているのだろうかと思った。久夫が連れ帰られることに、じっとしていられない不安を感じた。

「一度、ようすを見に、一人で行って来たらどうかね、子供達は見てやるよ」

父が提案したが、お葉さんは首を横に振った。

「あの女の生れた村に、もうこれ以上住みたくありません」

出発の朝、お葉さんは、来た時と同じ身仕度をして、同じように上り框に並んだ子供達の後から、お世話になりました、と挨拶をした。久夫は黒サージの服の代りに、継ぎの当たった綿シャツを着て、君代も、その妹も、いつもの身仕度に、防空頭巾を背負っていた。冬子は、きちんと坐っている久夫の上に、またしても、最初の頃の遠い隔たりを感じて、思ったことも口にだせず、母の陰に坐り続けた。

お葉さん一家が引き揚げて近所の人達も、あまりその話をしなくなった頃、村には暗いニュースが流れた。ヒロシマという町に、新型爆弾が落ちて、何万という人が死に、戦争がどうなるかわからないと、人々は言い合った。そんなある日、役場から帰って来た父が母に言った。

「お葉さん一家は、東京で行方不明になったそうだぞ。村長の家には、焼け出されたあの妹が、引き揚げてくるそうだ」

「男は、どうしたのかね」

「聞きゃしねえや、胸くその悪い」

冬子は終りまで聞かずに家をとび出していた。行方不明という、ひそめた父の声が胸の中をぐるぐると駈けめぐって、目の先がぼんやりと霞《かす》んできた。夢中で歩きながら、冬子の足は、いつしか裏の畑へ向って行く。体の中に黄色く拡がっていくものがあって、冬子は自分の両肩に、久夫の重い手を感じていた。思い切り南瓜の花をつぶしてみたいと、冬子は歩きながら、焼けつくように思い続けた。

# その年の夏

冬　敏之

死は身近にあった。そして、私にとって死は恐ろしいものではなかったと思う。一度だけ、私は自分が殺されると感じ、恐怖に立《た》ち竦《すく》んだことがある。敗戦近いある暑い日の午後一時を過ぎたころで、私は、私を撃つであろう戦闘機に乗ったアメリカ兵と、まともに目を合せたのであった。

そのころ、日に何回も空襲警報が鳴り、東京郊外のハンセン病療養所の上空にも、B29やP51などの米軍機が次つぎにやって来た。その多くは警報のサイレンよりも早く姿を見せ、都内に向かって飛び去って行った。

私たちはすっかり慣れっこになっていて、防空壕から顔を出したり、松や桜などの木のかげから、銀色の機体を見上げたりした。

少し前までは迎え撃つ日本軍の戦闘機も飛び交ったし、ズズンと腹に響く高射砲の弾も炸裂していたけれど、最近はもうそれもめっきり少なくなっていた。その日も、空一面に群れ飛ぶトンボのように、グラマン機が縦横無尽にあばれ回っていたのである。

やがて、その中の一機がまるで少年舎をめがけて突込んで来るかのように、廊下に坐《すわ》っている私に向かい、黒い大きな弾丸のように近づいて来た。両翼は薄く、ほとんどつばさとは見えず、飛行機の先端は鋭い牙となって私の胸を突き破るかのようだった。そして、機体が一瞬静止し、風防ガラスの向こうに色白の若い兵士の顔があった。彼は飛行めがねをかけていたが、その奥の青い目は大きく見開いて私を直視していた。彼の顔の前には、私に的を絞った機銃が据えられ、指は引金を摑んでいた。

——殺される！

私は逃げることもできず、体を硬直させた。兵士の顔も歪《ゆが》んでいた。時間が止まり、私と彼はお互いの目を見つめ合っていたように思う。彼は「お前を撃つ」と眼で言い、私は「撃たないで」と目で答えた。「お前を殺す！」と再度彼は言い、私は「殺さないで！」と哀願した。

次の瞬間、飛行機は少年舎の屋根すれすれに上昇し、空の彼方へと消えていった。私は震えはじめ、その場にへたったまま動けなくなった。

若いアメリカ兵は、私を撃つつもりで機銃を構え、引金に指をかけていたはずだ。青白い彼の頬が歪んだ時、彼は私を標的の一つと見ていたと思う。

しかし、彼は引金を引かなかった。相手が子どもだと分かったからか。それとも、そこが病院であることを知ったからか。あるいは哀れみの気持ちから、彼は最後の瞬間に私を見逃してくれたのだろうか。

「この中にゃ、アメ公は爆弾なんか落とさないんだってさ」

学園の五年生で同級のヨンタが得意そうに言ったのは、二ヵ月ほど前のことだった。そうした情報をヨンタはどこからか仕入れて来て、少年たちに知らせた。十畳二間の仕切の杉戸を取り外し、高等小学校までの児童生徒が十二人で生活していた。寮父の高井はまだ四十にはならなかったが、いつも涙と鼻水を流し、ご飯や味噌汁の中へもたらすのである。いかに自分が不自由な体で、気の毒な人間であるかということを、総じて病気の軽い少年たちに強調していた。手も足も悪く、寮父でなければ不自由舎へ入れられるほどの健康度で、包帯を厚く巻いた足から茶色いシミが浮き出し、近づくと臭かった。

高井は、少年たちみんなから嫌われていた。病気が重かったためだけではなく、口やかましく、二、三の少年を依怙贔屓《えこひいき》していたからだ。

高井がもっとも可愛がっていたのはヨンタである。寮父の部屋になっている隣の四畳半から、「ヨンちゃーん、ヨンちゃーん」というかすれた高井の声が聞こえると、ヨンタはびくっと体を震わせた。ヨンタは誰よりも高井を嫌っていたからだ。しかも、高井がヨンタに言いつける仕事は、シャツのボタンかけなど体を近づけないとできないもので、高井の口臭や傷の臭いをまともに嗅ぐことになった。

「やだな、また呼んでる」

私と部屋で遊んでいる時などに声がかかると、ヨンタは眉の間にしわをよせた。色白で、なかなかの美少年の彼は、上級生たちから言い寄られても不思議はないのだが、少年舎の誰も彼をいわゆる稚児《ちご》として可愛がることはなかった。それは、ヨンタが今もなお、毎晩のように寝小便をしていたからである。

ヨンタに近づくと、プーンとオシッコの臭いがした。

しかし、私たちは親友だった。少年舎でも二人は最年少だったし、三月に一年後輩の野本やよいが入園してくるまで、愛子先生の愛を奪い合っていたのだ。

「今月はマコちゃんの番だ」

ヨンタは残念そうに言う。愛子先生が見舞いに来ることを信じて、私とヨンタは交代で仮病を使った。それと知らない愛子先生は、仮病で寝込んでいる私のところへ、お菓子や果物などを持って来てくれた。ヨンタの番になると、はしっこい彼はうわごとのように「ああ、ようかんが食いたいなあ」などと言ったりする。もうようかんなど簡単に手に入らなくなっていたが、愛子先生は必死にようかんをさがして来てくれるのである。

二十六歳の愛子先生は師範学校を出てすぐに発病した。全生《ぜんしよう》学園の低学年を一人で受け持っていたが、三人の教師のうち師範出は愛子先生だけだった。ふっくらした、いかにも女性らしいやさしさに満ちた先生だったが、薬も十分にない時代だったから、熱瘤《ねつこぶ》とか結節《けつせつ》というハンセン病特有の吹出物が顔や手足に出はじめ、ずい分先生を悩ませていたと思う。先生は盛上《もりあが》る吹出物をかくすために、顔に厚く白粉《おしろい》を塗るようになっていた。それでも頬や顎《あご》などから、赤黒い血膿が一すじ流れ出すこともあった。先生は目にいっぱい涙を浮かべ、「ごめんなさい。ごめんなさい」と言いながら、職員室に駈け込むのだ。病状の進行には個人差が大きく、入園後二十年も三十年も変わらない人もいるし、一夜で失明する人もいた。医師も手の施しようがなかった。(この時期、アメリカでは特効薬プロミンが使用され、ハンセン病はどんどん治癒していた。しかし、無謀な戦争のためにプロミンは輸入されず、日本でこの薬が使われるようになったのは昭和二十三年からであった)

野本やよいは、その年の三月はじめに入園して来た。三月の入園なのでやよいという園内通用名がつけられた。ちなみに、私やヨンタと同級の井吹さつきは、三年前の五月の入園だった。女の子には寮母が名を考えてくれたが、男の子などにはそんな配慮はなかった。私の園内通用名は小島誠だが、本名と一字違うだけである。

野本やよいは幼くして両親を失い、あずけられた親類の家をとび出して、浮浪児生活を続けてきた。その間に異性との関係も教え込まされたし、それに類する鄙猥《ひわい》な言葉も覚えた。学園でも平気で口にするので、愛子先生は「そんなことを言ってはいけないわ」と、顔を赤らめて注意するのだった。

先生の情熱が、しだいにやよいに移って行くのを、私もヨンタも止めることができなかった。それはまた、先生の急激な病状の悪化と、その悲しみの深まりとも平行線をたどっているようにも見えた。

私は自分の顔にコンプレックスを抱いていた。色が黒く、醜男《ぶおとこ》で、女性にもてないと信じていた。もちろん、少年舎の上級生に可愛がられるようなことはなく、寮父の高井にも嫌われているのが分かった。一般舎に兄が一人いたが、その兄も私のことには無関心で、めったに来ることはない。

そんな私に親切にしてくれたのは、愛子先生を除くと、同級生の井吹さつきだけである。四月に五年生になった私たちのクラスは、私とヨンタとさつきの三人だけだった。しかし、授業は四年生のやよいも一緒で、同じ教科書で愛子先生から習っていた。学科は国語と算数と歴史だけで、理科や体育はなかった。何をどのように教えようと、先生の自由だった。もともとハンセン病患者には教育など不必要だとされていたけれど、三十年ほど前に小学校長をしていた原という男が入園し、施設側と患者代表を説得して全生学園を開校したのである。

原先生は私が入園する二年前に、病状の悪化から学園を去られたが、学園では一般の義務教育にならって授業が行われてきた。ただ、どの小学校にも属さなかったから、教科書や教材の入手が困難で、職員が近隣の学校を回って、余った教科書を貰ってくるのであった。先生たちはそれらの教科書の中から、自分の得意な科目だけを選ぶことができた。六年生担任の芝先生などは、算数はソロバンの足し算を児童たちに順番にやらせ、自分は別の本を読んでいた。

ある日、井吹さつきが私の耳に口を寄せて言った。学園の南のグランドである。

「マコ、愛子先生が元気がないと思わない？　やっぱり、やよいのことで悩んでいるのかしらね」

さつきは色が白く、面長《おもなが》の顔立ちで、笑うと目が一本の線になった。平安王朝に生まれていたら、最高の美女としてもてはやされたことだろう。病気も軽く、どこにもその症状は現われていなかった。

「うん、知ってるよ」

私は怒ったように答えた。さつきに言われなくとも、愛子先生が悩んでいることは知っていたのだ。その悩みの元は、野本やよいのことばかりではなく、先生の病状の急速な進行にもあったろう。ただ、それは私たちにはどうすることもできなかった。ヨンタも私も、愛子先生が気の毒で、仮病を使うことも止《や》めていた。

「やよいったらね――」と、さつきは私をプラタナスの木の下まで引っぱって行った。放課後のグランドは、子どもたちの遊び場だった。

「やよいはね、男を見るとすぐ、誰にだっておもこしようっていうのよ。ほら、あのことよ。スケベなんだから」

頬を赤く染め、さつきは私の腕を痛いほど摑んでいた。その胸のふくらみと、さつきの女としての体臭が私を圧迫した。彼女は遅生れだったから、早生れの私より十ヵ月も先に生まれていたし、体も大きかった。気持ちもさっぱりしたところがあり、面倒見もよかったのである。クラスでは私が級長で、さつきが副級長だった。

「あいつ、ちゃんと言えるのに、わざとおもこなんていうのよ。あれをさせると、お金になると思ってるらしいわ」

私も、自分の顔が紅潮しているのを知った。野本やよいの話で興奮したというより、さつきの豊かな胸のふくらみが私の胸にふれ、その体のどこからともなくただよう草いきれのような匂いに、息苦しさを覚えていた。その匂いは、決して嫌なものではなかった。ただ、その官能的な匂いや、ふくよかな体や、濡れた唇から洩れる息づかいなどに、女としての魅力や刺激を感ずるには、私はまだ幼なすぎたようだ。

「やよいに注意するよ」

私は力なく言った。私は級長だし、そうしなければいけないと思ったが、私の注意など野本やよいが聞くとは考えられなかった。きっと、あの三角の白い目で、下からにらみ返されるだけだろう。

やよいはカマキリを連想させるような、瘦せて癇《かん》の鋭い少女である。百合舎という少女舎には十五、六名の少女がいて、やよいは最年少だった。十二畳半の部屋が四つと、寮母のための六畳の部屋が両端に付いていた。つまり、二人の寮母が二部屋ずつを管理し、それぞれ七、八人の少女を監督していた。

寮母や先輩たちの注意や苦言も、やよいには余り効果がなかった。やよいに一番熱心な愛子先生をも、彼女はどこか見下している感じがあった。

さつきは、ようやく摑んでいた私の腕をはなした。三ヶ月形の細長い眉のあたりに、産《うぶ》毛《げ》が光っている。太陽が大きな礼拝堂の屋根に沈むところだった。

「じゃ、またあした――」

さつきは少し顔をしかめた。そして、右手の親ゆびを立てて見せた。それが何を示すかは、私とさつきだけが知っていた。

五月になると、愛子先生が休むようになった。体のぐあいが悪いとのことだったが、それは本病の進行のため、手足や体に出来た結節が崩れ、その治療に時間がかかるようになったからである。愛子先生の治療には、外科治療室の看護婦が一人、かかり切りで治療をしていた。一番奥にカーテンを引き、愛子先生の全身に出来た潰瘍に小さく切ったリバノールガーゼを置き、その上に用意した四角のガーゼをかぶせて絆創膏で止めるのである。

愛子先生の病状の悪化には、新薬の反応もあったと思われる。早く治したい一心で焦ったのだろう。こうした患者は他にもたくさんいた。薬の反応は抑えるのが困難だし、結局、重病棟へ入室（ここでは病室へ入ることをそう言った）させるのが常だったが、愛子先生は入室を拒んでいた。私たち、わけても野本やよいのことが心配だったのかもしれないし、入室すると、再び戻れないように思われたのかもしれない。

愛子先生が休むと、六年生担任の芝先生が来て自習を申し渡した。

「先生が休んだからって、サボるなよ。サボってる奴はおれが容赦せんぞ」

入園するまで陸軍の軍人だった芝は、学園に軍刀を持って来ていた。時にはそれを抜いて威嚇《いかく》することもあった。芝に殴られた児童生徒は、十指に余るほどいた。

高等科を教えている三十四歳の校長の前田も、同年齢の芝には何も言えないのだ。病気も軽く体力もある芝は、冬の石炭運びや、薪割《まきわ》り、運動会の準備や後片付け、さらに学園に貸与された百五十坪ばかりの畑作りなど、力仕事の一切を引き受けていたからである。授業はともかく、学園運営に芝は欠かせない人間だった。

愛子先生の休んだ日は、何となくつまらなかった。自習といっても、何をすればよいか私にはわからない。ヨンタは田河水泡の「のらくろ二等兵」という漫画を持って来て読んでいた。さつきも少女雑誌を読んでいたし、やよいは覚えたばかりの折り紙で、鶴などを折っていた。結局、私は学園の北側の患者図書館から、動物図鑑などを借りて来て見たりしたが、それもすぐにあきてしまった。

――どんなに勉強しても、行きつくところは患者代表さ。

上級生たちから、何回となく聞かされた言葉である。ヨンタやさつきややよいと違い、私は退園できる見込みがないのを知っていた。入園後三年目を迎えた今年の春さきから、私の左手は五本の指が内側に曲がり、どんなに力を入れても伸びなくなっていたのである。彼らはいつも菌検査で陰性なのに、私だけは陽性であった。

――おれたちは、煙にならないと退園できないのさ。

病気の重い少年から、そう言われたことがあった。その自嘲的な言葉は、私を打ちのめした。愛子先生ほどではなかったが、病魔は確かな足どりで私の体を蝕《むしば》んでいた。

開け放した教室の窓から、午後になると火葬場の煙が、あの特有の臭気とともに流れ込んで来ることがあった。朝の八時すぎに点火するのだが、薪で焼くためにたっぷり一日はかかった。そして、次の日の朝に骨上げが行われた。私はすでに何人かの知人の野辺送りと、骨上げの儀式を体験していた。その中には入園後四ヵ月で死んだ私の父もいたのである。

死は日常的だった。

二日に一回か三日に一回、宗派代表から有線放送で死亡通知が流された。その中に知人の名があれば、私たちは通夜や野辺送りに参加させられた。園の行事には、少年少女たちは欠かせない参列者であった。

毎月二十八日が園葬となっていて、午後は授業を休んで礼拝堂の最前列に並ばされた。患者席は百四十畳の畳席だが、一段高く作られた職員席はリノリュームの椅子席だった。園長や外から呼ばれた坊さんなどのスリッパと、私やヨンタの頭とがほぼ同じ高さの位置になった。

患者席の中央に幅一間の廊下があり、焼香などの時にはそこを通ることになっていた。そして、その廊下を隔てて、右が女性の席と定められていた。

最前列の中央寄りがヨンタで、その左が私の席だった。顔を上げると、林田園長ののどがった喉《のど》と、白いもののまじったチョビひげが見えたし、時にはしょぼついた林田の目と、まともに視線を合わせることもあった。園葬はいつも十名以上の合同で行われ、寒い時には二十名を越す月もある。死者の宗派に関係なく、この時は和光さんという真宗の坊さんがお経を読み、法話を小さな声でぼそぼそと話す。オシッコの近いヨンタは、和光さんの法話や園長の話が長びくと、こらえ切れずにもらしてしまうのである。流れ出た液体は正座したヨンタの両ひざの前にゆっくりと広がり、私の足のところまでも押し寄せてくる。あわてて逃げるのだけれど、稀《まれ》にはズボンの裾にかかることもあって、私は絶望的な気持ちに陥った。

林田園長も和光さんも、ヨンタのオシッコに気づいていたと私は思う。距離にして五メートルとは離れていないし、演壇に立って自然に目の行くところに、私とヨンタがいたからである。しかし、園長も和光さんも何も言わなかったし、職員席の両側の椅子に腰かけている園の幹部たちも、また畳席に居並ぶ患者の誰一人として、ヨンタに注意を向けようとはしなかった。私とヨンタは、園葬が済んでみんなが帰ったあとで、ようやく席を立った。ヨンタが立つと、そこには丸くオシッコの跡が残った。そのことを知っているヨンタは、誰もいなくなるまでそこに坐っていたし、私もまた、ヨンタと並んでいた。

ズボンの裾にオシッコがかかっていても、私はヨンタの親友だった。

空襲も毎日のようにあった。近くの田無や所沢から負傷者が運ばれて来ることもあり、焼け焦げた着物の若い女性などが、むしろの上でうめいていたりした。病室はほとんど満杯だったし、いくら緊急とはいっても一般の人を入れるわけにもいかなかったのだろう。負傷者たちは医局の前の道に並べられ、応急手当だけを施され、再びトラックでどこかへ運ばれて行った。頭から血を流し、泣き叫ぶ幼児もいた。その傍らの母親は、すでに動かなかった。

私たちを包み込んで、時間だけがはげしく動いていた。愛子先生が前田校長に辞表を出したという話が伝えられた。このところ週に二日しか先生は学園に来なかったし、頭から顔まで覆った紫色のショールを、どんなに暑くても決して取ろうとはしなかった。歩くのも辛そうに見えた。

結節がついに足の裏にも出来たのだ。また、鼻の内側の腫瘍のためにほとんど鼻の穴が塞がれ、口から荒い息をしていた。このような急激な病気の進行は、やはり試験的に使われたあの薬の反応でもあったろう。

当時不治といわれたハンセン病には、十分な実験等も行われずに、さまざまな薬が使用された。新聞で「らいの特効薬現はる」と大きく報道されたセファランチンという新薬もその一つで、のちにナオランチンとかコロリンチンと揶揄《やゆ》されるほど効果のないものだった。しかし、その副作用はすさまじく、多くの患者が病状を悪化させたり死んだりした。愛子先生も、その薬にやられたのだと思う。

もちろん、すでに服用は中止されていたが、副作用による病状の悪化は、愛子先生の体を強く苛《さいな》みつづけた。

そして、入室を翌日に控えた夜、愛子先生はひとり女子寮を抜け出し、林の中で死を選んだのだった。晴着を着て両足首を手拭《てぬぐ》いでしばり、紫のショールで顔を隠し、首を吊ってしまったのだ。細い栗の枝がたわみ、足先はほとんど地に着いていたという。

愛子先生の死は、やはり大きなショックだった。いくら日常的に死が身近にあっても、先生と過ごした二年余りの歳月は、取り返せぬ温かさとやさしさとに包まれたものだった。

昼過ぎにはじまった通夜の席で、愛子先生の短い遺書が発表された。私たち四人の教え子に「みんな仲よくしなさいね」と呼びかけ、最後に「先に死んでごめんなさい」と結ばれていた。

集まった人たちの中にすすり泣きの声が洩れ、ヒエッ！　という甲高《かんだか》い動物的な声で野本やよいが泣き出し、みんなをびっくりさせた。やよいは顔を上げたまま泣きつづけた。

先生との別れの時、白布が顔から取り除かれた。両頬一面が赤黒く腫れ、そのところどころにキリで突いたような穴があった。結節がくずれた跡である。それらの病痕は額から頭へも広がり、治療のために短く刈込まれた髪の間から、無数のコブのように盛上っているのであった。そんな先生の姿は、気の毒というよりむしろ気味悪く、かつての愛子先生のイメージを打ち壊すように思えた。

そして、病変の見えない青白い首筋に、くっきりと赤紫色の線が走っていた。顔が大きく腫れているせいか、首がひどく長くなったように見えた。

愛子先生に代わって、斎田貢という二十五歳の満州の戦場から帰った先生が来た。

「おまえら、どんな勉強をして来たんだ。こんなやさしい計算ができんなんて、およそ信じられん！」

斎田はそういって、金ぶちのめがね越しに私たちを睨《にら》みつけた。私たちを教えはじめてすぐ、彼はあまりの学力の低さにびっくりしたのだろう。それは前任者の愛子先生のせいではなく、学園そのものの宿命的な伝統でもあった。

患者に学問はいらない、と公然と口にする職員もいたし、もともと幼少時に発病した者は正規の小学校へ通えなかった。体の表面、特に顔や手足に病気が現れるために、差別され、いじめられたからである。原先生の熱意で学園は作られたが、自分の名前が書けて新聞ぐらいが読め、園内通用券のお金の勘定が出来ればよいというのが、暗黙の教育目標だったと思う。だから、勉強ができないことで叱られたことがなく、斎田に言われて私たちは呆気《あっけ》にとられたのだった。

斎田は間もなく、授業に情熱を失ったらしかった。毎日のように空襲のサイレンが鳴り、その都度授業を中断して少年舎や少女舎の防空壕に避難させたが、空襲が解除されても子どもたちはなかなか戻らなかったし、何かというと園の行事に引っ張り回される児童生徒に、斎田でなくても失望したはずである。また、病気の重い子どもたちは、寮父や教師に怒られるから学園に行くが、勉強をする気持ちなどほとんど失っていたといってもよかったろう。

斎田は右手が悪いだけで、他に病変はなかった。チョークは左手で持ったが、字は上手だったし、細身の体つきで、男前と言ってもよかったと思う。ただ、芝先生を真似て軍人風を吹かせて威張るので、私は嫌いになった。

その日もまた、斎田はヨンタに当り散らした。バカという言葉を連発し、あとでヨンタは十八回も言われたといっていた。ヨンタだけが出来なかったわけではなく、私もさつきも同じようなものだった。多分、ヨンタは叱りやすかったのだろう。

「さっちゃん、この字は判るかな」

斎田はにこにこと話しかけた。さつきに対しては、妙にやさしいのである。

「ここまで来て、読んでごらん」

さつきは躊躇《ちゆうちよ》していたが、斎田に手招かれて教壇に上った。

「この字は?」

「信《しん》」はっきりとさつきは答えた。

「じゃ、これは?」

「わからない……」

さつきはぎこちなさそうだった。斎田の唇が、さつきの頬に触れそうに近づいていた。

「これは恋というんだ。まだ、さっちゃんにはわからないかな」

そういうと、斎田はククッ、ククッとアヒルのような声で笑った。そして、いくつかの字を読ませ、さつきが読めるといかにもうれしそうに表情を崩した。また、読めない字には、二度三度と読み方を教え、声に出して読ませるのだ。そんなていねいな教え方は、私たちにはしなかったはずだ。

並んでいるヨンタが私の肘《ひじ》を突いた。私は小さくうなずいた。すると、ヨンタの机の上の鉄製の文鎮が、大きな音を立てて床に落ちてはね返った。

斎田はびっくりしたらしかった。眉のあたりがぴくっと痙攣《けいれん》し、不機嫌な顔をした。

「ごめん、ごめん」

ヨンタはひょうきんな動作で文鎮を拾った。そして、パタンと音を立てて机に置いた。

「バカ！　静かにしろ」と斎田は言ったが、その声には迫力がなかった。


井吹さつきへの斎田の個人授業は、それからもたびたび行われた。斎田は独身だったし、療養所の中で結婚したいという気持ちをもっていたと思う。ハンセン病は治らないといわれていた時代だったし、終生隔離で一生をこの中で終わることを義務づけられた患者は、同じ病気の伴侶を得て暮らすことが、せめてもの幸せといえたろう。

しかし、療養所には女性が少なかった。病気の性質によるのであろうが、どこのハンセン病療養所でも、女性の数が男性のほぼ半分だった。すでに夫を持っている女性を差し引くと、独身男女の比率は十分の一以下になるのである。

さらに、結婚の前提として、男性には断種手術が義務づけられていた。本人かまたは仲人などが、手術を申し込むことになっていた。永久に子孫を断つということだし、手術も屈辱的なものだった。

男女の比率が不均衡のためばかりとは言えないにしても、少女寮や女子舎へ若い男たちが押しかけるという現象が生まれた。午後四時の夕食を済ますと、五時ごろから八時すぎまで、男たちは女性の寮舎へ遊びに行くのだ。そこで別段何をするというわけのものではなく、世間話をし、女たちが入れてくれるお茶をのむだけである。ここで品定めを受けるのは男たちで、女のめがねに適《かな》った男だけが、結婚へゴールインできるのである。

少女寮である百合舎へは、いつも寮母のところへ数名ずつの男たちが遊びに来た。少女たちの居室へは入れないことになっていたので、彼らは寮母のいる六畳間に招かれ、木製の火鉢を囲んで世間話をしてお茶をのむのだった。寮母も心得ていて、時々上級生の女の子を呼んで、男たちの間に坐らせたりした。

さつきとやよいの住む百合舎の二号室へも、夕方になると数人の若い男たちがやってきた。彼らは園内の畑で作ったじゃがいもや胡瓜やトマトを持って来るとか、郷里から送ってきたという大豆やリンゴなどを抱えて来ることもあった。

また、春秋二回の大掃除とか、畑作り、引越し、入退室など、競って手伝うのである。彼らは勤勉で従順な、心やさしい若者たちであった。

しかし、彼らの労苦が報われる比率は、やはり低かったと言わなくてはならない。目当ての少女が学園を卒業するまで待ったとしても、その女性と結婚できることはむしろ少なかった。少女たちは病気の軽い子が多く、退園して行けたからだ。或いは、もともと病気ではない子どもたちもいたようである。

少年や少女たちの多くは、両親や兄弟と一緒に入園して来た。そうした時、働き手を奪われて生活に困れば、一緒に療養所に入れる措置もとられたのである。私もそうだが、ヨンタもさつきも、療養所に兄や姉がいた。ヨンタの兄もさつきの姉も手や足が悪く、病気であることははっきりしていたが、その弟妹のヨンタとさつきは、病気かどうか疑わしかった。私は、二人とも健常者ではないかと思っていた。二人だけでなく、野本やよいも病気ではあるまいという考えが心に渦を巻いていたのである。同じ教室にいる四人のうちで私だけが、将来を閉ざされていることを認めるのは、余りにも辛いことであった。

空襲がはげしくなり、学校から寮へ帰るように言われても、私は少年舎の防空壕へは入らなかった。庭の隅に作られた壕は、深さ二メートルほどの穴の上に丸太をのせ、古畳で蓋《ふた》をし、上に土をのせたものだった。中には雨水が流れ込み、いつも湿っぽく気持ちが悪かった。その中へ三十分以上もしゃがんでいることなど、とても耐えられないのだ。ヨンタのいうように爆弾が落ちない保障はないにしても、B29が怖いと思ったことはなかったのである。

少年舎の北側が小さな公園になっていて、そこには大人が二人で抱えるほどのあすなろが二本聳《そび》えていた。周囲には楓《かえで》やけやきや椿などが植えられ、手入れの行きとどいた下草の上に寝ころぶほどのスペースは十分にあった。私とヨンタは、空襲の時など、よくそこへ行ったし、さつきが加わることもあった。公園の西側には道路を隔てて礼拝堂が建っている。その奥に百尺の高さの煙突が周囲を圧していた。礼拝堂と煙突は近隣にはない大きさで、療養所の自慢でもあった。

礼拝堂も遊び場の一つだった。厳然と分けられた患者席と職員席も、誰もいない時は気ままな運動場になった。職員席のレザー張りの椅子は、クッションもよくて飛び回るのに最適だったし、患者席とを隔てる幅十センチほどの木の柵は、平均台のようにその上を歩けた。もちろん、バランスをとるのがむつかしく、すぐに落ちたけれど。

ヨンタの坐る畳の上は、丸く茶色のシミがついていた。彼は行事のある時には黙ってその上に坐り、オシッコをもらすのだった。私たちは患者席の畳の上でゴムボールを投げ合ったり、ハネつきで遊んだりした。上級生たちは学園グランドやその南側の築山《つきやま》などを遊び場としていたから、公園と礼拝堂は私たちだけの遊び場になっていた。

七月末のある午後、斎田はさつきを膝の上に抱き上げた。さつきは嫌がったけれど、逆らい切れるものではなかった。

「さっちゃんは重いなあ」

斎田の左手が、さつきのオッパイに触れた。さつきは身もだえしてその手を払った。救いを求めるように、さつきは何度も私を見た。

「先生!」と私は言った。

「何だ、小島」

めがねの上から、斎田が私を睨んだ。私はそれ以上何も言えなかった。自分の意気地のないことが、たとえようもなく口惜しかった。

その時、ヨンタがさっと立った。はずみで椅子が後ろへ倒れたが、それもヨンタの計算のうちだったかもしれない。

「先生、便所へ行っていいですか？」

斎田は軽く舌打ちをした。

「いい、さっさと行け」

斎田はいまいましそうに言ったが、さつきを膝から降ろそうとはしなかった。青白い頬をさつきの頬にすり寄せていた。

ヨンタはバタバタとスリッパの音を立て、荒々しく戸を開けたまま出て行った。

「あのバカ、戸を閉めやがらねえ」

斎田は呟《つぶや》くように言い、入口に近いところにいる野本やよいに、手で戸を閉めるように合図を送った。が、やよいは斎田を無視していた。

開いたままの入口からは、廊下越しに玄関が見えた。玄関の戸は夜間以外は閉めないので、図書館へ来る人や通行人が丸見えである。向こうが見えるのだから、こちらも覗《のぞ》かれるのは当然のことで、斎田は額に皺《しわ》をよせてさつきにささやいた。戸を閉めるのを命じたのである。

さつきは怒ったような顔で斎田の膝から降り、戸を閉めるとそのまま自分の席に坐った。

ヨンタは戻って来なかった。斎田は南側の窓の外を見ていた。気まずい状態が続いた。

その時、空襲警報のサイレンが鳴った。私はほっと救われる気がしたが、それは斎田も同じだったかもしれない。

「今日の授業はこれまでだ。帰ってよろしい」と斎田は言い、教科書を閉じた。私たちも教科書やノートをカバンに入れ、そそくさと外へ出た。見上げると、B29が五、六機、南へ飛んで行くのが小さく見えた。三十分もすれば、南に当る東京の街に、白い煙が上るはずである。

「礼拝堂へでも行こうか?」

私は、並んで歩くさつきに言った。斎田に何の反抗もできなかったことで、私は負い目を感じていた。

「うん、行こう」

さつきは明るく答えた。野本やよいは独りで百合舎へ帰って行ったし、ヨンタの姿はあのまま消えてしまっていた。

メガホンを口にした在郷軍人が「くうしゅうけいほう!」と叫んで走って行くのが見えた。芝や斎田も在郷軍人なので、築山で敵機の監視に当るはずであった。

私とさつきは、メガホンの男や他の患者に見つからないように、木陰や寮舎の間をすりぬけるようにして、礼拝堂に辿《たど》りついた。

礼拝堂の正面には大きな戸がついていて、大人でも引き開けるのにかなりの力が必要だった。私たちはいつも横手の戸や、職員入口になっている裏側から侵入していた。

「裏がいいよ」

私は小走りで裏口へ回り、さつきもつづいた。職員専用と書かれた裏口のあたりは、小さな植込みや柊《ひいらぎ》の垣根があり、その向うは汽缶場になっていて煙突が聳え立っている。見回りの職員以外は、誰も来ることはなかった。いわゆる無菌地区と呼ばれる場所である。私は裏口の重い引戸を押し開けた。戸はかすかなきしみ音を響かせた。内側は靴ぬぎ場になっていて、木の簀《す》の子《こ》や下駄箱があり、大きな箱に茶色のスリッパが山積みになっていた。

私は引戸を閉めるのを忘れなかった。遊ぶ時にはいつも、戸は閉めておくのである。

「靴ぬぐの?」と、さつきが聞いた。

「うん、泥がつくといけないから」と、私は答えた。さつきは裏口から入るのは初めてだったのだ。

私たちは素足になり、靴を手に持った。簀の子から一段高い板の間の奥に、左右に半間の引戸がある。そこを開くとさらに二段の階段があり、その上に焦げ茶色のリノリュームを敷きつめた職員席があるのである。映画会の時など、職員席の中央の演壇に映写機が置かれ、その周辺は職員の家族でいっぱいになった。リノリュームの床にゴザを敷き、座布団に坐って映画を観る家族の姿もあった。お菓子など食べている私と同年輩の少年などもいて、私は羨望《せんぼう》と反感の入り混じった感情に支配された。

「あらっ、畳が新しくなってる」

さつきが指さしたのは、ヨンタと私が坐りつけている畳である。見るとそれは青々としていて、他の畳とは一目で分る新しさだ。ヨンタのオシッコで畳が腐り、患者の畳屋が一枚だけ取替えたのだ。

職員席から一段低い患者席を見渡すと、百四十畳の畳席はさすがに広々としている。高い天井からは、中央と四隅を照らす大きなシャンデリアがぶら下り、両側の柱にも手燭の形をした照明が八個ずつ取付けられていた。もちろん、職員席にも二個のシャンデリアがあるし、柱の照明も左右にあった。窓という窓はすべて装飾ガラスという豪華さだ。ほとんどは寄付金によって作られたらしい。さらに、窓の内側には暗幕も引けるようになっており、園葬や映画だけでなく、慰問演芸や患者の演ずる芝居などもここで行われる。

「ピアノを弾きたいわ」とさつきが言った。

職員席の南隅に楽屋兼物置として使われる場所があり、カーテンで仕切られたその前に、園歌や君が代の斉唱に伴奏されるピアノが置いてある。かつて藤原義江や三浦環などが慰問に訪れた時も、伴奏に使われたピアノであった。学園には音の狂った古いオルガンしかなかったので、さつきはピアノを弾きたかったのだ。

ピアノの蓋はすぐに開いた。幸いにも鍵はかかっていなかった。

さつきは白い鍵盤に、恐る恐る手を触れた。そして、すらりとした十本の指で、軽くはじく動作をくり返した。できれば弾きたいのだろうが、音を立てたら誰かに見つかるのだ。

「マコ、聞いて……」

背後にいた私をうながし、さつきは横に立たせた。彼女は上体を左右にゆっくり動かし、細い指先をキーの上に這《は》わせた。それはショパンとかリストなどの名曲を演奏している姿だった。やや上を向き、目を閉じたさつきの顔は、ひどく大人びて見えた。さつきは音の出ない曲を弾き、私はそれに聴き入っていた。

夏の日射しが傾いて、さつきの顔を赤く染めた。うっすらと汗のにじんだ額に、オカッパの髪が乱れている。閉じた目の端にまつ毛がそよぎ、笑うと小さなえくぼのできる口元から首筋へかけて、白い稜線が微《かす》かに波打っていた。

さつきは演奏をつづけた。それは何の曲だったのだろう。音のないその曲は、心の安らぐ、甘くほのかな温もりに満ちた子守歌でもあったろうか。

だが、その時ズシンと腹に響く大きな音とともに、礼拝堂全体が揺れたのだった。近くに爆弾が落ちたのだろう。私はとっさに身を隠す場所をさがした。さつきも体をすくめ、あたりを見回していた。そして、私たちは広い礼拝堂の中で、そこしかないと思える隠れ場所を見つけたのである。

それはピアノの背後にある、濃緑のカーテンの奥の楽屋兼物置になっている、幅二メートル奥行三メートルほどのスペースの中であった。そこには大小の木の箱や、映画のスクリーンや、演芸大会に使われる衣装や座布団、浴衣《ゆかた》や手拭いなど、種々雑多な物が雑然と置かれていた。

私とさつきは、大きな木の箱と板壁との間に身を寄せて、スクリーンを頭からかぶった。それは余りにも幼稚で馬鹿げた考えだったかもしれないが、そこにいればたとい礼拝堂が爆弾でつぶれても、二人は絶対安全だという気がしていたのである。

私とさつきの体はほとんど、密着していた。私の開いた両股の間に、さつきの柔らかいおしりが抱え込むように接触し、めくれたスカートから白い二本の足がのびているのだ。しかも、二人の顔は意識してそむけていなければ、ぴったりとくっつきそうであった。あたりは静かになっていた。爆弾の後の騒がしさもなく、B29の飛び行く音も消えているのだった。

私たちはじっとしていた。さつきが動かない限り、私は立ち上がることもできないのだ。二人の顔が触れ、汗ばんださつきの甘酸っぱい匂いが私の鼻をくすぐった。

私は自分の体の一部に、明らかな変化が起こるのを知った。少年舎ではすでに、そこをいじり合ったりする遊びも行われていたが、さつきの目の前でそこが変化するのは、やはり恥しさを覚えずにはいられなかった。

「マコ、立ってるんじゃないの」

さつきが低い声で言った。それはごく自然で、やさしさにあふれているように思えた。

私は黙ってうなずいた。頬が熱くなり、汗が全身からふき出すようだった。

「教室で、サイも立ててたのよ」

さつきは口惜しそうに口を尖《とが》らせた。サイというのは斎田のことで、私たちは彼を動物のサイに見たててそうアダ名していた。

「男の人って、すぐに立つのかしらね」

さつきが私の方を向いたので、二人の唇が一瞬触れてすれちがった。さつきの頬も熱く燃えていた。

「百合舎に来る男の人も、よくズボンの前をふくらませてるわ。ちょっと可哀そうね」

薄く笑いながら、さつきはようやく私から体をずらした。私のそこは半ズボンの中で痛いほど興奮していた。

さつきの細くしなやかな手が、私のその部分を軽くなではじめた。それは思いがけないことであったが、私は拒否できなかった。否、もしかしたら私は、ずっと前からそうした愛撫をうけることを、待ち望んでいたのかもしれない。

さつきは三年前の五月の入園だし、私は同じ年の九月に入園した。ヨンタはそれよりも一年以上も前に入園しており、私たち三人はずっと同じクラスで勉強し、遊ぶのもほとんど一緒だった。さつきを真ん中にして、園で支給された黒い男物の帯を輪に結び、電車ごっこをしたのもそう遠いことではないし、かくれんぼや鬼ごっこなども、まだ卒業したわけではない。私たち三人は三人だけの世界を作ってきたと思うし、その世界を支えるように、愛子先生がいたのである。三人は上級生や大人たちから爪はじきされたり、時にはいじめられることもあったが、三人が対立したり喧嘩したりしたことは一度もない。その世界が崩れはじめているとしたら、それは愛子先生の死のせいであろうと思う。

私は目を閉じていた。

「マコの坊や、小さくなあれ……」

さつきは小声で歌った。二人が被っていたスクリーンは、すでに足元へ押しやられていた。急にむし暑さが増してきた。

「ねえ、窮屈でしょ」

さつきはそう言い、私の体を横たえてくれた。体の下には運よく座布団や浴衣があり、クッションにもなっていた。

「こうしてると、とてもいい気持ちだよ」

私は思い切り手と足をのばした。満ち足りた感情と、少し大人になりかけたような錯覚の中で、大きく心が揺れていたのである。

私は自分のそれが、強く大きく、たくましく成長していると思った。小さめの半ズボンをぬぎ、パンツ一枚になった股間に、直立した私の男性が確かな存在を主張していた。

私は十歳という自分の年齢が、早回しの映画のように飛び去り、十八歳か十九歳になったと思った。そこは黒々とした繁みに覆われ、四肢の筋肉の盛り上がりとともに、どんなに立派に見えることか。もう、病気の影さえない一人の男として――。そして、成長した男としての私を知ってほしい人は、ほかの誰でもなくさつきただ一人なのだ。

「マコの坊や、元気になあれ」

さつきの歌は、文句が変わっていた。そのことに彼女は気付いていなかったかもしれない。ただ、元気になあれといってくれたことが私にはうれしかった。

時が過ぎ去らないことを、私はどんなに強く望んだことか。さつきに愛撫されるという、単なる欲望の充足だけではなかった。本当にカゼをひいて寝込んだ時に来てくれた、愛子先生に覚えたような安らぎと心に広がるよろこびを、私はその時感じていたのだ。それは、幼い子がやさしい母親から与えられる愛情と同質のものではなかったろうか。

父が死んだ時に会って以来、私は母に会っていない。格別会いたいと思ったこともないのである。私の母は父の発病と農作業のために、子どもに接する時間さえままならなかった。私にとっては遠い存在であった。母のぬくもりもやさしさも、私はあまり味わった記憶がないように思う。母は子どもへの愛情に淡白な人だったかもしれない。

だからといって、私は母を恨んではいないし、面会に来ないことを詰《なじ》る気もない。むしろ、病気で夫と二人の子どもを失った気の毒な女性として、客観視していたように思う。そうした自分の気持ちが、子どもらしい素直さに欠けていることも知っていたが、母に抱きついて愁嘆場を演じることなど、三年前にも出来はしなかった。

しかし、私は現実の母でない誰か、真に母性的な一人の女性を、心のどこかで求めていたにちがいなかった……。

さつきも、私と並んで身を横たえた。私たちは体を寄せ合い、無言で茶色にくすんだ高い天井板を見上げていた。さつきは愛撫を止めたが、私のそれは元気だった。しかし、私はそれ以上の何も望まなかった。

「もし、今爆弾が落ちたら、どうする？」

私は少しかすれた声で聞いた。

「どうもしないわ。ここでマコと死ぬ」

　さつきの言葉は、私には意外だった。さつきはいつか退園して行くだろうし、私は多分ここで一生を終るだろう。爆弾が落ちたら彼女は逃げると思っていたのだ。私と一緒に死ぬと言ったさつきの言葉は、私の胸にさざ波のように広がった。じっとしていると、目じりから一しずくの涙が流れるのだった。

　礼拝堂の大きな柱時計が、四時を知らせた。もう夕食の時間だし、帰らないと寮父や寮母に叱られるのだ。

「じゃ、また。これよ」

　裏口でさつきは親指を立てた。にこにこした顔は、何の屈託も感じさせなかった。

「うん、分かった」

　私も親指を立てた。それは、今日のことはすべて二人だけの秘密にするという合図だった。


　その日、礼拝堂をゆすった大きな音は、爆弾ではなく、B29そのものが墜落したのだった。療養所から七、八百メートル北のさつまいもの畑に落ち、乗っていた二人のアメリカ兵が死に、パラシュートで脱出した数人が捕虜になったという話だった。

　元気な患者が五十人ほど動員され、機体の後片づけや大きく掘られた穴の埋めもどしに二日も続けて出かけた。H村でこうした仕事の出来る男たちは少なかったからだ。

八月に入り、学園も夏休みになった。少年少女たちの中には帰省許可をもらって郷里へ帰る者もいた。さつきも静岡の実家へ帰って行った。残った者は毎日勤労奉仕に出た。園内作業の手伝いで、洗濯場やガーゼ再生場や道路補修などである。中でも良かったのは農会の仕事で、炊事場に納める目的で患者作業として作られている、陸稲や大豆や野菜などの草取りであった。私とヨンタも二回ほど行ったが、草取りが終ると湯気の立つトウモロコシやじゃがいもを、腹いっぱい食えるのだ。採れたてのトマトやまくわうりなど、持ち帰ることはできなかったが、その場で食べるのは自由だった。

私たちは行けなかったが、他に少年たちがよろこんだのは、汽缶場でボイラーを焚《た》くための石炭を、茨城県の山までトラックで取りに行くことであった。本来外出は堅く禁じられ、無断で外へ出れば監房に入れられるけれど、極度に労働力や輸送手段が減少しており、元気な青少年を動員しなくてはどうにもならなかったのである。往復ともトラックの荷台だし、帰路は積んだ石炭にへばりつく状態だったが、彼らは途中で目にした街の様子などを、得意になって話してくれた。

そんなある日、ヨンタが私に言った。

「分館の裏に、B29のタイヤが置いてあるというけど、見に行こうよ」

それは、あの日に落ちたB29の戦利品の一つであった。高射砲が命中したのか、あるいは日本軍の戦闘機が体当たりして落としたのかわからなかったが、B29が撃墜されたことはとてもめずらしいことなのだ。

分館は療養所のほぼ中央に位置し、役場や郵便局や警察までの業務をすべて司《つかさど》る中枢機関である。園長に与えられている患者懲戒検束権は、分館の職員によって行使されていた。郷里から小包みなどが届くと、有線放送で呼出してその場で開いてから渡すのである。入園や退園や一時帰省の手続きも、分館で受付けることになっていた。

分館の裏は医局へ向かうメインストリートである。道路と裏玄関の横にちょっとしたスペースがあって、患者の作った盆栽や菊の鉢植などが展示されることがあった。そこにチューブのないB29のタイヤと、ジュラルミンの部品と、土の塊りのようなものが置かれていた。

タイヤは私たちの背丈を越えたが、大人たちから聞かされたほどの大きさではなかった。壁に立てかけてあり、私とヨンタはその中に入ってみた。上の方に切り裂いたようなところもあったが、自動車のタイヤを大きくした感じで、特別のものとは思われなかった。

また、機体の部品と思われるジュラルミンの破片は、ねじ切られたような跡や焼けたような個所もあって、持ち上げると予想外に軽かった。ネジの切込みのところに細い針金が取付けてあったが、弛《ゆる》まないように固定されていたのだろう。そして、私が妙に気になったのは、にぎりこぶしを一回り大きくしたぐらいの黒い塊りであった。それが置かれているところに、薄い鉛筆書きで「B29、敵兵士の肉」と読みとれた。ここに運ばれて五、六日ほどになるせいか、肉片は説明を読まなければ何か分からないほどに変色し、腐敗し、干からびていた。ただ、それが肉片である証拠には、先の砕けた黄色い骨が、三センチほどその黒い塊りから突き出していたからである。

道路を通る患者たちは、チラッとそれに視線をやって足早に去って行った。

私は気持ちが悪くなり、ヨンタを誘って小走りにそこを離れた。午後の日ざしが強く照りつけ、敷きつめられた切り石の道に、私たちの下駄の音が高く響いた。学校へ行く時は運動靴だったが、休みの日や放課後は、私たちはたいてい園で支給される松の木で作った、重く大きな大人と同じ下駄をはいていたのである。

二人は礼拝堂の前の小さな公園に腰をおろした。ヨンタは何となく元気がなかった。

遠くでサイレンが鳴った。

アメリカの飛行機がやって来たのかもしれない。最近は小型の艦載機がすずめ蜂の群のようにたくさん飛来し、キーンという飛行音や、窓ガラスを激しく揺する爆音を轟《とどろ》かせて空に舞った。

だが、青く澄んだ空に黒い機影は現れなかった。

「おれ、うちへ帰ることになるかもしれないんだ」

ぽつんとヨンタがいった。

「帰省するんかい?」と私が聞くと、ヨンタは首を振った。退園にちがいなかった。

「兄貴はもう帰れないし、うちにゃ男はおれだけだから」

ヨンタは草をむしっては捨てていた。その動作や言葉つきから、ヨンタが退園を喜んでいないことを私は知った。

「退園できるのか。いいなあ」と私は言った。羨《うらや》ましかったのも事実だが、私は自分の病気の進行を恐れていたのだ。ヨンタのように退園できなくても、これ以上病状が悪化しないことを切実に願っていた。

「でも、本当は家に帰りたくないんだ。向こうへ行っても、マコちゃんやさっちゃんのような友だちが出来るかどうか分かんないもん」

ヨンタは小学校に上る直前に入園したので、郷里の学校を知らなかった。家は埼玉の北部の町で、ここから二時間もあれば行けるのである。家には母親と二人の姉がいて、家業の呉服屋を営んでいる。父親は彼が物心つく前に死んでいた。八つ上の兄は病室へ入っていて、退室しても郷里に帰れる状態ではなかった。

入園後、ヨンタは体に何の変化もなく、菌検査は最初からマイナスだった。それでも一年ばかり、大風子油《たいふうしゆ》を注射する治療を受けたが、やがてそれも医師から中止してよいと言われた。

竹トンボやコマ作りに器用で独創性に富むヨンタだが、この園の五年間のブランクは決して小さくはないだろう。転校先で前にいた学校のことを聞かれた時、級友が二人しかいなかったなどと、どうして言えよう。もちろん、療養所のことは、何一つ言ってはならないのだから、友だちもすぐには出来ないかもしれない。それに、歴然とした学力の差――。

「退園できたら、ぼくは飛行機乗りになるんだけどなあ。ヨンちゃんもなれよ」

私はあすなろの繁みの奥に見える空を見て言った。とうてい自分がそうなり得ないことを知っていたが、やはり憧れはあったのだ。

ヨンタは何も言わなかった。あい変らず、草をむしっては捨てているのだった。

「ヨンちゃーん、ヨンちゃーん」という、聞き馴れた高井の声が響いてきた。寝ころんで本を見ていたヨンタは、のろのろと体を起こした。上級生たちは朝から勤労奉仕に行き、少年舎には私たちと寮父の三人しかいなかった。

「チェッ、またカバだ」と、ヨンタは顔をしかめた。高井は両足に傷があり、まるで小包のようにガーゼを厚くあてて包帯を巻いていた。その足がカバのように大きなことと、風貌やもっそりした体つきなどが似ていたからである。本人はそんなアダ名をつけられていることを知らない。アダ名はいつもヨンタが考えるのであった。

「ヨンちゃーん」と、またも高井の声だ。

「今行きまーす」

ヨンタはシコを踏む動作をして、廊下をドスンドスンと歩いた。そして、私にも同じ動作をするように手まねいた。私もつられてシコの真似をしたが、左足に鋭い痛みを覚え、その場にしゃがみ込んだ。下駄で石道を歩いたりする時、たまに感じた痛みと似ていたが、今度のそれは強いものだった。

ヨンタが寮父の部屋へ入るのを見すましてから、私は左足を伸ばした。足の甲の一部が赤く腫れ上っていた。そして、左足全体がむくんでいるようだった。結節が出はじめたのだ。古来から唯一の薬とされた大風子油注射も、私の体には効果がなかったのだ。薬よりも栄養を十分にとることの方が先決だったが、それは望めなかった。医、衣、食、住は国が保障してくれたが、それはあくまでも最低限のもので、千四百人の入園者の食費は、刑務所の囚人よりも少なかった。戦力にならないハンセン病患者は、余計者であり穀潰しだった。一日も早く死ぬことが、お国のためになるはずであった。

私はぼんやりと廊下に坐っていた。非常に漠然とだが、死にたいと思った。その思いは今までもくり返し襲ってきたものだし、やがていつの間にか忘れ去ってしまうものだった。ただ、死の想念の中で、そこから抜け出すための微かな糸口さえ見出せないことが、子どもである私を苦しめていた。

その時だった。グラマンが何の前ぶれもなく飛来して来たのは。——そして、何十機かの中の一機が、私をめがけて直線的に突っ込んで来たのであった。

私は恐怖に震え、そこから一歩も動けなかった。ついさっきまで、漠然と考えた死の誘惑は、どこか遠くへ吹き飛んでしまっていた。

機銃を構えた色白の若いアメリカ兵は、その時、私を撃つために降下して来たはずだ。私は「殺さないで!」と目で哀願した。彼は、それを瞬時に察知したというのだろうか。一発の機銃も撃たずに去って行ったのだ……。私は廊下にへたりこんだまま、動けなかった。

しばらくして、間のびしたようにサイレンが鳴った。短く何回か鳴らされるそれは、空襲を告げるものだった。

「ああ、汚ねえ、汚ねえ」

ヨンタが高井の部屋から飛び出し、洗面所へ走り込んだ。何度も水道の水で頬を洗っている。

「いまアメ公が来ただんべ。そしたら、カバがおれの上に乗って来て、ここへ口をつけやがるんだ」

私のところへ来て、ヨンタが小声で報告した。高井にすれば、機銃掃射からヨンタを庇《かば》ったのだろうが、彼はそうは受け取らないのだ。よだれや鼻水をほっぺたにつけられ、さぞ気持ちが悪かったことだろう。しきりに頬を手でこすっていた。


それから二、三日して戦争が終った。米軍機が飛び交うこともなくなり、空襲のサイレンも鳴らなくなった。しかし、それ以外の変化はまだ見えなかった。上級生たちの勤労奉仕は続けられていたし、高井がヨンタを呼ぶ声も一日に何回か聞こえてきた。

帰省したさつきは、なかなか戻って来なかった。いつも二週間以上の許可は出ないので、もう期限は切れているはずだった。汽車の切符が取れないのか、それとも何か急用ができたのか、私は不安になった。考えたくないことだったが、或いは退園するための準備をしているのであろうか。

ヨンタに退園を告げられてから、私は、さつきまでも去って行くような予感に怯《おび》えていたのだ。

やがてヨンタの退園の日がきまり、高井が一緒に挨拶回りをすることになった。両足に小包のような包帯を巻いているので、下駄も特製である。鼻緒の代りに自転車のタイヤを切って丸く打ちつけ、その中へ足を入れるのだ。いわば大型のサンダルであった。

挨拶に行くのは、学校の教師と寮母ぐらいで、少年たちには特別に世話になった人もいなかった。退園もひっそりと行われ、ヨンタに限らず、見送る者もほとんどいないことが多いのである。正式には軽快退園と書類に記入するように、いつかまたここへ戻ることを前提とするものだった。

「サイは元気がなかったよ」

挨拶回りから帰ると、ヨンタが私に言った。

「教師を辞めるっていってたぞ。いい気味だよ――」

片目をつぶってヨンタはいうのだ。斎田は、戦争に敗けたことでショックを受けたのだろう。学校へ来ても威張れないし、さつきへの個人授業も出来ないと感じたのだ。それに、私たちは、斎田にとっては全く教え甲斐のない児童だったから。ヨンタのように「いい気味」とはいえないにしても、私はこれ以上教わりたくなかった。

斎田が辞めてもすぐには教師の補充はできないので、九月の新学期からはまた芝先生の自習命令が出ることだろう。昨日のくり返しが今日であるような、学園と少年舎を往復するだけの日々が続くかもしれない。その単調な生活の唯一の光は、さつきの存在だった。

私は、一日も早くさつきが戻って来ることを願った。それは人恋しさの芽生えであり、不慣れで幼稚な愛のはじまりだったかもしれない。

さつきが療養所へ戻ったのは、八月も終りに近いころであった。すでにヨンタは退園し、斎田も辞表を出していた。

「ここにいる方が安心だけど、おふくろさんに責められちゃった」

さつきは私にそう告げた。それで十分に理解できたのだ。私の予感は的中し、さつきも退園して行くのであった。

退園の手続きなどは、ここにいる彼女の姉がやってくれていて、九月からは郷里の小学校に行くことが決まっていた。

「ほら、見てよ。わたし少し焼けたでしょ」

さつきは腕をつき出して見せた。戦争が終り、郷里の海辺で海水浴をしたというのだ。白い肌が小麦色になり、健康そうだった。

私たちは礼拝堂の前の小公園にいた。ヨンタが私に退園を告げたのもここであった。草をむしっていたヨンタの姿が、私の脳裏に蘇《よみがえ》ってきた。今、草をむしるのはおれかもしれないと、ぼんやり私は思った。もちろん、私は何もしなかったが。

「みんないなくなるのか――」と私は呟いた。

愛子先生が死に、ヨンタが去り、さつきもすぐにいなくなる。私たち三人が作った小世界が、音を立てて崩れて行くように私には思われた。

「元気出しなよマコ。いいことだって必ずあるんだから」

さつきは姉さんぶった言い方をした。これまでもそんなさつきに反発を覚えながらも、結局は彼女に従ってしまうのだった。

私には何もいうことがなかった。こうなることは、ずっと前から分っていたように思えた。私はこの園から出られないだろうし、この学園を卒業し、やがてこの中で大人になるということだ。

さつきも何も言わなかった。蟬《せみ》の声だけがやけに大きく聞こえた。

夕食の時間が近づき、さつきは帰って行った。いつもとちがい、彼女はゆっくりと歩いていた。私が呼び止めることを期待していたのだろうか。しかし、私は声をかけることができなかった。

退園して行く相手には、これからは一切かかわらないのがここでの慣《なら》わしだったし、さつきがすでに別世界の人になったのを私は知っていたからだ。

さつきは一度もふり返らなかった。

礼拝堂の屋根の向こうに、夕立が来そうな暗い空が広がっていた。そこにはもう、B29の編隊もグラマン機の影もなかった。

# 誰でせう——玉音放送

寺山修司

## 誰でせう

私が自分のヘソの緒を見せてもらったのは小学校へ入ってからである。木の箱に入っている貝柱のような私と母との別離のしるし、肉の領収書などよりも、もっと私の興味をひいたのは、その木の箱を包んである新聞紙の記事であった。朝日新聞、二月二十七日附の新聞には、

帝都に青年将校の襲撃事件

という大見出しがあって、斎藤内府、渡辺教育総監、岡田首相ら即死す、と書かれてある。

しかし、実際に二・二六事件で岡田首相は殺されなかったから、この記事は誤報である。私はこの政治的殺人事件と、すぐその下に載っている広告とを結びつけて考えた。そこに

は「誰でせう?」と大きな見出しがあって「魅力ある考へ物
　左の写真は魅力ある男装麗人、松竹少女歌劇団のスター水ノ江○○さんがサインしてい
る処《ところ》です」というリードと、男装の麗人の写真とが載っていた。
「二十六日午後八時十五分陸軍省発表　本日午前五時ごろ一部青年将校らは左記箇所を襲
撃せり。
首相官邸（首相即死）斎藤内大臣私邸（内大臣即死）渡辺教育総監私邸（教育総監即
死）牧野前内大臣宿舎（湯河原伊東屋旅館牧野伯爵不明）鈴木侍従長官邸（侍従長重
傷）高橋大蔵大臣私邸（大蔵大臣負傷）
　これら将校らの蹶起《けっき》せる目的はその趣意書によれば内外重大危急の際元老、重臣、財
閥、軍閥、官僚、政党などの国體《こくたい》破壊の元兇を芟除《さんじょ》し以《もっ》て大義を正し、国體を擁護開顕
せんとするにあり」
　この記事における限り、二・二六事件の青年将校たちの暗殺行為は、覆面の思想によっ
てつらぬかれている。彼らの「大義を正す」べく立上る主体は、いわば下の広告にみられ
る「誰でせう?」の狙いに似たところがあった。子供の頃の私は、この二・二六事件の犯
人こそは覆面の麗人水の江滝子に間違いないと思っていたが、二十才になってもやっぱり
それは外れていないのではないか、と思うようになった。
　私の生まれた年は「誰でせう?」の時代、つまり覆面の英雄の時代だったのである。そ

のせいかどうか、私は小学校に入る頃には、鞍馬天狗の大ファンになっていた。

## 玉音放送

青森が空襲になってから、ひと月もたたぬうちに、戦争は終った。あっけない終り方で、勝ったのか負けたのか、私にもよくわからなかった。

玉音放送がラジオから流れでたときには、焼跡に立っていた。つかまえたばかりの唖蟬《おしぜみ》を、汗ばんだ手にぎゅっとにぎりしめていたが、苦しそうにあえぐ蟬の息づかいが、私の心臓にまでずきずきと、ひびいてきた。あとになってから、

「あのとき、蟬をにぎりしめていたのは、右手だったろうか？　それとも左手だったろうか？」と、考えてみたこともあったが、それはいかにも曖昧《あいまい》なのだ。八月十五日の玉音放送を、どこで聞いたか？

という質問へ、さまざまの答えが集められた。先生は訊《き》いた。

「玉音放送を、きみはどこにいて聞いたのか？」と。

それはまるで「きみは、どこで死んだのか？」と聞《き》き糺《ただ》しているような感じでさえあった。だが、本当は「きみは、どこで生まれたのか？」「きみは、どこで死んだのか？」と、時の回路に架橋をこころみるほど、あの瞬間が人生のクライシス・モメントだったとは思

えないのだ。
「先生、ぼくは玉音放送がはじまったとき便所でしゃがんでいました」と答えた石橋にしても、玉音放送以前の空襲で焼死してしまったカマキリにしても、その答が決して、彼らなりの戦争論や平和論になるとは思えなかった。どこにいたとしても、そんなことは問題ではない。時間は人たちのあいだで、まったくべつべつのかたちで時を刻みはじめていて、もう決して同じ歴史の流れのなかに回収できないのだ、と子供心にも私は感じていたのだった。

かくれんぼをする
私が鬼になって
暗い階段の下で目かくしをする
すると目かくししている間に外界にだけ何年かが過ぎ去ってしまい
「もういいかい」という私のボーイソプラノにはね返ってくるのは
「もういいよ」
というしゃがれた大人の声なのだ

私は一生かくれんぼの鬼になって、彼等との時間の差をちぢめようと追いかけつづけるのだが、歴史はいつも残酷で、私はいつまでも国民学校三年生のままなのだ。

「修ちゃん」

と戸村義子が言った。

書道塾の娘で、目の大きな子である。

「戦争が終ったわね」

「うんこれから疎開するんだって」

「古間木へゆく」

「あんたともとうとう、出来なかったわね」

「何を?」

戸村義子は、だまって笑った。「浜田先生と鈴木先生とがやってるのを見た人がいるんですってよ」義子の言い方が、どことなく罪悪感にあふれていたので、私はすぐにセックスのことだとわかった。

「でも、大人のやってるのはきたないそうよ。やっぱり、やるなら子供のうちじゃないとだめね」

私は、どっちつかずの作り笑いをうかべていた。義子の方は好奇心の虜《とりこ》になっていて、まるで生まれてはじめて見た「動物園」の話でもするように、

「あんた、してみたくない?」

と訊いた。私は勿論《もちろん》してみたいと答えたが、それは性に対する興味よりも、むしろ犯罪に加担する好奇心に似ていたように思われる。「ねえ、そんならしなきゃ、損よ」

と義子は言った。二人とも、まだ十才だった。

「じゃ、何時《いつ》？」

「今」

「今、どこで？」

「便所」と義子が指示した。焼跡のバラックの仮校舎のなかで、便所だけは木造でがっちり出来ていた。

「その突当りから二番目の、職員専用ってのがあるでしょ？　あそこで、あんた先に行って待っててね。あたし、すぐあとから行くから」。そこで、私は言われた通りに職員専用の便所に行き、中からドアをしめて、じっと待っていた。一寸《ちよつと》心配になって、ズボンの前ボタンを外してたしかめて見ると、私の私自身は父の拳銃などには比すべくもないが、それでも十才にしては、きわめて勇敢に息づきはじめた。私は便所の板に背をよせて、義子の来るのを待っていた。待っていたのは、ほんの十分か二十分だったのかも知れないが、そのあいだに便所の外には私とまるでべつの速さで時が過ぎてゆくような気がしたのだった。やがて、足音が近づいてきた。私は緊張のあまり足がふるえそうになるのをじっと耐え、息を大きく吸いこんで目を見ひらいた。

ふいにドアがあけられた。ズボンのバンドをゆるめ、丸腰になって入って来ようとしたのは、音楽の戸田先生だった。

おや、と戸田先生は声をあげた。

どうしたんだ？　こんなところで。

私はバツが悪そうに便所から出た。そして校庭に向って一目散に駈けだした空には鰯雲がひろがっていた。そこでだけは「大いなる時」が立ちどまって、私の方に両手をひろげているような気がしたものだった。

戸村義子さん。あなたは約束通りあれから便所へ来たのですか？　それともぼくをからかったのですか？

たしかめる間もなく私は、翌日古間木へ疎開してしまい、そしてあれから二十二年たってしまったのである。

まるで春のそよ風が、老人の希望をよみがえらせるように、力強いなぐさめの息吹が、おれの額をさわやかに吹きすぎるような気がする。いったい、こいつは何者なのだろう。

（ロートレアモン「マルドロールの歌」）

そして、私の戦後がはじまった……

# 鶸《ひわ》

三木　卓

その兵士は肩から吊している自動小銃をゆすりながら近づいて来、台の上にならべられた煙草の前まで来ると無造作に手を伸ばして一箱ずつポケットに入れはじめた。最初はズボンの左右に、それから外套《がいとう》に外側から縫いつけてある大型のものに、落着いた手付きでねじこんでいった。

「止《や》めて下さい」少年は打ちこまれた杭《くい》のように立ちすくんで、ただそれだけいった。

「おねがいです。止めて下さい」かれはまた繰返した。言葉も皮膚の色も異なる占領軍兵士にそれが通じるわけはなかったし、勿論《もちろん》兵士は少年を完全に黙殺した。かれは少年の前で、無防備に背を丸めて屈みこみ、容易に報復の打撃を受けやすい姿勢で煙草に夢中になっていた。かれは少年が自分に、指一本触れることができないことをよく知っていたのだ。しかも、かれは煙草の良し悪しがわかった。金口太巻きのトルコ葉や、国境防衛軍の高級将校用の銘柄などを知っていて、けばけばしい包装の大衆煙草には眼も呉《く》れないのだった。

「止めて下さい」少年は、背後の赤煉瓦《あかれんが》の壁に貼りつくようにして繰返した。兵士は、淡灰色の厚いフェルトの長靴を履き、野獣の毛皮を綴合《つづりあ》わせた荒々しい外套を着ていたが、頰は薔薇色《ばらいろ》で金色の生毛《うぶげ》が光っていた。まだ二十歳前だ。やがてかれは最後に手にとった一箱の封を切り一本ぬいた。硝子《ガラス》粉を糊付《のりづ》けにした擦《す》り板《いた》の黄燐《おうりん》マッチをこすり、焰《ほのお》が黄色くゆらめいた。マッチは台の上に投げ返され、兵士は大股に歩き出した。ふくらんだポケットが少しの間見えていたが、じきに街頭の雑音のなかに消えた。

「またやられたな」少年の隣りで回転焼を焼いている中年の男が、気の毒そうな声でいった。「今のやつ、防寒帽を脱がしてみな。きっと坊主刈りだぞ。西部戦線で例の総攻撃をやって来た生き残りの囚人部隊だ。そっちが終ってやれやれと思ったらこっちへもってこられた。気もすさもうってもんだ」「ああ、そうなのか」この男はどこからそんなことを聞きこんで来るのか、と思いながら、歯のぬけたようにめっきり寂しくなった箱のなかを睨《にら》みつけていた。めぼしいものばかりやられたから、ここ三日分位の純益は軽くすっとんでしまったのだ。先刻、帰ろう、と思った時、もう少し、と無理して欲張ったのがいけなかった。少年は後悔と落胆で泣き出しそうになりながらどうしていいか分らず、厚い軍用毛布を切って作った手袋をはめたまま、乱れた煙草の箱の列を直していた。おれにあの自動小銃があれば、あんなやつは一ころだ。叩きのめしてやる。だが、少年は絶対に抵抗しないようにしていた。煙草売りをしている仲間は多いが、そのうちの幾人かは抵抗したために前歯を折られたり、煙草を路上にほうり出されて踏みにじられたりしたのだ。

日没直後の薄明のなかに立っていると気温がさらに下降していくのがわかった。夢のようだった。黒々とした枝が網のように空へむかって拡がっている街路樹が雪のつもった白い闇の中に次々に並び、消えていく。少年は、流れていく人々をぼんやりながめ、これからどうしようかと、思い惑っていた。

すると、人の流れを逆に掻《か》き分《わ》けながらやって来る人間が見えた。それは少年の兄で、今日は植民者の難民救済のための同胞連絡所へ出かけて行ったはずだったのだ。しかし、それにしてはやって来る方角が正反対なのはどういうわけなのだろうか。少年はいぶかしく思いながら兄の顔を見つめていたが、その表情は硬く暗かった。「何?」少年は声をかけた。兄がやってくるなんて、そんなことははじめてのことだ。兄は少年の顔をにらみつけるように見つめながら近づき、すぐ前に立った。「おい」兄はいった。「すぐ帰るんだ」そして売り台を見たが、今日はよく売れたな、とも、奪《と》られたのか、ともいわなかった。「うん」少年は呟《つぶや》いた。「今帰ろうとしていたところなんだ」「片づけてやろう」兄は唐草模様のついた緑の風呂敷をひろげ、机の大引出しを転用した箱を包んだ。少年はX字の形をした木製の台をたたみ肩に担いだ。二人は大路の雑沓《ざっとう》のなかを家にむかって歩きはじめた。

「どうしたの?」少年は道路に凍りついている雪と馬糞の上を歩きながらいった。「おやじが帰ってきたんだ」兄は声をひそめていった。「ああ」少年はいった。「国家保安部の連中、嗅ぎつけていない?」「大丈夫だ」兄はやはり声をひそめたままでいった。「ただな、お前を呼びにいったのは、だ」兄は街角をまがりながらいった。「おやじのやつ、すこし変なんだ」「変だって？」「真赤な顔していてな、最初は昼間から酔っぱらっているのかと思った。そしたら苦しい、っていうんだ。寝かせて体温をはかってみたら三十九度もあるんだぜ」二人は顔を見合わせた。少年はその時、兄がひどく緊張していることに気づいた。不安が少年の頭をかすめた。

「どこにいたんだろう。おやじは」少年は暗い予感に苦しみながらいった。「変な下宿屋みたいなところかしら、ほら駅の裏側にあったろう」「さあな。おやじを連れて来たのは、開拓団の難民のようだったぞ。難民の収容所だったかもしれない」戸外は明け方には零下三十度位までは平気で下る酷寒だ。父親が、追求の眼をのがれて逃げまわるとしても、それは煖房《だんぼう》のある室内だけに限られていた。戦いに敗れた植民者が、隠れることができるところなど、沢山ある筈《はず》がないのだ。

コンクリート二階建の集団住宅の一軒である自分たちの家へたどりつくと、六畳間の灯《あか》りは薄暗くなっていた。それに気づくと不安は一層高まった。電灯の笠には戦時に使った灯火管制用の黒い蛇腹の丸い筒がとりつけられていて、赤褐色に変色している畳に光の輪を落していた。そしてその脇に布団が敷いてあり、枕もとにはおおいかぶさるようにして医者がすわっていた。少年は覗《のぞ》きこむようにして髪の毛が枕の上に乗っているのを見た。その髪の形には特徴があり、少年はすぐにそれが父親のものであることを見分け、何故《なぜ》か安堵《あんど》した。本当に父親は帰って来たのだ。

「脳溢血《のういっけつ》ではないでしょうか？」洗面器につくったクレゾール液に手を浸している、診察の終った医師に母親がたずねた。「いや、絶対にちがいます」医師は難しい顔をしながら、しかし明快な口調でいった。「これは急性の病気です。どうやら発疹《はっしん》チフスらしい」母親と兄の動作がとまり、緊張が部屋を走った。戦いが終った年の秋から、北部地方より下って来た避難民の間で流行しはじめたこの病気は、冬に入ってもいっこうに衰えを見せず、首都の住宅地域でも続発していた。父親はどこかで感染したのかもしれない。その可能性は充分にあった。

医者は手早く器具をとりまとめ立ち上がった。すると少年の位置からも父親の姿が見えるようになった。久しぶりで見る父親は、兄のいう通り発熱で真赤だったが、これが同じ人だろうか。面《おも》やつれがひどかった。もともと鼻の高い男だったが、今はその先がとがって見えた。かれは眼を瞑《つむ》り、肩が動くような荒い呼吸を吐いた。時々鼻をぬける呼吸が乾いた擦過音をたてた。ここに寝ている人は、一か月ほど前にこの家から出ていった人と同じはずなのに、どうしてこうもちがうのだろう。少年は胸を押されているような苦痛を感じた。出ていった時には、かれは少年や兄の父であり、母親に対しては夫であった。その身体には家庭の乳臭い匂いがまつわりついていた。充足したものの持つ倦怠感《けんたいかん》がどこか漂っていた。しかし今はちがう。どこをどう歩いていたのかは判らないが、かれが生々しく発散しているのは、飢えと恐怖であり、緊張と疲労だった。

少年は膝をすすめて父親の顔を間近に見た。眼窩《がんか》が窪んでいた。眉毛に白髪があった。

「父さん」少年は声をかけた。「おれだよ、父さん」まぶたが動き、病人はゆっくりと眼をあけたが、その眼は真赤に血走っていた。少年を見上げていたが、少しの優しさもない眼だった。少年を認めたのだろうか？　思わず怯《ひる》みからだを引いた。すると眼は執拗《しつよう》に人の姿を追い、まばたきもせずにじっと見つめるのだった。そしてかれは口をひらいた。「おい。まだ欲しいのか」「何？」少年はおどろいて訊《き》き返《かえ》した。「ふん」父親は笑った。「変圧器にまかせておけばいい」「何だって？」少年は当惑してまた問い返した。瞬間何が起っているのかわからなかったが、また眼を瞑って眠りはじめた父親の顔を見ているうちに、おぼろげながら事態がわかりはじめた。少年はまず蒼白《そうはく》になり、それから啜《すす》り泣《な》いた。しばらくそのままだった。やがて立ち上がって次の部屋に入ると、兄と母親が膝を突き合わせて坐《すわ》り、祖父と祖母は窓際のすみに寄って暮れなずむ冬の空を、そしらぬふりをして眺めているのだった。

「すわれよ」つったっている少年に兄がいった。少年は夢から覚めたようになり、従順にそこにすわった。「今、母さんと話していたんだが」と兄はいった。「医者の話では、今日明日どうこうということはないらしい。問題は心臓なんだそうだ。それさえ持てばなんとかなるというんだが」「助かるの？」「ああ」兄はうなずいた。「だが、万一ということもある。母さんを助けなければ駄目だぞ。おれも今日から必死でがんばる」「きっと大丈夫だと思うけれどねえ」母親が眼を大きく見開いたままいった。「なんとか頑張ってもらうよ。内地へ帰りつけば父さんだって、これからの人なんだから」少年はうなずき、多少心が軽くなるのを感じた。しかし、あんなになってしまった父親が本当に治るのだろうか？それに、こんなに病んでいる父親を、占領軍の国家保安部の連中が無理やりに引き立てていきはしないだろうか？　もし、そんなことがあればひとたまりもないだろう。「二週間だ」兄がいった。「高熱が続く。それから下がりはじめる。そうなればいいのだが、その頃衰弱も一番ひどい状態になるんだ。山はそこだ」祖母と祖父はさり気ない表情で缶から煎餅《せんべい》をとりだし、二つに割ってしゃぶりはじめた。歯が駄目なのでそうして軟かくしなければならないのだ。少年は嫌悪を感じながらそれを眺めていた。

「おれは医者のところへ勘定を払いに行ってくる。お前もこい」兄が立ち上がりながら少年にいった。「ああ行く」二人はまた防寒具をつけると外へ出た。

闇夜だった。銀河が黒々と続く集団住宅の屋根の上に懸《かか》っていた。気温は更に落ちていた。少年たちは凍《い》てついた雪の上をしっかりと踏みしめて歩いた。どこかに占領軍の兵士が潜《ひそ》んでいはしないだろうか。やつらは自動小銃をかまえて暗闇の中から姿をあらわし、有無をいわせず、ポケットの中のものを奪い去る。おれたちは何も持っていないのに、また奪われる、と少年は思った。道路に硬く凍りついている雪があたりを仄白《ほのじろ》く浮きあがらせ二つの人影はその中をのろのろと動いた。

「おい」兄が低い声でいった。「お前覚悟しろ。親父は死ぬぞ」「ええ?」「そうなんだ」兄は自分の言葉に頷《うなず》きながらいった。その調子は母親の前にいた時と全く違っていた。「おれの予感だが、予感だけじゃない。親父はそもそも丈夫じゃないからな。消耗の烈《はげ》しい病気だ。まず乗り切れないぞ」「注射を打ったら?」少年はいった。「お医者さんに頼んで、いちばんいい注射をしてもらったら?」「それは、そうするさ」兄がいった。「しかし、それ位ではどうにもなるまい」「ねえ」少年は思い切っていった。「家に金ある?」「あるもんか」兄があっさりといった。「とにかく金をつくることだ。明日、森の市場へ行く。お前も手伝え」

二人は黙ったまま歩き続けた。夜空のどこかで爆音がした。軍用機が飛んでいるのだった。「国家保安部はもう諦めたんだろうか?」少年はいった。「さあ」兄も首をかしげた。「そんなことはないだろ。なにしろ、あいつらの凄さは世界的に有名なんだ」「病人でも連れていくかしら?」「行くだろ」「悪いやつらめ」

少年がそういうと兄が低い声を立てて笑った。「何で笑うの?」「お前が馬鹿なことをいうからだ」兄は中学生らしく分別臭そうにいった。「悪いやつは親父の方なんだぜ」「どうして」「どうしてってお前、戦争犯罪だからだ」「戦争犯罪?」だが兄は弟の質問を無視した。「だらしがねえ、逃げまわるなんて」その声には軽蔑と憎しみの響きがこめられていた。「だって、つかまっちゃうじゃないか」「お前にはわからんよ」兄は冷たい声でいった。「おれだって戦う気があったんだ。中立条約を破って侵入して来たのは、やつらの方じゃねえか」

皮の鞭《むち》でひっぱたいたような銃声がした。拳銃だ。二人は壁にはりつくようにしてしゃがんだ。呼応するように、自動小銃の連射が鳴った。何かが起っているのだ。二人はそのまま動かなかった。あと数十歩で医者の玄関だった。

煖房の煤煙《ばいえん》で汚れた市街の上に灼《や》けた大きな太陽が昇ったが、病人の状態は変らなかった。体温は四十度を越え、震えが来た。枕もとについている母親に代って、少年は水を汲みに出た。天秤棒《てんびんぼう》の両端に石油缶をぶらさげたものをかついで、少年は共同井戸へむかった。水道は完全に凍結していて、春まで使いものにならなかったのだ。

井戸は広場にできた氷の丘のように見えた。人々が零《こぼ》した水は次第に盛り上がって止《とど》まるところを知らず、遂《つい》に井戸のかこいの手すりを越えた。そしてさらに高くなった。今は少年の背丈の二倍の高さだ。そして噴火孔のような穴がその頂上にひらいているのだった。少年は、つけられた氷の浅い刻み目をたよりにおぼつかない足どりで階段をあがっていった。身体を支える手すり一つなかった。穴からは噴煙のような蒸気が立ちのぼっていた。一歩踏みあやまれば、かれはその孔《あな》の中に滑り落ちてしまう。陽《ひ》を浴びて氷は輝いた。

かれは、そこにおかれたブリキのバケツをとりあげ、把手《とって》に縛りつけられた紐を握りしめて穴の中に投げこんだ。できるだけ穴から身体を遠ざけるようにしながら紐を引いた。手応えがあり、自分が穴の方へ引き寄せられるのを感じた。できる限りゆっくりと紐を引いた。小柄な少年の身体でも辛うじて持ちこたえられそうだった。やがてバケツは上って来、少年は石油缶へ湯気のたつ貴重な水を移した。

またバケツをほうりこんだ。水を汲みあげるか、水の重みにからだをとられて自分が落ちこむかのどちらかだ、と少年は思った。それでも試みられなければならない。水なしでは生きられない。そして必ず水を汲みあげる。それが自分のすることだ。早く大人になろう。早く。少年は昨日の夕方、煙草をうばっていった兵士の手を思い出し、口惜しさが増すのをおぼえた。かれはバケツを引き上げ、石油缶に水をあけた。それをもう数回繰返していると水があふれた。天秤棒を肩にせおい、そろそろと山を降りにかかった。なんとかやりおおせたようだ、と少年は思った。すると妙な考えが湧きあがってきた。もし今、ここで転倒したらどうだろう？　かれは全身水びたしになるだろうがここは零下数十度もある戸外なのだ。家に帰りつくまで走っても五分はかかるだろう。それまで持つだろうか？少年は全身が針鼠のように緊張してくるのがわかった。震える足をずるようにして下まで降りた。途端、眼の前を火花が飛ぶのがわかり、少年は額をおさえて蹲《うずくま》った。

これがおふくろが毎日やっていることなのだ、とかれは思った。大人は、それをすることについて、言葉少なに語るだけで決して感情をあらわに表に出したりしない。心の劇はさり気なく隠されているのだ。しかし大人は毎日、こんな危険を冒している。そして平気な顔をして生きている。少年はまた天秤棒をかつぎ上げながら、おれは大人になれるだろうか、と心の中で呟いた。

家へ帰ると昨夜の残りものがあたためてあり、兄と少年は飯をかきこんだ。少年は自分が飼っている鶸《ひわ》の鳥籠《とりかご》の覆いを外し、何時《いつ》ものように日光の当る窓際に出した。鶸は少年が額をつけるようにして覗きこんでも、外の広い空を見ていた。少年は鳥籠を叩いた。鳥はとまり木の上で僅《わず》かに位置をかえ、そのはずみで眼が光った。少年は満足した。かれは乳母車を改造した運搬車に部屋の中の、売れそうなものを手当りしだい積みこんだ。少年は、なるべく自分のものは避けるように留意した。兄が車を押し、少年は茣蓙《ござ》を持って出発した。

市の立つ場所が近づいて来た。人通りも今までより烈しくなって来た。すると今迄《いままで》塀によりかかって向日葵《ひまわり》の種子を塩炒《しおい》りしたものを食べていた男が、ふと何かを思いついたように塀を離れて歩きはじめた。かれは兄と少年の方を見、適度の間合いをとりながら、二人の乳母車の速度に合わせて歩いていた。兄と少年は顔を見合わせた。二人はたしかに、この男に関心を持たれているのだった。

また露路をひとつ横切った。すると、そこにしゃがんでいた眼鏡を掛けた男が、ちら、と二人の方を見ると、大儀そうな顔をして立ち上がった。しかし、横着そうなそぶりはそれまでだった。かれはぴったりと二人の背後につき、決して離れようとはしなかった。二人は背後にひたひたという跫音《あしおと》を聞き、気味が悪かった。こうしてかれらは、一人、また一人と少年たちの周囲をとり囲みはじめた。そして雑談をかわしながら一団となって進んだ。かれらは次第に無遠慮になり、乳母車の覆いをひきあげて下を覗こうとした。「何があるのか。おれが買おう」かれらはそういって、今ここですぐ、商品を見せるように要求した。しかし二人は拒否し続けた。中を覗こうとする手は払いのけた。

商人たちはみな、この土地の民族だった。かれらは、ちぐはぐで多様な服装をしていた。

この民族の伝統的な防寒着をつけているものもいたが、中には国境防衛軍の将校外套を着ているものも、毛皮外套を着ているものもいた。編上げを履いているものも、本皮の長靴を履いているものもいた。しかし、そのうちの幾人かに共通していたのは、薄い色眼鏡を掛けていることだった。そして、ほぼ全員に共通していたのは、棹秤《さおばかり》を手にしていることだった。かれらは分銅をぶらぶらさせながら両手で棹を身体の前に保ち、ゆっくりとした歩調で歩いた。中には、首に巻尺をひっかけている者もいた。

市の入口に着くころには、かれらの数はすでに数十人に達していた。兄と少年は恐怖と緊張のために蒼白だった。依然としてかれらはのんびりと雑談をかわし、時には笑いさえもしたが、この兄弟にとっては、二人きりで異国人にとりかこまれたことは、はじめての体験だったのだ。いくら打ち消そうとしても、気味の悪さは爪先から這《は》いのぼってくるのだった。こんなことで、いったいどうなるのだろうか。今は訴えるべき警察もない。法もないに等しい。あるものは暴力だけだ。その暴力はこちらの側にはない。

「じゃ、この辺でやるか」空いている区画の前まで来ると、兄がわざと空元気《からげんき》をつけるようにいった。「よし。やろうぜ」少年も大声を出してこれに応じた。少年は巻いた莫蓙を地面に拡げ、自分はその上にあがった。男たちはその莫蓙のまわりに肩をすりよせるようにしてしゃがみ、乳母車から莫蓙の上に移されるものに全身の神経を集中していた。兄は被せてある襤褸《ぼろ》をとり、その下から品物をとり出した。電気スタンド、ロシア人形、カフス・ボタン、帽子、オルゴール、箏の爪箱、洋服地、ギター、浴衣《ゆかた》、外国語辞典、缶一杯のラムネ玉、ラジオなどだった。それらのものが置かれると、拡げるいとまもなくいくつもの荒々しい手が同時に伸びて来て鷲《わし》づかみにした。「いくらか」「いくらか」かれらは恐ろしい剣幕で口々に怒鳴った。少年たちはあまりの事態の展開に狼狽《ろうばい》した。品物は一点ずつ出して値をつけさせるべきだったのだ。しかしもう間に合わない。かれらは乳母車の中に手を入れ、ひきずり出してそれをしっかりと握りしめ、まず第一の優先権を主張した。「いくらか」「いくらか」かれらは口々に叫んだ。だまっていれば持っていってしまい兼ねない雰囲気だった。兄は辛うじて口を動かし、価格をいった。しかし、とても全部は見張り切れないのだった。「高い」かれらは狼狽している少年たちの足もとを見るようにして必ずそういった。「半分にまけろ」そしてポケットから部厚い札束をとり出して見せた。少年たちにとっては、今は、万引きされないようにすることが先決問題だった。かれらが一挙に、蜘蛛《くも》の子を散らすように商品を持ったまま四散すれば、少年達にはどうにもしようがないのだ。少年と兄にとっての弱点は、かれらに品物を具体的に握りしめられているということだった。そして握ったものは絶対に放すまい、という気迫がありありと感じられた。少年たちは早く決着をつけなければならない、とあせった。それがまた商人たちの思う壺だった。かれらはねばられると、早い結論のために妥協しなければならなくなった。

「これは疵物《きずもの》だ。三分の一にまけろ」そういったのは、少年が玩具にしていたオートバイ用の風防眼鏡だった。それには片側の横のガラスに罅《ひび》が入っていた。かれは莫蓙の前に幼女がするようにしゃがんだ姿勢で、もうその眼鏡を自分が掛けているのだ。かれはそのオートバイの選手のようになった顔を真面目に少年たちの方へ向けていた。「まけるね。まけなさい。そら、これが金だ」少年が自暴気味になって頷くと、かれは真紅の占領軍の軍票を引きぬいて投げてよこした。そしてかれは、子供のように顔を輝かせ、得意になってそこを去っていった。

兄も少年も嵐のような要求のなかで竦《すく》んでしまい、図々《ずうずう》しい強制に対して敗北を続けた。かれら二人の膝の上には真紅や茶褐色の紙幣が舞い落ち、二人は思いもよらぬ光景に逆上した。そんな時間がどの位続いたのだろうか。数分のようでもあり、数十分のようでもあった。やがて二人は潮が引くようにかれらが去っていきつつあることに気づいた。かれらは、買ったものを膝の下へ全部掻き込むと、茣蓙の上を見まわし、もうこれ以上自分の欲しいものがない、という見当がつけば、ふい、と立ち上がって風のように行ってしまった。現われた時も唐突だったが、去る時もそうだった。

二人は茫然《ぼうぜん》としてそれを見送っていた。淡い後悔が二人の気持に忍び込みはじめていた。どうやら失敗だったのではないだろうか。価格のつけ方はやはり一方的なものだと、兄と少年には思われた。二人が頷くか頷かないうちに札が投げられ品物は消えていった。そして茣蓙の上には、魅力のないがらくたばかりが残り、周囲にはだれもいなくなった。そうなると、もう、だれもこの貧弱な露店に眼もくれなくなったのだ。

「どう、どのくらい売れた?」札を掻き集めている兄に少年はたずねた。「だいぶいったんじゃない？」「よくわからん」まだ興奮が覚めない声で兄がいった。「しかし、それほどじゃないようだぞ」少年は茣蓙の上を眺めた。古くて錆《さび》の浮いた懐中電灯や西洋皿、寿司を巻くすだれ、座布団カバーのくたびれたものなどが散乱していた。これらの物は今更、持って帰る必要もないように思われた。少年たちの前を絶え間なく人が通り過ぎたが、だれも立ち止まらなかった。

少年は突然、妙な寂しさに襲われた。もうだれも買ってくれないのだろうか。おれたちは、これで用済みというわけなのだろうか。かれはそれが堪《たま》らなく辛く、思わずポケットから外国製の万年筆をぬきとり茣蓙の上に置いてみた。

効果は迅速にあらわれた。どこからともなく棹秤を持った男があらわれると、少年の万年筆をとり上げて「いくらか」と訊《たず》ねた。少年はその時になって動揺した。それは、父親からもらった大切な万年筆だったのだ。少年に売る気はなく、ただ、漠然とした期待からそこへ置いてみただけなのだった。「いくらか」男は太い声で繰返した。少年は狼狽し、そのために途方もなく高い値段をいってしまった。そういえばあきらめて去っていくと思ったのだ。

しかし男は去らなかった。「それは高すぎる」かれは怒っている様子も見せずにおだやかにそういった。「その十分の一の値で買う。負けなさい」「いやだ」少年は気押されしながらいった。「負けない」「買う」「買う。これはわたしが買う」そういうとかれは万年筆を自分のもののように確信ある手つきでジャンパーの胸に差してしまった。そして少年の言い値のって行った。そして呆然《ぼうぜん》としている少年を無視して五分の一に当る金をそこにおくと立ち上がった。

そしてまた、だれも立ち止まらなかった。寒気が沁《し》み渡《わた》って来て、防寒靴の爪先が痺《しび》れるように痛かった。気温はかなり上がって来てはいたが、それでも零下十五度はあった。兄は散らばった札をあつめ、数えていたが、手袋を外すとたちまち指がかじかむので、親指と人差指の間しか割れていない手袋を脱がずに札を扱っていた。当然うまくいかず、二枚一度に数えてしまったり、どうしても札がめくれなかったりした。かれは苛々《いらいら》しながらようやく数え終り、札束をポケットに入れた。「大分予想を下まわってしまった」かれは呟いた。「とられた分もあるんじゃないか。あれじゃあ黙ってもっていかれたってちょっとわからないぞ」「そうだ」少年もいった。「あの浴衣を身体にあててみたりしていたやつ、あいつ、何時の間にかいなくなったぞ」「畜生」兄が唾を吐いた。「今度はこんなへまをしないぞ。おかげで大分損をした」しかし、あんな連中を相手にして、うまくやることなどできるものだろうか。

もうこれで終りだ、引揚げる潮時だと思いながら兄と少年はまだそこにしゃがんでいた。するとと気味の悪い声で女が歌っている外国の古レコードが一枚売れた。二人は元気づいたが、どうやらそれが完全に止めを刺したようだった。それ以上は一時間たっても足袋一足売れなかった。諦めて帰ることにし、立とうとすると声を掛けられた。見ると土地の人間の服を着た青年だった。「ああ」兄がいった。「今日は何です？　こんな所へ来て」「ちょっと時間が空いたから」かれはあいまいな口の利きようをした。「何だい。がらくたの処分かい」「ええ。まあ」「まとまった金が欲しいならおれがいい値で売ってやるぜ」少年はその青年が自分と同国人であるらしいことに気づき興味を持った。青年は好奇心を露骨にあらわして二人の店をながめていた。「百貨店の社長と取引きがあるからな。背広とかオーバーなんか、そこに出せばいいんだ。十五パーセントのコミッションをとるけどな。それでもずっと得だ」「その時には」兄は戸惑いながらいった。「よろしくおねがいします」「連絡のしかたはわかるな」「ええ」

青年は兄を頭から足の先まで眺めまわした。その眼はあかるく、陽気に光っていた。こんな人は、異国人のあいだにどんどんはいっていき、言葉も自由にあやつって、沢山いい思いをしているのだ、と少年は思った。羨《うらやま》しいことだ。それにしても兄はこの青年と、どこで知り合ったのだろうか。やっぱりこういう人と知己になるには中学生にならなければ駄目なのかもしれない。少年から見ると兄は立派な大人だったが、その兄が今はこどもあつかいにされているのだった。「あのな」青年はしばらく考えこんでいたが、決心したようにそういい、兄を近くへ寄るように手まねきした。その手つきに兄は吸いよせられるように従順に寄っていき、二人は聞きとれないような低い声でひそひそと話した。少年は気になってならなかった。二人は、少年の知らない大人の世界の話をしているのだった。やがて兄はもどって来た。かれの顔は幸福そうに輝いていた。「片づけて先に帰っていろ」そのいい方には厄介者を追い払うという調子がありありとあらわれていた。「ああ」

少年がいった。「いいよ。でも、どこへ行くの？」「お前の知ったことじゃねえ」「そりゃいいけれど」少年は口ごもりながらいった。「晩飯はどうする？」「多分帰るだろ。それまでに」

兄は小走りに青年のあとについて消えた。少年はそれを見送りながら立ち上がった。

大太鼓が鳴り、兵士たちは「われらの首都に初夏の陽光が降り注ぐ……」という歌をうたいながら雪の舗道を行進した。かれらの声は四部合唱になっていた。少年は聞くともなく聞いていた。思い出されるのは、この前の掠奪《りゃくだつ》だった。ああして歌など歌っているやつのなかにも、きっとこどものものを奪ったりするやつがいるのだ。無邪気なふりをしていても決して欺《だま》されはしないぞ。

雪は輝き、空は紺青《こんじょう》に晴れ上がっていた。少年は緊張と疲労のために真白い顔をして客を求めて立っていた。「ねえ、将校さん。すばらしい煙草です。要《い》りませんか？」少年は舌のまわらぬ外国語で一人で通りかかった下士官風の兵士に声をかけた。かれは顔をしかめ手を横に振って答えた。「いや要らない」少年は微《かす》かな失望をおぼえながら、街路を行進していく兵士たちの淡灰色のフェルトの長靴を眺めた。靴は雪を踏みかためるように強く、幾度も同じところを踏みつけているように見えた。かれらの吐く息は白い蒸気になって渦をつくりながら大気の中に消えていった。

少年は煙草が、ひところほど売れなくなってきたことに気づいていた。もともとさしてもうかるわけではないが、何か生計のたしになることを、と思って始めたことだった。しかし、そういう少年は次第に増えているのだ。最近では、よく売れた日の半分位しか売り上げがないのだった。今日なども、まだ三箱しか売れていない。

何か、もっと儲《もう》かる商売はないだろうか。あれば転業したいものだ。少年はそう思いながらも、この商売を止めることができないのだった。それはひとつは、かれが煙草の品質の鑑定に自信を持っていたからだ。今市場には、さまざまな性質の煙草が氾濫していて、たとえ銘柄は同じでも、それこそ数十種類もあったのだった。中には欧州煙草の銘柄を冠したものがあったけれども、勿論全部密造品だった。したがって仕入れる時には、カートンのはじを千切《ちぎ》って一箱出し、そしてしらべなければならない。少年は、卸商からダース当りの値段を聞き、一箱の中身をしらべて値段比を考える。まず第一は煙草の葉の色であり、香りであり、湿り具合だ。次に巻紙の紙質を見、巻が機械巻きか手巻きかをしらべ、巻きの硬さ具合を見る。それから決定だ。

少年は煙草を吸おうとはしなかったが、匂いには魅せられた。そして包装にも心惹《こころひ》かれた。美しい昔の門の絵をつけたものがあり、女王の王冠や寺院の大伽藍《だいがらん》が印刷されているものがあった。海賊が青竜刀を持って立っているもの、駱駝《らくだ》の絵のものもあった。コルク張りや金色の箔の吸い口付きの豪華な中身を見たり香料の匂いを嗅ぐと少年はあらぬ空想にふけり出すのだった。

しかし、もう、そういってもいられないのではないだろうか。少年は足を小刻みに踏みならしながら何をやったらいいかと考えていた。しかし思いつけるようなことは何もなかった。もし儲かるとしたら、それは技術か金か、あるいはその両方を必要とした。さもなければ情報だった。

「何か置いていこうか？」呼び掛ける声が聞え、少年は我に返った。見ると毎日巡回して来る卸屋だった。かれは腕のない片側の袖を寒風にひらひらさせながら微笑していた。大量に仕入れる時は問屋街に行くが、その日の状態で不足を埋めたりする時には、かれから二個、三個と買うのだった。「そうね」少年は一寸《ちよつと》考えてからいった。「『スリー・エム』を二つと、『キャプテン』を三つ、もらっておこうか。品物は前と同じだろうね」「もちろんさ。サービスマッチを置いていくよ」かれは如才なくいった。「ただな。一寸値上がりなんだ。ひょっとするとこの二、三日で、相当上がるかもしれない。今日はこれ位で頼むよ」かれは軍手をはめている有る手を突き出して指で示した。「仕方ない。いいよ」少年はいらいらしながら金を渡した。「どうも」卸屋はわざとおしいただくようにしポケットに入れた。「駅前じゃ、もう、これなんか丁度《ちようど》で売っているよ。あんただってそうすればいい。これだって、これだって、これだって、みんな二割方高い値をつけているぜ。また明日、様子を教えてあげるよ」卸屋は機嫌をとるようないい方をした。この男は抜け目はないが、何かと町の情報を持ってきて教えてくれる。仕入れ値段は決して安くないけれども、少年たちにはそれが魅力で時々付合っているのだった。

「何か、うまい話があるかい」少年は仕入れたばかりの煙草を並べながらいった。「みんなそういうね」卸屋はいった。「ところがあるのはうまくない話ばかりだ。今日はいって来た噂を教えてやろうか」「ああ」「占領軍は近日中に首都を去るよ。そうすると、あとは、この国の中の共産党と保守党の内乱だ。それはまあ避けられないだろう。ところでおれの情報というのは」卸屋は一寸一呼吸入れた。「占領軍が撤退すると、撤退した領域じゃ軍票は紙屑《かみくず》になっちまう、ってことだ」「そんな、馬鹿な」「これは、まずまちがいないよ」卸屋は確信を持った声でいった。「持っている分は早く始末してしまえよ」

街路の向い側の料理店の入口のガラスが鋭く輝いた。客が出るか入るかしたのだ。少年はその風景をぼんやりと眺めながら、もうその情報を受け入れていた。馬鹿げたことが次々に平気で起る時代なのだ。軍票は早いところ使ってしまおう。だが、もう、軍票の価値は下がりはじめているかもしれない。百が八十、ことによると六十から七十位になっているとしたらどうだろう。何しろ目ざとい、この国の商人たちのことだ。この間の市場での競売《せりう》りの時、かれらが少年たちに支払った紙幣が殆《ほとん》ど軍票だったことを少年は思い出し、一瞬世界がかげったような気がした。かれは額をこぶしでこすり、片袖をはためかせながら去っていく卸屋の背中を見つめていた。

だが、今日の市街はあくまでも明るく、陽光に照り映えていた。空は真青で市街は白かった。人々のざわめきは生々としていて活気があった。兵士たちは歌い、物売りの呼び声もはずんでいた。寒気はきびしかったが、市街はそれに負けてばかりもいられないのだ。煮えたぎる油の匂い、揚げられた食物の匂い、油でいためられた野菜や動物の内臓の匂いなどが町角を漂っていた。人間のよろこびの匂いであり、快楽の匂いだった。情報を兄に伝えておかなければならない。兄は家の金の管理運営者なのだ。しかし、兄は本当に信頼がおけるのだろうか？　少年はそれが気にかかっていた。兄はあの日、全売り上げをポケットに入れたままあの青年といっしょに、少年のうかがい知れぬところへ行ってしまった。羨しいことだし、できれば自分もともに行きたかったが、それは止むを得ない。だが、かれは家へ帰って来てもその売り上げを金庫代りの寄木細工の貴重品箱のなかにもどさなかったのだ。「まあまあ。兄さんを信用して」少年がなじると兄は鷹揚《おうよう》にそういい、自信あり気に笑った。兄はあの日を境にして確かに少し変ったようだった。妙に大人びた態度をとることもあった。行く先を告げずに出掛けることもあった。兄はあの青年と交際を続けているのかもしれない、と少年は推察した。それにしても水臭いではないか。何をしているか位は弟に話してくれたっていいではないか。きっというのが惜しい位、いいことが沢山あるのだ。それにしてもあの金はどこにあるのだろうか？　兄は一人で楽しいことに使ってしまったのではないだろうか？

少年は暫《しばら》く物思いにふけったあと、同胞連絡所に電話をしてみた。ろくに給料ももらえない所なので、今、兄が勤務しているかどうかはわからなかった。しかしあの売り上げも軍票だったし、今、家にある現金も三分の一は軍票なのだ。放っておくわけにはいかない。少年は近くの古物商の店に入り、金を支払って電話を借りた。

女事務員の声がした。それから兄の声が出た。少年は意外に思いながら情報を告げた。

「ああそんなことか」兄は不機嫌な声でいった。「それは大丈夫だ、という情報がある。確実な情報だ。それよりお前、今、お前がいる道にあの女はいるか」「あの女って?」「馬鹿だなお前は」兄は少年の間抜けさ加減をなじるように、苛々しながらいった。「いつもお前がしてやられている女だよ。あの女が出てくると売り上げが半減するって、お前、いつもこぼしているじゃないか」「ああ、あいつか」少年は受話器を脇に置くと、ガラス戸をあけて外を見た。女の姿はどこにも見当らなかった。「今、いないぜ」少年はいった。「でも、どうしてなんだ?」「そうか。畜生」兄は少年の問に答えず、一人で呟いた。「ああ、それからな」兄は気をとり直したようにつけ加えた。「こっちの方じゃ煙草の値上がりがはじまっていてすごいぞ。中心部がそうなんだ。お前も三割方高くしてかまわねえ。是非そうしろ」兄は電話を切った。

　値上げはするさ、と少年は呟いた。しかし、軍票は大丈夫だろうか? 兄は楽観的にすぎるのではないだろうか? しかしわが家の責任者は兄で、情報は伝えたのだ。何が起ろうと自分の知ったことではない。しかし、どうして兄はあの女のことを気にしているのだろう? 少年はそれが心にかかった。

　その女は美人というわけではなかったが、男好きのするタイプだった。そんな女が街角にひっそりと立っていたら、わざわざその女を避けて少年から煙草を買う男がいるだろうか? いくら口惜しがってもどうにもならないことだった。なにしろ煙草を買うのは大半が男なのだ。忌々《いまいま》しさがこみあげて来た。まさか、兄はあの女に惚れているのではないだろう。しかし、兄の口調は何か切迫したものを感じさせたのだ。何かがうまくいっていない。おそらく。

人々を満載した荷馬車が通り過ぎていった。かれらは荷台のへりに腰を下し、足をぶらつかせながら車体の震動に合わせて揺れていた。市内電車が機能を停止してからは、この荷馬車が交通機関だった。すると少年の前で一人の男が飛び降りた。いつかの青年だった。今日のかれは、雪を鳴らしながら大股に歩いていた。確信のみちた足どりだった。今日もまた、大金を儲けるために行くのだろうか。少年が後姿を見送っていると、その方向にあの女が立っているのが見えた。気がつかないうちにやって来ていたのだ。

青年は女の間近に立ち、肩を抱くような姿勢で話をしはじめた。互いに警戒心のない、うちとけた姿だった。二人は姉弟なのだろうか？　年はいくつひらいているだろう？　やがて女が顔をのけぞらせ、白い歯をみせて笑った。眩《まぶ》しかった。青年も笑っているのだろうか。肩が小刻みに震えていた。やがて青年はハンカチに包んだものをポケットから出した。女が受けとった。青年は軽く片手をあげると女から離れた。

少年は溜息を吐き、そのまま女を眺めていた。彼女は刺子《さしこ》になっているズボンと綿の入っている温かそうな上着をつけ、防寒帽をかぶっていたが、小柄で固肥《かたぶと》りのからだの愛らしさはおおいかくせなかった。寒気が厳しいので、彼女も足をばたつかせていたが、それでも、彼女が足ぶみをしている様は、少年には兎がとびはねているように見えるのだった。

『なんだ、こん畜生め』少年は、そういう自分が忌々しくて心の中で呪文のように繰返しったた。

た。『なんだ、あの阿魔め』また荷馬車が数台通りすぎ、正面の料理店のガラスのドアが閃《ひらめ》いた。回転焼屋の湯気が白く乱れながら流れ、少年の鼻を蠱惑的《こわくてき》になぶって過ぎてい

少年は思い切って売台のそばを離れると、女の方へ向って歩いていった。「あの」少年はためらいながらいった。顔をあげると白粉《おしろい》の匂いが漂い、細い眼が笑っていた。畜生。本当に感じのいい女だ。少年は自分があがっているのに気づき、なんとかしなければならないと思ったが、いっこうに自分が自由にならないのだった。「あの」少年はもう一度繰返した。「何ですの?」女は耳を傾けるような所作をして少年の言葉を待った。「中央部では煙草の値上がりがひどいそうです」少年は思わず口走った。「三割方値上げしてもいいですよ。さもないとせどりにやられます」「せどり?」女は顔をしかめた。「そう。どうもありがと」「あの」少年はみじめな気分でまた繰返した。最初からやりなおしだ。馬鹿野郎め。「今日、しばらくここにいらっしゃいますか?」「どうして?」女は不意を打たれたように動作を止めて少年の顔を覗きこんだ。「あの、ぼくの兄が、お会いしたいらしいんです。もしよかったら、これから電話しようと思って」「お兄さんが? あなた、いったいどこのひと? なんていうの?」少年は名前を告げた。女は眉に皺《しわ》をよせて考えこんでいたが心当りはないらしかった。やがて仕方なさそうに無意味に笑い、首を横にふった。少年はもう一言つけ加えた。「あの、さっきの男の人の友達なんだけれど」

女の微笑がこわばった。「あ」という微かな嘆声が洩れた。好意の表情は一瞬にして嫌

悪と警戒の表情に変化した。笑い皺の魅惑は、年齢による老いの皺の暗さにとって変った。女は少年から眼をそらし、街路のむこう側に停車している黒塗りの自動車をみつめていた。その横顔は、これ以上はもう何ひとつ聞き出せないことを物語っていた。「さあ」ようやく女はいった。「やっぱり知らないわ」そういうと、やっと少年の顔を見て微笑した。女はマッチを擦り、煙草をふかした。

少年は黙ったままそこを離れた。そして高値の煙草がいくつか売れる間、女の方を見ないでいた。一段落ついたところでふりかえってみると女はいなくなっていた。少年は自分が失敗したことを感じとった。

「犬を呼んでこい。犬だ」真赤な顔をした父親がいった。「みんなずっと舐《な》めてもらえ。そうすればいいぞ。そら、そっちにもこぼれているじゃないか」そういいながらかれは乾いた唇を舌で舐めまわしていた。氷囊《ひょうのう》が額からずれて、吊り台からの紐で辛うじて支えられていた。「そらそら、また流れて来た。いやな匂いだな」病人は顔をしかめてしきりに、のがれようとした。「ああ、ああ」かれは微笑していった。「なまぐさいな。なまぐさいなあ」腕をふりまわしたので、病衣がはだけ、胸や腋《わき》の下《した》が露《あら》わになった。ふと眼をやると腹部にも上膊部《じょうはくぶ》の内側のあたりもいちじるしく赤い斑点が浮き出していた。少年は恐怖を感じながら、それでも好奇心の方が強くて覗きこんだ。すると一面の発疹の中には、皮膚が破れて血が滲《にじ》み出しているのも、いくつかあるのだった。少年は氷囊を額の上に載せ直してやり、病衣を直してやろうとした。その時また病人が動き背中が見えた。背中も一面真赤な発疹だった。少年は息を呑んだ。

既に十日を経過していた。熱は下がらず、病人の衰弱は次第に目立っていた。口から食物をとることが出来ないので、医者は生理的食塩水にビタミンや葡萄糖《ぶどうとう》をまぜたものを打ちつづけた。病人は眠り、目覚め、眠った。あばれ、語り、うたった。少年たちは真夜中、ふと眼をさまして、父親が異様な声をあげているのを聞き戦慄《せんりつ》した。

「いいよ。あたしがするから」母親がいって少年を遠避《とおざ》けた。彼女の疲労は甚《はなは》だしく、顔は腫れあがっていた。少年は安堵の溜息をつき、立ち上がりかけたが、その時、病人がひとつ、しゃっくりをした。おや、と思っているとまたしゃっくりが出た。その間合いが滑稽だったので思わず少年は、くすりと笑った。「父さんをおどかすわけにもいかないしな」少年はいった。「十から反対に数えながらお茶を飲めばいいんだが、それも無理だなあ」軽くそう言い捨てると日あたりのいい窓際へ行き、鶸《ひわ》をながめた。鶸はすっかり少年に馴れていた。少年は鳥籠の引き戸をあけて中に手を入れた。鳥が黒い頭をこちらへむけると、のどにある褐色の斑点が見えた。少年の細く白い指は、そっと鳥の背にさわり、軽く愛撫した。鳥はおとなしくじっとしていた。羽根はすべすべしていて、とてもいい気持だった。少年には、はじめての鳥なので、この鳥が可愛らしくてならないのだった。少年は手をひっこめ、鶸が肉色の嘴《くちばし》を水筒のなかに入れて飲むさまをじっと見つめていた。小鳥は外は寒かったが、二重窓の内側は明るい光が溢れていて温室のように温かかった。

活気のある動きを見せ、少年は見惚れた。鶸が決して強くない鳥であるだけにいっそう生々として見えた。

長いことそこにすわっていてから、父親の様子を見ると驚いたことに、かれはまだしゃっくりをしているのだった。少年は呆《あき》れながら隣りの部屋へ行き、商売に出るために品物の整頓と補給をしはじめた。すると数日前のあの女のことが思い出され、昨夜の兄の激怒がよみ返ってきた。「ど阿呆」と兄は少年を罵《ののし》った。「お前は薄馬鹿だ。精薄だ。どじを踏みやがって」「どうしてさ」少年は面喰《めんくら》って問い返した。「だって兄さん、何にも教えてくれないじゃないか」「まったく手前はどうにもならん奴だ。魯鈍《ろどん》だ」兄は委細かまわず怒鳴りつづけた。少年は呆然としていた。兄の顔を怒りとも口惜しさともつかぬ感情が走っていた。かれは苛々しながらポケットから鉛筆削りのためのナイフをとり出し、刃の方を持ったまま壁へむかって投げた。ナイフは壁にあたって下へ落ちた。「呆れて物がいえねえ」兄はまたいったが、今度はがっくりとうなだれていた。「お前のお陰で、おれは、つまらねえことになったんだ」「明日」少年はいった。「あの女が来たら、すぐ電話するよ」「馬鹿」兄は本当に怒ったような声を出した。「来るわけねえよ」

インデアン・ペーパーの辞典を捲《ま》き紙《がみ》に使った安煙草がもう足りなくなっていた。もし卸屋がまわって来たら、これを補給しなければならない。少年は立ち上がり、防寒具を身につけた。そして荷を持つと戸外へ出た。寒気はきびしかった。少年は通りの左右を注意深く見た。もしかすると国家保安部の奴らが、そのあたりの物陰や軒下に潜んでいはしないだろうか？

いきなり横なぐりの風が吹きつけて来て少年はよろめいた。たたらを踏みながら、かれは片手を伸ばし、壁に手をついて身を支えたが、その時、悲哀が襲いかかって来た。いったい、こんなことをしていて何になる？　さあ答えてくれ。何になる？　少年は自問自答した。かれの煙草の利益など、所詮《しよせん》かれらの生活にとってどれほどのものでもないことを知らないわけがなかった。これは本当に気休めでしかないのだ。おれは無力で何もできない。何もできないことを毎日感じるのがいやだから、こうして出掛けていっているのに過ぎないのだ。少年は、まぶたをせわしくまばたかせて、うるんで来るのを押えた。

しかし、それでは、兄の方がましなことをしているだろうか？　そうはいえない、と少年は思った。兄は口ではいろいろなことをいうが、実際には一向にもうける気配はなく、持ち出すばかりで少年を罵っているだけなのだ。こんなことなら、金銭の管理はおれがやらなければ駄目だ。兄は信用できない。今度の競売の時は、おれが金をあずかろう。

「ねえ、おねがいなの」少女の声がしたのでふりかえると餅売りだった。「たのむよ。あたし、ちっとも売れないで困っているんだ。買ってよ」少女は、肩から餅のはいった箱を紐でつるしていた。男ものの灰色のレインコートを着、腰を藁《わら》の縄でしばっていた。防寒帽は国境防衛軍のものだった。少年は無遠慮に眺めまわし、その言葉を無視していった。

「どこから来たんだい。開拓だな、あんた」「そうよ」少女は北辺の開拓村の名を告げた。

「やっとここまで逃げて来て年越しなの。だから、ほんとうに何にも持っていないいんだ」

「いわなくたってわかるよ」少年はいった。「じゃ、おねがいよ。買ってよ。ねえ」「おれの煙草を買ってくれるか」「だってあたし、そんなものすわないもの」「おれだって食べないもの」「ねえ」少女は真白く荒れた唇を動かしながら精一杯の哀願の気持をこめていった。「そんなこといわないで。今夜の食べるものがないのよ。あたしたち」「それじゃその餅を食べたら」少年がいった。「そんなの駄目よ」少女はあっさりいった。「あたしたち、こんないいものは食べられないの」少女は頰こそ赤かったが、それは寒気によるものだった。少年は、苛《さいな》まれたためにいっそう醜くなっている少女の顔を見、その言葉を信じた。しかし同情の気持はすこしもわいてこなかった。「ねえ。おねがいよ。まだ今日は全然売れていないの。あなたが駄目ならお家の人に聞いて来てよ。あたしの、とてもおいしいのよ」「家だって要らないよ」「聞いて来てよ。だってわからないじゃないの」「わかるよ」

　すると少女は怒ったような眼をして少年を睨みつけた。「あんた、あたしの商売の邪魔する気なの？」「え？」「だって、あんたと関係なく、あんたのお母さんはあたしのお餅を買ってくれるかもしれないでしょう。だったら、あんたが取りついでくれなかったら、邪魔したってことになるじゃないの」少年は詰ってしまった。忌々しかったがうまい逆襲の手が見つからない。少年はいった。「聞いてくればいいんだろ。聞いてくれば」

　少年はくるりと踵《きびす》を返すと家へもどっていき、玄関の前にしゃがむと数を数えはじめた。すると少女に対する憎悪が心の中に起ってくるのを覚えた。あいつはなんとかして、おれたちから金を奪いたいと思っているのだ。だが、そうはさせないぞ。少年はきっちり五十数えると立ち上がり、また少女の前に姿を現わした。「今夜はカレー・ライスだって」少女がいった。「今日はいいってさ」少年は軽い声でいった。「ああ、いいわね」という声が洩れた。すると少女の顔に羨望《せんぼう》の色が浮び、「ああ、いいわね」という声が洩れた。少年はその態度に微かな恐怖を感じ、あわてていった。「どうせ豚の脂身《あぶらみ》しかはいっていないんだぜ。飯だって雑穀がいっぱいさ」少女は頷くといった。「それじゃ、明日は買ってもらえるわね。来るわ」「わかるもんか」少年はあわてていった。「多分駄目だ。明日からは別の予定があるから」「どんな予定？」「しつっこいな」少年は一寸大声を出した。「駄目だといったら駄目だ」

少女はうつむくと餅の入った箱をゆすりあげるようにして肩紐を直した。今度はもう何もいわず、あきらめたように見えた。そして少年の顔をもう見ようとはしなかった。また風が吹いて来て少女の足元を襲った。襤褸のレインコートはところどころ破れ目があり、風を喰って裂けた布地が震えた。少年はそのレインコートの布がすでに耐久時間を過ぎていて脆《もろ》くなっていることに気づいた。その破れに指をかけてひっぱれば、レインコートは容易に破れるだろう。少女はそんなものを、ようやくの思いで身にまとっているのだ。

少女はうつむいたまま歩き去ろうとした。すると少年が声をかけた。「あのな」「え？」「あのなあ。買ってやってもいいぜ」少年は自分でも気味悪いと思われるほど優しい声を出していた。「どうして？」少女が不審そうな声を出した。「つまりな」少年はことばを舌の上でころがすような気分でいった。「おれにな、そのレインコートを少しやぶらせな」

「え？」「その腕のところで我慢してやらあ」少年はゆっくりいった。「そしたら五つだけ買ってやってもいいぜ」

　そういい終った途端、少年は自分のいったことの意味に気づき、顔色が蒼《あお》ざめてくるのがわかった。少年は何故自分がそんなことをいってしまったのか、と自らを怪しんだ。しかし、すでに言葉は吐かれてしまい、少女はその言葉を聞いたのだ。彼女は、しばらくその意味を解しかねているようだったが、やがて下唇を嚙み、俯《うつむ》いて自分の足元をみつめながらいった。「どのくらい破らせればいいの？」

「これくらいだな」少年は震える声でいい指でしめした。「そう」少女はいった。「あんた、そんなことして何の得があるの？」「別に」少年は小石を蹴り飛ばした。「ただおもしろいだけよ」「あたしが」少女は細い声をさらに鋭くひびかせながらいった。「もっと寒くなって凍えればいいというのね」「だって、餅を買うっていってるんだぜ」少年は口をとがらせた。「ならいいんだ。別におれだって餅なんか買いたいわけじゃない。ただ、あんたがどうしても買って欲しいって、いっているから、いっているんだ」少年は、いい口実ができたとばかり引き下ろうとした。少年はうしろをむいて仕事に行こうと、歩き出した。

「待って」少女はいった。「いいわよ」少年は身体を戦慄が走りぬけるのを感じ、もう少しで叫び声をあげるところだった。「よし」少年はいうとふりむいた。そこには冷たく光っている少女の眼があって少年をじっと見すえていた。少年は恐れを抱きながら少女の傍に近づいた。すると防寒帽とレインコートの襟《えり》のあいだから肌が見えたが、それは垢《あか》で灰色だった。少年はなるべくそこを見ないようにしてレインコートの袖をつかんだ。少女は身体を震わせ、一瞬身をひこうとした。しかし少女はすぐに思いとどまり、逆に少年に近づこうとさえした。

「いいのか。本当に」少年は当惑しながらいった。「やるぞ」「さあ、どうぞ」少女は凛《りん》とした声でいった。その声を聞くと少年はもはや自分が完全に追いこまれていて、引き返すことはできないのだ、ということをはっきりと知った。かれは袖の上膊部にある鉤裂《かぎざ》きの垂れた部分をつまみ、そっと下へ引いた。微かな手応えがあって数ミリ破れが拡がった。そしてその下に着ているガーター編みの荒いセーターが見えた。少年はそこでためらい、手を放そうかと考えた。しかし、それも意気地がないような気もしてできないでいた。

「どうしたの、愚図愚図して」少女がいった。「何よ。女の子の服ひとつ破れないの」

　少年は眼を瞑って手を引き下した。にぶい音がして袖は裂け、裂けた部分は細い帯になって垂れ下がった。少年は茫然として手を離した。少女は怪我をした時のようにしっかりと腕を押え、自分の身体に引き寄せた。少年はそこから血が流れ出しているのではないかと思った。そして布地を引き裂いた時の、痛みに似た鋭い快感を反芻《はんすう》していた。

「さあ、餅を持っていってよ。それから金をちょうだいよ」少女は強《こわ》ばった声でいった。彼女は全身で屈辱をこらえているのだった。少年はポケットから紙幣を出したものの、どうしていいのか判らず、そのまま棒のように突っ立っていた。「なによ、あんた」少女は怒りのこもった声でなじった。「よこさない気じゃないでしょうね。馬鹿にするのもいいかげんにしてちょうだい」少年は、おずおずと手を差し出した。すると少女は鷲づかみにして紙幣をもぎとり、ポケットにつっこむと、いきなり力いっぱい少年の頬を打った。予期しなかったので少年はよろめき、思わず垣根の有刺鉄線をつかんだ。手袋をつきぬけたとげに刺され、その激痛に呻《うめ》き声をあげたが、少女はふりむこうともしなかった。少年はそこに蹲《うずくま》った。足早に去っていく少女の気配があった。

手当てのために家にもう一度もどった。すると医者が来ていて、巨大な注射器で父親の太腿《ふともも》に注射を打っていた。そして、しゃっくりはまだ続いていた。医者は、しゃっくりを止める方法はないと告げた。

その夜、父親は眠りながらしゃっくりを続け、翌朝になってもまだ止まなかった。

雲が低く下がって来たので危い、と思っていたらやはり雪になった。雪は降り出すとかなり烈《はげ》しくなった。音のない世界を歩いているようだった。少年と兄は、早く家へ帰りつこうと思って懸命に歩いていた。今日は、仕入れに問屋街に行き、煙草のカートンをいくつか買いこんで来た。抜け目のない奴等を相手にしての取引きだけに気骨がおれたが、まずまずの値で買えた。帰り道はどうしようかと相談したが、すこし調子に乗って買いすぎたので、乗合馬車にはのらずに歩くことにした。しかし、雪になるなら話は別だった。

日没までには、まだ数分あった筈だったが、もう周囲は薄暗くなりはじめていた。乾き切った粉雪は舞い上がり、根雪の上を流れるように走った。そして首筋や靴下の間にはいりこみ、そこで溶けまた凍った。少年は冷えた下腹が渋り出したのに気づいた。ただでも下痢の止まらないこの冬なのに、今、そんなことが起りはじめたらどうしたらいいだろう。この氷点下十数度の戸外でするのだろうか？

「ねえ」少年は小走りに兄のあとを追いながらいった。「禁衛師団の練兵場を横切っていこうよ。その方がずっと近い」「そうするか」二人は石垣をよじのぼり、全く人気《ひとけ》のない練兵場を望んだ。広大な敷地を雪が埋めつくしていて、足跡はなかった。「行こう」二人は歩き出した。意外に雪はつもっていて靴がめりこんだ。「早く着きたいな」少年はいった。「腹が痛くなって来た」「我慢しろ」兄が冷淡にいった。「ここじゃ、どうにもならないぞ」

　気温はかえって上がったようだったが、闇は迫っていた。二人は黙りこくったまま一心に前進した。まっすぐに歩いているつもりでもなかなかそうはならなかった。少年はときどきふりかえって見たが、二人の足あとは、左右に大きく揺れながら闇の奥に消えていた。

「ねえ」また少年はいった。「親父のしゃっくり、おれたちが帰ったら止まってないかしら？」「さあな」兄が投げやりにいった。「駄目だろ。まずな」また会話が途切れた。闇は一層濃くなり雪は蒼白く見えはじめた。少年は前方をすかすようにして見た。するとむこうの方から、この兄弟と同じような二人連れの人影がやってくるのが認められた。「来た」少年はいった。「男と女らしいぞ」二人は少年たちと同じ角度で逆に横切ろうとしていたので、すぐ脇を通りすぎる計算だった。少年は自分たちのことを大洋を航行する客船だと思い、すれちがうはずの二人連れのことを貨物船だと考えた。ならば、すれちがう時は手旗信号かライトで挨拶をするのだ。

もうすぐそばまで来た。女は男の腕にすがるようにして歩いていた。男は厚手の毛皮外套を着こんでいた。どこかで見覚えがあると少年はぼんやり思ったが、その時、兄はもう駆け出していた。かれは、男の名前を連呼し、雪に蹴つまずきながら前のめりになって走った。「ちょっと。ねえ、ちょっと待って下さい」二人連れは兄の方をちょっと振りむいたが、立ちどまろうとはしなかった。かえってかれらは足を早めたように思われた。「ねえ。待って下さいったら」狼狽した兄はまた叫んだ。二人はやはり振りむかなかった。兄はかれらの進むコースを先取りして大まわりし、コースに立ちふさがるようにして待った。二人連れは、コースを斜めにとり直し、兄はまたその想定コースへ位置をあらためた。

とうとうかれらは出会った。少年の立っているところからは、かなり離れた地点だったので、闇にまぎれて細かな人物の仕草などは見えなかった。兄はうつむいていた。きっと男に対してくどくどと何かを訴えているにちがいなかった。男は腕組みをし、女は男達から数歩離れた所に立っていて、足をばたつかせていた。やはり兎のように可愛らしく見えた。

そのままの状態が数分続いた。少年はすこしずつ近づいていった。すると不意に兄が顔をあげるのが見えた。男は何かいった。兄は反射的に手を伸ばし男の袖をとらえた。何をするのだろう、と少年が訝《いぶ》かしく思った瞬間、男が手をふり払った。兄は二、三歩よろめいたが、すぐ体勢をたて直すと柔道のかまえに入った。そしてしばらく様子をうかがっていたが、機をつかむと男の懐《ふところ》へ飛びこんだ。

しかし次の瞬間、兄ははじき返されるようにして雪の上に倒れていた。少年の足はとまり、ふるえはじめた。強い。とても兄の技倆《ぎりょう》ではかなう相手ではない。おれは助太刀に行くべきだろうか。行くべきだと思ったが、行こうとはしなかった。

兄はまた立ち上がった。今度は手に何かを握りしめていた。倒れた時に雪の下から石でも拾ったらしかった。それを認めた男は、今までのような気軽な身体の動きをぴたりと止めた。全身に緊張が走り、力がこもりはじめたのがわかった。女はさらに数歩うしろにさがった。「畜生」兄が歯を喰いしばっていうのが聞えた。「殺してやる」だが相手は何もいわず、ただ兄にむかって戦いの構えをとっているばかりだった。「殺してやる」兄は上ずった声でいった。その声を聞くと少年は、殺されるのは兄の方だ、と直感した。いったいおれはどうしたらいいのだろう。兄の視線が、ときどき少年の方へ走るのも気づいていないわけではなかった。兄は、なんとか力を借せと命令しているのだ。しかし、ここで迂闊《うかつ》に出ていったら兄貴もろとも、必ず自分も殺されてしまう。それがわかっている以上、出ることはできない。

兄は荒い呼吸を吐いていたが、また猛然と飛びかかった。しかし、振り降そうとした兇器を持った腕を、男はたくみに身体をひらいて避けた。避けながら逆をとり、腕を相手の背中にひねりあげた。兄の呻く声がし、石が落ちた。それから男は背後から兄の首すじに一発打撃を叩きこんだ。兄は蛙のように俯伏《うつぶ》せの姿勢で顔から雪の中に落ちた。そして、そのまま動かなかった。男は兄の脇腹を靴の先で二、三度蹴り、それから女の方を見た。女が駆け寄って来た。そして男は、腕をとってより添う女とともに、また雪の練兵場を歩いていった。

二人が闇の中に消え去った頃、少年はようやく恐怖の呪縛からのがれることができた。かれは夢から覚めたように兄のもとに駆けより、うつぶせになったまま動かない兄を抱きおこした。見ると額に傷があって血が滲んでいた。「兄さん。ねえ、兄さん」少年は大声をあげて呼び、往復びんたを張った。兄はぼんやりと眼をあけたが、また閉じてしまった。「兄さん。ねえ、兄さん」少年はまた呼んだ。そして往復びんたを張った。兄はまた面倒臭そうに眼をあけた。「ぐらぐらすらあ」兄は夢を見ているような声でいった。「めがまわらあ」そしてまた閉じた。「こうしていれば大丈夫だ」眼をつぶったまま兄がいった。

少年は雪の上に正座をして、膝の上に兄の頭をのせていた。雪は降り続け、風が渦巻いた。雪原のあちこちに仕入れて来たばかりの煙草が散っていたが、今は拾いあつめる気にならなかった。寒気は厳しくて、少年は膝から下が痺れてくるのを感じた。兄をこのままにしておくわけにはいかない。ここで意識を失われては危い。なんとしても温いところまで連れもどさなければ駄目だ。少年は雪にまみれた兄の身体をひきよせるようにしながら優しく雪片を払いのけていた。

「立ってみようか」まだ意識のはっきりしない声で兄がいった。「眼をあいてみたが、もうぐらぐらしねえからな」兄は雪の上に半身を起し、それから少年につかまりながらそろそろと立ち上がった。「大丈夫だ」兄はそういって、ゆっくり歩きはじめた。少年は打ち捨てられた煙草のカートンをあわてて拾いあつめ、闇の中に消えかけていた兄の後を追った。兄はまだ何が起ったのかよく思い出せないようだった。少年は兄の鞄にカートンをつっこむと腕をとり、兄をひきずるようにして進んだ。身体中冷え切っていて、指は手も足も凍えて感触がなかった。

練兵場の端まで達し、根雪が固まって凍結している道路に出たころ、兄は、はじめて「畜生」といった。そのいい方は何時もの兄の調子がもどって来ていたので、少年は安堵し、兄の顔を見た。額から流れる血が表情を陰気なものにしていたが、あの衝撃を受けた直後の、茫然とした、緊張を失ったものではなくなっていた。「野郎、殺してやるぞ」兄の声がした。かれは思い出しはじめたのだ。「絶対に殺してやる」兄はまたいった。そして少年の腕を振り払い、凍った道路の上に両膝をついた。両手もついた。かれは獣のように四つん這いの姿勢になった。「おおお」かれは今まで聞いたことのない声でいった。「おおおおお」

少年は兄の数歩後方に立ち、呆然としてそんな兄の姿を見ていた。かれは拳《こぶし》で凍った舗道の雪を叩いた。幾度も叩いた。「おおお」かれはまたいった。その時、少年は兄が泪《なみだ》を流しているのに気づいた。兄は血と雪と泪で汚れた顔を隠そうともしなかった。少年は蒼白になって立ちすくんでいた。かれはこんな兄を生まれてはじめて見たと思った。「畜生」ようやく兄がいった。「すっかりやられた。みんなもっていかれた」

舗道の涯《はて》の方からライトが一つ近づいて来た。爆音が次第に近づき、それはオートバイだ、ということがわかった。オートバイは積もる雪を照らし、降り注ぐ雪を輝かせた。兄はまだ立ち上がらなかった。オートバイは四つん這いになっている兄を照し出し、通過すると一瞬また闇にもどった。爆音は去っていった。「腹が痛え」兄が呟いた。かれはゆっくり立ち上がり歩き出した。少年はあとをついていった。「どうしたわけだ」兄は不審そうにいった。「どうしてこんなところが痛えんだ」かれは横腹を蹴られた記憶がないのだった。二人は黙って歩いた。雪明かりの長い道だった。兄はもういちど、あの青年に立ちむかうだろうか、と少年は考えた。それは兄が既に心の中で幾度も繰返している問いにちがいなかった。そして兄はどう考えたのだろうか？　少年は、蛙のように叩きつけられた兄の無残な姿を思い浮べた。ほんとうにどう考えたのだろうか？　少年は知りたいとは思ったが、問いかける勇気はなかった。

人々はみんな影のようだ、と少年は考えた。少年には、だれがどういう人間なのか、よくわからない。かれらは影のようなわからなさで眼の前を過ぎていく。そして不意に眼や鼻のある、整髪料や脂粉の匂いのする人間になってわれわれの前に現われる時は、かれらが奪おうとする時だ。かれらはただそれだけのためにおれたちと付き合おうとする。追っていったって駄目なのだ。かれらはまた単彩の世界のなかへもどっていき、二度ともどってこない。

角をまがるとその先は少年たちの住宅街だった。窓に灯りが赤くともっている家々が黒々と並んでいた。とうとう戻って来た、と少年は思った。ひどく永いあいだ、幾日も幾日も歩いていたような気がした。家に帰りついたら、何よりもまず、熱い、ぐらぐらに沸かした味噌汁を飲もう。そうすれば手足の爪の先まで熱がまわってくる。その時の感覚を思うと少年は幸福だった。少年は何かをいおうと思って兄の方を気軽にふりかえった。すると兄は、たしかにそこにいたが、表情は暗く硬かった。かれは、何かを思いつめ、苦しんでいるのだった。少年は思わずいった。「ねえ、そんなに気にしないでさ。もういいじゃないか」

「何だと」呻くような声で兄がいった。「そんなに気にするな、とは何だ。え、何だ」「ごめんよ」少年は蒼ざめた。「別に悪気があったわけじゃないんだ。あんなやつのこと、いつまで考えたってしょうがないじゃないか。あんな下劣な野郎」「おい」兄はまた低い声でうつむきながらいった。「おまえ、どういうつもりでそんなこといっているんだ。おまえ、おれがこのまま引き下がると思っているんじゃないだろうな」「そんなこと」少年は絶句した。いったいどう答えたらいいのだろう。「だってあいつの居場所だってわからないだろう」「いやわかるさ」兄はいった。「あの女以外の連絡法だってあるんだ」「そう」少年は従順にいった。「おい」兄はまたきびしい語調にもどった。「おまえ、あいつにおれがかないっこない、と思っているんだろう」「そんなことないよ」少年はいそいでいった。

「兄さんは強いよ」「つまずいたんだ」兄が舌をもつれさせながらいった。「石があったのが不覚だったんだ。あれで一呼吸狂ってしまったんだ」「そうだった」少年はいった。「まともに立ち会えば大丈夫だったよ。そう思った」すると兄が真面目な顔をしてうなずいた。その顔があまりに真剣だったので少年は思わず微笑を浮べた。浮べた瞬間、しまった、と思い顔をひきしめたがもう遅かった。

「ほう、そうか」兄は硬い声でいった。少年は黙って歩き続けた。早く家へ着いてくれればいいと願い続けていた。兄も黙っていた。二人は数軒の家の前を過ぎ、角を折れた。

「あのなあ」兄がいった。「おまえ、今日、おれがやられているとき、どうしていた」

少年は心臓に銛《もり》をぶちこまれたように身体を震わせた。とうとう一番恐れていた質問が放たれてしまった。それもみんな、自分が兄を、へまに扱ったせいなのだ。「おまえはどうしていた」兄はしつっこく繰返した。少年は、うなだれて兄の顔を見られなかった。二人は黙ってまた歩き続けた。「おれが」兄は震える声でいった。「叩き殺されても、おまえは見殺しにするやつだな」「そんなことはない」少年は叫ぶように早口でいった。「ほう」兄はいった。「じゃ、どういうことだ」少年は何かいおうとしたが言葉にならなかった。何かいえることがあるはずだったが、言葉にしようとするとそれは恥ずべきことのように思われるのだった。「こんなにおれがやられても」兄が呻くような声でいった。「やられてもだ」「そんなつもりじゃなかったんだ。兄さん。許して下さい」少年は絶え入りそうな声でいった。「ああ、いいとも」しばらく間があって兄がいった。しかしその眼は熱く燃えていた。「そりゃ許すさ。お前はおれの弟なんだからな。許すさ」

しかし、それは本当だろうか？　少年は警戒していた。なにしろ、自分は兄が無残に打ちのめされる情景を見てしまったのだ。そして四つん這いになって呻き泣く姿を見てしまったのだ。事件の直接の興奮が去った今、兄は、そんな姿を目下の者に見られたことも意識しているに違いなかった。そんな姿を見てしまった者を、人間は許すだろうか？「横腹が痛え」兄はまたいった。「どうしたんだろうなほんとうに」「おれ、荷物持つよ」少年はいそいで手を伸ばした。「いいよ。そんなことしなくても」兄は冷たい声でいい、軽く身をひいた。少年はさしだした手が強ばるのを感じた。

ようやく玄関まで来た。兄は少年の方をふりむいた。「明日は何もかも叩き売ろう。いいな」「ああ」少年は次にどんな言葉が出て来るかと思い、呼吸を止めて待っていた。「何しろ、このあいだの分は」そういいかけて兄は笑いを浮べた。「全部、あの野郎に持っていかれちまったんだ。ここでとにかく出直しだ。金をつくる。いいな」「いいとも。一生懸命やるよ」兄は頷いた。「おれのものも売る。だから、おまえの持っているものも、惜しまずに出せ」「いいよ」兄はまた頷いた。それから言葉をつづけた。「たとえば、だ」微かに笑いが表情を流れたような気がした。「おまえの鶸《ひわ》だがな。あれ、売るからな」「え？」「鶸だよ。わかったか」兄は頷いた。「大路の床屋の親爺《おやじ》が小鳥をほしがっていていい値で買うといっていた。番《つがい》じゃないからな。大した値にはならんだろうが」少年は両手の指が強ばるのを感じ、思わず叫んだ。「あれはちがう。別だ」すると兄は頷いた。「いや、ちがわない。売るんだ」「あれはいいにしてくれ」「おまえ」兄は上唇を舌でなめながらいった。「今、持っているものはみんな出す、といったばかりじゃないか」「でも……」「おい」兄が冷たい声でいった。「おまえ、そんな我儘《わがまま》をいっていい時だと思っているのか」少年は唇をふるわせながら何もいわなかった。兄はもはや兄ではなかった。少年は憎悪に燃えた他人の眼を見た。「売るぞ。わかったな。明日だ」兄が押えつけるような口調でいった。少年は、こぶしを握りしめた。兄は戸をあけて中にはいった。

麒麟《きりん》に乗って走っている夢を見た。少年は首筋にしがみつき、白い雲の流れる夜の草原を疾走していた。煙草の商標そっくりの駱駝がいた。猛禽《もうきん》が啼《な》き、猿が木梢《こずえ》を走った。遠方の火山が火を吐いていた。少年は大声でホホーイと叫んだ。それから次第に眼を覚した。外は明るかった。少年は起き出して窓際にいき、顔を寄せて外を眺めた。雪はすっかり上がり、満月が出ていた。積雪は一斉に輝き、外は真昼のようにあかるかった。ただ空だけが夜の空だった。少年の歯は寒気のきびしさのためにがちがちと鳴った。暗い部屋のなかをふりかえってみると、祖父も、祖母も、兄も微動だにもせず眠りこんでいるのだった。惨《みじ》めさが蘇《よみがえ》って来た。隣室で断続的に起る、しゃっくりの響きが、思いに拍車を掛けた。少年は、この数十日の日々のことを思い出し、そしてこれから先に訪れるであろう日々のことを思った。おれたちは身ぐるみ剝《は》がれて捨てられる。おれたちは襲われて滅ぼされる。親父を見ろ。親父は逃げまどった揚句《あげく》にこのざまだ。

不意に奇妙な考えが浮んで来た。今となっては奇妙というより恐しい考えだった。〈親父は、或いは、国家保安部などに追われてはいなかったのではないか？　国家保安部の方では、親父のような小物は最初から相手にしていなかったのではないだろうか？　親父の方で、自分勝手にそう思いこんだ結果が、こうなったのではないか？〉

そう考えて見ると、少年は、何一つ、父親が追求されている、とする具体的な証拠をあげることはできなかった。父親がいい、母親がいい、兄がいうからそう信じただけなのだった。少年は背筋を震えが走るのを感じた。そうだ。一度だって国家保安部の人間など見たことがない。

少年は立ち上がると隣室へはいっていった。父親は上半身を乗り出し、枕と敷布団から外れた頭が畳の上に落ちていた。少年が近づいていくと父親は苦しそうに顔をしかめて首を振っていた。少年は、細くなった足首をつかんで父親を布団の上にひきずりあげた。かれは、わずかにもがき口を動かした。「あの」かれは不明瞭な発音でいった。「これは地酒ですがね。一口やってみて下さい。どうです」少年は枕をさせてやった。

月の光が部屋にさしこんでいた。病人の眼窩は一層深く窪んでいるように見え、咽喉《のど》仏《ぼとけ》が大きかった。四十歳を過ぎたばかりなのに、もう垂死《すいし》の老人のようだった。衰弱は少年の眼から見てもかなり進行していた。これほどまでに肉体が痛めつけられているのに、まだ高熱が続いているのだ。そばに母親の身体が倒れ伏していて、看病疲れで熟睡しているのだった。

家族はすべて石のように眠っていた。ただ少年だけが起きていた。かれは父親のそばを離れると、鶸の籠の前に立った。おれは絶対にやられないぞ。少年は心の中でいった。おれはおれを守りぬくぞ。この鳥はおれのものだ。少年が籠に触れると鳥は目覚めて微かに動く気配がした。少年は籠の引き戸をあけて、手をさし入れた。鳥は恐れて羽根をばたつかせ、片隅に身をよせた。少年はさらに手をのばし鳥をやさしくつかんだ。

鳥は熱かった。そして動悸《どうき》を打っていた。かれは脅《おび》えているのだろうか。それとも怒っているのだろうか。足をもがくのがわかり、くちばしがひらいて啼き声があがった。なんと軽くて小さないきものだろう。少年はそのまま眼を瞑り、早い動悸を打っている肉体を全身で感じとった。そして、こんな可愛らしいものを、人手に渡すことはできないと心の中で繰返した。

堰《せき》を切ったように灼けた感情がやって来た。少年はまぶたを震わせながら両足をつっぱり、全身の力をこめて鶸を握り潰した。

「ああ、おれ」少年はいった。

それから眼をひらいた。

# わたしの赤マント

小沢信男

拝啓　貴家益々御清栄のこととお慶び申上げます。

さて、小誌「お尋ねします」欄は、創刊以来、各界諸士のご利用をえて、幸いご好評をいただいております。

お仕事のうえで、あるいはご趣味の面などで、お調べになりたいこと、お探しの資料等がございましたら、その旨を、この際ぜひご寄稿ねがいたく存じます。

また、同窓、同郷の、旧友、知人の消息や、尋ね人など、伝言板代りに小欄をご活用くださることを歓迎します。

お原稿は、二百字から四百字程度にお願い致します。なお稿料は恐縮ながら図書券で代えさせていただきます。

右、要用のみ。よろしくお願い申上げます。

昭和五十七年×月×日

週刊アダルト自身編集部

牧野次郎様

牧野次郎　日中戦争の最中のころ、東京の町々に夜な夜な赤マントを着た怪人が現れて、女こどもを襲うという事件、いや、噂がありました。たぶん昭和十三、四年。私が小学五、六年生の時分です。先年、口裂け女の噂が小学生たちの間に伝播《でんぱ》した事件があって、それで改めて思いだしたのですが、赤マントは、まさに口裂け女の先輩にあたります。ただし、口裂け女は道端で子供を呼びとめて「私きれい」と尋ね、さらに「これでもきれい」とマスクをとると、口が耳まで裂けている、というのだから、容貌ばかり気にしているナルシストのお化けでしょう。その点、赤マントは問答無用で襲いかかるのだから、恐ろしさも強烈だし、凄みのあるデマだったと思います。だが、それにしては、赤マントにかんする記録は殆《ほと》どないようなのです。そこで、当時の小学生諸君にお願い。赤マントにまつわるご記憶を、なんなりとお聞かせください。いつ、どこで、なにをしたか。体験的にナマナマしいほうが有難くはあります。また、お気づきの資料をご教示ください。恩に着ます。（東京　写真家）

牧野次郎様へ　赤マントは東京にだけ現れたのではございません。私が大阪市南区の高津小学校の三年生ぐらいの頃、たしかにそういう噂がありました。よほど大層な騒ぎでした。道頓堀の橋の袂《たもと》の公衆便所に赤マントがでたというので、近所の男の子たちが隊を組んで、怖いもの見たさの見物に駆けていったものでした。トイレで用を足していると、赤マントがふいに現れてお尻をなでるのだそうで、そのため私ども女子組は、学校のトイレにも団体で参りました。夜などは自宅でも小用に立つのが怖くてこまりました。あの妙な噂の元は、紙芝居ではなかったでしょうか。なにかそんなふうに伺った気がします。いまとなれば懐かしく、大阪の町々にも夜な夜な現れた、ということが申しあげたくて一筆いたしました。（大阪　紀田福子）

牧野次郎様へ　赤マントは、すばらしい疾走力の持主であることが、大きな特徴だったと僕は記憶します。この怪人は赤マントをひるがえしながら、オリンピックの選手よりも早く走る、神出鬼没に人をさらってゆく、というのが僕らの間の噂でした。昭和十一年のベルリン・オリンピックの次は、昭和十五年に東京で開催と一旦《いったん》は決まりながら、日中戦争の拡大のために返上したのだが、それでも五輪ムードは残っていて、それがこんな噂にも反映したのだと思います。僕は横浜の山手小学校の二年生ぐらいでしたろう。学校の裏の竹藪にでるというので、一同で手をつないで探検にいったのを思いだします。なお、口裂け女の場合も、百メートルを七・五秒で走るといわれました。快速力は、子供たちの怪人伝説の一属性かと思われます。（葉山　鷹司由紀夫）

牧野次郎様へ　赤マント事件に関しては、加太こうじ著『紙芝居昭和史』中に記述があります。立風書房版で一五一〜一五二頁です。要約すれば、このデマの流布は昭和十五年一月から初夏にかけて。谷中墓地附近で実際におきた少女暴行殺人事件の噂と、たまたまその辺りでやっていた紙芝居とが結びついて、デマの大発生となった由《よし》です。その紙芝居は、赤マントを着てシルクハットをかぶった魔法使いが、街の貧しい靴磨きの少年をさらっていって弟子にする、という物語で、作者は加太こうじ。芥川龍之介の『杜子春』にヒントをえた、むしろまじめな教育的な内容だったといいます。その紙芝居の絵が、業者の手から手へ渡って、東京から順に東海道をくだって大阪へ移動してゆくのと、子供の口から口へデマが流れてゆくのとが、うまく一致したもので、大阪の警察署は、この紙芝居がデマの原因とみなして、押収し焼却処分にしました。作者の加太氏は、今後はデマの種になるようなものを作るなと、お灸《きゅう》をすえられた由。これは全くのいいがかりだと、加太氏は書いていています。

なお、昭和十五年当時、小生は芝浦の商業学校生徒でしたが、ごく漠然としか、この件の記憶がありません。もう小学生ではなかったからでしょう。ともあれ、これにて一件ほぼ落着と存じますが、如何《いかが》。(東京　遠山金次郎)

**牧野次郎**　さきに本欄を借りて、赤マントについての「お尋ね」をしたところ、早速に種々ご回答をお寄せいただき、有難うございます。みな切抜いてファイルに大切に保存します。図書館へ行って『紙芝居昭和史』を読み、コピーもとってきました。少女暴行と、人さらいの、二つのイメージが混在する所以《ゆえん》もわかって、いろいろと納得。とりわけ次のくだりなどは、溜飲のさがる思いがしました。「赤マントのデマは、いつ終るかわからない日中戦争のために子どもの世界にすら不安感が生じたことと、何かといえば忠君愛国をいわれるので、子どもたちがエロ・グロなどの強い刺激に、抑圧された気持のはけぐちを見いだしたために流布されたとも思われる。」

じっさい、赤マントは強烈なエロ・グロなのでした。加太氏もそこらは筆を控えておられるけれども、なにをかくそう赤マントは、女の人を襲ってお尻から血を吸うのでありました。つまり経水を飲むのです。ですから、女性ならいつでも誰でも間に合うというものではなくて、やむなく彼は夜ごとに赤マントをひるがえしつつ、あちこちの公衆便所を覗《のぞ》いて廻らねばならなかったらしいのです。しかし、この変態的イメージが、まさか小学生の発想でしょうか。私のいた小学校は東京の銀座にあって、場所柄マセた下町っ子が多かったのですが、それでも右の機微など判らずに、なにか吸血鬼に化けた河童《かっぱ》のように思えたりして怖がっていたのでした。

このデマには、やはり大人も加担していたのではないでしょうか。戦争に狩りだされる若者たちこそ不安を抱き、最も抑圧されていたでしょうし。加太氏の紙芝居は、作者の知らぬまにデマの伝播役を担ったようですが、ほかにも同様な加担者が、けっこうそこらにいたのではないでしょうか。当時の若者諸氏に伺います。あなたにとって赤マントは何んであったか。とくにデマの末路について、知らるるところをご教示ください。（東京　写

真家）

もしもし牧野君？　川端です。泰明小学校のときの川端よ。そう。ずいぶんしばらく。おたくの電話番号がわからなくてさ。クラス会の名簿つくる時も知らせてこないんだから。電話の欄があいてるのは、おたくぐらいね。週刊アダルト自身に電話して聞いたのよ。うん、読んだんだ。菊岡医院の待合室で。偶然みつけた。あなたも生きてる証拠で結構だけれど、すみっこで、また妙なことをほじくってるんですね。

だからさ、順に話すけど、いま、いいの。そう。こっちもいいんだ。事務所で、社長兼ビル管理人のおれ一人っきりだもんね。そこでだ、こういう事件は、やっぱりまずわれわれに訊《たず》ねてくるのがスジじゃないの。小学校のときのことでしょう。菊岡君もそう言ってた。いえね、肝臓がくたびれてるもんで、同級生のよしみで、ちょいちょいお世話になってるんです。

その赤マントだけれど、僕は知らないんだなぁ。うん、まったく覚えがない。菊岡君は知ってましたよ。あんなに騒いだじゃないかと言うから、そりゃ、あずき婆ァのことだろうと言ったら、菊岡君はそれを知らなくてさ。うん、あずき婆ァ。……やっぱり知りませんか、おたくも。奇妙だよなぁ。それでね、菊岡君も乗ってきちゃって、お昼の休診時間ぶっつぶしてアダルト自身のバックナンバーひっくりかえして、はじめの「お尋ね」から通して読みましたよ。それから二人で手分けして、ゆき屋の米本君や、伊勢好の千谷君や、版画荘の中沢君や、コシノヤの矢代君やに片っぱしから電話してね、聞いてみたんだ。これみんな肝臓仲間で、待合室がときどきクラス会になるんです。ほんと。戦後のカストリからはじめて、スコッチたまにはナポレオンまで、ずいぶん飲んだものねえ。勤め人だったら、もう定年だよ、おたがいに。

それでさ、するとどう、あずき婆ァ派と、赤マント派に分かれちゃったのよ。米本君と僕が、あずき婆ァで、中沢君と千谷君と菊岡君が赤マントで。矢代君は、そりゃ黄金バットのことかいなんちゃって、両方ともご存じなかった。あの人は大人になってからはワルだけれど、子供のときは優等生で、こういうくだらないことからは超越してたんです。おたくはもちろん赤マント派か。おなじ教室で勉強して、おなじ町で遊んでて、どうしてこう、ばらばらな記憶になるんだろうね。人間の記憶っておもしろいね。

あずき婆ァというのはだねえ、こんな大きな声で言うのは憚《はばか》るけれども、女の子が便所でオシッコしている隙に、どこからか忽然《こつぜん》と現れて、お尻から血を吸いとるんだそうです。……だから、それはあずき婆ァの仕業なんだよ。学校の二階の、校長室と貴賓室が並んでる、昼なお暗い廊下があるでしょう。あの向かいの女子便所にでたんですよ、あずき婆ァが。たしか二組の、そう、男女組のほうから伝わってきたんだ。それで一組の男の僕らもふるえあがって、いよいよ校長室界隈《かいわい》には寄りつかなくなっちゃった。三組の女連中は、なおさらそうだったんじゃないかな。

やだねえ。ほんとに覚えがないの？　たしかにあった事実ですよ。……事実ではないよ、噂があったのはほんとだということよ。こんなこともあったんで僕は忘れないんだが、あるとき講堂で在郷軍人会かなにかの集りがあった時間に、その真下の雨天体操場で、僕と、あと二、三人でドタバタキャアキャア遊んでたら、それが翌日の問題になった。担任の高野先生が、まさかうちのクラスの子ではなかろうと言うから、つい生まれつきの軽率で、僕ですと言ったら、ひどく怒られてさ、雨天体操場に放課後まで立たされちゃった。しいんと人気《ひとけ》のない所に一人でいると、暗がりからあずき婆ァがでてきそうでさぁ。例の便所は校舎の南端《みなみはし》で、雨天体操場は北の端だから、だいぶ離れちゃいるんだが、なにしろいまや噂のあずき婆ァでしょう。子供が一人っきりでいるのを嗅ぎつけてくるんじゃないかと思えてさ。僕は男の子ではあるけれど、あの頃はいまほど男と女の構造的本質的相違を知らなかったし、いや、いまだって判っちゃいないかな。まあいいや。とにかく、そのあずき婆ァがおっかなくて泣きだしちゃったのよ。そのうち高野先生がやってきて、おや、お前まだいたのか、なんてノンキなことを言いやがって、やっと帰してもらえた。そんなことがあったもんで、骨身にしみて忘れませんよ。

うん。いま考えれば、この騒ぎの所以は見当がつくねえ。当節じゃ、小学生で初潮をみるのは当り前というか、早いのは三年生ぐらいでもう始まるんだってねえ。だけどあのころは、小学生ではまだよほど珍しかったんだよ。その驚きが、こんな噂を生んだ元でしょうね。女の元服だといって、昔から赤飯を炊く習わしがあるでしょう。そこであずき婆ァのご登場となるんだね。菊岡君も言ってたよ。初潮に肝《きも》をつぶした子供が、友達にかこまれて泣いているのを、誰か大人が、なだめるためか、ごまかすつもりか、あずき婆ァがきたのねえ、てなことを言ったんじゃないか。それがなおさら、大勢の子供たちの肝をつぶしたんだから、性教育欠如の弊害、なんてドクター菊岡はおっしゃってた。

でもさ、お赤飯ものだからあずき婆ァだなんて、素朴に童話風というか、民話的じゃないですか。田舎の竈《かまど》の匂いがするようだ。婆ァは婆ァでも、ほんらい祝福の天使でしょうが。うん、成育と繁殖のよろこび。そうそう。あのころの銀座には、こんな民話が、まだ実際に生きていたんだねえ。日本一の盛り場とか、モダンの尖端《せんたん》とかいってもさ、草深きふるさとから案外はなれちゃいなかったんだ。そう思えば、ひとり立たされて泣いていたわが川端少年の悲しみも、いまは遠い懐かしさですよ。ただその民話が、鉄筋ビルの中の水洗便所にでたもんで、不釣合いに気味悪くなっちまったのかもしれないけれどね。

赤マントというのは、このあずき婆ァのイメージを、どこかで横取りしてますね。中沢君は、貴賓室の前の便所にでたのが赤マントで、学校中がひっくりかえる騒ぎだったじゃないかと言ってきかないんだけれど、ここらでもう混線してるんだ。千谷君が言うのには、赤マントは公衆便所が専門だったそうだ。学習塾が京橋のむこうにあって、だから行き帰りに、あの橋の袂の便所の前をキャアと叫んで走りぬけたではないかと。……思いだしたかい。

そうそう、あの塾は仕舞屋《しもたや》の二階で、六畳と四畳半ぐらいをぶち抜いた部屋で、境の敷居のところに坐《すわ》っちゃうと痛いんだ。僕はいちど、後の押入れの襖《ふすま》にぶつかったらハズれちゃってさ、中から布団と洗濯物がはみだして。大体あのころは行く先々で叱られる運命にあったんだが。夜はあの部屋で、先生たちの一家が寝てたんだよね。あの先生は、なんて名前だったっけ。うん、内田だ。おたくはよく覚えてるな。元はどこかの学校の先生していて、退職して塾をやってたんだが、あそこに通うと進学率がいいというんで、評判が高かったんだ。だいぶ後年に、たまたま聞いた話なんだが、あの内田先生が、なぜ学校をやめたのだったか、ご存知？　じつはねえ、彼は〝赤い訓導〟で、そう、アカ、キョーサン主義者で、それでクビになったんだそうですよ。そんなこと夢にも知らなかったよね。やたら地味な先生で、赤どころか、灰色って感じだったもの。

僕はちょっと通ってすぐやめたから、よくは知らないけれどね。おたくはずっと通った口ですか。よく通えたもんだよなぁ。僕なんか、学校から帰るとランドセルと弁当袋を家の中へほうりこんで、もう通りで遊んでたもの。その代り、紙芝居は皆勤でしたよ。まず一年三百六十五日のうち、夏休みは避暑にいっちゃうから別として、あとは欠かさず見てたからね。八官神社にくるのを見てたんだ。おたくは板新道のほうのでしょう。ふうん。八官神社にもきてましたか。

赤マントの紙芝居？　それがねえ、そんなに年中見てたわりには、中身は殆ど覚えてないんだ。だから見たのか見ないのかも、なんともいえないけれどもねえ。おたくは？　覚えがないか。そうだな、塾にいく連中は、時間がくるとそわそわと消えたからね。そして手提げ……そう、学校へはランドセルでゆくのに、塾へは手提げ鞄でいったんだ。あれはどういうのかな。やはり学校に遠慮したのかな。

日が暮れてからのランドセルは、似合いませんか。小学生の夜逃げみたいに見えますか。そうか。それで手提げで通った連中が、公衆便所を遠巻きにして、キャアなんて言ってたわけだ。つまり塾にいってた連中が、赤マント派か。というと、あながちそうでもないんですな。米本君は、千谷君と家も近いし、塾も、風呂屋も、みんな一緒だったのに、あずき婆ァ派なんだからね。米《よね》ちゃんは子供のときから落着いていて、根が大まじめだし、誰からも信用のある人だから、信用がおけますよ。

そこで僕が思うには、つまり、建物の中に現れるのがあずき婆ァで、戸外に出没するのが赤マントだ。ところが、菊岡君のお診立《みた》てでは、この二つは質的に違うというんだよ。第一に、あずき婆ァに吸われると、女の子はメンスになるのでしょう。しかるに赤マントときたら、メンスの女をみつけて吸うんだね。……うん、なるほど、だ。ドクターだけのことはあらぁ。

赤マントは、結局ただ女のケツを追いまわしただけでしょう。怪人のくせに、人間に及ぼすなんの神通力もないんだからね。民話的世界の風上にも置けねえ。こんなのは変なカイジンというんだ。

おたくがエロ・グロだの変態だのと、やたら強調するみたいなのも、だから、気にいりませんねえ。いくら怖いといっても、こいつは本質的にはマゾヒズムじゃないですか。……吸血鬼がマゾヒズムというのは新説ですか。そうかな。僕はその赤マント騒ぎを知らないもんだから、同情が持てない、ということはあるんだ。でもどうしてこんなエゲツないものに、いまさら興味をもつのですか。なにかやっぱりお仕事の関係？　でも、ありもしなかった昔のデマが、どう写真に撮《と》れるのかな。近年は、おたくの作品にもさっぱりお目にかからないけれど、どこかでお仕事してるんでしょうね。

ハンセン？……ああ、戦争反対か。え、赤マントが？　ちょっと待てよ。そう飛躍しないでよ。びっくりして、また肝臓にひびいちゃうよ。

いや伺いますよ。オカしいとは言わないよ。ちょっと笑っただけですよ。言わないの。そう。じゃ、それはまたいつかゆっくり伺うとして。いったいおたくのほうから、僕らに何かご質問はないの？

あずき婆ァがでた時期ねえ。四年生のような気もするし、六年生だったかもしれないし、意外にはっきりしないんです。四十ナン年も前のことだもの、一年や二年のズレぐらいカタいこと言うなと、記憶の奴がヒラキなおっちゃってるのよ。雨天体操場の一件がありながら。

昭和十五年ということはない。それはありませんよ。だってこの年の三月に、僕らは卒業してるもの。四月からは上の学校に進んで、みんなばらばらになっちゃった。あの前後は、受験だの、卒業写真だの、螢の光だのと気忙《きぜわ》しいことがたてこんでいたはずだもの。だから赤マント騒ぎがこの時分なら、僕に覚えがないのもふしぎじゃない。おたくらが覚えているのがふしぎなくらいだ。

あずき婆ァは、やはり五、六年生の頃だろうね。いま思いだしたけれど、おたくと風呂屋がおなじだったねえ。電車通りの松の湯で、番台越しに女湯のぞくと、三組の子でオッパイが垂れるほどふくらんだのがいたじゃない。……そうそう、僕《ぼく》ん家《ち》と背中あわせの小間物屋の子でさ。だけどあの時代は、女と仲よくするのは沽券《こけん》にかかわる気がしてたから、番台越しに冷やかすくらいで、ふだんは口もきかなかったんだ。向う気のつよい娘でさ、ドスケベエ！　なんて番台のむこうから怒鳴りかえしてきたものなぁ。……そこまで見ちゃったの、ウヒ。おたくはねぼけたような顔しながら、あんがい目が早かったのね。さてはは言われた通りのドスケベエだな。でもねえ、彼女は娘盛りの敗戦まぎわに、結核でふいに死んじゃったんだ。うん、だからね、彼女のヌードを僕らが拝んでおいたのは、せめての功徳になっとるのですよ。そんなわけで、三組には、あの頃もう、あずき婆ァの三人や五人は来てたかもしれないんだ。その点、二組はせっかく男女組なのに、なぜだかオクテの連中が多かったから、あそこらが震源地になったんだな。

赤マントは、たぶん、あずき婆ァの騒ぎのあとに、つづいて来たんでしょう。だから中沢君のように一緒くたに記憶している人もいるんだ。なにしろこれは冬場の話ですよ。だって夏の盛りに、赤いマントででてくるなんて許せない。昭和十三年でなければ十四年冬のご登場だな。

推定の根拠はまだありますよ。僕らの時から進学試験に筆記がなくなって、内申書と面接だけになったでしょう。時局柄、受験地獄の弊害をなくす改革だと言って。それが決まったのが昭和十四年の秋で、その時から放課後の補講がパッタリなくなったから、まったく地獄に仏のような気がして、よく覚えてる。それきり僕は塾もやめちゃったんだ。あれからもおたくらは未練がましく通ってたんだよね。千谷君の話で気がついたんだが、寒い冬の夜にも塾に通わにゃならなかった連中の、ウサばらしだったんじゃないの、赤マントは。……

デマの末路？　判るわけないでしょう。誰からもべつにそのへんの話はでませんでしたな。あずき婆ァは、どんな末路だったかな。まるで覚えがないなぁ。消える時には、あっというまに消えちゃうんじゃないの。

それは叱られたかもしれない。便所にまつわることは、やたら叱られたもの。便器の上の平らな埃《ほこり》のたまったところに、誰かが指で相合傘を書いておいたら、高野先生が目を三角にして怒ったでしょう。たかが相合傘でさ。それとも傘の下に先生の名前でも書いてあったのかな。そんなふうだから、デマを口にするなと頭ごなしに弾圧された、ということはありうるね。……でもやはり、卒業シーズンで、それどころでなくなったんと違うかな。

卒業のときには、これでもう人生行路が、みんなばらばらに離れていく気がしましたよ。地球上の五大州に散らばるみたいに、それぞれまるで違う世界に進んでいくんだと思った。それほど未来というやつは、たまらなく広大に思えたたなぁ。

あのときは、戦争をどう受けとめてたのかな。まず関心がなかったんじゃないかな。蘆溝橋と真珠湾の谷間みたいな時分で、第一、戦局がどうなってたのかも、覚えがないもの。

おたくはどうなの。……でしょう。武漢三鎮も、広東も陥としはしたが、長沙はとうとう陥ちずじまいで、それきり旗行列もないまんまで僕らは卒業したんだよ。

シナ事変は焦げついて、物資ばかりがだんだん欠乏しやがって。でも、あの年まではまだよかったんだ。中学に入ったら、学校の近くの有名なパン屋が、毎朝弁当の注文をとりにきて、昼になると小僧さんが、カツパンやカレーパンを木箱に入れて配達してるんだ。ほんとですよ。さすが中学校は洒落《しやれ》たもんだと感激したねえ。でもこれも半年かそこらでじきに止《や》めになっちゃった。それから、はじめて買った夏の制服がペラペラのスフでさ。上級生の霜降り小倉《こくら》とは雲泥の差で情けなかった。赤マントも、でてくるのがもう一、二年遅れたら、配給切符が必要なスフの国防色マントになるところでしたな。純毛の派手なマントなんぞをいつまでもひらひらさせてたら、逆に襲われて、剝《は》がされちゃったかもしれないよ。

とにかく、あれからいろいろなことがありまして、四十年の星霜がたってみると、だ。いまやあなた、地球をぐるりと廻った船乗り連が、元の港で、あいや菊岡医院の待合室で、元の木阿弥《もくあみ》の鉢合せ、という感じなんだなぁ。おたがい、くたびれた肝臓ぶらさげて、白髪まじりの、てっぺん禿げたか連が、見れば見るほどに小学校の教室にもどっちゃうということは、当惑でありますね。

僕などは、おやじの遺《のこ》した店のあとにビルぶっ建てて、大家《おおや》になって、この土地に居つきの人間ではあるけれど。子供の時分には学校までの道がずっと二階屋の並びで、高いのは電通ビルとマツダビルぐらいで、電車道には馬糞や牛の糞が転がってたでしょう。そこへ空襲がきて、敗戦がきて、デモ隊がきて、機動隊がきて、高度成長がきて、いまや銀座八丁ビルだらけ。街がニョキニョキ背のびして、居ながらにして外国になったようなものでござんしてね。この長き浪路《なみじ》を、越えては越えて来つるものかなと、しみじみひそかな感慨ではあるんです。

でもさ、傍《はた》からみれば、そこそこに世間を渡って四十年、なんとなくここに舫《もや》ったっきりに、たとえばおたくの目からは見えるでしょう。そうなんだよ。じつはおれ自身の目にも、そう見えるのよ。おれだけじゃなくて、見渡せば、とどのつまりはみんなそこそこ。……あのね、世界の果てまで飛んだつもりで、じつはお釈迦様の掌の上をはねてただけの、あのサル……ほら……うん、孫悟空。ちぇっ、このごろ固有名詞の出方が悪いんだ。お釈迦様の掌の上だということに気がついた孫悟空というのは、五十男のことじゃないかしら。……ものの譬《たと》えですよ。あんな神通力の問屋みたいなスーパー・ヒーローに、露の命の人間をくらべちゃ失礼かもしれないけどさ。

肝臓というやつは、癒《なお》るということはないんだそうですよ。人によってみんな姿かたちが違っていて、そのイタみ工合《ぐあい》に、それぞれの取りかえしのつかない人生がある。とすると、肝臓におれの個性があるのかねえ。

とにかく、おたくの「お尋ね」は、はからずも、われわれの肝臓のキズの探りあいになったのですよ。稚《おさな》い人生の船出にあたって、まず肝をつぶしたのは、あずき婆ァか、赤マントか。これはあなた、あんがい大事な既往症かもしれないなぁ。
そういうわけだから、そのうち一度、あずき婆ァと赤マントをさかなにして、ゆっくり飲みましょうや。

私は本欄に二度、赤マントに関する「お尋ね」をのせて戴《いただ》いた者ですが、もう一度発言させてください。今度こそ三度目の正直です。昭和十四、五年当時の一つの小さな新聞記事についてのお願いです。

じつは先日来、広尾の都立中央図書館へ通い、昭和十三年秋以降の朝日新聞縮刷版二年分を調べました。赤マントの記事は一つも見あたりませんでした。こんなデマのニュースなど、やはり時局柄のせなかったのでしょう。と一応得心しつつ、一方で甚《はなは》だ腑に落ちないでいるのです。当時、少年の私が、たしかに新聞で読んだ覚えがあるので。

その記事が、すくなくも一つはあるはずです。それさえないのならば、ない記事をどうして私は読んだつもりになったのか、という問題が発生しますが。おそらく探し方が下手なために見つからないのでしょう。当時私の家でとっていたのはフクちゃんの漫画におぼえがあるから朝日新聞だったはずだけれども、読売か日経もとっていたのかもしれず。とすると調査対象がどんどん拡がり、不馴れな者には更に絶望的となります。そこで江湖《こうこ》にお伺いをたてる次第です。

その記事は、一人の男が流言《りゅうげん》蜚語《ひご》をながしたカドにより警視庁に逮捕された、というニュースで、その流言というのが赤マントの一件なのでした。二段組のその小記事が、紙面の下方に四角く収まっている様子さえ、漠とおぼえている感覚があります。その記事の中身を言うと、更に信じてもらえないかもしれないが、男は年齢が三十歳ぐらいで、ナントカ勧業銀行の行員でした。この者は社会主義思想の持主で、銃後の人心を動揺させ、厭《えん》戦的《せんてき》気分をひろめるために流言をはなった、という要旨でした。

そこだけスポットがあたったようにハッキリおぼえすぎているのが、われながら奇妙ですが。記憶は再構成されるものだとしても、ずいぶん以前から長年、私の記憶のファイルにこのように保存されているのです。じつを言えば、この元の記事を探しあてて、記憶とどれほどの異同があるかないかを確かめるのが、今回の「お尋ね」の当初からの目的の一つでした。

縮刷版でみる二年間は、昭和十三年秋には武漢三鎮陥落の勇ましい戦勝記事の氾濫があり、翌十四年にはナチ・ドイツ軍の近隣諸国への侵略から第二次欧州大戦の勃発となり、翌十五年秋には日独伊三国同盟が調印され、大政翼賛会が発足します。紙面が軍国主義的統制へ塗りこめられてゆく様子がコマ落としのフィルムをみるようですが。その一方で、双葉山が六十九連勝で敗れているし（十四年一月）。石川達三「生きている兵隊」の筆禍事件とか、無政府共産党の黒色ギャング事件の公判（十四年三月）などの小記事もあるのを、こんど調べて気づきました。銃後思想の取締りとか、スパイを警戒せよとかいう記事も次第に頻出するようになります。新体制の世の中です。喫茶店でとぐろを巻く程度の不良学生狩りの記事などもでてきます。

この時に、たとえば黒色ギャングの記事なんかが、ふいに赤マントに少年の私の頭のなかで結びついたとする。そこらから、ありもしない記事を読んだ記憶がはじまった、と考えることもできましょう。

しかし、これも一推察にすぎません。記憶のファイルに忠実になれば、赤マントの張本人逮捕の記事を読んだ時の、暗い感動さえ思いだせるような気がします。軍国主義へ一億一心の時代に、一人一心でそっぽを向いた者がいることの愕《おどろ》き。それも樺太の国境をこえた岡田嘉子とか、議会で反軍演説をした斎藤隆夫とかの有名人ではなくて、そこらの銀行でソロバンはじいている男がそうだということの、ふしぎな感銘。

アカい思想の男が、ひそかに世に送りだした赤マント。恐ろしき吸血鬼。とはいえ当時、日本の若者たちは赤紙の召集令状一枚で戦場に狩りだされて血を流し、日中の双方の民衆が膏血《こうけつ》をしぼられていたのだから、国家権力こそはつねに最大の吸血鬼でしょう。この時に、赤マント一枚でうら若い娘たちを片っ端からさらってみせることは、国家権力の仕業《しわざ》を、そっくりナゾることになります。そして子供たちに一斉に「赤マントこわい、こわい」と合唱させるのは、そのまま、声なき民の大声にほかならなかったでしょう。

とまで少年の私が、当時考えられたはずはありません。しかし考えられる要素はいくらもあって、新聞記事は、その意識化をあわや促したのではないでしょうか。だから記憶に深く残ったのではないでしょうか。

国家権力は、自分を戯画化する赤マントを容赦しませんでした。大阪の警察は、加太こうじ氏作る紙芝居を〝焚書《ふんしょ》の刑〟に付しました。そして東京では、一銀行員の逮捕。この三十歳の銀行員氏が、はたして本当に赤マントの仕掛人だったかどうか。加太氏とおなじく濡《ぬ》れ衣《ぎぬ》だったかもしれません。

赤マントの怖さは、それが実在するかしないかではなくて、そのイメージが頭に入ってくるだけでもジンと痺《しび》れるようなものでした。小学六年生のあのころ、江戸川乱歩の『パノラマ島綺談』を、級友たちの間でこっそり廻し読みをして、借りたはいいが金色の表紙の分厚い本で、ランドセルに押しこむと教科書や筆箱がはみだしてしまったり、だいぶ苦労して読んだのですが。赤マントは、あたかもその一節が現実世界に転げでて、路上を徘徊しているような、ふしぎな興奮でありました。つまり、虚構《フィクション》だということを、なかば承知していたような気がするのです。流言蜚語は、読み人知らずの民衆的共同制作であってこそ、正統なる流言蜚語でありましょう。

その赤マントが退場する。濡れ衣にせよはからずも幕引きの役を担ったのが、その銀行員氏だったのでしょう。

ご存命ならば七十余歳。加太氏が六十四歳で現にご活躍であるように、元銀行員氏もどこかでご健在なのではないでしょうか。あいにく姓名も履歴も不詳ながら、どなたか、この人物にお心あたりはございませんか。どこにおいででしょう。ご本人にお名乗りいただくのが手っとり早いので、おられましたらどうかご連絡を願います。写真を撮らしてくだ

さい。（牧野次郎）

前略　小誌「お尋ねします」欄に再三ご寄稿いただき、ありがとうございます。前二回ともやや長文ではありましたが、折角《せっかく》のことゆえ、誌面を工夫して敢《あ》えて掲載致しました。しかしながら三度目の今回は、あまりに長文で小欄になじみません。恐縮ながらお手許《てもと》にご返送させていただきます。諸般の事情をお汲取りください。

因《ちな》みに小欄は、二百字〜四百字見当でご執筆を各位にお願い致しております。貴稿は二千四百三十八字です。

右、要用のみにて失礼致します。　草々

昭和五十七年×月××日

週刊アダルト自身編集部

牧野次郎様

# 字のない葉書――ごはん

向田邦子

## 字のない葉書

死んだ父は筆まめな人であった。

私が女学校一年で初めて親許《おやもと》を離れた時も、三日にあげず手紙をよこした。当時保険会社の支店長をしていたが、一点一画もおろそかにしない大ぶりの筆で、

「向田邦子殿」

と書かれた表書を初めて見た時は、ひどくびっくりした。父が娘宛の手紙に「殿」を使うのは当然なのだが、つい四、五日前まで、

「おい邦子！」

と呼捨てにされ、「馬鹿野郎！」の罵声や拳骨《げんこつ》は日常のことであったから、突然の変りように、こそばゆいような晴れがましいような気分になったのであろう。

文面も折り目正しい時候の挨拶に始まり、新しい東京の社宅の間取りから、庭の植木の種類まで書いてあった。文中、私を貴女と呼び、「貴女の学力では難しい漢字もあるが、勉強になるからまめに字引きを引くように」という訓戒も添えられていた。

褌《ふんどし》ひとつで家中を歩き廻り、大酒を飲み、癇癪《かんしやく》を起して母や子供達に手を上げる父の姿はどこにもなく、威厳と愛情に溢れた非の打ち所のない父親がそこにあった。

暴君ではあったが、反面テレ性でもあった父は、他人行儀という形でしか十三歳の娘に手紙が書けなかったのであろう。もしかしたら、日頃気恥しくて演じられない父親を、手紙の中でやってみたのかも知れない。

手紙は一日に二通くることもあり、一学期の別居期間にかなりの数になった。私は輪ゴムで束ね、しばらく保存していたのだが、いつとはなしにどこかへ行ってしまった。父は六十四歳で亡くなったから、この手紙のあと、かれこれ三十年つきあったことになるが、優しい父の姿を見せたのは、この手紙の中だけである。

この手紙も懐しいが、最も心に残るものをと言われれば、父が宛名を書き、妹が「文面」を書いたあの葉書ということになろう。

終戦の年の四月、小学校一年の末の妹が甲府に学童疎開をすることになった。すでに前の年の秋、同じ小学校に通っていた上の妹は疎開をしていたが、下の妹はあまりに幼く不《ふ》憫《びん》だというので、両親が手離さなかったのである。ところが三月十日の東京大空襲で、家こそ焼け残ったものの命からがらの目に逢い、このまま一家全滅するよりは、と心を決めたらしい。

妹の出発が決まると、暗幕を垂らした暗い電灯の下で、母は当時貴重品になっていたキャラコで肌着を縫って名札をつけ、父はおびただしい葉書に几帳面《きちようめん》な筆で自分宛の宛名を書いた。

「元気な日はマルを書いて、毎日一枚ずつポストに入れなさい」

と言ってきかせた。妹は、まだ字が書けなかった。

宛名だけ書かれた嵩高《かさだか》な葉書の束をリュックサックに入れ、雑炊用のドンブリを抱えて、妹は遠足にでもゆくようにはしゃいで出掛けて行った。

一週間ほどで、初めての葉書が着いた。紙いっぱいはみ出すほどの、威勢のいい赤鉛筆の大マルである。付添っていった人のはなしでは、地元婦人会が赤飯やボタ餅を振舞って歓迎して下さったとかで、南瓜《かぼちゃ》の茎まで食べていた東京に較べれば大マルに違いなかった。

ところが、次の日からマルは急激に小さくなっていった。情ない黒鉛筆の小マルは遂《つい》にバツに変った。その頃、少し離れた所に疎開していた上の妹が、下の妹に逢いに行った。

下の妹は、校舎の壁に寄りかかって梅干の種子をしゃぶっていたが、姉の姿を見ると種子をペッと吐き出して泣いたそうな。

間もなくバツの葉書もこなくなった。三月目《みつきめ》に母が迎えに行った時、百日咳を患《わずら》っていた妹は、虱《しらみ》だらけの頭で三畳の布団部屋に寝かされていたという。

妹が帰ってくる日、私と弟は家庭菜園の南瓜を全部収穫した。小さいのに手をつけると叱る父も、この日は何も言わなかった。私と弟は、一抱えもある大物から掌《てのひら》にのるウラナリまで、二十数個の南瓜を一列に客間にならべた。これ位しか妹を喜ばせる方法がなかったのだ。

夜遅く、出窓で見張っていた弟が、

「帰ってきたよ！」

と叫んだ。茶の間に坐《すわ》っていた父は、裸足《はだし》でおもてへ飛び出した。防火用水桶の前で、瘠《や》せた妹の肩を抱き、声を上げて泣いた。私は父が、大人の男が声を立てて泣くのを初めて見た。

あれから三十一年。父は亡くなり、妹も当時の父に近い年になった。だが、あの字のない葉書は、誰がどこに仕舞ったのかそれとも失くなったのか、私は一度も見ていない。

## ごはん

歩行者天国というのが苦手である。

天下晴れて車道を歩けるというのに歩道を歩くのは依怙地《えこじ》な気がするし、かといって車道を歩くと、どうにも落着きがよくない。

滅多に歩けないのだから、歩ける時に歩かなくては損だというさもしい気持がどこかにある。頭では正しいことをしているんだと思っても、足の方に、長年飼い慣らされた習性かうしろめたいものがあって、心底楽しめないのだ。

この気持は無礼講に似ている。

十年ほど出版社勤めをしたことがあるが、年に一度、忘年会の二次会などで、無礼講というのがあった。その晩だけは社長もヒラもなし。いいたいことをいい合う。一切根にもたないということで、羽目を外して騒いだものだった。

酔っぱらって上役にカラむ。こういう時オツに澄ましていると、融通が利かないと思われそうなので、酔っぱらったふりをして騒ぐ。

わざと乱暴な口を利いてみる。

だが、気持の底に冷えたものがある。

これはお情けなのだ。

一夜明ければ元の木阿弥《もくあみ》。調子づくとシッペ返しがありそうな、そんな気もチラチラしながら、どこかで加減しいしい羽目を外している。

あの開放感と居心地の悪さ、うしろめたさは、もうひとつ覚えがある。

それは、畳の上を土足で歩いた時だった。

今から三十二年前の東京大空襲の夜である。

当時、私は女学校の三年生だった。

軍需工場に動員され、旋盤工として風船爆弾の部品を作っていたのだが、栄養が悪かったせいか脚気《かっけ》にかかり、終戦の年はうちにいた。

空襲も昼間の場合は艦載機が一機か二機で、偵察だけと判っていたから、のんびりしたものだった。空襲警報のサイレンが鳴ると、飼猫のクロが仔猫をくわえてどこかへ姿を消す。それを見てから、ゆっくりと本を抱えて庭に掘った防空壕へもぐるのである。

本は古本屋で買った「スタア」と婦人雑誌の附録の料理の本であった。クラーク・ゲーブルやクローデット・コルベールの白亜の邸宅の写真に溜息をついた。

私はいっぱしの軍国少女で、「鬼畜米英」と叫んでいたのに、聖林《ハリウッド》だけは敵性国家ではないような気がしていた。シモーヌ・シモンという猫みたいな女優が黒い光る服を着て、爪先をプッツリ切った不思議な形の靴をはいた写真は、組んだ脚の形まで覚えている。

料理の本は、口絵を見ながら、今日はこれとこれにしようと食べたつもりになったり、材料のあてもないのに、作り方を繰返し読みふけった。頭の中で、さまざまな料理を作り、食べていたのだ。

「コキール」「フーカデン」などの食べたことのない料理の名前と作り方を覚えたのも、防空壕の中である。

「シュー・クレーム」の頂きかた、というのがあって、思わず唾をのんだら、

「淑女は人前でシュー・クレームなど召し上ってはなりません」

とあって、がっかりしたこともあった。


三月十日。

その日、私は昼間、蒲田に住んでいた級友に誘われて潮干狩に行っている。寝入りばなを警報で起された時、私は暗闇の中で、昼間採ってきた蛤《はまぐり》や浅蜊《あさり》を持って逃げ出そうとして、父にしたたか突きとばされた。

「馬鹿！　そんなもの捨ててしまえ」

台所いっぱいに、蛤と浅蜊が散らばった。

それが、その夜の修羅場の皮切りで、おもてへ出たら、もう下町の空が真赤になっていた。我家は目黒の祐天寺のそばだったが、すぐ目と鼻のそば屋が焼夷弾の直撃で、一瞬にして燃え上った。

父は隣組の役員をしていたので逃げるわけにはいかなかったのだろう、母と私には残って家を守れといい、中学一年の弟と八歳の妹には、競馬場あとの空地に逃げるよう指示した。

駆け出そうとする弟と妹を呼びとめた父は、白麻の夏布団を防火用水に浸し、たっぷりと水を吸わせたものを二人の頭にのせ、叱りつけるようにして追い立てた。この夏掛けは水色で縁を取り秋草を描いた品のいいもので、私は気に入っていたので、「あ、惜しい」

と思ったが、さっきの蛤や浅蜊のことがあるので口には出さなかった。

だが、そのうちに夏布団や浅蜊どころではなくなった。「スタア」や料理の本なんぞといってはいられなくなってきた。火が迫ってきたのである。

「空襲」

この日本語は一体誰がつけたのか知らないが、まさに空から襲うのだ。真赤な空に黒いB29。その頃はまだ怪獣ということばはなかったが、繰り返し執拗《しつよう》に襲う飛行機は、巨大な鳥に見えた。

家の前の通りを、リヤカーを引き荷物を背負い、家族の手を引いた人達が避難して行ったが、次々に上る火の手に、荷を捨ててゆく人もあった。通り過ぎたあとに大八車が一台残っていた。その上におばあさんが一人、チョコンと坐って置き去りにされていた。父が近寄った時、その人は黙って涙を流していた。

炎の中からは、犬の吠え声が聞えた。

飼犬は供出するようにいわれていたが、こっそり飼っている家もあった。連れて逃げるわけにはゆかず、繋《つな》いだままだったのだろう。犬とは思えない凄《すさ》まじいケダモノの声は間もなく聞えなくなった。

火の勢いにつれてゴオッと凄まじい風が起り、葉書大の火の粉が飛んでくる。空気は熱く乾いて、息をすると、のどや鼻がヒリヒリした。今でいえばサウナに入ったようなものである。

乾き切った生垣を、火のついたネズミが駆け廻るように、火が走る。水を浸した火叩きで叩き廻りながら、うちの中も見廻らなくてはならない。

「かまわないから土足で上れ！」

父が叫んだ。

私は生れて初めて靴をはいたまま畳の上を歩いた。

「このまま死ぬのかも知れないな」

と思いながら、泥足で畳を汚すことを面白がっている気持も少しあったような気がする。

こういう時、女は男より思い切りがいいのだろうか。父が、自分でいっておきながら爪先立ちのような半端な感じで歩いているのに引きかえ、母は、あれはどういうつもりだったのか、一番気に入っていた松葉の模様の大島の上にモンペをはき、いつもの運動靴ではなく父のコードバンの靴をはいて、縦横に走り廻り、盛大に畳を汚していた。母も私と同じ気持だったのかも知れない。

三方を火に囲まれ、もはやこれまでという時に、どうしたわけか急に風向きが変り、夜が明けたら、我が隣組だけが嘘のように焼け残っていた。私は顔中煤《すす》だらけで、まつ毛が焼けて無くなっていた。

大八車の主が戻ってきた。父が母親を捨てた息子の胸倉を取り小突き廻している。そこへ弟と妹が帰ってきた。

両方とも危い命を拾ったのだから、感激の親子対面劇があったわけだが、不思議に記憶がない。覚えているのは、弟と妹が救急袋の乾パンを全部食べてしまったことである。うちの方面は全滅したと聞き、お父さんに叱られる心配はないと思って食べたのだという。孤児になったという実感はなく、おなかいっぱい乾パンが食べられて嬉しかった、とあとで妹は話していた。

さて、このあとが大変で、絨毯爆撃《じゅうたんばくげき》がいわれていたこともあり、父は、この分でゆくと次は必ずやられる。最後にうまいものを食べて死のうじゃないかといい出した。

母は取っておきの白米を釜いっぱい炊き上げた。私は埋めてあったさつまいもを掘り出し、これも取っておきのうどん粉と胡麻油《ごまあぶら》で、精進揚《しょうじんあげ》をこしらえた。格別の闇ルートのない庶民には、これでも魂の飛ぶようなご馳走だった。

昨夜の名残りで、ドロドロに汚れた畳の上にうすべりを敷き、泥人形のようなおやこ五人が車座になって食べた。あたりには、昨夜の余燼《よじん》がくすぶっていた。

わが家の隣りは外科の医院で、かつぎ込まれた負傷者も多く、息を引き取った遺体もあった筈《はず》だ。被災した隣り近所のことを思えば、昼日中から、天ぷらの匂いなどさせて不謹慎のきわみだが、父は、そうしなくてはいられなかったのだと思う。

母はひどく笑《わら》い上戸《じょうご》になっていたし、日頃は怒りっぽい父が妙にやさしかった。

「もっと食べろ。まだ食べられるだろ」

おなかいっぱい食べてから、おやこ五人が河岸《かし》のマグロのようにならんで昼寝をした。

畳の目には泥がしみ込み、藺草《いぐさ》が切れてささくれ立っていた。そっと起き出して雑巾で拭《ふ》こうとする母を、父は低い声で叱った。

「掃除なんかよせ。お前も寝ろ」

父は泣いているように見えた。

自分の家を土足で汚し、年端《としは》もゆかぬ子供たちを飢えたまま死なすのが、家長として父として無念だったに違いない。それも一個人ではどう頑張っても頑張りようもないことが口惜《くや》しかったに違いない。

学童疎開で甲府にいる上の妹のことも考えたことだろう。一人だけでも助かってよかったと思ったか、死なばもろとも、なぜ、出したのかと悔んだのか。

部屋の隅に、前の日に私がとってきた蛤や浅蜊が、割れて、干からびて転がっていた。

戦争。

家族。

ふたつの言葉を結びつけると、私にはこの日の、みじめで滑稽な最後の昼餐《ちゆうさん》が、さつまいもの天ぷらが浮かんでくるのである。

はなしがあとさきになるが、私は小学校三年生の時に病気をした。肺門淋巴《リンパ》腺炎《せんえん》という小児結核のごく初期である。

病名が決った日からは、父は煙草を断った。

長期入院。山と海への転地。

「華族様の娘ではあるまいし」

親戚からかげ口を利かれる程だった。

家を買うための貯金を私の医療費に使ってしまったという徹底ぶりだった。

父の禁煙は、私が二百八十日ぶりに登校するまでつづいた。

広尾の日赤病院に通院していた頃、母はよく私を連れて鰻屋へ行った。病院のそばの小さな店で、どういうわけか客はいつも私達だけだった。

隅のテーブルに向い合って坐ると、母は鰻丼を一人前注文する。肝焼《きもやき》がつくこともあった。鰻は母も大好物だが、

「お母さんはおなかの具合がよくないから」

「油ものは欲しくないから」

口実はその日によっていろいろだったが、つまりは、それだけのゆとりがなかったのだろう。

保険会社の安サラリーマンのくせに外面《そとづら》のいい父。親戚には気前のいいしゅうとめ。そして四人の育ち盛りの子供たちである。この鰻丼だって、縫物のよそ仕事をして貯《た》めた母のへそくりに決っている。私は病院を出て母の足が鰻屋に向うと、気が重くなった。

鰻は私も大好物である。だが、小学校三年で、多少ませたところもあったから、小説などで肺病というものがどんな病気かおぼろげに見当はついていた。

今は治っても、年頃になったら発病して、やせ細り血を吐いて死ぬのだ、という思いが

あった。

少し美人になったような気もした。鰻はおいしいが肺病は甘くもの悲しい。

おばあちゃんや弟妹達に内緒で一人だけ食べるというのも、嬉しいのだがうしろめたい。どんなに好きなものでも、気持が晴れなければおいしくないことを教えられたのは、この鰻屋だったような気もするし、反対に、多少気持はふさいでも、おいしいものはやっぱりおいしいと思ったような気もする。どちらにしても、食べものの味と人生の味とふたつの味わいがあるということを初めて知ったということだろうか。

今でも、昔風のそば屋などに入って鏡があると、ふっとあの日のことを考えることがある。

暗い臙脂《えんじ》のビロードのショールで衿元《えりもと》をかき合せるようにしながら、私の食べるのを見るともなく見ていた母の姿が見えてくる。その前に、セーラー服の上に濃いねずみ色と赤の編み込み模様の厚地のバルキー・セーターを重ね着した、やせて目玉の大きい女の子が坐っていて、それが私である。母はやっと三十だった。髪もたっぷりとあり、下ぶくれの顔は、今の末の妹そっくりである。赤黄色いタングステンの電球は白っぽい蛍光灯に変り、鏡の中にかつての日の母と私に似たおやこを見つけようと思っても、たまさか入ってくるおやこ連れは、みな明るくアッケラカンとしているのである。

母の鰻丼のおかげか、父の煙草断ちのご利益《りやく》か、胸の病の方は再発せず今日に至っている。

空襲の方も、ヤケッパチの最後の昼餐の次の日から、B29は東京よりも中小都市を狙いはじめ、危いところで命拾いをした形になった。

それにしても、人一倍食いしん坊で、まあ人並みにおいしいものも頂いているつもりだが、さて心に残る〝ごはん〟をと指を折ってみると、第一に、東京大空襲の翌日の最後の昼餐。第二が、気がねしいしい食べた鰻丼なのだから、我ながら何たる貧乏性かとおかしくなる。

おいしいなあ、幸せだなあ、と思って食べたごはんも何回かあったような気もするが、その時は心にしみても、ふわっと溶けてしまって不思議にあとに残らない。

釣針の「カエリ」のように、楽しいだけではなく、甘い中に苦みがあり、しょっぱい涙の味がして、もうひとつ生き死ににかかわりのあったこのふたつの「ごはん」が、どうしても思い出にひっかかってくるのである。

IV

# 見よ落下傘

阿部牧郎

## 1

「腹へったスなあ、浅井さん」

丸谷啓介はリュックをおろして道ばたに腰をおろした。

山腹の雑木林の切れ目にある草地だった。小川が朗らかな音を立てている。

梅雨の晴れ間の日射しがまぶしい。ふもとの盆地を流れる米代川《よねしろがわ》が一キロばかり向うに眺められた。こちらは音もなくゆったりと流れている。河面《かわも》が陽光でうすく光った。

「へったなあ。鍋もってくれば良《え》がったなあ。山菜を煮て食えたのに」

二年生の浅井もリュックをおろした。彼も啓介も白線入りの戦闘帽にゲートル、運動靴を身につけている。

二人は小川の水を飲んだ。のどがかわいているわけではない。空腹をごまかすための水だった。昼まえに弁当を食べた。蒸しパン一個の昼食で、中学一年生と二年生が満足できるわけがない。湧き水や小川に出会うたびに口をつけてきた。

「ほら食え、啓介。さっき林のまえで見つけた。美味《うめ》えぞ」

浅井が泥のついた小さな山人参をくれた。

小川で洗ってかじりはじめる。啓介もそれにならった。歯応えはよいが、ひどく不味《まず》い。東京育ちの啓介には、塩なしで食べるのは難しかった。やっとのことで呑みこんだ。

「どうだ、なんぼか蕗《ふき》は増えたか」

浅井は啓介のリュックを覗《のぞ》きこんだ。

「これでどうスか。まだ足りないスか」

ぎこちない秋田弁で訊《き》いて、啓介はリュックのなかの蕗の束を指してみせる。

朝から山歩きした甲斐があった。リュックのなかは七割がた山菜で埋まっている。半分がワラビで残りはゼンマイと蕗、それにミズという山菜が等分に詰まっていた。

まずまずの成績である。だが、きょうの最大の目的は蕗だった。啓介らの通っている中学(旧制)から、一人一キロの蕗を供出するよう命じられたのだ。勤労奉仕には馴れているが、食料の供出をいわれたのは初めてである。秋田出身の部隊へ郷里の名物を送るのだろうと生徒たちは噂しあっていた。

「まだ一キロにはほど遠いな。がんばれ啓介。自分のぶんは自分で世話しろ」

浅井はゲートルの巻きなおしをはじめた。

農村育ちの浅井は、山菜とりは得意わざである。ワラビ、ゼンマイのほか優に二キロはありそうな蕗をとっていた。

啓介と浅井はともに大館《おおだて》町の森本という家に下宿している。その家にはほかに三年生の下宿人が二人いた。だが、三年生は松根油《しょうこんゆ》とりの勤労奉仕で蕗をとりにゆく時間がない。彼らのぶんまで浅井は引受けてきたのだ。

蕗はわざわざ山へ採りにゆくまでもなく、大館町の畑地や雑木林などに生えている。庭に蕗畑のある家も多い。だが、最近は米が足りないので、刻んだ蕗を米にまぜて炊く家が多くなった。蕗は貴重品になったのだ。

畑の蕗を採るなと親にいわれて、山にゆく生徒がたくさんいた。下宿先の畑にも蕗は生えていたが、供出などとんでもないと森本のおばさんに断わられた。啓介は浅井にさそわれて、勤労奉仕を休んで山へきたのだ。

もう一度小川の水を飲んで、二人はそこを離れた。雑木林を避け、灌木に覆われた山腹を下りながら山菜をさがした。ときおりワラビの密集地帯にぶつかったが、なかなか蕗に出会わない。とうとうふもとの道へ出てしまった。道の向うは茄子畑である。

「あ、見つけた。あそこだス」

畦《あぜ》を指して啓介はさけんだ。畦の一部が蕗の大きな葉で覆われている。

「だめだ。あれは赤蕗だ。食われねえよ」

浅井がかぶりをふった。

たしかに赤蕗だった。茎の部分が赤い。葉のかたちは同じでも、茎が固く、噛んでも味気なくて食用にならない蕗だった。啓介もそれは知っていたが、葉を見つけて逆上し、赤い茎が目に入らなかったのである。

啓介はあきらめきれなかった。畦へおりて調べてみると、茎の赤くない食用の蕗が二株見つかった。勇んで引きぬき、葉をとって茎だけリュックにおさめる。

それでも一キロには足りそうもなかった。いまからまた山へもどる元気もない。啓介は赤蕗も採って帰ることにした。茎が赤かろうと青かろうと蕗に変りはないはずだ。

「んだな。おれも代用品で間にあわせるか」

浅井もそばへきて赤蕗をとった。

リュックのなかの蕗と混ぜてしまうと、赤はさほど目立たない。全校生徒が供出するのだから、多少あやしげなのが混じってもおかしくないだろう。もうすぐ夕刻の列車が近くの駅へ着く。それを逃すと夜八時の終列車を待たねばならないという事情もあった。

リュックの重みにうんざりしながら、二人は近くの村の駅へいった。同じような山菜とりの人々が大勢ホームに立っていた。

まもなく列車がきた。機関車のほか客車が二輛、無蓋車《むがいしゃ》一輛の編成である。どの車輛も山菜とりの男女で満員だった。客車の屋根にも人が乗っている。汗と垢《あか》の匂い、便所の匂いとともに列車はホームへすべりこんできた。

大きなリュックを揺すって、人々は客車や無蓋車へ割りこんでいった。ほうぼうで怒号と悲鳴がきこえる。離れ離れになった親子が呼びかわした。催促がましく汽笛が鳴る。

啓介は浅井とともに機関車の先端部へ這《は》いあがった。そこは階段状の足場と手すりがあって、腕白中学生の指定席である。ほかに人がいないので、ゆっくりすわれる。

列車が動きだした。機関車の先端部にいると、滑るような乗り心地だった。グライダーに乗る気分のようだと上級生がいっていた。風に乗って野山がつぎつぎに後方へ飛んでゆく。

午後五時すぎに二人は大館町の下宿である森本家へ帰りついた。松根油掘りの三年生たちはまだ帰っていなかった。

浅井と啓介は森本家の台所へリュックをおいて井戸端へいった。服をぬいで水をかぶり、シャツとパンツの恰好《かっこう》で台所へもどる。採ってきたワラビやゼンマイを森本のおばさんへ手わたした。おばさんは大よろこびで、すぐに鉄鍋の乗ったカマドへ火をいれた。

スイトンが鉄鍋に入っている。熱くなったそれをおばさんはどんぶりに一杯ずつ啓介たちによそってくれた。つとめてゆっくり二人はすすった。味噌汁のなかにうどん粉の団子が三つ四つ、野菜少々が入っている。たちまちどんぶり鉢はカラになった。お代りはゆるされない。

啓介と浅井は台所を出て、二階のそれぞれの部屋へもどった。畳のうえに啓介は横になる。もっと食いたいなあ。ため息が出た。

下宿代は五十円に米一斗である。毎日三合たべても、土、日は実家へ帰るから、森本家は米では充分もとがとれるはずだった。だが、米のめしは三日に一度しかたべさせてもらえない。それも芋、蕗、カボチャなどの混ぜめしで、どんぶりにかるく一杯だけである。森本家には国民学校六年を頭に四人の子供がいる。米はいくらあっても足りないはずだ。事情はわかっていても、あまりスイトンばかりだと腹が立つ。ストライキをやろうと三年生がいっていた。どうやるのかはわからないが、啓介も大賛成である。

階下のラジオが午後六時のニュースを伝えはじめた。四月に沖縄へ上陸した米軍が首里《しゅり》にせまっているらしい。いよいよ本土決戦のときがきた。われら大和民族は一致して国難に立ち向かわねばならぬと大本営の報道班員がさけんでいる。最近はめったに大勝利の「軍艦マーチ」がきけない。だが、いつかは神風が吹いて日本はアメリカを屈服させるはずである。

昭和二十年の六月上旬である。一カ月まえに友邦ドイツが連合国へ無条件降伏をした。沖縄もほぼ米軍の手に落ちたようだ。最近大空襲が減ったのは、米軍の飛行機が数多く撃ち落されたせいではなく、日本のおも立った都市や工業地帯が焼きつくされて、もう爆弾を落す意味がないからだという噂である。

もちろんデマにきまっている。そんな話を啓介は信じていなかった。神州は不滅である。敵を本土に引きつけておいて、何百もの特攻機で一挙に撃滅するのだと隣家の小畑さんがいっていた。それでも敵が上陸したらゲリラ戦をやる。敵は補給がつづかないので、日本軍は必勝である。

小畑さんはとなりの山下家の奥さんの弟である。もと陸軍伍長。中国北部の戦闘で左足を負傷して還《かえ》ってきた。義肢ではないが、かるく足をひきずって歩く。中肉中背で、顔は目と口がともに大きい。見るからに精悍《せいかん》だった。三十をすぎて、まだ独身である。

その小畑さんのいる山下家から、舌のとろけそうな良い匂いが流れてきた。ニワトリですきやきをしているらしい。酔った男たちの談笑する声もきこえてきた。小畑さんの仲間がきているのだろう。

山下家の主人は木工所につとめている。来客などめったにない。だが、彼の義弟である小畑さんにはしばしば客があった。

小畑さんは株式会社鹿島組につとめている。いまは大館から汽車で三十分の距離にある花岡鉱山で、河川工事の現場監督をしているということだった。毎日彼は山下家から花岡鉱山へ通勤しているのだ。

啓介の父親は同和鉱業花岡事業所の労務課長をしている。ずっと東京本社勤務だったが、空襲の激化とともにこの春花岡へ転勤になった。啓介は昨年秋から、長野の祖父のもとへ疎開していた。転勤した父を追うようにして花岡へ移り、大館の中学へ入学したのだ。花岡から大館へは通学できない距離ではない。げんに大勢の中学生が汽車で通っている。だが、父は下宿するよう啓介に命じた。

「下宿だなんて、啓介はいい身分だな。鉱山会社の課長サンの息子だものな」

何度か小畑さんにからかわれた。

小畑さんはときおり森本家の主人と将棋をさしにやってくる。どぶろくを土産にもってくることもある。酔うと下宿人の中学生たちを呼んで戦場の話をした。肉弾戦で中国兵を五人斬ったといっていた。左足を射たれたのは街を巡回しているときだったという。便衣の中国兵が彼を射って逃亡した。

「あいつらは汚え。民間人の服を着て射ってくる。恥も正義もねえ。まるで豚よ」

戦闘を語るとき、小畑さんは憎悪のぎらつく目つきになった。

啓介はいい身分だといわれたが、事実は反対である。小畑さんは週に一、二度は宴会をやる。カヤキ（鍋料理）ならさほどでもないが、きょうのようにすきやきをやられると、匂いで狂おしいほど腹がへる。鹿島組の特配があるとかで、小畑さんは森本家へときおりうどん粉や野菜をもってきてくれる。啓介たちも多少はその恩恵にあずかっているのだ。

啓介のほうは大館中学へ入って約二カ月、花岡の父母のもとへ帰ったとき以外は一日として飢えない日はなかった。空腹で階段がのぼれず、泣いてしまったこともある。まましてきょうはトリすきの匂いだ。夕食を済ませたのに、啓介は腹のなかにゴソッと空洞ができた気分である。よだれを何度も呑みこんだ。机に向かって教科書をひらいたが、なに一つ頭に入らない。

「いい匂いだなあ。おお啓介、匂いに負けねえでお勉強か。たまげたもんだな」

障子をあけて浅井が顔を出した。

「なんも。かたちだけだス。どこサか逃げ出すべと思ってたとごろだス」

「逃げだって仕方ねえべ。それより蕗の始末をするべし。あしたが締切りだからな」

浅井は階段をおりはじめた。

啓介も部屋を出て階下へおりた。仕事のあるのがありがたかった。

台所から土間へおりた。天秤《てんびん》を借りてきょう採った蕗の目方をはかってみる。

赤蕗を加えても啓介のぶんは一キロにみたなかった。浅井のぶんも三キロ未満である。

三年生二人のぶんを除くと、浅井も供出未遂のかどでビンタをとられるだろう。

「弱ったな。赤をいれても足りねえか」

深刻に腕を組んで浅井は考えこんだ。

啓介も同様である。一日山を歩いて無駄に終ったのが、われながら情ない。

とほうにくれた二人をあざ笑うように、隣家から酔った歌声がきこえてきた。

うちの母ちゃん洗濯好きで
夜の夜中に竿さがし竿さがし
ツーツーレロレロツーレーロー

きいて啓介は急に投げやりな気分になった。真剣になやむのがばからしくなった。なにが供出だ、とさけびたくなる。

いったいだれに食わせるのか。本当に蕗をわざわざ前線へ送るのか。嘘にきまっている。

きっと馬の飼料なのだろう。それならそれでこっちにも考えがある。

啓介は庭へ出て、スコップで砂を掬《すく》って台所へ運んできた。自分の採った蕗をとりだし、蕗のなかの管にすこしずつ砂を流しこんだ。一本二本とそれをやった。最後にまとめて秤《はかり》にかけてみると、啓介の採ってきた蕗はみごとに一キロを越えていた。

「なるほど、これはいい手だ。これだば何人ぶんでも供出できるぞ」

浅井もよろこんで蕗に砂を流しこむ。

啓介は手伝った。隣家の男たちは手拍子を打って軍歌をうたいはじめた。

2

土曜日なので、中学一、二年生のダム工事の勤労奉仕は午前中で終った。

午後一時すぎに啓介は下宿へ帰った。井戸端で水を浴びていると、隣家の山下のおばさんが布袋をさげて裏口から入ってきた。いまどきめずらしく太った女である。母屋の土間で彼女は下宿のおばさんと話しはじめた。

下宿のおばさんは何度も礼をいった。さっきの布袋にうどん粉が入っていたらしい。まったく山下家は小畑さんのおかげで食料が豊富である。鹿島組はよほど重要な工事を請負っているらしい。でなければ他家におすそわけできるほどの特配があるわけがない。

「現場監督ってたいしたもんだスなあ。うちは役場サつとめてるばって、石鹼一つ特配になったことがねもの」

　下宿のおばさんは羨《うらや》ましそうだった。

「いいえ、なんもたいしたものでねえのス。現場監督は正社員でねえのスよ。なんとか成績をあげて正社員にしてもらわねばねって、弟は弟で一生懸命なのス」

　笑って山下のおばさんが説明する。

　昨夜も小畑さんには来客があった。馬肉カヤキで宴会をやっていた。客は鹿島組の上司だった。正社員に取立ててもらうため、精一杯の接待をしたのだという。

「あ、こうして油売ってられねえ。弟はきょう宿直で、いまから花岡サいくのス。すこし早えどもまんま食わせてやらねば」

　急に山下のおばさんはわれに返った。いそいで母屋を出て、去っていった。

　小畑さんがいまから出勤——。しめた、と啓介は思った。大いそぎで体を拭《ふ》いた。部屋へ帰って洗濯物などをひとまとめにする。毎週土曜日には花岡町の自宅へ帰る習慣だった。一泊して日曜日の夜大館へ帰ってくる。いまから小畑さんといっしょに汽車に乗れるなら好都合である。

　花岡線の午後の汽車は三時発だった。二時半に啓介は荷物をもって下宿を出た。隣家のまえで待っていると、小畑さんが出てきた。

「どうした啓介。ああ、花岡サ帰るのか」

「んだス。いっしょにいってもいいスか」

「ああいいぞ。ぶらぶらいくか」

駅のほうへ小畑さんは歩きだした。

啓介は肩を並べた。小畑さんはもう軍人ではないのだが、近寄ると軍人特有の革の匂いがする。たのもしかった。左の軍靴をわずかにひきずる歩きかたさえ勲章のようだ。

「啓介は東京にいたんだべ。三月の空襲で家は焼けなかったのが」

「三月は無事だったども、四月の空襲で社宅が焼けたようだス。おやじが花岡へ転勤したあとだったために助かったス」

話しながら駅まで一キロの道を歩いた。

材木を運ぶ荷馬車や満員の木炭バスとすれちがった。上級生と出会うたびに直立不動、挙手の礼をかわした。国民学校の子供たちとすれちがった。暑いのに子供たちは一様に防空頭巾をかぶっていた。

花岡線の駅に着いた。国民服やもんぺの男女で駅舎は混みあっている。上級生たちが、肩を怒らせて駅舎の内や外にたむろしていた。啓介は小畑さんに寄りそった。改札のはじまるまでが一年生には恐怖の時間である。

「ちょっとこい、おめえ」

上級生に呼ばれたら百年目だった。

駅舎からつれ出され、物陰でビンタをとられる。敬礼がお座なりだ、服装がだらしない、顔つきがニヤけている——理由はなんでも良かった。当然のような面持《おももち》で、とくに四年生が一年生をいびる。

通称マッチ箱。花岡線の客車は国鉄のそれよりもひとまわり小さい。たいてい二輛連結だった。乗りこんでからも安心できない。中学生たちは一輛目の前方にあつめられ、四年生の号令で応援歌の練習をやらされる。説教され、デッキにつれ出されて擲《なぐ》られる。すべてが軍隊の内務班の物まねだった。怯《おび》えきった一年生には、約三十分の乗車時間が三時間にも感じられる。

啓介の場合はさらに条件がわるかった。

花岡へきて日があさく、幼馴染《おさなな じ》みの上級生がいない。おまけに父親が鉱山会社の管理職で、洒落《しゃれ》た社宅に住んでいる。花岡線で通学する中学生たちは、九割がたが坑夫の息子で、まずしい長屋住いだった。

入学して最初の土曜日、家に帰るために花岡線の駅へきたところ、啓介はたちまち近くの路地の奥へ呼び出された。

「きさま、労務課長の息子なんだどな。なして下宿した。おらみたいなガラのわるい学生といっしょに通学できねえのが」

「いい気になるなよきさま。ちゃんと挨拶すれ。一週間ぶんまどめて敬礼」

ふるえながら敬礼する啓介に、だれかがうしろから手拭《てぬぐ》いで目かくしした。

あとはつづけざまに擲られた。地へころがされて蹴られた。息がとまるほどの痛みだった。殺されるのだ、と啓介は思った。

「親父にはだまってろよ。しゃべったら、ただでは済まさねがらな」

声をかけて四年生たちは立ち去った。

だれが撲ったかわからないように目かくしをしたのだ。呻《うめ》きながら啓介は立ちあがった。父が汽車通学をゆるさなかった理由がやっとわかった。

以後、啓介は土曜日花岡へ帰るときは、夜の列車を利用することにした。

夜の便にも四年生は乗っている。だが、昼間の列車ほど大勢ではなかった。呼びだされてもビンタ二、三発程度で済んだ。考えてみると昼間の列車で花岡へ帰るのは、目かくしをして撲られた土曜日以来のことだった。

「おい丸谷、こっちサこい」

四年生の一人が近づいて啓介を呼んだ。

やはりきたか。啓介は顔から血の気が引いた。すがる思いで小畑さんを見あげる。

「おらの舎弟がどうかしたのか。用があるんだば、ここでしゃべれ」

小畑さんの声が低くひびいた。

四年生はひるんだ顔になった。だまって仲間のところへもどった。あれは鹿島組の棒《ぼう》頭《がしら》だべ。こちらを見て彼らはいいかわした。

発車時刻が近づいた。啓介は小畑さんにつれられて改札口を通った。ホームで三年生たちが小畑を見て、鹿島組の棒頭だと同じようにささやきあっていた。

「棒頭ってなんのことですか」

汽車が動きだしてから啓介は訊いた。小畑さんと向いあって腰をおろしている。

「現場監督のことだ。棒をもって人夫を追いまわすから、棒頭なんだべな」

小畑さんは苦笑した。

ほんとうはおらは監督でねえ。庶務なのだ。人手が足りねえから現場サ出ている。小声で小畑さんは説明してくれた。

「工事現場にはたくさん人がいるのスか」

「千人近くいる。みんな中国の捕虜だ。棒頭は十人ばかりだから容易でねえよ」

「中国の捕虜、千人もいるのスか。アメリカの捕虜よりずっと多いスな」

花岡のかたすみにアメリカ兵、オーストラリア兵の捕虜収容所があった。人数はたしか二百六、七十名だったはずである。

「向うは将校が多いから、みんなちゃんと働くようだな。中国人はちがう。仮病を使うのよ。ぶっ叩いても動かねえ。あいつらにめし食わせるのはもったいねえよ」

最初甘やかしたのが良くなかった。小畑さんは口惜しげに話してくれた。

中国人捕虜の第一陣約三百名が花岡鉱山へやってきたのは昨年の六月だった。鹿島組の監督のもと、彼らは貨車への銅、亜鉛などの鉱石積み、運搬の作業にあたった。その一カ月後、内務省、厚生省、秋田県警察部の偉い人たちが中国人たちの働きぶりを視察にきた。小畑さんらは偉い人から叱られる羽目になった。

「中国人の宿舎も布団も食料も贅沢《ぜいたく》すぎるというのしゃ。あいつらはやさしくすればつけあがる。もっと引締めて、工事のすすみ工合《ぐあい》をいまの三倍にしろといわれた。おらたち、面子《メンツ》丸つぶれよ」

小畑さんはいまいましげだった。

以来、鹿島組は中国人たちのあつかいをすべての面できびしくした。最初の甘い待遇に馴れていたので、中国人たちはふてくされるばかりだった。懸命に現場監督たちは彼らの性根の叩きなおしにあたった。おかげで工事能率は目標どおり当初の三倍になった。

「甘くされれば人間駄目になる。きびしく鍛えられてこそ役に立つ男になる。啓介、おめえも勤労奉仕はしっかりやれよ」

そんな話のうちに汽車は花岡に着いた。

花岡川の工事事務所へ向かう小畑さんと別れて啓介は自宅のほうへ歩きだした。町へ着くと四年生も乱暴はしなくなる。

見るからにせま苦しい坑夫長屋が両側に並ぶ通りをぬけると、坂道になり、そのさきに小綺麗な社宅の並ぶ高台があった。白い花をつけたアカシヤ、紅い花の咲いた夾竹桃《きょうちくとう》などの囲いの向うに赤い屋根、青い屋根の家々が並んでいる。だが、どの家の芝生の庭にも防空壕が掘られていて、洒落ているはずの光景にひどく無惨な感じをあたえていた。

高台の手前で啓介は足をとめた。アメリカ兵、オーストラリア兵の捕虜の一隊に出会ったのだ。前方の十字路を彼らは横切って、高台沿いに東へすすんでいた。鉱山の作業所から宿舎へ帰るところらしい。人数は約二百名。全員が白人だった。

ほとんどが将校だというが、彼らはボロを着てやせおとろえていた。焦茶色《こげちゃいろ》のひげがのび放題の者が多い。半ズボンで汚い毛脛《けずね》をむきだした者もいる。幽霊のように彼らはのろのろと行進していた。武装した日本兵の一分隊が彼らを引率している。

小川と畑のある場所へ彼らはさしかかった。数名の者が隊列を離れ、小川の土手や畑の畦へころがりこんで、野草をむしって頬張りはじめた。蕗、ねぎなどを引抜く者もいる。日本兵が怒声をあげて彼らをつれもどした。

「こらあ。日本の野菜を盗むな」

近くにいた大人、子供が石を投げた。

二つ三つ啓介も投げた。見たくないものを見せられたいやな気持を、そうすることでまぎらわせたかった。投げたくはないのだが、ほかに仕方がない。捕虜が一人こちらをふり返って、おそろしい顔でなにかさけんだ。恐くなって啓介はまた一つ石をひろった。

3

その夜、サイレンの音で啓介は目をさました。空襲警報だった。

秋田へきて初めてきく警報だった。恐怖で胸がひきつった。鉱山のある町なのだ。爆撃されてもふしぎではなかった。

階下で父が呼んでいる。啓介は服を着て、階段を駈けおりた。まだ壕へ逃げこむには早い。懐中電灯をもった父といっしょに防火用水や火叩き、砂袋などの工合をたしかめてまわった。

午前零時すぎだった。すべての灯が消えて町はまっ暗である。避難の支度をする人々の呼びかわす声がきこえる。

「おかしいわねえ、ラジオがなにもいわないわ。ほんとうに空襲なのかしら」

家のなかから母が声をかけてきた。

たしかに変だった。スイッチが入っているのにラジオは沈黙している。ふつうなら敵機の数や位置、飛行方向などの軍管区情報が刻々と伝えられるはずなのだ。

「放送局がやられたんじゃないのか」

父がいったとき、またサイレンが鳴った。起きてきた八歳の妹が泣きだした。

こんどは警戒警報だった。順序が逆である。それでも危険の遠のいたのはたしかだった。ほっとして啓介は父といっしょに家へ入った。

男のさけび声がきこえた。こちらへ近づいてくる。あちこちで人がさけんでいた。なにがあったのか。啓介は玄関の外へ出てみた。

暗闇のなかを人影が近づいてきた。玄関に父が出てきて懐中電灯で人影を照らした。警防団の服を着た中年男だった。

「戸締りしてください。厳重に願います。暴動だス、暴動。中国人が千人ばかりトビグチ振り回して暴れてらス。こっちへ押しかけてくるかもしれねえ。気をつけて」

息を切らせて警防団員はさけんだ。

「中国人が――。警察はどうしたんだ。軍隊はくるのか」

「とりあえず警察と警防団で中国人を追っているス。人が死にました。棒頭が四人。捕虜に恨まれていたから」

きいていて啓介は衝撃を受けた。

「棒頭って、小畑さんですか。小畑さんが殺されたのスか」

夢中で啓介は訊いた。もと伍長の精悍な風貌が脳裡《のうり》にあふれた。

「さあ、名前まではわからねえな、だども、助かった人も何人かいるようだよ」

答えてから、警防団員はあらためて戸締りの注意をして去っていった。

「啓介、あとをたのむぞ。おれはうちの会社の作業員の様子を見なくてはならん」

父は国民服に着替えをはじめた。

父の勤務する同和鉱業にも二百名の中国人、朝鮮人作業員がいる。鹿島組の暴動に彼らが合流するのを防がねばならないのだ。

父は出ていった。母と手分けして啓介は家中の戸に心張りをし、雨戸に釘を打った。千名の中国人がいまにも喚声をあげて押し寄せてきそうで、たまらなく不安である。木刀をもって、茶の間で不寝番をした。母と妹はもんぺをはいたまま床についた。

小畑さんのことが啓介はずっと頭からはなれなかった。まさか殺されはしないだろう。いまごろは銃を手に暴徒の鎮圧にあたっているにちがいない。二十人や三十人、彼ひとりでやっつけるだろう。

それにしても中国人は頭がおかしい。日本の本土で暴れてみても、たちまち捕えられて死刑になるだけだ。なぜそんなことがわからないのか。故郷恋しさでみんな気がふれたのかもしれない。

考えるうち、あくびが出はじめた。しばらくこらえたが、外には騒乱の気配もない。遠くの田圃《たんぼ》の蛙の声が妙にはっきりきこえてくる。まもなく、啓介は眠りこんだ。暴動はもう終ったと信じていた。

父の声と玄関の戸を叩く音で啓介は目がさめた。窓の外はもう夜明けである。立っていって戸をあけると、疲れた様子で父が玄関へ入ってきた。酒の匂いがする。

「ここは大丈夫だ。捕虜は大挙して大館方面へ向かった。二百人ばかりはもうつかまったらしい。怪我人と病人の捕虜ばかりだが」

音を立てて父は茶の間にすわった。

起きだしてきた母に酒と食事の支度を命じる。濁酒《どぶろく》と漬物が父のまえにおかれた。母は芋入りの粥《かゆ》をつくりはじめる。

父は暴動の模様を話してくれた。

六月三十日午後十時半、花岡町の北部にある鹿島組事業所の中山寮で暴動が起った。中山寮にはおよそ八百名の中国人作業員が収容されていた。彼らのうち約二十名が同寮と棟つづきの日本人宿所に乱入し、トビグチやツルハシをふるって現場監督四名、中国人一人を殺害した。その中国人は仲間を裏切って監督らの腰巾着になっていた男だった。殺害のあと中国人たちは食料庫をやぶって米やうどん粉などを奪った。ついで裏山へ逃走をはじめた。山岳地帯にこもってゲリラ戦をやる気なのか、日本海方面へ出て船で中国へわたる気なのかはわからない。

日本人宿所には八名の現場監督や庶務係がいた。うち四名が難を免れて命からがら鹿島組の出張所へ逃げこんだ。ただちに警察へ通報がゆき、とりあえず約百名の警官隊と警防団で鎮圧にあたることになった。逃亡した中国人のうち二百名は病人と怪我人である。裏山さえのぼりきれずに彼らは捕えられ、中山寮へつれもどされた。幹部の者だけが派出所に連行されて取調べをうけている。

「残りの中国人も、元気なのは二百名ぐらいらしい。あとの者は栄養失調でふらふらしている。遠くへはいけないだろう」

父は大きなため息をついた。

同和鉱業で働く中国人たちはさわぎを起さなかった。アメリカ人、オーストラリア人たちはなにも知らずにいる。銃声もきこえず、火災もないから当然のことだ。

小畑という現場監督は生きているか、と啓介は訊いてみた。父親は首をかしげた。生存者が四名なのはたしかだが、名前までは伝達されなかったという。

「鹿島組は捕虜にめしも食わせずにコキ使っていたらしいな。撲る蹴るもひどかったようだ。病人へ薬もやらない。毎日何人かが死んでゆくという噂は以前からきいていた」

顔をしかめて父はつぶやいた。こんな話を父がするのは初めてである。

「でも、政府の命令できびしくしたんだろう。小畑さんがそういっていたよ」

彼からきいた話を啓介は紹介した。ついでに小畑さん自身のことも話した。

「しょっちゅう宴会をやってるって。やっぱりそうなのか。なんというやつらだ」

父の顔に怒気がみなぎった。啓介は不安になって、だまって父をみつめた。

「おまえももう中学生なんだから、世の中の裏をすこしは知ってもよいだろう。その小畑という男は捕虜の食料を横どりして闇で売っていたんだ。だから景気がよかった。小畑だけではなくて、現場監督はみんな同じことをやっていた」

「まさか。小畑さんがそんな。あの人伍長なんだぞ。わるいことはしないよ」

「中国人の捕虜はみんな骸骨みたいにやせていたという話だったぞ。食わせてもらえなかったんだ。おまけに撲られてばかりいる。ヤケになって暴動を起した」

「でも、ぼくらだって腹ペコだよ。しょっちゅう上級生に撲られている。捕虜が腹をすかしたり撲られたりしても当然だろう」

「理屈をいうようになったな、啓介も」父は苦笑いして茶碗酒を飲みほした。「お父さんだっておまえをがっかりさせたくはないさ。でも、見たくなくても見なければならない事柄が世の中にはあるんだ。今夜の事件はその典型だろうな。小畑という男が生きていたらくわしい話をきいてごらん。嘘は要《い》らない。ほんとうのことがききたいといって」

妹が起きだしてきた。

一家四人で芋粥をすすった。暴動を起した捕虜たちは各地の警防団や在郷軍人会、青年団などに追われて、必死で山野を逃げまどっているのだろう。それを思うと芋粥も山海の珍味だった。食べ終ったら二階でゆっくりと眠るつもりである。

花岡鉱山で暴動が起ったことを、ラジオは一言も伝えなかった。新聞にももちろん載らないだろう。それでも同和鉱業の社宅にはさまざまな噂が入ってきて、事件が収束されつつあることが夕刻には啓介にもよくわかった。

真夜中に中山寮から逃げだした八百名の中国人捕虜のうち病人、怪我人の二百名は、早朝追手につかまって寮へつれもどされた。

残り六百名のうち百名は、本隊を離れてばらばらに周辺の野山へ散っていった。本隊は花岡線に沿って大館方面へ南下した。彼らはやがて二つのグループに分れた。戦闘の可能な健康者約三百名と、ついてゆくだけで精一杯の二百名の二組である。

花岡町の南約五キロの松峰という村落で、体力のない二百名は逃走をあきらめた。彼らは三名の代表を花岡町へ派遣し、鹿島組の出張所へ降伏を申しいれた。出動してきた警官隊や自警団に追い立てられて、その二百名は朝のうちに花岡町へ帰ってきた。

主力の三百名は逃走をつづけた。彼らは松峰から東へ折れ、五キロさきの獅子ヶ森山へ立てこもった。ちがう山を拠点にする計画だったが、地図を見ちがえたらしい。獅子ヶ森山は平地のなかにゆるやかに盛りあがった標高二百二十五メートルの小山である。自警団や警官隊に難なく包囲されてしまった。

捕虜たちは投石したり、トビグチをふるったりして抵抗している。自警団に猟銃で射たれたり、日本刀や竹槍で殺傷されたりしている。鎮圧は時間の問題だった。夜までにはすべてかたづくだろう。

あすからまた学校である。勤労奉仕に出なければならない。午後五時発の汽車で啓介は大館へ帰ることになった。洗濯した下着類と半月分の下宿料である米五升を、母が農家から工面してくれていた。

四時すぎに啓介は家を出た。同和鉱業の娯楽施設である共楽館まえに中国人捕虜たちが拉致されてきているという噂なので、見物してゆくつもりだった。小畑さんの消息もわかるかもしれない。きのうのようにいっしょに汽車に乗るわけにはいかないだろうか。

真夏の陽光が照りつけ、道が白くかわいていた。畑のトマトが赤くかがやいている。啓介は坂道をくだり、橋をわたって共楽館まえにさしかかった。三階建ての洒落た洋館のまえに大勢の町の人が立っている。玄関まえの広場に三百名あまりの中国人捕虜が投げ棄《な》《す》てられたようにすわっていた。

捕虜たちは全員うしろ手に縛られ、二人ずつ一組になって背中あわせに正座させられていた。二人の手と手、足首と足首が縄でつないである。といっても正座できる組はごくわずかだった。ほとんどの者がおそろしく窮屈な恰好で横になっている。

声をのんで啓介は立ちつくした。吐きそうになって、いそいで口をおさえた。

中国人たちは栄養失調どころではなかった。人間の皮をかぶった骸骨だった。皮膚の裏から骨が透けてみえる。肋骨《ろっこつ》がはっきり浮き出ている。腕も脚も肉の丸みがなく、骨そのままのかたちをしていた。人間がこれだけ骸骨に近づけるものかと思わされる。

怪我をしている者が多かった。顔が腫れて目がつぶれた者、頭の傷口が血で固まった者、鼻が曲った者、左の顔面がふくれあがった者。腫れた箇所は紫色なのだろうが、垢にまみれているので色はわからない。煤《すす》にまみれた鍋底のように彼らは汚れて、異様な匂いを立てている。広場からいちめんに血と膿《うみ》と垢の匂いが立ちのぼっていた。

一見したところ、死骸の置き場だった。そうではないといいたげに彼らの多くが呻いていた。目をとじて苦しげに呻く者がいたり、焦点のない目をあけて漫然と声を出している者もいる。食物も水もあたえられていないようだが、要求する気力もないようだった。それでなくとも弱りきった体が、昨夜来の逃走で全精力を使いはたしたらしい。呻きも身動きもしない者は、もう死んでしまっているのかもしれない。三百名の捕虜のいる広場は死の色に染まりはじめている。

憲兵や警官が彼らのあいだを巡回していた。ときおり棍棒《こんぼう》で撲ったり、地に伏した捕虜の頭を靴でぐりぐり踏んだりする。共楽館の正門まえには武装した将校がいて、捕虜たちや見物人に睨《にら》みをきかせていた。

「こいつらのなかに、死んだ朋輩《ほうばい》のももの肉を削いで食ってたやつがいたんだと。犬畜生だな。なんぼ腹減ったたって、朋輩の肉まで食わねくとも良さそなもんだ」

警官が見物の男女に話しかけた。

見物の者たちは顔をしかめてどよめいた。うたてもんだな。人間でねえな。汚らわしげに彼らはいいかわした。

ちがう、ちがうスよ。さけびたい衝動に啓介はかられた。きょうきいた父の話と目のまえの光景をかさねあわせて、なぜ暴動が起ったか、おおよそ理解していた。人肉を食べる者が出るほど捕虜たちは飢えていたのだ。そんな様子を見て、捕虜の隊長は反乱を決意したのだろう。

だが、なにから話してよいのか啓介には見当もつかなかった。うまく説明できたとしても、中学一年生のことばに大人たちが耳をかたむけてくれるとも思えない。啓介は無言で、激しい陽光に打たれて立ちつくした。

憲兵たちが共楽館のなかから二人づれの捕虜を引きずりだした。拷問されていたらしい。ともに目も鼻もわからないほど顔が腫れあがり、一人は腕が骨折して掌があらぬほうを向いている。雑巾のように二人は地上へほうり出された。代ってべつの二人が立たされ、小突かれたり蹴られたりしながら建物のなかへつれてゆかれる。一人は最後の力をふりしぼったようにかぼそく泣いていた。

これ以上啓介は見ていられなかった。立ち去るまえに警官へ声をかけた。

「鹿島組の棒頭の小畑さんはどうされたスか。無事でおられるスか」

「小畑――。たしかそういう人がいたなあ。生存者だったかな」

警官はとなりにいた同僚に訊いた。

同僚は顔をしかめて手を横にふった。

「いや、死んだ人だ。逃げきれなくて川のそばでやられた。まず、ひでえもんだった。頭にも体にもツルハシを何本もぶちこまれてしゃ。よほど恨まれてあったべもの」

みなまできかずに啓介は駈けだした。

石油缶で頭をぶん撲られたような衝撃だった。目がくらみ、耳が鳴っていた。悲しいのか口惜しいのかよくわからない。ただ耐え難かった。もういやだ、もうごめんだ、勘弁してくれ。胸のうちでさけんだ。涙があふれてくる。夕陽がいつもの三倍ほども大きくみえた。陽光が涙にぶつかって、金色の粉のようにキラキラと飛び散った。

花岡駅へ啓介は着いた。駅舎のすみに七、八人の男女が立っている。まんなかに山下のおばさんが立っていた。白布で包んだ四角な箱を首からさげている。泣き腫らした顔で、大切そうに両手で箱をかかえている。

山下のおじさんもいた。下宿のおばさんもいる。ほかの人々もみんな沈痛な顔である。その人々にとって小畑さんが頼りになる大切な人物だったことが一目でわかる。

なんといって挨拶してよいのかわからない。啓介は人混みのなかにかくれた。見まわしたが、駅舎には上級生の姿がなかった。小畑さんが守ってくれているらしい。

その後三カ月のあいだに世の中は目まぐるしく変転した。

暴動の一カ月半後の八月十五日、戦争が終った。啓介ら中学生たちは学校の体育館にあつめられて天皇の放送をきいた。

内容はよくわからなかったが、日本が降伏したのだと校長が説明してくれた。教師たちと上級生たちのほとんどが号泣した。陛下に申しわけがない、血のにじむ努力で国土を再建し、アメリカに復讐しなければならない。教頭が絶叫した。降伏より死をえらべと説いていた配属将校は、どこへ消えたのか以後姿を見せなかった。

啓介たちは茫然《ぼうぜん》として日を送った。マッカーサー元帥の厚木到着、ミズーリ号上の降伏調印、A級戦犯の指弾などと大きな事件がつづいた。そのころから教師たちは、今後はアメリカを手本にして平和な民主主義国家を建設するのだといいはじめた。

ある日、啓介が下宿へ帰ると、浅井が小さな新聞を手に部屋へ入ってきた。労働運動の機関が出しているガリ版の新聞だった。

「花岡の暴動のことが出てるぞ。おら、参ってしまったで」

いわれて啓介は目を通してみた。

花岡で暴動を起した中国人たちは捕虜だといわれていたが、半数は無理矢理日本へつれてこられた一般の市民だったこと、彼らがまだ終戦を知らされず以前のままの労働に従事していることが書いてあった。彼らがまた反乱を起せば、軍隊が消滅したいま鎮圧がむずかしいので、帰国の準備ができるまで当局は現状を保つ方針だという。

中国人たちのうけた虐待の詳細がつぎに書いてあった。最初のうちは一日に饅頭《まんとう》が二つと牛蒡《ごぼう》の煮たのが少々だった。だが、日がたつにつれて饅頭は小さくなり、おかずは牛蒡から塩漬けの蕗に変った。懲罰を受けた者は一日に蕗一本だけのきまりだった。

「蕗だぞ、おい啓介。おらたちの採った蕗は中国人の食料だったのだ」

浅井の声はかすれていた。

「うわあ、困ったな。参ったスなこれは」

胸もつぶれる思いで啓介はさけんだ。

割りあての一キロが採れなくて赤蕗をまぜた。しかもなかに砂を詰めた。飢えた中国人がそれを口にする。どんなに彼は日本を呪ったことだろう。小畑さんに向けられた怒りにはその恨みも含まれていたかもしれない。

「いやあ参った。参ってしまった。小畑さんのことばかり責められねえな」

「困ったスなあ。取返しがつかねえものな」

二人は頭をかかえて動かなかった。

なにかをしたいのだが、なにをして良いのかわからない。とりあえず小畑さんの墓参りにゆくことにした。啓介らの罪も引受けて彼は生命を落したのだ。

つぎの日曜日、啓介はいつものとおり花岡町の自宅へ帰っていた。

野山が秋の色に染まりはじめている。朝のうちに啓介は父といっしょにアケビ採りに出かけた。まだキノコには早いが、住宅地の裏山にはアケビや山ブドウが生《な》っている。

とつぜん爆音がきこえた。アメリカの標識をつけた単発機が二機、町の上空にあらわれて旋回しはじめた。やがて単発機はアメリカ人やオーストラリア人の収容所の上空にきて小さく回りはじめる。

とつぜん白いものが空中に撒《ま》かれた。つぎつぎに落下傘がひらいた。捕虜たちへの救援物資である。ゆらゆらとそれは落下する。十ぐらいはあるだろう。ここから収容所は見えないが、地上で手をふる捕虜たちの歓呼の声がきこえてくるようだ。

「ちくしょう。これ見よがしだな。やっぱり負けるとみじめだ」

父がつぶやき、啓介もうなずいた。

たしかに口惜しい。単発機のなかからパイロットが得意げに手をふっている。中国人の寮にも落下傘は降ってゆくようだ。

口惜しさの底から、啓介はしだいに明るい気持がこみあげてきた。よかったなあ、という思いだった。ほんとうによかった。よかったと思う。これほどすばらしい感情を、いままで味わったことはなかった。一番うれしい日だった。

口笛を啓介は吹きはじめた。

見よ落下傘、空をゆく、
見よ落下傘、空をゆく。

「ばか。戦争の歌なんかやめろ」

笑いながら父がたしなめた。

それでも啓介は吹きつづけた。落下傘を讃える歌はほかになかった。

参考文献

石飛仁「中国人強制連行の記録」太平出版社
「大館市史」第三巻 下

# 裸の捕虜

鄭承博

大きなリュックサックを小さく丸めて、小脇へちょこんと抱えた承徳は、今日も思案に暮れた。一体何処《どこ》へ行けば、首尾よく買い出しが出来るのか、それは毎日籤《くじ》を引くような思いであった。

もはや、野菜のひとにぎりといえども、田舎へ行ってかんたんに買い出して来ることは出来なかった。戦争が長びいて、極度に物が尠《すくな》くなったせいもあったが、それよりも農家はきつい統制違反の取り締まりを怖れていた。売り買い双方とも同じように、厳しく罰せられることになってからは、よほどじっこんな知人か親戚でもない限り容易に物を売ろうとはしなかった。

何処へ行くとも、まだはっきり考えの決まらないまま、とにかく承徳は天王寺まで出て来た。すでに本土空襲も覚悟をしていただけに、駅の構内は疎開の客とその荷物で、どこもかしこもいっぱいであった。どの窓口にも切符を買う行列が延々と続いて、人々はただ無心に立ち続けていた。中には新聞を敷いて坐《すわ》り込んでいる老婆もいた。じっと杖に凭《もた》れて佇《たたず》んだ老人もいた。

親にはぐれた子供の泣き声、母親が子供を探す甲高《かんだか》い叫び声、まことに騒然としていたが誰もこれを庇うてやろうとはしなかった。そしてまた庇うてやることも出来なかった。軍務公用とか、特別になにかの証明書でもない限り、一般人が乗車券を買うことはむつかしかった。一度に僅《わず》かしか売らない切符を、順番が来るまでいつまでも、行列をつくって待たなければならなかった。

その点買い出しを専門にしている、闇屋仲間は、なかなかの要領を得ていた。切符買いを仕事にしているお婆さんらと組んで、大抵の場合は即刻間に合う仕組みになっていた。その代わり値段は、定額の二十倍にもなっていたが、誰一人文句をつける者はいなかった。いつもならこの闇切符のお婆さん達は、四、五人とぐろを巻いて構内のどこかに立っていた。ところが今日に限って一人も見当たらなかった。なによりも切符がなければ、どうする事も出来なかった承徳は、構内を一巡してから諦めて、引き返すことにした。おおかた入口まで出かかると、誰かに背中を叩かれたので振り向いた。すると大阪駅でよく闇切符の世話になるお婆さんであった。それがどうして天王寺にいるのかと思ったが、そのお婆さんは、もじもじと袋の中から切符を一枚取り出して、

「あのなあ、関西本線ならあるんやけど」

「ほう、お婆はん、この頃天王寺まで荒らしてんのか」

「違う違う、昨日ここの人ら、一人残らず引っぱられてしもうた。当分面倒見おらんにゃ

しゃーない」

お婆さんから買い取った乗車券は、関西本線奈良から、一駅先にある、木津までの往復券であった。

一度もまだ行ったことはなかったが、仲間の間ではよく話題に上る地名であった。大阪からだと距離的にも非常に近く、取り締まりも割合緩い上に、上手にあされば、物も豊富にあるということであった。この際一度無駄足を踏むつもりで、行って見てもよいと思った承徳は、早速ホームへ走って行った。

手順よく汽車にも乗れて、夕刻までには木津へ着いた。駅前の大通りを左へ曲がってしばらく行くと、間もなく町の外へ出た。もうそこは全くの農村風景であった。辺り一面に拡がる稲田は、すっかり色づいて、今にも刈り取るばかりになっていた。すぐ近くに大きな川もあった。その川上には、山裾にいろいろな形の農家が点在していた。すでに長い山影に被《おお》われた家々からは、夕餉《ゆうげ》の煙がほのぼのと立ち上って、戦争とは何の係わりもない静かな風情《ふぜい》であった。

初めての土地へ来て、そのツボを射当てることはむつかしかった。見知らぬ者がやみくもに入って行っても、鼻の先であしらわれることは決まっていた。しかし、どこの村へ行っても、一軒や二軒は慾《よく》の深い百姓もおった。自分の家にある物はおろか、外から買って来てまで、高い値段で売りつける者もいた。そういう家に行き当たれば、却《かえ》って買い出しを悦《よろこ》んでくれたが、それを見つけるためには、二日も三日も無駄足を踏んで、ここへ通わなければならなかった。

とにかく橋の袂《たもと》を川上へ折れて、どんどん部落へ近づいて行った。高い土手を歩いて、おおかた村の近くまで来ると、低い練り塀を廻《めぐ》らした一軒建ちの農家があった。その家は土手の下になっていたので、よく中庭が見えていた。歩きながら見ていると、白い手拭《てぬぐい》で頬被りをした女の人が、忙しそうにあっちこっちと素早く動き廻っていた。

買い出しの場合は出来るだけ一軒家が好都合であった。闇屋の出入りを近所に見られることは、ほとんどの農家が嫌っていた。

いくら一軒家であっても、初めての家へ物を頼みに入るのは、承徳も嫌であった。闇屋仲間に入ってから、もうかなり月日が経つのに、未《いま》だに慣れてこない自分を、まことに腑甲斐なくも思った。でも仕方がなかった。いつものように、思い切り下腹へ力を入れて呼吸を整え勇気を出した。

早速土手を降りてその家の門を潜《くぐ》った。頭をちょこんと下げながら女の人に近づいて行って、

「お婆さん、こんにちわ。お忙しいところをどうも。なんでもいいから売ってえーな」

「折角《せっかく》やがなんにもないな。この頃はなんでもみな、供出せんとあかんさかい」

どこまで行っても、断るセリフは、みな同じであった。

最初の一軒を当たれば、断られて、後は度胸がついて来た。一軒一軒片っ端から入って行った。土手を上がったり下がったりしながら、十軒余りの農家をほとんど当たってみた。

しかし全部断られて、他にはもうめぼしい家も見当たらなかった。

村の中でこれ以上の長居は出来なかった。日暮れも近かったが、他所者《よそもの》がいつまでもうろうろしていたのでは、所轄の駐在が嗅ぎつけて来る恐れもあった。野菜のひと株はおろか次の機会の手掛かりも攫《つか》めなかった承徳は、がっかりせずにはいられなかった。

諦めて帰ろうと思って、もとの土手の上へ戻って来た。今までは気がつかなかったが、麓《ふもと》から段々畑が続いた丘の上に、どこもかしこも、コールタールで塗り潰したような、妙な家が一軒見えていた。建ちの低いトタン屋根の小屋がいくつも並んでいて、その横に小さな瓦葺《かわらぶ》きの二階屋がちょこんと建っていた。田舎では滅多に見られない風変わりな家であった。

農産物の加工工場とも、家畜を飼う小屋とも思えなかった承徳は、どうしても一度、そこへ立ち寄ってみたくなった。日が暮れるまでには、まだ少し間があった。思い切って丘を駆け登り、息を弾ませながら、門の前へ辿《たど》り着《つ》いた。そうっと中を覗《のぞ》いて見ると、広々とした庭の真ん中で、老人が一人筵《むしろ》のようなものを繕《つくろ》うていた。かなりの距離があったので、承徳は声もかけずに黙って入って行った。

ところがその瞬間、ここ当分見たこともなかった異様な光景が目についた。下から見えていた、トタン屋根の小屋の中には、南瓜や甘藷《かんしょ》が山と盛り上げられ、またその横には、米か麦が入っていると思われる俵を、ぎっしり積み上げてあった。ここでなんとか泣きついてみなければと、承徳は急に勇気が出て来て、全身が奮い立つ思いであった。先ず被っていた戦闘帽を脱いで、無心に仕事をしている老人の傍へ近づいて行った。

「お仕事中にどうもすみまへん」と出来るだけ丁寧に頭を下げて、お辞儀をした。すると老人も手を止めてこちらを振り向いたが呆気に取られたのか、顔を見詰めるだけで、全然物を言おうとはしなかった。承徳が何度も頭を下げるとようやく、

「どなたじゃな」

　ここぞとばかりあるだけの知恵を絞って、熱弁を揮《ふる》った。

「僕は飛行機の部分品を作る、軍需工場で働いている者なんですが、食べる物が無くて、工員全部が働くことも出来まへん。なんでもいいから助けると思って売って下さい。この通りお願いします」

　両手を合わせて拝むように頼んではみたが、老人は一言の返事もしなかった。ただ両眼をしょぼつかせながら、じっとこちらを見詰めていた。しかし承徳は、ここで諦める訳にはいかなかった。なお言葉を続けて、一生懸命食い下がってみた。

「決して嘘やありまへん。もし僕が警察へ引っかかるようなことがあっても、軍の監督官を通じて、ちゃんと会社が揉《も》み消《け》してくれることになっております。信じて下さい」

　身振り手振りで熱心に説明はしたが、老人はたった一言、

「あんたはん、年はいくつかな」

　余りにも予期しなかった言葉に、承徳はがっくり間が抜けたような思いであった。

「はい、二十一です」と答えたが、老人はすぐ遠くへ目をやり、こんどはなにか曰《いわ》くのあ

りそうな顔つきになってしまった。しばらく時間をおいてから、また承徳の方へ顔を向けて、

「それじゃ、うちの戦死した子と同じ年やが、あんたはんは兵隊に行かいでもよかったんやな」

全然関係のないことばかりを訊《き》いていた。しかしなんとか弁明しなければならなかった。今どき、兵役に関係のない若者がいる筈《はず》がなく、承徳はことあるたびに肩身の狭い思いをして来た。

時と場合に依っては「はい、自分は朝鮮人だから、兵役に関係ありません」とはっきり言えなかった。現にこの老人も自分が朝鮮人だと知ったら、おそらく何も売ってくれない可能性もあった。その上また、自分と同じ年の息子が戦死したと言う老人の前で、とても兵役に全然関係がないとは言えなかった。

「はい、その代わり軍需工場で働いております。今日中にどうしても食べ物を持って帰らんと、大事な工場の仕事が、どうなるやら分かりまへんね」

「ほう、それなら金で売る訳にはいかんさかい、そこにある南瓜や芋でよかったら、あんたはん持てるだけ持って去《い》になはれ」

とても信じられない話であった。でも初対面の老人から、貴重な食糧をただで貰う訳にはいかなかった。承徳は早速財布を出して見せながら、「この通り会社から、ちゃんと金を貰っています。代金を受け取って下さい」と、何度も頼んでみたが、老人は頑として聞

かなかった。

途方に暮れてしまった。ことここに至れば、引くことも進むことも出来なかった。仕方がなく立ち尽くしていると老人の方から手を出して、承徳が持っていたリュックサックを取り上げた。一体どうするのかと思って見ていると、自分から小屋へ行って、南瓜をどんどんリュックサックへ入れだした。慌てて承徳も走って行った。言われるままにこれを手伝って、とうとう入るだけいっぱいに詰め込んでしまった。

もうとっくに日が暮れて、辺りは薄暗くなっていた。ずっしり重くなったリュックサックを背負うて、承徳は深く頭を下げながら、「それでは、遠慮なく戴《いただ》いて帰ります」と、礼を言ったが、老人はただ黙って頷《うなず》くだけであった。


三年ほど前、承徳が就職をした当時の、吉沢金属工業所は、型通りの平凡な町工場であった。生野区の雑然とした町の中にあって、常時三十人余りの工員が働いていた。古くから精密工作に力を入れて来ただけに、この工場も突然時代の脚光を浴びることになった。本土空襲に備えて製作された、迎撃用戦闘機「月光」のエンジン連続ボールトをここで作った。それ以来一躍軍の重要指定工場になるとともに、全従業員の自由な行動は許されなくなってしまった。

ちょうど一年ほど前のことであった。道路を隔てて工場の向かい側に並んでいた民家を、何軒も買収して、忽《たちま》ち立派な寮が作られた。全従業員のほとんどが通勤者で、大半は世帯主であったが、否応なしに全員が、その寮へ収容されてしまった。

入寮の前日であった。長い軍刀を吊った陸軍監督官と称する中尉が一人やって来て、みなを出来上がったばかりの寮に集めた。

「……諸君はただ今から、名誉ある本工場へ、現場徴用の栄に浴することになった。諸君の手で作られた製品は、我が航空界に寄与するところ誠に大である。これは言うまでもなく平素より諸君の、不屈な鍛練と精進の賜《たまもの》であり、延《ひ》いては滅私奉公の精神につながるものである。これからも一致団結して生産に励み、勇敢なる前線将兵の、その期待に応えるよう……」

と言う訓辞をしたあと、改めて一人一人に正式の徴用令状が手渡された。

それから三日ほど過ぎた寒い日であった。昼休みに日向《ひなた》ぼっこをしていた承徳は、思いがけなく事務所からの呼び出しを受けた。早速手を洗って走って行くと、すでに班長が入口に出て待っていた。行くなり手招きをしながら班長は、

「君、こちらへ来てくれんか」

と言って事務所へは入らず横の路地へ連れて行った。最初はなにかもじもじと言《い》い悪《にく》そうであったが、やっと彼は切り出した。

「ねえ君、これは会社の方針だが、余り長い期間とは言わんから、明日から寮を出てアパートへ替わってくれんか」

「それはまた、なんでです」

「この頃食糧事情の悪いのは、君もよく知っているやろう。主食にする麦や高粱《コーリヤン》は軍からくれても、肝心なおかずにする物が何もないんや。もう塩しかしゃーないと言って、今朝炊事係のお婆はんが、事務所へ言うて来おってん。最近は各社もやってるそうやが、うちも誰か一人買い出しに出すことになったんや。そこで先ず君が選ばれたと言う訳やが、万一の場合を考えて、寮を出てもらうことになったんや。軍管理工場正規の工員が、買い出しで引っぱられたということになると、担当の監督官に迷惑がかかるやろう。その代わりアパートもちゃんと用意が出来ているし、もし君がひっかかるようなことがあっても、その場合はまた会社から監督官を通じて、どんないでもするが。大船に乗ったつもりでひとつ頼むわ。そのうちに時期が来たら、誰かと代わってもらうさかい」

それ以来承徳は寮を出て、来る日も来る日も買い出しを続けた。上手に闇屋仲間に潜り込んで、炊事場のあらゆる注文に応じて来た。野菜物は無論、味噌、醤油、だしジャコに至るまで、賄《まかな》いに必要な物はほとんどであった。その都度、自分の力で買えなかったものは、闇仲間の手を経てでも、とにかく言う通りに間に合わせて来た。

ずい分無駄な金も要《い》った。闇屋仲間の交際費から、買い出しに行く先々の手土産に至るまで、どれひとつ立証の出来る物はなかったが、それがかなりな額に上っても、会社へ請求さえすれば、何の疑念もなく耳を揃えて出してくれた。

買い出しから帰ったらかならず顔を合わす炊事場のお婆さんも、たまに逢う担当の班長も、よくお上手を言ってくれた。

「あんたのお蔭《かげ》で助かるわ」

「君は買い出しの天才や。今だから言うが、選考をする時、君を推薦したのはこの俺や。これで人を見る目があったと言うもんや」

しかし、この二人は、よく物品をごまかして、家の者に取りに来させていたことを、承徳は薄々知っていた。


木津から南瓜を貰って帰った翌日、ひょっこり炊事場へ入って行った。ちょうど昼めしが一人前残っていたので、それを食べさせてもらうことになった。椅子に掛けて一人食べていると、向かいの工場から、冗談を言い合う賑《にぎ》やかな話し声が聞こえて来た。つい、懐かしさを感じたが、承徳は自分だけ特殊な社会へ切り離されたような気がして、滅多に工場の連中らと顔を合わすことはなかった。

食事を済ませて、他に用事もなかった承徳は、ついふらふらと久し振りの工場へ入って行った。別に変わった処《ところ》もなく、相変わらずみなは、油まみれになってよく働いていた。

三十台ほどの旋盤が三筋に並んだ中ほどに、自分が使っていた旋盤があった。今は無論代わりの者が使っていたが、何となくそちらの方へ行ってみたくなった。みなが働いている間を通って、そこへ近づいて行くと、承徳の顔を見るなりどの人もこの人も、満面の笑顔で会釈をしてくれた。なかの一人はわざわざ旋盤を止めて、

「この間のサバはうまかったどう。あれからみな元気が出てなあ。この頃はお前はんのこ

とをサバやんサバやんと言うてるで」

　工場中全部に聞こえるほどの、大きな声であった。そう言えば、いつか紀州の漁村で、すこし纏《まと》まった塩サバを買ったことがあった。警官の目を潜って、ひやひやしながら、何度も何度も運んだが、これほどまでにみなを悦ばせていたとは、全く知らなかった。

　油で汚れた黒い顔に白い歯を剝《む》き出したみなの顔を見た承徳は、つい我を忘れてしまった。

「塩サバくらいならまかしとけ。紀州の漁師は、みんな親戚みたいなもんや。これからいくらでも運んだるでえ」

　自分も負けずに、思い切り大きな声で叫ばずにはいられなかった。

　それからは特に塩乾物に力を入れた。百姓を相手にするよりも、漁師の方が気さくであった。紀州の小さな漁村へ行けば大抵の家には豊漁の時にひらいて塩づけにしてある、いろいろな魚があった。

　間もなく正月が近づいていた。紀州の田辺にいるある知人に頼んで、塩サバではなく、こんどはかなり纏まった塩サンマを買い付けた。連日寒さが続いて、生臭い魚を運ぶのは誂《あつら》え向《む》きの時期であった。

　それでも万全を期した。取り締まりの手薄になる正月を待って、いよいよ運搬にかかった。油紙をたくさん用意して行って塩サンマを五、六匹ずつ分けて包んだ。これを更に木箱へ詰めて、運ぶのはやはりリュックサックで背負うことにした。

汽車も田辺発、和歌山市行きの最終便を利用した。和歌山から阪和線に乗り換えて、天王寺へ着いても、ちょうど真夜中で、一番安全な時間であった。

こうして二十貫余りの塩サンマを、五、六回に分けて、ほとんど運び終わった時であった。もうこれが最後だという時に、天王寺駅構内を出ようとしたところを、国民服の私服警官に呼び止められてしまった。

呼び止めたもののこの警官は、そうとう高い地位のようで、重大犯人を見張ってでもいたのか、リュックサックを開けて、中からサンマを一匹取り出すなり「なんだ、貴様は闇屋か」といかにもがっかりした様子で、じっとこちらを見ていた。

しかし、許してはくれなかった。

「こんな物を持っていたら、豚箱へ入るぐらいは知っているだろう。そこまでついて来い」

一体何処へ連れて行くのかと思ったが、すぐ近くの交番所へ入って行った。もうすでに寝た巡査を起こして、

「こいつの荷物を没収して、本署へ連れて行ってほうり込んで来い」

とても偉そうな声で命じていた。

交番所の巡査に連れられて、そこから一キロほどの距離にある天王寺警察へ歩いて行った。着いて見ると真夜中であるだけに本署の中も署員の姿は疎《まば》らであった。巡査の指示通り、通路の隅へ立っていると、二、三人の署員が集まって、何かの相談をしていた。間もなく違う警官が一人出て来て、こちらへ来るように手招きをしていた。ついて行くと裏の

留置場前であった。扉が開かれたまま、誰も入ってない空《から》の室へほうり込むなり、外から鍵をかけて、巡査は立ち去ってしまった。

いくら闇の現行犯とは言え、名前も住所も聞かず、一言の質問もなしに、ただ「こっちへ来い」「中へ入れ」とだけでほうり込まれたのでは、何か侘《わび》しさを感じずにはいられなかった。

留置場の中は暗かった。とても坐る気持ちにもなれなかった。承徳はじっと佇《たたず》んだまま考えてみた。ちょうど一年間、寮の買い出しを一手に引き受けて来た。その間各地から随分いろいろなものを運んだが、その都度上手に網を潜って、一度の前科もつかなかった。

翌日もそしてその翌日も、音沙汰はなかった。ただ時間が来たら食事の差し入れがあるだけであった。一刻も早く会社へ連絡をとりたいと思ったが、どうすることも出来なかった。

五日目になって、ようやく連れに来た。調べ室はすぐ横の階段を上がった二階であった。入って行くと狭い部屋に、かなり年配の係官が一人坐っていた。承徳の顔をちらっと見るなり、

「貴様まだ若いのに何をしたのじゃ」

「田舎から魚をもらって、帰り道でした」

「田舎とは何処じゃ、本籍地は」

「本籍は朝鮮ですが、和歌山県に親戚がおります」

「そうやろうと思った。日本人やったら貴様のような者は一人もおらん。みんな前線へ行ってお国のために戦っている。かかった者はみな貰った貰ったと言うが、貴様ほんとうは闇の常習犯だろう」

承徳は慌てて「いいえ」と首を振ったが、しかし係官の目に触れた様子もなかった。

「貴様らの同胞はこの非常時に、闇ばっかりやっているが、どうじゃ私が口をきいてやるから、男らしく軍需工場へ行って働いてみる気はないか」

「僕はもう軍需工場で働いております。嘘やありません。生野区の吉沢金属へ問い合わせて見て下さい。一緒に働いている人らにも食べてもらうつもりで、くれた魚を持って帰る途中でした」

腕を組んだまま係官は黙っていたが、不意に立ち上がって部屋を出て行った。しばらくしてから戻って来たが、意外なことに、先の態度とはがらりと変わっていた。荒々しくドアを閉めて、

「貴様、嘘をつくな！」

びっくりするような大声で怒鳴ったかと思うと、拳骨《げんこつ》で力いっぱい承徳の頭を殴りつけた。思わず承徳はその場でふらふらっと倒れてしまったが、係官はやや昂奮《こうふん》を押さえた調子で、自分の席へ戻って行った。こんどは立ち上がる承徳を鋭い目付きで睨《にら》みつけながら、

「俺に恥をかかしおったな！　吉沢工業へ電話をしたら、貴様なんか知らんと言うとるじゃないか。第一あの工場は機密保護のため、朝鮮人は雇うた覚えがないと言うのに、貴様

なぜ嘘をつくのじゃ」

承徳はとても信じられなかった。

「そんなことは絶対にありません。社長でも班長でも電話に出して下さい。僕が話します」

いくら頼んでも無駄であった。もう何も聞こうとはしなかった。だからと言って、自分は吉沢金属の寮を賄うために買い出しをしていましたとも言えなかった。それを言えば却って藪蛇《やぶへび》になるだけだと思った。

それからの拘留期間は長かった。十日二十日と過ぎて行っても、一向に取り調べはなかった。もう吉沢金属から助けに来てくれる望みも全くなかった。

おおかた、一月《ひとつき》余りが過ぎて、三月に入った。コンクリートの壁に囲まれた留置場も、身の縮むような寒さが弛《ゆる》んで、いく分凌《しの》ぎ易《やす》くなった。もうすべては成り行きだと思って承徳は、諦めるより外に道はなかった。


ほんとうは懲役だが、初めてのことだからこれで釈放すると言い渡されて、承徳が警察を出て来たのは、もう三月の中旬であった。

アパートへ帰ってじっと考えてみると、承徳はなおさら腹が立った。危険な目に逢いながら一生懸命して来たことが、全部水泡に帰した感じであった。買い出しに出された時点からすでに会社の籍は切れていて、食糧を運んでいた幽霊だったのかと思うと、二度と吉沢金属の人達とは逢いたくもなかった。

幸い給料を蓄《た》めた金はあった。買い出し仲間の一人に、鶴橋近くの路地の中で闇食堂をしている風変わりな男がいた。かねがねそれを聞いていた承徳は、夜になってそこを捜して行った。入口を開けるとちょうど主人もいて、

「お前、長かったやんか。大抵十日くらいで出とんで。そのうち塩もんの魚はきつい。あれは軍に納める軍需品みたいなものやさかい」

この人はみんなから「博士はん」と言われるだけあって、さすがは何でもよく知っていた。食堂と言っても別に椅子もテーブルもなかった。靴を脱いで座敷へ上がって行くと、すぐそこに炊事場がまる見えであった。牛肉に酒、鶏肉に至るまで、物はふんだんに揃えていた。

承徳は思う存分飲んで食うて、とうとう酔い潰れてしまった。ふっと気が付いて目を覚ました時は、もう電灯も消されて、辺りは真っ暗であった。よく見ると主人だけは、すぐ近くに寝ていたので、これを起こして金を払いかけると、

「何を言うとんね。いつもようけ世話になっとんのに。今日の分は出所祝いにしとくがな。これを縁にまた来てや。こんどの分から金もらうわ」

どうしても受け取ろうとはしなかった。無理に押し出されて外へ出ると、ひんやり涼しい風が吹いていていた。

アパートまではすこし距離があったが、歩いて帰ることにした。路地を出てぶらぶら本通り筋へ入って来ると、夜更けと言うよりは、もう朝が近かった。新聞配達や屑拾《くずひろ》いが、

あっちこっちに出没して町はしらじら明るくなりかけて来た。

広い十字路を渡ろうとすると、その角で紙屑を山ほど背負うた老婆が一人、道端へどっかり坐り込んでいた。夜明けの冷えで腹痛でも起こしたのかと思った承徳は、早速近づいて行って、「どないしはったん」と話しかけてみた。するとその老婆は、へたり込んで坐っているのではなく、焼き芋を片手に休息をしていた。ちょっぴりきまりが悪かった承徳は、老婆の横へ踞《しやが》み込んで、

「おばはん、紙屑こんだけ拾うたら、なんぼになんねや」

と聞いて見た。ところがその老婆には言葉が通じなかった。恐らく自分と同じ朝鮮人ではないかと思った承徳は、忽ち朝鮮語で聞き直してみた。すると老婆は悦んで「あんたの発音は、私らの訛《なま》りとよく似ている。本国の故郷も一緒ではないか」と言いながら、国の話、家庭の話、見掛けによらずなかなかの雄弁であった。

すっかり話につり込まれている間に、人通りもぽつぽつ出て来た。承徳はもう帰ろうと思って立ち上がると、最後に老婆は、皮を剝いた焼き芋をおいしそうにほおばりながら、

「紙屑はこれだけ拾うても、いくらにもならない。しかし闇をして引っぱられたり、働きに行って、意地の悪い親方に会うよりは遙かにましだ」

歯切れのよい朝鮮語で、きっぱり言い切っていた。

アパートで承徳はごろごろと時間を潰した。来る日も来る日も寝たり起きたり、これか

ら一体どうしたらよいのか、なかなか決心がつかなかった。

なにげなく去年の秋、木津へ行って南瓜をただで貰った老人のことを思い出した。その後そちらへ行く機会もなく、とうとうそのままになっていた。あれこれと手土産を考えてみたが、急に手頃な物は思いつかなかった。いろいろと考えているうちに、その家の納屋に、タイヤがぼろぼろになった自転車があったのを思い出した。早速タイヤ会社に知人がいたので訪ねていった。最初は統制がどうの軍がどうのとか言って勿体《もったい》をつけていたが、結局は高い値段で、タイヤ、チューブ揃えて、一台分を売ってもらった。

翌朝早くこれを持って木津へ出かけていった。スパナーにドライバー、かんたんな道具も一緒に包んで、久し振りの天王寺駅へ出て来た。相変わらず闇切符のお婆さんらがいて、即刻乗車券の都合をつけてくれた。

調子よく汽車にも乗れて、昼前には木津へ着いた。前に来た時は稲が刈り取るばかりになっていた田圃《たんぼ》が、今は麦が刈り取るばかりになっていた。僅か半年の間に稲と麦が入れ替わっていた。承徳は思った。自分もその間に変わり過ぎてしまった。一かどの産業戦士を装うて、南瓜をただで貰った。もうそれすら出来なくなった今の自分が恥ずかしかった。しかし、丘の上に老人の家はちゃんと見えていた。

暗がりに南瓜を担いで降りて来た坂道を登って行った。門の前へ着くなり承徳は、真っ先に自転車を置いてあった納屋を覗いて見た。自転車はやはりそのまま置いてあった。

「こんにちわー。こんにちわー」と大きな声で何度も呼んでみたが返事もなく母屋の引き戸もぴったり閉まっていた。辺りを見廻すと刈って来たばかりの麦が、四、五束行儀よく軒下に積んであった。これで老人は麦を刈りに畑へ行ったと合点した承徳は、早速納屋から自転車を引きずり出して来た。

一応全部解体をした。それからきれいに錆《さび》を落として、チューブとタイヤを入れ替えた。こんどはそろそろ組み立てにかかったが、車体は別に破損したところもなく、仕事は順調に進んで行った。

するとそこへ、待っていた老人は帰って来ないで、見たことのない老婆が一人、麦を担いで帰って来た。庭の真ん中で見知らぬ男が自転車の修理をしているので、老婆はよほど驚いたのか、担いで来た麦をぱったり置くなり、

「一体、どなたはんぞな」

まさかこの家に、おばあさんもいたとは気がつかなかった承徳も唖然《あぜん》とした。何と言えばいいのか、まごついたが、

「ここのお爺さんをよく知っている者なんですが、いまお爺さんはおられまへんか」

「ほう、うちのお爺はんをな」

「実は去年の秋、ここで南瓜をようけ貰いましてん」

「はあはあ、あんたはんやったん。戦死した息子によう似た人が来たさかい、南瓜を持って去《い》んでもうたと言うてた」

「長いこと、お礼にも来んとすみまへん。ちょうどタイヤが手に入ったものですから、自

転車を直させてもらっていますね」

「まああ、こんなまっさらのタイヤを。お爺さん悦ぶわ。もう自転車自転車言うて、喧《やかま》しいておられへん。この間も米六斗と替えるんやさかい、保有米を出せと言うから、一年間食わんとおらんならんと言うて、喧嘩をしたとこやね」

それからおばあさんは、担いで来た麦をいそいそと解きながら、

「そやそや、早《は》よお爺はんに知らせにゃ」と言って出かけて行った。承徳はがっちり自転車を組み上げた。試運転のつもりで、庭をぐるぐる廻ってみると、乗り心地も上々であった。

間もなくおばあさんと一緒に、お爺さんも帰って来た。

「あんたはんが、もういっぺん来てくれるとは思わなんだ」

と言ってこんどは、首にかけていたタオルで、顔を何度も何度も拭《ふ》いてから、いま組み立てたばかりの自転車をちらっと見て、

「私は若い時から自転車が好きでのう、この村で、一番先に買《こ》うたんやハハ……」

と笑っていた。

その日は、そこで泊めてもらうことになった。晩ごはんを食べながら、いろいろな話を聞いた。戦死した一人息子の話から、年々衰えて行く老夫婦にとって、百姓仕事の心細さをたんたんと語っていた。これから麦を刈り種を蒔《ま》く、農繁期になるが、年寄りには秋の穫《と》り入《い》れよりも、春の植え付けが、より身にこたえるということであった。

二、三年前からお爺さんは、めっきり体が弱って、この農繁期も無事に越せるかどうか心配だが、おばあさんも最近心臓病が出て、もういつとも分からない話を、長々としていた。

承徳は居たたまれない気持ちになった。

「お爺さん、それなら僕も百姓をしたことがあんね。特に畑の仕事は馴れたもんや。この農繁期は僕に任しとき、その代わり秋になったら、たんと南瓜ちょうだいよ」

その方が承徳にとっても都合がよかった。大阪へ帰っても別に目的もなかった。

翌日から早速麦を刈った。そして近所から牛を借りて来て畑を鋤《す》いた。承徳は子供の時に、紀州の農家へ預けられて、そこで仕込まれた百姓仕事が役に立った。心配していた炎天の暑さも、覚悟をしてしまえば、さほど苦しいものでもなかった。

とんとん拍子に仕事が進んで、一カ月余りの農繁期を無事に務めた。もう明日は帰るという日の夜であった。お婆さんは穫れたばかりの麦とジャガ芋を風呂敷にいっぱい包んでくれながら、

「こんな物を持って帰っても、朝鮮の人は麦は食べんやろう」

「そんなことない。僕ら小さい時、麦しか食うたことがなかった」

「近いうちに西瓜もマッカも、たんとなるさかい。その時分にはきっとおいで」

そういえば、家のすぐ裏に何株か植え付けられた西瓜とマッカが、つい先日きれいな花を咲かせたところであった。

いつまでも、ふらふらする訳にはいかなかった。承徳は木津から帰ってすぐ、知人の世話で、小さな鉄工所へ就職することになった。そこへ住み込んで働くことになったので、アパートで引っ越しの荷物を整理しかけたその時であった。

けたたましい音をたてて、オートバイが一台表へ止まったかと思うと、間もなく戸を蹴り開けて一人の憲兵が飛び込んで来た。たちまち承徳の腕を捻《ね》じあげながら、「貴様、どこへ逃げておったのじゃ!」。全く予想もしなかった咄嗟《とっさ》のできごとであった。恐ろしさに胸がどきどきするばかりで、「一体、何ごとです」と聞いてみる度胸さえ出なかった。

あっと言う間に外へ引きずり出されて、オートバイの後ろに停まっていた護送車に乗せられた。鉄板の幌《ほろ》を被った車に押し込まれながら、ちらっと承徳の目に映ったものは、方々の窓から近所中の人が首を突き出して覗いている顔、顔、顔だけであった。

扉をぴったり閉められた護送車の中は暗かった。一体車はどちらの方角へ走っているのか、それすら知ることは出来なかった。時たま交差点を過ぎるレールの震動とカーブする衝撃以外は、何も感じることは出来なかった。

やがて車は小刻みに左右に揺れて、いくつかのカーブを激しく曲がった。慌てて座席へしがみつく間にスピードが落ちて、車は完全に停まった。降ろされて見るとそこは、四方がビルに囲まれた空き地であった。

オートバイで先に着いた憲兵は、ここで長い紐の付いた手錠を持って待っていた。早速承徳の両手にこれを掛けると、乗せて来た護送車は、再びエンジンをかけて出て行った。

ビルの広い壁面の下側に、たったひとつ、ペンキの剝《は》げただれた小さなドアがあった。そこから承徳は、狭い階段を引かれて降りて行った。下は意外と広い地下室であった。至るところに通路があって、ところどころに電灯もついていた。薄暗い通路を奥へ進むと、すぐそこに小さな事務室があった。開け放された室内には二、三人の兵隊が坐っていた。みな帽子も上着も脱いでいたので、階級はよく分からなかったが、引っぱって来た兵隊は、その前に立ち止まると、元気のよい敬礼をしてから、

「只今《ただいま》、吉沢金属工業所の朝鮮人脱走犯、鄭を逮捕いたしました」

「ドブ鼠みたいに逃げ足の早い奴や、ほうり込んでおけ」

承徳はここでやっと連れて来られた理由が分かった。監房はすぐその奥にあった。筵を広々と敷き詰めた房内にはすでに二十人余りの先口が入っていた。みながそれぞれに踞《うずくま》っている者、壁に凭れて坐っている者、真ん中でどかんと胡座《あぐら》を組んでいる者と、いろいろ様々であった。

鉄の丸棒で囲んだ檻《おり》の中で、まるで動物がうごめいているような状態であったが、扉が開けられて承徳が入って行っても、誰一人振り向こうとはしなかった。手錠がはずされた手首をさすりながら承徳は暫《しばら》くそのまま立っていた。いつまで経っても、ものを言いかけて来る者もいなければ、そこへ坐れ、と言う者もいなかった。仕方がなく承徳は、近くの空いた席へ勝手に坐ってしまった。

気持ちが落ちついて、よく見直してみると囚人はみなかなり年配の者が多かった。脱走

犯というかめしい顔は見当たらず、むしろ蒼白《あおじろ》い痛々しい感じの者がほとんどであった。

それから何時間も経たないうちにまた一人引きずり込まれて来た。まるで人間狩りでもやっているような感じであったが、この人は中年くらいの、とても元気のよい男であった。連れて来た憲兵に激しく反抗しながら、

「わてい、脱走と違いまんがな。母親が病気で三月《みつき》ほど去《い》んでいただけだんがな。ほんまにもう、こんなとこまで連れて来て、一体どんないしまんねな」

と言ってなかなか房内へ入ろうとしなかった。手錠をかけられたまま憲兵と、押し合いへし合いをしていると、事務所からもう一人の憲兵が飛んで来て、

「貴様、いい加減に観念せんか。いつまで同じことばっかり言うてるのじゃ」

しかし、その男もなかなか負けなかった。

「ほんまだんがな。早よ放しとくんなはれ。そんない言うんやったら今からすぐにでも職場へ帰りまんがな」

無駄であった。ついにその男もいやおうなしに房内へ押し込まれてしまった。

憲兵が帰ってからでもその男は、房内から扉を摑まえて、「ほんまにもう話の分からんとこやな。裁判の時思い切り言うたるわ」と大きな声で怒鳴りながら、顔中の筋肉をぴりぴりさせていた。

これを一番奥の壁に凭れて、聞いていた一人の男が、むくむくっと前へ乗り出して来た。

「おい、おっさんよ。いい加減喧しいどう。きょうび、裁判とか言う、そんな贅沢《ぜいたく》なもん

があると思うか」

「ほう、そんなら裁判もせんと、どないしまんねな」

「そんなこと俺に分かるか。わざわざ裁判までせんかて、徴用の逃走犯という肩書だけで上等や」

「それやったら、みな銃殺だんがな」

「かも知らん、だけど……」

二人の論争はいつまでも続いていた。しかし決着はつきそうもなかった。

房内は息苦しいほど蒸し暑かった。

食事もほとんど大豆で、塩あじも満足についていなかった。ちょうど牛に秣《まぐさ》をやるように、バケツにいっぱい入口からほうり込んでくれた。箸もスプーンもなく、寄ってたかって、これを両手に掴んで口へほおばった。

便所へ行くのも時間があった。その時間にはずれると、もういくら頼んでも、牢から出して連れて行こうとはしなかった。虐待と言うより、むしろ無気味な仕打ちであった。

毎日のように、二人や三人の新規入房者は跡を絶たなかった。引っぱって来られた大部分の者は、監房の入口まで来てから、脱走の覚えはない、放してくれとわめいていた。しかし房内へ入れられてしまうと、大抵の者はしゅんとして、しょげ込んでしまった。憲兵に捕まって収監された以上は、誰も彼もがみな同じであった。一体これからどうなるのかと、気を揉まずにはいられなかった。

みながぽつぽつ自分の捕まって来た内幕を喋《しやべ》り出してきた。一人として大した罪人はいなかった。徴用から休暇をもらって帰ったまま、診断書も出さずに病気だと偽って、当分戻らなかった者、現場の監督に殴られた腹癒《はらい》せに、ただそこらを、うろうろ逃げ廻っていた者、どれもこれもがみな、ごく些細《ささい》なことばかりであった。そんなものがみな大罪に繋《つな》がって、処刑になるとはどうしても思えなかった。

ただ承徳の場合は少し気になることがあった。吉沢金属が自分に遺恨を持って、わざわざ憲兵隊へ申し出たか、それとも労務管理法で調べられたか、それは知る由《よし》もなかったが、いずれにせよ会社の口ひとつでどうにでもなることであった。それを無理に脱走犯に仕立てたことは、何か悪い予感がしてならなかった。買い出しに出て警察へほうり込まれた時は、「うちには、そんな者はおりません。朝鮮人はおりません」とはっきり言い切っておきながら、この仕打ちは余りだと思ったが、もうどうすることも出来なかった。

取り調べのないまま処分されることになれば、先ず脱走罪最高の刑に処せられることはほぼ確実であった。こんなことになるのなら、いっそ兵隊に行った方がよかったと思った。しかし朝鮮人には、大正十三年に生まれた者から、徴兵制度が実施されたが、承徳は十二年の生まれで、生憎《あいにく》、徴用令だけが適用されていた。

収監されてから、ちょうど一週間目の朝であった。朝食が済んで間もなく、二人の憲兵が同時にやって来た。鉄格子の扉を開けて、

「今から名前を呼ばれた者は出て来い」

古い者から次々に呼び出されて行った。その時はすでに三十数名にも、囚人の数は、脹《ふく》れていたが、最後に承徳が呼ばれて、六、七人監房に残したまま、再び扉は閉められてしまった。

一列に並んで、最初に入って来た階段を登って行った。誘導される通りに入口へ出て行くと、眩《まぶ》しい夏の光が、いっぱい差していた。でもそこにはすでに、大きな護送車が扉を開けて、みなが出て来るのを待ちかまえていた。

車へ乗って行く順番に、袋に入った乾パンを一包みずつ渡してくれた。最初は何の意味だか分からなかったが、よく考えてみると、まだ食糧をくれるということは、銃撃隊が待っている刑場へ行くのでないことは確かであった。棒立ちにぎっしり全員を詰め込んだ護送車は、間もなく発車した。真っ暗い幌の中は、みなが苦しそうに吐き出す息の臭気と、全身から滲《にじ》み出る汗の匂いであった。

そのまま一時間近くも走って、車はやっと停まった。間もなく開けられた扉から外へ出て見ると、そこはまだ目的地のようではなかった。無数に線路が敷き詰められた操車場の外れで、黒い鉄道貨車が一両停まっているその横に、乗って来た護送車は停まっていた。

みなが貨車へ乗り移ると同時に、広い扉は閉められて、外から鍵が下りる大きな音がした。照りつける夏の太陽を見たのは、ほんの束《つか》の間《ま》であった。また貨車の中は暗く暑かった。かなり長距離を走るつもりなのか、よく見ると桶《おけ》にいっぱいの水と、ドラム缶を半分に切って、紙に「便器」と書いて吊ってあった。

乗り込んで来る時にちらっと見ただけで、ここは大阪駅の操車場になっている吹田駅であることはよく分かった。しかし汗だくになって何時間も待たされたが、貨車は容易に動こうとはしなかった。

みなの様々な推測が始まった。

「これはきっと、下関から南方へやられるに違いない」

「いやいや、そんなことはない。関東軍が大勢南方へ移動して、手うすになった満州の方やで」

しかし承徳は、そんなことはどうでもよかった。ただ銃殺にだけはならぬよう、祈るだけであった。

その日の夕方近くになって、機関車が近づく音がした。連結器が繋がるショックがあったかと思うと、間もなく発車して行った。

汽車は西へ走っているのではなく、東へ走っていることがすぐ分かった。いくつかの駅を通過するたびに、すれ違う客車に、駅名のアナウンスをしているのがよく聞こえて来た。茨木、高槻、京都、東海道本線を東へ走っていることは、絶対に間違いがなかった。

やがて汽車は米原へ到着した。ところが意外なことに、ここで扉が開けられた。最初はなにごとかと思ったが、外には二人の男が立っていた。夕刻になって薄暗くはなっていたが、その人達は兵隊ではなく、カーキ色のシャツを着た民間人であることがはっきり分かった。なにか紙切れに書いたものを読みながら、「今から名前を呼ばれた人は出て来て下さい。塚田○○さーん」と言った調子であった。次々と五人が呼び出されて、再び扉は閉められた。車内はまたもとの暗闇にかえったが、承徳はこれですべてが呑み込めた気がした。外地へやられるのではなく、国内のどこかで働かされる様子であった。

米原駅を出てから汽車は停まったり走ったりしながら、長い時間をかけて、ようやく名古屋へ着いた。何回も連結器を離したり繋いだりしていたが、そのままそこで停車を続けた。時にはけたたましい汽笛を鳴らして、汽車が通過する音、またある時は、激しい雷を伴った夕立ちの音、外から聞こえて来る音はいろいろであった。

停車をしてから一昼夜余りが過ぎた真昼であった。再び扉が開けられて、ここでは二十人余りが呼び出されて行った。もう後に残された者は、承徳を合わせて僅か六人であった。降りて行った中の一人は、持っていた乾パンの食い残りを車内へほうり返しながら、「もうこんなものは要らんよ。持って行けや」と言って手を振っていた。しかしただちに扉は閉められてしまった。

それから間もなく発車した。フルスピードで走っていたが、もう東海道線ではなかった。駅を通過する度に、「木曾……駅」と言う声が頻繁に聞こえて、どうやらこんどは中央線を走っている様子であった。

鉄橋を渡る音、トンネルを潜り抜ける音をしきりに聞きながら、かなり長い時間を乗り続けた。横になったり、うつらうつらと眠ったり、小人数に減らされた貨車の中は、なんとなく無気味なものであった。

もう朝方かな――、と思う時分に、「信州塩尻――」と言う声が聞こえる駅へ着いた。また停車を続けたので、みなは気を揉んだ。ここは鉄道の分岐点になっていたので、一体どちらへ曲がるのか、それが問題であった。

二、三時間停車をした後、貨車は連結器を離して、違う列車に付け替えていた。しかし、こんどは貨物専用列車ではなく、客車の一番うしろに取り付けられていた。停車をするたびに、降りて来る乗客の足音、駅名を告げる駅員の声がすぐそこで聞こえていた。列車は線路を換えて、長野の方へ向かっていた。爽快な音を立てて走っていた。貨車ばかりを繋いだ汽車とは、まるで違う感じであった。駅へ停まってもすぐ発車して、気持ちをいらいらさせることも全くなかった。

ほどなく長野へ着いた。そこで第三回目の扉が開けられた。直ちに五人の名前が全部呼ばれたので、当然最後に自分の名前も呼ばれると思った承徳は、みなについて貨車を降りかけた。すると係員は慌てたように「あんたは違います」と言って、中へ押し返すなり急いで扉を閉めてしまった。

承徳は一瞬唖然とした。やっぱり自分の行くところは違っていたかと思うと、無性に儚《はかな》くて、口惜しかった。いくら我慢をしようと思っても、胸のときめきは止まらず、瞼《まぶた》に涙がいっぱい溜まって来た。

列車はまた大きく蒸気を吐き出し発車を始めた。承徳はいよいよ自分だけが、どこかの刑場へでも引かれて行くような気持ちであった。広くて暗い貨車の中へ、全く一人取り残されたのでは、気が狂う思いであった。みなが降りて行った扉に両手をかけて、力いっぱいゆさぶってみた。しかし分厚い鉄の扉はびくともしなかった。

それから僅かの時間が経った。停車をすると同時に、承徳が摑まって立っている扉を、誰かまた大きな音を立てて外から開けようとしていた。驚いて手を離すなり後ろへさがって見ていると、やはり扉は完全に開けられた。扉を開けたのは駅員であったが、その後ろに戦闘帽を被って、半袖のシャツを着た労働者風の男が一人立っていた。承徳はやっと自分の番が来たと思ったが、余りにも急なことで嬉しいような怖いような妙な感じであった。駅員に下車をせき立てられて、とにかく承徳はホームへ降り立った。吹田を出て、一週間近くも乗り続けて来た貨車は、すぐ発車して、承徳の前からみるみるうちに消えて行った。

待っていた男が、つかつかっと寄って来て、「自分は加藤と言うんだ」と教えて、まだ何か二言三言話していたが、なんにも耳には入らなかった。それよりも承徳は、こんな田舎町へ自分を降ろして、一体どうするのかと気になった。しかし、ここもまだ目的地ではなく、どこかへ乗り換える地点であった。すでに向かい側のホームでは別の汽車が、煙を吐いて待っていた。よく見ると、案内の表示板に「信州豊野・飯山線乗り場」と書いてあった。

出迎えに来た男加藤と一緒に、飯山線へ乗り込んだ。こんどは貨車ではなく、一般の乗客と一緒であった。加藤と並んで席へ着くと汽車はすぐ豊野を発車した。

暗い牢獄と護送車の中で、半月余りも過ごして来た承徳には、いっぱいに開け放たれた車窓の景色が、目に滲《し》み込む思いであった。走っている線路の両側には、いま鈴なりのリンゴ畑が延々と続いて、視野の届く限りは黒ずんだ緑であった。外の方へ顔を向けていると甘酸っぱいリンゴの香り、晩夏の太陽に蒸された草の匂いが、むんむんとしていた。

隣りの席に坐っている加藤に、引かれて行く自分の方から話しかけて行くのは、何か不自然のようにも思えた。黙って外の景色に見とれていると、暫くしてから加藤の方から話しかけて来た。

「あんさん、この辺は初めてかのう」

この言葉になんとなく気易さを感じた承徳は「はい」と返事をしながら振り向いて、何よりも一番先に知りたかった、これから自分は一体どうなるのかということを思いきって訊いてみた。

「僕はこれから、何をするんですか」と訊《たず》ねると、加藤は意外と詳しく説明をしてくれた。この辺の織物工場が、軍需工場に切り換わって、急に大量の電力が要るようになった。軍から捕虜を預かって発電のダムを建設中だが、なかなか仕事が思うように捗《はかど》らないということであった。そして彼は最後に、

「協力してくんさい。あんさんの仕事が待ってるで」

脱走犯に向かって協力してくれと言うこともおかしな話であったが仕事が待っているということは、なおさら不可解なことであった。しかし、これでやっと承徳は、発電所の土

木工事が自分を待っていることだけはわかった。

間もなく汽車は平野を離れて、狭い渓谷へ差しかかった。大川の岸をくねくねと曲がりながら、なお奥へ奥へと走っていた。両側の切り立った山裾には、時々うっそうと生い茂った大桐林が見えて、処々に小さな集落もあった。

三時間近くも渓谷を走り続けて、夕方近く新潟県の十日町へ着いた。駅から現場までは近かった。すこし歩いて町外れへ出ると、すぐそこに、谷を堰《せ》き止める大堰堤《だいえんてい》工事が行なわれていた。夕日が眩しくて、よくは分からなかったが、かなり大勢の人夫が、一輪車で土を運んでいる模様であった。

だんだん近づいて行くと、承徳が想像していた工事現場とは、まるきり趣きが変わっていた。いま工事が行なわれているダムの真下に、いろいろな形の、小屋ともバラックともつかない建物が、ごたごたと建ち並んで、しかもその周囲は、頑丈な鉄条網に取り巻かれていた。

低い谷底にあったので、道から見るとその全景がよく見えていた。出入口はたった一カ所で、木材を組み合わせて鉄線を張った大きな扉が、いかめしいこの大柵を、いかにも象徴しているかのようであった。

その入口のすこし手前に、細高い建物が立っていて、どうやらそれが事務所のようであった。急な坂道を下りて、先ずその事務所へ入って行った。荒々しい男達が四、五人、椅子にかけて盛んに扇を動かしていたが、その人達に加藤は入るなり、「監督官殿に報告して来るでのう」と言って、すぐそこの狭い段梯子《だんばしご》を登って行った。言われる通り、承徳も一緒について登って行くと、下とはまるで感じの違う室であった。きれいに整頓が行き届いた部屋に、兵隊が三人坐っていた。そしてその前には、ぴかぴかと磨きのかかった重機関銃が、どっかり据えられて、はっと息が止まるほど厳《いか》めしい部屋であった。

承徳を入口に立たせておいて、加藤は中央に坐っている監督官の前へ近づいて行った。三人の兵隊のうち、監督官だけが少尉で、あとの二人は二等兵であることがすぐ分かった。承徳には全然聞こえなかったが、加藤は小さな声でぼそぼそと、かなりの時間をかけて報告を続けていた。

加藤の報告を聞きながら、監督官はちらちら承徳の顔を見ていたが、承徳はますます恐怖心に包まれて行った。開け放された三方のガラス窓から方々がよく見えていた。真下のバラック群は無論のこと、夕陽をいっぱい浴びて仕事をしている現場までが、まるで手に取るようであった。谷間全体がどこにも死角はなく、機関銃の銃身は、いまみなが働いている現場に向けられていた。そしてその一直線上にある、真下のバラック群も同時に狙っているようであった。一体ここはどんな所なのかと、身が縮む思いをせずにはいられなかった。

加藤はようやく報告が終わって、入口へ戻って来た。承徳はそこでたった一度お辞儀をしただけで、再び下へ降りたが、何か全身の力が一度に抜けて行く思いであった。

加藤に連れられて、こんどは現場と寝る部屋を教えてもらうことになった。そこから現場までは広い道がついていて、とてもよく踏み馴らされていた。遠くから見ていたので、よく分からなかったが、近づいて見ると現場もまた意外な情景であった。

一輪の手押し車で土を運んでいる、ほとんどの人夫は、麦藁帽子《むぎわらぼうし》にパンツをひとつ穿《は》いているだけであった。あとは全くの裸で、ダムの底から土を積んで、力いっぱい踏ん張りながら、突き上げて来るその足元も、どろどろの土がついた素足であった。剝き出しにされたその肌の色は、まるで墨のように黒く、汗でぎらぎら光っていた。

南方から連れて来た捕虜だとばかり思った承徳は、

「南国の人は皮膚が強いんですな」

と感心しながら見ていると、加藤は首を振りながら、

「いやいや、これは南方やない。支那人やで。黒いのはここへ来てから日焼けをしたのや」

くどくど訊くわけにもいかなかったが、承徳にはどうしても納得がいかなかった。もう何年も前に蔣《しょう》政権は重慶へ逃げ込んで、新たに出来た新政府に対しては、治外法権を撤廃した上に、完全な独立を認めていた。大東亜共栄圏、日支親善を謳《うた》い文句《もんく》にしていた時代に、まさか支那の捕虜が日本にいるとは思えなかった。合点のいかないまま、承徳はしばらく黙っていたが、とにかくもう一度訊き直してみることにした。

「日本は重慶の奥まで攻めて行って、捕虜にして来たんですか」

「違う違う、こ奴らは八路軍の捕虜やが」

華北地方に出没して、執拗《しつよう》な抗日を続けていると聞く、共産軍遊撃隊八路軍の捕虜だと

聞いて、承徳は充分に納得がいった。それと同時にまた、急激な胸騒ぎがして、不吉な予感が高まって来る思いであった。

共産軍捕虜と、同等の扱いをされるということは、行く行くは銃殺の恐れもあり、人間として最低の扱いを受けることも、先ず間違いがなかった。

これで承徳は、脱走罪最高の刑を科せられたと思った。しかしどうすることも出来なかった。どんなことになろうと仕方がなかった。

次に寝室の案内をしてもらった。当てがわれた部屋は意外と広かった。捕まった徴用の脱走者を受け容れるために、わざわざ建てたと加藤は説明していたが、なるほど捕虜達の寝室とはすこし違っていた。粗板ではあっても、ちゃんと四方を囲んで、いちおう部屋のような恰好《かっこう》にはなっていた。そして加藤は、「今のところは、あんさんが一人やで、気儘《きまま》ぞん分に使わっしゃれ」と言った。

厳めしい同じ鉄条網の中に、百余名の捕虜を寝させると言うたくさんの小屋もすぐそこにあった。それは見るに耐えない、とてもみすぼらしいものであった。低いトタン屋根に、壁はほとんど藁と茅《かや》で取り巻いていた。部屋の中には一枚の毛布も見当たらず、地面へ直《じ》かに、筵を広々と敷き詰めていた。垢《あか》で黒光りのする四角い木の枕が、そこらに散乱して、鼻を摘《つま》みたくなるような臭気を漂わせていた。

捕虜達の小屋が並んだほとんど中央に、食堂があった。食堂といっても四方に柱を立てて、屋根をつけてあるだけであった。周囲には壁もしきりもなく、真ん中に大きな平釜が二つ、どっかり据わっていた。

そこで二人の男が働いていた。その人らはさっき事務所に居た人達であった。何か糊《のり》のようなものを、二つの釜にいっぱい、ぐつぐつ炊いていた。その前で加藤は立ち止まって、

「これが食事やで、最初はなんじゃが食べつけると結構おいしい。みんな自分の食器を持ってここへ並ぶが、あんさんは今日が初めてだで、今から食器を渡すで、先に入れてもらわっしゃれ」

早速加藤は事務所へ行って、食器を持って来た。小さなスプーンとアルミ製の平どんぶりがひとつずつであった。これは無くしたら代わりがないと、何度も注意をしてから渡してくれた。

まだ盛んに沸騰している糊を、杓《しゃく》にいっぱい掬《すく》い上げて持って来た食器に入れてくれた。自分の部屋へ帰って、これを食べてみると、塩加減がとてもよく、芳しい味がして、見かけとは大きな違いであった。どうやら大豆を荒挽《あらび》きにして、粥《かゆ》に炊いたもののようであった。

六時ちょうどサイレンが鳴った。現場から小屋へ雪崩《なだ》れ込んで来る捕虜の群れは、みんな仕事から解放された悦びに湧いていた。或る者は鼻唄を歌い、また或る者は自分ら同士で悪戯《いたずら》をし合いながら帰って来た。柵の中へ戻って来る彼らの態度は、どこにも迫害を堪え忍ぶ捕虜の群れとは見えなかった。

各自が小屋の中から、食器を持って集まって来た。みるみるうちに食堂の前へ大行列を

作った。それぞれ食器を突き出して、杓子で正確に計られた粥を、いっぱいずつ入れてもらっていた。中には杓の使い加減で、汲み上げた量が、少しでも杓から切れたものなら、絶対に食器を出して受け取ろうとはしなかった。手を振って、もう一度汲み直しを要求しながら、厳しい目付きで係員を睨みつけていた。一滴の粥と言えども、ここでは厳正な公正を守らなければならなかった。

その夜はなかなか寝つかれなかった。八路軍の捕虜収容所とは、想像もしなかったとんでもない処であった。承徳は夜通し高ぶって来る昂奮をどうすることも出来なかった。ただ暗い部屋の中で、一人寝たり起きたりしながら、夜を明かした。

朝のサイレンも六時きっかりであった。捕虜達の一番うしろについて、承徳も粥をもらいに行った。加藤をはじめ十余人の男達が、組長と書いた腕章を巻いて、そこらをうろうろしていた。これで加藤の地位は、組長の一人であることがよく分かった。

承徳の顔を見るなり、加藤がつかつかと寄って来た。

「食事が済んだら、仕事の打ち合わせがあるで、事務所まで来んさい」

熱い粥を持った承徳は、そのまま黙って頷いて見せた。

捕虜達は朝食が済むと、正しく五列横隊に並んで、点呼を受けていた。しかし彼らは、現場で働く時も、小屋へ帰って休む時も、終始一貫身に着けているものは、麦藁帽子と、パンツがひとつであった。

列をなして捕虜達が仕事に出かけたあと、言われた通り承徳は事務所へ行った。開け放された入口から入って行くと、昨日二階の監視所におった監督官が、今日はちゃんと軍装を整えて、事務所の真ん中に立っていた。兵隊が一人と組長達は、入口近くに並んでいて何か異様な感じであった。

承徳が入って行くと、待ちかねていたかのように兵隊は、その場で直ちに「きょうつけ」をするよう命じた。慌てて承徳が「きょうつけ」をすると、監督官は持っていた紙切れをちらちら見ながら、

「陸軍管理工場吉沢金属工業所の元徴用工、鄭承徳、徴用脱走犯として、本日より本工事現場に収容することになった。只今から任務を言い渡すが、忠実に遂行しない場合は、ただちに国賊として処分することになっている。任務、本工事現場の鍛冶工《かじこう》を命ずる」

文句こそは厳めしかったが、ぼそぼそとまるで本を読むような調子であった。これを完全に言い渡すと、監督官も兵隊も、さっさと二階へ引き揚げていった。

承徳は思った。これで名実ともに、はっきり脱走犯と言う肩書がついた。でも、いつまでも黙って生贄《いけにえ》にされるよりも、むしろこの方が、気持ちの安定がつくと思った。

鍛冶工というから、ここに一体どんな鍛冶仕事があるのかと思って、一緒に並んで聞いていた加藤に聞いてみた。すると彼は現場へ行って説明をすると言いながら先に立って出かけて行った。

ついて行くと、工事場近くの山裾に、小さな小屋掛けをして作られた鞴場《ふいごば》があった。そしてそこには、つるはしの折れたものからスコップの裂けたもの、石を割るノミの欠けた

ものに至るまで、山と積まれていた。これでもまだ、まともに現場で使う道具があるのかと思うほどたくさんの数であった。しかしそれは、充分に熟練の足ったほんとうの鍛冶屋でないと、とても素人《しろうと》に出来る仕事ではなかった。不思議に思った承徳は、黙って辺りを見廻しながら立っていると、加藤の方から説明を始めた。

三月《みつき》ほど前に、専属の鍛冶屋が肺を冒されて、郷里へ帰ってしまった。その間鞴場が止まって実に困ったと言う話を、ながながとしてから、「あんさんの来るのを待ちかねていたんやで」と言っていた。

ますます不思議に思った承徳は、

「僕に鍛冶職もあることをどうして知ってるんですか」

「実はそれじゃが」と前置きしてから、仔細《しさい》の事情を語り出した。

鍛冶屋がいなくなって困っていたところへ、最近憲兵隊から、労働力不足合理化を計るため、仕事を怠けて職場を離れた、不良労務者を狩り集め、二度と逃亡されないよう管理の出来る職域に、優先的に配置をすると言う通達があった。ちょうど大阪の憲兵隊に、この監督官の知人がいたので、工業都市大阪ならきっと鍛冶屋の逃亡者もいると思って、早速そこへ頼んであった。ところが、一月《ひとつき》ほど前に返事が来て、労務手帳に「旋盤工・特殊技能鍛冶工」とある者が、現在逃亡中だから、逮捕次第送ると言って来たと言う。

これを聞いて承徳は驚いた。一月前と言えば、自分はまだ木津で百姓をしていた時であった。その時からすでに、この現場に狙われていたかと思うと、背筋が寒くなる思いであった。

加藤はなお話を続けて「監督官殿は職務上、きついことも言いなすったが、みながあんさんの待遇は考えていますで」と言いながら白い歯を剝き出してお上手を言った。

承徳もよく考えてみれば、ここまで来てからでは、もうどうすることも出来なかった。もしここで、一口でも楯突《たてつ》こうものなら、いつまでも睨まれて、より以上の虐待を受けるだけが、関の山だと思った。

早速鞴の修理から始めていった。錆《さ》びついた鉄床《かなどこ》、崩れかけた火床《ひどこ》、焼きを入れる水溜めまでが壊れていて、どれひとつ満足なものはなかった。

準備を整えて、鍛冶屋仕事を始めたのは、それから三日も後であった。助手には捕虜の中から少し日本語が判る青年が一人選ばれて来た。首にぶら下げた番号札には、第四六号と書いてあった。彼は来るなり麦藁帽子を取って、礼儀正しくお辞儀をした。機関銃を向けられた柵の中で、地獄のような労働を強《し》いられながら、丁寧な挨拶などは不釣合いであった。汚れてはいても、きちんとズボンを穿き、ちゃんとシャツを着ているだけでもいくらか自分の方が上だと思った承徳は、改まって答礼はしなかった。

その日から四六号に、助手の仕事を教えて行った。コークスの割り方から、火床の手入れ、特に大ハンマーの使い方には、充分な時間をかけた。しかしなかなか思うようにはいかなかった。腰にしっかり力を入れて、正しくハンマーを振り下ろす加減を教えるだけでも容易ではなかった。

二人とも夏の暑さに耐えながら、よく働いた。誰のために、何のためにではなく、ただ仕事のために働いた。次から次へと追い立てられて、捕虜とか囚人とか、敵とか味方とかの意識はなくなっていた。

一月余りが経つと、溜まっていた仕事も、あらかた、山が見えて来た。現場から矢のような催促もなく、今焼きを入れたばかりのつるはしやノミを、待ちかねていたかのように、取りにも来なくなった。サイレンからサイレンまで、終始吹き続けていた鞴の火も、最近は消えている時間の方が多かった。

九月も半ばが過ぎて、めっきり涼しくなった。仕事の方も朝昼、二、三梃《ちょう》ずつ集まって来る道具を直せば、あとは別段用事もなかった。みなが働いているのを目の前に見ながら、ぼんやり遊んでいるのが、仲間に対して義理が悪いと思ったのか、四六号は時々立ち上がって、現場へ行っては戻って来た。

時たま彼はまた、たどたどしい日本語に手真似を交じえながら、承徳の前で、なかなかの雄弁をふるうこともあった。

彼の故郷は、北京から汽車で六日もかかる太原の奥で、そこは毎年春になると、ケシの花がいっぱい咲くと言う。所謂《いわゆる》アヘンの産地だそうだが、日本軍の砲撃を受けて、家族のほとんどが死んでしまった。ただ一人妹が生き残って、今でも自分の帰りを待っていると言いながら、つい最近も、満開のケシ畑の中を、この妹に追い廻された夢を見たと言っていた。

仕事が減って体は楽になった。そして承徳は広い部屋にいつまでも一人でいるのも結構であった。しかし、何ひとつ社会の情報を聞くことは出来なかった。新聞や雑誌は無論のこと、ラジオの声も聞こえて来なかった。二カ月余りも座敷牢に置かれてしまうと、全く自分は遙かに遠い、どこか違う国にでもいるような気持ちであった。

それよりも、その後、不良労務者が憲兵に捕まって、二度とここへは来ないということであった。折角部屋まで用意して、てぐすねを引いて待っているのに、あとは一人も来ないということは、なにか重大な理由がありそうにも思えた。もし一人でも入って来たら、一番気になる戦況のひとつも聞けると思っていたのが、どうやら無駄のようであった。

時たま鍛冶場へも廻って来る加藤に、「日本はもうサイパンを取り返しましたか」と訊いてみても、彼は手を振って、「ここでは、そんな話一切出来んことになってるで」と言ってそそくさと逃げて行った。

めっきり秋も深まって、朝夕は肌寒さをさえ感じるようになった。ある日の昼過ぎ、現場から見ていると、二台のトラックが柵の中へ入って来て、何か大きな荷物を盛んに降ろしていた。その時はまだ何を降ろしているのか分からなかった。夕刻小屋へ帰ると、全員に服が一着と、毛布が一枚ずつ配られた。そのままなら冬は凍死も覚悟していた捕虜達は悦んだ。貰ったばかりの毛布を頭に載せてにこにこ笑う者、日に焼き込んだ黒い肌に、新しいナッパ服を引っ掛けて、じっと眺めている者、動作はみなまちまちであった。

その翌朝であった。出勤して来るなり四六号は、庖丁を一振りぜひ作ってくれと言い出した。最初は何に使うのかと思って驚いたが、話をよく聞いてみると、昨夜柵の中へ大きな犬が一匹迷い込んで来た。これを捕えてすでに殺してあるが、今夜料理をしたいということであった。ついでに給食の粥を炊く平釜も使いたいので、事務所へ行って、それも頼んでくれと言った。

彼らの捕虜生活もここまで来れば、いよいよ板についたものだと思った承徳は、大きく頷いてすべてを引き受けた。使いちびたノミを焼いて、早速庖丁を作った。皮剝きに、骨から肉を捌《さば》く時に使う捌き庖丁、特に念を入れて一梃ずつ、二梃を作って渡した。すると彼は昼休みに、昨日貰ったばかりの新しい服に隠して、無事に小屋へ持ち込んで行った。

昼食が済んで、承徳もすぐ事務所へ行ってみた。ちょうど監督官も昼休みで、みなと一緒にそこで雑談をしていた。入口へ入るなり出来るだけ大きな声で承徳は言った。

「捕虜達が昨夜、柵の中へ迷い込んで来た野良犬を一匹捕えました。これを今夜炊いて食べたいのですが、給食の平釜を使わせて下さい」

最初はみな呆然《ぼうぜん》とした顔をして、承徳をじっと見ていたが、しばらくしてから監督官が静かに頭を掻《か》きながら、

「うん、よかろう。奴らも栄養を取らんと、能率も上がるまい」

即決で許可が下りたので、承徳は早速小屋へ帰って、四六号にこれを伝えた。

彼らは一体どんな料理をするのか、その日は日の暮れるのが待ち遠しかった。夕食が済んで薄暗くなりかけた頃、いよいよ犬の料理が始まった。しかし承徳が思っていた料理法

とはまるっきり変わっていた。皮を剝いたり骨から肉を捌いたり、そんな面倒臭いことは一切しなかった。まず犬の腹をたち割って、内臓を取り去る。それを棒に吊り下げて下から藁や干し草のような物を燃やしていた。犬の毛がきれいに燃えてしまったら、こんどは焼けただれた真っ黒い肌を、藁で一生懸命こすっていた。これになかなかのコツがあるのか、大勢がよってたかって、満遍なく丁寧に擦《こす》っていた。それから井戸端へ持って行って水洗いをすると、焼けて黒かった犬は白く変わっていた。こんどは首と四つの足を切り離し、胴体もいくつかに切ってから平釜へほうり込んだ。そこへ水を溢れるほど満たして、何時間も何時間も炊き続けていた。

夜が深々と更けて来て、とても承徳は起きて料理を待てなかった。遂《つい》に部屋へ帰って眠ってしまったが、ほとんど真夜中になって起こしに来てくれた。食器を持って行って見ると、充分に炊き出された肉の塊りは、すでに釜から引き上げられて、筵の上へ拡げてあった。承徳が食器を突き出すと、まずスープを入れて、それから筵の上の肉の塊りを適当に指先でちょいとちぎって入れてくれた。皮も剝かずに骨つきのままで炊いた肉が、なんと簡単に千切《ちぎ》れるものだと思った。二本の指先で、まるで焼いた魚の身でも、摘み上げるような感じであった。

平釜の近くにローソクが一本立てられているだけで、あとは全くの暗がりであった。手にスープを持って、足で地面を探りながら、捕虜達が食べている間へ坐って食べてみた。久し振りの肉汁はうまかった。別にいやな匂いもなく、喉《のど》のかさかさが一度に取れて行く思いであった。

長い間大豆の粥しか知らない捕虜達も、まるで薬でも飲むように、スープをすり上げる音が、闇の中からあっちこっちに聞こえていた。

それからは、時々夜中に起こされて、犬のスープをよばれた。一度味を覚えた彼らは、犬が迷い込んで来るのを待てなかった。蛙を餌にして、柵のぐるりへいくつもいくつも罠をしかけてあるということであった。

この地方は冬になると、豪雪が来るというので、捕虜達の小屋にも冬仕度が始まった。銃を持った兵隊に監視されながら、山から枯草を刈って運んでいた。それを寝床の下へ敷いたり、周囲の壁を分厚く補強したりして準備を進めていた。

十人余りの捕虜が選び出されて、そんな作業が始まった間もなくのことであった。いつもの通り夕食の配給が終わって、係員が引き揚げたあと、四六号が突然呼びに来た。何ごとかと思ったが、とにかくついて行った。すると今日刈って来たばかりの草の中から、中ぐらいの仔牛を一頭引きずり出して来た。これは一体どうしたのかと訊いてみると、今日の午後草を刈りに行った時、見張りに来た兵隊の目を盗んで、山裾に繋いであった牛を、近くの藪の中へ連れ込んでしまったと言う。そこで用意して持って行った石を割る鉄の矢を頭の中心へ打ち込んだら、牛は声も立てずに、その場で死んでしまった。そこで草と一緒に車へ積んで小屋へ運び込んだが、別に見張りの兵隊にも気づかれずに済んだと言った。

しかし、ぐずぐずすると、どえらいことになると思った承徳は、とにかく急いで処理をしないと、大変なことになると言ったら、彼らもすべてを察したのか、即刻料理を始めた。大勢の捕虜達が取り巻いて見守る中で、ローソクの灯を頼りに、彼らは手順よく牛を捌いていった。犬と違って牛の場合は、ちゃんと皮を剝いて、骨から肉を離していた。筵の上へ牛を寝かせたまま、その早業は、ただ驚くより外はなかった。何人もが寄ってたかって、骨を押さえる者、肉を引っぱる者、離れて行く肉を骨から切り離してやる者、なかなか堂に入ったものであった。頭と骨は、内臓と一緒に皮へ包んで、その場で深く穴を掘って埋めてしまった。

もうあとは平釜へ水をはって、火を焚《た》けばよかった。肉がぐつぐつ煮え始めてから、組長や兵隊が廻って来てもまた犬だと思って絶対に寄りつかないことは決まっていた。百人余りに配っても、一頭分の牛の肉は大変なものであった。犬のように長い時間をかけて炊くようなことはしなかった。あらかた煮えた時分に引き上げて、ちょうどトーストパンを切るように、薄く切って分配をした。肉は掌に、炊いた汁は食器に入れてくれたが、一度にはとても食い切れなかった。翌日も、そしてその翌日も、草に包んで隠しておいて、粥を食べながらこれを齧《かじ》った。

牛の密殺もばれることなく、工事も順調に進んでいた。来た当時から見れば、堰堤の高さも、水を引き入れる水路の長さもかなり目立って来た。時々専門の技師もやって来て、組長らとかんたんな打ち合わせをしていた。

特に混み入った事情でも起きたのか、ある日、四、五人の技師が一度にやって来て、現場中を右往左往していた。図面を拡げて相談をする者、長い巻き尺でそこらを測る者、測定器で方々を覗く者とかなり深刻な様子であった。

その日の昼過ぎであった。作業開始のサイレンが鳴って間もなく、物凄い音を立てて、急に機関銃が鳴り出した。最初は驚いてうろうろしてしまったが、よく見ると、確かに事務所の二階に据えてある機関銃が、白い煙を吐いていた。窓から煙がもやもや出ているだけで、一体どちらへ向けて撃っているのかは分からなかった。しかし、銃声が止《や》んでしばらくすると、道の上の藪から二人の男が、両手を上げて出て来た。こんどはそこへ一人の兵隊が駆け登っていた。手を上げて出て来た二人の男には構わず、兵隊はそのまま藪の中へ飛び込んで行った。間もなく兵隊はまた一人、藪の中から引きずり出して来た。かなりの距離があったのでよくは分からなかったが、どうやらその男はすでに死んでいる様子であった。

あっと言う間の出来ごとであった。全神経が硬直して、そのまま棒立ちになってしまった。ただじっと息を殺してこれを見詰めた。しかしよく見ると、そこへ捕虜達も承徳も行ってはならない場所であった。越えてはならない境界線を遥かに越えていた。

寝起きをする小屋の柵ほど厳重ではなかったが、仕事をする現場にも柵はあった。山裾を遠巻きにして、針金を張り廻らした垣を、許可なく一歩でも越えた者は、完全な脱走犯と見做《みな》して、直ちに制裁されることになっていた。

この真っ昼間に、脱走を企てた彼らの愚かさが、承徳は腹が立つほど不可解であった。言葉も知らず、この辺の地理にも疎《うと》い筈の彼らが、脱走をして一体何処へ行くつもりだったのかと思うと、なおさら不思議であった。

技師達と打ち合わせをしていた組長らも慌《あわただ》しく動き出した。事務所の方へ走って行く者、事件現場へ飛んで行く者、彼らもかなり驚いた様子であった。

手を上げて出て来た二人は、ただちに事務所へ連れ込まれたが、草むらへ引き出されていた男は、ほどなく車が来て、どこかへ運ばれて行った。

突発的な事件に、肝ッ玉《きもたま》を潰され、恐怖のどん底へ突き落とされた感じであった。事件現場の近くまで見に行った四六号が戻って来たので、承徳は早速訊いてみた。

「前から脱走の計画はあったのか」

彼は即座に首を振って、自分は全然何も知らないと答えた。しかし今殺された男は、八路軍の中ででも、優秀な指導者で、趙東換とか言う、三十過ぎの非常に知能的な男であったと言う。彼の功績はここでもよく話題に上るが、実に残念でならないと言いながら、地面へ坐り込んでその前歴を語り出した。

本国で彼の率いていた部隊は、僅か三十人足らずの小部隊であった。やはり太原の奥がその根拠地で、勇敢に日本軍と戦った戦歴も多いが、それよりも、彼の英知と技能が八路軍に大きく貢献した。

捕虜になる前には、百軒余りの部落へ立て籠もって、常時は百姓を装うていたが、実はそこで八路軍に納める兵器を作っていた。土塀に囲まれた部落の中には、農家が密集していて、外から見ただけでは、とても平和な村であった。ところがその中の何軒かが軍需工場で、足踏みの旋盤がたくさん据わっていた。最初は主に小銃弾ばかりを作っていたが、のちには遂に精巧な拳銃まで作るに至ったと言う。

四六号は、無論彼の部隊ではなかったが、よくそこへ、出来上がった弾丸やピストルを受けとりに行った。それがある日、突然日本軍に包囲されて、気が付いた時にはすでに、塀の外側は砲兵、騎兵、機関銃隊が渦を巻いていたと言う。そのまま彼らは、何の抵抗もせずに、白旗を揚げて、降伏してしまったが、四六号もその時一緒に、捕虜にされたといって、「あの時もう一時間、あの部落へ入るのが遅かったら、こんな目には逢わなかった」と、いかにも口惜しそうな顔をしていた。

翌朝は雨であった。起きてみると柵の入口に、作業中止の旗を揚げていた。雨の中を捕虜達は、朝の給食をもらいに軒先と言わず、食堂と言わず、いっぱいに立ち並んでいた。そこへ承徳も食器を持って出て行ったが、土砂降りの中を、なかなかいっぱいの粥を貰うのも、容易ではなかった。

そこへひょっこり四六号が現われて、昨日起きた事件の真相が分かったから、話してやろうと言って来た。承徳は早速自分の部屋へ呼び寄せて、一緒に貰って来た粥を啜《すす》りながら、ゆっくり聞いてみることにした。

最初から彼らには、脱走の意図などは全くなかった。手を上げて出て来た二人が二、三日前、草を刈りに行った時、事件が起きた藪の向こう側に、いま鈴なりになった柿の木を見つけてあった。ちょうど技師達が大勢来ていたので、警戒が手薄になったと思った二人は、境界線を越えて柿を盗みに行ったと言う。近くにおってこれを見ていた趙が、慌てて止めに行ったが、「おーい、急いで戻らないと兵隊が見ているぞ！」と叫んだのが最期であったと言った。

彼は捕虜にされていても、決して同志愛を忘れなかったと、四六号は言っていたが、僅か、柿くらいのことで、人命が消されたとは、この上もなく侘しい話であった。これから先にもまた、どんな問題が起きるか分からないと思った承徳は、俯《うつむ》いて、一生懸命粥を啜りこんでいる彼に、それとなく訊いてみた。

「君達は無事に本国へ帰れると思うか」

すると彼は目の色を輝かせながら、

「それは間違いがない。我々は戦争の勝負を問わず、国際法に基づいて国へ帰れることは、疑う余地がない」

それもそうだと思った。彼らにはちゃんと祖国があった。いまは奴隷のようにこき使われていても、いつかはきっと祖国へ送還されることは決まっていた。しかし、承徳にはそんなものはなかった。立派な国際法も、そして自分を庇うてくれる祖国もなかった。それよりも戦争が終われば、徴用脱走罪の結末がどうつくのか、むしろそれが心配で、最近は夜も満足に寝つかれない日が多かった。

それから昨日、助かった二人はどうしたのかと訊いてみた。すると昨晩のうちに小屋へ返されて、みなから非難を浴びながら、いまは部屋の隅で小さくなっていると言った。最後に四六号は、きれいに食べ終わった食器を持って帰りながら、「あいつらは、明日からみなより、二時間ずつ余分に働かされるらしい」と言って苦笑をしていた。

　一人になって承徳は思った。それにしても人が殺されるほどの、大事件を起こしたにしては、余りにも懲罰が軽すぎた。もしここで自分も脱走をしたとしたら、一体どうなるのだろうと、真剣に考えてみたくなった。自分の場合は、捕まったとしても、刑場へ引かれて行くより、またここへ引き戻され、働かされる可能性が強かった。後にも先にも、鍛冶屋はなく、自分が居なくなれば、また現場は混乱を起こすことは必至であった。それでなくとも今の情勢は、とにもかくにも働かすことが優先で、処刑はその後であることが、この二人の例を見ても明白であった。もし脱走をしくじって捕まったとしても、処刑を免れることは、十中八九間違いはなかった。弁明のしように依ってはひょっとしたら、ほとんど無罪に等しい状態で、またここへ引き戻されるくらいが、関の山だと思った。しかしこのまま、何時《いつ》までもじっとしていたのでは、まさしく俎上《そじょう》に載った鯉のたぐいであった。働くだけ働かされて、戦争が終わったら、非国民と言う烙印《らくいん》を押された上に、こんどこそ、どんな処刑を受けるか、その予測は出来なかった。脱走するなら、今が一番危険率の低い時期だと思った。首尾よく成功すれば、都会の貧民街にでも山奥の土木飯場にでも、身を隠す場所はいくらもあった。しくじってもよい。何もせずに何時までもこのままじっとしていて、生涯に悔《く》いを残すよりは、柵の外へ飛び出して、出来ることなら力いっぱい逃げ廻ってみたかった。

翌朝は雨も止んだ。その日も相変わらず捕虜達は、一輪車で一生懸命土を運んでいた。人が殺されたことなどは、まるでなかったかのように、いつもの通りみなは働かされていた。鞭《むち》を持った組長らが、処々に立ってみなを追い廻している姿が、今日に限って承徳には、まるで鬼のようにも見えてならなかった。すこしでも仕事を怠けると容赦なく捕虜を鞭で打ちまくることは茶飯事であったが、今朝も早々に一人、すぐ目の前で打たれていた。

一体今日は何月何日なのか、ここに居る限りは過ぎて行く日々さえはっきりしなかった。しかしもう、かなり冬の気配は迫っていた。昨日の雨が山頂では雪になったのか、遠くに見える山の頂が、くっきりと白くなっていた。近くの農家も百姓仕事が終わって、冬仕度をしているのか、頬被りをした四、五人の男達が、肥桶《こえおけ》をいっぱい積んだ車を引いて来て、盛んに収容所の便所を汲み出していた。遠くから見ていると、ひとつの肥桶を二人が提げて、車に乗せているその恰好は、とても若い人の仕草ではなかった。腰をかがめて、つらつら持ち上げている姿は、なんとなく痛ましさをさえ感じさせるものがあった。

しかし承徳は気がついてよく見ると、汲み取り口は意外なところに付いていた。その人達は柵の外側に立って、道から肥を汲み上げていた。臭い便所の汲み取り口だけが、柵の外へ通じていたのかと思うと、何とも言えない皮肉な感じであった。

遠くから見ていても、とても大きな肥杓であった。二、三杯汲み上げただけで、肥桶にいっぱいになるほど、大きな肥杓であった。あんな大きな肥杓を自由に出し入れ出来るほど、大きな穴が開いているのなら、そこから人間の一人くらいは、充分に這《は》い出ることも可能だと思った。

そこから何とか、脱走の方法はないものかと、ついじっと考えずにはいられなかった。

しかしそれはむつかしい問題であった。百人余りもいる便所の肥溜めは、一旦《いったん》落ち込んだ限りは、二度と這い上がれないほど深く、その幅も人間わざでは、とても飛び越すことは無理であった。もし落ち込んだら、命にもかかわることで、諦めるより道はなかった。

翌日もそのまた翌日も、その人達は盛んに汲み取りを続けていた。夏中溜めた大きな肥溜めは、なかなか減りそうもなかった。たまたま便所へ行って、ちらっと覗いて見ても、まだ七、八割方はそのまま残っていた。

ところがそこへ突然、異常寒波が急激に襲って来た。一晩のうちに何もかもが凍りついてしまった。それからと言うものは毎日寒さが続いて、時には激しく雪も降っていた。寝る時は服を着たまま、毛布にくるまっていても、寒さは全身にしんしんとこたえて来た。

特に夜明け前になると、その寒さはまた格別であった。朝方になっていったん目を覚ますと、もう後はなかなか寝つかれなかった。そのたびに承徳は起き上がって、全身を動かして体操をした。一生懸命体を動かしているうちに、充分に温《ぬく》もって来たら、またすぐ毛布を被って寝ることにした。

いつも目が覚める時刻は、大体決まっていた。十日町の駅から、夜明け前に発車する一番列車の汽笛が、はっきり聞こえる時であった。発車して行く蒸気の音をかすかに聞きながら承徳は思った。もし自分がここから脱け出して、あの汽車に乗ったとしたら、それからの運命はどうなるだろうかと思うと、もう居ても立ってもいられない気持ちであった。たちまちいろいろな空想が頭を駆け廻って、もう二度と寝つくことは出来なかった。

早速、毛布から抜け出して、便所へ行ってみた。いつも壁に立て掛けてあった長い丸太で、便所の底を突いてみた。かんかんに凍りついて、とても人が乗ったくらいでは、割れそうなものではなかった。これなら自分の覚悟次第で何時でも脱走は出来ると思った。

部屋へ帰って、考え、考え、考え抜いた。すっかり夜が明けるまで考え続けた。とにかくどうなろうと、男として知恵と根気の続く限り、逃げて逃げて逃げおおせてみることが、今の自分の運命に、一番適当だと思った。きっぱり覚悟をしてしまうと案外度胸が据わって、意外と気軽く脱走の決心をすることが出来た。

承徳は早速、服と一緒にぐるぐる巻いてあった戦闘帽を取り出してみた。手垢がついてどろどろに汚れたまま持ち廻っていたが、万一の場合を考えて、そのへりには十円札を三枚縫い込んであった。これを手探りで調べてみると、間違いなく元通り入っていた。

ここへ来てからは、全然給料をもらうことは出来なかった。ある日事務所へ呼ばれて、「給料をここでは渡せないことになっている。家があれば送金は出来るが、君の場合、どこか知り合いでもないのか」と訊かれたが、自分がこんな処にいることを誰にも知られたくなかった承徳は、即座に首を横に振ってしまった。「それなら時期がくるまでここで預かっておく」と言われて、それっきりであった。

いよいよ決行の日取りを決めなければならなかった。どうせやるなら一日でも早い方がよいと思った。ぐずぐずすると豪雪に見舞われ、ただ一つの交通機関、鉄道が止まる恐れがあった。

夜が明けたばかりの外へ出て見ると、黒い雪雲が低く垂れて、一刻も早く決行しないと、また一年釘付けになるかも知れなかった。いろいろと思案の果て、とうとう明朝決行を堅く心に決めた。

その日は現場で仕事をしながらも、心の中で緻密《ちみつ》な計算をしてみた。先ず汲み取り口から柵の外へ出ることは、別に問題はなかった。あとは、監視所の正面を通る時だけ、すこし気を付けなければならなかったが、それもわざわざ窓際から覗かれない限り、暗闇の中で見つかる気づかいはなかった。ただ気になることは駅へ着いて、汽車に乗る時であった。もし形勢が悪ければ駅外れに隠れていて、そこから飛び乗ることも覚悟をしなければならなかった。

何とかして、上手に汽車に乗りさえすれば、すべては成功であった。早くとも八時か九時にならないと、兵隊も組長らも脱走に気がつく筈はなかった。その時はすでに、かんたんに手配の届かない、遠い処まで行けることは、ほぼ確実であった。

承徳はこんなことを予測したが、最後の一日を務めた。まだ雪は降らなかったが、夜になっても、空はどんより曇っていた。

その晩はほとんど眠らなかった。捕虜達と一緒にここで貰った服は、シャツの代わりに下へ着込んで、その上から、来る時に着て来た自分の服を着た。そして、そのまま毛布にくるまって、出て行く時間を待ったが、胸の動悸《どうき》は激しく打っていた。

ときたま外の様子も窺《うかが》って見た。全く静かで絶好の闇夜であった。入口の隙間からじっと監視所を覗いてみたが、点《つ》いていた小さな灯も消えて、あとはもうマッチを擦って煙草を吸う気配もなかった。もうよほど夜が更けた証拠だと思ったが、なかなか勘だけで時刻を決めることはむつかしかった。

いよいよここと思う時を見計らって、静かに部屋を出て行った。全身に汗が滲むような瞬間であった。しっかり意識を取り直して、もう一度勇気を出した。

捕虜達が寝ている小屋の間を抜けて、こっそり便所へ入って行った。ただ丸太を横に渡してあるだけの踏み板をこじ寄せて、そこから肥溜めへ降り立った。予測した通り、肥溜めはかちかちに凍りついて、びくともしなかった。真っ暗い中を手探りで、汲み取り口へ近づくと、かすかに蓋《ふた》の隙間が見えていた。これをそっと横に開いてじっと外を覗いて見た。するとその外側は確かに道であった。

穴から首を突き出して、音ひとつ立てずに難なく道へ這い上った。まず脱出最初の難関を見事に通過した。これで承徳は、やっと自信がついた思いであった。

それにしても、これほどかんたんに柵の外へ出られるものなら、この穴はとても貴重な穴だと思った。承徳はもう一度屈んで、開け放した木の蓋を、元通りきちんと閉め直しておいた。

次は監視所の前であった。闇に包まれた監視所をじっと見上げると、なんとなく胸騒ぎはしたが、心をしっかり引き締めて、そろそろ歩き出して行った。石に躓《つまず》かないよう全くの抜き足差し足で近づいて行った。今にも機関銃が鳴り出しそうな恐怖に駆られながらも、無事にそこも通過することが出来た。

あとはもう無我夢中であった。暗がりの凸凹道《でこぼこみち》を、ひたすらに走った。走って走って走りまくった。田圃道を通り抜けて、町外れへ差しかかると、もうすぐそこに小さな駅の灯が見えていた。

ずっと駅前へ近づいて、様子をよく見定めることにした。構内には全く人影がなく、小さな電灯がひとつ、ちょこんと点いていた。しかし、すぐ近くの操車場では、機関車が火を焚いて、発車の準備をしているのがよく分かった。

駅前の広場には、材木を山ほど積んであった。承徳はその蔭に隠れて、もっと様子を見ることにした。しばらくすると駅の事務室がぱっと明るくなって、人の気配もしていた。そこへ二、三両客車を引いた機関車もホームへ入って来て、何となく活気づいて来た。

乗客は男と女が入り混じって六、七人ぽつぽつ集まって来たが、大半の人は頬被りをしていた。

成否はすべてここにかかっていた。乗客に混じって切符を買いに行くのがよいか、それとも駅の外れから飛び乗って、車内の便所にでも隠れるのがよいか、実にその判断はむつかしかった。

しかし、承徳は思い切った。戦闘帽を深く被って構内へ入って行った。みなが並んでいる一番うしろについて、切符を買う窓口へ近づいた。用意して持っていた十円札を突き出しながら、堂々とした声で「豊野！」と言った。

切符を売る駅員は女であった。こちらを振り向きもせずに、黙って切符と剰《つ》りを出してくれた。かすかに手が震えるのを我慢して、これを受け取ったが、すぐ改札が始まった。急いで汽車の中へ駆け込むと、何ごともなく汽車は発車して行った。僅かの乗客を乗せて、広々とした車内は、薄暗い電灯がほんの足元を照らしているだけであった。

フルスピードで峡谷を通り過ぎ、夜明けとともに汽車は信州へ入っていた。豊野へ着いて、初めて駅の時計を見ると、まだ七時を少し過ぎたところであった。

豊野ででも切符は即座に買えた。貨車で護送されて来た線路を逆に走った。列車が停車をするたびに、警官が乗り込んで来るのを恐れ、車内で変わった服装の人を見れば、刑事ではないかと疑った。

十日町を出てから十数時間を乗り続けて、夕刻近く名古屋へ着いた。しかしもう世の中は変わっていた。承徳が捕まって、十日町へ行っている間にすべてが変わっていた。空襲に次ぐ空襲で、罹災者《りさいしゃ》は巷《ちまた》に氾濫していた。もう戦争の恐怖におののく者は、決して承徳一人ではなかった。

解説
# 非戦闘者にとってのアジア太平洋戦争

成田龍一
川村　湊

## はじめに

戦争文学全集のたぐいで、女性を前面に掲げた巻が編まれることは、これまでにはなかったといってよかろう。たとえば「昭和戦争文学全集」にも、女性の作者こそ散見するが、女性の戦争体験を描いた作品がまとめて収録されてはおらず、女性を軸とした巻もみられない。

しかし、総力戦となり、国民が総動員される二〇世紀の戦争は、女性にとっても無縁ではいられない。戦後しばらくは、女性は「銃後」において、空襲を受け、配給や疎開などを強《し》いられ、戦争の被害者であるという通念があったが、一九七〇年ころからは、大日本婦人会などの活動を通じ、女性も加害者として戦争に協力していたという議論が現れるようになる。

さらに、一九九一年には、戦時中に「従軍慰安婦」とされた韓国人の女性が名乗り出て、戦時と戦後の日本の責任を追及したが、この告発には軍部のみならず、現時に至るまでの日本国民すべてが対象となり、日本人男性に止《とど》まらず、日本人女性も植民地責任を問われることとなった。

戦後六〇年以上がたち、女性と戦争・植民地の関係が幾重にも問われてきている。そうしたなかで、「セレクション 戦争と文学」において、女性による、女性を主題とする作品を軸とする巻が刊行されるに至った。さらに、本巻では子供と外国人を主題とした作品をあわせ収録し、男性ならざる人びと、兵士ならざる人びと、日本人ならざる人びとにとっての戦争体験を、あらためて考えたいと思う。

〈Ⅰ〉と〈Ⅱ〉は、女性と戦争のかかわり方を描いた作品であるが、いずれも、女性の作者によるものである。女性が、みずから戦時と戦後をどのように認識したか、また、戦後に戦争をどのように総括したかを示す作品を収録した。〈Ⅰ〉は戦時に書かれた作品、〈Ⅱ〉は戦後になってから描かれた作品を配置した。また、〈Ⅲ〉は子供、そして〈Ⅳ〉は外国人を主題とした作品を収録した。

〈Ⅰ〉〜〈Ⅳ〉に収められた作品は、いずれも、兵士以外の立場からの戦争体験である。そして、彼らは、戦争の周縁の存在とみなされていたがゆえに、かえって戦争とのかかわりが問われ、そのことがそれぞれの生き方や主体性とむすびつけられた。さらに、そのため、戦時と戦後では、社会における彼らの扱いに、大きな落差がみられるようになる。戦時には持ち上げられながら、戦後には簡単に見捨てられてしまう……。戦争が、戦闘者以外の人びとにも深刻な体験を強いたことが、よくうかがえる巻となっていよう。

## 1

女性が戦争に向き合うときには、(男性に対しての)娘、妻、母、そして姑、あるいは恋人という立場があり、そのなかで自らの役割と位置をつくりだす。女性の立場はあらかじめ枠づけられているのであるが、しばしば、女性自らがその立場―役割をすすんで選択している。また、どのような役割と位置を選びとるかは、戦争に対する姿勢と密接に連関する。戦争文学のなかの女性像は、作者自身の個性とともに、作品が発表された時期にも関係してくる。

日中戦争が本格化したころに発表された、大原富枝「祝出征」(一九三八年)は、戦死した長男をもつ「姑」を軸に、その家族や近隣の家族の交流――とくに男女それぞれの想いや行動が、重ね書きのように記される作品となっている。印象的なのは、大原が、女性たちの主体的な生き方を描いていることである。男性たちは、出征をこそ覚悟しているが、その後については思考が停止していた。しかし、入隊―出征し、兵士となることにより変貌し、男性が戦争にかかわり主体化されることを書き記す。これに対し、女性は、男女関係のなかで、主体を見せるとするのである。みなが思いを秘めながら、それを発現出来ず、一切を押し流す「出征」の風景、さらに「美談」の背景が記されてもいる。

また、長谷川時雨が著した「時代の娘」(一九四〇年)は、時局を理解せず何事をもおこなわない母とその友人に失望した娘の「多計子《たけこ》」が、シアトルから来た母の友人「くら子」の「祖国愛」に感銘を受け、他方、くら子も多計子と呼応する一件を描く。

一九四一年一二月に、アジア太平洋戦争がはじまると、女性たちも戦争と国家に向けた主体を語らなければならなくなる。とくに、これまでリベラルな言論活動を行っていたり、マルクス主義の運動に関与したりしていた作家のばあいは、いっそうそのことが強く要請される。

運動に参画していた経験をもつ中本たか子が書いた「帰った人」は、一九四三年に公刊された「前進する女たち」に収められており、翼賛の姿勢が強く押し出されている。同書はさまざまな職場を通じて、主体的に報国する女性たちを「前進」とする短編を集めた単行本だが、この作品でも中本は、銀ブラを繰り返す「慶応ボーイ」の恋人「弘信」が、ノモンハンの「激戦」に参加することで一変し、以前の弘信に対する気持ちで接していた主人公の「素子《もとこ》」がたしなめられることを作品の軸とした。素子は、「銃後」の「平和」に慣れてしまっていたことを反省し、「多分に古い観念がある」自己を改革する決意をする。戦争が男性を成長させ、その男性に主導されて女性が革新していくこと——戦時における自己革新と男性による主導、さらに国民の融和を描く作品である。「彼にしたがって」いくこと、そして自らを作り替えること、それが主体的な社会参加になることが、テーマとされている。

こうした翼賛の姿勢をもつ作品は、戦時のジェンダーのありようを投影している。作家の個性と発表時期との双方により、戦争への距離の取り方は異なっているが、女性が、戦争により自らを作り替えていくという主体的な動きが綴《つづ》られるのである。女性にとっての戦争体験が一筋縄ではいかないことが、これらの作品群によって示されていよう。

五島美代子の短歌、中村汀女の俳句は、それぞれ、戦争の一局面を切り取って見せた。

2

戦後に描かれた作品は、戦争に対する評価がまったく逆転している状況のなかで、戦時を回想・回顧する。石垣りんの詩「家族旅行」(一九六九年)、吉原幸子の詩「空襲」(一九五九年)は、その落差を見つめるものとなっている。

もっとも、この認識にすぐに達したのではない。藤原てい「襁褓《おむつ》」(一九五〇年)は、引き揚げのなかのひとこまを描いた作品である。藤原といえば、「流れる星は生きている」(一九四九年)が著名だが、そこにも記されているエピソードを短編小説としている。ノンフィクションのような書き方がなされ、祖国に帰りつく直前における「みじめさ」や「孤独」が記される。主人公の「私」の窮地をただ傍観する女たちを、「野次馬根性の日本人の女の一番悪い人ばかり」と非難する「奥さん」、そんな女性たちの騒動を他人事のように見る男たちを記す藤原の目は、「日本人」の間に亀裂を見出す。夜半に船員の部屋を訪れる「女」の姿なども描かれ、整理されないままに、多くの事象がそのまま書き留められている。

上田芳江「焰の女」(一九五二年)は、舞台を、一九三七年の盧溝橋事件以降、日中戦争が全面化する時期の遊廓とする。戦争の本格化とともに、遊廓には「軍隊や御用船」の男たちが大量に乗り込んでくる。そして、主人公の「久子」は、「戦争の修羅場」に先立って「兵営と云う地獄」のあることを知り、兵士も娼婦もともに「体から魂をぬいてしまう」ということを知る。魂のない「人間の形をした生きもの」となりゆくのである。

そして久子は、死を覚悟するとともに、「焔の中へ飛びこんで、最後の爪の一片まで、燃え切れるのを見届けて死にたい」といい、「大陸」へと向かう。この作品の背景には、戦後五年とたたずに開始された朝鮮戦争があり、戦後の虚無が戦時の虚無と重ね合わされ、それが一挙に噴出していよう。戦争の恐怖が描き出され、戦争が「女体の深部まで喰いこんで来ている」とされる。

瀬戸内寂聴「女子大生・曲愛玲」（一九五六年）にもまた、セクシュアリティという性的なるものの要素が、強く入り込んでいる。戦後における回顧だが、戦時—戦後の中国・北京を舞台とする作品である。タイトルとなった「曲愛玲《チュイアイリン》」は、いくつもの「仮面」をもち、「山村みね」とのあいだに同性愛の関係もある。「私」は、親交がある曲愛玲に「白昼の大道」で無視され、「どす黒い屈辱」が渦巻く。夫の「建作」とも距離があり孤独感をもつなか、建作とみねの過去の関係が、不意にあきらかになる。時をおかず、建作には「現地召集令状」が来て、曲愛玲は延安に向かう……。物語は、戦後の一変した北京の様相で結ばれるが、戦後に女性のことを描くときに、性的なるものは、どのようなかたちであれ入りこみ、大きなウエイトを占めている。

田辺聖子「文明開化」(一九六五年)は、戦後における世相の変化(「乱世」と表現している)、とくに戦時の扱い方の変遷を、一九四六—四七年の大阪と兵庫の光景に託しながら描いて見せる。田辺自身を思わせる「トキコ」という女子学生を主人公とし、市井のあれこれ、これまでなら「不敬罪」で罰せられるような「デモクラシイ」に一変した戦後の風景、あるいは、戦時に威勢のよかった人物の変貌を、突き放しながら描き、戦後にこそ「充実感」「昂揚感」があること、すなわち「文明開化」を感じ取っている。ここでも、性的なるものが介在している。

だが、田辺には、戦後に一挙に価値観が変わったことへの戸惑いもある。戦争で死んだ死者への想い—死者の視線が、その意識の根底にある。この作品では、天皇には敬語が用いられているが、トキコの耳には、天皇に「置いていかないで下さあいッ!」と呼びかける死者の声が響いている。そのことが、物語の終わりに書き留められる。価値観は時代と密着しているという認識をもつがゆえに、田辺は戦後への冷めた目、さらに自己への省察もあわせて記しており、物語は余韻を残して閉じられる。

一九七〇年代は、女性の戦争への翼賛が言挙《ことあ》げされ、批判された時期である。吉野せい「鉛の旅」(一九七四年)は、そうした状況を感じさせる作品のひとつであり、批判的精神がみなぎり、主人公は戦争に対し、受け身になってはいない。四六歳の「私」が、会津若松の連隊にいる息子に面会に行くが、あちこちで出征軍人の見送りを目撃する。そのなか、見送る母(もしくは祖母)が「嗚咽《おえつ》」するさまに、「なまなましい真実の出征風景」を見る。あるいは、列車内で一緒になった出征兵士の「孤独」「悲しみ」「不安」「恐怖のかたまり」に思いをはせ、「私」は面会を拒む「軍律」を「非人間的」なものとしている。

この作品は、全編が戦後の価値観から書かれていて、いささか堅苦しくはある。しかし、女性が描く戦争文学のなかで、（戦時、戦後の執筆を問わず）しばしば記される見送りと面会の光景の構成を、吉野は転換させた。すなわち、見送りも面会もともに、女性の立場と役割がはっきり打ち出される局面であるが、その場はあらかじめ（男性たち、軍隊によって）設定されたものである。設定された場（＝受け身の場）において、女性の役割に応じた主体性が発揮されるという構成―その受け身性を、吉野は全面的に否定してみせたのであった。なお、一六四ページの「国防婦人会」は、実際には「大日本婦人会」と記されるべき個所である。

河野多惠子「鉄の魚」（一九七七年）は、「鉄の魚」と作者が表する特攻兵器に搭乗して死んだ夫をもつ「彼女」の不可思議な行動を、「私」が綴る。結婚して二年に満たない歳月で死んだ「亡夫」が祀《まつ》られた場所を、（「陰気」と思い、また再婚したこともあって）遠ざけていた「彼女」は、夫との別離から四半世紀たって「私」をともない、訪れる。そして、展示された「鉄の魚」に入り込み、夫の行動を追体験し、自分に対する夫の「幻滅と未練」を探ろうとする。一向にぬぐい去ることが出来ない夫への想いだが、状況としての戦争は語られても、それを大義とする心情とは無縁の女性の心情が描かれる。同じ一九七〇年代に書かれているが、吉野せいとは読後感が大きく異なる作品となっている。

大庭みな子「むかし女がいた」（一九九一年）、石牟礼道子「木霊」（一九九七年）は、一九九〇年代になって書かれた戦争文学である。「むかし」（大庭）、「あの頃」（石牟礼）を回顧する体裁をとりながら〈いま〉と連結させ、いっけん何事もないように、戦争を忘却したふりをしている〈いま〉に戦争を刻み込もうとする作品である。ともに、戦争の刻印を確認し、戦時の記憶を呼び起こそうとしており、大庭は、戦時のなかで青春を送った自己を回想し、石牟礼は、戦時に工員であった弟を想っている。

（成田）

3

尋常小学校が国民学校になったのは一九四一（昭和一六）年のことだった。この年から、小学生は小さな「国民」の一人となり、やがて「少国民」という言葉が生まれ、子供や児童という言い方は、古めかしい旧弊な観念として駆逐されるべきものとなった。たとえば、鈴木三重吉、小川未明、坪田譲治たちが基礎を築いた童話や児童文学は、「少国民文学」と呼ばれるようになる。児童は、戦後に児童憲章や児童保護法の制定により復活するまでは、政治的にやや胡乱《うろん》な言葉として忌避されたのである。

中国との、そしてさらにアメリカを中心とした連合国との戦争（の敗北色）が深まるにつれ、挙国一致や総力戦の呼号によって、男と女、大人と子供、老人と成人、金持ちと貧乏人、内地人と外地人といった〝差別〟はなくなり、ひとしなみに戦争に巻き込まれる〝総動員〟体制は確立したのである（もちろん、それは建前にしか過ぎず、実質的に差別が解消されたわけではない）。

学校教育には軍事訓練や教練が導入され、予備役の軍人が教師として採用され、戦争遂行の軍国教育を「国民学校」のレベルから始めることになった。高橋揆一郎の「ぽぷらと軍神」は、多分に作家自身の体験に基づいていると考えられるが、こうした軍国主義の権化としての一教師を、その軍隊式教育の被害に遭う少年の眼から見つめたものだ。教師の目標は、学校を軍隊のカリカチュアとすることだった。それも、彼が知っている頽廃《たいはい》し、奇形的な歪《ゆが》んだ「大日本帝国軍隊」をお手本に、である。

そこでは個人の尊厳や自由や独立といったものはなく、階級的な憎悪や嫉妬、知的なものへの劣等感、内攻的な暴力と、秩序や規律の崩壊の恐怖、そして夜郎自大な皇国主義についての痴呆的な狂信がある。ただ、それが順吉の四年一組の担任になった「加藤ばんじゃあ」という教師だけのことではなく、多かれ少なかれ、戦中期の社会全般を覆っていたのが日本の現状だったのである。

行政機関や企業や学校が戦争に巻き込まれ、町内会や婦人会や青年団などの小さな共同体までが戦争に飲み込まれてゆくのは、一瞬のうちだった。そしてそれは、外在的な組織や外面的な規則だけではなく、むしろ少年少女たちの柔らかな内面にまで喰い入ってゆくことになる。「ぽぷらと軍神」では、名前は「順吉」だが（従順の順！）、少年の内面は、この軍神まがいの暴力教師に恐怖を感じてはいても、まだ決して反撥心や反抗心を失っていない（同じクラスの同級生もそうである）。

だが、壺井栄の「おばあさんの誕生日」では、迪子《みちこ》と年子という二人の姉妹は、むしろ内面から先に戦争という体制に飲み込まれている。ただ、彼女たちにはそれがおばあさんの旧弊さと、自分たち「現代のわかいむすめ」の新しさとの対立に見えている。もんぺは振袖よりもモダンなのであり、花嫁修業よりは、女子挺身隊として軍需工場へ行って働くほうが、現代的なのだ。それを考えれば、戦中期の日本は、単に天皇制社会、古代の、宗教的国家に先祖返りしたのではなく、モダンなもの、現代性（近代性）を一貫して追求してきた近代日本の、まさに究極的な形態が「新体制」にほかならなかったのである。

馬の絵を描くことが好きな少年、ひさしが、宿舎として提供した自分の家にやってきた兵隊たちと親しむ話が、竹西寛子の「兵隊宿」である。馬の好きな少年は、「馬は賢い」という将校の一人に、こう聞く。「どれくらい賢い？」。すると将校は「時によっては人間よりも」と答えるのである。明らかに、競走馬のように左右の視野を狭められ、前方にのみまっしぐらに進むことしか許されていない人間たちは、馬よりも愚かだった。自嘲にも似た兵隊たちのそんな哀しみに突き当たる時、ひさし少年がそれからも軍馬の絵を描くことに熱中したかどうか、この作品はそれ以上のことは書いていない、慎ましやかに。

司修の「銀杏」は、弟の眼から、入隊後すぐ倒れた兄の、陸軍病院での生活を垣間見ている。そこは、こそ泥も、猫ばばもある、世間一般を投影した世界なのだ。

4

年長の少国民は、工場などに動員され、年少者は疎開した。もちろん、一口《ひとくち》に疎開といっても、縁故疎開や、学校や学年、学級単位の一斉疎開などの差異はあった。一ノ瀬綾の「黄の花」は、縁故といっても、複雑な人間関係のもとに行われた疎開である。冬子の家にやってきた久夫の一家は、血縁でも何でもなく、村長の口利きで彼女の家に厄介《やっかい》になることになった疎開者だった。鉄道関係の偉い人らしい久夫の父は、仕事の関係で東京を離れられず、妻子を知り合いの村長に頼んで、その村に疎開させることになったというのだ。

だが、大人たちの話から、冬子は、東京で久夫の父が村長の妹と同居していることを知ってしまう。彼は邪魔になった妻子を見ず知らずの田舎へ追いやったのだ。冬子の久夫に対する純真な思慕に較べ、大人たちの愛欲の世界の何と汚《けが》らわしいことか。しかし、この作品は、そうした対照を強調しない。疎開が生んだ悲劇ということではなく、疎開が、人間関係のもつれが生んだ悲劇の一つでしかないことを示唆している。

冬敏之の「その年の夏」は、そもそも疎開ではなく、一般社会から疎外されているハンセン病療養施設における少年と少女の物語である。社会から隔離されたハンセン病患者の療養所にも、だが、戦争は容赦なく入り込む。東京郊外にある療養所にも空襲警報は鳴り響き、

〈私〉は、戦闘機に乗ったアメリカ兵とまともに眼を合わすような体験もする。しかし、彼にとってみれば、空襲による死も、病気の進行による死も違いはない。逆説的にいうと、一般社会そのものが、常に死に脅かされている強制収容所に変わってしまったということだ。

「死」が普遍的に存在していた敗戦前の状況を、鮮やかな一瞬の光景として切り取ったのが、向田邦子の「ごはん」という掌編である。畳の上に土足で上がり（もちろん、普段の生活でそんなことは考えられない）、ありったけの食べ物を家族みんなでむさぼり喰う。そこには、死を覚悟した窮極の家族団欒があり、ユーモアとペーソスがある。まるで、向田邦子脚本のテレビ・ドラマのような。「ごはん」と「字のない葉書」で書かれた家長としての父親が、彼女の家族ドラマの主人公・寺内貫太郎の原型であることが分かるのである。

三木卓の「鶸《ひわ》」は、植民地（作中では明示されていないが、「満洲」であると思われる）で敗戦を迎えた「少国民」の話である。街頭でヤミのタバコ売りをしている少年は、自分と家族が生き延びるために、かつての日本の支配地だった異国の町で、敗戦国の国民として、家財を売るタケノコ生活によって引き揚げの日を待っている。少年は、生き延びるために、日本へ帰るために、さまざまなものを失わねばならなかった。父から貰った万年筆、そして父への愛情、兄への敬意さえも。彼は飼っていた鶸を掌で握り潰す、それだけは彼は売り払いたくなかった。そのために、彼は自らの手でその生命を失わせたのである。

思春期と戦争あるいは敗戦が結びついた世代がいる。異性への憧れと、闇雲《やみくも》な性の衝動。それを赤マントという都市伝説の探求という形で示したのが、小沢信男の「わたしの赤マント」である。夜の公衆トイレに潜《ひそ》んでいる、女性の生理の血を吸うという赤マントの伝説。もちろん、それはまともな性教育も、先輩たちから伝わる実践的な性の手ほどきもない時代の、奇怪に歪んだ性の妄想にしか過ぎないのだが、別の意味では、それは懐かしく、同世代性を強固に確認し合う秘密事にほかならなかった。寺山修司の「玉音放送」も、性の目覚めと敗戦とが強烈に結びついた体験を、いたずら事として、さらっと書き流したものだ。

この巻には、女性、子供よりももっと弱い立場の人間として、外国人の捕虜をテーマとした作品を二編収録している。阿部牧郎の「見よ落下傘」と、鄭承博《チョンスンバク》の「裸の捕虜」である。いずれも、現実にあった事件、実体験を基に、悲惨な日本国内での捕虜生活を描き出している。捕虜の食糧を横取りする日本人の監督たち。朝鮮人にヤミ物資の調達をさせ、彼が憲兵に捕まると徴用脱走犯の罪を着せる日本の会社員たち。皇軍、聖戦の名を思い切り辱《はずかし》める行為が、日本国内で行われていたのだ。これは明らかに国際法違反であり、戦争犯罪にほかならない。

被害者の立場から書かれた日本の戦争文学は、枚挙にいとまがない。ましてや、女性、子供は、これまで常に被害者、罪のない犠牲者として描かれることが多かった。しかし、「見よ落下傘」で、主人公の啓介が小畑さんの横流し物資の世話になるように、中国人捕虜を虐待する小畑さんは、まさに啓介をも加害者の立場に引きずり込まずにはいないのである（また、蕗《ふき》に砂を混ぜて供出したものが中国人捕虜たちの食事に出されたことで、啓介は加害者としての強い罪悪感を覚える）。大人も子供も、男も女も、年寄りも幼い者も、すべてが戦争の加害者であり被害者だった日々。しかし、それはアジアや中近東、アフリカの各地で現在も続いている現実の出来事なのである。

（川村）

（なりた・りゅういち　歴史学者／かわむら・みなと　文芸評論家）

〔初出　二〇一二年一月〕

付録 インタビュー

# あの日から、言葉を探って

竹西寛子

一九四五（昭和二〇）年八月六日。竹西寛子さんが広島で被爆したのは一六歳、高等女学校四年生のとき。足を毒虫に刺されて、八月三日から学徒動員先の工場を休み、その日は爆心地から二・五キロ離れた自宅にいた。二〇一〇（平成二二）年末の朝日新聞のインタビューで、竹西さんは「生まれ育った街が一瞬にしてぺしゃんこになり、あったものがなくなる。生きていた人がいなくなる。……あの苦悩が私の戦後の始まりでした」と語っている。

そしてその三か月ほど後の翌一一年三月一一日、東日本大震災が日本を襲った。大津波で、一瞬にしてそれまでの景色や記憶を奪われてしまった人びとの姿を目にして思い起こしたのが、ほかならぬ竹西さんのこの言葉だった。

## 広島から六六年目、大震災を経て

半世紀ちょっとのあいだに二度もこういうことがあるとは、思いも寄りませんでした。広島のときは、揺れが止まって顔を上げたら、いいようのない静けさの中、周りの景色が全部変わっていました。ああいうときの茫然自失した人の気持ちというのは、実際に体験した者でなければ、想像は無理なんじゃないでしょうか。

今回の震災では、後から福島の原子力発電所の事故の深刻な状況が明らかになってきましたが、いまだに見通しがまったく立っていない。事実が見えないことの不安ですね。みなさん、早く復興して元気を取り戻してとおっしゃるけれど、足下がふらついているのに、その上に空元気ばかり積み上げても恐怖が消えることはない。私たちが生きている時代の国民の運命というものを、まざまざと見せつけられた気がします。

でも、渦中にいる人間は自分に起きていることを客観的に見ることがなかなか難しい。少し時間が経ってから、自分の中の違和感でかろうじて気がつく。私は被爆して四年後に広島から東京に出てきたのですが、初めの頃は、周囲の人間に対してものもいいたくない、名前もいいたくない、そんな感じでした。からだの中にしこりがあるような、何ともいえない違和感ばかりが募ってきて、怖くなってきた。私は何を信じていいのか、自分の拠り所はどこなのかと、迷い続けていました。

たとえば、自分は広島の被爆者なのだから安易に他人《ひと》に批判されたくないとガードを固める人がいます。そういう人を見ると、広島を特別視してはいけない、特別視されてもいけない、同じ戦争の被害者として、他の人たちと同じように考えなければいけない、そう思おうとするんです。しかし、あの原爆によってもたらされた人間の苦しみ方は、いくらなんでも酷《むご》すぎる、やはりあの体験は特別なものなのだという思いが湧いてくる。そこでまた反省して、少しそこから離れる。するとまた広島に寄っていきたくなる。そんなことをくり返していました。

そのうち、広島について書かれたものが少しずつ出てくるようになるのですけれど、今度は、ここに書かれているのは、どうも私の広島ではないという違和感が生じてくる……。

――最初の小説「儀式」(一九六三年一二月)の主人公・阿紀も、被爆した友人がきちんとした弔いもなされずに死んでいくことの理不尽さに、いいようのない違和感を覚えています。

「儀式」は、私が筑摩書房の前に勤めていた河出書房の上司だった坂本一亀《さかもとかずき》さんにすすめられて書かせていただいたのですけれど、書いているうちに、自分でもわけのわからないものができかかって、これではだめだと思いつつも、いまはこれしか考えられない、これでだめならもうやめればいいんだと思って書いたんです。とにかく、最後まで書くことで精一杯で、書き終えたときには震えていました。

――被爆されてから、「儀式」を書くまで、二〇年近くかかっています。

それだけの時間を経て、ようやく少し外から見て書けるようになったということでしょう。自分がものを書き始めたことについては、本居宣長《もとおりのりなが》との出会いが大きかった。出版社に勤めていたときに古典文学全集の担当をして、そこで戦争中に教わった〈敷島の大和心を人とはば朝日に匂ふ山桜花〉の宣長とは違う宣長、つまり、定説に惑わされずに、古《いにしえ》の言葉に寄り添うことで古の心を探ろうとする古典論者としての宣長に接して、深い衝撃、感銘を覚えました。言葉とはどういうものなのかということがすっとからだの中へ入ってきて、自分がいま求めていることは、どうもこの辺に関係がありそうだと気づく。それを少しずつ探っていくうちに、自分の違和感もどうやら書くことでしずめられるかもしれないと自覚してきた。そうした経過を辿《たど》ってようやく書き始めました。だから書くまでには本当に時間がかかっています。

## 日常の中の戦争、戦争の中の日常

——「儀式」では、広島での被爆のことを書きながら、原爆という言葉も広島という固有名詞も出されていません。あれは最初から決められていたのですか。

決めていました。生意気ですけれど、それまでの広島について書かれたものに対して、肯定しながら、同時に反発も覚えていました。もし自分が書くなら、広島のことを全然知らない人にもわかってもらいたい、広島を特殊なものにしたくなかった。そこで敢《あ》えて固有名詞をすべて落としました。これも賭けですね。

——その後に書かれた「鶴」（七二年一月）、「管絃祭」（七七年四月〜七八年四月）では、「広島」という固有名詞が出ています。

ごく自然に出てきました。出ても出なくても同じじゃないかという気がだんだんしてきたのです。ことに「管絃祭」の場合は、厳島神社の管絃祭でなければ成り立たない小説ですから、固有名詞を消してしまうと、あの小説の意味がなくなってしまう。その頃はすでに固有名詞を消すか消さないか特別意識をせずに、その小説の自然の流れに任せていました。

——そして、本巻に収録されている「兵隊宿」（八〇年三月、連作短編集「兵隊宿」は八二年六月刊）になると……。

また消えています。「儀式」のときのように気負って消したのではなく自然に消えているんです。ただ、あのときは別の目的意識もありました。戦争というものは、戦場や爆撃といった直接の戦闘だけではなく、国民の普通の生活の中にもあったわけですね。そういうものを書きたかったんです。戦場に行かない多くの日本人が、どういう生活をしていたのか。その日常の中の戦争を、です。

私自身、女学校に入ったのですけれど、すでに日常に戦争は忍び込んでいて、授業の時間を削って度々勤労奉仕をしていました。昭和一九（四四）年の夏に通年学徒動員令が出されると、毎日工場に行かなくてはならなくなり、授業などまったくできないんです。日々、からだがきつくて、先も見えない。自分は何のために生きているのだろうと悩み、暗く落ち込んだ毎日でした。

そして戦後になると、あの夏以来、体調がすぐれない状態が続いていました。私は被爆者健康手帳は持っていますが、原爆症の認定患者ではありません。原爆症に怯《おび》えながら、不調を訴える自分の肉体がとても不快で、不安でした。そうしたさまざまなものが一緒になって、出口のない坩堝《るつぼ》みたいなところで生きながら、何かを探り続けていたんでしょうね。

――「兵隊宿」は、「ひさし」という主人公の少年が、小学校の三年生から中学一年生までのあいだに見聞きした日常の出来事が描かれた九つの短編からなっています。少年を主人公にしたのには、どのような意図があったのでしょうか。

このあいだも、ある人から、あなたはよく男の人を書くけれども、あまり女の人は書かないといわれました。女の人を書くとどうしても感情移入してしまい、客観性が揺らぐところがある。それに兄と弟がいましたから、広島の家にはしょっちゅう男の子の友だちが遊びに来ていて、私も一緒になって「少年倶楽部」などを読んだり、のらくろの漫画を見たり、当時の私には、少年の世界というのは割と身近だったせいもあってか、戦争の中の日常を描くには、少年の穢《けが》れていない目を通すのがいいのではないか、そういう気がしたのです。

――この作品では、なるべく修飾語を使わずに書くということを課したそうですね。

敢えて使うまい、と思いました。日常生活というのは単純な事柄がほとんどで、そう複雑なことを考えずとも過ごせる時間が多い。ほぼ同じことを反復しながら暮らしている。ですから難しい言葉は極力避けて、日常の言葉に徹しようとしました。そして、そうした日常を即物的、叙事的に書くには、できるだけ主語と述語だけで押していくほうがいい、主語と述語がきちんとしていれば、形容詞や副詞の修飾語は要らないはずだ、と。それは、自分へのテストでもありました。

古典を学んできた私にとって、それはいつか通らなければいけない道のひとつだったんですね。古典を読んでいると、素晴らしい修飾語がたくさんあることに気づく。しかしそれは、たとえば清少納言や紫式部という個性がその時代の言葉として使ったから素晴らしいのであって、現代に生きる私が使ったからといって、同じようにいいという保証は何もない。私は私の言葉を探さなくてはいけない、と。

その意味でも、あの作品は、修飾語を使わずにいかに叙事に徹しられるかという挑戦だったんですね。

――事実を正確に伝えながらも、固有名詞や修飾語を使わずに書くというのは、想像するよりはるかに困難な作業のように思えます。

お読みいただければわかるように、あの小説は瀬戸内の軍港のある町が舞台になっています。本当は、その町を〝宇品《うじな》〟って書きたいんです。でも、書こうとすると、からだが逃げるんです。宇品がどんなところか全然知らない人に、どうやって戦争の中の日常を伝えるか。日常ではあるけれども、そこに否応なく戦争が入り込んでいる。それが少年にとっては逃れられない現実であり、そういう子供を持つ親たちの日常でもあったわけです。歴史の記録には残らないけれど、戦争がなかったら決して起こらなかったような日常の出来事を、できるだけきちんと書く、それを心がけました。また、大人だからこそ見える世界があるのと同じように、少年でなければ見えない世界もある。それを二つながらに書くことの兼ね合いも難しかった。難しかったけれど、それだけに、書き終わったときにはほっとしました。

## 事実とフィクション

——敗戦から六十数年の年月を経て、戦争体験がなかなか伝わりづらいところがあると思いますが、体験していない世代が戦争を理解するためには想像力を働かせる必要があります。

私自身がものを読むときに感じることですが、一回きりの人生で経験できることというのは知れていますね。それを補うのはやはり理性と想像力しかないと思います。たとえば、毎年八月になると、テレビで原爆の番組をつくりますね。見ていてつくづく思うのは、被爆者に語らせるのはいいのですが、何度も同じことをくり返していると、語るほうも無意識のうちに自分の語りのパターンをつくってしまう。人間は、ある年齢になると、とかく回想のパターンができてしまい、そこから抜けられなくなる。

もちろん証言を聞くということは大事なことですが、証言が事実そのままかどうかは検証されなければならない。やはり、理性と想像力を働かせた上で、装飾のない事実を事実として書く、読み抜くことが必要だと思います。そして、これは矛盾しているようですけれど、事実として受けた衝撃が強ければ強いほど、必然的にフィクションの要素が出てくる。私はそれを自分のからだで感じました。もちろん、これは記録、あれはフィクションという分け方をするつもりはありませんが、事実のないところにフィクションはない、事実に足を踏ん張っていないフィクションというのは説得力がないと、自分なりに思うようになりました。

――そうした姿勢は、最初の「儀式」から最近の、人知れず被爆の後遺症に悩む男を描いた短編「五十鈴川の鴨」(〇六年一〇月)にまで貫かれていると思います。

「五十鈴川の鴨」も、フィクションでなければ書けませんでした。「儀式」の後、何を書くかということをずっと考えていました。そして少しずつ書いてはいったのですが、心の底のほうで、どこかまだ違う、まだ違うという気持ちがありました。「管絃祭」も「兵隊宿」も違うんです。でも「五十鈴川の鴨」を書き終えて、やっと少し果たせたかなという気がしました。いまだに苦しんでいる被爆者、見えない被爆者がたくさんいます。私にとってこれはよそ事ではありません。そういう人たちの存在がこの作品を書かせたのだと思います。そして、福島の原発事故が起こった後では、この作品の主人公の苦しみがまた別のかたちで伝わっていくような気がします。

戦後、私は少しずつ、少しずつものを書いてきましたが、もし、私の戦後が何だったのかと問われたら、人間が言葉を使って生きることの恐ろしさがわかったということです。言葉ほど怖いものはない。と同時に、こんなに素晴らしいものもない。心からそう思っています。

(たけにし・ひろこ　作家)

聞き手＝増子信一

「コレクション 戦争と文学」第14巻(二〇一二年一月刊)月報より

# 著者紹介

**大原富枝**（おおはら・とみえ）
一九一二（大元）～二〇〇〇（平一二）　高知生。一九三五年「婦人文芸」に「氷雨」が掲載される。「ストマイつんぼ」（女流文学者賞）「婉という女」（毎日出版文化賞・野間文芸賞）「於雪」（女流文学賞）「建礼門院右京大夫」など。

**長谷川時雨**（はせがわ・しぐれ）
一八七九（明一二）～一九四一（昭一六）　東京生。〇一年「うづみ火」が「女学世界」に入選。〇五年、戯曲「海潮音」が読売新聞の懸賞に入選。四一年、海軍文芸顧問団員として海南島を訪問。「旧聞日本橋」「近代美人伝」など。

**中本たか子**（なかもと・たかこ）
一九〇三（明三六）～九一（平三）　山口生。二九年「赤」を「女人芸術」に発表。プロレタリア文学に接近する。「南部鉄瓶工」「赤いダリア」「滑走路」「とべ・千羽鶴」など。

**五島美代子**（ごとう・みよこ）
一八九八（明三一）～一九七八（昭五三）　東京生。一九三六年、第一歌集「暖流」刊。四九年、長沢美津らと「女人短歌」創刊。「赤道圏」「炎と雪」「新輯母の歌集」（読売文学賞）など。

**中村汀女**（なかむら・ていじょ）
一九〇〇（明三三）～八八（昭六三）　熊本生。四〇年、第一句集「春雪」刊。四七年、句誌「風花」主宰創刊。七八年、長年の俳句指導の功績により、NHK放送文化賞受賞。「汀女句集」「都鳥」随筆「をんなの四季」「汀女自画像」など。

海外の地名表記は、原則として当時の一般的な呼称に従った

**石垣りん**（いしがき・りん）
一九二〇（大九）～二〇〇四（平一六） 東京生。一九五九年、第一詩集「私の前にある鍋とお釜と燃える火と」刊。「表札など」（H氏賞）「石垣りん詩集」（田村俊子賞）「略歴」（地球賞）散文集「ユーモアの鎖国」など。

**上田芳江**（うえだ・よしえ）
一九一一（明四四）～二〇〇八（平二〇） 広島生。一九五三年「座を失った女」を「中央公論」に発表。「ルーマニア紀行」「福原越後」「長門尼僧物語」など。

**瀬戸内晴美**〈寂聴〉（せとうち・はるみ〈じゃくちょう〉）
一九二二（大一一）～ 徳島生。四三年、結婚し北京に渡る。五六年「女子大生・曲愛玲」が新潮社の同人雑誌賞受賞。六一年「田村俊子」で田村俊子賞受賞。七三年、中尊寺で得度、法名寂聴。九八年に「源氏物語」現代語訳を完結、同作品で日本文芸大賞・大谷竹次郎賞受賞。二〇一八年朝日賞受賞。「夏の終り」（女流文学賞）「花に問え」（谷崎賞）「白道」（芸術選奨）「場所」（野間文芸賞）「風景」（泉鏡花賞）など。

**吉野せい**（よしの・せい）
一八九九（明三二）～一九七七（昭五二） 福島生。小学校の代用教員時代、山村暮鳥を知り、文学の道へ進む。一九七〇年の夫の没後、再び執筆を始める。「暮鳥と混沌」「洟をたらした神」（田村俊子賞・大宅賞）など。

**藤原てい**（ふじわら・てい）
一九一八（大七）～二〇一六（平二八） 長野生。一九四三年、夫（新田次郎）の転勤により満洲に渡る。新京で終戦。引揚げ体験を描いた「流れる星は生きている」を四九年に刊行しベストセラーとなる。「灰色の丘」「赤い丘赤い河」随筆「いのち流れるとき」など。

**田辺聖子**（たなべ・せいこ）
一九二八（昭三）～二〇一九（令元） 大阪生。一

九五六年「虹」で大阪市民文芸賞を受賞。五七年「婦人生活」の懸賞小説に「花狩」が当選。六四年「感傷旅行《センチメンタル・ジャーニィ》」で芥川賞受賞。九四年菊池寛賞、二〇〇七年朝日賞受賞。「花衣ぬぐやまつわる……わが愛の杉田久女」（女流文学賞）「ひねくれ一茶」（吉川賞）「道頓堀の雨に別れて以来なり―川柳作家・岸本水府とその時代」（泉鏡花賞・読売文学賞）「姥ざかり花の旅笠」（蓮如賞）など。

**河野多惠子**（こうの・たえこ）

一九二六（大一五）～二〇一五（平二七）　大阪生。一九六一年「幼児狩り」が新潮社の同人雑誌賞受賞。六三年「蟹」で芥川賞受賞。「最後の時」（女流文学賞）「不意の声」（読売文学賞）「一年の牧歌」（谷崎賞）「みいら採り猟奇譚」（野間文芸賞）「後日の話」（毎日芸術賞・伊藤整賞）「半所有者」（川端賞）評論「谷崎文学と肯定の欲望」（読売文学賞）など。

**大庭みな子**（おおば・みなこ）

一九三〇（昭五）～二〇〇七（平一九）　東京生。一九四五年、原爆のきのこ雲を広島県西条から望む。六八年「三匹の蟹」（群像新人賞）で芥川賞受賞。「がらくた博物館」（女流文学賞）「浦島草」「寂兮寥兮《かたちもなく》」（谷崎賞）「啼く鳥の」（野間文芸賞）「海にゆらぐ糸」（川端賞）「津田梅子」（読売文学賞）「赤い満月」（川端賞）「浦安うた日記」（紫式部文学賞）など。

**石牟礼道子**（いしむれ・みちこ）

一九二七（昭二）～二〇一八（平三〇）　熊本生。一九六九年「苦海浄土」刊行。第二部を「辺境」に断続掲載（七〇～八九年）したが未完。七二年、第三部を「展望」に連載開始、七四年刊行。二〇〇四年「石牟礼道子全集」に第一部から第三部を加筆し、「苦海浄土」と題して収載。〇二年朝日賞受賞。「十六夜橋」（紫式部文学賞）「はにかみの国」（芸術選奨）など。

**吉原幸子**（よしはら・さちこ）

一九三二（昭七）～二〇〇二（平一四）　東京生。一九六四年、第一詩集「幼年連禱」を刊行、翌年、室生犀星賞受賞。七二年「オンディーヌ」を、翌年「昼顔」を刊行し、七四年、この二冊の詩集で高見順賞受賞。「夏の墓」「発光」（萩原朔太郎賞）など。

**壺井栄**（つぼい・さかえ）
一八九九（明三二）～一九六七（昭四二）　香川生。一九三五年「月給日」を「婦人文芸」に発表。五二年刊の「二十四の瞳」が、五四年に映画化されて大ヒットする。「暦」（新潮社文芸賞）「柿の木のある家」（児童文学賞）「母のない子と子のない母と」（芸術選奨）など。

**高橋揆一郎**（たかはし・きいちろう）
一九二八（昭三）～二〇〇七（平一九）　北海道生。一九七三年「ぽぷらと軍神」で文学界新人賞、七七年「観音力疾走」で北海道新聞文学賞受賞。七八年「伸予」で芥川賞、九二年、前年刊行の「友子」で新田次郎賞受賞。「雨ごもり」「祭り化粧」など。

**竹西寛子**（たけにし・ひろこ）
一九二九（昭四）～　広島生。四五年、被爆。六三年より翌年まで、長編評論「往還の記」（田村俊子賞）を「文学者」に連載。六三年、小説「儀式」を「文芸」に発表。八一年「兵隊宿」で川端賞受賞。「式子内親王・永福門院」（平林たい子賞）「鶴」（芸術選奨新人賞）「管絃祭」（女流文学賞）「山川登美子」（毎日芸術賞）「贈答のうた」（野間文芸賞）など。

**司修**（つかさ・おさむ）
一九三六（昭一一）～　群馬生。独学で絵画を学ぶ。七六年「金子光晴全集」の装幀で講談社出版文化賞ブックデザイン賞受賞。七八年、絵本「はなのゆびわ」ほかで小学館絵画賞受賞。九三年「犬（影について、その一）」で川端賞受賞。「ブロンズの地中海」（毎日芸術賞）「本の魔法」（大佛次郎賞）など。

**一ノ瀬綾**（いちのせ・あや）
一九三二（昭七）～　長野生。六九年「春の終り」で農民文学賞受賞。七六年、作品集「黄の花」で田村俊子賞受賞。「遠い朝」「独り暮らし」「幻の碧き湖」など。

**冬敏之**（ふゆ・としゆき）
一九三五（昭一〇）～二〇〇二（平一四）　愛知生。

一九四二年、ハンセン病を発病し多磨全生園に入所、二六年間療養所に暮らす。六〇年「多磨」文芸特集号に「序章」が一位入選。二〇〇一年に出版した「ハンセン病療養所」が、翌年、多喜二・百合子賞を受賞。「埋もれる日々」「風花」など。

**寺山修司**（てらやま・しゅうじ）
一九三五（昭一〇）〜八三（昭五八）　青森生。五四年「チエホフ祭」で短歌研究新人賞受賞。六四年、放送詩劇「山姥」がイタリア賞グランプリを受賞。七一年、監督をした映画「書を捨てよ町へ出よう」でサンレモ映画祭グランプリを受賞。「われに五月を」「空には本」「血と麦」「田園に死す」など。

**三木卓**（みき・たく）
一九三五（昭一〇）〜　東京生。三七年、父の仕事で満洲へ移住。新京で終戦。五八年「白昼の劇」で「現代詩」新人賞入選。六七年、第一詩集「東京午前三時」でH氏賞受賞。七〇年「わがキディ・ランド」（高見順賞）刊。七三年「鶸《ひわ》」で芥川賞受賞。「砲撃のあとで」「駁者の秋」（平林たい子賞）「小噺集」（芸術選奨）「路地」（谷崎賞）「裸足と貝殻」（読売文学賞）「K」（伊藤整賞）童話「ぽたぽた」（野間児童文芸賞）「イヌのヒロシ」（路傍の石文学賞）評伝「北原白秋」（毎日芸術賞・歴程賞・蓮如賞）など。

**小沢信男**（おざわ・のぶお）
一九二七（昭二）〜　東京生。大学在学中の五二年、「新東京感傷散歩」を花田清輝に認められる。二〇〇一年「裸の大将一代記」で桑原武夫学芸賞受賞。「小説昭和十一年」「東京百景」「私のつづりかた」など。

**向田邦子**（むこうだ・くにこ）
一九二九（昭四）〜八一（昭五六）　東京生。映画雑誌の編集に従事しながらラジオ、テレビのシナリオの執筆を始める。シナリオを担当した「寺内貫太郎一家」「あ・うん」などのテレビドラマが高視聴率をあげる。八〇年「花の名前」「犬小屋」「かわうそ」の三作で直木賞を受賞する。「父の詫び状」「眠る盃」「思い出トランプ」など。

阿部牧郎（あべ・まきお）
一九三三（昭八）〜二〇一九（令元）　京都生。一九六八年「蛸と精鋭」が直木賞候補となり作家生活に入る。八八年「それぞれの終楽章」で直木賞受賞。「袋叩きの土地」「神の国に殉ず　小説東条英機と米内光政」など。

鄭承博（チョン・スンバク）
一九二三（大一二）〜二〇〇一（平一三）　慶尚北道安東郡生。一九三三年、来日。四三年、検挙され、強制労働に従事。四〇歳ころから創作を始める。七二年「裸の捕虜」で農民文学賞受賞。「長田随想」「水平の人—栗須七郎先生と私」など。

## 初出・出典一覧

祝出征（大原富枝）
初出「文芸首都」一九三八年三月号
出典「大原富枝全集 六」一九九六年七月 小沢書店

時代の娘（長谷川時雨）
初出「少女の友」一九四〇年一〇月号
出典「〈戦時下〉の女性文学 七」（「時代の娘」興亜日本社版の復刻版）二〇〇二年五月 ゆまに書房

帰った人（中本たか子）
出典「前進する女たち」一九四三年四月 金鈴社

焔の女（上田芳江）
初出・出典「早稲田文学」一九五二年九月号

女子大生・曲愛玲（瀬戸内晴美＝瀬戸内寂聴）
初出「新潮」一九五六年一二月号
出典「瀬戸内寂聴全集 一」二〇〇一年一月 新潮社

鉛の旅（吉野せい）
初出・出典「洟をたらした神」一九七四年一一月 弥生書房

襁褓《おむつ》（藤原てい）
出典「灰色の丘」一九五〇年一二月 宝文館

文明開化（田辺聖子）
初出「私の大阪八景」一九六五年一一月 文藝春秋新社
出典「田辺聖子全集 一」二〇〇四年九月 集英社

鉄の魚（河野多恵子）
初出「文学界」一九七七年一月号
出典「河野多恵子全集 四」一九九五年七月　新潮社

むかし女がいた（大庭みな子）
初出「波」一九九一年七月号〜九三年一二月号
出典「大庭みな子全集 一三」二〇一〇年五月　日本経済新聞出版社

木霊（石牟礼道子）
初出「群像」一九九七年四月号
出典「石牟礼道子全集 一四」二〇〇八年一一月　藤原書店

おばあさんの誕生日（壺井栄）
初出「少女の友」一九四四年一〇月号
出典「定本壺井栄児童文学全集 一」一九七九年一二月　講談社

ぽぷらと軍神（高橋揆一郎）
初出「文学界」一九七三年一二月号
出典「伸予」一九七八年八月　文藝春秋

兵隊宿（竹西寛子）
初出「海」一九八〇年三月号
出典「竹西寛子著作集 一」一九九六年六月　新潮社

銀杏（司修）
初出「新潮」一九八九年九月号
出典「影について」二〇〇八年一月　講談社文芸文庫

黄の花（一ノ瀬綾）
初出「農民文学」一九七一年九月号
出典「黄の花」一九七六年八月　創樹社

その年の夏（冬敏之）
初出「民主文学」一九九七年一月号
出典「ハンセン病療養所」二〇〇一年五月　壺中

庵書房

**誰でせう**（寺山修司）
初出「新評」一九六七年七月号（原題「誰でせう？」）
出典「自叙伝らしくなく　誰か故郷を想はざる」一九六八年一〇月　芳賀書店

**玉音放送**（寺山修司）
初出「新評」一九六七年九月号（原題「かくれんぼ」）
出典「自叙伝らしくなく　誰か故郷を想はざる」一九六八年一〇月　芳賀書店

**鵄**（三木卓）
初出「すばる」一九七二年冬号
出典「砲撃のあとで」一九七三年七月　集英社

**わたしの赤マント**（小沢信男）
初出「文藝」一九八二年八月号
出典「東京百景」一九八九年六月　河出書房新社

**字のない葉書**（向田邦子）
初出「家庭画報」一九七六年七月号
出典「向田邦子全集〈新版〉六」二〇〇九年九月　文藝春秋

**ごはん**（向田邦子）
初出「銀座百点」一九七七年四月号（原題「心に残るあのご飯」）
出典「向田邦子全集〈新版〉五」二〇〇九年八月　文藝春秋

**見よ落下傘**（阿部牧郎）
初出「小説新潮」一九九五年八月号
出典「現代の小説1996」一九九六年五月　徳間書店

**裸の捕虜**（鄭承博）
初出「農民文学」一九七一年一一月号
出典「鄭承博著作集　二」一九九三年一〇月　新幹社

## ●詩、短歌、俳句

家族旅行（石垣りん）
出典「石垣りん」一九七一年一二月　現代詩文庫46　思潮社

空襲（吉原幸子）
出典「吉原幸子全詩　一」一九八一年五月　思潮社

五島美代子
出典「新輯母の歌集」一九五七年九月　白玉書房

中村汀女
出典「中村汀女俳句集成」一九七四年四月　中日新聞東京本社東京新聞出版局

# 凡例

本セレクションは、日本語で書かれた中・短編作品を中心に収録し、原則として各作品の出典の表記を尊重した。

一、漢字の字体は、原則として、常用漢字表および戸籍法施行規則別表第二（人名用漢字別表）にある漢字についてはその字体を採用し、それ以外の漢字は正字体とされている字体を使用した。

一、仮名遣いは、小説・随筆については、出典が歴史的仮名遣いで書かれている場合は、振り仮名も含め、原則として現代仮名遣いに改めた。詩・短歌・俳句・川柳の仮名遣いは、振り仮名も含め、原則として出典を尊重した。

一、送り仮名は、原則として出典を尊重した。

一、振り仮名は、出典にあるものを尊重したが、読みやすさを考慮し、追加等を適宜行った。

一、明らかな誤字・脱字・衍字と認められるものは、諸刊本・諸資料に照らし改めた。

「セレクション　戦争と文学」において、民族、出自、職業、性別、心身のハンディキャップ等々、今日では不適切と思われる差別的な語句や表現が使われている作品が複数あります。また、疾病に関する記述など、科学的に誤った当時の認識のもとに描かれた作品も含まれています。

しかし作品のテーマや時代性に鑑みて、当該の語句、表現が差別をいたずらに助長するものとは思われません。私たちは文学者の描いた戦争の姿を、現代そして後世の読者に正確に伝えることが必要だと考え、あえて全作品をそのまま収録することにしました。作品の成立した時代背景を知ることにより、作品もまた正確に理解されると信ずるからです。読者のみなさまのご理解をお願い申し上げます。

集英社「セレクション　戦争と文学」編集室

本書は二〇一二年一月、集英社より『コレクション　戦争と文学　14
女性たちの戦争』として刊行されました。

ＪＡＳＲＡＣ　出１９０９６７０－９０１

本文デザイン　緒方修一

集英社文庫 ヘリテージシリーズ

セレクション戦争《せんそう》と文学《ぶんがく》4 女性《じょせい》たちの戦争《せんそう》

2019年10月25日 第1刷 定価はカバーに表示してあります。

著 者 大原富枝《おおはらとみえ》 他
編 集 株式会社 集英社クリエイティブ
東京都千代田区神田神保町2-23-1 〒101-0051
電話 03-3239-3811
発行者 徳永 真
発行所 株式会社 集英社
東京都千代田区一ツ橋2-5-10 〒101-8050
電話 【編集部】03-3230-6094
【読者係】03-3230-6080
【販売部】03-3230-6393(書店専用)
印 刷 凸版印刷株式会社
製 本 加藤製本株式会社

フォーマットデザイン アリヤマデザインストア マークデザイン 居山浩二



Printed in Japan
ISBN978-4-08-761050-5 C0193